LE CORPS DES RUINES

Du même auteur

Histoire secrète du Costaguana
Seuil, 2010
et « Points », n° P2875

Les Amants de la Toussaint
Seuil, 2011

Le Bruit des choses qui tombent
Seuil, 2012
et « Points », n° P3084

Les Réputations
Seuil, 2014
et « Points », n° P4179

Les Dénonciateurs
Actes Sud, 2008
et Seuil, 2015

JUAN GABRIEL VÁSQUEZ

LE CORPS DES RUINES

roman

TRADUIT DE L'ESPAGNOL (COLOMBIE)
PAR ISABELLE GUGNON

ÉDITIONS DU SEUIL
25, bd Romain-Rolland, Paris XIVe

© Photographie p. 42 : “Cadáver de Gaitán en la clínica Central”,
Archivo de Sady González, Biblioteca Luis Ángel Arango, Banco de la República

Titre original : *La forma de las ruinas*
© Juan Gabriel Vásquez, 2015
c/o Casanovas & Lynch Agencia Literaria S. L.
ISBN original : 978-84-204-1949-7
Éditeur original : Alfaguara, Penguin Random House Grupo Editorial

ISBN 978-2-02-131116-7

www.seuil.com

À Leonardo Garavito,
qui a mis ces ruines entre mes mains

À María Lynch et Pilar Reyes,
qui m'ont montré comment leur donner corps

Tu es la ruine de l'homme le plus noble.
SHAKESPEARE, *Jules César*

I

L'homme qui citait des dates funestes

La dernière fois que je l'ai vu, Carlos Carballo montait laborieusement dans un fourgon de police, les mains menottées derrière le dos, la tête rentrée dans les épaules, tandis que sur le bas de l'écran une légende expliquait les raisons de son arrestation : il avait voulu voler le costume de drap d'un homme politique assassiné. C'était une image fugace, capturée par hasard dans un des journaux du soir, après le matraquage bavard des publicités, juste avant la rubrique des sports, et je me rappelle avoir pensé que des milliers de téléspectateurs partageaient ce moment avec moi, mais que j'étais le seul à pouvoir affirmer sans mentir que le geste de cet homme ne m'étonnait guère. La scène se déroulait dans l'ancienne maison de Jorge Eliécer Gaitán, désormais transformée en musée, où affluait chaque année une armée de visiteurs avides de se frotter un court instant, en s'identifiant à la victime, au crime politique le plus célèbre de l'histoire colombienne. Le costume de drap était celui que portait Gaitán le 9 avril 1948, jour où Juan Roa Sierra, jeune homme aux vagues sympathies nazies qui avait flirté avec des sectes rosicruciennes et parlait à la Vierge Marie, l'avait attendu à la sortie de son bureau pour lui tirer dessus quatre fois de suite, presque à bout portant, dans une rue très fréquentée de Bogotá, en plein midi. Les balles avaient troué la veste et le gilet, et ceux qui le savent vont au musée dans la seule intention de voir ces orifices vides et sombres. On aurait donc très bien pu penser que Carlos Carballo était un de ces visiteurs.

Cela se passait le deuxième mercredi d'avril 2014. Carballo était apparemment arrivé au musée sur le coup de 11 heures, on l'avait vu tournicoter plusieurs heures dans la maison comme un fidèle en transe, s'arrêter devant les livres de droit pénal, la tête légèrement penchée, ou regarder le documentaire dont les photogrammes de tramways en flammes et de gens en colère brandissant des machettes passent en boucle toute la journée. Il avait attendu le départ des derniers élèves en uniforme pour monter à l'étage, où le complet porté par Gaitán le jour de son assassinat est exposé dans une vitrine, et avait commencé à briser le verre épais avec un poing américain. Il avait eu le temps de poser la main sur l'épaule du costume bleu nuit, mais son forfait s'était arrêté là : alerté par le bruit, le vigile chargé de surveiller les lieux avait braqué son pistolet sur lui. Carballo avait alors constaté qu'il s'était coupé avec les éclats de verre et se léchait les doigts comme un chien livré à lui-même. Il ne paraissait pourtant pas inquiet. À la télévision, une jeune fille en chemisier blanc et jupe écossaise a déclaré qu'il « donnait l'impression d'avoir été surpris en train de taguer un mur ».

Le lendemain matin, tous les quotidiens parlaient de cette tentative de vol déjouée. Tous s'étonnaient – hypocritement – que soixante-six ans après les faits le mythe de Gaitán déchaîne encore ce genre de passions et, pour la énième fois, certains ont comparé l'assassinat de Gaitán à celui de Kennedy, commis il y a cinquante et un ans, sans que son pouvoir de fascination ait décru d'un iota. Tous rappelaient, comme si c'était nécessaire, les conséquences imprévisibles de ce crime : la ville embrasée par les émeutes, les francs-tireurs sur les toits, qui tiraient sans discernement, le pays en guerre les années suivantes. La même information était reprise partout, avec plus ou moins de nuances ou de réflexions mélodramatiques, accompagnée de plus ou moins d'images, en particulier celles où la foule en furie, qui vient de lyncher le meurtrier, traîne son corps à demi nu sur la chaussée de la Carrera Séptima et se dirige vers le palais présidentiel ; mais nulle part je n'ai trouvé la moindre spéculation, ne serait-ce qu'infondée, sur les motifs qui peuvent pousser un homme doué de raison à faire irruption dans un musée sous surveillance pour subtiliser la veste trouée d'un mort célèbre. Personne ne s'est posé la question, et notre mémoire médiatique a peu à peu oublié

Carlos Carballo. Submergés par les violences quotidiennes qui ne leur permettent même pas d'éprouver du découragement, les Colombiens ont laissé cet homme inoffensif s'évanouir comme une ombre dans le soir. Plus personne n'a repensé à lui.

C'est en partie son histoire que je veux raconter. Je ne peux pas dire que je l'aie bien connu, mais j'ai eu avec lui un degré d'intimité que seuls atteignent ceux qui ont essayé de s'illusionner. Pourtant, avant d'entamer ce récit (que je pressens à la fois très détaillé et insuffisant), je dois d'abord parler de l'homme qui nous a présentés, car ce qui m'est arrivé par la suite n'a de sens que si je décris les circonstances de l'apparition de Francisco Benavides dans ma vie. Hier, en marchant dans les rues du centre de Bogotá où sont survenus certains des faits que je vais explorer ici, alors que je tâchais de m'assurer une fois encore que rien ne m'avait échappé dans leur douloureuse reconstitution, je me suis surpris à me demander à voix haute comment j'avais pu être informé de ces choses sans lesquelles je me porterais peut-être mieux : comment j'en étais arrivé à consacrer une grande partie de ma vie à ces morts, à vivre en leur compagnie, à leur parler, les écouter se lamenter et me lamenter à mon tour de ne pas avoir su alléger leur souffrance. Et je me suis émerveillé que tout ait débuté sur des paroles légères prononcées d'un ton léger par le docteur Benavides pour m'inviter chez lui. Sur le moment, j'ai cru avoir accepté pour ne pas être avare de mon temps envers un homme qui m'avait consacré de longues heures à une période difficile de mon existence, et j'ai pensé que ce dîner serait une simple obligation, une des nombreuses futilités dans lesquelles se dissipe notre vie. J'ignorais combien je me trompais, car ce qui s'est passé ce soir-là a déclenché un épouvantable engrenage qui ne devait s'arrêter qu'avec ce livre, écrit pour expier des crimes dont j'ai fini par hériter alors que je ne les ai pas commis.

Francisco Benavides était un des chirurgiens les plus réputés du pays, un bon buveur de whisky de malt et un lecteur vorace, même s'il se plaisait à souligner que l'Histoire l'intéressait davantage que la fiction, et que s'il avait lu un de mes romans, moins par plaisir que par stoïcisme, je ne le devais qu'au sentimentalisme que ses patients éveillaient en lui. Je n'étais pas un de ses patients au sens strict du terme, mais nous nous étions croisés une première fois pour des problèmes de santé. Un soir, en 1996, quelques semaines après m'être installé à Paris, alors que j'essayais de déchiffrer un essai de Georges Perec, j'avais remarqué une présence étrange sous ma mâchoire gauche, semblable à une bille sous la peau. La bille avait grossi les jours suivants, mais, concentré sur mon changement de vie, occupé à comprendre les codes d'une nouvelle ville et à tenter d'y trouver ma place, je ne m'étais pas aperçu de la transformation. En quelques jours, j'avais un ganglion si enflammé qu'il déformait mon visage ; dans la rue, on me regardait avec pitié et une étudiante de ma promotion avait cessé de me saluer de peur de contracter une maladie inconnue. Après une batterie d'examens, une légion de médecins parisiens s'était révélée incapable de faire un diagnostic correct ; l'un d'entre eux, dont je ne veux pas me rappeler le nom, avait même émis l'hypothèse d'un lymphome. Ma famille s'était alors tournée vers Benavides et lui avait demandé son avis. Il n'était pas oncologue, mais accompagnait depuis plusieurs années des patients en phase terminale, sorte de travail personnel qu'il réalisait gratuitement, pour son propre compte. Ainsi, même s'il semblait irresponsable de se prononcer sur le cas d'un malade qui se trouvait de l'autre côté de l'océan, surtout à une époque où on ne pouvait envoyer d'images ni par téléphone ni par ordinateur, Benavides s'était montré généreux de son temps, de ses connaissances et de ses intuitions, et son soutien transatlantique s'était révélé aussi utile qu'un diagnostic définitif. « Si vous aviez ce qu'ils cherchent, m'avait-il dit un jour au bout du fil, ils l'auraient déjà trouvé. » La logique confuse de sa phrase avait joué le rôle d'une bouée lancée à quelqu'un qui se noie : on s'y agrippe sans se demander si elle est percée.

Au bout de quelques semaines (que je passai dans un temps suspendu, en envisageant l'éventualité très concrète que ma vie s'achèverait à vingt-trois ans, mais si ébranlé par ce choc que je ne ressentais ni peur ni tristesse véritables), un généraliste que j'avais rencontré par hasard en Belgique, membre de Médecins-Sans-Frontières et rentré depuis peu d'Afghanistan, où il avait vécu l'horreur, diagnostiqua d'un simple regard une forme de tuberculose ganglionnaire qui avait disparu d'Europe et n'existait plus (m'expliqua-t-on sans utiliser les guillemets que j'emploie maintenant) que dans le « tiers-monde ». On m'hospitalisa à Liège, on me confina dans une chambre sombre, on me fit passer un examen qui chauffait le sang, on m'anesthésia et on incisa le côté droit de mon visage, sous la mâchoire, afin d'extraire un ganglion qu'on mit en culture ; une semaine plus tard, le laboratoire confirma ce que m'avait dit le généraliste sans avoir eu besoin de toutes ces analyses coûteuses. Pendant neuf mois, je suivis un traitement associant trois antibiotiques qui coloraient mon urine d'un orange criard ; le ganglion enflammé du côté gauche désenfla ; un matin, je sentis de l'humidité sur l'oreiller et me rendis compte qu'il avait éclaté. L'ovale de mon visage redevint normal (abstraction faite des cicatrices, l'une discrète, l'autre plus visible, causée par l'opération chirurgicale), et je pus enfin laisser cet épisode derrière moi, même si après tant d'années les marques sont encore là pour me le rappeler. Depuis, j'avais toujours eu l'impression d'être en dette avec le docteur Benavides, et quand nous nous sommes revus, neuf ans plus tard, j'ai pensé que je ne l'avais jamais remercié comme il le méritait. C'est sans doute la raison pour laquelle j'ai accepté aussi facilement qu'il entre dans ma vie.

Nous nous sommes retrouvés par hasard à la cafétéria de la clinique Santa Fe. Ma femme et moi y étions depuis quinze jours pour lutter de notre mieux contre l'urgence qui nous avait obligés à prolonger notre séjour à Bogotá. Nous avions atterri au début du mois d'août, le lendemain de la fête de l'Indépendance, dans l'intention de passer nos vacances d'été en compagnie de nos familles respectives, puis de rentrer à Barcelone à temps pour la date de l'accouchement. Ma femme avait atteint sa vingt-quatrième semaine de grossesse en toute normalité, ce dont nous nous réjouissions chaque jour, sachant dès le départ que, par définition, les grossesses gémellaires entrent dans une catégorie dite « à risques ». Mais la normalité avait pris fin un dimanche, quand, après une nuit de gênes et de douleurs étranges, nous avions consulté le docteur Ricardo Rueda, spécialiste des troubles reproductifs, qui nous avait suivis depuis le début.

– Rentrez chez vous et revenez avec des vêtements, m'avait-il annoncé après une échographie minutieuse. Votre femme reste ici jusqu'à nouvel ordre.

Il nous expliqua ce qui se passait en employant des intonations et des formules qui rappelaient celles utilisées pour annoncer qu'un incendie s'est déclaré dans une salle de cinéma : il faut transmettre la gravité de la situation sans que les gens se tuent en évacuant les lieux. Il nous parla ensuite dans les moindres détails de l'insuffisance cervicale, demanda à M si elle avait eu des contractions et finit par nous dire qu'il fallait faire vite pour retarder le processus irréversible qui s'était déclenché contre toute attente. Il ajouta – après avoir découvert le foyer de l'incendie, il tâchait d'éviter la ruée vers la porte – que l'accouchement avant terme était inévitable, qu'il s'agissait de gagner le plus de temps possible dans des circonstances aussi défavorables, car les chances de survie de nos filles en dépendaient. Autrement dit : nous avions commencé une course contre la montre, conscients que si nous la perdions, les risques étaient de ceux qui détruisent des vies. À compter de cet instant, chaque décision visait à reculer l'échéance de l'accouchement. Début septembre, M était recluse depuis deux semaines dans une chambre située au premier étage de la clinique, elle devait rester couchée, ne bouger sous aucun prétexte et se soumettre à des examens quotidiens qui mettaient à rude épreuve notre résistance, notre courage et nos nerfs.

La routine de nos journées s'organisait en fonction des injections de cortisone pour renforcer les poumons des filles, des prises de sang si fréquentes que, très vite, il n'y eut plus d'espace où piquer les avant-bras de M, des échographies infernales qui pouvaient durer jusqu'à deux heures et nous renseignaient sur l'état de leur cerveau, de leur colonne vertébrale, des deux cœurs dont les battements accélérés n'étaient jamais à l'unisson. Nous étions tout aussi affairés la nuit. Les infirmières entraient à tout moment pour faire des relevés et poser des questions. Ajouté à la tension permanente, le manque de sommeil continu nous rendait irritables. M avait commencé à avoir des contractions qu'elle ne sentait pas ; pour les réduire (je n'ai jamais su s'il s'agissait d'en ralentir l'intensité ou la fréquence), on lui donnait de l'Adalate qui – nous a-t-on expliqué – provoquait de violentes bouffées de chaleur, et je devais ouvrir en grand la fenêtre de la chambre et supporter l'aube glacée de Bogotá. Parfois, incapable de me rendormir à cause du froid ou du va-et-vient des infirmières, j'allais faire un tour dans la clinique déserte, m'asseyais dans les canapés en cuir de la salle d'attente quand l'endroit était éclairé, et lisais quelques pages d'un exemplaire de *Lolita* sur lequel Jeremy Irons, en couverture, semblait m'observer ; ou bien je déambulais le long des couloirs à l'heure où la moitié des néons sont éteints, allais de notre chambre au service de néonatalogie et, de là, gagnais la salle d'attente du secteur réservé à la chirurgie ambulatoire. Au fil de ces errances nocturnes dans les corridors blancs, j'essayais de me rappeler les dernières précisions apportées par les médecins et évaluais les risques auxquels nos filles seraient exposées si elles venaient au monde à ce moment-là ; je calculais mentalement les grammes qu'elles avaient pris et le temps qui leur restait pour atteindre le poids minimum nécessaire à leur survie. Que mon bien-être dépende de ces additions sans fin me déconcertait. Je veillais constamment à ne pas trop m'éloigner de la chambre, à avoir toujours mon téléphone à la main et non au fond d'une poche afin d'être sûr de l'entendre sonner. J'y jetais des coups d'œil fréquents pour m'assurer qu'il y avait du réseau, que le signal était bon, que mes filles ne verraient pas le jour sans moi parce qu'il manquait quatre petites barres noires dans le minuscule firmament gris d'un écran à cristaux liquides.

C'est au cours d'une de ces excursions de noctambule que j'ai reconnu le docteur Benavides ou, plutôt, qu'il s'est posté devant moi pour que je le reconnaisse. Assis à une table, je remuais avec ennui ma cuiller dans un deuxième café au lait, au fond de la cafétéria ouverte en permanence, à l'écart d'un groupe d'internes qui faisaient une pause dans leur garde de nuit (toujours éreintante, saturée de petites ou de grandes violences dans cette ville qui est la mienne) ; dans le livre que je lisais, Lolita et Humbert Humbert commençaient leur traversée des États-Unis, allaient d'un Motel Fonctionnel à l'autre, répandaient leurs larmes et leurs amours illicites sur les parkings, mettaient la géographie en mouvement. Benavides s'est approché de moi, il s'est présenté sans chichis, m'a demandé si je me souvenais de lui et a voulu savoir comment s'était résolu mon problème de ganglions. Sans me laisser le temps de lui répondre, il s'est installé à côté de moi, serrant sa tasse de café à deux mains, comme s'il craignait qu'on la lui vole. Ce n'était pas un de ces gobelets en plastique pour camps de réfugiés qu'on servait aux clients, mais une solide tasse en céramique bleu sombre ; sous ses doigts courts légèrement écartés apparaissait par instants le logo d'une université.

– Qu'est-ce que vous faites ici à une heure pareille ?

Je lui ai dressé un bilan succinct de la situation : risque d'accouchement avant terme, nombre de semaines de grossesse, pronostics. Puis j'ai pris conscience que je n'avais guère envie de m'étendre sur ces complications, alors j'ai préféré lui retourner sa question.

– Et vous ?

– J'avais un patient à voir.

– Qu'est-ce qu'il a, votre patient ?

– D'horribles douleurs, a-t-il répondu brutalement. Je suis venu au cas où je pourrais l'aider.

Il a ensuite changé de sujet, mais je n'avais pas l'impression que c'était pour éluder ma question : Benavides n'était pas du genre à refuser de parler de la douleur.

– J'ai lu votre roman, celui sur les Allemands. Qui aurait cru que mon patient deviendrait écrivain…

– Qui l'aurait cru, oui…

– Et en plus, il écrit pour les vieux.

– Pour les vieux ?

– Une histoire qui se passe dans les années 1940. La Seconde Guerre mondiale, le 9 avril et tout ça…

Il se référait à un livre que j'avais publié un an auparavant, dont l'idée initiale remontait à 1999, l'année où j'avais rencontré Ruth de Frank, une juive allemande qui avait fui la débâcle européenne. Arrivée en Colombie en 1938, elle avait vu le gouvernement colombien, allié des Alliés, rompre ses relations diplomatiques avec les puissances de l'Axe et confiner les citoyens ennemis – propagandistes ou sympathisants des régimes fascistes européens – dans des hôtels de luxe situés à la campagne et transformés en centres de rétention. Pendant trois jours, j'avais eu le plaisir et le privilège d'entendre cette femme dotée d'une excellente mémoire me raconter presque toute sa vie, et j'avais retranscrit ses propos sur un bloc-notes à carreaux minuscules, les seules feuilles que j'avais pu trouver dans l'hôtel d'une région chaude où nous nous étions rencontrés. Une anecdote en particulier ressortait de la vie chaotique et passionnante de Ruth de Frank, qui s'était déroulée sur deux continents et plus de sept décennies : le moment où sa famille de juifs fugitifs, après un cruel pied de nez de l'Histoire, avait fini par être également persécutée en Colombie *à cause de sa nationalité allemande*. Ce malentendu (un mot malheureux et frivole) est à l'origine des premières palpitations d'un roman que j'ai intitulé *Les Dénonciateurs*, où la vie et les souvenirs de Ruth de Frank, distordus par la fiction toujours prompte à déformer, sont devenus ceux de Sara Guterman, personnage central du livre, sorte de boussole morale du monde ainsi recréé.

Mais le roman abordait beaucoup d'autres sujets. Comme il se passait dans les années 1940, il était inévitable qu'à un moment ou à un autre l'histoire ou ses protagonistes soient confrontés aux événements du 9 avril 1948. Les personnages des *Dénonciateurs* évoquent ce jour funeste ; le père du narrateur, professeur d'art oratoire, ne peut se rappeler sans admiration les discours extraordinaires de Gaitán ; quelques pages décrivent le narrateur dans le centre de Bogotá, où il s'est rendu pour voir le lieu du crime, ainsi que je l'ai moi-même souvent fait ; il est accompagné de Sara Guterman, qui se baisse pour toucher les rails du tramway, encore en service dans la Carrera Séptima en 1948. Cette nuit-là, dans le silence blanc de la cafétéria, chacun devant sa tasse de café, le docteur m'a avoué que c'était cette scène – une femme âgée qui s'incline sur la chaussée, près de l'endroit où Gaitán est tombé sous les balles, et palpe les rails du tramway disparu comme pour chercher le pouls d'un animal blessé – qui l'avait incité à reprendre contact avec moi.

– Parce que moi aussi je l'ai fait, m'a-t-il dit.

– Quoi ?

– Aller dans le centre, m'arrêter devant les plaques commémoratives et même me baisser pour toucher les rails. Et vous ? Comment ça vous a pris ? a-t-il ajouté après avoir marqué une pause.

– Je ne sais pas. Ça a toujours compté pour moi. C'était le sujet d'une de mes premières nouvelles qui, heureusement, n'a jamais été publiée. Je me souviens juste qu'à la fin, la neige tombait.

– À Bogotá ?

– À Bogotá, oui. Sur le corps de Gaitán. Sur les rails.

– Je vois. Une des raisons pour lesquelles je n'aime pas lire de la fiction.

Et c'est ainsi que nous avons commencé à discuter du 9 avril. J'ai été surpris que Benavides ne désigne pas ce jour légendaire sous le nom grandiloquent de « Bogotazo [1] », comme les Colombiens l'appellent depuis longtemps. Non, il citait toujours la date, parfois complétée par l'année, comme pour décliner les nom et prénom d'une personne qui mérite le respect, à croire qu'employer le terme consacré revenait à se comporter avec une intolérable familiarité, or on n'a pas à se permettre ce genre de privautés pour évoquer les vénérables événements de notre passé. Il m'a confié des anecdotes, j'ai essayé de ne pas être en reste. Il m'a raconté qu'en 1948 le gouvernement avait engagé des agents de Scotland Yard pour superviser l'enquête, m'a touché mot de la brève correspondance qu'il avait entretenue bien des années plus tard avec l'un d'eux, un type très poli qui se rappelait parfaitement, encore indigné, les jours lointains de son séjour à Bogotá et la manière dont le gouvernement exigeait des résultats quotidiens de la part des inspecteurs, tout en leur mettant des bâtons dans les roues. De mon côté, je lui ai répété ce que m'avait dit Leticia González, une tante de ma femme dont le mari, Juan Roa Cervantes, avait été poursuivi par un petit groupe de libéraux armés de machettes qui l'avaient confondu avec son homonyme assassin ; quand je l'avais rencontré, il m'avait décrit ces jours d'angoisse et

1. Littéralement : le « Coup de Bogotá ». *(Toutes les notes sont de la traductrice.)*

confié en refoulant ses larmes que ce qui l'avait le plus marqué était le châtiment que lui avaient infligé les partisans de Gaitán en pleine confusion, à savoir l'incendie de sa bibliothèque.

– Ce n'était pas un nom à porter ce jour-là, a déclaré Benavides.

Il m'a ensuite fait part du récit de Hernando de la Espriella, un patient de la côte Caraïbe qui se trouvait à Bogotá lorsque les troubles avaient éclaté, et avait passé la première nuit couché à plat ventre sur un tas de cadavres pour éviter de se faire tuer à son tour ; je lui ai raconté que je m'étais rendu dans la maison de Gaitán transformée en musée, où on pouvait voir le costume bleu nuit sur un mannequin sans tête, dans une vitrine, le tissu troué par les balles (il y avait deux ou trois orifices, je ne me rappelle plus) exposé à la vue de tous… Nous sommes restés un bon quart d'heure dans la cafétéria que les internes de garde avaient désertée en échangeant des anecdotes comme des enfants échangent des vignettes d'albums de foot. À cet instant, le docteur Benavides a dû penser qu'il me dérangeait ou qu'il interrompait ma plage de silence. C'est l'impression qu'il m'a laissée : comme tous les médecins qui ont côtoyé la douleur ou l'inquiétude d'autrui, il savait que les patients ou leurs proches ont besoin d'instants de solitude où ils ne parlent à personne et où personne ne leur parle. Il a alors pris congé.

– Je vis près d'ici, Vásquez, a-t-il déclaré en me serrant la main. Quand vous aurez envie de discuter du 9 avril, passez donc boire un whisky et je vous raconterai. C'est un sujet dont je ne me lasse pas.

J'ai alors songé qu'il y a encore en Colombie des gens qui aiment parler du 9 avril comme d'autres aiment jouer aux échecs ou au *king*, s'adonner aux mots croisés ou au tricot, collectionner des timbres. Il est vrai qu'il en reste peu : ils se sont éteints sans laisser d'adeptes ou d'héritiers, sans faire école, vaincus par l'extraordinaire amnésie qui frappe notre pauvre pays. Mais ils existent encore, et c'est normal, car l'assassinat de Gaitán – l'avocat d'origine modeste parvenu au sommet de la vie politique et appelé à sauver la Colombie de ses élites impitoyables, le brillant orateur capable d'introduire dans ses discours les propos inconciliables de Marx et de Mussolini – est un de nos mythes nationaux, comme peuvent l'être le meurtre de

Kennedy pour un Américain ou le coup d'État du 23 février 1981 pour un Espagnol. De même que tous les Colombiens, j'ai grandi en entendant dire que Gaitán avait été tué par les conservateurs, par les libéraux, par les communistes, par les espions étrangers, par la classe ouvrière qui se sentait trahie ou par l'oligarchie qui se sentait menacée ; très vite, j'ai accepté l'idée, comme nous avons tous fini par le faire avec le temps, que Juan Roa Sierra, l'assassin, n'était que le bras armé d'une conspiration réduite au silence avec succès. Telle est peut-être la raison de mon obsession pour ce jour funeste : je n'ai jamais éprouvé la dévotion sans faille que d'autres vouent à la figure de Gaitán, qui me paraît plus obscure qu'on ne veut bien l'admettre ; je sais seulement que si on ne l'avait pas assassiné, ce pays serait un endroit meilleur et que, surtout, il pourrait se regarder avec davantage de plaisir dans un miroir si le meurtre n'était pas resté impuni des années après avoir été commis.

Certes, le 9 avril représente un vide dans l'histoire colombienne, mais aussi de nombreuses autres choses : c'est un acte isolé qui a précipité tout un peuple dans une guerre sanglante, une névrose collective qui nous a poussés à nous méfier de nous-mêmes pendant plus d'un demi-siècle. Depuis lors, nous autres, les Colombiens, avons tenté en vain de comprendre ce qui est survenu ce fameux vendredi de 1948, et beaucoup y ont dépensé leur énergie comme on se livre à un passe-temps plus ou moins sérieux. Certains Américains – j'en connais plusieurs – ont consacré leur vie à parler de l'assassinat de Kennedy dans les moindres détails, même les plus cachés ; ils connaissent la marque des chaussures que Jackie portait le jour du crime et sont capables de réciter par cœur des passages entiers du rapport de la commission Warren. J'ai aussi rencontré des Espagnols – pas beaucoup, au moins un et c'est bien suffisant – qui ne cessent d'évoquer le coup d'État raté du 23 février 1981 à la Chambre des députés, à Madrid, et pourraient désigner les yeux fermés les impacts de balle dans le plafond de l'hémicycle. Je suppose que ces gens-là existent dans le monde entier : ils interprètent les conspirations de leur pays et les transforment en récits que l'on répète inlassablement, comme les contes pour enfants, et qui se nichent dans des endroits de la mémoire ou l'imagination, ces lieux virtuels où nous faisons du tourisme, revivons nos nostalgies ou tentons de retrouver quelque chose que nous avons perdu. Quand j'ai revu le docteur Benavides, il m'a semblé qu'il était ce genre de personne. Devais-je moi aussi me ranger dans cette catégorie ? Il m'a demandé *comment ça m'avait pris* et j'ai mentionné une nouvelle écrite pendant mes années d'études. Mais je me suis gardé de lui révéler l'origine du texte et les conditions dans lesquelles je l'avais rédigé. Cela m'était sorti de la tête depuis longtemps, et je m'étonnais que ces souvenirs me reviennent justement maintenant, à une période où le présent me harcelait.

C'était en 1991, une époque difficile. Depuis que le trafiquant de drogue Pablo Escobar avait fait assassiner Rodrigo Lara Bonilla, le ministre de la Justice, en avril 1984, la guerre entre le cartel de Medellín et l'État colombien avait pris ma ville d'assaut ou en avait fait son théâtre d'opérations. Les bombes explosaient dans des lieux choisis avec soin par les narcos dans le but de tuer des citoyens anonymes qui n'avaient rien à voir avec la guerre (même si nous en faisions tous partie, et que penser le contraire avait été innocent et naïf de notre part). Une année, par exemple, à la veille de la Fête des mères, deux attentats dans des centres commerciaux de Bogotá avaient causé la mort de vingt et une personnes ; une bombe dans les arènes de Medellín – autre exemple – s'était soldée par celle de vingt-deux autres. Les explosions jalonnaient le calendrier. Au fil des mois, nous avions fini par comprendre que nous étions tous exposés, sans exception : quels que soient le lieu et l'heure, n'importe lequel d'entre nous risquait de se trouver sur le chemin d'une bombe. En vertu d'une sorte d'atavisme que nous étions à peine en train de découvrir, les endroits où avaient eu lieu les attentats étaient interdits aux piétons. Nous perdions ainsi des secteurs entiers de la ville, qui devenaient des *memento mori* de béton et de brique, et une révélation commençait timidement à s'imposer à nous : un nouveau type de hasard (celui qui nous sépare de la mort et est, avec le hasard de l'amour, le plus important et le plus impertinent de tous) avait pénétré dans nos vies sous la forme invisible et, surtout, imprévisible, d'une onde de choc.

Entre-temps, j'avais entamé mes études de droit à l'université située dans le centre de Bogotá, un ancien cloître du dix-septième siècle qui avait servi de prison aux révolutionnaires de l'Indépendance. L'un d'eux avait descendu ses escaliers pour monter sur l'échafaud ; plusieurs présidents, de nombreux poètes et, dans certains cas malheureux, des présidents poètes, étaient sortis de ses salles aux murs épais. Nos professeurs n'abordaient guère les événements extérieurs : les cours consistaient à se demander si des spéléologues bloqués dans une grotte ont le droit de s'entre-dévorer, ou si le vieux Shylock du *Marchand de Venise* peut prélever une livre de chair sur le corps d'Antonio, et s'il est légitime que Portia lui interdise de le faire en déployant des ruses faciles. D'autres cours (la plupart) m'accablaient d'un ennui que je ressentais physiquement : une sorte d'impatience soulevait ma poitrine, semblable à une légère crise d'angoisse. Pour supporter les heures incroyablement assommantes de procédure ou de droit civil des biens, j'avais très vite décidé de me placer au dernier rang où, protégé par la masse disparate de mes camarades, je sortais de mon sac un livre de Borges, Vargas Llosa ou Flaubert (sur la recommandation de Vargas Llosa), ou encore de Stevenson ou Kafka (sur la recommandation de Borges). Je suis rapidement arrivé à la conclusion qu'il était inutile d'aller en cours pour accomplir un rituel élaboré d'imposture académique ; j'ai donc commencé à sécher, à perdre mon temps en jouant au billard et en parlant littérature, à écouter des enregistrements des poèmes de León de Greiff ou de Pablo Neruda dans la salle meublée de canapés en cuir de la Casa Silva, à marcher aux abords de l'université sans ordre ni méthode, sans but précis non plus, allant de la place où se tenaient les cireurs de souliers au café proche du Chorro de Quevedo, des bancs bruyants du parc Santander à ceux plus à l'écart et silencieux du parc Palomar del Príncipe, du Centre culturel du Livre – avec ses boutiques d'un mètre carré et ses libraires, capables dans cet espace exigu de vous procurer tous les romans du *boom* latino-américain – au Templo de la Idea, une imposante maison de trois étages où des particuliers faisaient relier leur bibliothèque et où on s'asseyait sur les marches pour lire les livres d'autrui dans les odeurs de colle et le vacarme des machines. J'ai écrit des nouvelles abstraites surchargées d'images poétiques, à la manière de García Márquez dans *Cent Ans de solitude*, d'autres qui imitaient la ponctuation de saxophoniste de Cortázar dans « Bestiaire » ou « Circé ». À la fin de ma deuxième année, j'ai compris ce qui couvait déjà depuis plusieurs mois : le droit ne m'intéressait pas et ne me servirait à rien, car ma seule obsession était de lire de la fiction et, avec le temps, d'apprendre à l'écrire.

C'est à cette époque que j'ai été témoin d'une scène marquante.

Pendant un cours d'histoire des idées politiques sur Hobbes, Locke ou Montesquieu, nous avons entendu deux coups de feu dans la rue. Notre salle se trouvait au huitième étage d'un bâtiment qui donnait sur la Carrera Séptima ; de nos fenêtres, nous avions une vue privilégiée sur la chaussée et le trottoir côté ouest. Assis au dernier rang, adossé au mur, j'ai été le premier à me lever pour regarder ce qui se passait : sur le trottoir, devant les vitrines de la papeterie Panamericana, j'ai vu le corps étendu qui venait de recevoir des balles se vider de son sang sous les yeux des passants. J'ai cherché en vain le coupable des yeux, mais personne ne donnait l'impression d'être armé, personne ne se hâtait de disparaître à un coin de rue et aucune tête, aucun regard curieux ne s'est tourné vers un éventuel fuyard, aucun doigt ne s'est pointé dans une direction précise, car les habitants de Bogotá avaient appris depuis longtemps à ne pas se mêler des affaires des autres. Le blessé portait un costume mais pas de cravate ; sa veste s'était ouverte lorsqu'il était tombé et laissait voir une chemise blanche tachée de sang. Il ne bougeait pas. Il est mort, ai-je pensé. Deux passants ont alors soulevé le corps ; quelqu'un a arrêté un pick-up blanc sur la chaussée. Ils ont déposé le corps sur le plateau et un des hommes qui l'avait transporté est monté. Je me suis demandé s'il connaissait ou avait reconnu la victime, s'il était avec elle au moment où on lui avait tiré dessus (un associé dans quelque affaire louche, par exemple), ou si ce n'était pas simplement la solidarité ou une pitié contagieuse qui l'avait poussé à agir de la sorte. Sans attendre que le feu de l'avenue Jiménez passe au vert, le pick-up blanc a quitté l'artère encombrée pour tourner brusquement à gauche (j'en ai déduit qu'ils emmenaient le blessé à l'hôpital San José), et il est sorti de mon champ de vision.

À la fin du cours, j'ai descendu à pied les huit étages jusqu'au cloître de l'université, puis j'ai gagné la petite place du Rosario, où s'élève la statue de don Gonzalo Jiménez de Quesada, le fondateur de la ville, dont l'armure et l'épée me reviennent tout le temps en mémoire couvertes de fientes de pigeons. Je me suis engagé dans la rue 14, une voie étroite et toujours froide que le soleil n'éclaire que le matin, jamais après 9 heures, et j'ai traversé la Carrera Séptima au niveau de la papeterie Panamericana. La tache de sang brillait sur le trottoir comme un objet perdu ; les passants la contournaient, l'esquivaient, à croire que le sang frais du blessé était un défaut du pavé auquel les piétons s'étaient habitués depuis des temps immémoriaux et qu'ils avaient donc appris à éviter sans même s'en rendre compte. Elle avait les dimensions d'une main ouverte. Je m'en suis approché jusqu'à ce qu'elle soit entre mes pieds, comme pour empêcher les autres de marcher dessus, ce que de mon côté je ne me suis pas privé de faire.

J'ai posé mon pied dans le sang avec précaution, ne risquant que le bout de ma chaussure, à l'image d'un enfant qui plonge les doigts dans l'eau pour en tester la température. Le contour net et bien défini de la tache s'en est trouvé altéré. J'ai dû alors éprouver de la honte parce que j'ai levé la tête pour voir si quelqu'un m'observait, condamnant en silence mon comportement (assez irrespectueux ou sacrilège), et je me suis éloigné en essayant de ne pas faire de gestes susceptibles d'attirer l'attention. J'étais tout près des plaques de marbre commémoratives de l'assassinat de Jorge Eliécer Gaitán. Je me suis arrêté pour les lire ou feindre de les lire avant d'emprunter la partie piétonne de l'avenue Jiménez pour traverser la Carrera Séptima, faire le tour du bloc et entrer au café Pasaje, où j'ai commandé un café et nettoyé le bout de ma chaussure avec la serviette en papier que j'aurais pu laisser là, sur la table, calée sous la soucoupe en porcelaine, mais j'ai préféré l'emporter en prenant constamment garde de ne pas effleurer de ma main le sang séché du blessé. Je l'ai jetée dans la première poubelle venue et n'ai parlé de cette histoire à personne, ni ce jour-là ni les suivants.

Le lendemain matin, je suis pourtant revenu sur le fameux trottoir. La tache avait disparu ; il ne restait qu'une trace floue sur le béton. Je me suis interrogé sur le sort de l'homme : avait-il survécu, se remettait-il de ses émotions en compagnie de sa femme et de ses enfants, était-il mort, le veillait-on quelque part dans cette ville pleine de fureur ? Comme le jour précédent, je me suis dirigé vers l'avenue Jiménez pour m'arrêter devant les plaques de marbre dont j'ai lu cette fois toutes les inscriptions, une à une, m'apercevant que je ne l'avais encore jamais fait. Gaitán, l'homme qui, d'aussi loin que je me souvienne, peuplait les conversations de ma famille, m'était virtuellement inconnu, une silhouette flottant dans les vagues idées que j'avais de l'histoire colombienne. En fin d'après-midi, j'ai attendu le professeur Francisco Herrera à la sortie de son cours d'art oratoire et je lui ai proposé d'aller boire une bière pour qu'il me parle du 9 avril.

– Je préférerais un café au lait, m'a-t-il répondu. Je ne peux pas rentrer chez moi avec des relents d'alcool.

Francisco Herrera – Pacho pour les amis – était un homme mince qui portait de grosses lunettes à monture noire et avait une réputation d'excentrique. Sa voix de baryton ne l'empêchait pas d'imiter à la perfection presque tous nos politiciens. Sa spécialité était la philosophie du droit, mais ses connaissances en rhétorique et surtout ses talents d'imitateur lui avaient permis de programmer un cours du soir où on pouvait écouter et disséquer les grands discours politiques – de ceux d'Antoine, dans *Jules César*, à ceux de Martin Luther King. Bien souvent, le cours servait d'exorde à une invitation au café voisin où, en échange de ses meilleures imitations, nous lui offrions un café arrosé, suscitant la curiosité, voire les sarcasmes des autres clients. Il contrefaisait Gaitán à la perfection parce que son nez aquilin et ses cheveux noirs et gominés présentaient une certaine ressemblance avec le grand homme, mais surtout parce que ses connaissances très poussées de sa vie et de son œuvre – il avait publié une courte biographie dans une maison d'édition universitaire – imprégnaient chacune de ses phrases, qu'il prononçait avec une précision rappelant celle d'un médium pendant une séance de spiritisme : Gaitán revenait à la vie par sa bouche. Un jour, je lui ai dit que lorsqu'il déclamait ses discours il paraissait possédé par le leader. Je l'ai alors vu sourire comme seul peut le faire quelqu'un qui a consacré toute sa vie à une extravagance et vient seulement de se rendre compte, à demi surpris, qu'il n'a pas perdu son temps.

Devant la porte du café Pasaje – nous nous étions arrêtés juste avant d'entrer pour laisser sortir un cireur de chaussures, sa caisse en bois sous le bras –, Pacho m'a demandé ce que je voulais savoir.

– Comment ça s'est passé exactement. Comment on a assassiné Gaitán, lui ai-je répondu.

– Oh, alors, dans ce cas, inutile d'aller au café. Venez, on va faire le tour du bloc.

Nous nous sommes éloignés sans un mot, marchant tous deux en silence, puis descendant en silence les marches de la petite place du Rosario, du côté de l'avenue Jiménez, et, toujours en silence, avons attendu une pause dans la circulation dense de la Carrera Séptima afin de traverser. Pacho avait l'air pressé et je m'efforçais de le suivre. Il se comportait comme un frère aîné qui a quitté la maison et montre sa nouvelle ville au cadet venu lui rendre visite. Quand nous sommes passés devant les plaques de marbre, je me suis étonné qu'il ne daigne pas les regarder et ne se donne même pas la peine de les désigner d'un geste de la tête ou de la main. Parvenus à l'endroit qu'occupait l'immeuble Agustín Nieto en 1948 (je me suis aperçu que nous étions à quelques pas du lieu où, la veille, s'étalait la tache de sang dont il ne restait que le fantôme et le souvenir), Pacho m'a entraîné devant la porte en verre d'un local commercial.

– Touchez-la, m'a-t-il dit.

J'ai tardé à comprendre le sens de ses paroles.

– Vous voulez que je touche cette porte ?

– Oui, touchez la porte, a-t-il insisté.

Je lui ai obéi.

– C'est par là, par cette porte, qu'est sorti Gaitán le 9 avril, a-t-il poursuivi. Évidemment, ce n'était pas la même puisque ce n'était pas le même immeuble : ils ont détruit l'Agustín Nieto il y a des années pour construire cette atrocité. Mais à présent, ici pour nous autres, c'est par cette porte que vous touchez qu'est sorti Gaitán. Il était à peu près une heure de l'après-midi et il allait déjeuner avec quelques amis. Il était de bonne humeur. Vous savez pourquoi ?

– Non, Pacho.

Un couple est sorti de l'immeuble et nous a regardés un instant.

– Expliquez-moi pourquoi.

– Parce que la veille il avait gagné un procès, c'est pour ça qu'il était content.

Assurer la défense du lieutenant Cortés, accusé d'avoir tué par balle le journaliste Eudoro Galarza Ossa, avait moins été un succès judiciaire qu'un miracle digne de ce nom. Gaitán avait fait une plaidoirie impressionnante, une des meilleures de sa vie, en alléguant que le lieutenant avait certes tué le journaliste, mais qu'il avait agi pour défendre son honneur en toute légitimité. Le crime avait eu lieu dix ans plus tôt. Le journaliste, directeur d'un quotidien de Manizales, avait autorisé la publication d'un article qui dénonçait les mauvais traitements que le lieutenant infligeait à ses troupes ; Cortés s'était un jour présenté au journal pour protester contre ce papier ; quand Galarza avait défendu son rédacteur, qui disait au demeurant la vérité, il avait dégainé son pistolet et tiré à deux reprises. Tels étaient les faits. Mais Gaitán avait déployé ses armes rhétoriques les plus redoutables pour mettre en avant les passions humaines, l'honneur militaire, le sens du devoir, le respect des valeurs de la patrie, l'adéquation entre l'agression et la défense, la manière dont certaines circonstances peuvent souiller un militaire, mais non un civil, et dire pourquoi un membre de l'armée qui cherche à défendre son honneur défend le bien de la société tout entière. Je n'ai pas été étonné que Pacho connaisse par cœur la fin de la plaidoirie de Gaitán. Comme tant d'autres fois, je l'ai vu se transformer, j'ai entendu sa voix grave devenir celle, aiguë, de Gaitán, et adopter sa cadence soutenue de métronome, ses accents exaltés aux consonnes appuyées :

– “Lieutenant Cortés : je ne sais pas quelle sera la réponse des jurés, mais l'assistance l'attend et la pressent ! Lieutenant Cortés : vous n'êtes pas mon client. Votre noble vie, votre vie douloureuse peut me tendre la main, et je la serre dans la mienne en me disant que je serre la main d'un homme d'honneur, d'un homme honnête et bon !"

– Un homme honnête et bon, ai-je répété.

– C'est merveilleux, n'est-ce pas ? a dit Pacho. Quelle manipulation grossière, mais quelle merveille ou, pour être plus juste, quelle merveille parce qu'il s'agit *précisément* d'une manipulation grossière.

– Grossière mais efficace, ai-je précisé.

– Exact.

– Pour ça, Gaitán était un magicien.

– Un magicien, oui. Un défenseur des libertés, pourtant il venait de faire sortir de prison l'assassin d'un journaliste. Or personne n'a songé que c'était contradictoire. Moralité : il ne faut jamais croire les grands orateurs.

Les applaudissements fusèrent, la foule porta Gaitán sur ses épaules, comme un matador. Il était une heure dix du matin. Fatigué mais ravi, Gaitán finit par accepter les incontournables célébrations, trinqua avec des amis et des inconnus, et rentra chez lui à 4 heures. Cinq heures plus tard, il était cependant de retour au bureau, impeccablement peigné et revêtu d'un costume trois-pièces bleu nuit tirant sur le noir avec de très fines rayures blanches. Il reçut un client, prit les appels de quelques journalistes. Sur le coup de 13 heures, des amis se rassemblèrent dans son bureau pour le féliciter. Il y avait là Pedro Eliseo Cruz, Alejandro Vallejo, Jorge Padilla. L'un d'eux, Plinio Mendoza Neira, invita tout le monde à déjeuner pour fêter la victoire de la veille. « C'est d'accord, a dit Gaitán en s'esclaffant. Mais je te préviens que je coûte cher, Plinio. »

– Ils ont pris l'ascenseur qui se trouvait par là-bas, a déclaré Pacho en désignant un point dans l'entrée de l'immeuble. Il n'était pas toujours en état de fonctionnement parce qu'il y avait souvent des coupures d'électricité dans l'Agustín Nieto. Mais ce jour-là, il marchait. Ils sont descendus par là, regardez.

J'ai regardé.

– Ensuite ils sont sortis. Plinio Mendoza a saisi le bras de Gaitán. Comme ça.

Pacho m'a empoigné le bras, m'obligeant à marcher devant lui. Nous nous sommes éloignés de la porte de l'immeuble pour gagner la chaussée de la Carrera Séptima. Après avoir quitté l'espace feutré, près du hall, Pacho devait hausser le ton et me parler à l'oreille pour couvrir le bruit des voitures et des passants.

– Là-bas, de l'autre côté de la rue, il y avait une affiche du théâtre Faenza, où on passait *Rome, ville ouverte*, de Rossellini. Gaitán avait fait ses études dans cette ville, et il n'est pas impossible que l'affiche ait éveillé son attention et suscité en lui une brève association d'idées. Mais on ne le saura jamais : on ne peut pas savoir ce qui se passe dans la tête d'un homme avant sa mort, on ignore quels souvenirs souterrains, quels rapprochements lui traversent l'esprit. Enfin, peu importe que Gaitán ait pensé ou non à Rome ou à Rossellini. Plinio Mendoza s'est détaché du groupe d'amis pour se joindre à lui, comme s'il avait une confidence à lui faire. C'était d'ailleurs peut-être le cas. “J'ai quelque chose à te dire. Ce ne sera pas long”, a déclaré Mendoza. Il a alors vu Gaitán piler net et reculer vers la porte, porter les mains à son visage pour essayer de se protéger. Trois détonations ont retenti, suivies d'une quatrième, une fraction de seconde plus tard. Gaitán est tombé à la renverse. “Qu'est-ce que tu as, Jorge ?” lui a demandé Mendoza.

« Une question idiote, a estimé Pacho. Mais, dans des moments pareils, qui fait preuve d'originalité ?

– Personne, ai-je répondu.

– Mendoza a vu l'assassin et s'est jeté sur lui, mais Roa le visait avec son arme et l'a obligé à reculer. Il a dû penser qu'il allait lui tirer dessus et a tenté de regagner la porte de l'immeuble pour se cacher ou s'abriter.

Pacho m'a repris le bras et m'a de nouveau entraîné vers la porte disparue de l'immeuble Agustín Nieto. Nous avons pivoté pour regarder la chaussée et les voitures qui circulaient sur la Carrera Séptima. De la main droite, Pacho m'a montré où Gaitán était tombé. De sa tête s'échappait un filet de sang qui se répandait sur le pavé.

– Et Juan Roa Sierra, le meurtrier, était là. Il avait apparemment attendu Gaitán près de la porte de l'Agustín Nieto. Ce n'est pas certain, évidemment. Après le crime, des témoins ont cru se rappeler l'avoir vu entrer dans l'immeuble et prendre l'ascenseur plusieurs fois de suite, un comportement qui leur avait semblé anormal ou les avait tout au moins intrigués. Mais ils ne pouvaient être sûrs de rien : après un événement aussi grave, on est persuadé d'avoir vu des choses, on a l'impression que certains détails sont suspects… D'aucuns ont déclaré par la suite que Roa portait un costume gris à rayures, vieux et usé. D'autres affirmaient qu'il était rayé, certes, mais marron. D'autres encore n'ont même pas parlé de rayures. Il faut s'imaginer la confusion générale, les cris, les gens qui couraient dans tous les sens. Comment être un bon observateur dans ces conditions ? Enfin. Mendoza, qui était là où nous sommes en ce moment, a vu l'assassin. Il l'a vu baisser son revolver et le braquer une nouvelle fois sur Gaitán, comme pour l'achever. Mais, d'après lui, il n'a pas tiré. Un autre témoin a affirmé le contraire et dit que la balle avait rebondi sur le trottoir, comme ça, et qu'elle avait failli tuer Mendoza. Roa regardait de tous côtés, cherchant par où s'échapper. Là-bas, au coin de la rue, il y avait un policier, a ajouté Pacho en agitant une main en l'air vers l'avenue Jiménez. Mendoza l'a senti hésiter une seconde, autant dire un laps de temps très court, puis il a dégainé son pistolet pour tirer sur l'assassin. Roa a alors couru en direction du nord, par là-bas. Regardez.

– Je regarde.

– Il s'est ensuite retourné, comme pour menacer les personnes qui accompagnaient Gaitán, vous comprenez ce que je veux dire ? Comme pour couvrir sa fuite. C'est à ce moment-là que les passants lui sont tombés dessus. Certains témoins ont déclaré que le policier armé, celui qui allait tirer ou peut-être un autre, s'est également jeté sur lui. On a dit aussi qu'il s'est approché de Roa par-derrière en braquant sur lui le canon de son pistolet, et c'est à cet instant que l'assassin a levé les bras et que les gens l'ont plaqué à terre. D'autres encore racontent que Roa a essayé de traverser la Carrera Séptima et de la remonter par le côté est. C'est là qu'ils l'ont attrapé, à cet endroit, sur le trottoir, avant qu'il s'échappe. Quand les amis de Gaitán se sont aperçus qu'on avait mis la main sur le meurtrier, ils ont rejoint le grand homme pour tenter de l'aider. Son chapeau était tombé à côté du corps qui s'était effondré comme ceci, parallèle à la chaussée, a précisé Pacho en traçant des lignes horizontales en l'air. Mais l'affolement était tel que chacun d'eux a donné par la suite une version différente de l'histoire : pour les uns, Gaitán avait la tête au sud et les pieds au nord ; pour les autres, c'était le contraire. Ils n'étaient d'accord que sur un point : il avait les yeux ouverts, d'une immobilité effrayante. Quelqu'un, Vallejo peut-être, a remarqué que du sang s'écoulait de sa bouche. Quelqu'un d'autre a demandé en criant qu'on lui apporte de l'eau. Une serveuse est sortie avec un verre d'eau du Gato Negro, le café qui se trouvait au rez-de-chaussée de l'immeuble. "On a tué Gaitancito !" aurait-elle hurlé. Les gens s'approchaient de Gaitán, se baissaient pour le toucher comme un saint, toucher ses vêtements, ses cheveux. Pedro Eliseo Cruz, qui était médecin, est alors arrivé et s'est accroupi auprès du corps pour prendre son pouls.

« Il est vivant ? » a voulu savoir Alejandro Vallejo.

« Toi, appelle un taxi », lui a dit Cruz.

– Mais le taxi, une voiture noire, s'était avancé sans que personne ait eu besoin de le héler, a repris Pacho. Les gens se battaient pour avoir le droit de porter Gaitán et le hisser dans la voiture. Auparavant, Cruz avait constaté qu'il était blessé à l'arrière de la tête et a tenté de l'examiner, mais quand il l'a tournée, du sang a jailli de sa bouche. Quelqu'un a demandé à Cruz ce qu'il pensait de son état. "Il est fichu", a-t-il répondu. Gaitán a poussé des gémissements, enfin… des bruits qui ressemblaient à des gémissements.

– Il était donc encore en vie, ai-je observé.

– Oui. Une autre serveuse est sortie d'un autre café, El Molino ou El Inca, et a juré l'avoir entendu murmurer : "Ne me laissez pas mourir", mais je ne suis pas sûr de ça. Je crois davantage aux affirmations de Cruz, qui disait qu'il n'y avait plus rien à faire. À cet instant, un type a surgi avec un appareil et s'est mis à prendre des photos.

– Quoi ? Il y a des images de Gaitán ici, après qu'on lui a tiré dessus ? me suis-je étonné.

– Apparemment. Je ne les ai jamais vues, mais il semblerait qu'elles existent, ou plutôt que quelqu'un les ait prises. Maintenant, est-ce qu'elles ont survécu… c'est une autre histoire. On ne s'imagine pas que des documents aussi importants aient pu se volatiliser ou se perdre dans un déménagement, par exemple, pourtant c'est fort probable. Autrement, il n'y aurait aucune raison pour que ces photos ne soient pas arrivées jusqu'à nous. Bien sûr, il se peut aussi qu'on les ait détruites. Tant de mystère entoure cette journée… Enfin. Toujours est-il que le photographe a joué des coudes pour se frayer un passage dans la foule et qu'il a pris des photos de Gaitán.

Un des témoins s'indigna : « Le mort ne compte pas, occupez-vous plutôt du meurtrier », enjoignit-il au photographe.

– Mais l'homme ne l'a pas écouté, a enchaîné Pacho. Les gens étaient en train de soulever le corps pour le mettre dans le taxi. Cruz est monté, ses amis ont pris un autre taxi, qui attendait derrière le premier. Les deux véhicules se sont dirigés vers le sud et la Clínica Central. Il paraît qu'à ce moment-là de nombreuses personnes se sont accroupies à l'endroit où Gaitán était tombé. Elles ont sorti leurs mouchoirs qu'elles ont imbibés du sang du grand homme. Quelqu'un a ensuite fait la même chose avec un drapeau colombien.

– Et Roa Sierra ?

– Un policier l'avait maîtrisé, vous vous rappelez ?

– Ah oui. Là-bas, près de l'immeuble.

– Presque au coin. Il reculait vers l'avenue Jiménez quand l'agent l'a attrapé par-derrière et lui a enfoncé son pistolet entre les côtes.

« Brigadier, ne me tuez pas », lui dit Roa.

C'était un brigadier en plein service. Il désarma Roa, lui retira son pistolet en nickel et le glissa dans la poche de son pantalon avant d'agripper le meurtrier par le bras.

– Il s'appelait Jiménez. Le brigadier Jiménez en service dans l'avenue Jiménez : parfois, je me dis que l'Histoire manque d'imagination. Bon. Le brigadier en question a mis la main sur Roa Sierra, mais un type s'est jeté sur eux et a frappé l'assassin, je ne sais plus si c'était avec le poing ou sa caisse de cireur. Roa Sierra a heurté la vitrine d'un magasin qui se trouvait juste là.

Pacho a désigné une porte, à côté de l'ancien immeuble Agustín Nieto.

– C'était l'immeuble Faux, je crois qu'il s'appelait comme ça, et la vitrine qui a volé en éclats était là. Une boutique Kodak, il me semble, mais je n'en suis pas sûr. Roa saignait du nez à cause du coup qu'il avait reçu ou du choc contre la vitrine, je ne sais pas trop.

Quand il vit que les gens faisaient cercle autour d'eux, le brigadier Jiménez chercha un refuge. Il longea la façade de l'immeuble, côté sud.

« C'est lui ! C'est l'assassin de Gaitán ! » criait-on dans la foule.

Sans desserrer le bras de Roa, le brigadier gagna la droguerie Granada, sans parvenir pendant ce court trajet à le protéger des coups assenés par les cireurs de chaussures, qui le frappaient avec leurs lourdes caisses.

– Roa était mort de peur, a dit Pacho. Ceux qui l'ont vu tirer, Vallejo et Mendoza, ont déclaré plus tard qu'une terrible expression de haine, la haine d'un fanatique, l'animait. Tous ont également dit qu'au moment de presser la détente, Roa avait fait preuve d'un parfait sang-froid, mais qu'ensuite, là, encerclé par les cireurs en colère, roué de coups et sans doute persuadé qu'on allait le lyncher… fini le fanatisme, fini la maîtrise de soi ! Il n'y avait plus que de la peur et rien d'autre. Le changement était si impressionnant que beaucoup ont pensé qu'ils avaient affaire à deux individus différents : le fanatique et le froussard.

Pâle, le meurtrier de Gaitán avait la peau olivâtre et le visage anguleux, des cheveux raides et trop longs, une barbe de deux jours qui dessinait des ombres sales sur son visage. Son allure était celle d'un chien errant. Des témoins déclarèrent qu'il avait l'air d'un mécanicien ou d'un artisan ; l'un d'eux affirma même qu'une tache de graisse maculait la manche de son costume. « Il faut lyncher l'assassin ! » s'écria-t-on dans la foule. Le nez cassé suite à un coup qu'il avait reçu, Roa se laissa conduire avec brutalité jusqu'à la droguerie Granada. Pascal del Vecchio, un ami de Gaitán, demanda au patron de garder Roa à l'intérieur pour éviter un lynchage. Quand on le poussa dans le magasin, le meurtrier semblait résigné à son sort et n'opposa aucune résistance. Selon certains témoins, il s'était accroupi dans un coin qui n'était pas visible de la rue. Quelqu'un baissa le rideau de fer et un des employés lui demanda :

« Pourquoi avez-vous tué le docteur Gaitán ? »

« Ah, monsieur… je ne peux rien dire, ces choses-là nous dépassent. »

– Mais la foule a essayé de lever le rideau de fer, a repris Pacho. Le patron a paniqué ou ne voulait pas qu'on endommage son local, alors il a fini par ouvrir.

« Vous allez être lynché, insista l'employé. Dites-moi qui vous a envoyé. »

« Je ne peux pas », s'obstina Roa.

– Il a voulu se cacher derrière le comptoir, en vain car on l'a attrapé, a continué Pacho. Les cireurs se sont précipités sur lui et l'ont traîné par terre, mais avant qu'ils l'aient tiré hors du magasin, quelqu'un a trouvé un diable, vous savez ? Ces petits chariots métalliques qui servent à transporter des charges. Il s'en est emparé et l'a laissé tomber sur Roa. Moi, j'ai toujours pensé qu'à compter de cet instant, l'assassin avait déjà sombré dans l'inconscience. Sur le trottoir on l'a roué de coups de poing, de pied, de caisses de cireurs. On raconte que quelqu'un a surgi et lui a planté à plusieurs reprises un stylo dans le corps. On l'a entraîné vers le palais présidentiel. Il y a une photo, une photo célèbre prise d'un étage élevé pendant que la foule s'éloignait vers la place Bolívar. On y voit des gens traîner Roa et Roa lui-même, ou plutôt son cadavre. Il a perdu ses vêtements, il est pratiquement nu. Une des images horribles qui nous sont restées de cette journée horrible. Roa est déjà mort, ce qui signifie qu'il a rendu l'âme entre la droguerie Granada et cet endroit. Parfois, je me dis qu'il est mort en même temps que Gaitán. Vous savez à quelle heure Gaitán est mort ? Une heure cinquante-cinq. Deux heures moins cinq. Il n'est pas impossible qu'il ait poussé son dernier soupir au même instant que son assassin, n'est-ce pas ? Je ne sais pas en quoi c'est important, ou plutôt… je sais que ce n'est pas important, mais parfois j'y pense. C'est ici que la foule a mis la main sur Roa Sierra. La droguerie Granada se trouvait là, et c'est de là qu'on l'a emmené. Il était peut-être déjà mort en arrivant à l'endroit où nous sommes à présent, vous et moi, ou alors il est décédé plus tard. On l'ignore et on l'ignorera toujours.

Pacho a gardé le silence. Il a tendu une main, les yeux levés vers le ciel.

– Zut, il commence à pleuvoir. Vous voulez savoir autre chose ?

Pas plus de cinq mètres nous séparaient de l'endroit où était tombé un anonyme quelques heures auparavant. J'ai songé à demander à Pacho s'il était au courant, mais cela m'a paru superflu et futile, voire irrespectueux à l'égard de cet homme qui venait de me faire profiter de ses connaissances. Je me suis dit que Gaitán et cet inconnu étaient deux morts bien distincts et qu'en outre, de nombreuses années les séparaient. Pourtant les taches qu'avait laissées leur sang, celui où les gens avaient trempé leurs mouchoirs en 1948, et cet autre, dans lequel j'avais sali le bout de ma chaussure en 1991, n'étaient pas si différentes. Rien ne les reliait hormis ma fascination ou mon attirance morbide, mais cela suffisait, car ces deux réactions étaient aussi fortes que le rejet viscéral que je commençais à éprouver pour la ville de l'époque, la ville assassine, la ville cimetière, la ville où chaque coin de rue a son mort. Avec une sorte d'épouvante, je découvrais l'obscure attirance qu'exerçaient sur moi les défunts présents et passés qui pullulent dans cette ville. J'étais là, dans ce Bogotá déchaîné, à chercher les lieux de certains crimes pour la bonne et simple raison qu'ils m'horrifiaient, poursuivant les fantômes de ceux qui avaient connu une mort violente parce que j'avais justement peur de devenir un jour l'un d'entre eux. Mais ce n'était pas facile à expliquer, surtout à quelqu'un comme Pacho Herrera.

– Non, rien. Merci pour tout, lui ai-je répondu.

Et je l'ai vu s'évanouir dans la foule.

Dans la soirée, en rentrant chez moi, j'ai écrit d'une traite sept pages d'une nouvelle qui reprenait ou tentait de reprendre ce que m'avait raconté Pacho Herrera, debout dans la Carrera Séptima, sur le trottoir où l'histoire de mon pays avait connu un tournant radical. Il me semble que j'étais alors incapable de comprendre pourquoi le récit de Pacho Herrera m'avait à ce point captivé, et je ne pense pas davantage avoir eu conscience que des milliers de Colombiens avaient ressenti la même chose quarante-trois ans auparavant. La nouvelle n'était pas bonne, mais je l'avais écrite de ma main, sans rien emprunter à García Márquez, à Cortázar ou à Borges, comme dans de nombreuses autres tentatives passées et à venir datant de cette époque. Au contraire, pour la première fois, j'avais l'impression d'avoir écrit des pages dont le ton et le point de vue étaient personnels. Je l'ai montrée à Pacho – à l'image d'un jeune homme qui requiert l'approbation de ses aînés –, et notre relation a pris un tour nouveau, plus complice, davantage fondée sur la camaraderie que sur l'autorité. Quelques jours plus tard, il m'a demandé si je voulais visiter avec lui la maison de Gaitán.

– Gaitán a une maison ?

– Oui. Celle où il habitait quand il a été tué. Maintenant, évidemment, c'est un musée.

Nous y sommes allés par une après-midi ensoleillée. C'était une grande maison d'un étage où je ne suis jamais retourné depuis, entourée de verdure (je me rappelle une pelouse et un arbre) et entièrement hantée par le fantôme de Gaitán. Au rez-de-chaussée, un documentaire traitant de sa vie passait en boucle sur un vieux poste de télévision et, plus loin, des haut-parleurs crachotaient des enregistrements de ses discours. À l'étage, en haut du grand escalier, trônait une vitrine carrée contenant le complet bleu nuit. J'ai fait le tour de la vitrine, cherché et trouvé en frissonnant l'orifice des balles dans le tissu. Je suis ensuite allé voir la tombe, dans le jardin, devant laquelle je me suis recueilli un moment en songeant aux paroles de Pacho, les yeux levés vers le feuillage de l'arbre agité par le vent tandis que le soleil de la fin de la journée me réchauffait la tête. Pacho est sorti sans me laisser le temps de le saluer et a hélé un taxi qui passait dans la rue. Je l'ai vu fermer la portière, j'ai vu ses lèvres remuer pour indiquer une adresse au chauffeur, puis il a retiré ses lunettes comme on le fait pour chasser une poussière dans un œil, un cil dérangeant, une larme qui brouille notre vision.

Je me suis rendu chez le docteur Benavides quelques jours après notre conversation. Le samedi, pour sortir un peu de la routine alimentaire de la cafétéria, j'avais passé deux heures dans le secteur réservé aux restaurants d'un centre commercial voisin, puis j'avais traîné à la Librería Nacional et trouvé un livre de José Avellanos qui me serait peut-être utile dans l'écriture du roman auquel j'essayais de m'atteler à des moments volés. C'était une histoire picaresque et fantasque traitant d'un séjour hypothétique de Joseph Conrad au Panamá, et chaque phrase que je rédigeais me faisait prendre conscience que l'écriture ne visait qu'à me distraire de mes angoisses médicales ou à m'en éloigner. Quand j'ai regagné la chambre, M passait un examen qui servait à mesurer l'intensité de ses contractions internes ; elle avait le ventre tapissé d'électrodes, un robot placé près du lit émettait un murmure électronique couvert par le bruit du balayage délicat mais frénétique d'une pointe qui traçait des lignes d'encre sur un papier diagramme. À la moindre contraction, les lignes se brisaient, tressaillaient comme un animal qu'on tire de son sommeil.

– Vous venez d'en avoir une, lui a dit l'infirmière. Vous l'avez sentie ?

Mais M a dû lui avouer que non, une fois encore, elle n'avait rien senti et ça l'agaçait, comme si, de manière absurde, sa propre insensibilité l'irritait. De mon côté, je considérais en revanche ce papier quadrillé comme la première trace laissée par mes filles dans ce monde, et j'ai même pensé demander aux infirmières la permission de conserver certains diagrammes ou si elles voulaient bien m'en faire une copie. Et si ça se passe mal ? me suis-je alors dit. Si l'accouchement ne se déroule pas comme prévu, si les filles ne survivent pas ou ont des malformations, si à l'avenir nous n'avons rien qui soit digne d'être évoqué et encore moins célébré ? Cette éventualité n'avait toujours pas perdu de sa force ; ni les médecins ni les examens ne permettaient de l'écarter. Les infirmières sont donc reparties sans que j'aie formulé ma requête.

– Alors, cet examen ? ai-je demandé.

– Comme d'habitude, a répondu M avec un demi-sourire. Ces deux-là veulent sortir, on dirait qu'elles ont rendez-vous. On a déposé ça pour toi, sur la table, a-t-elle ajouté.

C'était une carte postale, ou plutôt une photo au format carte postale que j'ai aussitôt reconnue, avec un message écrit au verso. L'image était signée Sady González, un des grands photographes du vingtième siècle qui passait aussi pour être le témoin par excellence du Bogotazo. Il s'agissait d'un de ses clichés les plus connus, pris à la Clínica Central, où on avait transporté Gaitán pour tenter de lui

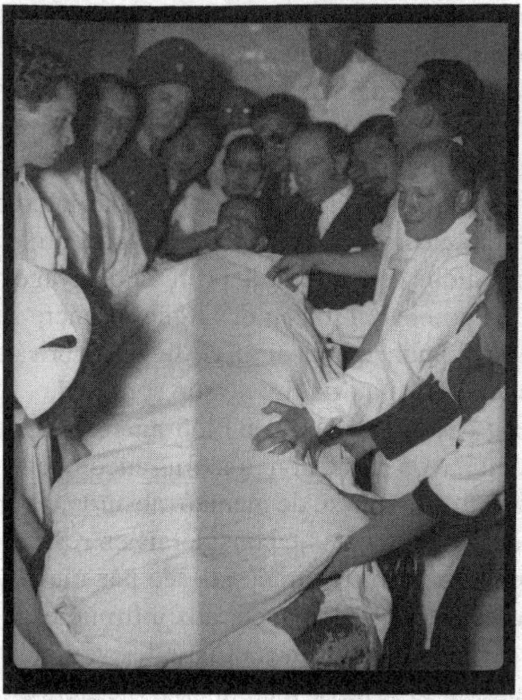

sauver la vie. Sur l'image, on constate que les efforts des médecins se sont révélés inutiles ; le blessé a déjà été déclaré mort, on a procédé à sa toilette et laissé entrer des gens qui ne font pas partie du cercle de ses proches. Gaitán apparaît couvert d'un drap blanc – si blanc qu'il en devient perturbant –, entouré de monde, à commencer par des médecins : l'un d'eux porte une grosse bague à la main gauche, qu'il a posée sur le corps, comme pour éviter que ce dernier ne tombe ; un autre, peut-être Pedro Eliseo Cruz, observe le fond de la pièce, les yeux sans doute tournés vers le policier qui se penche pour figurer sur la photo (il a dû pressentir l'importance du moment). Le docteur Antonio Arias se tient sur la gauche, de profil, le regard dans le vague, et ses traits expriment un abattement très particulier ou que je trouve particulier, car il est le seul à sembler en toute sincérité peu soucieux de la présence du photographe, le seul qu'une tristesse authentique empêche de s'intéresser à la scène. Gaitán est allongé au milieu, quelqu'un soulève légèrement sa tête – la position n'est pas naturelle – afin que son visage apparaisse sur l'image, qui a été prise dans cette intention, pour rendre compte de la mort du leader politique, alors qu'à mon sens sa plus grande réussite est de montrer sur le visage de Gaitán le « lisse anonymat de la douleur », pour citer un vers que j'apprécie. J'avais vu cette photo je ne sais combien de fois auparavant, mais ce n'est que dans la chambre de la clinique, à côté de ma femme allongée, que j'ai remarqué la présence de la fillette derrière Gaitán, qui semble soutenir la tête du mort. Quand je l'ai signalé à M, elle m'a dit que je me trompais, que c'était l'homme à lunettes qui soulevait la tête, car la petite fille a le poing fermé, orienté de telle sorte qu'elle ne peut soutenir quoi que ce soit. J'aurais aimé lui donner raison, mais c'était difficile : je voyais la main de l'enfant sous la tête de Gaitán qui émergeait au-dessus du drap blanc comme s'il flottait, et cela m'angoissait.

Au verso de l'image, le docteur Benavides avait écrit au stylo à bille (pour que l'encre adhère bien à la surface plastifiée et ne coule pas) :

Cher patient,
Demain dimanche, j'organise un dîner à la maison. En tout petit comité[1]*, *je l'écris en français pour faire cultivé. Je vous attends à 20 heures, j'ai très envie de discuter de choses qui n'intéressent plus personne. Je sais que vous avez d'autres sujets de préoccupation, mais je vous garantis que ça en vaudra la peine. Ne serait-ce que pour le plaisir de déguster un whisky.*
Bien à vous,
FB

C'est ainsi que, le lendemain, 11 septembre, je me suis dirigé en voiture au nord de Bogotá, où le tissu urbain s'éclaircit pour faire alterner çà et là des lotissements privés et des centres commerciaux, puis, soudain, devient un immense terrain vague dont la ligne est brisée par des constructions à la légalité douteuse. À la radio, on parlait des

1. En français dans le texte, de même que tous les mots en italique suivis d'un astérisque.

attentats de New York, en 2001, et les présentateurs et les commentateurs se livraient à un exercice qui allait devenir une habitude à chaque date anniversaire : ils évoquaient l'endroit où ils étaient à l'époque. Où me trouvais-je, moi, quatre ans plus tôt ? À Barcelone, je finissais de déjeuner. Je n'avais pas la télévision, si bien que je n'étais au courant de rien quand Enrique de Hériz m'avait téléphoné : « Viens tout de suite à la maison. Le monde est en train de s'écrouler », m'avait-il dit. Et voilà qu'à présent, tandis que je gagnais le nord de la ville par la Carrera Novena, la station de radio passait des enregistrements réalisés ce jour-là : le récit des faits à chaud, les déclarations pleines de stupéfaction et de colère après l'effondrement de la première tour, les réactions des politiciens, incapables même dans une situation comme celle-ci de manifester une réelle indignation. Un des commentateurs a décrété qu'ils l'avaient bien mérité. « Qui donc ? » a demandé un de ses collègues, aussi surpris que moi. « Les États-Unis, a répondu le premier. Pour avoir infligé aux autres leur impérialisme et leurs humiliations pendant des dizaines d'années. Quelqu'un a enfin riposté. » Je venais d'arriver à l'adresse indiquée, mais au lieu d'avoir en tête les explications que m'avait données Benavides pour trouver sa maison, je songeais à mon séjour à New York, huit mois après les attentats, aux personnes qui avaient perdu un proche et que j'avais interviewées, à mon expérience de la douleur d'une ville qui avait réagi aux attaques avec solidarité et dignité. Le présentateur continuait de parler. Parmi les répliques qui se bousculaient en désordre dans mon esprit, une seule a franchi mes lèvres, uniquement pour moi-même : « Pauvre con. »

Le docteur m'attendait, sa silhouette se découpait dans l'embrasure de la porte. Il n'avait qu'une demi-tête de plus que moi, mais il était du genre à marcher voûté pour ne pas se heurter aux poutres. Il portait des lunettes à monture en aluminium et aux verres teintés, dont la couleur changeait peut-être en fonction de la lumière, et là, sur le seuil, sous les nuages qui défilaient rapidement dans le ciel, il m'a fait penser à un espion de roman, une sorte de George Smiley un peu plus corpulent et, surtout, plus mélancolique. À près de cinquante ans, peu abrité du froid qui s'abat en fin de journée sur Bogotá par un vieux gilet, il m'a donné l'impression d'être fatigué. La douleur des autres peut nous affecter de manière plus ou moins subtile ; Benavides avait passé de nombreuses années de sa vie à la combattre, à partager la souffrance et la peur des malades, et cette compassion avait consumé son énergie. Hors de leur lieu de travail, les hommes vieillissent subitement et nous attribuons parfois ce vieillissement à la première chose qui nous vient à l'esprit : certains épisodes de leur existence, un drame que nous avons suivi de loin, une maladie dont quelqu'un nous a informés. Ou, dans le cas de Benavides, les particularités de son métier, que je connaissais assez pour admirer ce médecin ou plutôt son dévouement aux autres, et regretter de ne pas lui ressembler.

– Vous êtes en avance, m'a-t-il dit.

Il m'a conduit dans le patio où la verrière laissait encore entrer la lumière oblique de la soirée ; en quelques phrases émues, il m'a reparlé de mon roman, a pris des nouvelles de ma femme, m'a interrogé sur les prénoms que nous comptions donner à nos filles et m'a appris qu'il avait deux enfants d'une vingtaine d'années, un garçon et une fille ; puis il s'est empressé de me dire que le banc que j'occupais était une traverse de chemin de fer qu'il avait lui-même pourvue de pieds, et a désigné le mur en m'expliquant que les appliques que je voyais étaient les vis (je ne connais pas le terme technique) servant à maintenir cette traverse au sol. La chaise sur laquelle il était assis provenait d'un hôtel de Popayán qui s'était effondré pendant le tremblement de terre de 1983, et une hélice de cargo constituait le seul objet décoratif posé sur la table basse.

– Je ne sais pas comment font les gens pour supporter ce bric-à-brac, mais ils le supportent.

J'ai alors songé qu'il me testait : il cherchait à savoir si j'éprouvais moi aussi quelque intérêt irrationnel pour les objets du passé, ces fantômes silencieux.

– Bon. Allons à l'intérieur, il commence à faire frais, a-t-il déclaré, les traits déjà presque invisibles ou rendus flous par la demi-pénombre. Je crois que les invités sont enfin arrivés.

Le *comité** n'était pas aussi *petit** qu'il l'avait annoncé dans son mot. La maison exiguë était pleine de convives, pour la plupart de l'âge de mon hôte ; des collègues, me suis-je dit sans en avoir la preuve. Groupés autour de la table de la salle à manger, ils tâchaient de garder leur assiette droite pendant qu'ils se resservaient en viande froide, attaquaient la salade de pommes de terre ou essayaient de dompter des asperges récalcitrantes qui ne tenaient pas sur les fourchettes. Les voix murmurantes de Billie Holiday ou d'Aretha Franklin sortaient de baffles invisibles. Benavides m'a présenté son épouse, Estela, une petite femme aux os saillants et au nez aquilin d'Orientale, dont le large sourire compensait en quelque sorte l'ironie constante du regard. Nous avons ensuite fait le tour de la pièce (à l'air vicié par la fumée), car il voulait me présenter à certains invités, d'abord un homme aux lunettes épaisses qui ressemblait beaucoup, ai-je pensé, à celui qui est supposé soutenir la tête de Gaitán sur la photographie, puis un autre, petit, chauve et moustachu, qui a dû se faire violence pour lâcher la main de sa femme aux cheveux teints et lui permettre de me saluer. « Un de mes patients », disait Benavides en m'introduisant, et j'ai pensé que ce mensonge sans importance l'amusait. Entre-temps, je commençais à être gêné et inquiet, et j'en ai vite compris la raison : une part de ma conscience cherchait à savoir comment allait ma famille naissante, ces petites filles qui grandissaient dangereusement dans le ventre de ma femme. Pendant que je me promenais dans la maison de Benavides, une angoisse nouvelle me gagnait, m'incitant à me demander si ce que je ressentais – cette impression soudaine de solitude, la conviction superstitieuse qui consiste à se dire que les pires catastrophes surviennent en notre absence – était à mettre sur le compte de la paternité, et j'ai regretté d'être venu échanger des banalités en société au lieu de rester avec M pour lui tenir compagnie et faire mon possible pour l'aider. Dans mon dos, quelqu'un récitait des vers :

Cette rose fut témoin
De ce qui ne pouvait qu'être amour,
Ou alors, c'est qu'aucun autre amour ne saurait exister.
Cette rose fut témoin
Du jour où tu t'es abandonnée à moi !

C'était le pire poème de León de Greiff, ou en tout cas celui qui m'a toujours semblé le plus indigne de son œuvre prodigieuse, mais que connaissent immanquablement tous les Colombiens et qui finit toujours par affleurer – c'est le cas de le dire – lors de certaines réunions. Apparemment, celle qui se déroulait ce soir-là chez Benavides était de ce genre. J'ai encore une fois regretté d'être là. Sous une fougère retombante, près de la porte coulissante qui s'ouvrait sur le jardin déjà plongé dans le noir, deux vitrines ont attiré mon attention, car les objets qu'elles contenaient étaient disposés comme les œuvres d'une exposition. Je me suis immobilisé devant les portes, les regardant sans les voir, dans l'intention initiale d'échapper aux mondanités qui avaient lieu dans mon dos. Mais peu à peu, certains ont éveillé ma curiosité. De quoi s'agissait-il au juste ?

– Ça, c'est un kaléidoscope en cuivre, m'a informé Benavides.

Il m'avait rejoint discrètement et avait à l'évidence lu dans mes pensées, sans doute habitué à ce que les visiteurs qui venaient pour la première fois s'arrêtent devant les vitrines et posent des questions.

– Et ça, c'est le dard d'un vrai scorpion d'Amazonie ; là, vous avez un revolver LeMat qui date de 1856, et ça, c'est le squelette d'un serpent à sonnette, petit, c'est sûr, mais vous savez que la taille importe peu.

– C'est votre musée personnel, ai-je dit.

– Plus ou moins, m'a-t-il répondu en me lançant un regard manifestement satisfait. Des choses que j'ai accumulées au fil du temps.

– Non, je veux parler de la maison. La maison tout entière est votre musée.

Il s'est fendu d'un grand sourire en désignant le mur, au-dessus du meuble, orné de deux cadres (mais je ne suis pas sûr que parler d'« ornements » convienne, car ces objets ne remplissaient aucune fonction esthétique).

– La pochette d'un disque de Sidney Bechet, a expliqué le docteur. La relique avait été signée et datée par le musicien le 2 mai 1959.

– Il y a aussi ça, a-t-il ajouté en me montrant un petit meuble aux trois quarts dissimulé par la vitrine. Une balance qu'on m'a rapportée de Chine.

– Elle est authentique ? ai-je demandé bêtement.

– De la première à la dernière pièce.

Avec son cadre en bois sculpté, son T inversé et ses deux plateaux suspendus à une baguette, c'était un objet magnifique.

– Et vous voyez cette boîte laquée ? C'est là que je range les poids en plomb, les plus jolis qui soient. Attendez, je vais vous présenter quelqu'un.

C'est alors que j'ai vu que mon hôte était accompagné. Caché derrière Benavides par timidité ou par prudence, un homme au teint pâle attendait, un verre d'eau gazeuse dans la main gauche. Malgré de grosses poches sous les yeux, il n'avait pas l'air beaucoup plus âgé que le docteur, et de son étrange tenue – veste en velours marron, chemise au col haut amidonné – ressortait un foulard d'un rouge très vif, pour ne pas dire criard, un rouge semblable à la *muleta* d'un matador. L'homme au foulard rouge m'a tendu une main molle et moite et a décliné son prénom et son nom allitératifs d'une voix faible, hésitante ou efféminée, le genre de voix qui oblige les autres à se rapprocher pour l'entendre :

– Carlos Carballo. À votre service.

– Carlos est un ami de la famille, a précisé Benavides. Un vieil ami. Un très vieil ami. Je ne me rappelle même plus l'époque où il ne fréquentait pas la maison.

– C'est qu'au départ, j'étais l'ami de votre père, a expliqué Carballo.

– D'abord l'élève, ensuite l'ami, a enchaîné Benavides. Puis il est devenu mon ami. J'en ai hérité comme on hérite d'une paire de chaussures.

– Un élève ? Qu'enseignait votre père ? ai-je demandé.

– Il était professeur à l'Université nationale de Colombie, il donnait des cours de médecine légale aux avocats. Un jour, je vous raconterai tout ça, Vásquez. Il avait plus d'une anecdote en réserve.

– Plus d'une, a dit ou renchéri Carballo. C'était un professeur exceptionnel, si vous l'aviez vu… Je crois qu'il a changé la vie de nombreuses personnes. Un grand esprit, a-t-il ajouté avec solennité, et il m'a même semblé qu'il s'était dressé sur la pointe des pieds pour prononcer ces mots.

– Il est mort quand ?
– En 87, m'a répondu Benavides.
– Ça va faire vingt ans, a précisé Carballo. C'est fou comme le temps passe…

J'ai trouvé inquiétant qu'un homme capable d'arborer ce foulard – cet affront de soie délicate – soit un adepte de la phrase toute faite et des lieux communs. Mais Carballo était à l'évidence un type imprévisible ; c'est sans doute pour cela qu'il m'intéressait plus que les autres invités, que je n'ai pas fui sa compagnie ni trouvé une excuse pour m'éclipser. J'ai sorti mon téléphone de ma poche, vérifié le nombre de petites barres noires et me suis assuré que je n'avais aucun appel en absence avant de le ranger. Quelqu'un a alors requis l'attention de Benavides. Je me suis tourné là où son regard se posait et j'ai vu Estela agiter les bras au bout du salon (les manches de son chemisier se sont alors relevées sur des bras aussi blancs qu'un ventre de grenouille).

– Je reviens tout de suite, a dit Benavides. Si ma femme n'est pas en train de s'étouffer, c'est que je dois aller chercher des glaçons.

Carballo parlait du vide laissé par un maître – il l'appelait ainsi, maintenant, et dans sa tête le mot commençait probablement par une majuscule –, surtout dans les moments où on a besoin que « quelqu'un vous apprenne à lire la vérité des choses ». Cette phrase m'a fait l'effet d'un bijou trouvé dans la boue : enfin des mots qui s'accordaient avec son foulard.

– "Lire la vérité des choses" ? ai-je demandé. Que voulez-vous dire ?
– Ouh… ça m'arrive tout le temps, pas à vous ?
– Quoi donc ?
– De ne pas savoir quoi penser. De devoir être orienté. Comme aujourd'hui, par exemple. J'écoutais la radio, dans la voiture, vous savez, le genre d'émissions qui passent l'après-midi. Sur le 11 Septembre.
– Je l'ai écoutée moi aussi.
– Et je me disais que le professeur Benavides avait laissé un grand vide. Il nous aurait aidés à voir la vérité qui se cache derrière la manipulation politique et la complicité criminelle des médias. Il n'aurait pas gobé cette histoire et aurait su découvrir le mensonge.

– Quel mensonge ?

– Tout ça n'est qu'un mensonge, ne me dites pas que vous ne vous en êtes pas rendu compte. Cette histoire d'Al-Qaïda. De Ben Laden. Tout ça, c'est des conneries, pardonnez-moi le terme. Ces choses-là n'arrivent pas aussi facilement. Quelqu'un croit-il sérieusement qu'un petit avion peut faire tomber les Tours jumelles comme un château de cartes ? Non, certainement pas : tout ça a été élaboré de l'intérieur, c'est une démolition programmée. Le professeur Benavides s'en serait aperçu immédiatement.

– Ah oui ? ai-je lâché, intéressé, voire gagné par une curiosité malsaine. Expliquez-moi cette démolition.

– C'est très simple. Des constructions aux lignes parfaitement droites comme les Tours jumelles ne s'effondrent que si on en fait exploser la base. Il faut leur couper les jambes, pas la tête. Les lois de la physique sont les lois de la physique, à moins que vous n'ayez déjà vu un arbre tomber parce qu'on en a coupé la cime.

– Mais un bâtiment n'est pas un arbre. Les avions ont explosé, l'incendie s'est propagé en endommageant la structure et les tours sont tombées. Ça ne s'est pas passé comme ça ?

– Bon. Si c'est ce que vous voulez croire, a conclu Carballo en avalant une gorgée d'eau. Mais un immeuble de ce genre ne s'effondre pas entièrement de manière aussi parfaite. Les tours sont tombées comme dans une publicité, ne me dites pas le contraire.

– Ça ne signifie rien.

– Non, évidemment, a-t-il soupiré. Ça ne signifie rien pour ceux qui ne veulent rien voir. Franchement, il n'y a pas pire aveugle que celui qui ne veut pas voir.

– Oh, arrêtez avec les proverbes idiots, ai-je soufflé, me demandant pourquoi j'étais aussi impoli.

Je n'aime pas l'irrationalité délibérée et j'ai du mal à supporter les gens qui se cachent derrière les mots, surtout quand il s'agit d'une des mille et une formules inventées par le langage pour préserver notre tendance à croire sans la moindre preuve. J'essaie néanmoins de modérer mes pulsions négatives, ce que j'ai fait ce soir-là.

– Je veux bien me laisser convaincre si vous savez vous montrer convaincant, mais c'est mal parti.

– Alors ça ne vous semble pas bizarre ?

– Quoi donc ? La façon dont les tours sont tombées ? Je ne suis sûr de rien. Je ne suis pas ingénieur, je serais bien incapable de…

– Il n'y a pas que ça. Vous ne trouvez pas étrange que, comme par hasard, l'US Air Force n'ait pas été prête ce matin-là et que, comme par hasard, le système de défense de l'espace aérien n'ait pas fonctionné ? Que ces attaques aient conduit directement à un conflit nécessaire, ou qui l'était à l'époque, pour maintenir le *statu quo* ?

– Mais ça n'a rien à voir, Carlos, ne m'obligez pas à vous l'expliquer ! ai-je répliqué. Que Bush se soit servi de l'attentat comme d'un prétexte à une guerre qu'il comptait déclarer depuis un moment est une chose, qu'il ait permis la mort de trois mille civils en est une autre.

– Justement. Ça, c'est ce qu'on s'imagine. En apparence, ce sont deux choses différentes. Ces gens-là sont très forts pour nous faire croire que deux faits sont dissociés alors qu'en réalité, ils sont liés. Aujourd'hui, il faut être bien naïf pour dire que la princesse Diana est morte dans un accident de voiture.

– La princesse Diana ? Mais quel rapport ?

– Seuls les naïfs se figurent qu'il n'y a aucun point commun entre sa mort et celle de Marilyn. Mais d'autres personnes, dont je fais partie, voient clair.

– Ne dites pas de sottises, ai-je sifflé. C'est de la divination, des affirmations en l'air.

Benavides, qui revenait vers nous, a entendu ma dernière phrase. J'avais honte, pourtant je n'ai pas trouvé les mots pour m'excuser. Bien sûr, mon irritation était excessive et je ne comprenais pas trop ce qui l'avait déclenchée : les gens qui voient des conspirations partout m'agacent, mais cela ne justifiait pas mon impolitesse. Je me suis rappelé un roman de Ricardo Piglia où on dit que les paranoïaques ont eux aussi des ennemis. Le contact régulier avec les paranoïas d'autrui, qui revêtent de multiples formes et se cachent derrière les personnalités les plus tranquilles, nous travaille sans qu'on en ait conscience, et, si on n'y prend pas garde, on risque de finir par mobiliser son énergie dans des discussions stupides, avec des gens qui passent leur vie à échafauder des conjectures sans queue ni tête. Mais peut-être étais-je injuste envers Carballo, qui se contentait de réciter habilement des informations dénichées dans les cloaques d'Internet, ou était de ces individus, accros malgré eux à la provocation plus ou moins subtile, qui se plaisent à choquer les gens facilement impressionnables. Ou alors, c'était encore plus simple : Carballo était un homme brisé et il avançait ses convictions comme un mécanisme de défense pour lutter contre les côtés imprévisibles de la vie, qui, pour de mystérieuses raisons, lui avait fait du mal.

Benavides avait remarqué la mauvaise ambiance qui s'était installée, et savait qu'après ma réaction grossière elle risquait de dégénérer. Il m'a tendu un verre de whisky sur une serviette en papier :

– Désolé, mais j'ai mis du temps à traverser le salon, et la serviette est mouillée.

J'ai pris le verre sans un mot, senti son poids et l'aspérité de ses picots en cristal dans ma main. Carballo se taisait lui aussi, les yeux rivés au sol.

– Carlos, devinez de qui Vásquez est le neveu ! a lancé Benavides après un long silence embarrassant.

– De qui ? a fait Carballo en se prêtant de mauvaise grâce au jeu.

– De José María Villarreal.

Les yeux de Carballo ont réagi, c'est en tout cas l'impression qu'il m'a laissée. Je ne saurais dire s'ils s'étaient écarquillés, une réaction conventionnelle pour exprimer la surprise ou l'admiration, mais j'y ai décelé une émotion et, plus intéressants, des efforts pour la dissimuler.

– José María Villarreal était votre oncle ? a-t-il lâché.

Il avait retrouvé la vivacité avec laquelle il parlait des Tours jumelles, tandis que, de mon côté, je me demandais comment Benavides était au courant de ce lien de parenté. Cela n'avait cependant rien de surprenant, car mon oncle, José María Villarreal, avait été un membre éminent du parti conservateur, et, dans le monde politique colombien, tout le monde se connaît. Cette parenté constituait le genre d'information qui aurait pu ou avait dû être mentionnée lors de notre première conversation, dans la cafétéria de l'hôpital. Pourquoi Benavides n'avait-il pas abordé ce sujet ? Et quel intérêt pour Carballo ? Il m'était impossible de le savoir alors. De toute évidence, en mentionnant le nom de mon oncle, Benavides avait voulu apaiser le climat hostile qu'il avait senti en nous rejoignant. Et, de toute évidence, il y était immédiatement parvenu.

– Vous l'avez connu ? a demandé Carballo. Je veux dire… votre oncle. Vous l'avez bien connu ?

– Moins que je ne l'aurais souhaité. J'avais vingt-trois ans quand il est mort.

– De quoi ?

– Je ne sais pas. De mort naturelle. Et vous, comment se fait-il que vous le connaissiez ? ai-je enchaîné en me tournant vers Benavides.

– Comment ne pas le connaître ! s'est exclamé Carballo.

Il n'était plus voûté et s'exprimait d'une voix aussi enjouée que quelques instants auparavant ; notre altercation n'avait jamais eu lieu.

– Francisco, allez chercher le livre, qu'on lui montre.

– Non, pas maintenant. La maison est pleine d'invités.

– S'il vous plaît, allez le chercher. Faites-le pour moi.

– Quel livre ? ai-je demandé.

– Apportez-le, on va lui montrer, a tranché Carballo.

Benavides a esquissé une drôle de moue, à la manière d'un enfant contraint de satisfaire un caprice de ses parents. Il est parti dans la pièce voisine et revenu aussitôt : il avait vite mis la main sur l'ouvrage en question, qu'il était peut-être en train de lire, ou parce que sa bibliothèque était si bien classée qu'il pouvait trouver un titre sans avoir à parcourir les rayonnages ni à promener des doigts incertains sur les dos impatients des ouvrages. Bien avant que le docteur tende le volume à Carballo, j'avais reconnu l'étui en carton rouge. Il s'agissait de *Vivre pour la raconter*, les mémoires de García Márquez, publiés trois ans plus tôt, dont les exemplaires s'étaient répandus dans toutes les bibliothèques de Colombie et sans doute aussi du reste du monde. Carballo a pris le livre pour chercher la page qui l'intéressait, mais mes souvenirs (ou mon instinct) m'avaient déjà soufflé quel passage il me lirait. J'avais vu juste : nous allions parler du 9 avril.

– Ça y est ! a annoncé Carballo.

Il m'a donné le livre en pointant un doigt sur le texte, page 352 de l'édition que je possédais moi aussi à Barcelone. Dans ce chapitre, García Márquez décrivait l'assassinat de Gaitán, survenu à l'époque où il faisait son droit à Bogotá sans la moindre vocation et vivait au jour le jour dans une pension du centre-ville, Carrera Octava, à moins de deux cents mètres de l'endroit où Roa Sierra avait tiré ses quatre balles fatidiques. À propos des émeutes, des conflagrations et du chaos violent (ainsi que des efforts du gouvernement conservateur pour garder le contrôle de la situation) déclenchés par le meurtre du leader, García Márquez écrivait : « Dans le département voisin de Boyacá, bien connu pour ses traditions libérales et la sévérité de ses conservateurs, le gouverneur José María Villarreal, un *godo*[1] qui ne faisait pas de quartier, avait réprimé dans l'œuf l'agitation locale et envoyé des troupes pour mater la capitale. » *Un* godo *qui ne faisait pas de quartier* : García Márquez décrivait mon oncle en termes plutôt aimables si on considérait que cet homme, sur ordre du président Ospina, avait formé un corps de police dont les membres étaient choisis avec pour seul critère leur filiation conservatrice. Peu avant le 9 avril, cette police trop politisée avait passé les bornes et était devenue un organisme répressif, avec les conséquences néfastes que cela impliquait.

– Vous le saviez, Vásquez ? m'a demandé Benavides. Vous saviez que votre oncle était cité dans ce livre ?

– Oui, je le savais.

– “Un *godo* qui ne faisait pas de quartier”, a répété Carballo.

– Nous n'avons jamais parlé politique.

– Ah non ? Vous n'avez jamais parlé du 9 avril ?

– Pas que je me souvienne. Mais il nous racontait des anecdotes.

– Ah, ça m'intéresse ! s'est écrié Carballo. N'est-ce pas, Francisco, que ça nous intéresse ?

– Tout à fait, a répondu Benavides.

– Allez, dites-nous un peu…

– Eh bien, je ne sais pas trop. Il y en a plusieurs, comme cette fois

1. Conservateur.

où un ami libéral lui a rendu visite à l'heure du dîner. "Mon cher Chepe, il faudrait que tu ailles dormir ailleurs", lui a-t-il annoncé. "Pourquoi ?" s'est étonné mon oncle. "Parce que ce soir, nous allons te tuer." Des histoires de ce genre, sur les attentats qui le visaient…

– Et le 9 avril ? Il ne vous en a jamais parlé ? a insisté Carballo.

– Non. Je crois qu'il a donné quelques interviews, rien de plus. Nous n'avons jamais abordé le sujet.

– Mais il était forcément au courant de beaucoup de choses, n'est-ce pas ?

– Quel genre de choses ?

– Eh bien, au moment des faits, il était le gouverneur du département de Boyacá, tout le monde le sait. Il était très au fait, c'est pour ça qu'il a envoyé la police à Bogotá. On peut donc supposer qu'ensuite il s'est informé de ce qui s'était passé. Il a dû poser des questions, avoir des entretiens avec les membres du gouvernement, pas vrai ? Et plus tard, pendant le restant de sa longue vie, il a eu des conversations avec de nombreuses personnes, c'est en tout cas ce qu'on est en droit de penser, qu'il devait connaître pas mal de choses, de celles qui surviennent… comment dire… à l'insu du commun des mortels.

– Je ne sais pas. Il ne m'en a jamais touché mot.

– Je vois, a dit Carballo. Votre oncle ne vous a donc jamais parlé de l'homme élégant ?

Il avait posé cette question sans me regarder, je m'en souviens très bien car de mon côté je cherchais à croiser les yeux de Benavides, qui me semblaient absents ou fuyants : il s'efforçait de feindre la distraction, à croire que notre conversation avait soudain cessé de l'intéresser. J'ai ensuite compris que c'était tout le contraire, mais je n'avais aucune raison de soupçonner des intentions cachées dans un dialogue en apparence banal.

– Quel homme élégant ?

Carballo a de nouveau agité les doigts au-dessus des pages de *Vivre pour la raconter* et il a vite trouvé le passage qu'il cherchait.

– Lisez. À partir de là, m'a-t-il enjoint en pointant l'index droit sur un mot.

García Márquez racontait qu'après avoir assassiné Gaitán, Juan

Roa Sierra avait été poursuivi par une foule en colère et avait dû se mettre à l'abri dans la droguerie Granada pour éviter d'être lynché. Des policiers et le patron du magasin étaient avec lui, de sorte qu'il se crut hors de danger. Mais un fait imprévu était alors survenu. *Un homme vêtu comme pour un mariage d'un impeccable costume gris* encouragea la foule de *quelques cris bien choisis et de surcroît si efficaces* que le propriétaire de la droguerie ouvrit le rideau et laissa les cireurs de chaussures entrer, armés de leurs caisses, et entraîner le meurtrier terrorisé. Là, au milieu de la Carrera Séptima, sous les yeux des agents de police, harangués par l'homme élégant, ils le battirent à mort. « Au palais ! » cria alors l'homme élégant dans son costume gris digne d'un mariage. García Márquez écrit ensuite :

« Cinquante ans plus tard, ma mémoire reste figée sur l'image de l'homme qui semblait exciter la foule devant la droguerie, mais les innombrables témoignages que j'ai lus sur cette journée n'en font aucune mention. Je l'avais vu de très près, et j'avais remarqué son costume élégant, sa peau d'albâtre et ses gestes contrôlés au millimètre près. Il avait à ce point attiré mon attention que je ne l'avais pas quitté des yeux jusqu'au moment où il était monté dans une voiture beaucoup trop neuve dès qu'on avait emmené le cadavre de l'assassin et, depuis, il semblait avoir été rayé de la mémoire historique. Et même de la mienne, jusqu'au jour où, longtemps après, quand je suis devenu journaliste, j'ai acquis la certitude que cet homme avait réussi à faire lyncher un faux meurtrier pour protéger l'identité du vrai. »

– "Pour protéger l'identité du vrai", a répété Carballo en même temps que moi, de sorte que nous avions l'air d'un chœur médiocre au milieu du tapage de la soirée. C'est étrange, vous ne trouvez pas ?

– Étrange, en effet.

– C'est García Márquez qui l'écrit, pas n'importe quel crétin. C'est dans ses mémoires. Ne me dites pas qu'il n'y a pas quelque chose qui cloche dans la présence de ce type sur les lieux du crime et le fait qu'il ait sombré dans l'oubli.

– Oui, c'est sûr. L'assassinat de Gaitán n'a toujours pas été résolu. Il est entouré de théories conspirationnistes. Je ne suis pas surpris que cela vous captive, Carlos : j'ai bien compris que c'était votre univers. Mais je ne sais pas s'il faut considérer un paragraphe isolé dans un livre comme la vérité suprême. Même s'il est signé García Márquez.

Plus que déçu, Carballo était froissé. Il a reculé d'un pas (certains désaccords sont si forts qu'on se sent agressé, et peu s'en faut pour qu'on en vienne aux poings et qu'on se mette à boxer), a fermé le livre et, sans le lâcher ni le glisser dans son étui, il a croisé les mains dans le dos.

– Je vois, a-t-il maugréé d'un ton sarcastique. Et vous, Francisco, qu'en pensez-vous ? Comment sortir de mon univers où il n'y a que des fous ?

– Carlos, ne montez pas sur vos grands chevaux. Vásquez veut juste dire que…

– Je sais très bien ce qu'il veut dire, il me l'a fait comprendre tout à l'heure : je raconte n'importe quoi.

– Non, pas du tout, ai-je protesté, excusez-moi pour ça, ce n'est pas ce que…

– Mais certaines personnes pensent le contraire, pas vrai, Francisco ? Certains voient là où d'autres sont aveugles. Pas dans votre monde à vous, Vásquez. Dans votre monde, il n'y a que des coïncidences. Si les tours sont tombées alors qu'elles auraient dû rester debout, c'est une coïncidence. Qu'un homme se soit trouvé devant la droguerie Granada et qu'il ait pu faire ouvrir le local sans même avoir à le demander est une nouvelle coïncidence. Et que le nom de votre oncle soit cité dans les mémoires de García Márquez quatorze pages après la description du meurtre en est une autre.

– Là, je suis perdu, ai-je avoué. Quel rapport entre mon oncle et cet homme ?

– Je n'en sais rien. Et vous non plus, parce que vous ne lui avez jamais posé la question. Vous n'avez jamais discuté du 9 avril avec votre oncle. Vous ignorez si votre oncle a connu l'homme qui a fait ouvrir le rideau de la droguerie. Ça ne vous intéresse pas de le savoir, Vásquez ? De savoir qui était le type qui en a incité d'autres à tuer Juan Roa Sierra sous les yeux de tous, et qui est ensuite monté dans une voiture de luxe avant de disparaître à jamais ? Nous sommes en train de parler des événements les plus graves survenus dans votre pays, mais il semblerait que ça ne vous intéresse pas. Un de vos parents a participé à cette page d'histoire et connaissait peut-être ce type, tout le monde connaissait tout le monde à cette époque, mais ça vous laisse parfaitement froid. Vous êtes tous pareils, mon vieux : vous partez vivre à l'étranger et vous oubliez la Colombie. Ou, réflexion faite, peut-être que non. Si ça se trouve, vous protégez votre oncle, tout simplement. Dans ce cas, vous n'avez rien oublié et savez au contraire très bien ce qui s'est passé. Vous savez que votre oncle a mis sur pied la police de Boyacá. Vous savez aussi qu'elle est devenue une police meurtrière. Que ressentez-vous quand vous pensez à ça ? Vous êtes correctement informé ? Vous vous en êtes soucié ? Non, vous vous en fichez. Vous vous dites que ça ne vous concerne pas, que les faits ont eu lieu un quart de siècle avant votre naissance. Oui, c'est ça. Vous estimez que ces histoires, c'est le problème des autres et non le vôtre. Eh bien, je vais vous dire, Vásquez : je suis ravi que le destin vous ait obligé à accoucher ici, enfin… qu'il ait obligé votre femme à accoucher ici. Le pays va pouvoir vous donner une leçon et vous punir de votre égoïsme. Vos filles vont peut-être vous apprendre ce que c'est qu'être colombien. À condition qu'elles voient le jour, n'est-ce pas ? Parce qu'elles mourront peut-être ici, comme deux chatons trop faibles. Ça aussi, ce serait une bonne leçon, maintenant que j'y pense.

Les images de ce qui s'est passé ensuite flottent dans une sorte de brouillard. Je me rappelle qu'une seconde plus tard je n'avais plus le verre de whisky à la main, parce que je venais de le jeter à la figure de Carballo, et je me rappelle très bien le bruit du verre qui se brisait, Carballo à genoux, la tête entre les mains, le nez cassé, le sang qui s'en écoulait et tachait son foulard – rouge sur rouge, rouge sombre (le sang noir, disent les Grecs) sur le rouge criard pareil à celui d'une *muleta* de torero – et se répandait sur le tranchant de sa main gauche en salissant le poignet de sa chemise et le bracelet de sa montre, en toile blanche d'après mes souvenirs, donc plus vulnérable aux taches qu'un bracelet en cuir. Je me rappelle ses cris de douleur ou de peur : le sang effraie certaines personnes. Je me rappelle aussi

Benavides, qui m'a pris le bras d'un geste autoritaire et résolu (près d'une dizaine d'années s'est écoulée depuis, mais je sens encore très nettement la pression de sa main sur mon bras) pour me faire traverser le salon, où les invités se sont écartés et nous ont laissés passer d'un air stupéfait ou franchement accusateur, je me rappelle avoir aperçu du coin de l'œil Estela, mon hôtesse, qui se précipitait vers le blessé avec une poche de glace, et une autre femme, sans doute l'employée de maison, qui tenait un balai et une pelle et semblait irritée ou impatiente. J'ai eu le temps de songer que Benavides me flanquait dehors, et de regretter, c'est sûr, la fin d'une relation qui n'était pas une amitié mais aurait pu le devenir, et c'est alors que, dans un accès de culpabilité, j'ai imaginé la scène, la porte qui s'ouvrait tandis qu'on me poussait à l'extérieur. Je me sentais fatigué, j'avais peut-être trop bu, même si je crois avoir été raisonnable, mais malgré ma conscience engourdie, prêt à accepter les conséquences de mes actes, j'élaborais rapidement dans ma tête des phrases d'excuse ou de justification, et il me semble que j'avais commencé à les prononcer quand je me suis rendu compte que Benavides ne me conduisait pas vers la sortie, mais au pied de l'escalier.

– Montez, ouvrez la première porte à gauche, enfermez-vous et attendez-moi, m'a-t-il conseillé en me remettant un jeu de clés. N'ouvrez à personne. Je vous rejoins dès que possible. Nous avons pas mal de choses à nous dire.

II

Reliques de morts illustres

J'ignore si j'ai attendu longtemps dans cette pièce pleine d'objets disparates où l'air circulait à peine. C'était un bureau aveugle, à l'évidence aménagé pour être le territoire de Benavides. Un fauteuil de lecture trônait sous le halo de lumière d'une grande lampe qui ressemblait à un vieux casque de coiffure. Je m'y suis installé après avoir inspecté le lieu sans y trouver d'espace destiné à accueillir des visiteurs : le docteur ne recevait guère dans son repaire. Une dizaine de livres étaient entassés sur une petite table, à côté du fauteuil. Pour me distraire, je les ai examinés sans oser en feuilleter aucun de peur de perturber un ordre secret. Il y avait une biographie de Jean Jaurès, *Vies parallèles des hommes illustres* de Plutarque, un ouvrage d'Arturo Alape sur le Bogotazo, un autre relié en cuir, plus fin que le précédent, dont le nom de l'auteur était illisible et le titre un peu trop pamphlétaire à mon goût : *Pourquoi le libéralisme politique colombien n'est pas un péché*. Une table de travail rectangulaire entièrement recouverte de cuir vert était placée au centre du mur le plus long ; deux piles y étaient calées minutieusement, sans se toucher, sous un pot à crayons d'aspect artisanal : la première composée d'enveloppes non décachetées, l'autre de factures dépliées, une concession à la vie domestique dans ce lieu manifestement consacré à diverses formes de contemplation. Deux appareils dominaient le plateau : un scanner et l'écran de l'ordinateur, un géant blanc de dernière génération qui se dressait comme une idole ou, plutôt, me suis-je corrigé aussitôt, comme un œil immense qui voit et sait tout. De manière ridicule, je me suis assuré qu'il était éteint et que sa caméra ne fonctionnait pas. Je n'avais pas envie qu'on m'espionne.

Que s'était-il passé dans le salon ? Ce n'était pas encore très clair. Ma réaction agressive m'étonnait, même si, comme une grande partie de ma génération, je garde en moi un fond de violence refoulée car j'ai grandi à une époque où la ville, ma ville, était devenue un champ miné, et où la sauvagerie des bombes et des coups de feu déteignait sur nous avec ses mécanismes insidieux : n'importe lequel d'entre nous sait avec quelle rapidité nous étions capables de descendre de voiture pour en venir aux mains au moindre incident de circulation, et je suis sûr de ne pas être le seul à avoir souvent vu le trou noir du canon d'une arme braqué sur mon visage ; de là aussi – encore une fois, je ne suis pas le seul – ma fascination pour les scènes violentes, les matchs de foot qui dégénèrent en affrontements, les images, filmées par des caméras de surveillance, de coups de poing assenés dans le métro de Madrid ou une station-service de Buenos Aires, scènes que je cherche sur Internet pour les regarder et m'injecter une dose d'adrénaline. Mais cet attrait de la violence ne justifiait pas ce qui s'était passé dans le salon ; en revanche, l'état de nervosité lié à la situation de grande tension que je vivais et au manque de sommeil pouvait contribuer à l'expliquer. Je me suis raccroché à cela : l'homme qui avait frappé Carballo n'était pas moi, et le docteur Benavides et sa femme devaient le comprendre ; à trois kilomètres de là environ, mes filles encore dans le ventre de leur mère jouaient chaque jour leur vie ou leur mort, mon bien-être et celui de ma femme dépendaient quotidiennement d'un accouchement à hauts risques. Compte tenu de ces réalités, comment ne pas trouver logique que les propos de Carballo m'aient fait perdre contenance ?

Par ailleurs, je me demandais comment Carballo était au courant de mes liens de parenté avec José María Villarreal. Apparemment, il ne disposait pas d'informations précises, mais Benavides et lui avaient parlé de moi dans les détails. Depuis quand ? Le docteur m'avait-il invité chez lui dans l'intention secrète de me présenter Carballo ou vice versa ? Pour quelle raison ? Parce que j'étais le neveu d'un homme qui avait vécu en première ligne les événements du 9 avril et joué un rôle déterminant dans les événements survenus après l'assassinat de Gaitán. Oui. Ça, au moins, c'était vrai. C'était un fait de notoriété publique, inscrit dans l'histoire officielle : le gouverneur loyal au régime qui envoie mille policiers afin de réprimer l'émeute. Comme tout le monde, j'avais évidemment lu les mémoires de García Márquez et, comme tout le monde, j'avais été incommodé, voire alarmé par la clarté avec laquelle le plus grand romancier du pays et notre intellectuel le plus influent suggérait sans détours ni euphémismes l'existence d'une vérité cachée. Car c'est bien ce qu'il insinuait dans cette page ; en évoquant l'homme élégant, il sous-entendait qu'il avait participé au meurtre de l'assassin. García Márquez avait écrit noir sur blanc sa conviction profonde selon laquelle Juan Roa Sierra n'était pas le seul à avoir tué Jorge Eliécer Gaitán : il y avait derrière ce crime une conspiration politique bien planifiée. *Cet homme avait réussi à faire lyncher un faux meurtrier pour protéger l'identité du vrai.* Je considérais maintenant ces mots sous un éclairage nouveau, mais il ne m'était certainement pas venu à l'esprit que mon oncle ait pu savoir qui était l'homme élégant. Une idée saugrenue, même si à l'époque tous se connaissaient au sein de l'élite politique. Était-elle saugrenue ? Oui. L'était-elle vraiment ? Chaque mot prononcé par Carballo semblait imprégné d'une conviction profonde : de par ses fonctions, mon oncle José María aurait pu détenir des renseignements susceptibles de jeter une lumière différente, à défaut d'être intense, sur l'identité de *l'homme qui avait réussi à faire lyncher un faux meurtrier pour protéger l'identité du vrai*.

J'étais plongé dans ces pensées quand on a frappé à la porte.

En ouvrant, j'ai découvert une version creusée et voûtée du docteur Benavides, comme si les faits récents l'avaient encore épuisé un peu plus. Il portait un plateau avec deux tasses et un thermos fuchsia semblable à ceux qu'emportent les sportifs pour courir, sauf que celui-ci ne contenait pas d'eau, mais du café noir très serré.

– Pas pour moi, merci, ai-je décrété.

– Si. Pour vous, justement. Merci, a-t-il rétorqué en m'en servant une tasse. Aïe, Vásquez, dans quel pétrin m'avez-vous mis ce soir !

– Je sais. Je vous demande pardon, Francisco. Je ne comprends pas ce qui m'est arrivé.

– Vous ne comprenez pas ? Moi si. N'importe qui à votre place aurait probablement fait pareil. Carballo a perdu les pédales, ça aussi, je le sais. Mais ça n'en reste pas moins un problème pour moi.

Il s'est dirigé dans un coin de la pièce et a pressé un bouton sur une sorte de système électronique pourvu d'une grille : la température est descendue de plusieurs degrés et j'ai eu l'impression que l'air n'était plus aussi moite.

– Vous avez fichu ma soirée en l'air, cher ami. La mienne et celle de ma femme.

– Je peux descendre et m'excuser auprès de vos invités.

– Pas la peine. Ils sont tous partis.

– Carballo aussi ?

– Lui aussi. Il est allé se faire redresser le nez à la clinique.

Il s'est installé devant le bureau et a allumé l'ordinateur.

– Carballo est un homme très particulier, il peut même passer pour un fou. Je ne dis pas qu'il ne l'est pas. Mais en vérité, il est estimable, et si passionné que parfois il ne se contrôle plus. J'aime les gens passionnés. C'est mon point faible, je n'y peux rien. J'aime les gens qui mettent toute leur passion dans leurs convictions. Dieu sait que c'est le cas de Carballo.

En parlant, Benavides déplaçait la souris sur le cuir vert de la table, et sur l'écran différentes fenêtres s'ouvraient et se superposaient. Par instants, je distinguais l'image qu'il avait choisie en fond d'écran. Je n'étais pas surpris qu'il s'agisse d'une autre photographie célèbre de Sady González, celle d'un tramway incendié pendant les troubles du 9 avril, un cliché chargé de violence, sans doute révélateur de l'homme qui décide de le faire apparaître dès qu'il allume son ordinateur, mais j'ai préféré ne pas trop y penser : on pouvait aussi cesser de considérer cette photo comme une dénonciation du danger et de la destruction de cette journée malheureuse et n'y voir qu'un aiguillon de la mémoire, un témoignage historique.

– Vous avez bu votre café ? m'a demandé Benavides.

– Tout entier, ai-je répondu.

Je lui ai montré ma tasse vide, les anneaux marron qui s'y dessinaient et que certaines personnes (pas moi) savent lire et interpréter.

– Très bien. Vous êtes réveillé ou je vous en sers un autre ?

– Ça va, docteur. Ce qui s'est passé en bas était autre chose. C'était…

– Je vous en supplie, ne m'appelez pas docteur, Vásquez. Primo, ce titre est très dévalué dans notre pays. On appelle tout le monde, absolument *tout le monde* comme ça. Secundo, je ne suis pas votre médecin. Tertio, vous et moi sommes des amis. Ou non ?

– Si, docteur… Francisco. Si, Francisco.

– Entre eux, les amis n'utilisent pas ce genre de formule, pas vrai ?

– Non, Francisco.

– Je pourrais moi aussi vous donner du "docteur", Vásquez. Vous vous consacrez à l'écriture, mais avant, vous avez passé le concours d'avocat. À moins que je ne me trompe, on dit docteur aux avocats, dans ce pays.

– C'est vrai.

– Vous savez pourquoi je ne vous dis pas docteur ?

– Parce que nous sommes amis.

– Tout à fait. Parce que nous sommes amis, et c'est pour ça que j'ai confiance en vous. J'imagine que c'est réciproque.

– Oui, Francisco, ça l'est.

– Très bien. C'est pour ça que je m'apprête à faire une chose que je réserve aux gens de confiance. Je vais le faire parce que j'ai confiance en vous et parce que je crois vous devoir une explication. Vous me devez un verre à whisky et une soirée entre amis, et moi, une explication. Et quand bien même je ne vous la devrais pas, je vous la donnerais. Il me semble que vous pouvez comprendre ce que je vais vous montrer. Le comprendre et l'apprécier. Peu de gens en sont capables, et vous faites partie du lot. J'espère vraiment ne pas me tromper. Venez, a-t-il dit en pointant avec autorité un doigt à côté de sa chaise, devant le bureau et les papiers. Mettez-vous là.

J'ai obéi et découvert que l'écran de l'ordinateur avait changé. Hormis les icônes de couleur qui occupent la partie inférieure de tous les ordinateurs du même modèle, j'ai vu une image que j'ai aussitôt identifiée comme étant la radiographie d'un thorax ; au milieu, entre les ombres des côtes, comme posée sur la colonne vertébrale, j'ai remarqué une tache noire en forme de haricot. C'est du reste ce que j'ai dit : « Un haricot », ou alors j'ai demandé : « C'est quoi, ce

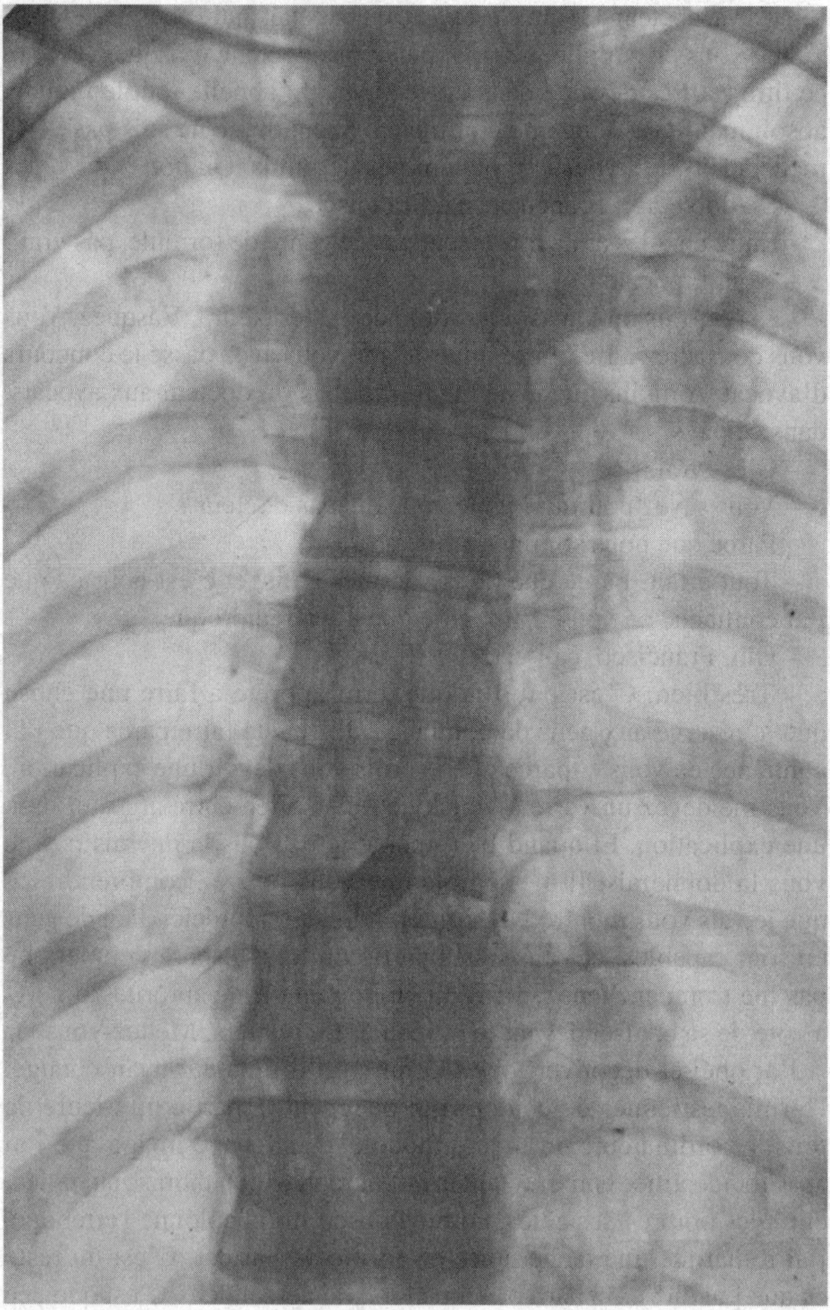

haricot ? » Benavides m'a répondu qu'il ne s'agissait pas d'un haricot, mais d'une balle déformée par l'impact sur les vertèbres, une des quatre balles qui avaient tué Jorge Eliécer Gaitán le 9 avril 1948.

Les os de Gaitán. La balle qui avait tué Gaitán. Je les voyais, ils étaient là, sous mes yeux. J'étais conscient du rare privilège que j'avais d'être là. J'ai pensé à Gaitán, à la célèbre photo de son visage défunt et à sa maison, que j'avais visitée pendant mes années d'études, à l'époque où je commençais à m'intéresser à sa vie, à sa mort et à ce que cette mort et cette vie nous apprenaient sur nous, les Colombiens. Je me suis rappelé la vitrine et le costume trois-pièces que portait Gaitán quand on l'avait tué, les perforations laissées par les balles de l'assassin Juan Roa Sierra dans le tissu sombre. Et voilà qu'à présent, je voyais une de ces balles à l'intérieur de son corps sans vie. En bon professeur, Benavides a fait des commentaires et lu des notes, compté les vertèbres, montré des organes invisibles et récité comme des poèmes des phrases entières que quelqu'un avait écrites dans le rapport d'autopsie de Gaitán. L'une d'elles, « le cœur intact, sans signes sournois d'infarctus », m'a semblé digne d'un meilleur destin (sans doute à cause de ces *signes sournois*, qui me ravissaient), mais ce n'était pas le moment de faire de la littérature. Je ne pouvais pas m'empêcher de me demander par quel biais un document comme celui-ci lui était parvenu, puis j'ai cessé de répéter la question dans ma tête pour la poser de vive voix :

– Comment est-ce possible ? Comment avez-vous eu ça ?

– L'original est à l'abri dans un de mes tiroirs, a répondu Benavides alors que je ne lui avais rien demandé de tel. Logique, n'est-ce pas ? Mais personne n'est au courant.

– Mais qu'est-ce que cette radio fait ici ?

Benavides a esquissé une sorte de sourire.

– C'est mon père qui l'a apportée.

Il n'a pas dit « papa », comme tous les Colombiens, même lorsqu'ils sont des adultes et qu'ils s'adressent à d'autres adultes, qu'ils soient proches ou inconnus. Dans d'autres pays de langue espagnole, qu'un adulte parle de son *papa* à un autre adulte est un signe indiscutable de ringardise ou d'infantilisme. Pas en Colombie. Le docteur Benavides disait « mon père » et cela me plaisait.

– "Apportée" ? Mais d'où ? Pourquoi l'avait-il en sa possession ?

– Je suis heureux que vous me posiez la question. Maintenant, si vous êtes patient, je vais tout vous raconter dans les détails.

Il a tiré la chaise sur laquelle il était assis – à roulettes, noire et moderne, avec une sorte de résille élastique en guise de dossier et quantité de leviers et de manettes dont j'ignorais l'usage – pour la placer à côté du fauteuil de lecture. Il m'a fait signe de m'asseoir là pendant qu'il s'installait dans le fauteuil, sous la lumière du casque de coiffure. Les mains croisées sur les boutons de son gilet, il a commencé à me raconter l'histoire de son père.

Luis Ángel Benavides avait étudié la bactériologie à l'Université nationale de Colombie. Son manque de vocation ne l'avait pas empêché de finir premier de sa promotion. Pendant sa dernière année d'études, il reçut une visite qui lui changea la vie : sur la recommandation de son maître, l'illustre docteur Guillermo Uribe Cualla, la direction de l'université lui proposait de créer un laboratoire de médecine légale. Il n'ouvrit jamais plus un livre de bactériologie, partit aux États-Unis pour se spécialiser en balistique et en sciences médico-légales, et revint en Colombie, prêt à devenir une célébrité dans son domaine et le grand professeur de son époque.

– Il donnait des cours à l'Institut de sciences pénales de la faculté de droit, m'a expliqué Benavides. Un nom à rallonge pour désigner deux salles de rien du tout, vous en conviendrez. En tout cas, vingt promotions de juges colombiens ont des connaissances en sciences médico-légales grâce à ce que leur a enseigné mon père.

Au fil de sa longue carrière, le premier docteur Benavides collectionna des objets – ceux qu'il utilisait pour dispenser ses cours, mais aussi ceux, étranges ou curieux, que lui offraient ses nombreux disciples ou collègues : armes à feu, épées anciennes, une pierre de lune, le crâne d'un *Homo habilis*. Un jour, il considéra son fief à l'université d'un air mélancolique. « Bon sang, j'ai l'impression de vivre dans un musée ! » s'exclama-t-il. Comme si c'était la chose la plus naturelle du monde, il décida alors de fonder le musée des Sciences médico-légales Luis Ángel Benavides Carrasco au sein de l'Université nationale.

– Dans les années 1960, quand les étudiants de l'Université nationale faisaient grève, une fois par mois, mon père rapportait à la maison les pièces les plus précieuses du musée, a enchaîné Benavides. Pour les protéger, voyez-vous, parce qu'on ne pouvait pas savoir ce qui risquait de se passer au cours de ces grèves : jets de pierres, saccages, affrontements avec la police. En tout cas, rien n'a jamais été endommagé : les étudiants déchaînés lançaient des pierres, mais ils n'ont jamais touché à la moindre brique du musée. Ils le respectaient et ils l'aimaient. J'en ai été témoin, Vásquez, je m'en souviens très bien. Cette radio est une des pièces que mon père rapportait de temps en temps. À l'époque, il avait un laboratoire à l'arrière de la maison, dans la réserve, derrière la cuisine, et petit à petit, il y a installé les objets qui l'intéressaient. Il y entreposait aussi ce qu'il évacuait du musée pendant les grèves. Cette radio, par exemple, comptait énormément pour lui. Je l'ai souvent vu l'observer à contre-jour dans notre patio, pour tenter d'y découvrir je ne sais trop quoi, et j'avais la même impression que lorsqu'on regarde un musicien déchiffrer une partition. C'est un des souvenirs très nets que j'ai de lui : mon père debout devant une fenêtre à l'heure la plus lumineuse de la journée, essayant de déceler une vérité cachée sur l'image.

Luis Ángel Benavides était mort en 1987.

– Un jour, un de mes frères est venu me trouver et m'a dit que mon père avait une assurance-vie, qu'il fallait qu'on la touche, qu'on ne pouvait pas se permettre de la perdre, qu'on devait faire vite sans quoi elle nous passerait sous le nez… Si on voulait récupérer l'argent, il fallait pour je ne sais quelle raison procéder à l'inventaire du musée. Or, à l'époque, il comportait un nombre important de pièces, mille cinq cents ou deux mille. Comment inventorier tout ça ? C'était un travail de titan, tout ça pour une simple formalité administrative, et ni mes frères et sœurs ni moi n'avions de temps à perdre dans ce genre d'activité. Nous avons donc demandé à une des élèves dévouées de mon père de s'en charger à notre place. Elle travaillait au DAS, le Département administratif de sécurité. Elle a accepté de nous aider et s'est mise au travail, et elle y était toujours quand la bombe a explosé.

La bombe du DAS. J'avais seize ans (j'étais en première) lorsque les narcotrafiquants Pablo Escobar et Gonzalo Rodríguez Gacha s'étaient débrouillés pour faire stationner un bus chargé de cinq cents kilos de dynamite près de l'immeuble qui abritait le DAS. Leur objectif n'était pas les services de renseignement de l'État au sens strict, mais le général qui les dirigeait à l'époque et symbolisait l'ennemi à qui le cartel de Medellín avait déclaré la guerre. Le 6 décembre 1989, à 7 h 30 du matin, l'explosion avait ébranlé tout le quartier de Paloquemao. J'étais assis dans une salle de classe, à l'autre bout de la ville, et je me rappelle parfaitement la peur que nous avons lue sur le visage de notre professeur lorsqu'il nous a annoncé la nouvelle. Je me rappelle aussi la suspension des cours, mon retour à la maison, la sensation d'étrangeté, d'être dans un autre monde, d'incompréhension et d'angoisse que j'allais par la suite apprendre à associer aux jours où le terrorisme brisait notre routine, même lorsque nous avions eu la chance de ne pas nous trouver sur son chemin. La bombe du DAS a tué au moins quatre-vingts personnes et fait plus de six cents blessés. Parmi les morts, on comptait des fonctionnaires, des agents de sécurité, des passants pris au dépourvu sur qui étaient tombés des blocs de béton. Une des victimes était l'élève du docteur Luis Ángel Benavides.

– Elle est morte dans l'attentat ? ai-je demandé.

– Oui, elle faisait partie des victimes. L'inventaire n'a jamais été terminé. Un jour, je suis allé au musée pour y jeter un œil et voir si je pouvais continuer, mais il était fermé. C'était début 90, les cours n'avaient pas encore commencé. Il n'y avait que deux visiteurs en costume-cravate. Ce n'étaient pas des professeurs, je l'ai compris au premier regard. L'un d'eux avait une petite moustache à la Rudolph Valentino. Vous voyez qui était Valentino ? Eh bien, c'était une moustache comme ça, un style qui me fait tout de suite mauvaise impression. Le type arpentait les pièces, comme ceci, les mains dans le dos, et il disait à son accompagnateur que ce musée était inutile, qu'il allait falloir le fermer. Alors j'ai eu peur; en l'espace d'une seconde, je me suis imaginé tout ce qu'il contenait, ces merveilles qui avaient tant compté pour mon père flanquées dans des cartons et prenant l'humidité et la poussière dans une cave quelconque, échouées dans le grand débarras de ce pays indolent. Sans le moindre remords, je me suis empressé de trouver un sac dans lequel j'ai fourré trois objets, les premiers qui me sont tombés sous la main, puis je me suis éloigné aussi lentement que possible pour éviter d'attirer l'attention et d'éveiller les soupçons. Je crois avoir bien fait, car plus tard le musée a été fermé, comme ces hommes l'avaient proposé. Et quand je dis fermé, c'était vraiment le cas parce qu'ils ont muré la porte. Oui. Avec des briques, en laissant tout ce qu'il y avait à l'intérieur. Ah, Vásquez… si vous saviez tous les trésors qu'il contenait.

– La radio en est un, ai-je murmuré.

– Un de ceux que j'ai sauvés, oui.

– Mais pas le seul.

Benavides s'est levé et dirigé vers le mur de gauche. Il a saisi à deux mains l'unique cadre qui l'ornait, une affiche en hommage à Julio Garavito, un de ses ancêtres qui, plus d'un siècle auparavant, avait calculé la latitude de Bogotá et inventé un système pour mesurer l'orbite de la Lune : on le voyait sur l'image, avec sa moustache bien fournie, à côté d'une illustration de la Lune où l'on distinguait la mer de la Tranquillité. Benavides a tourné le cadre pour découvrir, scotchée à l'arrière par ses quatre côtés, une enveloppe via air mail, ancienne, avec des bandes rouges et bleues tout autour. Il a glissé deux doigts à l'intérieur et en a tiré un objet brillant. Une clé.

– Non, ce n'est pas le seul, a-t-il répondu. Ni même le plus précieux. Bien entendu, l'importance des choses est difficile à évaluer, mais là, vous serez d'accord avec moi. Dites-moi ce que vous pensez de ça.

Il a tourné la clé dans la serrure d'un meuble à classement. Libéré de sa sécurité, le tiroir s'est ouvert dans un souffle, comme doué de vie. Le docteur y a introduit une main et en a retiré un bocal en verre épais avec une fermeture hermétique, dont l'aspect était volontairement banal : il aurait pu contenir des abricots au sirop, des tomates

séchées, des aubergines au basilic. Dans le liquide translucide flottait un objet impossible à identifier – certainement pas des aubergines, des tomates ou des abricots. Après avoir admis qu'il s'agissait d'une partie de colonne vertébrale, j'ai compris que les filaments qui le recouvraient étaient des restes de chair, de chair humaine. Sous l'effet d'un tel choc, le silence s'impose : on songe alors que toute question serait une redondance, voire une offense. (Il ne faut pas offenser les objets du passé.) Benavides n'a même pas attendu que je mette des mots sur les pensées qui se bousculaient dans ma tête. Au centre de la vertèbre de Gaitán, un trou noir me regardait, semblable à l'œil d'une galaxie.

– Mon père a cru, pendant un moment au moins, à la présence d'un deuxième tireur, m'a-t-il expliqué.

Il faisait allusion à l'une des nombreuses théories du complot qui entouraient l'assassinat de Gaitán, selon laquelle Juan Roa Sierra n'avait pas agi seul le 9 avril, mais accompagné d'un autre homme qui avait tiré à son tour et achevé le leader d'une de ses balles. Dans les années 1950, l'hypothèse d'un deuxième tueur s'était renforcée, en grande partie à cause d'une réalité indiscutable : une des balles qui avaient causé la mort de Gaitán n'était pas mentionnée dans le rapport d'autopsie.

– Bien sûr, l'imagination des gens allait bon train, a repris Benavides. De plus en plus de témoins étaient persuadés d'avoir vu un second meurtrier. Certains l'ont même décrit. D'autres sont allés jusqu'à dire que la balle manquante était la seule véritablement mortelle, qu'elle provenait d'une arme différente et que, par conséquent, Roa Sierra n'était même pas l'assassin.

Étant donné que les témoins étaient des gens sérieux et respectables, et que les fantômes du 9 avril faisaient toujours des ravages parmi nous, un juge d'instruction fut chargé en 1960 d'enquêter sur la théorie du second tireur afin de la valider ou de la rejeter une bonne fois pour toutes et de clouer le bec aux paranoïaques. Ce juge s'appelait Teobaldo Avendaño et présentait la singularité peu commune de n'être détesté ni des libéraux ni des conservateurs. Dans notre pays, c'était la plus grande des qualités.

– Et la première mesure qu'il a prise a été d'ordonner l'exhumation du corps, a enchaîné Benavides.

– Pour chercher la balle ? ai-je demandé.

– L'autopsie n'avait pas été très complète. Imaginez, Vásquez, ce que pouvaient ressentir les médecins qui l'avaient faite en 48. Imaginez ce que c'était que de se retrouver devant le cadavre du grand leader libéral Jorge Eliécer Gaitán, héros du peuple et futur président de la République de Colombie. Comment ne pas se sentir intimidé ? Après avoir établi les causes de la mort, ils ont décidé de ne pas abîmer davantage le corps, même s'ils n'avaient pas trouvé l'autre balle. Ils n'ont, par exemple, pas ouvert le dos alors qu'ils savaient qu'une des balles avait touché la colonne. Ça, c'était en fin d'après-midi, à 18 heures passées, et à ce moment-là il n'y avait qu'une seule vérité : un type appelé Juan Roa Sierra avait tué Gaitán avant de se faire lyncher par la foule déchaînée, un point c'est tout. En quoi le nombre de balles tirées par l'assassin aurait-il présenté quelque intérêt ? C'est devenu important par la suite, au fil des versions qui ont commencé à circuler, des contradictions, des questions sans réponse et des problèmes, bref, des spéculations fondées sur tout et n'importe quoi. Les théories du complot sont comme des plantes grimpantes, Vásquez : elles se raccrochent à ce qu'elles trouvent pour monter, monter jusqu'à ce qu'on leur retire leur support. Voilà pourquoi il fallait exhumer le corps de Gaitán, lui ouvrir le dos et en sortir la balle manquante. À qui Avendaño a-t-il demandé de le faire ? Devinez un peu… Eh oui ! À mon père, le docteur Luis Ángel Benavides Carrasco.

– L'expert en balistique et en sciences médico-légales, ai-je ajouté.

– Exact. La date et l'heure sont restées secrètes. Gaitán était enterré près de chez lui, dans le jardin de Santa Teresita. Vous êtes déjà allé dans le quartier, vous avez visité la maison de Gaitán, n'est-ce pas ? Eh bien, c'est là qu'il avait été inhumé. Ils ont sorti le cercueil et l'ont entreposé dans un des patios de la maison. Je ne sais pas où exactement, dans le plus petit, au fond du rez-de-chaussée, je suppose. Mon père a travaillé là. Il m'a raconté cette histoire je ne sais combien de fois, Vásquez : dès mon enfance, je l'ai entendue trente, quarante ou cinquante fois. “Papa, raconte-moi comment vous avez déterré le corps de Gaitán”, lui disais-je, et il commençait son récit. Bon. Le fait est que mon père a attendu le cercueil et demandé qu’on l’ouvre en sa présence. Il s’est étonné que le cadavre soit encore entier. Certains corps résistent bien, d’autres non. Douze ans après sa mort, celui de Gaitán donnait l’impression d’avoir été embaumé… Mais dès qu’il a été en contact avec l’air, le processus de décomposition s’est accéléré. La maison sentait la mort. Mon père disait que *le quartier entier* sentait la mort. Apparemment, c’était insupportable. Les gens qui étaient là sortaient l’un après l’autre. Pâles, nauséeux, le nez enfoui dans la manche de leurs manteaux. Ils revenaient ensuite comme si de rien n’était, frais et dispos. Mon père a appris plus tard que Felipe González Toledo, le seul journaliste présent sur les lieux, les emmenait dans un magasin, tout près, et leur suggérait de frotter leurs narines avec de l’eau-de-vie pour mieux supporter la puanteur. Il connaissait tous les trucs et méritait bien sa réputation de meilleur chroniqueur du pays en matière d’affaires criminelles.

– Il a écrit un article sur l’exhumation ?

– Bien sûr. Il existe, vous pouvez le chercher, le lire et voir le nom de mon père noir sur blanc. Il décrit le moment où mon père et le médecin légiste ont extirpé la balle, mais il n’entre pas dans les détails. Moi, en revanche, je les connais. Je sais qu’on a trouvé la vertèbre dans laquelle s’était logée la balle, qu’ils l’ont retirée et qu’ils ont de nouveau enterré Gaitán. Il ne s’agissait pas qu’un fou vienne s’emparer du corps.

– Et la vertèbre ?

– Ils l’ont emportée à l’institut.

– À l’Institut médico-légal.

– Oui. Et là, ils ont confirmé, ou plutôt, mon père, qui était le spécialiste, a confirmé que la balle provenait du même pistolet.

– Celui de Roa Sierra ?

– Oui. Le pistolet d’où étaient sorties les autres balles. Vous devez savoir comment ça se passe, on voit ce genre de choses tous les jours, à la télévision, alors je ne vais pas vous expliquer ce qu’est l’âme d’un canon ni les traces de rayures impossibles à confondre qu’elle laisse sur la balle. Il me suffira de vous dire que mon père a fait des analyses et des photos, et il en a conclu que c'était une balle issue de la même arme. Il n'y avait donc pas de second tireur. En tout cas, pas d'après ces nouvelles conclusions. Naturellement, la vertèbre et la balle ne sont pas retournées dans le cercueil. On les a mises en lieu sûr, enfin…, mon père les a mises en lieu sûr et les a utilisées pendant des années pour étayer ses cours. C'est l'autre image que je garde de lui, celle d'un homme qui voyageait en trolley. Vous avez connu les trolleys de Bogotá, Vásquez ? Imaginez un peu la scène : un homme ordinaire, parce que mon père était on ne peut plus ordinaire, qui monte dans un trolley, sa mallette à la main. En le voyant, personne n'aurait cru qu'elle contenait les os de Jorge Eliécer Gaitán. Il m'arrivait de l'accompagner. Mon père tenait son enfant bien vivant dans une main et, dans l'autre, une sacoche avec les os d'un mort. Des os pour lesquels n'importe qui aurait été prêt à tuer. Il les apportait et les remportait, les promenait en trolley, bien cachés dans sa mallette en cuir.

– Et c'est comme ça que la vertèbre s'est retrouvée dans cette maison.

– De l'université au musée, du musée à la maison et de la maison à vos mains. Tout ça grâce à lui.

– Et le liquide ?

– Du formol à 5 %.

– Non, je voulais savoir si c'était celui d'origine.

– Je le change de temps en temps. Pour éviter qu'il se trouble, vous comprenez ? Pour qu'on voie clairement la vertèbre.

Mais d'autres personnes voient clair, me suis-je rappelé. J'ai soulevé le bocal et l'ai regardé dans la lumière. Chair, os, formol à 5 % : des restes humains, certes, mais surtout des objets du passé. J'y ai toujours été sensible, voire vulnérable, et j'admets que la relation que j'entretiens avec eux est teintée de fascination ou de fétichisme, mais aussi (impossible de le nier) empreinte d'ancienne superstition : je sais qu'une part de moi les considère et les considérera toujours comme des reliques, et c'est pourquoi le culte que vouent les croyants à un éclat de la croix du Christ ou à un suaire célèbre sur lequel s'est miraculeusement imprimée l'image d'un homme ne m'a jamais semblé mystérieux et encore moins exotique. Je comprends le dévouement avec lequel les premiers chrétiens, persécutés et assassinés, ont conservé et vénéré les dépouilles de leurs martyrs, les chaînes qui les ont entravés, les épées qui les ont blessés à mort, les instruments de torture qui les ont fait souffrir pendant de longues heures de captivité. Ceux qui voyaient les leurs mourir dans l'arène et, de loin, regardaient les condamnés se vider de leur sang après l'assaut des fauves ou des lances, se jetaient sur les corps, au risque de perdre la vie, pour imbiber leurs chiffons de sang encore frais ; ce soir-là, dans le bureau du docteur Benavides, la vertèbre de Gaitán sous les yeux, je ne pouvais m'empêcher de songer que les témoins de son meurtre avaient fait de même le 9 avril : ils étaient tombés à genoux sur la chaussée de la Carrera Séptima, devant l'immeuble Agustín Nieto, à quelques mètres des rails du tramway, se mettant en danger de mort pour recueillir le sang noir de leur leader défunt dans la longue flaque répandue après les quatre tirs de Juan Roa Sierra. Un instinct atavique nous pousse à commettre des actes désespérés, ai-je pensé, la vertèbre de Gaitán dans une main.

Cette vertèbre était bel et bien une relique. J'en sentais l'énergie à travers le verre et le formol : peut-être la même que celle que percevaient les chrétiens, saint Augustin, par exemple, quand il avait entre les mains les restes du corps martyrisé de saint Sébastien, pour ne citer que lui. Saint Augustin va jusqu'à mentionner – je ne me souviens plus où je l'ai lu – une des pierres qui ont servi à lapider saint Sébastien ; on avait à son époque conservé cette pierre meurtrière comme une relique. Et la balle qui avait tué Gaitán, où était-elle ? Où était la balle que je venais de voir sur la radiographie, la balle légèrement aplatie après avoir frappé les os ? Où était la balle qui avait pénétré dans le corps de Gaitán par la colonne vertébrale, déformée par l'impact, extraite puis analysée par le docteur Luis Ángel Benavides ? Où était la balle qui, au dire du docteur, avait été délogée de la vertèbre ? Benavides me regardait observer la relique à travers le bocal et le formol. L'éclairage de la pièce se reflétait dans le liquide épais, et de furtifs éclats chatoyants, ceux de la lumière décomposée par le prisme, dansaient sur le verre mais non sur la vertèbre : des couleurs fantômes. Je songeais à la pierre qui avait tué saint Sébastien et à la balle qui avait tué Gaitán.

– Où est la balle ? ai-je fini par demander.

– Ah oui, la balle… Eh bien, il n'y a pas moyen de le savoir.

– Elle n'a pas été conservée ?

– Peut-être que oui, que quelqu'un a pensé à le faire et qu'elle est entreposée quelque part, dans un endroit où elle prend la poussière. Mais je ne crois pas que mon père l'ait gardée.

– Elle aurait pu lui servir. Ne serait-ce que pour ses cours.

– C'est vrai. Pour ses cours. Que voulez-vous que je vous dise, Vásquez ? Je me suis moi aussi posé la question. Et j'en ai conclu que oui, il aurait été logique que mon père ait tenu à la conserver, mais je ne l'ai jamais vue. Il l'avait peut-être en sa possession et l'a utilisée pour ses cours à une époque où je ne mesurais pas la portée de cette histoire. Mais que je sache, il ne l'a jamais apportée à la maison. Je pourrais écrire un tas de livres en énumérant tout ce que j'ignore, a-t-il conclu après un moment de silence.

– Qui d'autre a vu ces objets ?

– Depuis que je les ai, vous êtes le seul. Sans compter les membres de ma famille, bien entendu. Ma femme et mes enfants connaissent leur existence et savent qu'ils sont ici, dans mon coffre-fort. Pour mes enfants, c'est comme s'ils n'existaient pas. Quant à ma femme, elle trouve que c'est un passe-temps de vieux fou.

– Et Carballo ?

– Il sait qu'ils existent. Il l'a même su bien avant moi. Mon père lui parlait de ce genre de choses. Ils discutaient souvent de l'autopsie de 1960. Il est possible que Carballo ait vu ces objets en cours, mais il ignore qu'ils sont en ma possession.

– Pardon ?

– Il ne sait pas qu'ils sont ici.

– Pourquoi ne pas le lui avoir dit ? J'ai bien vu la tête qu'il faisait quand nous avons abordé l'assassinat de Gaitán et que vous avez mentionné le nom de mon oncle. Son visage s'est éclairé, ses yeux se sont écarquillés comme ceux d'un enfant à qui on offre un cadeau.

Il s'intéresse manifestement autant que vous à cette affaire, si ce n'est plus, alors pourquoi ne pas partager ça avec lui ?

– Je ne sais pas. Sans doute pour préserver mon jardin secret.

– Je ne comprends pas.

– Mon père ne considérait pas Carballo comme un élève ordinaire. C'était son préféré. Son héritier, son disciple. Tous les professeurs sont sensibles à l'admiration qu'on leur porte, Vásquez. Je dirais même que certains font ce métier uniquement pour la percevoir. Ce que Carballo ressentait pour mon père allait bien au-delà : il l'adulait, il l'idolâtrait, ça frisait le fanatisme. C'est en tout cas l'impression que j'avais. En plus, Carballo était un élève brillant. Quand je l'ai rencontré, quand mon père a commencé à l'inviter à la maison pour déjeuner, c'était le premier de sa classe, et mon père ajoutait qu'il s'y ennuyait : c'était le meilleur élève qu'il avait jamais eu dans toute sa carrière. "Quel dommage qu'il veuille devenir avocat, ajoutait-il. Il devrait être légiste." Il avait un gros faible pour lui, et parfois, j'étais jaloux de cette préférence.

– Jaloux de Carballo, Francisco ? me suis-je esclaffé.

Il a ri lui aussi, esquissé un sourire torve qui exprimait à la fois la complicité et la honte.

– Vous, jaloux de ce guignol ? Je ne m'attendais pas à ça de votre part.

– Et pourquoi pas ? Tout d'abord, contrairement à ce que vous pensez, ce n'est pas un guignol. Il est brillant, figurez-vous, et malgré ses foulards ridicules, c'est un des esprits les plus vifs qu'il m'ait été donné de croiser. Quel dommage qu'il n'ait jamais exercé ! Il aurait fait un grand avocat. Je crois que le droit ne lui plaisait pas. Il aimait les cours de mon père et était un des meilleurs de sa promotion, mais les autres matières ne le passionnaient pas. À croire qu'il avait choisi cette voie par obligation. Quoi qu'il en soit, là n'est pas le propos. Est-ce qu'on cesse d'être jaloux à l'âge adulte ? Absolument pas, Vásquez. La jalousie et l'envie font tourner le monde. La moitié de nos décisions sont motivées par des émotions aussi élémentaires que l'envie et la jalousie. Le sentiment d'humiliation, le ressentiment, l'insatisfaction sexuelle, le complexe d'infériorité sont les moteurs de l'Histoire, mon cher patient. En ce moment même, quelqu'un est en train de prendre une résolution qui nous affecte tous les deux, pour des raisons semblables à celles que je viens d'énumérer : nuire à un ennemi, se venger d'un affront, impressionner une femme et coucher avec elle. Le monde est ainsi fait.

– Oui, c'est vrai. Mais rien de tout cela n'est comparable à ce que vous avez vécu. Pourquoi étiez-vous jaloux ? Parce que votre père faisait plus attention à Carballo qu'à vous ? Vous n'étiez même pas dans sa classe !

– J'avais même choisi une *autre discipline*, a répondu Benavides. Et qui plus est, je n'étais même pas inscrit dans la même université. J'étais à la Javeriana parce que je ne voulais pas profiter du prestige de mon père pour entrer à l'Université nationale. Carballo était aussi plus âgé. Il a sept ou huit ans de plus que moi, ça dépend. Enfin, peu importe : quand je rentrais déjeuner, il était là, assis à ma place, et discutait avec mon père.

– Attendez, Francisco. Expliquez-moi ça.

– Eh bien, parfois, je rentrais déjeuner et je trouvais Carballo installé à table et entouré de livres, de cahiers, de dessins, de schémas, de rouleaux de papier.

– Non, pas ça. Votre différence d'âge.

– Pardon ?

– Vous venez de dire que Carballo a sept ou huit ans de plus que vous et vous avez ajouté "ça dépend". Je ne comprends pas.

– Oui, c'est vrai, a-t-il dit en souriant. J'y suis tellement habitué que j'oublie que c'est bizarre alors que c'est pourtant très simple : si vous demandez sa date de naissance à Carballo, il vous répondra 1948. Si vous consultez l'état civil, vous découvrirez que c'est faux, qu'il est né en 47. Devinez pourquoi. Vous avez droit à une seule réponse. Devinez un peu pourquoi Carballo dit qu'il est né en 48.

– Pour que ça coïncide avec le 9 avril.

– Brillant, Vásquez. Carballo n'a plus de secrets pour vous, a-t-il dit en souriant.

J'ai eu du mal à interpréter ce qu'exprimait son sourire : sarcasme pur, tendresse, mélange d'ironie, de compréhension et de tolérance semblable à celle qu'on a pour les enfants ou pour les fous ? Entre-temps, je m'étais rappelé que García Márquez avait lui aussi fait quelque chose de similaire : pendant des années, il avait affirmé être né en 1928 alors qu'il avait vu le jour un an plus tôt. La raison ? Il voulait que sa date de naissance concorde avec celle du célèbre massacre des bananeraies, qui deviendrait une de ses obsessions et qu'il finirait par décrire ou réinventer dans le meilleur chapitre de *Cent Ans de solitude*. Je n'en ai pas parlé à Benavides pour ne pas le couper dans son récit.

– Donnez-moi d'autres détails sur ce qui se passait dans la salle à manger, ai-je dit.

– J'arrivais et je trouvais Carballo, qui discutait avec mon père autour de la table où étaient éparpillés les documents de la dernière affaire qui les intéressait. Toute la famille devait attendre que mon père ait fini d'expliquer ce qu'il avait à expliquer à son élève. À son disciple. Vous savez, Vásquez, être jaloux, c'est être convaincu qu'un autre occupe la place qui est la vôtre. Carballo me laissait cette impression : il me supplantait, me remplaçait, me volait ma chaise à table. Je n'avais rien contre le fait que mon père reste à l'université pour exposer toutes ses théories à son élève préféré. Ou qu'il lui raconte ce qu'il ne m'avait jamais raconté. Mais rentrer chez moi et le voir continuer sur sa lancée à la maison me dérangeait. Je n'appréciais pas qu'il se confie à Carballo et pas à moi. Quand il lui arrivait quelque chose à l'université, Carballo en était informé, pas moi. Et ça, Vásquez, ça me dérangeait vraiment. Ça m'empoisonnait l'existence. J'étais un homme accompli, comme on disait alors, mais ça me minait quand même et je ne pouvais rien faire pour y remédier. Bon, mais j'étais encore jeune. Je me suis marié à vingt-quatre ans, j'ai décroché mon diplôme de chirurgien et ça m'a passé. J'avais d'autres soucis… Tout ça pour vous dire que non, Carballo ne sait pas que ces objets sont ici. Ça vaut mieux. Je préfère qu'il ne soit pas au courant. Je ne sais pas si vous me comprenez.

– Mieux que vous ne le pensez. Je peux vous poser une question ?

– Allez-y.

– La relation entre votre père et Carballo est toujours restée la même ?

– Comme au début. Le maître et son disciple, le mentor et son protégé. Mon père avait apparemment trouvé son héritier et Carballo avait en quelque sorte trouvé un père.

– Qui est le père de Carballo ?

– Je ne sais pas trop. Il a probablement été tué à l'époque de la Violence[1]. Il était libéral, les conservateurs l'ont assassiné. Carballo était issu d'une famille modeste, Vásquez. La première génération parmi les siens à fréquenter l'université. Mais je n'ai pas d'autres renseignements sur son père. Carballo n'a jamais aimé en parler.

– Non, évidemment. Et c'est logique, comme il est logique qu'il se soit raccroché au docteur Benavides et ne l'ait pas lâché. C'était pour lui une sorte de père de substitution.

– Je n'ai jamais aimé ce terme, mais oui, vous avez raison. Cela explique beaucoup de choses. Ils se voyaient souvent, se téléphonaient… se prêtaient des livres, ou plutôt, mon père prêtait des livres à Carballo. Le soir, ils refaisaient l'histoire du pays et essayaient de savoir quand la situation avait commencé à dérailler en Colombie. Mon père a passé les cinq dernières années de sa vie à ce genre d'occupation. Disons, ses cinq ou six dernières années de vie. Il était obsédé par ça.

– Quelles étaient ses théories ?

– Pardon ?

– Vous avez dit tout à l'heure qu'il exposait toutes ses théories à Carballo. De quoi s'agissait-il au juste ?

Benavides s'est resservi du café, en a avalé une gorgée et a gagné son bureau en deux enjambées. Il a ouvert un tiroir qui contenait des dossiers suspendus de couleur pourpre avec des étiquettes dactylographiées, mais j'étais trop loin pour les lire. Il a sorti un des documents, repris place dans le fauteuil et caressé le dossier posé sur ses genoux, comme un des méchants qui cherche à rassurer son chat blanc dans un film de James Bond.

– Mon père n'avait pas beaucoup de distractions, m'a-t-il expliqué.

1. Période de guerre civile durant laquelle se sont affrontés de 1948 à 1960 les conservateurs et les libéraux.

C'était un de ces chanceux qui font le métier qui leur plaît et ne prennent de plaisir qu'en l'exerçant. Son travail l'amusait. Son passe-temps ou hobby, s'il en avait un, consistait à procéder à la reconstitution de crimes célèbres en se plaçant dans la perspective de la science médico-légale. Un de mes grands-pères était bien connu dans la famille pour être capable d'assembler des puzzles de deux mille ou trois mille pièces. Les puzzles géants étaient son dada. Lorsqu'il les assemblait, il s'installait sur la table de la salle à manger, et personne ne pouvait déjeuner ou dîner tant qu'il n'avait pas fini. Les analyses médico-légales de certains assassinats étaient les puzzles de mon père. Le samedi ou le dimanche, il se levait très tôt et les étudiait comme si c'étaient des affaires récentes. Les meurtres de Jean Jaurès ou de l'archiduc François-Ferdinand. Il s'est même intéressé un moment à la mort de Jules César, c'est vous dire. Il l'a épluchée pendant des mois avant d'écrire un rapport détaillé sur la conspiration, en se fondant entre autres choses sur l'œuvre de Shakespeare. Parfois, il transformait en crimes des morts qui n'en étaient pas. Je me souviens par exemple qu'il avait passé un temps fou à essayer de démontrer que Simon Bolivar n'avait pas succombé à la tuberculose, mais avait été empoisonné par ses ennemis colombiens… Tout ça pour vous faire comprendre que c'était un jeu. Un jeu sérieux, comme le sont les puzzles pour les passionnés, mais ni plus ni moins un jeu. Ouh, il fallait voir mon grand-père se mettre en pétard quand quelqu'un déplaçait une de ses pièces : il valait mieux se planquer.

– Et ce dossier est un de ces puzzles ? ai-je demandé.

– Oui. Le puzzle John Fitzgerald Kennedy. Je ne sais pas quand ça lui a pris, mais bon, c'était un des joujoux – désolé pour ce terme futile – qui l'a accompagné toute sa vie. Tous les cinq ou dix ans, il sortait le dossier du tiroir et assemblait ou essayait d'assembler les pièces du puzzle. Regardez ces papiers, par exemple : des coupures de journaux colombiens qui traitent de l'assassinat de Kennedy. Et concentrez-vous sur la date, le 4 février 75 ; en revanche, l'article d'*El Espacio* est paru en 83, c'est écrit dans un coin de la page. Il s'agit d'une date anniversaire, le titre est explicite : “Le meurtre de Kennedy : 20 ans déjà”. Imaginez un peu mon père lisant un journal à sensation comme *El Espacio* ! Tout ce qu'il trouvait sur Kennedy était ajouté au dossier, qui contient vingt ou trente pages, certaines plus importantes que d'autres. Mais elles font toutes partie du passe-temps de mon père. C'est pour ça que je les conserve et qu'elles comptent à mes yeux. Je ne pense pas qu'elles intéressent d'autres gens.

– Je peux les voir ?

– J'ai sorti le dossier pour que vous y jetiez un œil. Que vous le lisiez.

Il s'est levé en arquant le dos, un mouvement propre aux personnes qui souffrent de la colonne vertébrale.

– Amusez-vous bien. Je vais en profiter pour descendre et voir ce qui se passe en bas. Vous voulez que je vous rapporte quelque chose de la cuisine ?

– Non, merci. Je peux vous poser une autre question, Francisco ?

– Bien sûr.

– Pourquoi ce dossier et pas un autre ? Le tiroir en est plein. Pourquoi avoir choisi celui-ci au lieu d'en prendre un au hasard ? Il y a une raison particulière ?

– Évidemment qu'il y en a une, Vásquez. Cette affaire a un rapport avec Carballo. C'est bien de lui qu'on parle, n'est-ce pas ? Au cas où vous ne vous en seriez pas rendu compte, il a été jusqu'à présent notre principal sujet de discussion. Bon. Étudiez ce dossier. Je reviens tout de suite et je vous raconterai d'autres choses.

Sur ce, il a fermé la porte et m'a laissé seul.

J'ai ouvert le dossier, toujours assis sur la chaise à roulettes du bureau. Mais les documents m'échappaient et tombaient. Je devais les retenir d'une contorsion de la main gauche tandis que, de la droite, j'essayais de feuilleter les autres, si bien que j'ai fini par m'installer par terre, sur le tapis en laine vierge, afin de les disposer côte à côte. *L.H. Oswald n'a pas tué J.F. Kennedy*, semblait me crier la coupure la plus ancienne. Le docteur Luis Ángel Benavides avait écrit la date, mais pas le nom du journal ; il m'a pourtant semblé

J. F. KENNEDY L. H. OSWALD

L. H. Oswald no matò a J. F. Kennedy

CHICAGO, 3 (UPI). Lee Harvey Oswald "no tuvo nada qué ver con el asesinato" del Presidente John F. Kennedy, según prueba una película hecha por un fotógrafo y experto óptico de Nueva York, que fue exhibida en Chicago en rueda de prensa.

Según Robert Groden, "4 ó tal vez 5 personas", dispararon contra Kennedy, y se hicieron 6 disparos y no 3, como estableció la Comisión Warren, que investigó el asesinato del Presidente, ocurrido en Dallas, el 22 de noviembre de 1963.

Oswald fue arrestado y, a su vez, fue asesinado en el cuartel general de la Policía de Dallas por Jack Ruby, dueño de un bar nudista.

Dick Gregory, un activista político, dijo que la película "cambiará el destino y la suerte del mundo". Agregó que ella "salvará la vida del senador Edward Kennedy".

La semana pasada, Gregory y un profesor adjunto de filosofía, Ralph Schoenman, dijeron que tenían pruebas de que la Agencia Central de Inteligencia (CIA) había intervenido en el asesinato de Kennedy.

Groden exhibió el filme en una conferencia de prensa realizada en Chicago y dijo que se trataba de una ampliación de la película original sobre el asesinato. El filme original es de propiedad de la empresa periodista "Time Inc.".

La película, ampliada a gran tamaño y utilizando la cámara lenta, muestra el momento en que el Presidente Kennedy es alcanzado por una bala en la cabeza. Según Groden, la fuerza del proyectil lanzó a Kennedy hacia atrás y a la izquierda, lo que indica que fue disparada de frente y no de espaldas al Presidente, como se ha pensado hasta ahora.

En la película también se ven dos hombres que, según Groden, estaban disparando a Kennedy. Uno desde detrás de un pedestal, en un prado, frente a la comitiva. El otro está semioculto bajo un arbusto y también de frente a la comitiva, empuñando un fusil, según Groden.

Gregory dijo que él, Groden y Schoenman viajarán el sábado a Washington para mostrar el filme ante la comisión que investiga las actividades de la CIA, que preside el vicepresidente Nelson Rockefeller.

reconnaître la typographie d'*El Tiempo*. L'article parlait d'un film qui avait été montré à Chicago et qui aboutissait à une conclusion irréfutable : le président Kennedy avait été assassiné par les tirs de « quatre ou cinq personnes ». C'était, selon le journaliste, l'œuvre de Robert Groden, « photographe et conseiller photographique de New York ». Un activiste du nom de Dick Gregory déclarait que ce film « allait changer la face du monde ». Les noms m'étaient inconnus, mais après avoir lu le reste de l'article, j'en ai déduit qu'il s'agissait en réalité du fameux film en 8 mm d'Abraham Zapruder, un amateur qui avait pris ces images le jour de l'assassinat : vingt-sept secondes qui resteront à jamais le témoignage le plus direct des événements et la source de toutes les thèses du complot échafaudées depuis. Le film de Zapruder s'inscrit dans la conscience populaire du vingtième siècle (ses photogrammes sont enregistrés sur nos rétines, immédiatement identifiables), mais ce n'était pas le cas à la date figurant sur le journal : plus ou moins secret, le film n'avait été vu que par un petit nombre de personnes ; l'auteur du papier ne lui donnait pas encore le nom sous lequel nous le connaissons à présent et attribuait même sa paternité à Groden, alors que ce dernier – photographe et conseiller photographique – n'avait fait qu'en agrandir le format, l'étudier et dénoncer fermement ce qu'il voyait : il était donc à l'origine des terribles conclusions qui allaient « changer la face du monde ».

« Le film, ai-je lu, montre l'instant où le président Kennedy est touché par une balle à la tête. Selon Groden, la force de l'impact a projeté le président vers l'arrière, sur la gauche, ce qui signifie que le projectile a été tiré de face et non de dos, comme on l'a toujours cru jusqu'à présent. » C'était fascinant : dans le monde du 4 février 1975, contemporain à l'article, ces révélations étaient réellement inédites. Aujourd'hui, ce sont des lieux communs : nous savons tous que les mouvements de la tête de Kennedy infirment la version officielle de manière flagrante et sont le caillou dans la chaussure de ceux qui continuent d'affirmer qu'Oswald a agi seul. J'ai poursuivi ma lecture : « Dans le film, on voit aussi deux hommes qui, selon Groden, auraient tiré sur le président. L'un est debout derrière un monticule, sur la pelouse, devant le cortège présidentiel ; l'autre, à demi caché par un arbuste, lui aussi face aux voitures officielles, a selon Groden un fusil dans les mains. » La répétition de ces deux mots, *selon Groden*, était comme une fenêtre par laquelle on entrevoyait l'attitude du journaliste : prudent, craintif, soucieux de souligner (peut-être au nom de son journal) que ces révélations subversives étaient exclusivement le fait de cet individu. Au cours des trente dernières années, ce « selon » a bien changé et revêtu d'autres significations pour dissiper les doutes et conforter une certitude. Il est toujours difficile, ai-je pensé, de se plier à l'exercice qui consiste à lire un document ancien avec les yeux des lecteurs de l'époque. Certains n'y parviennent pas et ne communiqueront donc jamais avec le passé :

ils resteront sourds à ses murmures, aux secrets qu'il nous livre, à la compréhension de ses mystérieux mécanismes.

Une autre coupure montrait six photogrammes du film de Zapruder. Jouant sur leur provenance, le journal avait publié un montage où les images se présentaient sous une bande de pellicule, avec des perforations sur les bords, des espaces blancs où le docteur Luis Ángel Benavides avait noté des numéros, sans que j'en comprenne le sens. Il n'avait pas jugé utile d'indiquer d'où provenait le document, si bien que je ne connaissais pas le nom du journal ni la date de sa publication, mais je supposais qu'il était assez postérieur à l'article sur Robert Groden et que plusieurs années avaient dû s'écouler après la projection du film à Chicago pour qu'un quotidien non américain ait le droit de reproduire son contenu. Ces photogrammes. Ce film. Assis sur le tapis dans le bureau de Benavides, je me suis dit que je ne m'y habituerais jamais, qu'ils seraient toujours extraordinaires à mes yeux. Quel ensemble de hasards avait-il fallu pour qu'un homme muni d'une bonne caméra se trouve à l'endroit idéal et immortalise un des événements les plus décisifs du vingtième siècle ? Aujourd'hui, à l'époque des tablettes et des smartphones, tout le monde a une caméra en main et aucun scandale, aucun fait public, aussi anodin soit-il, n'échappe aux témoins professionnels qui voient tout, ces amateurs de potins numériques dotés du don d'ubiquité, qui filment en permanence et rendent tout immédiatement disponible sur les réseaux sociaux, serviables mais dénués de scrupules, indignés mais indiscrets. En novembre 1963, il paraissait encore étrange ou fortuit qu'un épisode imprévu de la vie soit enregistré par les appareils personnels d'individus anonymes. Ce qu'était justement Zapruder : un anonyme, un homme ordinaire par nature et par choix. Un homme qui n'avait aucune obligation d'être là où il se trouvait le 22 novembre, à midi, derrière sa caméra.

Zapruder aurait très bien pu ne pas être présent. Si sa famille ukrainienne n'avait pas émigré en 1920, expulsée de son pays par la violence de la guerre civile, s'il était mort pendant la révolution ou avait choisi une autre terre d'exil, Zapruder n'aurait pas été là. S'il n'avait pas appris à couper des patrons dans les ateliers de confection

3
4
5
6
7
8

de Manhattan, il n'aurait pas été engagé par la société de vêtements de sport Nardis, établie à Dallas, et n'aurait pas été là. S'il n'avait pas été passionné par les caméras et ne s'était pas offert une Bell & Howell dernier modèle l'année précédente, il n'aurait pas tourné ces images. Il s'en était fallu de peu pour que son film n'existe pas : aujourd'hui, nous le savons. Nous savons qu'Abraham Zapruder avait eu dès le départ l'intention de filmer le cortège présidentiel, mais le matin, en constatant qu'il pleuvait, il n'avait pas emporté sa caméra sur son lieu de travail ; nous savons que c'est sa secrétaire qui lui a dit que le ciel était dégagé et lui a suggéré de retourner la chercher chez lui afin de ne pas louper cet événement important – et le passage de Kennedy à Dallas en était un – mais Zapruder aurait très bien pu refuser de repasser à son domicile par paresse ou manque de temps, pour ne pas quitter le magasin ou parce qu'il avait d'autres occupations… Pourquoi avait-il écouté sa secrétaire ? Pourquoi s'était-il dépêché de faire l'aller-retour et de récupérer sa Bell & Howell ?

J'imagine Zapruder comme un quinquagénaire chauve et timide, avec de grandes lunettes à monture noire et de subtiles inflexions russes dans la voix, qui n'aspire qu'à travailler discrètement dans sa société de vêtements de sport et à se sentir américain. On peut supposer qu'en ce temps-là, après l'installation des missiles russes à Cuba et l'affrontement avec Khrouchtchev, ni ses origines ni son accent ne devaient le mettre très à l'aise. Son admiration pour le président Kennedy était-elle une manière de s'intégrer dans son environnement, de montrer sa loyauté envers les États-Unis à l'époque difficile de la guerre froide ? En retournant chez lui pour chercher sa caméra sur la recommandation de sa secrétaire, cherchait-il à prouver que le passage de Kennedy à Dallas comptait à ses yeux, qu'il se sentait lui aussi profondément démocrate, qu'il participait lui aussi, comme les autres citoyens, à cette fête patriotique ? Jusqu'à quel point ses anciennes incertitudes d'immigré, solidement ancrées en lui – bien qu'installé dans le pays depuis quarante ans –, avaient-elles pesé sur sa décision de descendre jusqu'à Dealey Plaza, de sortir sa Bell & Howell 414 PD et de commencer à filmer ? Mais cela aurait pu se passer différemment, car nous savons qu'au départ,

Abraham Zapruder pensait filmer l'événement de la fenêtre de son bureau, et ce n'est qu'au dernier moment qu'il a décidé de chercher un meilleur angle dans Elm Street ; une fois là, réfléchissant à l'itinéraire qu'allait suivre le cortège, il s'est rendu compte qu'il obtiendrait un meilleur point de vue en se plaçant devant un contrefort en béton, du côté nord de la rue, près du viaduc, sur un talus couvert de gazon bien entretenu. Il monta sur le contrefort avec l'aide de sa secrétaire, Marilyn Sitzman, à qui il demanda de le tenir par un pan de son manteau pour calmer le vertige dont il souffrait depuis sa jeunesse. Lorsque le cortège apparut dans Houston Street, Zapruder oublia sa peur du vide, oublia la main qui l'agrippait par-derrière et tout le reste pour se concentrer sur sa Bell & Howell et fixer sur la pellicule les 27 secondes, les 486 photogrammes qui immortalisèrent à jamais, et pour la seule et unique fois dans l'histoire de l'humanité, l'instant où plusieurs balles font exploser la tête d'un chef d'État. « Comme un pétard, devait-il déclarer par la suite. Sa tête a explosé comme un pétard. »

La suite est un monde en guerre. Cris d'hystérie, hommes plaqués au sol pour protéger leurs enfants de leur corps, pleurs incontrôlés, évanouissements. En pleine commotion générale, Zapruder, qui n'avait pas encore bien compris ce qui venait de survenir, regagnait son bureau avec sa secrétaire quand un journaliste du *Dallas Morning News* l'aborda. Il s'appelait Harry McCormick ; il l'avait vu filmer et se proposait de le présenter à un agent des services secrets, Forrest Sorrels, qui saurait comment négocier le document extraordinaire qu'ils avaient entre les mains. Zapruder consentit à lui céder le film à une condition : il ne devait servir qu'à l'enquête sur l'assassinat. Après s'être mis d'accord, ils se dirigèrent vers les studios de télévision de la WFAA pour révéler la pellicule, mais n'eurent pas de chance : les techniciens ne possédaient pas le matériel adéquat pour le faire. Zapruder finit par apporter sa bobine au laboratoire Kodak, où il attendit jusqu'à 18 h 30, heure à laquelle il se rendit à la Jamieson Film Company pour faire faire deux copies et rentra chez lui après avoir vécu la journée la plus épuisante de sa vie. Cette nuit-là, il rêva qu'il était retourné à Manhattan, où il avait passé vingt ans après son arrivée dans le pays. À Times Square, il découvrait un stand et l'annonce d'un spectacle : « Venez voir exploser la tête du président ! »

Je l'ai vue exploser. Nous avons été des millions de personnes à la voir exploser (comme un pétard), et nous avons vu aussi ce qui s'est passé ensuite, les secondes invraisemblables au cours desquelles Jackie Kennedy se précipite sur le capot arrière pour récupérer les fragments de la tête de son mari, réduite en pièces par les balles ; les photogrammes s'étalaient sous mes yeux, parmi les coupures de presse du docteur Luis Ángel Benavides. Ils montraient la femme élégante, tirée à quatre épingles qu'était Jackie Kennedy essayant de récupérer sur la limousine Lincoln (de couleur bleu nuit : la même que celle du costume de Gaitán) des fragments de crâne ou de matière cérébrale. Que cherchait-elle à faire ? Quel instinct lui dictait de recueillir les parties d'un corps aimé qui avait cessé de vivre ? On peut lancer des hypothèses et le qualifier par exemple, à défaut d'un terme plus approprié, d'instinct complétif : la volonté que ce qui a constitué un ensemble ne s'éparpille pas. Entier, le corps de John Fitzgerald Kennedy vivait et agissait, c'était le corps d'un père et d'un mari (et aussi celui d'un président, d'un ami, d'un amant proche) ; fragmenté sous l'impact des balles, brisé en morceaux qui glissaient à présent sur la carrosserie bleu nuit, ce corps vivant avait cessé d'exister. Même à son insu, Jackie avait peut-être eu le désir de recomposer le crâne de son mari pour lui redonner sa forme originale, le remettre en état, tel qu'il était quelques secondes plus tôt, avec l'impression illusoire qu'en procédant de la sorte, en rendant au corps détruit ses fragments perdus, elle le ramènerait à la vie. Le professeur de sciences médico-légales avait-il songé à cela en découvrant cette page de journal avant de découper les photogrammes du film de Zapruder ? Luis Ángel Benavides avait peut-être eu une lecture différente et de bonnes raisons de croire qu'en se comportant ainsi, Jackie raisonnait déjà en légiste : elle rassemblait des preuves afin d'aider les procureurs chargés d'intervenir dans le cadre de l'enquête, de trouver le coupable et de lui appliquer la peine qu'il méritait. Il se peut que Benavides ait eu ce genre de pensées en découpant la page pour enrichir son dossier, son puzzle, car nous observons tous les images captées par Zapruder avec recul et détachement, et Benavides père les jugeait sans doute avec la même objectivité, mais de là à s'imaginer que de telles considérations, de telles pensées méthodiques occupaient l'esprit de Jackie le 22 novembre 1963 lorsqu'elle perdit toute contenance et rampa sur le coffre de la Lincoln, le sang encore frais de son mari imprégnant son tailleur pour y laisser des taches indélébiles, c'est méconnaître le pouvoir que nos atavismes exercent sur nous. La robe de Jackie, autre relique. Si une religion s'était édifiée autour de JFK (l'idée n'a rien d'extravagant), chaque fibre du tissu de cette robe constituerait une relique que nous adorerions et conserverions au fil du temps comme un trésor après lui avoir érigé des autels et des musées.

J'étais plongé dans ces pensées quand Benavides est revenu.

– Tout le monde dort, a-t-il déclaré en se laissant tomber avec lassitude dans son fauteuil de lecture.

Son attitude et le long soupir qu'il a laissé échapper m'ont fait prendre conscience de ma propre fatigue : j'avais un peu mal à la tête, les yeux commençaient à me piquer et la claustrophobie qui m'accompagne depuis l'enfance (comparable au vertige d'Abraham Zapruder) se manifestait : j'avais besoin d'espaces ouverts, de sortir dans l'air froid de Bogotá, de quitter cette chambre aveugle qui sentait la vieille paperasse et le café froid. Je voulais repartir à la clinique, voir M, avoir des nouvelles de mes filles, qui vivaient encore dans un monde lointain que je ne comprenais pas. J'ai sorti mon téléphone de ma poche et constaté que je n'avais reçu aucun appel ; les barres indiquaient une bonne réception, toutes présentes dans un angle de l'écran, fermes et parallèles, rangées selon leur grandeur comme un chœur d'enfants.

– Eh bien, je vois que vous avez profité de votre temps, a dit Benavides en désignant le tapis encore encombré de coupures.

– Votre père s'investissait vraiment dans sa passion, ai-je dit. C'est admirable.

– Oui, il était comme ça. Il avait déjà un certain âge quand la fièvre a redoublé, en 1983, vingt ans après les faits. Sa passion s'est intensifiée. "Je ne veux pas mourir sans avoir résolu l'affaire Kennedy", m'a-t-il dit un jour. Bien sûr, il est mort sans l'avoir élucidée, mais les documents qu'il avait accumulés sont encore là. Il y en a un en particulier… Où est-il ? s'est-il exclamé en agitant une main au-dessus des coupures. Ah, le voilà ! Il date de cette époque, regardez, c'est une analyse des hypothèses du crime écrite de sa main. Lisez-le, s'il vous plaît.

– Vous voulez que je le lise à voix haute ?

– Oui.

J'ai toussoté pour m'éclaircir la gorge.

– "Hypothèse 1 : 2 tireurs, page 95". Page 95 de quoi ?

– Je n'en sais rien. Probablement un livre qu'il était en train de consulter. Continuez.

– "2 tireurs, ai-je poursuivi. Un à la fenêtre du sixième étage, un autre au deuxième étage. Note : à 12 h 20, un film permet de voir deux silhouettes à la fenêtre du sixième étage." Entre parenthèses : "À 12 h 31, elles tirent contre le président. En montant avec un policier juste après avoir entendu les coups de feu, Roy S. Truly, le directeur du dépôt de livres, trouve Oswald en train de boire un Coca-Cola dans le couloir du deuxième étage." Je crois que c'est ça, l'écriture de votre père n'est pas facile à déchiffrer.

– Je ne vous le fais pas dire ! Continuez.

– "Hypothèse 2. Pages 97-106. Oswald a tiré de la fenêtre du deuxième étage et l'autre homme, un expert, a tiré du sixième étage, avec la carabine d'Oswald. Hypothèse 3…"

– Non, oubliez celle-ci, elle est sans fondement.

– Elle dit qu'Oswald a peut-être voulu tuer le gouverneur.

– Oui, c'est n'importe quoi. Seules les deux premières nous intéressent, mon père y croyait.

– Il s'agit de ses conclusions ?

– Pas vraiment, parce qu'il n'est arrivé à aucune conclusion définitive, mais il avait la ferme conviction qu'Oswald n'avait pas agi seul, que la théorie du *lone wolf*, comme disent les Américains, était complètement fausse. Le "loup solitaire", c'est ça, n'est-ce pas ?

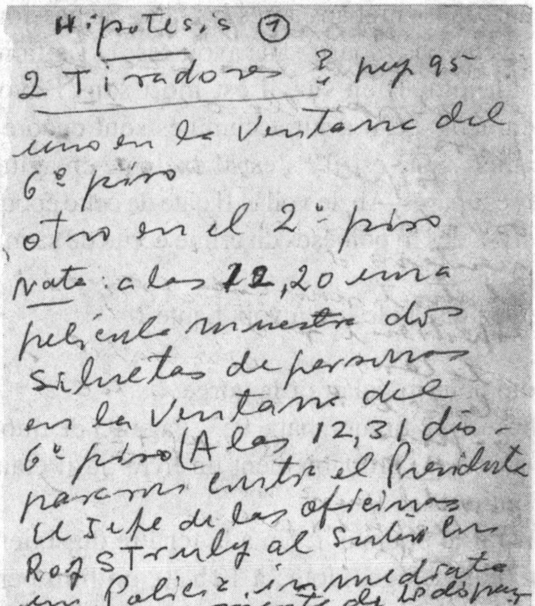

Hipotesis (1)
2 Tiradores ? pag 95
uno en la Ventana del
6º piso
otro en el 2º piso
nota: a las 12,20 una
película muestra dos
siluetas de personas
en la Ventana del
6º piso (A las 12,31 dio-
paramos entre el Presidente
el jefe de las oficinas
Roy STruly al subir con
un Policía inmediatamente de los dispar[os]

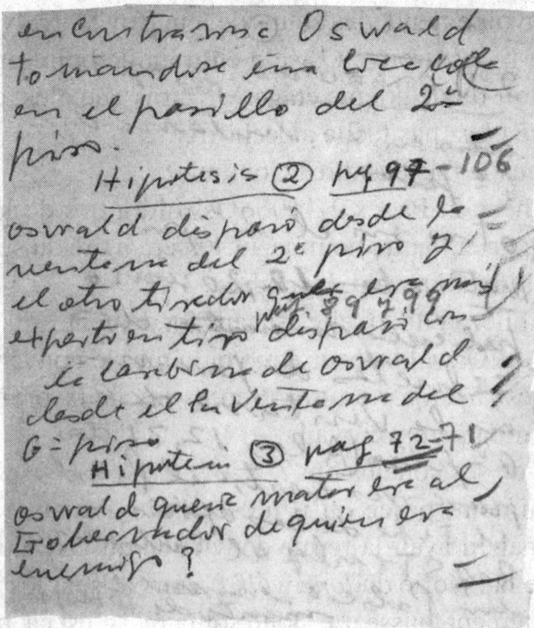

encontramos Oswald
tomandose una cocacola
en el pasillo del 2º
piso.
Hipotesis (2) pag 97-106
oswald disparó desde la
ventana del 2º piso y
el otro tirador que era más
experto en tiro pag 89-99 disparó con
la carabina de oswald
desde el la Ventana del
6º piso
Hipotesis (3) pag 72-71
oswald quería matar era al
Gobernador de quien era
enemigo ?

Même l'expression est absurde. Personne n'aurait pu mener cette action tout seul, ça me semble évident, et je dirais même plus : ça saute aux yeux tellement c'est évident. Il faut être aveugle pour ne pas le voir, ou, mieux : il faut refuser de le voir pour ne pas le voir.

– On dirait Carballo.

Il a pouffé de rire.

– C'est possible, tout à fait possible. Je suppose que vous avez vu le film de Zapruder, a-t-il ajouté.

– Plusieurs fois, oui.

– Alors vous vous souvenez.

– De quoi ?

– De la tête, Vásquez, de quoi d'autre pourrais-je vous parler…

Parce que je ne lui ai pas répondu tout de suite ou peut-être à cause du très court silence qui a suivi ses paroles, Benavides a bondi jusqu'à son bureau et s'est penché laborieusement devant l'écran démesuré de son ordinateur (j'étais assis sur sa chaise, il ne m'a pas demandé de me lever), comme pour esquisser une petite révérence, puis il a actionné la souris et tapé quelques mots sur le clavier. Quelques secondes plus tard, une page de YouTube s'est affichée : *The Zapruder Film*, ai-je lu, et j'ai revu la limousine Lincoln avancer avec une lenteur effrayante, escortée de motards coiffés de casques blancs. Kennedy est là, à l'arrière, si près de la portière qu'il peut y appuyer le bras droit, adressant de sa main détendue des saluts de chaque côté de la rue, mettant le monde à ses pieds avec son sourire de publicité et ses cheveux impeccables, jamais ébouriffés, pas même à l'air libre, sûr de son existence, de ses faits et gestes, ou feignant d'avoir une confiance inébranlable en sa personne. Le cortège est en partie caché derrière un objet qui peut être aussi bien un panneau de signalisation qu'une réclame, et quand il le dépasse et réapparaît, quelque chose que personne ne semble comprendre survient : Kennedy fait un geste étrange, un geste qui n'a dû paraître naturel à personne, d'autant moins de la part d'un président qui a les yeux du monde entier rivés sur lui. Il porte les poings à sa gorge – disons, devant son nœud de cravate – et lève machinalement les coudes, comme une marionnette. Le premier tir l'a atteint. La balle l'a touché par-derrière et a traversé le haut de son dos. Il se peut qu'il ait perdu connaissance à cet instant car il ferme les paupières, comme s'il dormait, et se penche vers Jackie. Sa lenteur est horrible, la mort s'installe avec parcimonie dans la Lincoln : à la vue de tous, sans se cacher ni frapper subrepticement, comme à son habitude, mais en faisant irruption dans la lumière du jour. La femme du président ne sait pas ce qui se passe ; elle sait juste qu'il vient de se produire un fait étrange parce qu'elle voit son mari s'incliner vers elle, à croire qu'il a eu un malaise soudain, alors elle approche sa tête (son chapeau est impeccable, sa coiffure a marqué toute une génération) et lui parle ou donne l'impression de lui parler. On peut imaginer des paroles pleines d'appréhension, mais elle ignore que leur destinataire est incapable de les entendre : « Ça va ? » a-t-elle peut-être dit. Ou : « Qu'est-ce que tu as ? Tu te sens bien ? » C'est alors que la tête de Kennedy explose : comme un pétard, c'est cela. La seconde balle vient de le toucher, elle brise l'occipital, éparpille ses os, ses reliques. La vidéo durait encore quelques secondes, puis l'écran est devenu noir. J'ai tardé un instant à sortir de mon ébahissement. Benavides s'était réinstallé dans son fauteuil de lecture et m'invitait de la main (d'un mouvement presque imperceptible, les doigts écartés), à me rapprocher.

– Vous avez vu, n'est-ce pas ? La première balle vient de l'arrière et transperce Kennedy. Mon père pensait qu'à ce moment-là, il était déjà mort. La deuxième est tirée de face. Regardez la tête du président : elle est projetée vers l'arrière, sur la gauche, parce que la balle vient de l'avant, à droite. Nous sommes d'accord ?

– Tout à fait.

– Bien. Alors dites-moi : comment est-il possible qu'Oswald ait été derrière le président au moment du premier tir et devant une seconde plus tard ? Si la deuxième balle avait été tirée par le même assassin, la tête aurait été projetée vers l'avant à cause de l'impact. Et Jackie ne se serait pas précipitée pour ramasser des fragments de boîte crânienne sur le capot arrière de la voiture, car ils seraient tombés vers l'avant, là où était assis le gouverneur, ou du côté du chauffeur. Non, Vásquez, les deux balles n'ont pas été tirées du même endroit. Ce n'est pas moi qui le dis, ni la thèse conspirationniste, mais la physique. C'est ce qu'affirmait mon père : "C'est une question de physique." On le sait depuis longtemps, même si l'histoire officielle refuse de l'admettre. Mon père savait lui aussi qu'il y avait au minimum deux tireurs.

– Dans l'immeuble du dépôt de livres scolaires, oui. Un au sixième étage, l'autre au deuxième.

– Exact, mais ça n'explique pas la provenance de la balle qui fait exploser la tête de Kennedy. D'après mon père, le deuxième tir n'est pas parti du dépôt de livres, mais d'un endroit face au cortège.

– C'est ce qui est avancé dans l'article de 1975. La théorie de ce Groden.

– Oui. Un ou deux tireurs étaient postés devant le cortège. Groden affirme qu'il y en avait un derrière un monticule et l'autre derrière un arbuste, et celui-là avait un fusil. Vous savez ce qu'a déclaré Zapruder après le crime ? Un agent spécial a pris sa déposition : Zapruder était persuadé que l'assassin était derrière lui. Après, il s'est rétracté devant la commission Warren : il a dit qu'il y avait trop d'écho sur Dealey Plaza et qu'il n'était plus sûr de rien. Mais dans sa première version, celle du jour du meurtre, il en était convaincu. Il n'a pas hésité, il n'a pas dit : "Il me semble que…" ou "il se pourrait que…". Non. Il en était sûr. Et mon père aussi.

– Pourtant il n'en parle pas dans ses notes.

– Celles que je vous ai montrées ne représentent qu'une petite partie de son travail. Il a noirci des pages entières, bien plus complètes que ces fiches, mais elles ne sont pas ici. Vous savez qui les a ?

– Inutile de me le dire : Carballo.

– Eh oui. Carballo. Pourquoi ? Parce qu'elles étaient chez lui quand mon père est mort, c'est aussi simple que ça. Il a conservé beaucoup de documents parce que mon père les lui a laissés, ou, plutôt, il les lui a donnés et n'a jamais voulu les récupérer. Même si c'est dur, je peux comprendre pourquoi : personne ne l'a autant accompagné que Carballo dans ses vieux jours. Il allait le voir, lui consacrait du temps, écoutait ses histoires et ses théories. Pour un vieil homme, une présence comme celle-ci devient la chose la plus importante au monde. J'ai commis une erreur, Vásquez, et je ne me le pardonnerai jamais. J'ai négligé mon père dans ses dernières années de vie.

J'étais pris ailleurs, il faut me comprendre. Par ma carrière et ma famille, fasciné par la vie d'adulte que je commençais à mener. Par mon premier enfant, né un peu plus d'un an après notre mariage. Vingt ans après l'assassinat de Kennedy, mon second enfant venait de voir le jour, si bien qu'en 1983 j'étais marié, père d'un garçon et d'une fille, j'essayais de me faire une place en tant que chirurgien, et, en plus de ça, je devais m'occuper de mon père. Alors, évidemment, ça m'arrangeait vraiment que Carballo soit là.

– Pour distraire votre père.

– Je ne suis pas un cas isolé, n'est-ce pas ? Tous les gens dont le père est veuf se réjouissent que quelqu'un lui tienne compagnie. Carballo jouait ce rôle, il s'entendait à merveille avec mon père qui, grâce à lui, se sentait vivant et alerte, et en plus il n'avait pas l'impression de nous rendre service. Il pensait au contraire être un privilégié et estimait que c'était un honneur que mon père l'accueille chez lui, qu'il partage son temps et ses idées avec lui. D'ailleurs, c'était vrai. “Je suis jaloux”, me disait Carballo. “J'aurais aimé être le fils d'un homme comme le professeur”, me disait-il. C'était un arrangement idéal. Même si j'avais payé quelqu'un pour tenir compagnie à mon père, ça n'aurait pas été aussi bien. Enfin, j'ai quand même payé, et en nature. Je lui ai laissé des écrits de mon père, des livres et des documents. Des tas de choses qui avaient beaucoup de valeur pour moi. Seulement, je m'en suis rendu compte trop tard.

– Et parmi les papiers conservés par Carballo, il y a ceux qui auraient dû se trouver dans ce dossier.

– Oui. Mais pour lui, c'est bien davantage : ce sont des pistes.

– Des pistes dans l'affaire Kennedy, ai-je précisé, comme pour souligner une évidence, sans me douter que je faisais fausse route.

– Vous vous trompez, a corrigé Benavides. Ce sont des pistes dans l'affaire Gaitán. Je vais vous expliquer : Carballo ne s'intéresse qu'à Gaitán. Le 9 avril est son unique obsession, il n'en a pas d'autres. L'assassinat de Kennedy ne le captive que dans la mesure où il lui fournit des indices sur celui de Gaitán. Carballo affirme que dans l'affaire Kennedy, il y a des pistes utiles pour savoir qui a tué Gaitán et comment on a caché la conspiration. Kennedy conduit à Gaitán.

– Mais il a été tué des années plus tard, ai-je objecté.

– Vous croyez que je ne le lui ai pas dit ? Mille fois, sur tous les tons de la gamme. Il est persuadé qu'il y a des pistes. Il en voit partout. Et dès qu'il en découvre une, il la suit.

Benavides s'était accroupi pour récupérer le dossier pourpre en tendant ses longs bras au maximum, si bien que ses boutons de manchettes s'enfonçaient dans sa peau. Il a commencé à ramasser les coupures avec soin, pinçant chaque rectangle de papier entre le pouce et l'index.

– Elles sont toutes jaunies, les pauvres, a-t-il lâché d'une voix pleine de tendresse, à croire qu'il parlait d'une portée de chiots ou de chatons.

Je me suis baissé moi aussi pour l'aider. La scène avait quelque chose d'incroyablement intime. Benavides a pris une des coupures et l'a posée sur le bureau. Il a attendu que tous les autres papiers soient rangés pour me la montrer en me demandant si je l'avais vue.

– Oui, bien sûr. La photo de Jack Ruby qui tue Oswald. Je crois que tout le monde la connaît, Francisco. Comme le film de Zapruder.

– Je ne vous demande pas si vous avez vu l'image, mais cette coupure, parue dans *El Tiempo* en 1983 et soulignée par mon père.

Il a promené son index sur les mots mis en évidence, la deuxième phrase de la légende, qu'il a récitée sans avoir besoin de la lire :

– "C'est à ce moment-là qu'on a commencé à avoir des doutes sur l'identité de l'auteur du magnicide de Dallas."

– J'ai lu la phrase soulignée. Qu'est-ce qu'elle a de particulier ?

– Vásquez, je m'en souviens comme si c'était hier. Je me souviens du jour où Carballo a débarqué dans mon cabinet, les mémoires de García Márquez à la main. C'était il y a deux ans, un peu plus de deux ans. En janvier 2003, je le sais parce que je venais de fêter le Nouvel An. Le premier jour ouvrable, je suis arrivé au cabinet et Carballo était là, assis dans un des deux canapés, comme un patient. En me voyant, il a sursauté et il s'est précipité sur moi. "Vous avez lu ça ? criait-il. Vous l'avez lu ? Votre père avait raison !" Les jours suivants, ou plutôt les semaines et les mois suivants, il était de plus en plus obnubilé par tout ce qu'il découvrait en comparant les deux affaires,

El 25 de noviembre de 1963, Jack Ruby dispara mortalmente sobre Lee Harvey Oswald, quien había sido detenido acusado de ser el asesino del Presidente John F. Kennedy tres días antes. En ese momento comenzaron las dudas sobre la verdadera autoría del magnicidio de Dallas que conmocionó al mundo. (Foto archivo de EL TIEMPO).

documents côte à côte. Et il me faisait la liste de ses trouvailles. Il allait au cabinet ou chez moi et me récitait ses listes. Primo, l'assassin : qu'est-ce que Juan Roa Sierra et Lee Harwey Oswald ont en commun ? On les a accusés tous deux d'avoir agi seuls, d'être des *lone wolves*. Secundo : tous deux représentaient l'ennemi à leur époque. Je ne sais pas si vous vous rappelez, mais on a reproché ses sympathies nazies à Juan Roa Sierra. Il avait travaillé à l'ambassade d'Allemagne et rapportait des tracts chez lui, tout le monde était au courant. Oswald était bien évidemment communiste. "C'est pour ça qu'on les a choisis, disait Carballo. Parce que personne ne se sentait solidaire de leur cause. Ils étaient tous deux l'ennemi public du moment : ils le représentaient, ils l'incarnaient. De nos jours, ils auraient été membres d'Al-Qaïda. Dans ces conditions, il était plus facile de faire gober toute l'histoire aux gens." Tertio : les deux assassins se sont fait tuer presque aussitôt après avoir été arrêtés. “Pour qu’ils ne parlent pas, ajoutait Carballo. Ce n’est pas l’évidence même ?”

« Il ouvrait ensuite les mémoires de García Márquez et lisait le passage où l’homme élégant *réussit à faire lyncher un faux meurtrier pour protéger l’identité du vrai*. Il savourait cette phrase, Vásquez, il la répétait plusieurs fois, c’était un véritable spectacle de le voir, un spectacle de plus en plus inquiétant, mais un spectacle quand même. Plus tard, il s’est mis à parler de la photo de Jack Ruby et à citer la phrase soulignée dans la légende : *C’est à ce moment-là qu’on a commencé à avoir des doutes*… Ensuite, il jouait avec l’image et les deux phrases, il les interchangeait. “N’est-ce pas, Francisco, que Jack Ruby a tué *un faux meurtrier pour protéger l’identité du vrai* ? N’est-ce pas que l’homme élégant excitait la foule devant la droguerie Granada, et que *c’est à ce moment-là qu’on a commencé à avoir des doutes sur l’identité de l’auteur du magnicide* ? Le professeur s’en était rendu compte, me serinait-il. Autrement, pourquoi aurait-il souligné cette phrase ? Pourquoi aurait-il été obsédé par l’idée d’un deuxième tireur dans l’affaire Kennedy, lui qui avait extrait les balles du deuxième tireur du corps de Gaitán ? N’était-il pas sur une piste, même sans le savoir ? Il y a trop de points communs, il ne peut pas s’agir de simples coïncidences.” Moi, je me moquais de lui : “Mais qu’est-ce que vous dites, Carlos ? Vous pensez peut-être que Kennedy a été tué par les mêmes hommes que ceux qui ont assassiné Gaitán ?” Il me répondait que non, bien évidemment, qu’il n’était pas timbré à ce point… mais qu’il y avait malgré tout beaucoup de points communs entre les deux affaires. “À commencer par le mode opératoire. Ceux qui ont tué Kennedy ont probablement tiré un enseignement du meurtre de Gaitán. Il y avait bien des Américains à Bogotá, le 9 avril, pas vrai ? Des agents de la CIA. Quant aux tueurs de Gaitán, ils ont appris leur méthode d’autres personnes, n’est-ce pas ? Une conspiration aussi parfaite ne peut pas avoir été montée par un simple amateur.” Je lui disais d’arrêter ses bêtises, que tout ça, ce n’étaient que des hasards. “Les hasards n’existent pas”, rétorquait-il en ouvrant grand les yeux. Je n’ai jamais vu quelqu’un écarquiller autant les yeux et hausser les sourcils comme il le faisait.

– Mais, dans le cas de Gaitán, il n'y avait pas de second tireur. Votre père a fait l'autopsie.

– C'est ce que je lui répondais moi aussi. Je lui rappelais que mon père avait fait expertiser les projectiles et qu'on lui avait confirmé les conclusions de l'enquête menée en 1948 : les balles qui avaient tué Gaitán provenaient du pistolet de Roa Sierra. Mais Carballo regardait ailleurs et esquissait une de ses moues incrédules. C'était logique, remarquez, parce qu'il pensait que le compte rendu de l'enquête de 1948 était un tissu de mensonges. "Le problème, c'est que le 9 avril, nous n'avions pas de Zapruder pour filmer. S'il y avait eu un film, ce pays aurait connu un autre destin." Oui, discuter avec lui n'est pas simple. Je suppose que vous vous en êtes aperçu ce soir. En tout cas, ce qui s'est passé entre vous part de la même obsession. Carballo veut connaître l'identité de l'homme élégant de la droguerie Granada. Il veut savoir qui était celui qui a fait lyncher Roa Sierra. Pourquoi ? Pour le comparer à Jack Ruby, je suppose, et voir si les deux individus présentent des points communs. En réalité, il veut savoir ce qui s'est réellement passé le 9 avril, aller au fond du sujet. Mais si on y réfléchit, n'est-ce pas ce que nous voulons tous, Vásquez ?

– Si, à condition de rester dans les limites du raisonnable, je ne vois pas comment le dire autrement.

– On peut traiter les gens comme Carballo de fous, de paranoïaques, de désœuvrés et de tout ce que vous voudrez. Ce qui est sûr, c'est qu'ils passent leur vie à chercher la vérité sur des événements importants. Il leur arrive de choisir la mauvaise méthode, leur passion les pousse parfois à commettre des excès ou à croire à des inepties. Mais il faut reconnaître qu'ils font des choses dont ni vous ni moi ne sommes capables. Certes, ils peuvent être casse-pieds, gâcher des soirées en haussant le ton ou en affichant des opinions politiquement incorrectes. Ils peuvent être maladroits en société, gaffer une fois sur deux, être impertinents, voire insultants. Mais ils nous rendent service parce qu'ils restent sur leurs gardes et ne prennent pas des vessies pour des lanternes, même si ce qu'ils nous exposent nous paraît abracadabrant. Le problème, avec cette théorie qui consiste à comparer les points communs entre le meurtre de Kennedy et celui de Gaitán, c'est que si on y réfléchit, rien de tout cela n'est vraiment abracadabrant.

– Rien ne paraît abracadabrant parce que tout l'est, ai-je corrigé. C'est comme discuter avec le Chapelier fou.

– Ça, c'est ce que vous pensez. Chacun a le droit d'avoir ses idées.

– Mais, Francisco, ne me dites pas que vous prenez Carballo au sérieux.

– Ce que je pense n'a aucune importance. Ne vous braquez pas là-dessus, Vásquez. Allez plus au fond. Apprenez à regarder au-delà de ce qui est évident. Pour Carballo, c'est la mission de sa vie. Il n'y consacre pas seulement du temps et de l'énergie, mais aussi de l'argent. Il a même dépensé dans ses recherches une fortune qu'il ne possède pas, tout ça parce qu'il croit à sa vision des choses. Il me l'a déjà dit : "J'ai une vision." Il dit aussi : "Ma mission, c'est ma vision", ou vice versa, je ne me souviens plus. Enfin, il est persuadé que s'il y a une vérité à découvrir derrière ces assassinats, c'est précisément qu'on ne nous a pas dit la vérité. A-t-il tort ? Non, Vásquez. Tout le monde sait qu'on ne nous a pas tout révélé. Seul un naïf ou quelqu'un qui connaît mal cette affaire peut croire que Juan Roa Siera a tué Gaitán sans le moindre soutien ni sur l'instigation d'autres personnes. Aujourd'hui, seul un naïf peut affirmer que Lee Harvey Oswald a tiré toutes les balles qui ont tué Kennedy avec une précision digne d'un franc-tireur aguerri. Que faire de cette certitude ? Faut-il ne rien remuer ou réagir ? Je sais bien que vous considérez Carballo comme un fou et un irresponsable. Mais posez-vous des questions, regardez-vous dans un miroir et demandez-vous sérieusement si Carballo vous déplaît parce qu'il est ridicule ou parce qu'il est dangereux. Il vous agace ou il vous fait peur ? Interrogez-vous, regardez-vous. Je n'aurais peut-être pas dû vous présenter. Je me rends compte maintenant que c'était sans doute une erreur. Dans ce cas, je vous prie de m'excuser. Je dois vous avouer que c'est lui qui a tenu à être mis en contact avec vous. Il était persuadé que vous lui fourniriez des renseignements utiles. C'est toujours pareil avec lui : s'il trouve une piste sur le 9 avril qu'il n'a pas encore explorée, il la suit comme un limier. Et vous, parce que votre oncle était qui il était… vous étiez une piste possible. L'incident de cette soirée est aussi de ma faute, je n'ai pas su prendre la mesure de la situation, mais ne vous inquiétez pas : je ne crois pas que vous le reverrez. Vous vous êtes vus pour la première fois ce soir, il n'y en aura pas une deuxième. D'accord, il est arrivé un incident regrettable, je sais, mais rassurez-vous, Vásquez. Vos routes ne sont pas de celles qui se croisent facilement.

Pourvu qu'il ait raison, ai-je songé en sortant de chez lui. Pourvu que je ne revoie plus jamais ce Carballo.

Je l'ai pensé cette nuit-là et je le pensais encore le lendemain, mais pour des raisons différentes et imprévisibles, car rien n'aurait pu laisser présager le mélange contradictoire de répugnance et de fascination, d'attirance et de rejet que j'allais éprouver en me rappelant ce que j'avais vu et entendu lors de cette soirée : Carlos Carballo et Jorge Eliécer Gaitán, Lee Harvey Oswald, Juan Roa Sierra et John Fitzgerald Kennedy faisaient partie de ce souvenir. Depuis que j'étais sorti de chez Benavides, il ne s'était pas écoulé une heure sans que je songe à ces hommes au triste destin, et je n'ai pas fait le moindre effort pour chasser ces images et ces informations de ma mémoire. Je me suis au contraire amusé à flirter avec elles, à les enrichir de ma propre imagination, à élaborer des histoires dans mon esprit pour commencer à y mettre des mots. Le mardi matin, je suis parti tôt dans le quartier de la Candelaria, au cœur de Bogotá, uniquement pour m'arrêter à l'endroit où Gaitán était tombé et me souvenir du récit dont Pacho Herrera m'avait gratifié une après-midi de 1991. J'ai de nouveau suivi les itinéraires que je parcourais lorsque j'étais étudiant en droit : du Chorro de Quevedo au parc Palomar del Príncipe, des bancs du parc Santander aux marches de la cathédrale de l'Immaculée-Conception. À l'époque, mes flâneries étaient chaotiques et arbitraires, je m'en remettais volontairement au hasard et au caprice des jours (jamais identiques), mais au gré de mes séjours successifs en Colombie un ordre s'était imposé et affiné, et elles relevaient désormais de la routine. Dessiné sur le plan du quartier, mon parcours ressemblait à un parallélogramme dont les côtés, comme dans « La mort et la boussole », étaient tracés en fonction d'événements violents, mais s'ils sont l'artifice conscient et prémédité d'un voyou littéraire dans la nouvelle de Borges, les miens n'obéissaient qu'aux contingences impitoyables de l'Histoire.

Ma balade débutait au Pasaje, devant un café arrosé, puis je traversais la place du Rosario et marchais vers l'est par la rue 14, passais devant la maison aux trottoirs surélevés où le poète José Asunción Silva s'était tiré une balle dans le cœur en 1896, après quoi je descendais la rue 10 vers le sud, posais les pieds avec précaution sur les pavés qui recouvraient la rue, pareils à des tortues mortes, gagnais lentement la fenêtre par laquelle Simon Bolivar avait sauté une abominable nuit de septembre 1828, quand un groupe de conspirateurs s'étaient introduits chez lui en brandissant des épées et avaient tenté de l'assassiner dans sa chambre à coucher ; je débouchais sur la Carrera Séptima, au niveau du Capitole, et, après une vingtaine de mètres, j'étais projeté en 1914, devant les deux plaques de marbre qui, avec une redondance gênante, commémorent le meurtre du général Rafael Uribe Uribe ; quatre pâtés de maisons plus loin, vers le nord, je me retrouvais devant l'immeuble disparu Agustín Nieto, ou plutôt sur le trottoir, là où Jorge Eliécer Gaitán avait été tué. Parfois (mais pas toujours), je prolongeais la promenade de quelques pas et allais sur les lieux qu'occupait en 1931 l'épicerie où le caricaturiste Ricardo Rendón, dont j'avais dans mon enfance admiré les dessins sans les comprendre, avait croqué une tête traversée par une balle et bu une dernière bière avant de se tirer une balle dans la tempe pour des raisons que personne n'a jamais été en mesure de confirmer. J'ai effectué le même parcours ce fameux mardi 13 septembre, en veillant cette fois à me remémorer les morts dont nous avons hérité, qui sont tombés au fil des années dans ce périmètre vraiment réduit et font partie de notre paysage, même si nous n'en avons pas conscience, et j'ai été choqué que les gens puissent passer devant les plaques qui commémorent ces défunts sans jamais s'arrêter, et selon toute probabilité sans leur accorder une pensée, si brève soit-elle, alors qu'ils perdurent au travers de notre mémoire. Les vivants sont cruels.

J'étais parti tôt, comme à l'époque où je bataillais contre le droit et avais cours tous les matins à 7 heures. Mais, cette fois-ci, je suis retourné dans un lieu où je n'avais pas mis les pieds – et auquel je n'avais même pas songé – ces douze dernières années. Un jour, au début de 1993, j'étais allé marcher dans le centre, comme à mon habitude, pour échapper à l'ennui mortel de mes études, en quête des deux tomes de *Dernier Round*, de Cortázar, dans l'édition de Siglo XXI, quasiment introuvable. Après l'avoir demandée sans succès chez Lerner, j'avais décidé d'aller faire un tour au Centre culturel du Livre, un immeuble insolite qui ressemblait à un hangar industriel : trois étages en brique, avec de minuscules échoppes où on pouvait trouver tous les livres d'occasion qu'on désirait. Avant de me perdre dans ce labyrinthe, je m'étais souvenu de l'existence d'un magasin de fournitures scolaires, au bout du pâté de maisons, qui comprenait un minuscule rayon librairie, et j'avais décidé de tenter d'abord ma chance à cet endroit. J'avais oublié que c'était la rentrée des classes, et découvrir devant la vitrine une foule d'enfants remuants qui hurlaient à pleins poumons dans les jupes de mères trop nombreuses m'avait contrarié. Préférant revenir un autre jour, j'avais passé mon chemin, tourné vers les collines, au coin de la rue. J'allais atteindre le prochain pâté de maisons, où je devais bifurquer sur la droite pour gagner la première entrée du Centre culturel du Livre, quand un vacarme que j'avais aussitôt reconnu sans l'avoir jamais entendu avait ébranlé les murs. J'étais sidéré de voir l'immeuble toujours debout, car la détonation avait été d'une telle violence que nous fûmes nombreux à nous demander si la bombe avait explosé dans l'immeuble. Je m'élançai dans l'avenue Jiménez avec une seule pensée en tête : me frayer un passage parmi les gens qui couraient dans toutes les directions, aller à l'université pour m'assurer que ma sœur était saine et sauve et quitter le quartier au plus vite. Ce n'est que plus tard, en regardant les journaux du soir à la télévision, que j'appris que l'explosion avait fait des dizaines de morts et de blessés et creusé un profond cratère dans la chaussée, et que la plupart des victimes étaient des mères et des enfants qui achetaient des fournitures scolaires dans une papeterie voisine.

Et voilà qu'à présent, parvenu à l'endroit où je situais dans ma mémoire défaillante l'explosion de la bombe, à la recherche de la papeterie dans laquelle j'aurais voulu entrer (mais elle avait disparu, comme de nombreux lieux de ma ville inconstante), je me rappelais cette journée, mes tympans douloureux et la révélation, assumée sans afféterie ni sentimentalisme excessif, que j'aurais pu être dans le lot des morts. J'ai revécu par la pensée les difficultés des premiers mois de 1993 : la bombe entre la Carrera Séptima et la rue 72, celle entre la rue 100 et la Carrera 33 ; deux autres, qui avaient explosé dans le centre (une à l'angle de la Carrera 13 et de la rue 15, une troisième entre la rue 25 et la Carrera Novena), et celle qui avait laminé un centre commercial dans le nord de la ville, rue 93. Il ne restait désormais plus aucune trace, bien évidemment, de cette bombe ni des vingt-trois morts qu'elle avait causés. Je ne pensais ni à des ruines, ni à des marques de destruction, mais à une plaque semblable à celles qui immortalisent la disparition d'individus célèbres ou importants, des figures publiques dont la mort a eu des conséquences sur d'autres existences. C'était sans aucun doute une des réussites du terrorisme dans mon pays : les morts groupées (quelle affreuse expression), les morts collectives (ce n'est pas mieux) n'étaient jamais évoquées et ne semblaient pas mériter le moindre petit hommage sur les murs des immeubles, sans doute parce que la plaque serait inévitablement trop grande (imaginez que vingt-trois noms y figureraient, ou le triple dans le cas de la bombe du DAS) ou parce que, selon une tradition implicite ou silencieuse, les commémorations gravées dans le marbre sont réservées à ceux qui entraînent les autres dans leur mort, et dont la chute imprévue peut emporter et emporte bien souvent avec elle la société tout entière, c'est pourquoi nous les protégeons et redoutons leur disparition. Autrefois, personne n'aurait hésité à donner sa vie pour son prince, son roi ou sa reine, car tous savaient que leur décès, qu'il soit le fait de la folie, d'un complot ou d'un suicide, pouvait précipiter le royaume dans l'abîme. C'est ce qui s'est passé avec Jorge Eliécer Gaitán, ai-je songé, dont nous aurions peut-être pu éviter l'assassinat, et je crois qu'il n'est pas un Colombien qui ne se soit un jour demandé ce qui serait arrivé si le leader avait été épargné – et avec lui de nombreux morts anonymes –, comment serait notre pays aujourd'hui. Alors que je songeais que la mémoire se comporte de manière imprévisible et fait ce qui lui chante, une phrase attribuée à Napoléon m'est revenue à l'esprit, comme quoi pour comprendre un homme, il faut comprendre le monde dans lequel il vivait à vingt ans. Pour moi qui suis né en 1973, le monde était celui des bombes qui ont explosé entre janvier et avril 1993, celui de la mort de Pablo Escobar, criblé de balles sur un toit de Medellín. Mais j'ignorais en quoi ces événements influeraient sur ma propre vie.

J'ai fait le tour du pâté de maisons. À peine avais-je pénétré dans l'immeuble en brique que M m'appelait (la sonnerie que je redoutais depuis des jours avait enfin retenti). D'une voix ferme, probablement pour me communiquer le calme qui lui faisait à l'évidence défaut, elle m'a annoncé qu'elle avait perdu les eaux. Les médecins lui avaient expliqué qu'une heure plus tard, on pratiquerait une césarienne d'urgence. Je lui ai demandé si j'aurais le temps de la voir avant.

– Je crois, oui, mais dépêche-toi, s'il te plaît, a-t-elle répondu.

En arrivant, j'ai découvert la clinique en pleine effervescence. Partout, il y avait des files d'attente : des voitures patientaient pour entrer au parking, des gens faisaient la queue devant la porte vitrée de l'immeuble. Un vigile armé vérifiait le contenu des sacs à main des femmes, des mallettes des hommes et de tout ce qui ressemblait à un bagage. Après avoir passé le contrôle, un autre agent de surveillance m'a arrêté et obligé à écarter les bras pour me fouiller.

– Qu'est-ce qui se passe ? ai-je demandé.

– Ce sont des mesures de sécurité. Le président Turbay vient de mourir.

Ces mesures m'avaient bien retardé, et tout en me hâtant dans les couloirs de la clinique, esquivant les gens peu pressés (de toute évidence délivrés de la hâte à laquelle j'étais contraint), j'ai pensé que je n'arriverais pas à temps et ne verrais pas ma femme avant qu'elle entre au bloc, que je ne pourrais pas lui faire sentir que je l'accompagnais et veillais sur elle, et j'ai alors méprisé Turbay avec un ressentiment puéril et violent dont j'ai honte aujourd'hui – un esprit sous pression se comporte étrangement, et la tension se propage dans les directions les plus inattendues –, même si ce bref accès de rage a disparu aussitôt pour laisser place à un sentiment déplaisant et dépréciatif qui ne se justifiait en rien, car malgré les files d'attente, les formalités de passage et les fouilles, je n'étais pas en retard. Couchée sur un brancard au milieu d'un couloir peu éclairé, M répondait aux questions de l'anesthésiste en attendant qu'on l'emmène au bloc. Elle était pâle et avait les mains moites, mais l'expression qu'elle affichait signifiait qu'elle maîtrisait la situation, et je n'ai pu m'empêcher de l'admirer pour cela.

Nos filles sont nées l'une à 12 heures, l'autre à 12 h 12 mn 4 s. À ce moment-là, les médecins ne m'ont pas laissé les voir : le brancard sur lequel elles étaient allongées a quitté le bloc si vite que j'ai senti un instant un vent de malheur se lever. Je n'ai distingué qu'un amas de tissus blanc en désordre, et de ce tas inerte émergeaient les pompes à air ovales et translucides que les infirmiers pressaient pour apprendre à nos filles à respirer avec leurs poumons affermis par la cortisone. M était encore endormie et se réveillerait quelques minutes plus tard, mais j'ai demandé la permission de rester à ses côtés quand elle ouvrirait les yeux, et pendant que j'attendais, je songeais à la déception qui l'accompagnerait toute sa vie de ne pas avoir vu naître ses enfants. Elle se réveillerait et je lui dirais que tout s'était bien passé, que les filles étaient en couveuse et se remettaient, mais rien ne pourrait atténuer sa déconvenue. Je savais cependant que ma tristesse n'aurait rien de comparable à la sienne. Peu importait. Seule comptait notre obligation, après cet accouchement prématuré, de veiller à la survie de bébés de trente semaines dont le corps n'était pas prêt à affronter la vie.

Des heures se sont écoulées avant que je puisse les voir pour la première fois. J'étais seul : après avoir été alitée vingt-sept jours, M souffrait d'une légère atrophie des jambes et était incapable de se lever, si bien que dès qu'on m'a donné l'autorisation de me rendre en salle de néonatalogie, j'ai pris l'appareil photo que nous avions apporté pour immortaliser la naissance (même si nous l'avions imaginée bien différente). Il y avait dans la pièce six ou sept nouveau-nés – pour moi, des taches dans le paysage – et les jumelles, chacune identifiée par un bristol blanc scotché sur le plastique de la couveuse. Baignées d'un rayon de lumière claire, elles étaient chaudement vêtues : bonnet en laine, les yeux protégés de bandes blanches pour éviter les effets néfastes de la lumière, un masque à oxygène sur la bouche. Aucun de leurs traits n'était visible pour me permettre de les découvrir, les observer et commencer à les mémoriser, comme on le fait lorsque de nouveaux visages entrent dans notre vie. D'après les indications figurant sur le bristol, elles pesaient très exactement 1 kg 40 g et 1 kg 260 g, soit à peu près le poids de pâtes qu'on prévoit pour un dîner entre amis. En les regardant (en étudiant leurs bras de la taille d'un de mes doigts, leur peau violacée encore couverte de lanugo, les électrodes qui tenaient à peine sur l'étroite surface du thorax), j'ai eu une révélation effrayante : la survie de mes filles ne dépendait pas de moi et je ne pouvais rien contre les maux qui les guettaient, car ils venaient de l'intérieur, contenus dans leurs corps immatures, comme des bombes à retardement qui risquaient ou non de s'activer. Je le savais, même si je ne connaissais pas encore l'inventaire complet des risques. On me l'a donné plus tard. Au fil des heures et des jours, les médecins m'ont parlé du canal artériel, un vaisseau sanguin qui relie le tronc pulmonaire à l'aorte et qu'il faudrait opérer s'il persistait à rester ouvert. J'ai également appris ce qu'était la cyanose, les taux de saturation en oxygène, on m'a dit combien la rétine était fragile et on m'a parlé du risque de cécité qui menaçait encore. J'ai pris une série de photos de piètre qualité (le plastique des couveuses reflétait l'éclat du flash et cachait en partie ce qu'il y avait de l'autre côté) que j'ai montrées à M.

– Voilà tes filles, lui ai-je dit avec un sourire forcé.

– Voilà mes filles.

Et, pour la première fois depuis que nos soucis avaient commencé, elle a fondu en larmes.

Occupé à entourer les bébés de soins, je n'ai pas raconté à ma femme ce qui s'était passé chez Benavides. Il a fallu qu'un incident survienne pour que je m'y résolve. C'était peu avant que M obtienne son autorisation de sortie ; elle pouvait alors se promener un peu dans la clinique, et nous rendions visite aux filles dans les limites fixées par le service de néonatalogie. Nous ne les voyions pas longtemps, vingt minutes au maximum, au cours desquelles nous les sortions de la couveuse, les portions un peu, prenions contact avec elles tandis qu'elles prenaient contact avec nous. Les infirmières retiraient alors leurs électrodes et le sifflement désagréable des machines – ce mémorandum de mort – s'éteignait. En revanche, il n'était pas possible d'enlever le tube d'oxygène qui avait remplacé le masque CPAP des premiers jours, fixé sur leur visage par deux bouts de sparadrap, de chaque côté de leurs narines minuscules, et nous autres, les visiteurs, devions nous asseoir tout près des couveuses pour que le tube évite de s'enfoncer ou de se détacher. Ainsi, reliés aux réservoirs d'oxygène, à demi allongés dans des positions incommodantes avec ces petits corps qui dormaient sur notre poitrine, nous passions des minutes à la fois pleines d'une timidité réjouissante et de sombre inquiétude, car jamais auparavant nous n'avions ressenti de manière aussi évidente la vulnérabilité. Je prenais une des mains de nos filles entre l'index et le pouce en me rendant parfaitement compte que, si je l'avais voulu, j'aurais pu la broyer ; j'avais les yeux rivés sur la grande porte de la salle, convaincu que le moindre courant d'air risquait de causer des ravages dans leurs poumons ; je me désinfectais les mains plus que de raison avec un gel transparent dont l'odeur alcoolisée piquait les yeux, car le système immunitaire des prématurés ne leur permet même pas de lutter contre les bactéries les plus inoffensives. Et, peu à peu, j'ai remarqué avec moins d'intérêt que d'angoisse que le monde entier était devenu une menace. La présence d'objets étrangers et la proximité de tiers me rendaient nerveux, voire agressif, même si je les connaissais, même s'ils étaient médecins et travaillaient à la clinique. C'est à cette anxiété que j'attribue ma réaction le jour où je suis entré dans la salle de néonatalogie pendant que M rassemblait ses affaires avant d'aller chercher son autorisation de sortie, et où j'ai découvert le docteur Benavides penché sur la couveuse d'une des filles et tripotant le tube d'oxygène à mains nues. Sans daigner le saluer, je lui ai demandé ce qu'il faisait.

– Le tube s'était détaché, m'a-t-il répondu en souriant, mais sans me regarder. Je viens de le replacer.

– Ôtez vos mains, s'il vous plaît.

Il a lissé un sparadrap du bout de l'index, a retiré les mains de la couveuse et s'est tourné vers moi.

– Calmez-vous, c'est très facile à faire, vous savez. La canule…

– Je préférerais que vous ne mettiez pas vos mains dans les couveuses de mes filles quand je ne suis pas là. Je ne veux pas que vous les touchiez, vous comprenez ?

– Mais je remettais juste la canule en place.

– Je me fiche de ce que vous faisiez, Francisco. Je ne veux pas que vous les touchiez, même si vous êtes médecin.

Il était sincèrement surpris. Il a gagné le mur et actionné le levier du désinfectant une, deux fois.

– Je venais vous dire bonjour et me renseigner sur vos filles, ou plutôt prendre de leurs nouvelles.

– Merci, nous allons bien. Ce n'est pas votre spécialité, docteur.

– Pardon, le papa, a dit une infirmière en venant vers moi.

– Qu'est-ce qui se passe ?

– Si vous restez ici, il faut porter une blouse, ce sont les règles.

Elle m'a tendu une tenue bleu clair qui sentait le linge fraîchement repassé. Le temps que je passe la blouse et le bonnet stérile, Benavides était parti. J'ai pensé que je l'avais maltraité, blessé. Qu'il aille se faire voir, ai-je conclu. Il n'a pas croisé M, qui est venue s'asseoir près de moi quelques minutes plus tard, en blouse et en bonnet, comme il se devait, prête à prendre l'autre bébé. Elle a dû déceler quelque chose dans mon expression, car elle m'a demandé si je me sentais mal. Sur le moment, j'ai failli tout lui raconter – Benavides et son père, Carballo et la vertèbre de Gaitán –, mais j'en ai été incapable.

– Non, ça va, ai-je répondu.

– Je ne te crois pas. Tu as l'air contrarié, a-t-elle objecté.

Son instinct ne l'a jamais trompée. Je lui ai répondu qu'en effet, j'étais contrarié et que nous en discuterions plus tard, en sortant du service de néonatalogie, parce que je trouvais gênant de bavarder avec un bébé couché sur le torse, que ma voix et même ma respiration risquaient de le déranger et de perturber le sommeil le plus paisible et le plus silencieux qu'il m'avait été donné de voir. Rien de tout cela n'était vrai, bien entendu, mais je ne parvenais pas à définir pourquoi il m'était impossible d'aborder le sujet dans cette salle. Les bribes d'informations que nous glanons sur nous-mêmes n'arrivent jamais à temps, et j'ai mis plusieurs jours avant de prendre conscience que M avait raison quand, après avoir entendu mon récit détaillé et quelque peu contrit de mes heurts avec le docteur Benavides, elle a lâché une phrase toute simple à propos de nos filles :

– Le problème, c'est que tu ne veux pas que des gens sales les approchent.

J'allais lui répondre que l'adjectif ne convenait pas au docteur Benavides, que j'avais toujours considéré comme une des personnes les plus transparentes et les plus honnêtes – les plus « claires », c'était le mot qui convenait – que j'avais jamais rencontrées, puis j'ai compris que M parlait d'autre chose, non des qualités morales de Francisco Benavides, mais de ce qu'il transportait avec lui comme un escargot sa coquille : l'héritage de son père. En d'autres termes, l'éventualité très présente que la main qui avait lissé le sparadrap sur la pommette gauche de ma fille ait tenu à un moment donné la vertèbre d'un homme tombé sous les balles, et pas n'importe lequel, mais un de ceux dont l'assassinat perdurait dans la mémoire des Colombiens et alimentait obscurément les multiples guerres qui nous tuaient encore cinquante-sept ans après les faits. Je me suis posé la question de savoir si une porte s'ouvrait dans ma vie, laissant entrer les monstres de la violence, capables de mettre au point des stratégies et des ruses pour s'introduire dans notre intimité, nos maisons, nos chambres et le lit de nos enfants. Je me rappelle avoir songé que personne n'est jamais à l'abri, puis, gagné par l'angoisse des promesses non tenues, je me suis juré que mes filles seraient protégées. C'est ce que je me disais chaque jour, que je sois avec elles, les sorte de leur couveuse et les laisse dormir l'une après l'autre sur ma poitrine, ou chez mes beaux-parents – dans un bureau froid dont la petite terrasse donnait sur une armée d'eucalyptus – occupé à ajouter une page à l'ébauche de mon roman sur Joseph Conrad au Panamá. (Celle, par exemple, où la fille du narrateur voit le jour à six mois et demi, et on la décrit comme étant si petite que deux mains peuvent la couvrir entièrement, si chétive qu'on voit la courbe de ses os, si peu musclée que sa bouche n'a pas la force de téter le sein de sa mère.) Un soir, alors que M tentait de stimuler le réflexe de succion des filles en glissant entre leurs lèvres le petit doigt de sa main droite, je me suis aperçu que je pensais non à mes filles, mais à Francisco Benavides ; non au lait maternel que nous allions devoir tirer pour la nuit, mais à la radiographie d'un thorax contenant une balle ; non à l'épingle piquant un talon minuscule ou à des analyses de sang, mais aux teintes lumineuses d'une vertèbre conservée dans du formol.

– Ça devient une obsession, m'a reproché M un soir. Je le vois sur ton visage.

– Qu'est-ce que tu vois ?

– Je ne sais pas, mais j'aimerais mieux que ça ne t'arrive pas maintenant. On traverse une phase épuisante. Je suis exténuée et toi aussi, et je préférerais ne pas avoir à vivre ça toute seule. Je parle des filles, bien sûr. Je ne sais pas ce que tu as, mais je te veux près de moi, avec moi et qu'on vive ça ensemble.

– C'est ce qu'on fait.

– Mais tu as des soucis.

– Non, je n'ai rien. Absolument rien, ai-je répondu.

III

Un animal blessé

Carballo a ressurgi dans ma vie fin novembre. Mes filles n'étaient plus en couveuse et passaient leurs nuits avec nous, dans la chambre de jeune fille de M, quand elle habitait encore chez ses parents : nous leur avions installé un petit lit réglable où elles tenaient toutes les deux, une de chaque côté, la lèvre supérieure surmontée d'une canule en plastique, branchées à leurs bouteilles d'oxygène qui veillaient sur elles derrière les barreaux, tel un parent silencieux. Le 21 novembre, sur le coup de 6 heures, j'étais en train de changer une couche lorsqu'une amie m'a téléphoné pour m'annoncer la nouvelle : Rafael Humberto Moreno-Durán, un des romanciers les plus brillants de sa génération, devenu mon ami ces dernières années, était mort à l'aube.

– Le voilà déjà parti, a-t-elle dit en insistant lourdement sur l'adverbe.

Elle m'a aussitôt indiqué l'heure de la cérémonie, le nom de l'église et l'adresse exacte. Le lendemain matin, j'y suis allé pour partager avec des amis et des proches de RH (nous l'appelions tous ainsi) ma tristesse, mais aussi mon soulagement, car la maladie avait été pénible, plus intense que longue et, surtout, très douloureuse, même s'il l'avait supportée avec humour et ce qui mérite vraiment d'être qualifié de courage.

Nous nous étions connus à l'époque où ma seule préoccupation d'étudiant en droit était d'apprendre à écrire des romans, comme lui une trentaine d'années plus tôt, et nous nous étions liés d'amitié sans que je sache très bien comment ; il me rendait visite à Barcelone, la ville où pendant douze ans j'avais vécu des débuts prometteurs, et je passais le voir à Bogotá lorsque j'en avais l'occasion, tantôt pour déjeuner à son domicile, tantôt pour aller avec lui récupérer le courrier qui lui parvenait de l'étranger en poste restante. C'était une véritable routine : il marchait jusqu'au gratte-ciel d'Avianca, entrait dans la galerie où se trouvaient les casiers et ressortait chargé de lettres et de revues. C'est au cours d'une de ces promenades qu'il m'a parlé de sa maladie et expliqué qu'une après-midi, en montant les escaliers de son immeuble, il avait brusquement perdu son souffle et eu la vision brouillée – le monde était devenu un trou noir –, et avait failli s'évanouir sur les marches dures de couleur ocre. Les médecins avaient rapidement diagnostiqué une anémie causée par un cancer qui rongeait secrètement son œsophage depuis longtemps. À l'époque, il avait suivi plusieurs traitements et perdu l'appétit. Il appelait la maladie son *alien*. « J'ai un *alien* dans le corps », disait-il à ceux qui l'interrogeaient sur sa maigreur soudaine. Et quand il était irritable ou de mauvaise humeur, il s'excusait en ces termes : « Aujourd'hui, mon *alien* fait des siennes. » Et voilà qu'un peu plus d'un an après le diagnostic, il avait perdu la bataille contre cette sale maladie qui ne respecte pas la dignité des hommes et ne leur accorde aucune trêve.

Maintenant, ses connaissances et ses amis étaient là, en train de pénétrer dans la vaste nef de l'église. Nous cherchions une place sur les bancs en bois, entre les murs blancs, et nous nous saluions à mi-voix, comme on le fait dans ces tristes occasions, morts de froid, car autour de l'église se dressait une conspiration d'immeubles de bureaux et d'eucalyptus touffus qui ne laissaient pas passer le moindre petit rayon de soleil. Tout le monde était là : ceux qui aimaient RH, ceux qui le respectaient, ceux qui ne l'aimaient pas plus qu'ils ne le respectaient, mais avouaient aimer ses livres, ceux qui admiraient ses livres mais ne voulaient pas l'admettre parce qu'ils étaient jaloux, ceux qui avaient un jour fait les frais de ses moqueries ou de ses attaques frontales et venaient à présent se réjouir dans leur coin, aigris et silencieux, que RH ne soit plus là pour leur jeter leur médiocrité à la figure. L'hypocrisie est rarement aussi concentrée que lors des obsèques d'un écrivain : dans l'église, autour du cercueil où reposait le corps, une personne au moins s'adonnait à l'art vieux comme le monde qui consiste à feindre. Feindre la tristesse, la désolation ou l'affliction, tout en songeant en son for intérieur que RH et ses livres cesseraient désormais de lui faire de l'ombre.

En m'installant à l'extrémité d'un banc situé au milieu de l'église (pas trop près du cercueil pour éviter de jouer les intrus, pas trop loin non plus afin de ne pas passer pour un curieux), j'essayais de me rappeler la dernière fois que j'avais assisté aux obsèques religieuses d'un homme qui ne croyait pas à la religion. RH s'était-il rapproché de Dieu pendant ses derniers jours de vie, ce qui était fréquent chez les agnostiques ? Ces métamorphoses de l'âme s'opèrent dans des lieux invisibles aux yeux des amis, si bien que je ne pouvais pas spéculer sur la question, mais il faudrait peut-être s'intéresser au nombre de conversions dues au cancer (bien entendu, l'inverse n'arrive jamais et je ne connais aucune maladie conduisant à l'apostasie). Quand le curé a commencé à parler, un homme assis à l'avant, du côté de l'allée centrale, a attiré mon attention car il hochait la tête à la fin de chaque phrase qui sortait des haut-parleurs, comme un directeur de campagne soutenant son candidat. Puis quelqu'un s'est avancé dans la nef, des murmures se sont élevés, des têtes se sont tournées : Mónica Sarmiento, la femme de RH, venait de se lever sur une inclination de la tête du prêtre, et se dirigeait vers le pupitre. Elle a réglé le micro à sa hauteur, retiré ses lunettes noires et passé une main sur ses yeux fatigués avant d'annoncer avec une dignité et une force puisées dans les profondeurs insondables de sa tristesse qu'elle allait lire la lettre que son mari avait laissée pour Alejandro.

– Qui est Alejandro ? a demandé quelqu'un à côté de moi.

– Je n'en sais rien, a répondu quelqu'un d'autre. Son fils, je suppose.

– "Cher Alejandro", a lu Mónica.

Le silence s'est abattu sur l'église.

– "Il est fort possible que maintenant, alors que tu vas bientôt fêter tes onze ans, tu ne comprennes pas les raisons qui me poussent à t'écrire cette lettre. Je le fais par précaution. Je m'explique : tôt ou tard tout fils est frappé du syndrome de Kafka ; il ressent le besoin d'écrire une lettre à son père pour lui *dire ses quatre vérités*, lui reprocher combien il a été arbitraire et égoïste, peu compréhensif et intolérant. Car le fils, à partir d'un certain âge, se prend pour le roi du monde et exige qu'on s'occupe de lui, qu'on l'entoure d'attentions, et si son père ne les lui apporte pas, il se rebiffe, fait preuve de mauvaise volonté, désobéit, se montre antipathique ou, comme dans le cas de Kafka, choisit l'écriture vindicative et terrible. Au cas où, j'ai rédigé cette lettre pour prévenir le mal. Il y a des années, j'ai lu quelque chose qui, aujourd'hui, prend à nouveau tout son sens. Je n'oublierai jamais la première ligne d'un des essais de lord Francis Bacon, grand chancelier – un moraliste si sage qu'il faisait le contraire de ce qu'il prônait – qui est la suivante : *Celui qui possède femme et enfants a donné des otages à la fortune*. Je pense, mon cher Alejandro, que je suis aujourd'hui un otage de la fortune, autrement dit du sort, du hasard qui nous lie l'un à l'autre, et que mon libre arbitre n'est pas celui de l'époque où j'errais de par le monde, lorsque rien ni personne n'entravait ma liberté, que j'avais devant moi une vaste carte de chemins dégagés. Je me croyais éternellement jeune et insoumis, et j'étais convaincu – je le jure – que la vie commençait à dix-huit ans et que tout être n'ayant pas atteint cet âge faisait partie du règne des protozoaires. Les enfants étaient à mes yeux la onzième plaie d'Égypte, au point que mes initiales sont presque devenues un sigle infanticide : *RH* ne signifiait plus Rafael Humberto, mais *Roi Hérode*. Et puis tu es né, et c'est là que j'ai découvert que la phrase du grand chancelier Francis Bacon recelait des surprises insoupçonnées : à ta naissance, je suis devenu l'otage de ta fortune."

Dans l'église, les gens souriaient. Typique de RH, ai-je pensé. C'était bien de lui de transformer une célébration triste et éplorée en une occasion où l'humour et les jeux de mots se manifestaient et où l'esprit balayait toute solennité. Je pensais aussi à mes filles : étais-je devenu l'otage de leur fortune ? Par la bouche de Mónica, RH parlait maintenant de la naissance de son fils, ou plutôt de *sa* propre naissance à son fils, et il acceptait de tomber dans l'inévitable mièvrerie de tout père évoquant ses enfants, racontant des anecdotes comiques comme le font tous les parents, conscients cependant que ces histoires peuvent ne pas être drôles pour les autres. L'une d'elles rappelait le jour où des amis mexicains avaient offert à Alejandro un

Pégase en chiffon. L'enfant avait demandé à RH pourquoi le cheval avait des ailes, et son père lui avait expliqué que Pégase est né du sang de la Méduse quand Persée lui a coupé la tête, et qu'à la place de ses cheveux, la Gorgone avait cent serpents qui pétrifiaient ses victimes. « Tu te moques de moi, papa », avait répondu Alejandro.

– "Pour me consoler d'avoir été ridicule, poursuivait RH à travers la voix de Mónica, j'ai compris à cet instant que tu étais vacciné contre le réalisme magique."

Dans la nef, quelques éclats de rire fusèrent.

– Contre quoi ? a demandé quelqu'un à côté de moi.

– Taisez-vous, laissez-nous écouter ! lui a-t-on répondu.

– "Pourquoi est-ce que j'évoque ces souvenirs ? a enchaîné Mónica. Parce que, d'une manière ou d'une autre, le père, du haut de sa maturité, croit et veut être la mémoire du fils, qui à cet âge tendre considère que tout est éphémère et insignifiant, comme s'il pressentait que ce qu'il a vécu jusqu'à présent ne vaut pas grand-chose et que seul l'avenir compte. L'enfance n'existe pas pour les enfants ; elle est en revanche aux yeux des adultes un pays perdu relevant du passé que nous cherchons en vain à récupérer en le peuplant de souvenirs flous et inexistants, qui ne sont en général que les ombres d'autres rêves. C'est pourquoi nous aspirons à devenir des notaires de la mémoire de nos enfants : eux oublieront vite, mais le père y voit la preuve qu'il a engendré sa postérité. Comment oublier le répertoire des philosophies enfantines grâce auquel l'enfant cherche spontanément à mettre en valeur, avec ses propres concepts, un monde qui commence à être le sien ? Un soir, en attendant le journal télévisé, nous sommes restés toi et moi devant le poste. On diffusait en direct les dernières heures – les plus torrides – du carnaval de Rio. Confortablement installé dans le canapé, tu observais d'un œil avide cette profusion de chair brune qui excitait tous les appétits depuis le sambodrome. Tu avais cinq ans et je n'ai pas pu m'empêcher de te dire, comme si nous étions deux vieux cochons : Alejandro, les femmes sont vraiment spectaculaires. – Oui, papa. Et en plus, elles donnent du lait, as-tu répondu sans détacher ton regard de l'écran, comme si tu étais un grand connaisseur en la matière."

Cette fois, toute l'assistance a éclaté de rire. Les gens s'esclaffaient, mais ils étaient gênés et semblaient se demander s'il était permis de tenir ce genre de propos à l'intérieur d'une église. Dans un lieu du passé, du néant, RH s'en fichait, ou alors il prenait beaucoup de plaisir à provoquer ces remous inoffensifs.

– "Cher Alejandro, si j'ai un regret dans ma vie, c'est de ne pas avoir dit à mon père combien je l'admirais et je l'aimais. La seule marque d'affection que je lui ai donnée était un baiser rapide déposé sur son front deux jours avant sa mort. Il m'a laissé un goût sucré, et j'ai eu l'impression d'être un voleur chapardant en vitesse quelque chose qui n'appartenait plus à personne. Pourquoi dissimulons-nous nos sentiments ? Par lâcheté ? Par égoïsme ? Avec la mère, c'est différent : nous la couvrons de fleurs, de cadeaux, nous lui adressons des phrases vides de sens. Qu'est-ce qui nous empêche d'affronter le père et de lui avouer en le regardant droit dans les yeux que nous l'aimons et qu'il suscite notre admiration ? Et pourquoi, en revanche, le maudissons-nous à voix basse quand il nous remet à notre place ? Pourquoi jouer les hypocrites au lieu de nous montrer tendres quand nous en avons l'occasion ? Pourquoi réagir avec courage aux insultes et être poltrons quand nous sommes confrontés à la tendresse ? Pourquoi n'ai-je jamais parlé de cela à mon père alors que je t'en parle à toi, qui ne les comprends peut-être pas encore ? Un soir, j'ai voulu en discuter avec mon père, dans sa chambre, mais il dormait. Alors que je m'apprêtais à sortir de la pièce sur la pointe des pieds, je l'ai entendu crier dans son sommeil, d'une voix désespérée : Non, papa, non ! Quel rêve étrange et agité pouvait bien faire mon père à propos du sien ? En plus de ce rêve énigmatique, une chose a retenu mon attention : mon père avait alors soixante-dix-huit ans et mon grand-père était mort depuis au moins un quart de siècle. Faut-il passer de vie à trépas pour pouvoir converser avec son père ?"

Une pluie légère s'est alors mise à tomber. À vrai dire, plus éparse que légère : c'étaient des gouttes épaisses et lourdes, mais rares. Leur crépitation délicate sur les toits métalliques des voitures en stationnement nous parvenait de l'extérieur et, à compter de cet instant, il était plus difficile d'entendre ce que lisait Mónica. Mon attention s'est relâchée, comme bien souvent, et je me suis de nouveau demandé si, moi aussi, maintenant que mes filles étaient nées, j'étais un otage de la fortune, mais j'ignorais quelle réponse me donner et où commencer à en chercher une. Comment se comporteraient-elles avec moi à l'avenir ? Quelle est la relation entre un père et ses filles ? Sans doute différente de celle entre deux hommes, entre un père et son fils, deux hommes qui ne sont pas de la même génération. Mais si j'avais eu des fils, des hommes, ai-je pensé, je serais confronté à des difficultés similaires, n'est-ce pas ? Mes fils dissimuleraient-ils leurs sentiments à mon égard ? Seraient-ils plus hypocrites que tendres ? Pourquoi ne pas imaginer que mes filles pourraient avoir avec moi des rapports tendus et difficiles ? Toute ma vie, je m'étais mieux entendu avec les femmes qu'avec les hommes, probablement parce que la camaraderie et la complicité masculines m'ont toujours paru ridicules. Qu'en serait-il avec mes filles ? J'ai vu Mónica prononcer des mots qui, à l'évidence, étaient les derniers, plier les feuillets qu'elle avait apportés et descendre de l'estrade pour se mêler aux hommes et aux femmes qui l'ont accueillie à bras ouverts. Personne ne l'a applaudie, les gens se retenaient. La lettre de RH avait brisé les conventions d'usage pendant une messe donnée en l'honneur d'un défunt, et les gens présents s'étaient sentis désorientés, mais de manière agréable : on voyait sur leurs visages qu'ils étaient heureux de ne pas avoir trop su comment se comporter, d'être venus prendre congé d'un mort en assistant à un rituel que tout le monde connaît pour être finalement conduits sur un terrain incertain, où ils riaient avec entrain, n'applaudissaient pas mais avaient envie de le faire, et ils pensaient peut-être tous, comme moi, à leurs fils ou à leurs filles.

Je ne sais plus comment s'est déroulée la messe. Je ne me souviens pas de la communion que je n'ai pas reçue ni des vœux de paix que, par distraction, je n'ai adressés à personne. Le cercueil où reposait le corps de RH est passé devant moi et j'ai attendu qu'il passe, me suis laissé happer par le flot des proches du défunt et leur silence tonitruant. Je n'arrivais pas à détacher les yeux du cercueil, qui progressait obstinément vers le rectangle lumineux de la grande porte, oscillant de haut en bas au gré des mouvements des porteurs.

Resté en arrière, je l'ai vu pénétrer dans l'air de midi et descendre l'escalier jusqu'au corbillard au coffre béant comme une bouche. J'ai attendu, observé sans rien dire son parcours depuis la première marche jusqu'à ce que le chauffeur referme le hayon, et c'est à cet instant que j'ai aperçu, écrit en lettres dorées sur une bande pourpre, le nom que j'avais si souvent lu sur les couvertures et au dos de ses livres, dans des titres d'interviews ou au bas d'articles de journaux. Quand Rafael Humberto avait-il décidé d'être RH ? La première édition de son premier roman, *Juego de damas*[1], avait paru en 1977, et son nom complet figurait sur la jaquette et la quatrième de couverture ainsi que dans la dédicace qu'il m'avait faite vingt ans plus tard, pendant que nous déjeunions d'un plat de pâtes à la sauce trop abondante au restaurant La Romana. À quel moment le nom avait-il choisi de devenir un sigle pour se préparer à tenir aisément sur la bande pourpre d'un corbillard ? L'église se vidait lentement, les gens rejoignaient le parking et montaient dans leurs voitures, les véhicules commençaient à sortir en file indienne sous le regard de ceux qui, comme moi, s'attardaient sur la plus haute des marches et observaient le cortège s'ébranler avec une discipline effrayante. Nous étions très peu – six ou sept si je me souviens bien – lorsque la pluie a redoublé. Je m'apprêtais à descendre l'escalier pour traverser le parc contigu et héler un taxi sur la Carrera 11 avant que l'averse ne s'intensifie quand j'ai senti une main se poser lourdement sur mon épaule. En me retournant, je me suis cogné contre Carballo.

C'était lui. L'homme qui avait piqué ma curiosité avant la lecture de la lettre de RH à son fils. Pourquoi ne l'avais-je pas reconnu à cet instant ? En quoi son apparence avait-elle changé ? J'étais incapable de le préciser, mais j'avais la ferme conviction que lui, de son côté, m'avait parfaitement reconnu. Je dirais même que j'ai compris ou cru comprendre qu'il savait que j'étais là pendant toute la durée de la messe, et qu'il m'avait surveillé de loin, suivi tel un espion, qu'il s'était immobilisé à côté de moi, avait écouté mes conversations et attendu le moment opportun pour feindre une rencontre inopinée.

1. Littéralement : « Jeu de dames ».

Et son instinct infaillible de prédateur lui avait indiqué que c'était maintenant qu'il devait sauter sur sa proie. *Il est comme un limier*, m'avait dit Benavides.

Et aussi : *Vous étiez une piste*.

Je suis une piste. C'est un limier. Je suis sa proie, pensais-je à présent.

– C'est un miracle ! s'est-il exclamé. Si je m'attendais à ça !

Il était clair pour moi qu'il mentait. Mais dans quel but ? Impossible de le savoir, et je n'ai pas pris le temps de creuser la question. Sur le moment, je n'ai rien trouvé de mieux que de lui mentir à mon tour. (C'est la plupart du temps la meilleure issue : le mensonge a mille usages, il est malléable et docile comme un enfant, fait ce qu'on lui demande, toujours prêt à nous servir ; ni prétentieux ni égoïste, il n'exige rien de nous. Sans lui, nous ne survivrions pas une seconde dans la jungle qu'est la vie en société.)

– Vous avez assisté à la messe ? Je ne vous ai pas vu. Où étiez-vous caché ?

– Je suis arrivé tôt. J'étais par là-bas, vers l'avant, a-t-il répondu en agitant une main en l'air.

– Je ne savais pas que vous connaissiez RH.

– Nous étions des amis intimes.

– Vous m'en direz tant…

– Eh oui, je vous le dis. Une de ces amitiés courtes, mais fructueuses, figurez-vous. Pourquoi ne pas retourner nous asseoir dans l'église ? Il tombe des cordes.

C'était vrai. Le ciel s'était assombri et il pleuvait sur l'église ; de grosses gouttes frappaient la pierre de l'escalier et des flaques s'étaient formées, les gouttes qui y tombaient éclaboussaient nos chaussures, nos chaussettes et le bas de nos pantalons. Si nous restons là, nous allons être trempés comme des soupes, ai-je pensé. Nous avons franchi ensemble le seuil de l'église et nous sommes installés sur un banc de la dernière rangée, seuls dans la nef désertée par les fidèles, si loin de l'autel qu'on ne distinguait pas les traits du Christ. Cet instant avait pour moi l'étrange familiarité d'une scène cinématographique : une réunion secrète entre maffieux italiens, par exemple. Carballo s'est assis presque au milieu du long banc en bois, et moi aussi près que possible de l'allée. Nos voix étaient altérées par l'écho, mais aussi par le martellement de la pluie à l'extérieur, et nous nous sommes aperçus qu'imperceptiblement, nous nous étions rapprochés afin de nous comprendre sans devoir crier. J'ai remarqué que Carballo avait un sparadrap sur le nez, j'ai compté les jours qui s'étaient écoulés depuis l'incident, chez Benavides, mais il me semblait bizarre qu'une cloison nasale mette plus de deux mois à se redresser.

– Comment ça va, votre nez ? ai-je demandé.

Il a porté un doigt à son visage sans le toucher.

– Je ne vous en tiens pas rigueur, a-t-il répondu.

– Mais vous êtes encore obligé d'avoir un pansement ?

– C'est pour ça que je suis venu vous saluer, a-t-il poursuivi comme s'il n'avait pas entendu ma question. Je voulais vous le prouver par des actes qui font foi, pour ainsi dire. Vous prouver que je ne vous en veux pas, en réalité. En revanche, je ne vous raconte pas ce que j'ai dépensé en analgésiques. Et je n'ai pas pu travailler pendant des jours.

– Ah. Dans ce cas, envoyez-moi les factures, je…

– Non, pas question. Ne soyez pas insultant, je vous en prie.

– Désolé, je pensais que…

– Non, cher monsieur, pas du tout. Je ne suis pas venu prendre congé d'un ami pour me faire rembourser quelques antidouleurs.

Je l'avais blessé, il paraissait sincèrement offensé. Qui était cet homme ? Chaque mot qu'il prononçait m'inspirait une sensation de rejet, mais par ailleurs il m'intriguait de plus en plus. Involontairement cynique, je me suis dit que le sparadrap qu'il s'était collé sur le nez faisait partie d'un déguisement élaboré ou sophistiqué dans sa simplicité, qui lui permettait d'obtenir certaines faveurs. Lesquelles ? Je n'en avais aucune idée. Il s'est mis à parler de RH : sa mort l'avait beaucoup affecté, même si elle ne l'avait pas surpris, cette maladie étant une « véritable saloperie » – il s'excusait du terme – car elle prévenait. Même court, même foudroyant, le cancer passait toujours quelques mois avec le malade, qui savait le sort qui l'attendait.

Il était cruel en cela. Carballo tenait à préciser qu'il s'était acharné sur RH, comme il le fait avec les meilleurs. Autant le dire, nous sommes peu de chose, et quand on a décroché le mauvais lot à la loterie, on ne peut rien faire d'autre que s'y résigner… Et voilà, ai-je songé. Il me servait le même mélange de lieux communs et de réflexions insolites que lors de notre première rencontre.

– La disparition de RH est une grande perte dans le monde des lettres colombien, a-t-il conclu. Ce n'est pas tous les jours que naît un Moreno-Durán.

– Sur ce point, je partage votre avis.

– N'est-ce pas ? Ces choses-là, il faut les dire. *Los felinos del canciller*[1]… Quel roman ! Et *Mambrú* ! Magnifique. Vous avez écrit des articles sur ces deux livres, pas vrai ?

– Pardon ?

– Pour le magazine de la Banque de la République, a-t-il répondu. Excellents, enfin… très positifs. Bien qu'un peu courts à mon sens.

L'article sur *Mambrú* avait été publié en 1997. À cette époque de ma jeunesse, la critique de livres pour le *Boletín Cultural y Bibliográfico del Banco de la República* – une publication trimestrielle qui me commandait jusqu'à quatre comptes rendus de livres par numéro – était devenue ma principale source de revenus. Le *Boletín* méritait toutes sortes d'éloges, mais il ne s'adressait pas à un large public : il n'était lu que dans les cercles académiques, par des rats de bibliothèque ou des amoureux fanatiques des lettres. Carballo avait-il enquêté sur mon compte ? Que savait-il sur moi et pourquoi ? Ne s'intéressait-il, comme l'avait dit Benavides, qu'à mon lien de parenté avec José María Villarreal, témoin important du 9 avril ? Après tout, il n'était peut-être que ce qu'il paraissait : un type intelligent ayant trop de temps devant lui et en proie à une obsession irrationnelle… et avec des goûts littéraires semblables aux miens, car dans l'œuvre prolifique de RH Moreno-Durán il retenait précisément les deux romans que j'aurais choisis. Il se livrait à présent à une apologie sans réserve de RH.

1. Littéralement : « Les félins du chancelier ».

– Et ses premières phrases ? Ah, ses premières phrases ! “Sueur de fiancée, tel est le nom que les Arabes donnent au talc.” C’est comme ça que commence *El caballero de la Invicta*[1]. “Quand nous faisions l’amour, vous et moi, la mort remportait une partie d’échecs contre le chevalier du Septième Sceau.” Ça, c’est dans *El toque de Diana*[2]. “L’aube de Manhattan est pareille au saut d’un saumon dans la nuit…” Ah, les premières phrases, Vásquez, toujours les premières phrases ! On prend un de ses livres et on ne le lâche pas ! Moi, en tout cas, ils me font cet effet, parce que je lis pour savourer une histoire bien racontée. Je suis un lecteur… comment dire… *hédonique*.

Carballo m’assenait des phrases avec une perspicacité qui semblait être celle d’un autre quand, tout à coup, il a prononcé des mots qui m’ont paru flamboyer comme un incendie nocturne au sommet d’une montagne.

– Attendez, répétez-moi ça, lui ai-je demandé.

– RH était un écrivain capable de glisser dans ses romans des clés sur la vie de sa patrie. Il savait parler des choses les plus difficiles entre les lignes. C’était un maître de l’allusion.

– Non, pas ça. Ce que vous venez de dire sur ce qu’il avait encore à écrire.

– Ah. Je suis au courant, et je crois que vous aussi, même si vous en savez moins que moi. Quoi qu’il en soit, tout ce que je sais, je vous le dois. Il faut rendre à César ce qui est à César. S’il n’y avait pas eu cette conversation, RH n’aurait jamais enrichi ma vie comme il l’a fait. Et pourtant, il ne reste rien de tout ça.

– De quelle conversation parlez-vous ?

– Vous ne voyez vraiment pas ? s’est-il exclamé avec un étonnement exagéré. (C’est un acteur, un comédien, ai-je alors pensé. Il ne faut pas croire un mot de ce qu’il dit.) Apparemment, je vais donc devoir tout vous expliquer. Je parle de la discussion que vous avez eue tous les deux, et qui a été publiée dans cette nouvelle revue, Vásquez.

1. Littéralement : « L’homme de la Invicta ».

2. Littéralement : « La sonnerie de la Diane ».

"Le roman contemporain et autres maladies", c'était bien ça, le titre, n'est-ce pas ?

Oui, c'était très exactement cela. Carballo réservait bien des surprises. L'année précédente, au mois d'août, Moisés Melo, le directeur de *Piedepágina*, une revue qui venait tout juste d'être créée, nous avait invités chez lui pour aborder la manière dont RH voyait les choses depuis qu'on lui avait diagnostiqué un cancer : raconter sa maladie et sa douleur sous un angle littéraire. La conversation avait duré deux heures et ne s'était distinguée de nos autres causeries que par l'absence de whisky, la présence d'un enregistreur en marche et la perspective d'une publication, qui nous avait obligés à structurer nos propos pour leur donner une certaine cohérence et une finalité dont ils étaient parfois dénués. La revue avait paru au mois de décembre, entre Noël et le jour de l'An, et Carballo était tombé dessus par hasard, sur une des tables de la cafétéria, après être venu consulter des documents à la bibliothèque Luis Ángel Arango.

– J'ai failli tomber à la renverse, a-t-il déclaré. Parce que j'ai trouvé tout ce que je cherchais dans cette conversation.

– Et qu'est-ce que vous cherchiez ?

– Un homme à l'esprit ouvert. Un homme prêt à écouter, à ne pas se laisser aveugler par des préjugés, un homme prêt à briser la camisole de force de la version officielle.

– Je ne me rappelle pas que nous ayons parlé de "camisole de force", lui ai-je fait remarquer.

– Ah non ? C'est dommage. Je suppose que vous vous rappelez avoir parlé d'Orson Welles.

Je m'en souvenais, en effet, mais vaguement. En revanche, dix ans plus tard, maintenant que j'écris ces pages en ayant sous les yeux le premier numéro de *Piedepágina*, je peux y trouver la conversation que j'ai eue avec Moreno-Durán (publiée entre un article sur Graham Green et un autre sur la foire de Francfort) et confirmer ses termes avec exactitude afin de les transcrire soigneusement ici, dans ce récit qui prend peu à peu l'aspect d'un dossier de pièces à conviction. Vêtu d'un costume noir et d'une chemise dans des tons violets, il parlait du roman qu'il venait de terminer. L'histoire était tirée d'une de ses nouvelles, « Primera persona del singular[1] », qui racontait le voyage d'Orson Welles en Colombie, en août 1942 : un voyage bien particulier dans la mesure où il n'avait jamais eu lieu. « Après le succès de *Citizen Kane*, explique RH au cours de notre discussion, Welles était devenu une personnalité mondialement connue. Aux États-Unis, le Département d'État et la RKO avaient décidé de l'envoyer tourner un documentaire en Amérique latine et de se servir de son prestige pour sceller l'intérêt conjoint de l'Amérique latine et des États-Unis face aux puissances de l'Axe. »

L'interview se poursuivait ainsi :

nate mediático representado y destruido en *Ciudadano Kane*...

RH: Sospecho que Welles vino, en el fondo, huyéndole a Rita Hayworth, que era bastante "intensa". En realidad, vino a hacer el documental y permaneció en el Brasil, ininterrumpidamente, por siete meses. Luego fue a Buenos Aires, habló con Borges, para el estreno de *El Ciudadano*, que así se llamó su película en Argentina. De ahí surgió la bellísima nota que Borges escribió en *Sur*. Luego fue a Chile, y ya de despedida llegó a Lima, y el 12 de agosto las agencias de prensa le hicieron la última entrevista y le preguntaron: *¿Y qué va a hacer a partir de ahora, viaja a Los Ángeles?* Dijo: *No, mañana viajo a Bogotá, Colombia.* Le preguntaron por qué, y contestó: *Tengo grandes amigos en Colombia, me encantan los toros, Colombia es un país de toros y soltó todo un rosario de tópicos sobre nuestro país.*Al día siguiente, agosto 13, en la primera página de *El Tiempo* se lee: ORSON WELLES LLEGA A BOGOTÁ, y los mismos titulares reproducen *El Espectador* y *El Siglo*. Pero Orson Welles no llegó nunca a Bogotá. Ese capítulo forma parte de una novela que se llama *El hombre que soñaba películas en blanco y negro*, que cuenta lo que le ocurrió a Welles en Bogotá los días 13, 14 y 15 de agosto, ocho días exactos después que Eduardo Santos entregara el poder y lo asumiera por segunda vez Alfonso López Pumarejo. Esto tiene una importancia política que nadie recuerda, y es que Laureano Gómez, en una entrevista que tuvo con el embajador norteamericano, le dijo que si Alfonso López se posesionaba, él daría un golpe de estado con la ayuda de sus amigos del Eje. La cuestión es que Orson Welles llega a Bogotá, una ciudad convertida en un nido de espías, corresponsales de guerra, y con el agravante de que en ese momento el país estaba completamente conmovido, dolido y rencoroso por el hundimiento de varias fragatas colombianas en el Caribe. En ese ambiente Orson Welles sufre una serie de peripecias impresionantes. Es una novela larga, de unas cuatrocientas y pico de páginas, donde reconstruyo un determinado momento histórico colombiano. De alguna forma constituye un díptico con *Los felinos del Canciller*.

JG : Ils voulaient sans doute aussi se débarrasser de lui un moment. À cause des pressions exercées par William Randolph Hearst, le magnat de la presse qui lui a inspiré le personnage de *Citizen Kane*.

1. « Première personne du singulier ».

RH : Moi, je crois plutôt qu'en fait, Welles fuyait Rita Hayworth, qui était très « accaparante ». Il est venu tourner ce documentaire et est resté sept mois au Brésil sans sortir du pays. Ensuite, il est allé à Buenos Aires pour la première d'*El Ciudadano*, le titre du film en Argentine. Il a discuté avec Borges. De là le bel article que celui-ci lui a consacré dans la revue *Sur*. Puis il est parti au Chili et, de retour de ce pays, il est passé par Lima. Le 12 août, les agences de presse l'ont interviewé une dernière fois. « Et maintenant, que comptez-vous faire ? Repartir à Los Angeles ? » lui ont demandé les journalistes. « Non, demain je pars pour Bogotá, en Colombie. » Quand on lui a demandé pourquoi, il a répondu : « J'ai de grands amis en Colombie et j'adore les taureaux. La Colombie est un pays de taureaux. » Il a lâché ensuite tout un tas de clichés sur notre pays. Le lendemain, 13 août, à la une d'*El Tiempo*, on pouvait lire : ORSON WELLES ARRIVE À BOGOTÁ, et le même genre de gros titres figuraient dans *El Espectador* et *El Siglo*, mais Orson Welles n'est jamais arrivé à Bogotá.

La question que je lui ai alors posée – « Pourquoi, RH ? Pourquoi Orson Welles n'est jamais allé à Bogotá ? » – n'apparaît pas dans la version publiée de notre conversation. Son expression espiègle, une courte seconde pendant laquelle son visage a cessé d'être celui d'un homme qui se meurt du cancer pour devenir celui d'un enfant, n'est pas davantage restituée. « Je ne te le dirai pas, n'y compte pas. Tu vas devoir lire entièrement le roman », m'a-t-il répondu. En revanche, les mots suivants ont été pris en considération :

RH : Le roman s'intitule *El hombre que soñaba películas en blanco y negro*[1] et raconte ce qui est arrivé à Welles les 13, 14 et 15 août à Bogotá, huit jours après qu'Eduardo Santos s'était retiré du pouvoir pour céder sa place à Alfonso López Pumarejo, qui entamait un deuxième mandat. Ces faits revêtent une importance politique dont personne ne se souvient : dans un entretien avec l'ambassadeur des États-Unis, Laureano Gómez a déclaré que si Alfonso López dirigeait de nouveau le pays, il préparerait un coup d'État avec l'aide de ses amis de l'Axe. Bon. Orson Welles arrive donc dans un Bogotá devenu un nid d'espions et de correspondants de guerre et, de plus, dans un pays bouleversé, affligé et plein de

1. Littéralement : « L'homme qui rêvait de films en noir et blanc ».

rancœur, car plusieurs frégates colombiennes viennent d'être coulées dans la mer des Caraïbes. Dans ce climat, Welles connaît une série de péripéties impressionnantes.

JG : Autre rapprochement entre l'Histoire et le roman. Ce dernier devient le grand instrument de la spéculation historique.

RH : Je ne crois pas que le roman cherche à coloniser de nouveaux espaces, mais on y voit la confirmation que tous les espaces sont des territoires du roman. Il faut relever un fait très curieux : Orson Welles a connu Stefan Zweig pendant le carnaval de Rio, en 1942, et l'auteur lui a décrit les merveilles du pays où il allait vivre désormais, invité par un de ses amis. Dans mon roman, quand Orson Welles arrive en Colombie, on le convie à une soirée pour lui présenter des gens triés sur le volet, et il y croise un homme silencieux qui mesure près de deux mètres et que tout le monde appelle Viator. Il parle avec l'accent du Minas Gerais, et le cinéaste sympathise immédiatement avec lui. Viator n'est autre que l'écrivain brésilien João Guimarães Rosa, qui vivait alors à Bogotá. Tout ce qui a trait à Guimarães, qui avait été nommé secrétaire d'ambassade à Bogotá après sa libération du camp de concentration où les nazis l'avaient envoyé quand il était consul à Hambourg, est rigoureusement vrai. Moi, j'exploite toutes ces merveilles, mais je vois déjà les critiques dire : « Ce type exagère… » C'est pourtant la vérité. Welles et Guimarães se lient d'amitié ici, à Bogotá.

Tels sont les propos tenus par RH au cours de cette discussion qu'avait lue Carlos Carballo. Mais dans l'église, assis sur le banc de la dernière rangée, j'avais oublié que RH avait mentionné les présidents libéraux, Santos et López, ainsi que Laureano Gómez, le leader conservateur qui admirait Franco et priait pour que les puissances de l'Axe sortent victorieuses de la guerre, ou encore les frégates colombiennes que des sous-marins allemands avaient coulées dans la mer des Caraïbes, et qui avaient servi de prétexte au gouvernement pour rompre les relations diplomatiques avec le Troisième Reich. Je ne me rappelais pas davantage que nous avions parlé de Stefan Zweig, dont le passage au Brésil a été tristement résumé par un cliché macabre de son suicide aux barbituriques (Lotte, sa femme, l'avait accompagné dans la mort, nue sous un kimono), ni de Guimarães Rosa, qui avait succombé à un infarctus en 1967 (onze ans après avoir décrit dans un roman célèbre sa propre mort, son propre infarctus). Les détails de notre conversation s'étaient dilués dans ma mémoire, mais non dans celle de Carballo, à l'évidence, qui paraphrasait tout son soûl. Dehors, la pluie martelait les toits des voitures vides et le vent secouait la cime des eucalyptus voisins. Quelque chose a bougé au fond de l'église, du côté du pupitre, et j'ai vu une ombre ou une silhouette se cacher. J'ai alors pensé qu'on nous observait (qu'on nous surveillait) de loin. Puis un enfant vêtu de noir s'est montré et nous a regardés avant de disparaître de nouveau. Le claquement d'une porte nous est parvenu tardivement, un bruit semblable à un coup de tonnerre.

– J'ai lu cette conversation et vous savez ce qui m'est arrivé ? m'a demandé Carballo. Devinez un peu. Le sol se dérobait sous mes pieds. *Littéralement.* J'étais incapable de continuer à travailler.

Il avait passé la matinée enfermé à la bibliothèque Luis Ángel Arango, cherchant sans succès des informations sur un auteur que je ne connaissais pas et qui l'intéressait, un certain Marco Tulio Anzola. Il avait l'intention de retourner dans la salle pour lire des microfilms, mais après avoir trouvé la revue *Piedepágina*, il s'était désintéressé des vieux journaux et des photographies anciennes d'une ville désormais inexistante. Il n'avait plus envie de les consulter car le résultat d'une quête qu'il menait depuis longtemps lui était soudain apparu dans les pages de cette revue littéraire.

– J'étais électrisé, m'a-t-il dit. Comment rester tranquillement assis sur une chaise, à la bibliothèque, alors que mon corps exigeait que je crie, que je parte en courant dans le centre et que je hurle à pleins poumons ?

Il sut aussitôt quoi faire, se lança dans des vérifications tout l'après-midi et, avant la fin de la journée, il avait appris que RH Moreno-Durán (né à Tunja en 1946), l'auteur de la trilogie *Femina suite*, donnait une conférence quatre jours plus tard, à 18 h 30, à l'Universidad Central, pour présenter son dernier livre, un essai intitulé *Mujeres de Babel*[1]. L'entrée était libre.

1. Littéralement : « Femmes de Babel ».

– Je devais saisir ma chance et j'ai foncé, a déclaré Carballo.

Le jour venu, il prit sa mallette à fermoirs métalliques, dans laquelle il avait glissé quelques papiers et l'exemplaire de la revue, se rendit à l'auditorium de l'université, acheta le livre au stand situé à l'entrée, puis attendit la fin de la conférence devant un thé aux fruits dans un café voisin. Il vit ensuite le public faire la queue devant une table garnie d'une nappe, un livre à la main. Au lieu de se placer dans la file, il patienta jusqu'à ce que tout le monde soit parti et que Moreno-Durán dise au revoir aux organisateurs et quitte les lieux. Ce n'est que lorsqu'il le vit se diriger vers la Carrera Séptima qu'il l'aborda :

« Cher maître, j'ai le livre de votre vie », lui annonça-t-il sans détour.

RH aurait pu le traiter comme un fou, mais il s'en garda. Il s'aperçut que Carballo tenait négligemment son essai, *Mujeres de Babel*, dans la main.

« Oh, le livre de ma vie, je ne pense pas, mais venez, je vais vous le dédicacer.

– Non, non, protesta Carballo, je ne parlais pas de ça… »

Incapable de dissiper le malentendu, il bredouilla quelques incohérences et ses mains s'agitèrent de manière désordonnée, mais Moreno-Durán s'était déjà emparé du livre, qu'il avait ouvert à la page de titre.

« C'est pour qui ? »

Carballo lui reprit vivement l'exemplaire des mains.

« Non, cher maître, vous n'avez pas compris. Je viens vous fournir le sujet du meilleur livre que vous écrirez jamais. Un livre que personne n'a encore écrit en Colombie, parce que, pour produire cette œuvre, deux choses manquaient : l'information et l'audace. C'est justement ce que je viens vous proposer, car vous seul êtes en mesure de l'écrire, ou, pour être plus juste, vous et moi : je vous fournirai l'information et vous apporterez l'audace.

– Ah, a soufflé RH. Eh bien, non merci, ça ne m'intéresse pas.

– Pourquoi ?

– Parce que c'est comme ça. Mais je vous remercie quand même », dit abruptement RH avant de s'éloigner vers la Carrera Séptima.

Carballo l'accompagna. Il se rendit compte que sa mallette ressemblait à celle de l'écrivain, et dans ces détails – même cuir noir, mêmes fermoirs en métal –, il vit une confirmation ou, mieux, un aiguillon : les coïncidences n'existaient pas aux yeux de Carballo. Il se fraya un passage entre les piétons, attentif aux lézardes du trottoir, tâchant de ne pas perdre Moreno-Durán, et le pria d'écouter ce qu'il avait à lui dire, ne serait-ce que pour ne pas rester sur une interrogation, ne pas passer le reste de sa vie à se demander quel était ce livre merveilleux qu'on lui avait proposé, ne pas mourir en songeant qu'il avait assisté au départ d'un train dans lequel il n'était pas monté.

– J'ignorais qu'il avait le cancer, m'a-t-il avoué. Je ne l'avais jamais vu, je ne pouvais donc pas comparer l'homme qui se tenait à côté de moi à celui qu'il avait été autrefois. Je ne pouvais par exemple pas savoir qu'il avait beaucoup maigri. Je ne pouvais pas davantage me dire : "Oh là là, il doit être très malade."

Mais après avoir prononcé ces mots, il s'aperçut que RH le regardait d'un autre œil. Que lisait-il dans son regard ? De la curiosité, du mépris, la sensation désagréable qu'une réalité très intime – une maladie mortelle – avait été violée ? RH continua de marcher, bifurqua vers le nord, dans la Carrera Séptima, et Carballo fit de même. Mais à présent, il ne parlait plus : par lassitude ou résignation, il chemina sans rien dire, esquivant les passants en veillant à ne pas marcher sur les couvertures des vendeurs. Il ne sut jamais si RH prit alors la parole uniquement pour briser le silence :

« Pourquoi moi ? » demanda-t-il.

Cette simple question donna à Carballo une sorte de clairvoyance momentanée.

« Pour les raisons qui font que ça ne peut pas être moi. Je pourrais noircir trois cents pages si je voulais. Mais ce serait raté, comme de mettre à la corbeille le fruit de mes recherches. Non, ce livre ne saurait être écrit par n'importe qui. Seul l'auteur qui a écrit *El hombre que soñaba películas en blanco y negro* est en mesure de le faire. »

RH s'immobilisa comme si une main s'était posée sur sa poitrine. *C'est maintenant ou jamais*, songea Carballo.

« Orson Welles à Bogotá, dit-il. Qui aurait osé traiter ce sujet ? L'histoire officielle ne fait pas état de ce séjour, monsieur, la version admise nie son existence. Mais vous vous êtes risqué et vous l'avez fait, et maintenant, grâce à vous, Orson Welles est un des visiteurs de notre ville. Il a été au Brésil et il y a rencontré Stefan Zweig, puis il a vu Borges en Argentine, et voilà qu'aujourd'hui, on apprend qu'il a croisé Guimarães Rosa à Bogotá. Votre roman sauve de l'oubli des faits qui, sans lui, auraient été effacés de notre mémoire. Si vous n'aviez pas été là, ces vérités cachées n'auraient jamais été révélées au grand jour. Figurez-vous que je connais une autre vérité cachée que j'aimerais vous raconter, très cher maître. Cela fait plus de dix ans, non, plus de vingt ans que j'essaie de trouver le meilleur moyen de la divulguer. Et j'ai trouvé : par votre intermédiaire ou celui d'un de vos livres. L'histoire que je souhaite vous livrer, la vérité passée sous silence dont je désire vous parler pour que vous la couchiez sur le papier mettra le monde dans tous ses états.

– Ah oui ? souffla RH en esquissant une moue exprimant toute sa perplexité, et Carballo sentit alors le poids de son autorité. Et peut-on savoir quelle est cette vérité ?

– Donnez-moi deux heures, monsieur, il ne m'en faut pas plus. Ou même une seule, ça suffira. En une heure, je vous expliquerai tout, documents à l'appui, et vous me direz si ça vaut la peine ou non. »

Ils avaient atteint la rue 26, et se tenaient à l'endroit où la Carrera Séptima devient un viaduc du haut duquel les passants peuvent se pencher en ayant l'impression que les voitures disparaissent comme par magie sous les semelles de leurs chaussures. Carballo fut tout à coup pris de vertige pendant que RH lui disait :

« Mon ami, j'ai des choses à faire et vous ne m'avez encore rien raconté de convaincant, alors soit vous m'expliquez tout maintenant, soit on laisse tomber. »

Un autobus passa à vive allure, si près du trottoir que le bitume trembla. L'air qu'il souleva faillit arracher des mains de Carballo l'enveloppe qu'il avait sortie de sa mallette.

« Qu'est-ce que c'est ? demanda RH.

– Une lettre. Elle vous est adressée. Je l'ai écrite en pensant vous la laisser au cas où nous ne pourrions pas discuter aujourd'hui. En réalité, plus qu'une lettre, il s'agit d'un rapport. Ces cinq petites pages contiennent tout ce que je sais, tout ce que j'ai découvert au cours des recherches que j'ai effectuées ces quarante dernières années. Vous le constaterez dès que vous commencerez à la lire. Vous prendrez conscience de ce que vous avez entre les mains, de ce qu'on peut faire de cette information, des bouleversements que la révélation de cette vérité provoquera dans le pays. Tout changera dès qu'elle sortira au grand jour : le passé de la Colombie, évidemment, mais surtout son avenir. Et aussi les rapports entre les gens. Retenez bien ce que je vous dis, monsieur : quand vous aurez écrit ce livre, notre livre, la vie ne sera plus la même en Colombie. »

– Et il a accepté ?

– Moi aussi, ça m'a vraiment étonné, au début, a dit Carballo. Mais RH croyait en Dieu, vous savez ? Il était *croyant*. Les grands écrivains sont ainsi faits : ils ont du flair et la foi qui va avec. Ils sont capables de reconnaître la vérité quand on la leur présente. Et ils luttent, ils luttent à mort pour qu'elle soit révélée. Non, RH ne m'a pas déçu. Maintenant, je ne m'attendais pas à ce que la mort l'emporte avant qu'il ait terminé son œuvre, a-t-il ajouté après avoir marqué une pause.

Pouvais-je réellement croire ce qu'il disait ? Chez cet homme, tout éveillait ma méfiance, et chaque mot qu'il prononçait me semblait frauduleux. Pourtant je n'ai pas fait ce que j'aurais dû faire, à savoir me lever et l'accuser de mentir. Mais mentait-il ? Au-delà de sa rhétorique mystique sur les *croyants*, la *vérité*, la mort qui *emporte* les gens *avant qu'ils aient terminé leur œuvre*, Carballo mentait-il ? Dans quel but ? Une pensée m'a de nouveau traversé l'esprit : si son récit était un ramassis de mensonges, alors Carballo était le meilleur menteur du monde. Si son histoire n'était qu'une représentation, c'était un acteur prodigieux. C'est un *comédien*, ai-je encore pensé, *il joue son propre personnage*. Alors, pour la première fois, je me suis dit qu'il était malade. Je me suis rappelé une page des *Émigrants*, où Sebald parle du syndrome de Korsakoff, ce trouble de la mémoire qui consiste à inventer des souvenirs fictifs pour remplacer les vrais, ceux qu'on a perdus, et je me suis demandé si Carballo souffrait d'un mal similaire. N'était-ce pas plus plausible que le récit abracadabrant qu'il m'avait servi sur la façon dont il avait harcelé et poursuivi un écrivain connu, à qui il avait remis une lettre dans la rue avant de conclure un accord secret consistant à lui faire écrire un livre délirant ? N'était-ce pas plus vraisemblable qu'imaginer RH, un auteur sérieux et dévoué à son art, devenir le nègre d'un fanatique des théories du complot ?

– Ah, il est mort avant d'avoir terminé le livre, ai-je soufflé. Mais il l'a commencé.

– Bien sûr qu'il l'a commencé. Il me remerciait chaque fois qu'on se voyait. "Ce sera le couronnement de ma carrière, me disait-il. Et dire que j'ai failli vous envoyer paître, Carlitos !" Oui, il m'appelait *Carlitos*. Il a travaillé à ce livre jusqu'à la fin. Je regrette de ne pas avoir été au courant pour sa maladie, cela m'aurait permis de comprendre tout le courage qu'il mettait dans cette entreprise.

– Où vous retrouviez-vous ?

– Parfois à La Romana, un restaurant que vous connaissez peut-être, avenue Jiménez.

– Oui. Et où encore ?

– Il me demandait aussi de l'accompagner quand il allait chercher son courrier en poste restante.

– Je vois. Et dans quels autres endroits ?

– Qu'est-ce que vous avez, Vásquez ? Vous êtes en train de me tester ?

– Dans quels autres endroits vous voyiez-vous ?

– Un jour, il m'a invité chez lui pour déjeuner avec des amis.

– Ah… quels amis ?

– Vous ne me croyez pas, a-t-il déclaré en me regardant avec tristesse. Vous pensez que j'invente.

J'ai eu l'impression qu'un volet venait de s'entrouvrir et j'ai vu pendant un temps très bref toute la vulnérabilité qui m'avait jusqu'alors échappé chez cet homme, et ce n'était pas celle de l'imposture. Dans une sorte de révélation, j'ai pensé que pour me débarrasser de lui il me suffirait de lui répondre par l'affirmative. *Oui, Carlos, je crois que vous avez inventé cette histoire. Oui, je crois que vous me mentez, que vous vous moquez de moi, que vous délirez ou que vous êtes malade.* Mais je me suis gardé de prononcer ces mots. Leurs rendez-vous à La Romana et leurs marches jusqu'à l'immeuble d'Avianca m'en ont dissuadé : Carballo n'aurait pas pu être informé de ces détails s'il n'avait pas été proche de RH, en relation directe avec lui. Mais ce sont moins ces gages de bonne foi que la curiosité qui m'ont incité à me taire, cette terrible curiosité qui m'a si souvent causé des ennuis sans que je sois capable d'en tirer la leçon. J'ai toujours été curieux de l'existence d'autrui en général, et je m'intéresse en particulier à celle des individus tourmentés et à ce qui survient dans le secret de leur solitude, derrière les volets. Nous avons tous des vies cachées, mais parfois le volet bouge pour nous laisser entrevoir un acte ou un geste, et nous soupçonnons que, derrière, il se passe des choses, sans qu'on sache jamais si ce qui nous captive dans leur face cachée est leur invisibilité ou les efforts fournis par les autres pour ne pas nous la révéler. Quelle que soit la teneur du secret (qu'il soit banal ou ait déterminé une vie), il est toujours difficile de le garder enfoui au moyen de ruses et de stratégies qui exigent de la mémoire et des talents de conteur, de la persuasion et aussi une bonne dose de chance. Si le mensonge rend les gens fascinants, c'est qu'il n'est jamais parfait ni monolithique, et qu'il suffit d'observer un moment les volets avec une attention soutenue et obstinée pour qu'ils s'ouvrent légèrement sur ce qu'on refuse de nous montrer. C'est ce qui est arrivé sur le banc de l'église, quand Carlos Carballo s'est douté que je ne le croyais pas. Et c'est la raison pour laquelle, doté de l'instinct des fauves, j'ai compris que je n'avais qu'à prononcer un mot pour le détruire (ou détruire notre relation) et l'éloigner à jamais. Mais j'ai choisi de ne rien dire, plus par curiosité que par compassion ou, mieux, parce que la curiosité change les plus belles émotions – commisération, solidarité, altruisme – en instruments destinés à servir ses objectifs retors.

– Non, Carlos, je ne crois pas que vous ayez inventé cette histoire, ai-je répondu. Mais il faut me comprendre. Cela fait presque dix ans que je connais, ou que je connaissais RH. Or l'écrivain que j'ai connu ne cadre vraiment pas avec l'homme dont vous me parlez.

– Ne soyez pas naïf, Vásquez. Vous vous imaginez que vous saviez tout de RH ? Vous pensez qu'on peut connaître quelqu'un parfaitement ?

– On peut au moins connaître quelqu'un *raisonnablement*.

– Comme si les gens n'avaient qu'un seul visage, a enchaîné Carballo. Comme si le monde n'était pas plus complexe qu'on l'imagine.

– C'est possible, mais pas à ce point. Pas au point d'accepter une commande de la part d'un inconnu au beau milieu de la Carrera Séptima. Pas au point de consacrer ses derniers mois de vie à un délire.

– Et si ce n'était pas un délire ? Si l'homme qui fait cette proposition n'était pas un inconnu ?

– Je ne vous comprends pas. Quand vous lui avez parlé de ce projet, c'était la première fois que vous voyiez RH. Ce n'est pas ce que vous venez de me raconter ?

– Je ne vous parle plus de RH, a-t-il déclaré, les yeux rivés au sol, puis concentré sur les vitraux. RH nous a quittés, mais le matériel, mes découvertes sont toujours là, et la vérité attend. Elle est patiente. Même si le livre frétille et qu'il faut que quelqu'un l'écrive.

J'ignore comment j'ai pu ne pas le voir venir. Maintenant, en repassant dans ma tête cette scène survenue il y a des années afin de l'écrire, je ressens la même surprise qu'à l'époque et je me pose la même question : pourquoi n'ai-je rien soupçonné ? Pourquoi ai-je été incapable de déceler des signes ? Je me rappelle avoir regardé du côté de la porte et constaté que l'averse était passée et, en me tournant, j'ai eu moins froid, à croire que mon corps savait ce que j'attendais de lui. Bien sûr, cette rencontre n'était pas fortuite, ai-je songé. Carlos Carballo savait qu'il me trouverait là, que j'allais assister aux obsèques d'un ami. Et même s'il n'en était pas certain, il savait qu'il y avait de fortes probabilités pour que je vienne et avait décidé de tenter sa chance, qui lui avait souri.

– Ah, je vois. Vous voulez que j'écrive ce livre.

– Écoutez, Vásquez, vous n'êtes pas RH, désolé de vous le dire. J'ai lu vos nouvelles, celles qui se passent en Belgique, et j'aimerais savoir pourquoi vous perdez votre temps à ce genre de conneries. Quel intérêt peuvent bien présenter ces personnages européens qui vont chasser dans la forêt et quittent leurs femmes ? C'est de la frivolité, franchement, c'est idiot, alors qu'ici, il y a une guerre civile qui fait plus de vingt mille morts par an, que vous avez sous les yeux un type de terrorisme comme on en a encore jamais vu dans aucun autre pays d'Amérique latine et que l'histoire de la Colombie a été marquée depuis le début par l'assassinat de nombreux grands hommes. Pendant ce temps, vous, vous décrivez des tourtereaux qui se séparent dans les Ardennes. Je ne vous comprends pas. Quant à votre roman sur les Allemands, j'avoue qu'il est plus abouti, c'est sûr. Je reconnais aussi qu'il contient de précieux éléments, mais pour être honnête, le résultat est décevant. C'est un échec méritoire, surtout pour un homme de votre âge, mais ça n'en reste pas moins un échec. Ce roman est trop bavard et manque d'humilité. Enfin, ce n'est pas le plus grave. Le plus grave, et ce qui nuit au roman, c'est sa lâcheté.

– Sa lâcheté…

– Oui. Vous avez bien entendu. Le roman aborde les grands sujets comme s'il marchait sur des œufs. Vous parlez du trafic de drogue et même de l'assassinat de ce footballeur, mais allez-vous plus loin ? Vous mentionnez Gaitán, mais traitez-vous son meurtre ? Vous citez votre oncle, José María, mais analysez-vous cette page d'histoire ? Non, Vásquez, vous ne vous engagez pas, mon vieux, vous ne vous sentez pas concerné par les périodes difficiles de ce pays.

– J'ai peut-être choisi d'autres sujets difficiles, ai-je objecté.

– À propos des étrangers, pas de nous.

– Alors ça ! me suis-je exclamé en riant ou en faisant semblant. Je n'ai jamais rien entendu d'aussi stupide !

– RH vous a laissé un mot, m'a interrompu Carballo. J'ai promis de vous le remettre.

Il m'a tendu un papier blanc. Par déformation professionnelle, j'ai aussitôt songé que c'était du 80 g, format A4, celui qu'utilisait Moreno-Durán pour imprimer ses brouillons bigarrés. (Il ne s'était mis à l'ordinateur que vers la fin de sa vie, de sorte qu'il m'a suffi de voir la feuille pour savoir qu'il s'agissait d'un document récent.) Les six phrases qu'il avait tapées remplissaient tout l'espace.

Cher Juan Gabriel,
Récemment, un projet extraordinaire m'est tombé entre les mains. Je devrais plutôt dire qu'un homme extraordinaire me l'a apporté, qui est celui qui te confie cette lettre. La vie ne m'a pas laissé le temps de transformer ce don en livre, mais il me semble que, compte tenu des circonstances, j'ai accompli ma mission. À présent, tu es l'héritier de ce merveilleux matériel et tu le mèneras à bon port. Tu es désormais en possession d'un trésor, et sans l'ombre d'une hésitation, je crois que tu es le digne dépositaire de ces secrets.
Je t'embrasse,
Avec toute mon amitié, comme toujours.

J'ai lu et relu le mot, envahi par la profonde émotion qui nous gagne quand on lit les écrits des morts : nous imaginons leurs mains, leur peau sur le papier que nous touchons, et chaque caractère, chaque jambage, chaque point est une trace de leur passage ici-bas. Il y avait là mon nom et des phrases rédigées avec affection, et j'ai songé que je ne pourrais plus lui répondre comme autrefois, et que c'est ainsi que les défunts commencent à s'éloigner, dès l'instant où tout ce que nous faisions avec eux s'arrête.

J'ai demandé à Carballo quand RH lui avait donné cette lettre.

– Il y a trois jours, quand il est entré à la clinique. Il a demandé à me voir, m'a rendu tous mes papiers et a posé la note dessus. "Juan Gabriel est la personne qu'il vous faut", m'a-t-il dit.

– Pour écrire le livre.

– Moi non plus, je ne suis pas d'accord, mais RH devait avoir ses raisons pour vous faire à ce point confiance et vous laisser cet héritage. Je suis sûr qu'il voyait en vous quelque chose qui m'échappe. Qu'en dites-vous, Vásquez ? Allez-vous vous risquer à écrire le livre de votre vie ? a-t-il ajouté en regardant droit devant lui, du côté du christ.

J'ai relu la note, étudié de nouveau la signature.

– J'ai besoin de réfléchir, ai-je répondu.

– Oh, c'est pénible ! s'est-il exclamé en soufflant. Réfléchir, toujours réfléchir. Les personnes comme vous réfléchissent trop.

– Ce n'est pas si simple, Carlos. D'accord, vous avez découvert trois ou quatre coïncidences banales entre deux assassinats. Je ne sais pas en quoi c'est extraordinaire puisque tout le monde pouvait les voir. Deux meurtres d'hommes importants présentent des similitudes. Très bien. Mais de là à croire qu'ils sont liés, c'est très exagéré, vous n'êtes pas de mon avis ? À moins qu'il n'y ait qu'une seule manière de tuer un homme politique.

Il a sursauté.

– Qui vous a raconté ça ?

– Le docteur Benavides, qui d'autre ? Quoi ? Ce n'est pas vrai ? C'est votre théorie, n'est-ce pas ? D'après vous, le meurtre de Gaitán et celui de Kennedy se ressemblent un peu trop.

– Bien sûr que non, a-t-il murmuré en faisant une moue d'artiste incompris. C'est une simplification grossière d'une réalité autrement plus complexe. Mon cher ami est à côté de la plaque, il est loin d'avoir le talent de son père. Quel dommage ! Et qu'est-ce qu'il vous a dit d'autre, le petit docteur ?

– Nous avons parlé du deuxième tireur. Dans l'affaire Kennedy mais aussi à propos de l'assassinat de Gaitán. Nous avons parlé de votre maître, Carlos, le docteur Luis Ángel Benavides, ce grand expert en balistique qui a découvert sans l'aide de personne la présence de plus d'un meurtrier à Dallas. De l'homme qui a également exhumé le corps de Gaitán en 1960 et confirmé sans l'ombre d'un doute que la balle qui s'était logée dans la vertèbre provenait de la même arme, et que contrairement à ce qui s'est passé pour Kennedy, un seul tireur a tué Gaitán.

– Ça n'a pas été confirmé.

– Bien sûr que si.

– Non, ça n'a pas été confirmé.

– Comment ça ? Ce n'est pas lui qui a fait l'autopsie ? La preuve est là, Carlos, même si vous refusez de l'admettre.

– La preuve a disparu, a dit Carballo en baissant la voix. Oui, Vásquez, vous avez bien entendu. Le docteur a fait l'autopsie, extrait la vertèbre touchée et retrouvé la balle, mais l'une et l'autre se sont volatilisées. Qui sait où elles peuvent être. Si elles n'ont pas été détruites… L'important, c'est de se demander pourquoi ces preuves ont disparu, vous ne pensez pas ? Et qui avait intérêt à ce qu'on ne les retrouve pas au bout d'un certain temps, qui a pensé que la science avait progressé au point que les preuves d'un crime passé étaient désormais plus parlantes, et a décidé de faire disparaître ces pièces à conviction ? Ce qui est sûr, Vásquez, c'est qu'ils sont parvenus à leurs fins, comme toujours, et que ces preuves ne sont plus là pour être analysées avec les moyens dont nous disposons aujourd'hui. Elles nous révéleraient sans doute des choses qui resteront à jamais dans l'ombre. La balistique s'est beaucoup développée, de même que les sciences médico-légales. Mais cela ne nous est d'aucune utilité maintenant que ceux qui sont au pouvoir se sont emparés des preuves. Ils ont gagné la partie, Vásquez, et ils cachent la vérité, voilà…

– Oh, Carlos, s'il vous plaît, taisez-vous un peu, ai-je sifflé.

– Alors là, sûrement pas, je n'ai pas l'intention de vous le…

– La vertèbre de Gaitán est chez Benavides.

– Quoi ?

– Personne ne l'a fait disparaître, il n'y a aucune conspiration. Francisco a emporté la vertèbre chez lui quand on a fermé le musée, c'est tout. Il l'a prise pour éviter qu'elle s'égare, pas pour la soustraire aux yeux de qui que ce soit. Désolé de flanquer vos théories par terre, mais il est temps que quelqu'un vous explique que le père Noël n'existe pas et que ce sont les parents qui déposent les cadeaux au pied du sapin.

Je m'étais montré volontairement cruel à l'égard d'un homme que son père avait abandonné. Y avait-il un rapport entre l'abandon de Carballo par l'auteur de ses jours et sa propension à croire aux fantômes ? J'y ai songé un court moment, puis j'ai été distrait par l'expression de son visage : je n'avais jamais rien vu de tel. Il s'est décomposé en une seconde, mais a très vite repris contenance au prix de je ne sais combien d'efforts.

Il est blessé, ai-je pensé. *C'est un animal blessé.*

Le voir ainsi était douloureux et fascinant, mais surtout éloquent : dans sa lutte fugace contre sa propre personne, sa tentative de cacher sa déception ou sa désillusion, il m'a appris que j'avais eu tort de lui faire cette révélation. En lui parlant de la vertèbre – la vertèbre clandestine, ai-je pensé –, j'avais trahi la confiance de Benavides, et il ne me servirait à rien d'alléguer qu'il ne me l'avait pas interdit expressément, car pendant la conversation que nous avions eue dans son studio, il avait employé un ton et choisi des mots qui sous-entendaient sa ferme intention de cacher à Carballo l'existence ou la survie de la vertèbre et de la radiographie. Et j'avais divulgué son secret sur une impulsion, poussé par l'inertie du moment. Même moi, je trouvais ces excuses inacceptables. Que se passait-il dans la tête de Carballo ? Quel genre de déconvenue ressentait-il ? Se rappelait-il des discussions au fil desquelles Benavides lui avait menti à propos de la vertèbre, à lui qui s'était toujours considéré comme son frère et l'héritier spirituel du docteur Luis Ángel Benavides ? Un sentiment de trahison occupait-il son esprit, certes bien différent du mien, mais sans doute plus prégnant ? Le ciel commençait à se dégager et une lumière plus claire pénétrait dans l'église ; un étrange effet d'optique donnait l'impression que Carballo avait blêmi. Les yeux rivés sur le christ derrière l'autel, il n'avait apparemment plus envie de parler. J'ai plié en trois la feuille qu'il m'avait donnée, comme une lettre, et l'ai glissée dans ma poche de poitrine.

– Je vais y réfléchir, ai-je dit en me levant.

– Oui, a-t-il murmuré sans me regarder. Réfléchissez, Vásquez, mais ne le faites pas à la légère. Je vous répète ce que j'ai dit à RH : ne ratez pas cette occasion.

J'ai perçu dans sa voix précise et résolue comme une perte de contrôle, la déstabilisation de quelqu'un qu'on bouscule dans la rue.

– Quelle occasion ? Entrer dans l'Histoire ?

Ma question a dû lui sembler sarcastique, pourtant ce n'était pas mon intention. Je la lui ai posée parce que je voulais vraiment savoir si l'enjeu était celui-ci.

Les yeux toujours fixés sur le christ, Carballo a gardé le silence.

À la mi-décembre, trois semaines après les obsèques de RH, j'ai appelé Mónica pour savoir si je pouvais passer la voir. Entre-temps, Carballo m'a envoyé deux mails (je ne saurai jamais comment il s'est procuré mon adresse) auxquels je n'ai pas répondu. Il m'a alors adressé un troisième courrier : *Salutations cordiales, Juan Gabriel, plus j'y pense et plus je suis sûr que ce livre est pour vous, ne le ratez pas, bien à vous, C.C.* Cette fois non plus, je ne lui ai pas donné signe de vie.

En arrivant dans l'appartement où avait habité RH, j'ai retrouvé une personne qui venait également rendre visite à Mónica. Hugo Chaparro avait une moustache brune et une peau blanche constellée de grains de beauté. Il avait vu tous les films du monde et écrit sur la plupart d'entre eux. Ces derniers mois, il s'était vraiment rapproché de RH, qu'il avait accompagné à ses séances de chimiothérapie et pour chercher son courrier dans l'immeuble d'Avianca. Il l'avait aussi aidé à mettre de l'ordre dans ses papiers, toujours prêt à accourir chez lui dès que l'écrivain avait besoin d'un coup de main pour travailler. RH et Mónica occupaient un logement spacieux dans le nord de Bogotá, où pénétrait le vacarme de cette ville bruyante par les grandes fenêtres sans double vitrage. Nous avons déjeuné en évoquant les livres de RH et leur exploitation future, nous avons aussi parlé de sa maladie – dont il discutait librement, avec courage et dédain, sans se plaindre, mais désireux d'être écouté –, et la conversation s'est poursuivie de manière décousue dans le bureau ouvert où RH aimait lire, face à la bibliothèque en bois sombre qui comprenait les premières éditions de ses œuvres, toutes reliées en cuir véritable en vertu d'une vieille superstition. Hugo les examinait, avançait d'un rayonnage à l'autre, lisait leurs titres, en prenait un et le remettait en place comme s'il voyait cette bibliothèque pour la première fois. Mónica s'était assise dans une chaise à bascule en osier, mais elle ne se balançait pas et avait les talons solidement ancrés dans le tapis. Derrière elle, une petite fenêtre verticale et étroite s'ouvrait sur un patio, au travers de laquelle un soleil froid et fatigué entrait timidement dans la pièce, un soleil réticent de ville andine qui ne tarderait pas à disparaître.

– Bon, je t'écoute, m'a lancé Mónica de sa voix résolue. Qu'est-ce que tu avais à me dire ?

– Ce n'est rien, mais je voudrais démêler le vrai du faux, ai-je répondu. Tu connais un certain Carlos Carballo ?

– Non, a-t-elle lâché après un court silence. C'est qui ?

– Un type. Une connaissance de RH. En fait, j'ignore si c'est une connaissance. Il m'a dit qu'il voyait parfois RH et j'aimerais bien savoir si son nom te dit quelque chose.

– Rien du tout.

– Tu es sûre ? Parce que, d'après lui, ils se connaissaient bien et ils se fréquentaient. Il voulait que RH écrive un livre pour lui.

Ces derniers mots ont fait réagir Hugo, qui s'est redressé et tourné vers nous.

– Ouh ! Moi, je sais qui c'est, le gars du livre ! Un type pénible, un connard qui ne manque pas de culot.

– Carlos Carballo, ai-je soufflé pour m'assurer que nous parlions de la même personne.

– Oui, oui, c'est lui, a dit Hugo. Il nous harcelait en permanence, ça devenait insupportable. Quand on arrivait à l'hôpital, pour la chimio, il était déjà là à nous attendre, comme s'il avait été le frère caché de RH. Toi aussi, tu as eu affaire à lui ?

Sans tout leur raconter, je leur ai donné suffisamment de détails pour leur permettre de comprendre la situation.

– Il m'a abordé après la messe pour me dire qu'il avait lu une conversation entre RH et moi publiée dans *Piedepágina*, et que ça l'avait mené à RH. Il a été intéressé par ce que RH disait à propos de son roman sur Orson Welles, et il a pensé que c'était l'homme qu'il lui fallait.

– Pour quoi faire ? a demandé Mónica.

Cette fois, c'est Hugo qui a répondu :

– Selon lui, il dispose d'informations que personne ne détient. Il a fait des recherches sur Gaitán et le 9 avril, c'est bien ça, non ? Ou quelque chose dans le genre. Il nous poursuivait jusque dans la salle de chimio. Il s'asseyait à côté de RH, qu'il appelait "cher maître", et affirmait qu'il était le seul à pouvoir écrire ce livre et qu'il devait le faire. À la fin, il nous flanquait la trouille, je t'assure. RH disait qu'il était devenu un film hollywoodien.

– Pourquoi ?

– Parce qu'il avait un *alien* et un *stalker*.

Mónica a ri, mais c'était un rire triste.

– Mais RH a refusé, non ? ai-je dit.

– Évidemment, a fait Hugo. Il a failli appeler la police. Ce gars était franchement inquiétant.

– Eh bien, figurez-vous qu'il m'a raconté que RH avait accepté.

– Il t'a dit quoi ? s'est exclamée Mónica.

– Que RH avait accepté et qu'il avait même commencé à travailler sur le livre.

– Je ne comprends pas, a repris Mónica. Pourquoi est-ce que ça devait être forcément RH ? Pourquoi lui ?

– Je vais essayer de vous expliquer, ai-je proposé. Ce type, ce Carballo, a lu notre conversation. Nous parlions de son roman, où RH dit qu'en réalité Welles n'a jamais mis les pieds à Bogotá. Les journaux ont annoncé son arrivée, mais le voyage n'a pas eu lieu. RH décrit quand même son séjour, les trois jours que le cinéaste a passés à Bogotá, avec un grand luxe de détails. Dans le roman, RH cite les gens qu'il a rencontrés, les complications politiques de l'époque, etc. En tout cas, c'est ce que RH a déclaré au cours de notre discussion. Je ne sais pas si c'est vrai, je n'ai pas lu le manuscrit. Et toi, Hugo ?

– Non plus.

– Moi si, est intervenue Mónica. Mais continue.

– Carballo était persuadé que l'homme qui a écrit un roman sur un fait non reconnu par l'histoire officielle était la seule personne indiquée pour travailler à son livre. Pourquoi ? Parce que le sujet de ce livre n'est pas reconnu par l'histoire officielle.

– Mais c'est quoi ? a insisté Mónica. Qu'est-ce que ce livre est censé nous apprendre ?

– Ça, je l'ignore. Il ne me l'a pas dit. C'est lié à Gaitán et au 9 avril. J'ai rencontré Carballo en septembre, chez un ami, et j'ai longuement parlé avec lui, alors je suppose que c'est ça, le sujet : une théorie du complot, une de plus entre mille.

– Une théorie du complot, a répété Mónica. C'est intéressant.

– Et très original, a ajouté Hugo. Comme si chaque fou n'avait pas déjà la sienne dans ce pays.

– Non, non, a-t-elle corrigé. Je parlais sérieusement. Tu n'as pas lu le roman.

Elle s'est levée et a disparu dans le couloir sombre qui conduisait aux chambres et au bureau. Hugo affichait à présent une moue railleuse, mais c'était peut-être celle qu'il avait en temps normal : au-dessus de son nez, ses sourcils dessinaient une sorte de toit, et sous sa petite moustache sa bouche esquissait un sourire amusé et espiègle, à la fois narquois et mélancolique. Dans des instants tels que celui-ci, il donnait l'impression de considérer le monde comme un film de Chaplin : *La Ruée vers l'or* ou *Les Lumières de la ville*.

Mónica est revenue, un cahier rouge à la main. En le regardant de plus près, quand elle s'est assise et l'a posé sur ses genoux, j'ai constaté qu'en fait de cahier, il s'agissait plutôt d'un manuscrit relié comme dans les papeteries, avec des spirales noires et une couverture en carton plastifié rouge.

– Le roman sur Orson Welles, nous a-t-elle annoncé.

Elle a feuilleté le manuscrit, à la recherche d'un passage précis dont elle avait oublié l'emplacement. De ma chaise, je pouvais voir les pages imprimées, les numéros écrits à la main, à l'encre noire, et les corrections de RH à l'encre rouge pour biffer une phrase ou porter des observations dans la marge, entourer des paragraphes entiers ou les assassiner de deux traits formant une croix sans pitié. Un passage a attiré mon attention, et j'ai demandé à Mónica la permission de le lire. RH avait éliminé quelques lignes qui ont éveillé ma compassion : je regrettais leur condamnation à l'enfer des mots destinés à ne jamais être lus. J'ai voulu savoir si je pouvais photographier le manuscrit avec mon portable.

– Vous, les écrivains, vous êtes des cinglés, a-t-elle dit en me signifiant son accord.

Le paragraphe était le suivant :

« Si notre époque nous a enseigné quelque chose, déclara soudain Welles, c'est de prendre conscience des nombreux êtres que nous abritons. Nous sommes nombreux dans notre individualité, qu'il s'agisse des hommes que nous représentons ou des opinions que nous manifestons, ou encore des états d'âme que nous vivons. »

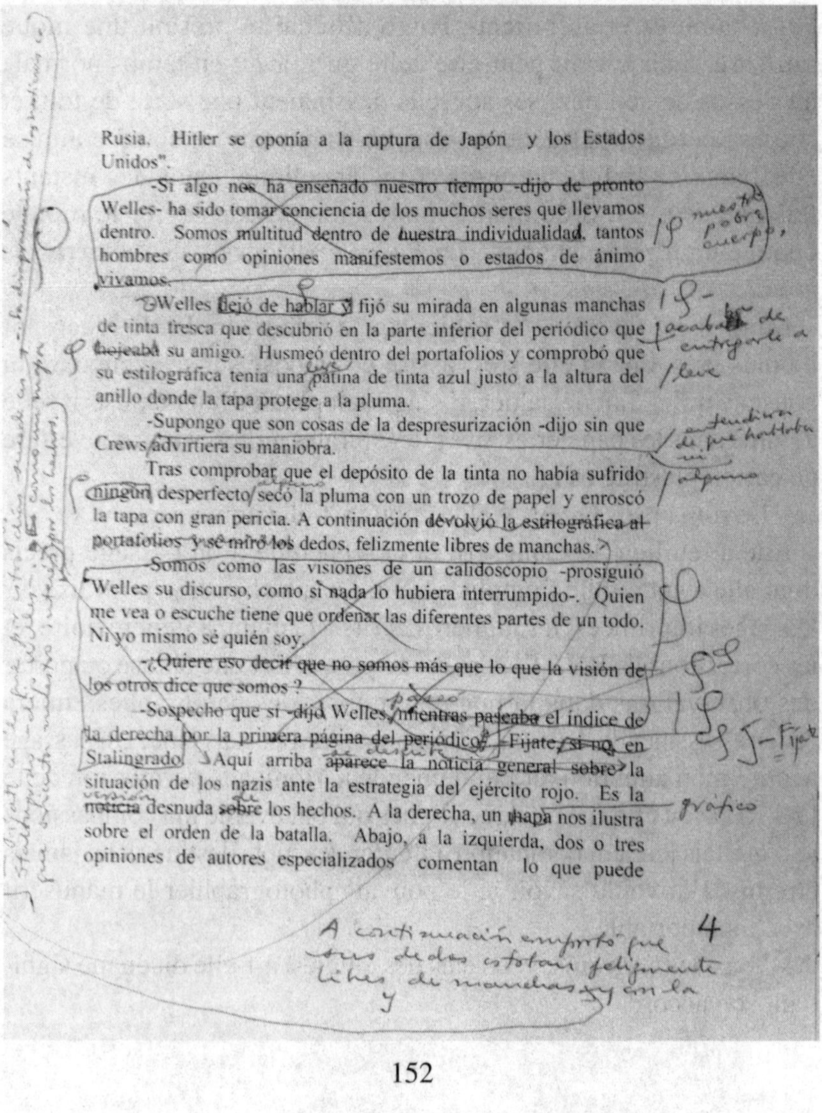

Rusia. Hitler se oponía a la ruptura de Japón y los Estados Unidos".

-Si algo nos ha enseñado nuestro tiempo -dijo de pronto Welles- ha sido tomar conciencia de los muchos seres que llevamos dentro. Somos multitud dentro de nuestra individualidad, tantos hombres como opiniones manifestemos o estados de ánimo vivamos.

-Welles dejó de hablar y fijó su mirada en algunas manchas de tinta fresca que descubrió en la parte inferior del periódico que hojeaba su amigo. Husmeó dentro del portafolios y comprobó que su estilográfica tenía una pátina de tinta azul justo a la altura del anillo donde la tapa protege a la pluma.

-Supongo que son cosas de la despresurización -dijo sin que Crews advirtiera su maniobra.

Tras comprobar que el depósito de la tinta no había sufrido ningún desperfecto secó la pluma con un trozo de papel y enroscó la tapa con gran pericia. A continuación devolvió la estilográfica al portafolios y se miró los dedos, felizmente libres de manchas.

-Somos como las visiones de un calidoscopio -prosiguió Welles su discurso, como si nada lo hubiera interrumpido-. Quien me vea o escuche tiene que ordenar las diferentes partes de un todo. Ni yo mismo sé quién soy.

-¿Quiere eso decir que no somos más que lo que la visión de los otros dice que somos ?

-Sospecho que sí -dijo Welles, mientras paseaba el índice de la derecha por la primera página del periódico-. Fíjate, si no, en Stalingrado. Aquí arriba aparece la noticia general sobre la situación de los nazis ante la estrategia del ejército rojo. Es la noticia desnuda sobre los hechos. A la derecha, un mapa nos ilustra sobre el orden de la batalla. Abajo, a la izquierda, dos o tres opiniones de autores especializados comentan lo que puede

4

Entre-temps, Mónica avait trouvé le passage qu'elle cher
Elle me l'a fait lire. RH décrivait un incident célèbre de la Se
Guerre mondiale, au cours duquel la goélette *Resolute* ava
coulée. Je connaissais bien cet épisode pour avoir souvent eu a
à lui en travaillant à l'écriture des *Dénonciateurs*, et je me rap
que cette attaque attribuée à un sous-marin nazi avait servi de p
au gouvernement colombien pour rompre les relations dip
tiques avec l'Allemagne et enfermer les Allemands dans des
les déposséder de leurs propriétés et confisquer leurs co
bancaires. Toutes ces richesses – les Allemands qui vivaie
en Colombie étaient en général fortunés – étaient allées gro
coffres de l'État. Elles étaient autrement dit tombées aux m
puissants corrompus ou de corrompus puissants. Dans le
un personnage demande à un autre : « Vous voulez dire qu'o
ces bateaux dans la mer des Caraïbes pour que notre pays
aux Alliés et permette à quelques compatriotes de s'enrich
dos des Allemands ? »

– Tu vois ? a soufflé Mónica.

– Quoi ? ai-je demandé.

– Quoi ? a répété Hugo.

– Attendez.

Les doigts nus de Mónica ont tourné des pages, mais,
elle a aussitôt trouvé le passage recherché. Elle m'a de
tendu le manuscrit en m'invitant à le lire. « Que pensez-
mort de Carlos Gardel ? disait le narrateur (dont j'ignorais l
Pour beaucoup de gens, figurez-vous que ce n'était pas u
mais un attentat : quelqu'un a posé une bombe dans l'avi
Zorzal[1] ! » Un personnage nommé Salcedito lui répond
une idée parfaite pour un thriller. En plus, en Colombie,
la mort, cela ne surprendrait personne. » Là encore, les
m'étaient familières, et comme on le verra plus tard, cet
définir la Colombie n'est pas gratuite. En juin 1935, lors d'
dans trois villes colombiennes, Carlos Gardel, le chante

1. Grive musicienne. Surnom donné à Carlos Gardel (« El Zorzal de B

le plus célèbre de l'Histoire, avait péri dans un accident d'avion à l'aéroport Olaya Herrera de Medellín. À 14h58, son avion, un F-31 qu'on surnommait « l'Oie en fer-blanc », ce qui était pour le moins inquiétant, était prêt à partir quand on informa le pilote qu'il devait charger des bobines de films à bord. N'ayant pas assez d'espace en soute, l'équipage disposa les bobines sous les sièges. Par la suite, on déclara que c'est cet excédent de poids qui avait provoqué l'accident. Le pilote (il s'appelait Ernesto Samper, comme l'homme qui devint président soixante ans plus tard) commença à rouler dès qu'on agita le drapeau à carreaux sur la piste, mais le F-31 ne parvenait pas à prendre de la vitesse. « Cet aéroplane ressemble aux tramways Lacroze », aurait plaisanté Gardel. L'avion se déporta alors sur la droite et quitta la piste. Il se serait fracassé contre un bureau occupé par de nombreux employés si le pilote n'avait pas effectué une manœuvre à la dernière seconde. Le F-31 bifurqua brusquement, évita les bureaux et entra en collision avec un autre avion qui attendait de pouvoir décoller à destination de Manizales. Les deux appareils prirent feu instantanément ; quinze hommes moururent, dont Gardel. L'enquête officielle concluait que la cause de l'accident était un excédent de poids, un fort vent de sud et, surtout, la mauvaise situation topographique de l'aérodrome. Un des experts qui apposa sa signature au bas du rapport s'appelait Epifanio Montoya et exerçait la profession d'ingénieur. En 1994, sa petite-fille me raconta qu'il avait assisté à l'accident, et cinq ans plus tard, elle m'épousa.

Je me suis gardé de mentionner cette coïncidence futile à Mónica et à Hugo, qui ne partageaient pas forcément mon intérêt pour les apparitions étranges de personnages dans le film de l'Histoire, et aussi parce que cela ne me semblait pas utile. Ce qui l'était, en revanche, c'était de rappeler que plusieurs théories conspirationnistes avaient circulé à l'époque à propos de la mort de Gardel : certaines parlaient d'une rivalité entre deux grandes compagnies aériennes colombiennes, d'autres d'une jalousie entre pilotes, d'autres encore d'un pistolet de signalisation auquel il manquait mystérieusement une cartouche.

– Alors, vous comprenez, maintenant ? nous a demandé Mónica.

– Je crois, oui, a dit Hugo.

– Je ne sais pas qui est ce Carballo, a-t-elle enchaîné, mais s'il avait besoin d'une oreille attentive à ses théories du complot, RH était la personne indiquée. Il se plaisait à penser que chaque réalité a une face sombre. La goélette coulée dans la mer des Caraïbes ? Une conspiration pour déposséder les Allemands de leurs biens. L'accident d'avion dans lequel Gardel a trouvé la mort ? Là encore, une conspiration ourdie par une compagnie aérienne pour nuire à la concurrence. Que veux-tu que je te dise ? Il adorait ce genre de choses.

– Mais ça ne signifie rien, ai-je objecté.

– Non, bien sûr. Sache quand même que son roman est bourré de ce type de détails. Il faut admettre que ce Carballo savait très bien à quelle bouée se raccrocher.

– Mais il ne pouvait pas avoir lu le roman.

– Peu importe, a-t-elle tranché. Ce que j'essaie de te prouver, c'est que RH était réceptif à ces absurdités. Ou pour le moins compréhensif et curieux, et je ne serais pas étonnée d'apprendre qu'il s'est assis dans un café du centre et qu'il a écouté les fadaises de ce fou et même abondé dans son sens pour lui soutirer des détails utiles à exploiter dans un roman. Maintenant, tu peux toujours me rétorquer que vous, les écrivains, vous êtes ainsi faits : vous volez leurs histoires aux gens et profitez de leurs bizarreries. Quoi qu'il en soit, comme je te l'ai dit tout à l'heure, je ne sais pas qui est cet homme.

– Il a prétendu être un ami intime de RH.

– Ça, c'est faux. Comme RH ne sortait presque plus ces derniers mois, je voyais forcément les amis qui passaient à la maison. J'aurais donc remarqué ce type, d'autant plus que c'était une nouvelle connaissance.

– C'est ce que je pense moi aussi.

– Évidemment.

– C'est vraiment très étrange, a fait remarquer Hugo. Il t'a dit que RH avait accepté d'écrire ce projet ?

– Pas seulement ça, mais qu'en plus, il était ravi. D'après lui, RH disait que ce serait son chef-d'œuvre, son chant du cygne. Et qu'il l'aurait terminé si la maladie lui avait laissé un peu de répit. Il me l'aurait laissé pour cette raison.

– Attends un peu… Qu'est-ce que ça veut dire ? a demandé Mónica.

Je me suis réjoui d'avoir anticipé cet instant. J'ai glissé une main dans la poche intérieure de ma veste, où j'ai toujours un crayon à papier et un stylo, et j'ai tiré la lettre que Carballo m'avait remise après la messe. Je l'ai dépliée et tendue à Mónica, qui l'a lue. J'ai vu ses petits yeux qui m'ont toujours donné l'impression de se poser avec perplexité sur le monde s'agiter comme des mouches au-dessus du papier, qu'elle a ensuite donné à Hugo. Il a parcouru le texte en silence, sans faire le moindre commentaire.

– C'est ce type qui t'a donné cette note, a-t-elle murmuré.

À en juger par le ton employé, ce n'était pas une question mais une affirmation.

– Oui. D'après lui, RH la lui a remise parce qu'il voulait que j'écrive ce livre puisqu'il était dans l'impossibilité de le faire.

– Eh bien, c'est impressionnant.

– Quoi donc ?

– Cette lettre est un faux, mais elle est très bien faite. C'est justement ce qui m'impressionne : qu'elle soit aussi bien faite.

– Comment sais-tu que c'est un faux ? s'est étonné Hugo.

– RH avait une signature pour les documents de tous les jours et une autre pour la littérature. Une pour signer les chèques ou les contrats, une autre pour dédicacer ses livres. Il signait toujours ses lettres de la signature réservée à la littérature.

Elle a placé la note sous les yeux d'Hugo.

– Celle-ci, a-t-elle poursuivi, c'est celle de tous les jours. Je dois avouer qu'elle est parfaite.

– Mais où l'a-t-il vue ? ai-je demandé. C'est ce que je ne m'explique pas.

– Moi si, a répondu Hugo. RH devait signer des papiers à chaque séance de chimiothérapie. Il n'est pas impossible que…

– Impossible, non, mais très curieux.

– En tout cas, c'est un artiste, a estimé Mónica. Mais RH n'aurait jamais apposé cette signature-là au bas d'une lettre, d'autant moins une lettre sur la littérature, et qui plus est adressée à un ami.

– Pour toi, c'est un faux, ai-je dit.

– Oui.

– Tu en es sûre.

– Sûre et certaine. Tu as déjà vu cette signature dans des livres que RH t'a dédicacés ?

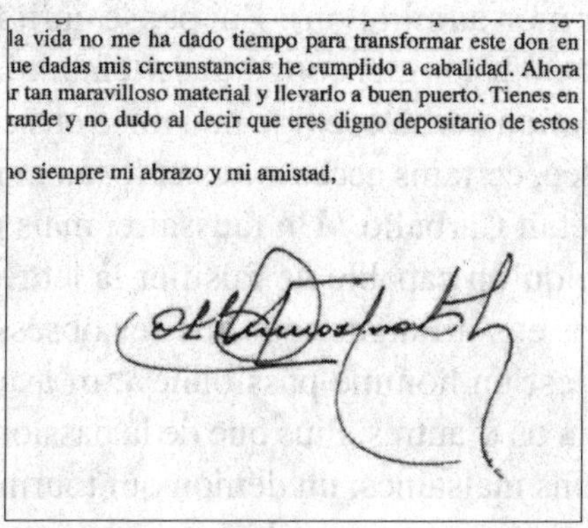
la vida no me ha dado tiempo para transformar este don en
ue dadas mis circunstancias he cumplido a cabalidad. Ahora
r tan maravilloso material y llevarlo a buen puerto. Tienes en
rande y no dudo al decir que eres digno depositario de estos

no siempre mi abrazo y mi amistad,

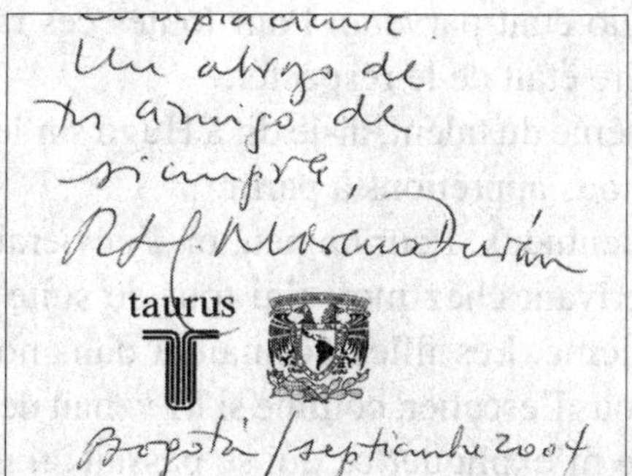

Mónica disait vrai : je ne l'avais jamais vue. J'ai été soulagé et aussi vaguement frustré, mais j'ai aussi éprouvé une admiration honteuse que je me suis bien gardé de montrer. J'imaginais Carballo passer des heures à étudier des documents et à copier avec application la signature de RH en s'attardant sur les courbes et les droites pour en prendre possession, s'en imprégner. Comme Pacho Herrera quand il se laissait imprégner par l'esprit de Gaitán, ai-je songé. J'ai admiré la force du mensonge, ou plutôt la force du désir qui avait permis de justifier ou d'inventer le mensonge, de le peaufiner, les recherches qui l'avaient étayé ou enrichi de détails (je me suis du reste demandé où Carballo était allé chercher certains éléments, comme le restaurant La Romana et les promenades de RH jusqu'à l'immeuble d'Avianca ; l'absence de réponse à cette question n'a fait que décupler mon admiration). J'ai pensé qu'il faudrait inventer un mot nouveau pour un mensonge aussi élaboré, qui transcende la simple affabulation verbale, exige une mise en scène complexe et parfaitement rodée, certains accessoires et le talent nécessaire à leur réalisation. Qui était Carballo ? Un faussaire, mais pas uniquement. Qu'était-il ? Quelqu'un capable de falsifier la lettre d'un mort pour parvenir à ses fins et s'arranger pour que ses obsessions deviennent des réalités. « C'est un homme passionné », m'avait dit Benavides dans ces termes-là ou d'autres. Plus que de la passion, je voyais en lui des préoccupations malsaines, un démon qui tourmente un humain, car ce n'est qu'en poursuivant un démon qu'on atteint les extrêmes auxquels Carballo était parvenu. Pour toutes ces raisons, le moins que je puisse faire était de le respecter.

– Il a quand même du talent, ai-je dit à Hugo sur le pas de la porte, alors que nous nous apprêtions à partir.

– Il est très talentueux. Pour un peu, on l'envierait.

Le soir, en arrivant chez moi, j'ai tout de suite remarqué qu'il y avait un problème. Les filles dormaient dans notre chambre, la poussette était sous l'escalier, comme si M venait de rentrer. Elle n'a pas eu besoin de m'expliquer ce qui se passait : il m'a suffi de voir son expression irritée ou déçue pour me rappeler que nous avions rendez-vous à la clinique et me reprocher de ne pas avoir été là. Les filles devaient passer une oxymétrie pour déterminer si elles pouvaient enfin respirer seules et renoncer à l'apport d'oxygène. Ces derniers temps, on les soumettait à ces examens tous les trois ou quatre jours et, à chaque fois, les résultats nous avaient désappointés, si bien que la perspective de cesser de transporter partout où nous allions des bouteilles de location avait pris à nos yeux une valeur symbolique : la canule sous le nez de nos filles était le dernier écueil à franchir pour accéder à la normalité. Cette fois non plus, l'oxymétrie n'avait pas été concluante, un parfum de déception planait dans l'appartement et la déconvenue se lisait sur le visage et le corps de ma femme, mais j'ignorais si c'était à cause des examens ou de mon absence fautive. M m'a tendu le papier à en-tête de la clinique, sur lequel figuraient les analyses d'une des filles :

– Avec canule 1/8 : FC, 142. Sat. 95 %
– Éveillée sans oxygène : FC, 146. Sat. 86 %
– Endormie sans oxygène : FC, 149. Sat. 84 %

– Et l'autre ? ai-je demandé.

– C'est pareil. Elles ne sont pas jumelles pour rien.

– Donc, c'est non ?

– C'est non, a répondu M. Et j'aurais aimé l'apprendre avec toi, que tu sois là au moment des résultats. Où étais-tu ? a-t-elle ajouté après un silence.

– Chez RH, ai-je répondu. Je suis allé voir Mónica pour parler de… pour vérifier si ce que m'a raconté Carballo était vrai.

– Carballo ? L'ami de Benavides ?

– Oui, lui. Excuse-moi, mais je n'ai pas vu le temps passer.

– Bien sûr que tu as vu le temps passer, tu as simplement oublié l'examen, il s'est effacé de ta mémoire, a dit M. Tu n'es pas là. Tu ne t'impliques pas dans ce qu'on vit.

– Qu'est-ce que tu veux dire ? ai-je demandé alors que je le savais parfaitement.

– Tu as la tête ailleurs, je ne sais pas où. Ce qui nous arrive est important, on doit être vigilants. On n'est pas encore sortis d'affaire, beaucoup de choses peuvent mal tourner et les filles dépendent de nous. J'ai besoin de toi, que tu sois concentré sur ce qui se passe, mais toi, tu préfères écouter un fou paranoïaque. J'admets que ce n'est pas la première fois que tu fréquentes un type comme ça, mais là, c'est différent. Nos filles sont nées dans un pays où les gens se sont toujours entre-tués, c'est sans solution. Ce qui m'inquiète, c'est que ces morts t'intéressent plus qu'elles. J'exagère peut-être, et je suis peut-être injuste, je ne sais plus. Je ne veux pas être injuste, mais maintenant, les filles sont là, je me demande si tu comprends ce que ça signifie. Évite de rapporter tout ça à la maison, jusque dans leur lit. Tu viens de passer la journée à parler à ce malade et à penser à des choses horribles. Garde pour toi tout ce que tu as entre les mains et dans la tête. Essaie de ne pas les oublier parce que ces atrocités t'obnubilent. Tu auras tout le temps de t'y consacrer plus tard, mais pas maintenant. On a des problèmes plus importants à régler. Si tu n'en es pas capable, a-t-elle dit en se dirigeant vers la porte battante de la cuisine, si tu ne peux pas t'occuper correctement de nos filles, alors il vaut mieux que tu retournes à Barcelone, a-t-elle conclu avant de disparaître. Je peux gérer la situation sans toi.

Resté seul dans le salon, j'ai préféré monter à l'étage. Les filles étaient réveillées : quatre yeux gris bien ouverts qui tâchaient de fixer un point dans l'espace, à la fois inquiets et curieux. Elles n'avaient que quatre-vingt-dix jours ; des traits de ressemblance commençaient seulement à apparaître sur leurs visages ; l'influence de la génétique sur leurs os et leurs muscles ne se ressentait que maintenant, et cela tenait du miracle de voir ma bouche dans la leur, l'arcade sourcilière de M dans leurs sourcils fins, des détails se répétant sur deux figures symétriques qui ne pouvaient pas encore me voir, mais en seraient bientôt capables : elles me fixeraient et leurs yeux ne seraient plus gris, mais prendraient pour m'observer la couleur des miens. Des vers de Paul Éluard me sont alors revenus en mémoire. Je les avais cités dans un livre, leur sens ne m'avait jamais paru très clair, même s'il était évident qu'ils ne se référaient pas à un nouveau-né :

Elle a la forme de mes mains
Elle a la couleur de mes yeux
Elle s'engloutit dans mon ombre
Comme une pierre sur le ciel

Je me suis bêtement demandé si elles avaient remarqué mon absence et si elles me l'avaient reprochée, si je leur avais fait défaut pour la première fois. *Celui qui a des enfants a donné des otages à la fortune*, ai-je songé. Il m'a semblé qu'à présent je comprenais vraiment le sens de ces mots, à croire que, quelques jours plus tôt, en les entendant pendant la messe, ils étaient abstraits, étrangers, trop éloignés de mes connaissances ou de mon expérience. *Je suis un otage de leur fortune*, ai-je pensé. Je suis redescendu pour m'asseoir en silence devant le bureau qui n'était pas le mien, j'ai allumé mon ordinateur et écrit à Carballo des mots bien sentis.

Vous savez, Carlos, j'ai bien réfléchi avant de prendre une décision. Ce projet n'est pas pour moi. Non seulement parce que je me rends compte que vous ne recherchez pas un écrivain (vous aspirez plutôt à trouver quelqu'un qui parraine votre délire et donne à votre paranoïa le faux prestige des caractères d'imprimerie), mais parce que je crois surtout que vous ne me dites pas la vérité. Je ne pense pas que RH m'ait laissé quoi que ce soit. Je pense au contraire que vous êtes un menteur et un imposteur, désolé de vous le dire. Votre proposition ne m'intéresse pas, je ne veux plus être en contact avec vous. Tout ce que je vous demande, c'est de respecter ma décision et de ne pas insister.

Sa réponse n'a mis que quelques minutes à me parvenir :

Allez-vous faire foutre.

Quatre mots et un trait d'union en trop, rien de plus. J'imaginais la tête de Carballo : un mélange de déception et de mépris, un mépris intense qui était presque une insulte, voire une menace.

Je n'ai pas donné suite.

Lui non plus.

En janvier 2006, mon séjour à Bogotá a pris fin. J'ai atterri à Barcelone – la ville où je m'étais établi sept ans plus tôt –, prêt à oublier ma trop grande proximité avec les violences anciennes de mon pays, à me concentrer sur la vie que j'avais devant moi et non sur celle que je venais de quitter. J'ai dû y parvenir presque sans m'en apercevoir, car ma rencontre avec Benavides et Carballo a peu à peu reculé dans ma mémoire, et à un moment donné, je ne saurais dire quand exactement, elle a cessé d'exister, de polluer mon présent avec des images de crimes célèbres (une tête qui explose comme un pétard, une vertèbre entourée de chair qui a un jour contenu une balle) et des histoires insensées de conspirations qui ne font qu'alimenter notre paranoïa et l'impression générale que le monde entier est notre ennemi. Je me suis consacré aux cours qui me permettaient de gagner ma vie en m'efforçant de ne pas décevoir mes filles, car je savais que si mes erreurs relèveraient vite du passé à mes yeux, elles les marqueraient l'une et l'autre dès la première seconde et à jamais. Tout le monde dit que le pouvoir de modeler selon notre bon plaisir la vie de nos enfants est terrifiant. Je trouve pour ma part encore plus effrayante l'impunité dont je bénéficierais si je me trompais en l'exerçant, si je les blessais, les déformais, leur faisais du mal ou leur apprenais malgré moi à faire du mal à autrui. M'occuper d'elles sans me laisser distraire, débarrassé de la contamination du passé, me suffisait. J'avais réussi au prix d'un effort volontaire et conscient, d'une obstination amnésique. Donner mon temps et prêter mes oreilles aux obsessions de Carballo et de Benavides (car lui aussi était obsédé) était une erreur que j'étais en mesure de corriger.

Mais peut-on vraiment oublier à volonté ? Dans *De l'orateur*, Cicéron raconte l'histoire de Thémistocle, un Athénien à la sagesse sans égale en son temps. On disait que Thémistocle avait reçu la visite d'un homme cultivé et célèbre qui, après s'être présenté en faisant ses louanges, avait proposé de lui enseigner la science de la mnémotechnique. Intrigué, Thémistocle voulut connaître les avantages de cette nouvelle science dont on commençait à peine à parler. Le visiteur affirma fièrement que l'art de la mnémotechnique lui permettrait de tout se rappeler. Déçu, Thémistocle lui répondit que la vraie prouesse serait non pas de se souvenir de tout, mais d'oublier ce qu'on désirerait. Je songe à des épisodes de ma vie (ce que j'ai vu, entendu, décidé de faire) sans lesquels j'irais mieux, car ils ne me sont d'aucune utilité et me paraissent en revanche dérangeants, honteux ou douloureux, pourtant je sais que leur oubli volontaire n'est pas possible, qu'ils resteront tapis dans ma mémoire ; peut-être me laisseront-ils tranquille pendant un temps plus ou moins long, mais un jour ou l'autre je verrai, entendrai quelque chose ou prendrai une décision qui les feront ressurgir, pointer le nez : les souvenirs coupables ou simplement perturbants reviennent nous hanter à des moments imprévisibles, et une sorte de réaction musculaire – un geste réflexe de notre corps – accompagne toujours ces apparitions ; certains rentrent la tête dans les épaules comme si on lançait un objet vers eux ; d'autres frappent du poing sur leur bureau ou le tableau de bord de leur voiture, croyant que cette brusquerie a le pouvoir d'effrayer les souvenirs indésirables ; d'autres encore ont un rictus révélateur, ferment les yeux, serrent les mâchoires et les lèvres ou montrent les dents ; si nous les observions, nous reconnaîtrions ces instants : tiens, il vient de se rappeler un fait dérangeant, perturbant ou coupable. Non, l'oubli ne se maîtrise pas, nous n'avons jamais appris à le faire, même si notre cerveau fonctionnerait mieux si nous parvenions à contrôler la manière dont le passé vient s'immiscer dans le présent.

Quoi qu'il en soit, j'ai réussi. Pendant les six années suivantes, je n'ai plus songé à ces meurtres, comme si je n'étais jamais allé chez Francisco Benavides. Ma volonté d'oublier avait été un triomphe complet. J'écrivais, travaillais, entreprenais des voyages qui me semblaient indispensables, traduisais des phrases d'Hemingway ou des livres d'interviews d'Al Pacino, donnais des cours de littérature à des Américains de vingt ans et essayais – parfois avec succès – d'éveiller leur intérêt pour Rulfo et Onetti, lisais *Sous le volcan* et *Gatsby le Magnifique* en ayant l'impression que j'aurais pu tirer de ces romans de précieuses leçons si je n'avais pas été trop maladroit pour les comprendre ; et, pendant ce temps, les années passaient sur moi. Semblables au visage d'un enfant, les villes nous rendent ce qu'on leur montre : la Barcelone de l'époque m'accueillait et m'étreignait, mais elle n'était que le reflet de mon insatisfaction, de l'étrange équilibre que la vie de famille avait apporté à mon existence. J'ai commencé à vivre sans m'en rendre compte, ce qui est assurément une métaphore du bonheur. Mes filles ont appris à marcher dans le long couloir de notre appartement, place Tétouan, dont le salon donnait sur des palmeraies où s'égosillaient toute l'année des perruches vertes. Plus tard, quand nous avons emménagé au premier étage d'un immeuble de la rue Córcega, elles parlaient avec un accent mi-espagnol, mi-colombien qui faisait d'elles deux petites étrangères dans l'une ou l'autre de leurs patries, et dans leur façon de s'affirmer au travers de la langue, je voyais un curieux miroir qui reflétait mon propre sentiment d'étrangeté ou d'étrangéité. Plus sérieusement que jamais, je me suis alors demandé si je ne devais pas retourner vivre dans ma ville, si les années (nombreuses) passées depuis mon départ m'éloigneraient sans remède jusqu'à rendre mon retour impossible. Un ami proche résumait cela par une subtilité de langage qui contenait une vérité profonde :

– Nous, les Colombiens, on ne part pas de Colombie. On est toujours *en train de partir*.

Mais où était la limite ? Combien de temps était-il possible d'être résidents – *inquilinos* – avant de perdre le droit sacré de rentrer chez nous ? Dans les dictionnaires anglais et français, le mot « inquilin » désigne tout animal vivant dans un nid ou un terrier qu'une autre espèce a occupé ; cette définition m'était utile pour expliquer ma situation sans recourir aux termes grandiloquents qui nous assaillent, parce que je n'étais pas un exilé, qu'être un expatrié m'ennuyait par sa simplicité et que, même contraint par la force, je n'aurais jamais accepté de faire partie d'une diaspora. Mais à un moment donné, j'ai perdu le sommeil en me demandant si la condition d'inquilin était héréditaire, si les filles, qui semblaient pourtant bien installées dans leur existence barcelonaise, étaient inévitablement condamnées à être originaires d'un autre pays et à continuer d'appartenir à une autre espèce. Non, ce terrier n'était peut-être pas le leur. Ce n'était pas le mien non plus, pourtant je m'y sentais très à l'aise, j'aimais ses habitants et ses méandres. Je ne m'étais jamais senti aussi bien que pendant ces années vécues à Barcelone. Je regardais grandir mes filles et les enfants de mes connaissances, lisais des livres que je n'avais jamais lus et me demandais comment j'avais pu vivre jusqu'alors sans les avoir parcourus. Je me promenais longuement la nuit, après avoir bu un verre avec des amis ou en revenant avec M du cinéma Méliès, où nous voyions des films de Hitchcock, d'Orson Welles ou de Howard Hawks, puis je rentrais à la maison pour déposer un baiser sur le front de mes filles, les contempler un instant sous la lumière bleutée de leur lampe multicolore, m'assurer que les portes et les fenêtres étaient bien fermées et aller me coucher à mon tour. Cette existence me donnait l'impression d'avoir laissé derrière moi la ligne d'ombre dont parle Conrad, cet âge où nous devenons à jamais des adultes, occupons notre place dans le monde et commençons à percer ses secrets. À trente-trois ans, j'avais déjà franchi cette frontière imaginaire depuis au moins cinq ans et me sentais capable d'affronter l'avenir. Tout cela me semblait mystérieusement indissociable de la fortune, de la chance immense que j'avais eue de pouvoir m'échapper.

Oui, c'était exactement cela : j'avais le sentiment de m'être échappé, le mot nous convient bien, à nous autres Colombiens, qui essayons pendant toute notre existence de nous échapper ou de nous demander pourquoi nous n'en faisons rien, de parvenir ailleurs à nous construire une vie agréable ou de lutter contre la décision de ne pas poursuivre cette vie. Certains d'entre nous s'installent donc à Barcelone ou à Madrid, ont fait de New York la troisième ville colombienne du monde ou s'établissent à Miami, Paris, Lima ou Mexico, dont ils remplissent certains recoins à l'image de l'eau qui envahit les espaces vacants. À l'époque, j'ai entamé la traduction du *Tunnel*, prodigieux roman de William Gass dont l'épigraphe ne m'avait alors pas impressionné comme elle aurait dû le faire et comme elle le fait maintenant :

> *À un homme qui se désolait parce qu'il agonisait en terre étrangère, Anaxagore dit : « La descente aux enfers est la même d'où qu'on vienne. »*

Non, on n'échappe pas à la violence colombienne, j'aurais dû le savoir. Personne n'y arrive, d'autant moins les gens de ma génération, qui ont vu le jour en même temps que le trafic de drogue et sont devenus des adultes quand le pays sombrait dans le sang répandu par la guerre que Pablo Escobar lui avait déclarée. On peut quitter le pays, comme je l'ai fait en 1996, et croire qu'on laisse ces réalités derrière soi, mais on se trompe, tout le monde se trompe. Je serai toujours surpris par le maître que la vie a choisi de placer sur ma route pour m'enseigner cette leçon qu'il aurait pu me dispenser de nombreuses autres manières.

Il s'agissait d'un hippopotame traqué, un animal d'une tonne et demie qui avait passé deux ans en liberté après s'être enfui de l'Hacienda Nápoles, le quartier général de Pablo Escobar, qui était aussi un zoo ouvert au public. Je l'ai vu en photo au cours de l'été dense et chaud de 2009. Un des nombreux hôtes occasionnels que j'avais reçus à l'époque avait oublié chez moi un exemplaire de l'hebdomadaire *Semana*, et plusieurs jours s'étaient écoulés – le magazine allait de-ci de-là comme une âme en peine – avant que je l'ouvre machinalement pendant une pause, après être allé chercher une bière fraîche dans le réfrigérateur. L'effet a en revanche été immédiat. L'image des soldats qui avaient poursuivi l'hippopotame, d'obscurs hommes en uniforme qui encerclaient la dépouille, leurs armes pointées vers le ciel, un sourire victorieux et grossier aux lèvres, m'a inspiré une réaction imprévue, une sorte de trouble sans rapport avec le présent, la sensation inexplicable que quelque chose allait mal. Que se passait-il ? Il m'a fallu me concentrer un long moment sur la photo, lire et relire le récit de la fuite de la bête et de sa traque par les soldats pour comprendre : le cliché de l'hippopotame entouré de soldats s'était superposé dans ma mémoire capricieuse à la photo de Pablo Escobar, tué par balle sur les toits de Medellín, encerclé par ses poursuivants, tous des hommes en uniforme aux armes brandies vers le ciel, le sourire aux lèvres après leur victoire. L'un d'eux soulevait le cadavre vêtu d'un T-shirt pour montrer aux photographes et aux curieux le visage barbu du trafiquant responsable des flots de sang qui se déversaient dans le pays depuis dix ans.

Et tout à coup, le souvenir a ressurgi. Je me suis rappelé être allé en compagnie d'un camarade d'école et de ses parents à l'Hacienda Nápoles, un endroit sorti d'un conte de fées où on pouvait non seulement voir des hippopotames, mais aussi des dauphins roses de l'Amazone, plusieurs couples de girafes, des rhinocéros gris et des éléphants d'Afrique, des groupes de zèbres donnant aux spectateurs l'illusion d'un troupeau en mouvement, une armée de flamants roses qui avaient peu à peu colonisé différents lacs de la région à mesure qu'ils se reproduisaient et dessinaient une ligne rose sous les palmiers géants, un kangourou capable de dribbler avec un ballon de football et un perroquet qui récitait par cœur la composition de l'équipe de Colombie. C'était en 1985, sans doute au mois de juillet, car les vacances venaient de commencer, si bien que je devais avoir douze ans lorsque j'avais franchi le portail de l'Hacienda Nápoles et que j'étais passé sous le petit avion blanc que Pablo Escobar avait voulu qu'on installe à cet endroit, en guise de frontispice, afin de commémorer son premier *couronnement*, terme employé par les narcos pour désigner la livraison réussie d'une cargaison de drogue aux États-Unis : un pion qui traverse les lignes de défense et devient à l'arrivée une reine somptueuse. Plus tard, j'ai appris que cet avion – immatriculé HK-617, une de ces bribes d'information parfaitement inutile qui subsistent dans ma mémoire versatile – était une réplique de l'original, abîmé en mer avec de la drogue à son bord, mais à l'époque, en passant sous ses ailes avec mon ami et ses parents, j'avais eu un accès de culpabilité enfantin, car je savais très bien que mes parents n'auraient pas apprécié du tout que je visite la propriété de celui qui était déjà depuis plusieurs mois le narcotrafiquant le plus célèbre du pays et, depuis avril de l'année précédente, l'auteur impuni de l'assassinat du ministre de la Justice, Rodrigo Lara Bonilla.

Tous les souvenirs me sont revenus avec une netteté éclatante. Pris d'une impulsion irrésistible, je suis allé chercher mon carnet de notes, un Moleskine à la couverture noire, pour y décrire des souvenirs de l'époque, le zoo, ce qu'auraient pensé mes parents s'ils avaient eu vent de cette visite. Non, ils n'auraient pas aimé, et à douze ans je disposais déjà des éléments nécessaires pour comprendre pourquoi : le meurtre de Rodrigo Lara Bonilla avait proprement balayé l'idée qu'ils avaient du pays dans lequel ils vivaient. « Ce genre de choses n'est pas arrivé depuis Gaitán », avait alors dit mon père, du moins dans mon souvenir. Mes parents – qui appartenaient alors à cette génération âgée d'une quarantaine d'années – croyaient en un pays où de tels meurtres *n'étaient plus possibles*. Quelques mois avant l'assassinat, à une soirée chez un de mes voisins, un adulte avait déclaré que le ministre devait redoubler de prudence, car s'il continuait à les importuner, les maffieux n'hésiteraient pas à le tuer. Les personnes présentes – quatre couples de parents qui jouaient aux cartes en buvant de l'eau-de-vie, protégés du froid par des ponchos tissés dans la ville de Nobsa – avaient pouffé de rire, car nul n'aurait pu imaginer que sa prédiction se réaliserait, et ceux qui se rappelaient le Bogotazo (parce qu'il était gravé dans leur mémoire ou qu'on leur en avait parlé) espéraient qu'un tel drame ne se renouvellerait pas. Mais leurs espoirs avaient volé en éclats le soir du 30 avril. Rodrigo Lara Bonilla sortit de son bureau en fin d'après-midi, et il faisait déjà nuit quand les tueurs le rattrapèrent. Un homme armé d'une mitraillette effectua un tir croisé, comme on le lui avait enseigné au camp d'entraînement créé à Sabaneta, au sud de Medellín, par un mercenaire israélien. Le jour de son assassinat, Lara avait sur lui un livre relié intitulé *Diccionario de historia de Colombia*.

Le lendemain, les rues furent plongées dans un silence singulier, de ceux qui s'installent dans une maison où agonise un moribond. Par la suite, quand j'ai demandé leur avis à mes aînés, tous ont exprimé la même idée : oui, Bogotá était devenue une autre ville, une ville qui s'était réveillée bouleversée. Évidemment, le pays lui aussi s'était transformé : quelque chose s'était brisé, quelque chose avait changé, mais il était encore trop tôt pour qu'on sache que ces changements étaient *définitifs*, qu'une sombre décennie venait de commencer : neuf ans, sept mois et de nombreux jours que nous tenterions de déchiffrer pendant le reste de nos vies. Une sombre décennie, oui, une zone d'ombre, le puits nauséabond de notre histoire. Tout le monde s'en souvient. Le gouvernement colombien devait réagir et décida de le faire en frappant les cartels de la drogue là où ça faisait mal. Avec le renfort tapageur des médias, il annonça qu'il extraderait immédiatement les narcotrafiquants. Le traité d'extradition entre la Colombie et les États-Unis, signé en 1979 par Jimmy Carter et Julio César Turbay, fut déterré et hanta les rues, tel un zombie destiné à épouvanter les narcos. Car il était parfaitement clair pour ces derniers qu'un juge colombien pouvait être acheté ou assassiné – « argent ou plomb », telle était leur célèbre devise –, mais que l'entreprise se révélait plus délicate depuis l'étranger, loin de leurs dollars cachés et de leurs tueurs enragés. C'est à cette époque qu'explosa la première bombe, en tout cas la première dont je me souvienne, devant l'ambassade américaine, qui fit un mort. Deux mois plus tard, les premiers avions transportant à leur bord les premiers narcos extradés atterrirent aux États-Unis. Résolus à ne pas connaître le même sort, Escobar et ses associés constituèrent leur propre milice, « Les Extradables » et poussèrent leur cri de guerre : *Nous préférons une tombe en Colombie à la prison aux États-Unis*. Dès lors, ils s'employèrent avec une admirable constance à creuser des tombes pour autrui.

Le juge Tulio Manuel Castro Gil, qui avait ouvert une instruction pour enquêter sur le meurtre de Lara Bonilla, reçut trois balles d'un tueur qui descendit d'une Mazda verte, la tête dissimulée par un foulard. Hernando Baquero Borda, magistrat de la Cour suprême de justice qui avait été rapporteur lors des discussions pour le traité d'extradition, fut assassiné par plusieurs individus à moto, à quelques centaines de mètres de l'endroit où Lara Bonilla était tombé. Roberto Camacho Prada, fils d'un libéral assassiné pendant le long épisode de violence qui avait agité le pays dans les années 1950, propriétaire d'une ferme au bord de l'Amazone, atteint du syndrome de Guillain-Barré et correspondant d'*El Espectador* à Leticia, fut tué par un homme qui l'avait attendu, caché devant chez lui. Luis Alfredo Macana, capitaine de l'unité antidrogue de la police, fut assassiné par un jeune tueur de dix-huit ans venu de Nocaima dans cette seule intention, qui avait quelques mois auparavant décapité d'un coup de machette un rival au billard, et s'était évadé de prison. Il avait touché cent mille pesos pour ce crime, et nia tout après avoir tout avoué. Gustavo Zuluaga Serna, le magistrat chargé de l'enquête sur le meurtre de deux fonctionnaires de police en 1976, qui avaient découvert trente-six kilos de cocaïne dans les pneus d'un camion, reçut pendant quatre ans des menaces téléphoniques, des couronnes mortuaires avec des bandeaux à son nom et des messages de la part d'Escobar, qui lui annonçait que s'il ne retirait pas ses accusations, il tuerait sa femme, alors enceinte, en même temps que l'enfant à naître. Il fut finalement intercepté sur un rond-point de Medellín et criblé de balles. Des tueurs attendirent à l'entrée de Bogotá le colonel Jaime Ramírez Gómez, collègue de Lara Bonilla dans la lutte contre le cartel, alors qu'il rentrait d'un week-end de détente à Sasaima, sans escorte ni d'autre arme que la sienne, et lui tirèrent quarante balles dans le corps sous les yeux de sa femme et de ses deux enfants. Guillermo Cano, le directeur d'*El Espectador*, qui s'était attaqué à Escobar à la une de son journal en commençant par publier les photos de ses premières arrestations pour détention de drogue, puis en faisant écho aux dénonciations de Lara Bonilla, accusant dans ses colonnes le narcotrafiquant d'être corrompu et criminel, fut assassiné par balle non loin des locaux du quotidien, à 19h30, une semaine avant Noël. La juge Mariela Espinosa, qui avait ouvert une instruction sur Pablo Escobar pour dix kilos de cocaïne découverts à Itagüí, reçut elle aussi des menaces, on incendia le tribunal où elle travaillait pour faire disparaître les dossiers, on posa une bombe dans sa Simca (elle descendit de voiture juste à temps) et, quelques mois plus tard, on l'assassina devant la porte de son garage, sous les yeux de sa mère, qui la regardait rentrer au domicile familial. Le candidat à la présidence, Luis Carlos Galán, fondateur avec Lara Bonilla du mouvement Nuevo Liberalismo, admirateur de Jorge Eliécer Gaitán au point de l'imiter, ennemi acharné des maffieux, avait déjà survécu à un attentat au lance-missiles ; il fut exécuté de trois rafales de mitraillette à Soacha, au sud de Bogotá, alors qu'il venait de monter sur une estrade en bois pour faire un discours devant des centaines de personnes. En plus de ces meurtres, Escobar fit poser des bombes : dans un avion où le père d'un de mes amis trouva la mort ; au DAS, où l'assistante du docteur Benavides perdit la vie ; à la Chambre de commerce, un attentat auquel je réchappai de peu, et aussi dans des centres commerciaux.

Longtemps après, j'ai eu l'occasion d'entendre un enregistrement de la voix de Pablo Escobar, qui a presque valeur de manifeste et ne laisse guère de place au doute :

« Nous devons créer un chaos monstre pour qu'on nous demande ensuite la paix, déclare-t-il. Si nous nous en prenons aux hommes politiques, si nous brûlons leurs maisons et déclenchons une guerre civile bien perturbatrice, ils entameront un dialogue de paix et nos problèmes seront réglés. »

Ils ne s'en prirent pas seulement aux politiciens : tous les Colombiens virent leurs maisons brûler et furent précipités dans cette guerre civile qui, plus qu'un conflit armé, était un massacre lâche, impitoyable et injuste de gens vulnérables et, surtout, innocents.

Vingt-quatre ans après ma visite au zoo, j'étais là, à me remémorer à Barcelone tout ce que j'avais vu à l'époque, en passant de longues heures sur Internet pour collecter le maximum d'informations (des vidéos du revêtement ensanglanté des sièges de la voiture de Lara Bonilla le jour de son assassinat, ou de l'estrade en bois sur laquelle s'était effondré Luis Carlos Galán), à téléphoner à des amis ou à des membres de ma famille pour leur demander ce qu'ils se rappelaient, à penser aux autres victimes, comme s'il était injuste de ne pas le faire, à croire que quelqu'un m'observait par-dessus mon épaule et risquait de me reprocher d'oublier les morts. Je faisais remonter dans mon souvenir cette ville disloquée par les bombes, et qui après chaque attentat se réveillait métamorphosée en une poule qui tourne encore en rond alors qu'on vient de la décapiter. Je me demandais alors ce qui nous était arrivé : à tous les habitants de Bogotá, évidemment, mais surtout à nous autres, qui étions des enfants lorsque cette violence a débuté, et qui avons dû apprendre à vivre pendant cette décennie difficile. Une partie de la réponse m'a été fournie à Barcelone, un soir que je rentrais après avoir revu mon équipe de foot jouer au stade. Selon mon habitude, j'ai marché jusqu'à la station de métro Collblanc pour prendre un peu l'air, et suis monté dans la première rame, qui était après le match aussi bondée qu'au pire moment des heures de pointe. Les passagers pouvaient à peine bouger, et seuls les plus grands parvenaient à garder l'équilibre (une main exerçant une pression sur le plafond vert) pour ne pas heurter leurs voisins au moindre mouvement brusque du train. Puis le wagon s'est vidé peu à peu et nous avons laissé derrière nous des stations et des passagers. À la station Diagonal, un sac à dos tissé aux motifs artisanaux abandonné sous un siège, près du soufflet entre deux wagons, a attiré mon attention. En l'observant, je me suis aperçu qu'une femme le regardait elle aussi fixement : elle portait le maillot rouge et bleu de l'équipe de Colombie ; un enfant dormait sur son épaule, revêtu du même maillot. Au-dessus de la tête de son fils, elle ne détachait pas les yeux du sac à dos, et il m'a semblé identifier une expression familière sur son visage. Nous connaissions-nous ? Nous étions-nous croisés au stade ? Où l'avais-je déjà vue ?

Je ne me souviens plus à quand remonte cette scène, sans doute est-elle survenue un ou deux ans après que le projet d'attentat djihadiste dans le métro de Barcelone avait fait la une de tous les journaux espagnols. Au cours des jours de paranoïa qui avaient suivi, nous avions tous été informés dans les moindres détails de ce qui aurait pu se passer et n'avait pas eu lieu, et les images en direct des attentats de 2004 revendiqués par Al-Qaïda à la gare d'Atocha – les trains mis en pièces par les bombes, les fragments de tôle éparpillés sur les voies ferrées, semblables à des mues de serpent – avaient ressurgi. Elles nous avaient hantés pendant des mois, se rappelant à nous depuis un kiosque à journaux ou sur l'écran lumineux d'un café qui attirait notre regard pendant que nous marchions dans la rue. Tandis que les médias se chargeaient de diffuser ces mémorandums, nous avions appris que la cellule de terroristes à Barcelone se composait de six kamikazes et de trois chefs des opérations qui avaient l'intention de mettre dans des sacs à dos les bombes qu'un autre homme activerait à distance. Ils avaient choisi le métro, car *les services d'urgence ne peuvent pas atteindre* une rame entre deux stations. Dans notre wagon, après avoir dépassé Diagonal, la femme qui portait son enfant endormi (tous deux revêtus du maillot de l'équipe de Colombie) avait vu un sac à dos abandonné et s'était peut-être souvenue de ce projet d'attentat qui aurait pu faire beaucoup de victimes si la cellule n'avait pas été découverte et démantelée. Je me suis rappelé l'expression de cette femme, une expression que j'avais déjà vue à Bogotá dans divers lieux : centres commerciaux, parkings souterrains et sur le visage de quantité de gens qui donnaient par ailleurs l'impression de vivre une journée banale. Comme si c'était normal, nous collions du papier adhésif en croix sur les fenêtres afin que les débris de verre ne deviennent pas des éclats mortels au cas où une bombe aurait explosé, et, comme si c'était normal, nous dormions chez d'autres personnes quand le couvre-feu nous surprenait au mauvais endroit après une explosion ou un magnicide.

Un an et demi. Pendant un an et demi, j'ai noirci des pages et des pages de souvenirs pareils à celui-ci, de notes, d'informations, dans une tentative désespérée pour les transfigurer par le biais de l'imagination, qui éclaire tout, et du conte, qui va plus loin que nous, et pour comprendre ce qui était arrivé au fil de cette décennie, comprendre les faits publics et visibles, bien entendu, mais aussi la quantité d'images et de récits qui nous assaillaient dans les chroniques, l'historiographie et les labyrinthes à la mémoire sans limites d'Internet, mais aussi les faits invisibles et intimes, qui ne sont répertoriés nulle part, car le meilleur des historiens ou des journalistes est incapable de décrire ce qui se passe dans la tête d'autrui. Un an et demi, oui. Un an et demi à me remémorer constamment ces morts, à leur parler, à écouter leurs lamentations et à me lamenter à mon tour de ne rien pouvoir faire pour alléger leurs souffrances, mais surtout à penser à nous, les vivants, qui essayons toujours de comprendre ce qui est arrivé, et qui, des années plus tard, continuons de raconter des histoires pour nous l'expliquer. C'est ce que j'ai fait : tenter de trouver une explication en racontant une histoire dans un livre. Après avoir terminé *Le Bruit des choses qui tombent*, j'étais persuadé d'avoir réglé mes comptes personnels avec la violence qu'il m'avait été donné de vivre. Aujourd'hui, il me semble incroyable de n'avoir pas compris que nos violences ne sont pas seulement celles qui nous touchent dans notre vie, mais les autres, plus anciennes. Elles sont toutes liées, même si les fils qui les unissent ne sont pas apparents, parce que le passé est contenu dans le présent, ou que le passé est un legs qu'il ne nous est pas possible d'inventorier, de sorte qu'au bout du compte, on hérite de tout : sagesse et démesure, réussites et erreurs, innocence et crimes.

IV

Pourquoi te gonfles-tu d'orgueil ?

En juillet 2012, après avoir vécu seize ans dans trois pays d'Europe, je me suis de nouveau installé à Bogotá. Une des premières choses que j'ai faites a été de téléphoner au docteur Benavides pour lui demander quand nous pourrions nous voir. Notre dernière rencontre s'était plutôt mal terminée et je souhaitais mettre un terme à cet embarras, gommer des aspérités et aussi présenter des excuses, car c'était moi qui avais commis une erreur de jugement et de comportement. Une voix empreinte de tristesse m'a annoncé que le docteur était souffrant et ne pouvait pas me répondre. Entamer une nouvelle vie dans un autre pays n'est pas plus simple quand il s'agit du sien ; concentré sur les énigmes qui m'avaient poussé à revenir, occupé à interpréter les multiples changements qui s'étaient opérés dans la mentalité et le caractère de ma ville pendant mes années d'absence, je n'ai pas rappelé Benavides et ne me suis même pas informé de son état de santé. Un an et demi s'est écoulé. J'ai écrit un court roman, fait des voyages qui me semblaient nécessaires, et peu à peu, au rythme des habitudes retrouvées, je suis arrivé en Colombie. Au cours de cette année et demie qui s'étire à présent dans ma mémoire, je n'ai pas reçu de nouvelles de Benavides. C'est à peine si j'ai pensé à lui. Il m'avait ouvert les portes de son bureau et fait partager certains de ses secrets. En somme, il m'avait accordé sa confiance. Qu'avais-je fait pour l'en remercier ? Un jour, je me suis rendu compte que huit ans s'étaient écoulés depuis notre dernière conversation brutale et désagréable, et j'ai songé que ce n'était pas la première fois que quelqu'un sortait de ma vie par ma faute, à cause de mon penchant pour la solitude et le silence, de mes effacements parfois injustifiables, de mon incapacité à entretenir mes relations (même celles avec des gens que j'aime ou qui m'intéressent vraiment). Cela a toujours été mon plus grand défaut, qui m'a causé plus d'une déception et a déçu plus d'une personne. Je ne peux cependant pas y remédier, car nul ne change sa nature par la simple force de sa volonté.

Mais, au début de 2014, il s'est passé quelque chose.

Le 1er janvier, j'étais dans une hacienda du dix-neuvième siècle de la région caféière, une maison aux murs en bois et torchis et aux planchers vernis dont le nom, Alsacia, me faisait penser à des vétérans de la guerre franco-prussienne venus laisser un peu de leur nostalgie dans les Andes colombiennes. J'étais arrivé là dans l'intention très claire de réveillonner en bonne compagnie, mais j'ai fini par passer plus de temps que prévu à déplorer la dernière nouvelle de l'année : le 24 décembre, j'avais appris que sur le trajet qui la ramenait de Sarajevo jusque chez elle, l'écrivain serbe Senka Marniković, auteur d'un recueil de nouvelles qui était à mes yeux un chef-d'œuvre évident, avait perdu le contrôle de sa voiture sur une route gelée et glissante, brisé une rampe de protection, dérapé sur un terre-plein en hauteur et fini par s'écraser contre la façade d'un atelier de mécanique. La mort de l'autre côté du monde d'une femme auteur d'un seul et unique livre, dont on n'avait jamais vu la moindre photo ni entendu la voix, a déclenché chez moi un accès de mélancolie d'autant plus imprévisible et surprenant que, quelques années auparavant, je ne connaissais même pas son existence.

J'avais découvert son nom au printemps 2010, lors d'un séjour de soixante-douze heures à Belgrade, où je m'étais rendu de Barcelone pour m'adresser à un public d'étudiants hispanophones. Mon hôtesse, un professeur de littérature latino-américaine qui traduisait la poésie de César Vallejo pendant ses heures de loisir, m'avait montré après ma conférence l'appartement du romancier Ivo Andrić et, le lendemain, elle avait organisé en plus de cette visite fétichiste celle d'un parc avec vue sur le Danube, et d'un bar mal famé où les étrangers avaient l'occasion de pouvoir acheter des billets dévalués de l'époque de la guerre de Bosnie. Dans cet établissement, elle m'avait demandé si j'avais lu *Fantômes de Sarajevo*. Quand je lui avais répondu que non seulement je ne connaissais pas l'ouvrage, mais que je n'avais jamais entendu parler de l'auteur, elle m'avait répondu avec un parfait accent madrilène que « putain, ce n'était pas possible ». Le lendemain matin, j'avais trouvé à la réception de l'hôtel un exemplaire du recueil de nouvelles de Senka Marniković en espagnol, la seule langue occidentale dans laquelle il avait été traduit. J'en avais commencé la lecture dans la salle d'attente de l'aéroport de Belgrade et, arrivé chez moi après une escale à Zurich et un retard dû au mauvais temps, je l'avais terminé et m'étais plongé dans la relecture de quelques nouvelles en regrettant de ne pas avoir découvert plus tôt ce recueil formidable, moi qui n'avais pas été aussi émerveillé depuis 1999, lorsque j'avais ouvert le livre très étrange d'un certain W.G. Sebald. Et maintenant, Marniković était morte à soixante-douze ans, trente-neuf ans après avoir publié ce magnifique petit livre, et la mélancolie qui m'avait gagné en apprenant cette triste nouvelle m'imposait à présent le besoin presque physique de le relire, de savourer sa voix qui savait plus de choses que moi, d'observer le monde à travers ses yeux, sans doute plus attentifs que les miens. J'étais allé chercher le livre dans ma bibliothèque et l'avais glissé dans mon sac à dos noir, et il était là, le 1er janvier, dans l'hacienda du dix-neuvième siècle, silencieux jusque dans la couleur neutre de sa couverture crème, discret, comme si nous avions tous deux perdu un ami commun.

C'était un jour de fête, bien sûr, mais aussi un mercredi, le moment de la semaine que je réservais depuis sept ans à l'écriture de mon article hebdomadaire pour *El Espectador*. D'habitude, je le rédigeais tôt le matin, quand j'avais l'esprit vif, mais la lenteur du Nouvel An (la conviction inconsciente que le monde repart de zéro et qu'il n'y a aucune raison de se presser) a porté atteinte à ma discipline. Si bien qu'après le déjeuner tardif, lorsque la vieille maison au plancher verni est tombée dans une irrésistible torpeur et qu'excepté l'agitation des cigales et des perruches, rien ne venait rompre le silence, je me suis servi une bière et installé à une table de jeu au feutre abîmé par les cendres de cigarettes fumées la veille, prêt à travailler comme un chasseur qui va tenter sa chance sans la moindre certitude de trouver du gibier. J'ai ouvert au hasard le livre de Marniković, parcouru le début de certaines nouvelles et fini par relire entièrement « La longue vie de Gavrilo Princip », le meilleur texte du recueil et le plus pertinent pour cette année qui n'en était qu'à ses balbutiements. C'est en pensant à ces personnages que j'ai écrit les premières phrases de ma chronique ; en quelques minutes, le récit de Senka Marniković s'est associé dans ma tête à d'autres sujets et d'autres personnages qui me touchaient de plus près, de sorte que j'ai construit mon papier autour d'une idée relativement simple : les possibles correspondances entre deux crimes célèbres, le premier de portée universelle, le second aux conséquences plus limitées, qui avaient été perpétrés à quelques mois d'écart. J'ai intitulé l'article « Mémoires de l'année qui commence », puis j'ai écrit les lignes suivantes :

> 2014 sera une année de commémorations, mais pas de celles qui nous réjouissent. Les Panaméens célébreront bien entendu le passage du *S.S. Ancón* sur leur canal fraîchement inauguré, les lecteurs de Julio Cortázar se remémoreront sa naissance à Bruxelles. Mais je crains que, dans les prochains mois, on parle surtout de certains assassinats et de leurs impacts. 1914 est, selon une idée reçue, la véritable porte d'entrée sur un vingtième siècle tourmenté, et cela n'est pas précisément lié à la naissance d'un écrivain argentin ou à l'ouverture d'une voie navigable entre deux océans. Les crimes survenus cette année-là sont à l'origine d'une grande partie de l'histoire postérieure, et quand on examine les faits en se plaçant dans la perspective faussement rassurante des années qui se sont écoulées depuis, on grince un peu des dents en constatant à quel point nous étions loin d'imaginer la débâcle qui nous attendait au coin de la rue. Dans « La longue vie de Gavrilo Princip », une des meilleures fictions jamais écrites sur ce que nous a légué 1914, l'écrivain serbe Senka Marniković invente un monde où la Première Guerre mondiale n'a jamais éclaté.

Gavrilo Princip, jeune nationaliste serbe, arrive à Sarajevo pour tuer François-Ferdinand, mais son pistolet se bloque et l'archiduc reste en vie. Princip meurt un an plus tard de la tuberculose, et le monde est différent.

Évidemment, il n'en a pas été ainsi. Gavrilo Princip a bien tué l'archiduc François-Ferdinand d'Autriche. Il allait avoir vingt ans, avait essayé de devenir membre de la société secrète de la Main Noire, qui refusa sa candidature à cause de sa petite taille. Il apprit ensuite à manier des bombes et à tirer au pistolet, finit par rejoindre six conspirateurs dont l'objectif était d'assassiner l'héritier au trône de l'Empire austro-hongrois et d'inciter les provinces slaves à se séparer de l'Empire pour favoriser la création d'une grande nation serbe. Les participants à l'attentat se mêlèrent aux curieux placés de chaque côté de la route où devait passer le cortège. On avait retiré la capote de la voiture archiducale afin que le public puisse voir ses nobles occupants. Chaque conspirateur, du premier au dernier, devait tenter de tirer sur l'archiduc. Le premier échoua parce qu'il avait peur. Malgré la merveilleuse spéculation de Marniković, Princip, lui, ne flancha pas.

En octobre de la même année, mais de l'autre côté du monde, un homme qui n'était pas archiduc, mais général et sénateur de la République de Colombie, fut assassiné, non par balle, mais à coups de hachette par deux individus jeunes et pauvres, comme Princip. Rafael Uribe Uribe, vétéran de plusieurs guerres civiles, leader incontestable du parti libéral (à une époque où être libéral signifiait quelque chose) et modèle du personnage d'Aureliano Buendía, fut agressé à midi, le 15 du mois, par Leovigildo Galarza et Jesús Carvajal, menuisiers désœuvrés. Il mourut le lendemain au petit matin, à son domicile de la rue 9, à Bogotá ; au-dessus du trottoir où il reçut les coups de ses meurtriers a été vissée une plaque que personne ne lit car elle est à hauteur des genoux des passants. Pourtant les Colombiens commémoreront cette année, ils écriront sur Uribe Uribe, ils déploreront sa mort, même sans savoir pourquoi on l'a tué.

Et au fil des jours, on pensera à Princip et à François-Ferdinand, à Galarza et à Carvajal, à Uribe Uribe, à leurs meurtres, leurs causes et leurs conséquences. L'année ne fait que commencer.

L'article a été publié le 3 janvier. Le lundi suivant, jour des Rois, je me suis levé peu avant les premières lueurs du jour en tâchant de ne faire grincer ni les lattes du parquet, ni les gonds des portes anciennes de la vieille demeure, et suis allé chercher mon ordinateur pour prendre connaissance de la presse. J'avais perdu depuis des années l'habitude de lire sur le site d'*El Espectador* les commentaires à propos de ma chronique, non seulement par manque d'intérêt et de temps, mais parce que j'avais la profonde conviction que les pires vices de nos sociétés numériques s'y étalaient : l'irresponsabilité intellectuelle, la médiocrité imbue d'elle-même, la calomnie aussi invraisemblable qu'autorisée et, surtout, le terrorisme verbal, l'empoignade digne d'une cour de récréation où les participants manifestaient un enthousiasme incompréhensible, la lâcheté de tous ces agresseurs qui dénigraient les autres sous pseudonyme alors qu'ils n'auraient jamais osé répéter leurs injures de vive voix. Dans mon pays, les forums des lecteurs de la presse d'opinion étaient devenus notre version informatique moderne du rituel des « Deux Minutes de la Haine », dans *1984*, de George Orwell : après qu'on leur a projeté l'image de l'ennemi, les citoyens s'adonnent de manière extatique à l'agression physique (ils lancent des objets sur l'écran) et verbale (ils insultent, hurlent, accusent, diffament), puis regagnent le monde réel en se sentant libres, défoulés, contents d'eux. Cela faisait donc de nombreuses années que je ne lisais plus ces commentaires, et pourtant, ce matin-là, j'ai parcouru les insultes et leur lot de fautes d'orthographe, les attaques rédigées avec une ponctuation toujours déplorable et tous les symptômes qui révélaient quelque chose de pourri dans l'État colombien. Vers la fin de la page, un commentaire a attiré mon attention. Le signataire (façon de parler) s'appelait Espritlibre et écrivait ceci :

Quel article idiot !! Qui s'intéresse à ce qui s'est passé là-bas ?? Et ici il s'est passé quoi ?? Nous les Colombiens nous SAVONS pourquoi Uribe Uribe a été tué et même si on a essayé de nous TROMPER, que la vérité n'ait pas été révélée est un autre problème. Vous, Messieurs les directeurs d'El Espectador, avec des journalistes comme celui-ci vous perdez chaque jour un peu plus de prestige. Quant à ce petit Monsieur qui se dit chroniqueur il vaudrait mieux qu'il se consacre à ses romans ratés. Un jour, la vérité sortira au grand JOUR !!!

Les jours suivants, je n'arrivais pas à me défaire de la certitude ridicule d'avoir retrouvé Carlos Carballo, puis je me suis dit que ce n'était pas moi qui l'avais retrouvé, mais lui qui s'était mis délibérément sur mon chemin, et j'ai pensé pour finir que, dans les deux cas, je faisais erreur. La vérité était plus simple et aussi plus dérangeante : Carlos Carballo n'était jamais parti. Pendant les huit longues années qui s'étaient écoulées depuis notre rencontre dans l'église, Carballo ne m'avait pas perdu de vue un seul instant. Il avait peut-être lu mes livres, à coup sûr suivi ma chronique hebdomadaire et souvent laissé des critiques anonymes sur le site du journal. Plus tard encore, aussi incroyable que cela puisse paraître, j'ai pensé qu'Espritlibre n'était pas Carlos Carballo, mais un des millions d'individus qui peuplent les républiques paranoïaques d'un pays comme le nôtre, dont l'histoire est pleine de convulsions. Le plus logique était d'appeler Francisco Benavides pour m'informer de sa santé et lui demander s'il avait été dernièrement en contact avec Carballo, si Carballo lui avait parlé de moi, de la proposition qu'il m'avait faite à l'église et de ma réponse. J'ai donc téléphoné au docteur, qui n'a pas décroché ; j'ai laissé un message à son cabinet, mais il ne m'a pas rappelé.

Mon court séjour dans l'hacienda du dix-neuvième siècle touchait à sa fin et j'ai regagné Bogotá avec ma famille, prêt à reprendre ma routine de travail. Je n'ai pas recontacté Benavides. J'en ai été empêché pour deux raisons : d'un côté, un roman sur un vétéran de la guerre de Corée que j'essayais d'écrire depuis cinq ans et qui, après de nombreuses et vaines tentatives, semblait enfin sur la bonne voie, au point que je regrettais d'avoir dû m'en détacher pour partir en vacances ; de l'autre, la recherche d'informations sur Senka

Marniković, que la mort avait subitement changée en personne digne d'intérêt. Mais Internet, qui sait tout, ne savait que très peu de choses sur Senka Marniković. Comme cela arrive fréquemment quand un sujet nous préoccupe ou nous obsède, la vie s'arrangeait pour que, de manière directe ou indirecte, tout me l'évoque ou me ramène à son souvenir. Je me suis par exemple lié d'amitié avec Asier et Ruth, un couple d'Espagnols que je connaissais à peine et qui avaient vécu et travaillé dans les Balkans. Ils me parlaient avec nostalgie de leur vie là-bas et me prêtaient des ouvrages sur le siège de Sarajevo. Par ailleurs, le romancier Miguel Torres, qui avait lu ma chronique, m'a écrit pour me demander qui était l'écrivain serbe dont je mentionnais le nom. Il voulait savoir si son œuvre était traduite en espagnol et où il pourrait la trouver, car les histoires qui changent ou bouleversent le cours réel de l'Histoire l'intéressaient beaucoup. Je ne lui ai pas répondu : c'était impoli et égoïste de ma part, d'autant que j'appréciais ce collègue (ses romans sur le 9 avril sont parmi les meilleurs jamais publiés en Colombie), mais un des mystères de la vie d'un lecteur de fictions est le désir de s'approprier parfois des livres ou des auteurs qui lui ont révélé des choses importantes dont il n'avait pas connaissance jusqu'alors. Je n'avais pas envie de parler de Senka Marniković parce qu'elle m'appartenait, à moi et à moi seul. C'était une émotion primitive, mais le fait est que j'ai réagi ainsi à ce moment-là.

Au début du mois de février, j'ai enfin écrit au docteur Benavides. Je lui ai dit que je regrettais le silence de toutes ces années, que j'en étais responsable ainsi que de ses conséquences, et que je désirais vraiment reprendre contact avec lui. Cette fois, il m'a répondu tout de suite.

> *Cher patient,*
> *Je suis ravi de recevoir votre message, inutile de le nier. Il m'arrive de penser à ces jours lointains et je regrette moi aussi que nous nous soyons perdus de vue. J'ai appris que vous nous honorez désormais de votre présence en qualité de résident. C'est bien cela, n'est-ce pas ? Dites-moi quand vous souhaitez que nous nous retrouvions, que nous prenions date. La vie n'a pas été clémente*

avec moi et j'aimerais discuter avec une personne qui comprenne mes peines (prévoir ici une musique mélodramatique). Bref, pour plusieurs raisons que je ne vais pas vous expliquer ici, il se trouve qu'à présent vous êtes cette personne. Je travaille tard en ce moment, et suis à la clinique jusqu'à 20 heures. Prévenez-moi d'une manière ou d'une autre avant de venir.
Bien à vous,
Francisco

Je suis allé le chercher le vendredi suivant. Depuis la naissance des filles, époque où je passais une partie de mes nuits dans l'incertitude et l'angoisse, je suis mal à l'aise dès que je me rends dans une clinique après une certaine heure. En outre, nous nous étions donné rendez-vous dans un endroit qui me rappelait ces journées comme si je les revivais : la cafétéria située au rez-de-chaussée, un espace sans fenêtre qui, à l'heure des repas, se remplissait de deux catégories de personnes : les proches des patients, constamment affublés du masque de l'inquiétude, et les médecins et les infirmiers, rompus à l'exercice de leur métier et parfois indolents. Quand Benavides est arrivé, deux minutes après l'heure fixée, j'ai vu sur son visage les ravages du temps, puis, comme une épiphanie, je me suis rappelé pourquoi j'éprouvais à son égard une estime qui ressemblait beaucoup à de l'admiration : ce n'était pas uniquement les années passées que je décelais sur ses traits fatigués, mais les dommages causés par la souffrance des autres, ce travail parallèle d'accompagnement des mourants qu'il accomplissait depuis longtemps. Il était en blouse blanche et avait un livre vert à la main ; avant d'avoir atteint la table où je l'attendais, il a salué quatre individus qui se sont levés dès qu'il a franchi les portes en verre, qu'il a tous traités avec la même amabilité d'homme fourbu, en leur serrant la main gentiment, mais accablé par un poids invisible sur les épaules. Il portait maintenant des lunettes dépourvues de monture. Sans leurs branches rouges et le pont qui surmontait son nez, les verres auraient donné l'impression de flotter devant ses yeux.

– Je vous ai apporté ça, a-t-il dit en s'asseyant.

C'était une publication universitaire au titre effrayant : *Regarder la mort dans les yeux. Huit perspectives.*

– Qu'est-ce que c'est ? ai-je demandé.

– Des variations sur un même thème. Écrites par des philosophes, des théologiens, des gens de lettres. Le médecin, c'est moi. Pour quand vous n'aurez rien d'autre à lire… a-t-il ajouté après un silence pudique.

– Eh bien, merci beaucoup, ai-je répondu.

J'étais sincère, ce qui n'est pas toujours le cas quand on vous offre un livre.

– Vous savez, Francisco, la dernière fois qu'on s'est vus…

– Il y a huit ans ? Vous voulez qu'on parle de ce qui s'est passé il y a huit ans ? Non, Vásquez, c'est inutile. Nous avons d'autres sujets plus importants à aborder, non ? Racontez-moi par exemple comment vont vos filles.

Le temps de patienter dans la file du self-service, de regagner notre table et d'attaquer nos plateaux, je lui ai décrit sans m'appesantir les détails mon expérience de la paternité, qui me paraissait chaque jour de plus en plus difficile, et ma nostalgie des premiers jours, quand les seuls obstacles étaient d'ordre médical. À présent, il fallait affronter le monde pourri qui s'ingénie à faire du mal à tous. J'avais remarqué qu'à leur jeune âge déjà, certains camarades de mes filles étaient marqués à jamais. Je lui ai aussi parlé des dernières années que nous avions passées à Barcelone et de notre décision de retourner vivre en Colombie, des émotions que j'éprouvais maintenant dans cette ville où j'étais revenu vivre seize ans après l'avoir quittée : j'avais la sensation d'être en partie un étranger qui n'était pas originaire de Bogotá, de la même façon que, lorsque je vivais à Barcelone, je n'avais pas non plus l'impression d'être de là-bas. Je lui ai dit que cette curieuse condition m'avait permis de rentrer, car je m'étais toujours nourri d'elle. D'un autre côté et contre toute attente, Bogotá se montrait rude, hostile et intolérante à mon égard : la violence n'était pas la même qu'au moment de mon départ, elle ne provenait pas d'acteurs bien définis en guerre contre les citoyens, mais des citoyens eux-mêmes, embarqués dans leur propre croisade, qui semblaient marcher en levant un doigt accusateur prêt à désigner et à condamner. Quand ce changement s'était-il opéré ? ai-je demandé à Benavides. Quand étions-nous devenus ainsi ? Plusieurs fois par jour, j'avais la conviction embarrassante que s'ils en avaient l'occasion, les habitants de Bogotá n'hésiteraient pas à appuyer sur le bouton qui effacerait à jamais leurs détestables prochains : les athées, les ouvriers, les riches, les homosexuels, les Noirs, les communistes, les chefs d'entreprise, les partisans de l'ancien président, ceux du président actuel, les supporters du Millionarios F.C., ceux du Santa Fe. La ville était viciée par le poison des petits fondamentalismes qui s'évacuait dans son sous-sol, comme l'eau sale des égouts, et pourtant la vie paraissait s'écouler normalement, les habitants de la ville continuaient de se réfugier dans les accolades des amis et le sexe des amants, ils étaient toujours des pères, des fils et des filles, des maris et des femmes non affectés par le venin ou peut-être persuadés qu'il n'existait pas. Mais il y avait aussi des gens merveilleux comme Francisco Benavides, qui consacrait tous les jours des heures à tendre la main à un malade en phase terminale et à discuter avec lui de la meilleure mort possible, sans éviter de s'attacher, sans rationner l'empathie ni doser les sentiments, se jetant la tête la première, les yeux grands ouverts, dans une relation dont la seule issue possible était la tristesse.

Je lui ai parlé de Carballo pendant que les gens entraient de la cafétéria et en sortaient, avec en fond sonore le cliquetis des couverts sur les assiettes, le martèlement des talons et les voix qui se heurtaient à d'autres voix angoissées. Je lui ai raconté notre rencontre, à la messe d'enterrement de RH Moreno-Durán, je lui ai répété les propos que Carballo m'avait tenus, j'ai mentionné le roman sur Orson Welles et je l'ai écouté se moquer de ce roman en particulier et des romanciers en général, qui ne pouvaient pas laisser l'Histoire tranquille ni respecter les événements qui avaient réellement eu lieu, à croire qu'ils n'étaient pas dignes d'intérêt. C'était, d'après lui, la raison pour laquelle les romanciers avaient perdu depuis longtemps la seule bataille vraiment importante, dont la finalité ne consistait pas à faire en sorte que les gens cessent de penser à leur réalité désagréable, grise ou insatisfaisante, mais la prennent à bras le corps et la regardent en face pour l'insulter sans égards avant de la gifler. Je lui ai répondu que, quoi qu'il en soit, RH était mort depuis huit ans et que le roman n'était toujours pas publié, ce qui signifiait qu'il n'avait pas tort : les gens se contentaient d'accepter les faits tels qu'ils s'étaient déroulés et ne se souciaient guère de savoir comment ils *auraient pu survenir*. Mais moi, c'était la seule chose que je trouvais captivante dans les romans : l'exploration de cette autre réalité ; non la réalité des faits ni la reproduction romancée des événements véritables et vérifiables, mais le terrain du possible, de la spéculation ou de l'intromission, qui pousse le romancier vers des endroits interdits au journaliste ou à l'historien. J'ai dit tout cela à Benavides, qui a fait semblant de m'écouter avec patience ou intérêt.

J'ai aussitôt enchaîné sur la fausse lettre de Carballo et sa proposition de livre.

– Vous êtes sûr que la lettre était fausse ? m'a-t-il demandé.

– Sûr et certain, ai-je répondu en regardant un couple de vieillards installés sur des banquettes moelleuses, au fond de la salle.

Ce n'est pas qu'ils aient particulièrement attiré mon attention, mais je préférais ne pas regarder Benavides dans les yeux au moment où je lui annonçais que j'avais un aveu à lui faire. Sans lui laisser le temps de me questionner, je lui ai expliqué que j'avais dit à Carballo que la vertèbre de Gaitán existait encore, et que je lui avais révélé l'endroit où elle était conservée.

– Je ne voulais pas, c'est sorti tout seul, ai-je précisé bêtement.

J'ai alors vu apparaître sur son visage une expression qui m'était inconnue, une forme nouvelle émergeant de sa nature profonde. Un temps qui m'a paru très long s'est écoulé : quatre, cinq ou peut-être six secondes au terme desquelles Benavides est sorti de son mutisme pour prononcer un monosyllabe à peine audible.

– Ah, a-t-il soufflé.

– Pardonnez-moi.

– Je vois.

– Je sais que vous ne vouliez pas que j'en parle.

– Je vois, a-t-il répété. J'avais des soupçons. Vous me les confirmez, mais je les avais déjà. Vous avez terminé ? a-t-il ajouté en regardant mon assiette et mes couverts. Vous voulez un dessert ? Un café ?

– Non, rien. Merci.

– Vraiment ? Moi non plus.

Il s'est levé et a saisi son plateau en fléchissant légèrement les genoux, le dos raide. Il s'est dirigé là où on laissait les plateaux utilisés ou sales. Je me suis levé à mon tour et lui ai emboîté le pas.

– Francisco, je suis désolé, je vous demande d'excuser cette imprudence. Je sais que vous vouliez que ça reste secret, mais je discutais avec Carballo, le ton a monté et j'ai fini par tout lâcher, presque par tout lui cracher à la figure. Comprenez-moi, c'était la seule façon qu'il arrête de me casser les pieds. J'avoue que c'était maladroit de ma part. Vraiment maladroit, mais bon, ce n'est pas non plus la fin du monde.

Il m'a regardé après avoir lissé sa blouse blanche.

– La fin du monde, peut-être pas, mais le début de la nuit, certainement. En d'autres termes, il va falloir qu'on parle plus longuement, Vásquez, alors j'espère que vous n'avez pas dit à votre femme que vous alliez rentrer tôt. Venez avec moi, j'ai encore deux ou trois choses à faire et je vais vous raconter ce qui m'est arrivé. Vous me direz ce que vous en pensez.

Et il s'est lancé dans son récit.

– Il y a deux ans, j'ai organisé une soirée chez moi pour l'anniversaire de ma femme, la plus belle cinquantaine que j'ai jamais vue. “À partir de cet âge, on ne compte plus”, dit-elle. Il y avait des amis à elle, des amis à moi et des amis communs. Un des invités, bien entendu, était Carballo, qui est arrivé le premier et parti le dernier. Chez moi, Carballo est comme un meuble, Vásquez. On s'est habitués à le voir ; c'est un peu l'oncle célibataire qui est toujours là, fait partie de la famille proche et se promène dans la maison comme si c'était la sienne. Ce jour-là, il avait apporté à ma femme un album de photos magnifique. Il avait déniché du papier fabriqué au début des années 1960, l'époque où est née Estela. Il avait trouvé du fil pour coudre les pages ensemble, ça ne s'appelle pas relier, il y a sûrement un autre terme, mais je ne le connais pas. Il s'était aussi procuré des photos, je n'ai jamais su comment il s'était débrouillé et je ne me suis pas soucié d'enquêter sur la façon dont il avait dégoté des images de mes enfants à trois, cinq et sept ans, ou encore des clichés d'Estela et moi en promenade, quand nous étions fiancés, ou de mon père. En vérité, c'était un cadeau très spécial, fait de ses mains, auquel il avait consacré du temps et qui lui avait demandé beaucoup d'application. De mon côté, je m'en étais plutôt bien tiré : Estela n'aime pas particulièrement les mariachis, mais j'ai pris le risque et elle a apprécié. Après la sérénade, les gens sont partis peu à peu et nous sommes restés dans le patio, assis sur la traverse de chemin de fer, en attendant que la nuit tombe tout doucement. Nous étions en famille, dans ce patio que vous connaissez, Vásquez. Il n'y avait qu'un détail en plus : le chauffage. Un petit appareil électrique qui produit autant de chaleur qu'un feu de bois et qui nous a permis de rester là, dans la nuit froide. C'était le cadeau que les enfants avaient fait à Estela, qui ne s'était jusqu'alors jamais attardée à bavarder à cet endroit à une heure tardive, elle est trop frileuse. On l'a étrenné ce soir-là. C'était bien vu de leur part. Bon. On était donc dans le patio, on buvait de l'eau-de-vie parce que les enfants trouvaient que c'était l'alcool idéal pour fêter un anniversaire, on racontait n'importe quoi, morts de rire, et j'ai choisi cet instant pour leur annoncer une nouvelle. “À propos des objets que papa a laissés, ai-je précisé. Ils sont en haut et j'ai décidé de les rendre.”

« Je vois encore leurs visages alarmés. “Comment ça, tu vas les rendre ?” ont-ils demandé. Je leur ai dit qu'en effet, je comptais prendre certaines décisions à propos de certaines choses. “Je vais bientôt avoir soixante ans, leur ai-je dit. À cet âge-là, on se met à réfléchir et on a parfois des idées bizarres. Ces objets que j'ai sortis du musée ont passé beaucoup de temps avec moi, pourtant je ne me suis jamais raconté d'histoires et je n'ai jamais pensé qu'ils m'appartenaient. Je sais que les emporter se justifiait, que j'ai agi comme il fallait et que c'était nécessaire, mais je sais aussi qu'ils ne m'appartiennent pas. Ça fait des dizaines d'années que je les ai, ils m'ont accompagné dans les déménagements, ils ont fait partie de ma vie… J'ai eu raison de les prendre, et la preuve, c'est qu'ils n'ont manqué à personne. Ceux que je n'ai pas emportés se sont perdus, contrairement à ceux-là, qui ont été sauvés et que personne n'a réclamés." Je ne vais pas le nier, Vásquez, et je l'ai dit à ma famille, ce fameux soir : ces objets m'ont donné beaucoup de bonheur. Rentrer après le travail, me servir un verre et les toucher ou lire des choses les concernant ou concernant leur époque, tout ça me ravit autant que les timbres, les papillons ou les pièces de monnaie ravissent un collectionneur. Ces dernières années, ils m'ont procuré une joie incroyable. Je l'ai dit à mes enfants et à ma femme. Je regardais Estela, mon fils et ma fille, et je les ai rassurés : je n'avais pas l'intention de leur déballer une philosophie de bas étage sur ces objets du passé, ils n'avaient pas à s'inquiéter, mais voilà, j'avais pris une décision. Je leur ai alors expliqué le fond de la question et leur ai annoncé que malgré tout le bonheur que j'avais eu, les moments que j'avais passés avec ces vieilleries comme un fou obsédé, je n'avais jamais oublié qu'ils ne m'appartenaient pas. Ils ne sont pas à moi, ils n'ont jamais été à moi. Ce ne sont même pas des objets de famille, même si, parfois, j'aime penser le contraire, me persuader que j'ai un droit sur eux, que j'en ai hérité et que je pourrais les léguer à mes enfants. Mais ce n'est pas le cas : je n'ai aucun droit sur eux. Ils ne m'appartiennent pas, ni à moi ni à ma famille : ils sont la propriété du pays ou de l'État. Oui, ils font partie du patrimoine national. C'est ce que je leur ai dit, je leur ai assené une péroraison interminable, puis je leur ai demandé s'ils étaient d'accord avec moi jusque-là.

« "Oui, papa, on est d'accord, a répondu mon fils. Mais c'est toi qui les as sauvés. Ils n'intéressent personne à part celui qui les a sauvés de l'oubli. À mon avis, ils appartiennent donc à cette personne-là."

« Je lui ai répondu que non, ils n'étaient pas à moi mais à une institution publique. Or, à présent, ils étaient dans la maison d'un particulier. "Ce que je veux dire, c'est que personne ne sait qu'ils sont là, ai-je expliqué. On pourrait donc m'accuser de les avoir volés. Qu'est-ce que je ferais si ça arrivait ? Comment prouver le contraire ? Ce serait impossible, je n'aurais pas d'arguments. C'est de ça dont je veux vous parler à vous, les membres de ma famille. Je ne veux pas vous laisser ce problème quand je ne serai plus là. Je sais bien que ce n'est pas pour tout de suite, mais il faut bien réfléchir à la question pour ne pas se tromper. Et c'est ce que j'ai fait." Je leur ai dit que ces objets ne les concernaient pas. Ni ma femme, qui a plus toléré ces reliques qu'elle ne m'a accompagné dans mes folies, ni mes enfants, qui ont des préoccupations bien plus importantes. Je vous répète ce que je leur ai dit, Vásquez : si je venais à mourir, vous vous imaginez la charge que je leur laisserais ? "Pour finir, ai-je continué, j'ai longuement réfléchi et j'en suis arrivé à la conclusion qu'il est temps, grand temps de les rendre."

« Estela m'a posé une question évidente : "À qui ? Tu sais très bien que le musée de ton père n'existe plus. À qui comptes-tu donc restituer ces objets après toutes ces années ? Et que se passera-t-il ? J'ignore ce que dit le droit quand ce genre de situation se présente, mais je te garantis que tu vas avoir des problèmes. La Colombie est un pays où l'on condamne les bonnes actions. Qui sait ce qui va nous tomber dessus ! J'ignore si ça vaut la peine de prendre autant de risques pour déplacer des reliques d'une autre époque dont personne ne se soucie, dont personne ne s'occupera comme tu t'en es occupé et, surtout, auxquelles personne ne s'intéressera comme tu t'y es intéressé. Non, moi je trouve que c'est idiot. Les objets du musée de ton père sont ton trésor. S'ils sont encore là, c'est grâce à toi. Si tu ne les avais pas conservés, ils se seraient perdus, et crois-moi : ils seront perdus si tu les restitues. Sans compter que je ne sais pas à qui tu pourrais bien les rendre."

« Je lui ai répondu que le Musée national était une possibilité. "On peut y voir des uniformes des guerres civiles, des épées, la plume d'un personnage illustre. Ne serait-il pas logique que les objets de mon père y soient exposés et que les gens puissent les voir ?" "Et si personne ne va les voir ou si ça n'intéresse pas le musée ?" m'a lancé ma fille. "Bien sûr que ça intéressera le musée. Et dans le cas contraire, eh bien, je m'en fiche. Mais c'est ce qu'il faut faire, c'est leur digne destination, même si la dignité ne signifie plus grand-chose aujourd'hui." "Et si on te les confisque et qu'on te colle un procès sur le dos ? Ou une amende exorbitante qui pourrait te ruiner ? Tu as pensé à ça ? Tu crois qu'on va te remercier d'avoir subtilisé pour les sauver certains trésors historiques du pays et de les avoir cachés ? Tu crois qu'en Colombie, on te sera reconnaissant pour ce que tu as fait ? Franchement, papa, tu penses qu'on va te remettre une médaille parce que tu t'es amusé pendant vingt ans avec quelques ossements ?"

« J'étais loin d'imaginer qu'ils auraient ce genre de réactions. "Ce que je veux, c'est m'assurer que ces objets seront en de bonnes mains le jour où je mourrai, leur ai-je expliqué. Ça ne posera de problème à personne. Les gens n'y verront aucun mal. Je comprends que vous ne soyez pas d'accord, je comprends vos objections, c'est la raison pour laquelle il faut s'y prendre correctement, dans le respect de la légalité. Ma décision est prise : j'ai beaucoup réfléchi et je ne reviendrai pas là-dessus, mais il faut bien faire les choses pour éviter de se retrouver dans une situation déplaisante. Alors, comment procéder ? Donnez-moi votre avis. J'ai l'intention d'en parler à quelqu'un qui travaille dans un musée ou au ministère de la Culture. Ce serait un premier pas."

« Il y a eu un silence caractéristique des réunions de famille. Ces silences-là sont différents, Vásquez, vous ne trouvez pas ? Quand on est entre amis, on meuble les silences gênants d'une manière ou d'une autre, on ressent tous le besoin ou l'utilité d'y mettre fin avant qu'il soit trop tard. Mais en famille, on peut garder le silence sans qu'il se passe rien. Quand les silences sont positifs, qu'ils expriment la confiance et le bien-être, il n'y a rien de plus agréable. Dans le cas contraire, ils sont les signes du désaccord ou du conflit et je les trouve douloureux, j'ai toujours eu cette impression. C'est ma femme qui a repris la parole la première : "Pourquoi ne commences-tu pas par contacter les médias ? Tu essaies par exemple de décrocher une interview à la radio. Tout sera plus facile et moins risqué s'il y a un intermédiaire, un messager, si les gens apprennent ce que tu as fait dans une interview. Cela te permettra d'expliquer la situation, de dire qu'en vérité, tu as sauvé ces objets qui font partie du patrimoine national, tu les as protégés et mis à l'abri, ce qui fait que le pays est en dette envers toi. De cette façon-là, tu contrôles le message, pour reprendre des termes employés en politique. Si on fait légèrement pression sur eux, les musées recevront ces reliques avec respect et dans de bonnes conditions. Au lieu de leur demander de te faire une faveur, c'est toi qui leur rendras service. Tu as sauvé des objets qui, autrement, auraient été perdus. Dans un autre pays, ils auraient leur propre musée. Imagine un peu ce qui se passerait aux États-Unis si quelqu'un venait annoncer qu'il possède un os de Lincoln, ou en France, si quelqu'un disait qu'il a, je ne sais pas, moi… une côte de Jean Jaurès qu'il a protégée et conservée pendant tout ce temps, et qu'à présent, il souhaite en faire don à la République, au peuple. Cet homme-là aurait sa statue. Moi, je ne veux pas qu'on te dresse une statue, quelle horreur, et puis ce n'est jamais beau, une statue. Mais je crois que tu mérites qu'on te remercie."

« Comme toujours, elle avait raison. J'ai beau avoir l'habitude, chaque fois je suis surpris. Estela est le rasoir d'Ockham fait femme : du bon sens à revendre et incapable de dire des bêtises. Nous avons aussitôt tous été d'accord pour convenir que c'était la conduite la plus intelligente, la plus sensée et la plus profitable à tenir. Mes enfants, chacun de son côté, avaient l'intention de faire appel à des contacts qu'ils avaient dans la presse. Autrement dit, d'exploiter leur réseau. Estela aussi. Elle connaissait une personne qui connaissait à son tour quelqu'un qui travaillait à Radio Caracol ou à RCN, je ne sais plus. Et moi j'ai pensé à vous, Vásquez. Vous m'êtes tout de suite venu à l'esprit, je n'ai même pas eu à me creuser la cervelle. Vous êtes le seul à avoir vu ces objets, pas tous, mais les plus importants… Évidemment, le jour où vous êtes venu chez moi pour casser le nez de mes invités, vous n'écriviez pas encore votre chronique dans *El Espectador*. Mais plus tard, si, et mes enfants et leur mère la lisaient. Ils étaient presque toujours d'accord avec vous, enfin, je ferais peut-être mieux de parler au présent : ils sont presque toujours d'accord avec vous, sauf quand vous devenez agressif, ça Estela n'aime pas du tout. Elle dit que vous gâchez vos arguments, que vous avez peut-être raison, mais que ça ne tient pas debout de le démontrer de manière sarcastique, en vous moquant des autres entre les lignes avec ce petit ton arrogant que vous avez parfois. Dans ces moments-là, vous avez tort. Si elle était là, elle vous le répéterait comme elle me l'a déjà dit. “Ton ami se fiche de convaincre : il préfère attaquer à la jugulaire et ça, ce n'est pas possible. On ne peut édifier aucun débat dans ces conditions. C'est dommage.” Mais bon, je m'égare : je pensais donc vous appeler pour vous demander de m'aider dans cette entreprise. Dans une de vos chroniques ou une interview dans votre journal, je ne sais pas. “Vásquez va me donner un coup de main, c'est sûr”, ai-je pensé. Je ne voulais pas vous téléphoner dans la soirée parce que c'était un vendredi, juste avant un pont. Le lendemain matin, très tôt, on allait à Villa de Leyva, chez des amis. Je comptais vous écrire le mardi, et j'ai même dit à Estela et aux enfants : “On fait comme ça. Chacun cherche où il peut. Moi, je vais écrire à Vásquez mardi à la première heure.”

« On s'est levés tous les quatre pour aller dans la cuisine, ranger un peu la maison, faire la vaisselle et sortir la poubelle. Chacun s'affairait à sa tâche, devant l'eau qui coulait dans l'évier rempli d'assiettes et de couverts qui s'entrechoquaient, ou occupé à fermer les sacs pleins pour les remplacer par d'autres. Au milieu de ce remue-ménage, on a entendu les clochettes de la porte, qui nous préviennent quand quelqu'un entre ou sort, je suppose que vous en avez déjà vu. Le fait est qu'elles ont tinté. “Va voir qui est là”, a demandé Estela à mon fils. Il a retiré ses gants en plastique pour sortir, mais il est revenu quelques secondes plus tard pour nous dire que la porte ne s'était pas ouverte, mais refermée. On n'a plus reparlé de cette histoire de porte, on n'y a plus repensé non plus. Je crois même qu'une seconde plus tard, on avait tout oublié. Mais le lundi, en rentrant de week-end, après avoir constaté qu'on avait été cambriolés, l'incident nous est revenu en mémoire.

« Les voleurs avaient cassé une des vitres près de la porte, un des petits carreaux rectangulaires qu'il y a à droite, en entrant, vous vous rappelez ? Ils ont glissé une main dans l'ouverture et ont ouvert de l'intérieur. Ça vous est déjà arrivé, Vásquez ? Vous savez comment on se sent, quand on revient de week-end et qu'on découvre que des cambrioleurs se sont introduits chez vous ? On a un sentiment de désolation, de frustration absolue, d'impuissance et d'injustice. C'est idiot et ridicule d'invoquer la justice quand on se fait cambrioler, pas vrai ? C'est comme si on traitait de malpoli quelqu'un qui vient de vous tirer trois balles dans le corps. Mais c'est ce qu'on ressent. J'ai dit à Estela de retourner dans la voiture pendant que j'allais voir. Dans ces cas-là, on ne dit pas : *je vais voir s'ils sont encore à l'intérieur*, non, mais simplement *voir*. "Oh, arrête, tu veux ?" m'a-t-elle lancé, et elle est entrée la première. On a inspecté toutes les pièces l'une après l'autre. Dans ce genre de situation, on sait au fond de soi qu'on ne trouvera personne, que les voleurs sont déjà partis. En effet, la maison était déserte. Nos visiteurs n'avaient causé aucun dégât. Ils avaient pris de petits objets : des bijoux, un ordinateur portable, de l'argent liquide resté sur ma table de chevet. Dans mon placard, au rez-de-chaussée, ils avaient trouvé mon kaléidoscope et de vieux pistolets. Ils avaient laissé mon grand ordinateur en raison de sa taille, mais ils avaient forcé la serrure de mon meuble de classement et emporté tout ce qu'il contenait, y compris les objets de mon père que nous comptions restituer le plus tôt possible.

« Eh oui, ils ont pris ce que vous avez vu quand vous êtes venu chez moi et d'autres objets que je ne vous avais pas montrés. Tout, Vásquez, ils n'ont rien laissé et ont fourré les reliques dans le sac qui contenait les affaires de valeur. Je les imagine en train de vider les tiroirs, je les entends se demander ce que c'est que cette merde, excusez le terme, en regardant flotter un morceau d'os dans un liquide jaunâtre, je les vois d'ici déverser le formol dans une cuvette de WC qui, dans mon esprit, allez savoir pourquoi, est verte, et jeter ensuite la vertèbre et le bocal à la poubelle, séparément. Je n'ai jamais pleuré sur des objets perdus, pas même dans mon enfance, mais ce soir-là, j'ai fondu en larmes. J'ai pleuré pour mon père, qui n'était pas là pour le faire à ma place. Enfin… il serait plus juste de dire que j'ai pleuré parce que mon père n'était pas là et qu'il aurait pleuré son trésor perdu. Voilà pourquoi je ne vous ai pas donné signe de vie, Vásquez, inutile de vous faire un dessin. Je n'avais plus besoin d'article ni d'interview puisque je ne pouvais plus restituer les objets. Ça ne servait plus à rien.

« J'ai passé ces deux ans à regretter. Regretter de n'avoir pas songé plus tôt à donner l'héritage de mon père. Regretter de ne pas avoir mis ces reliques au coffre, comme Estela me l'avait parfois conseillé. "Pourquoi ? lui disais-je. Il n'y a que pour moi qu'elles ont de l'importance. En plus, personne ne sait qu'elles sont là." Mais elle me rétorquait que, justement, les objets qui ne sont précieux que pour un seul individu, il faut y faire très attention, car la plupart du temps, ils sont irremplaçables. "C'est précisément pour ça qu'ils comptent tant pour ceux qui les possèdent." Bien sûr, je ne l'ai pas écoutée, et il y a eu ce cambriolage. Pendant tout ce temps, j'ai essayé de faire mon deuil, comme pour la mort de quelqu'un. Et je dois vous dire que j'avais réussi ou presque, Vásquez. Quand je vous ai envoyé cette lettre, je pensais vous raconter tout ça, vous expliquer ce qui m'est arrivé et qui est arrivé à des milliers de gens à Bogotá. Vous dire : "Je suis une victime de plus, je fais partie des statistiques. Ce qui est incroyable, c'est d'avoir pu atteindre mon âge sans que ça m'arrive." Ou encore : "Imaginez la poisse, Vásquez. Ils ont emporté tout un tas de choses un peu au hasard. Ils ont pris tout ce qu'il y avait dans les tiroirs et qui appartenait à mon père. Qu'est-ce qu'on peut dire de ça ? Que je n'ai pas eu de chance, voilà. Que j'ai la poisse. Les voleurs ne savent pas ce qu'ils ont pris. Ces salauds n'ont pas la moindre idée de la valeur de ces objets ni du mal qu'ils m'ont fait." Je ne voulais pas m'étendre sur le sujet, je vous assure, mais vous avez été plus rapide que moi, et maintenant, à cause de ce que vous venez de m'apprendre, de ce petit détail qui serait insignifiant et bénin dans d'autres circonstances, tout est différent.

– Je ne comprends pas, ai-je fini par murmurer. *Tout* quoi ? Pourquoi est-ce que *tout* est différent ?

– Quand sommes-nous sortis de la cafétéria, Vásquez ? Ça fait combien de temps qu'on parle de ce cambriolage ? Un quart d'heure ? Vingt minutes ? Disons vingt minutes. Si vous saviez ce qui se passe dans ma tête et les pensées qui m'ont traversé l'esprit pendant ces vingt minutes, vous seriez mort de peur. En vingt minutes, toute ma vie a été chamboulée. À votre avis, pourquoi ? Pendant qu'on marchait tous les deux dans les couloirs, qu'on prenait des ascenseurs pour monter ou descendre, je me suis rappelé ce que je disais toujours à Estela : si je croyais les reliques de mon père à l'abri, si je n'ai jamais redouté qu'il leur arrive quelque chose, c'est parce que *personne ne savait qu'elles étaient chez moi et qu'elles n'intéressaient personne*. Et vous, vous venez me raconter cette histoire qui ébranle toutes mes certitudes. En vingt minutes, ce qui s'est passé ces dernières années a changé, et ce que je comprends à présent m'effraie et vous effraierait vous aussi si vous en aviez connaissance, si vous pouviez vous glisser dans ma tête et voir la terrible différence entre ce que je croyais vivre et ce que je crois maintenant avoir vécu. Vous m'avez fait un aveu sans conséquence à vos yeux, et qui m'amène à une seule conclusion à propos de la vertèbre que mon père m'a laissée avant de mourir : il y a deux ans, une personne a su que cette vertèbre existait, et elle y accordait une énorme importance. Une personne en plus de vous et moi, je veux dire. Nous étions deux et maintenant nous sommes trois. Vous, moi et Carballo. Aujourd'hui, Carballo est avec nous, il nous accompagne dans cette histoire. Il y a deux ans, quand je suis rentré de week-end et que j'ai découvert qu'on avait volé les reliques, Carballo savait qu'elles existaient. Comment l'a-t-il appris ? Parce que vous le lui avez révélé, Vásquez, voilà pourquoi.

Benavides a monologué pendant vingt longues minutes en me guidant dans le labyrinthe de la clinique Santa Fe, de la cafétéria à la porte du premier étage, de la porte au couloir avec de grandes baies vitrées qui conduit aux bâtiments jusqu'à un corridor trop étroit où on a l'impression qu'il faut se plaquer aux murs pour ne pas heurter la personne qui arrive en face, et, de là, aux ascenseurs qui permettent d'accéder aux cabinets de consultation des médecins. Nous avons contourné les bureaux des secrétaires, à cette heure déserts et tristes, pour arriver jusqu'au sien. Il a ouvert la porte et cherché quelque chose dans un meuble de classement, puis, sans cesser de parler, il s'est dirigé vers une pièce où trônait une table de consultation bleue recouverte de papier blanc, et a décroché d'une patère une blouse blanche identique à celle qu'il portait.

– Enfilez ça, m'a-t-il dit.

Il parlait toujours quand je l'ai suivi dans l'ascenseur et que nous sommes retournés au deuxième étage de la clinique avant de regagner le couloir aux baies vitrées et la porte principale. Et il parlait encore lorsque nous avons gravi les marches aux carreaux jaspés d'un escalier dont les rampes métalliques laissaient une odeur âcre sur la paume des mains. Sans cesser de l'écouter, je l'ai suivi jusqu'au quatrième étage et nous nous sommes arrêtés devant une porte en verre, derrière laquelle une femme visiblement épuisée avec un grain de beauté sur le front nous a salués, assise derrière un bureau en bois laminé.

– Docteur Benavides ! C'est incroyable de vous voir ici à cette heure. Vous allez à la 426 ?

Une sonnette a retenti et Benavides a poussé la porte en verre. Ce n'est qu'à cet instant qu'il a cessé de parler de Carballo et des objets subtilisés dans son tiroir.

– Docteur Vásquez, vous la mettez, cette blouse, oui ou non ? m'a-t-il demandé.

Il s'est ensuite tourné vers la femme avec une moue moqueuse.

– Ah, Carmencita… ces jeunes médecins d'aujourd'hui…

L'effet de surprise était garanti. Quand on se fait prendre ainsi devant un tiers, notre instinct nous conseille toujours de jouer le jeu, d'entrer dans l'histoire de celui qui nous y a embarqué : on se sent comme un acteur qui doit préserver l'illusion sur scène, et on se dit que les explications attendront un moment. Carmencita posait sur moi des yeux intrigués.

– Je la mets tout de suite, ai-je répondu.

Mais auparavant, j'ai dû serrer entre mes genoux le livre que Benavides m'avait offert. La manœuvre n'était pas simple.

– Désolé, j'étais distrait.

Dès que la porte en verre s'est refermée derrière nous, j'ai pris le docteur par le bras :

– Qu'est-ce qui se passe, Francisco ? Pourquoi cette comédie ?

– Je veux que vous veniez avec moi.

– Où ? Vous n'avez pas l'impression que nous avons laissé notre conversation en plan ?

– Non. Elle est juste *interrompue*, comme certains coïts. On continuera plus tard.

– Mais ce que vous venez de me dire est énorme, ai-je insisté. Vous pensez vraiment que Carballo a pu faire ça ? Il en est capable, d'après vous ?

– Vous êtes bien naïf, Vásquez. Carlos est capable de ça et de bien pire encore. Je me demande par quel miracle vous ne vous en êtes pas rendu compte. Le problème, c'est qu'une chose est une chose, et une autre chose en est une autre. Mais on poursuivra dans un moment cette conversation : je vous le promets. Pour l'instant, j'ai d'autres sujets de préoccupation, a-t-il ajouté en repoussant délicatement ma main.

Je lui ai emboîté le pas au fond du couloir, comme un membre d'une secte qui suit son gourou : la blouse que je venais de passer m'avait rendu vulnérable au magnétisme du docteur Benavides. Nous sommes entrés dans une chambre située sur la droite. Le store était levé, la fenêtre ressemblait à une toile d'un noir imparfait. J'ai d'abord fixé mon attention sur l'homme chauve qui lisait le journal, assis à une des extrémités d'un canapé vert, tout près de l'accoudoir, comme si l'espace resté libre était réservé à d'autres personnes. En nous voyant entrer, il a fermé le journal (d'un habile coup de fouet du poignet), l'a plié en quatre avant de le poser sur l'accoudoir, puis il s'est levé et a salué Benavides poliment – il lui a serré la main en souriant et lui a adressé quelques mots –, mais pour des raisons que j'étais incapable de préciser, j'ai senti la force de la présence du docteur dans la chambre, ou plutôt le respect et même l'admiration qu'il inspirait à cet homme. C'est alors que j'ai remarqué la femme allongée dans le lit, qui semblait dormir ou se reposer quand nous étions entrés, et venait d'ouvrir les yeux, de grands yeux que les cernes grisâtres ne parvenaient pas à enlaidir, des yeux démesurés qui, mystérieusement, s'accordaient avec les proportions des traits de ce visage à la beauté fatiguée, minée, défraîchie.

– Voici le docteur Vásquez, a dit Benavides en me présentant. Je lui ai parlé de la maladie d'Andrea. J'ai une totale confiance en lui.

L'homme chauve m'a tendu la main.

– Enchanté. Je suis le papa d'Andrea.

La femme étendue dans le lit a souri avec sincérité, mais c'était difficile pour elle, comme si sourire lui faisait mal. Je l'ai observée plus longuement : à en juger par sa peau et la teinte de ses cheveux, elle devait avoir un peu plus de trente ans, mais sa posture, son attitude étaient celles d'une femme éprouvée par la vie. Benavides m'a expliqué qu'elle avait un *problème immunologique*, qu'elle était alitée depuis plusieurs années, sans grandes chances d'amélioration ou de guérison. Il est adroit, ai-je pensé. Il me parle en employant des mots simples pour que je comprenne, mais donne l'impression qu'il le fait pour les patients. Il a ajouté qu'après avoir diagnostiqué une ischémie, les médecins avaient conseillé l'amputation de la jambe gauche. Andrea a écouté ces mots sans ciller : elle ouvrait toujours de grands yeux, regardait la partie supérieure du mur, là où un bras métallique soutenait un téléviseur éteint. Le père a fermé les siens avec force, et lorsqu'il les a rouverts, il m'a semblé évident qu'Andrea ne tenait pas de lui ses yeux magnifiques. Benavides s'est assis à son côté dans le canapé ; il n'y avait plus de place pour moi, mais je m'en fichais : l'image de trois hommes installés comme pour assister à une représentation dont le personnage principal était Andrea aurait été ridicule. Je suis donc resté debout près du lavabo, comme j'avais parfois vu des gens du corps médical le faire : médecins, visiteurs, internes, infirmiers ou simples curieux. Je n'entrais dans aucune de ces catégories : j'étais un imposteur que le docteur Benavides avait entraîné dans cette aventure. Pourquoi ? Pour quelles raisons m'avait-il tendu ce piège ? Il avait tout prévu dès le départ, il y songeait déjà quand il était allé chercher la blouse à son cabinet. Elle sentait le propre ; dans la poche de poitrine, il y avait un stylo bleu ; j'ai fourré les mains dans les poches latérales sans rien trouver.

– Bon. Je vous écoute, a dit Benavides.

– Il s'agit justement de ça, docteur, a commencé le père avant de marquer une pause pour se tourner vers sa fille. Tu préfères le lui annoncer toi-même ?

– Non, dis-lui, toi, a soufflé Andrea.

Elle avait une voix grave et sonore, teintée d'un charisme évident, malgré les circonstances.

– Eh bien… a poursuivi le père. Nous avons réfléchi. Beaucoup réfléchi…

– Non. Finalement, il vaut mieux que ce soit moi qui le lui dise, l'a coupé Andrea. Si tu n'y vois pas d'inconvénient.

– Absolument pas.

– Nous ne voulons pas, a-t-elle déclaré, les yeux posés sur Benavides comme deux phares dans la nuit. Enfin, c'est plutôt moi qui ne veux pas. Papa, lui, est d'accord.

– Vous ne voulez pas être amputée ? a fait Benavides.

– Ce n'est pas ça. Je ne veux plus me battre.

– Je comprends, a dit Benavides.

Il s'était exprimé d'une voix que je ne lui connaissais pas : affectueuse sans être paternaliste, capable de témoigner de la solidarité et de la sympathie, mais soucieuse de ne pas outrepasser son rôle.

– Je comprends, a-t-il répété. Je comprends très bien. Nous avons beaucoup parlé de ça, a-t-il enchaîné plus bas. Vous vous souvenez de tout, je suppose.

– Oui, a dit le père.

– Je suis fatiguée, docteur, a ajouté Andrea.

– Je sais.

– Très, très fatiguée. Je n'en peux plus. Et puis, de toute manière, que se passera-t-il si on le fait ? Que peut-il arriver si on m'ampute de cette jambe ? Il y a une chance d'amélioration ?

Benavides l'a regardée droit dans les yeux et a posé les deux mains sur le dossier médical, comme s'il s'y référait alors qu'il n'en était rien.

– Non.

– Aucune, n'est-ce pas ?

– Non, a-t-il confirmé.

– Voilà. Dites-moi si je me trompe, docteur, mais tout ce que nous gagnerons, c'est du temps. Du temps pour que je continue à vivre comme ça, sans changements majeurs, à attendre qu'il soit nécessaire d'amputer l'autre jambe. C'est bien ça, pas vrai ? Dans quelques mois, il faudra amputer l'autre. Soyez franc, docteur, et dites-moi si je me trompe.

– Vous ne vous trompez pas. Dans la mesure de nos prévisions, c'est exactement ce qui arrivera.

Pas un seul instant il n'avait détourné ses yeux de la jeune femme. J'admirais son courage, car même moi, un accompagnateur en marge du dialogue, je ne pouvais pas regarder Andrea fixement, et quand son père cherchait à croiser mon regard, j'étais incapable de soutenir le sien : je cherchais refuge dans mon téléphone, faisant semblant de prendre des notes, dans les poches transparentes de sérum ou même dans le profil d'Andrea, ses cheveux relevés, son cou blanc où saillait une grosse artère, ses bras d'athlète.

– En d'autres termes, a repris Andrea, tout soin est palliatif. Il n'y a plus rien d'autre à faire que gagner du temps, n'est-ce pas ?

– C'est vrai.

– Eh bien, papa et moi avons donc discuté et décidé que nous ne voulons pas plus de temps.

Son père a baissé la tête et s'est mis à pleurer.

– Je suis vraiment fatiguée. Pardon, papa.

Et elle aussi a fondu en larmes.

Benavides s'est approché du lit et a pris la main gauche d'Andrea, pâle, forte mais petite, et celles du docteur semblaient l'engloutir.

– Très bien, a-t-il dit. C'est votre droit. Vous avez également le droit de demander pardon, mais ce n'est pas nécessaire. C'est vous qui vivez ça et personne d'autre. Vous avez été très courageuse, j'ai rarement vu des gens aussi courageux que vous deux. Je ne vais pas chercher à vous convaincre d'agir différemment. En premier lieu parce que je vous ai donné toute l'information nécessaire. Et deuxièmement parce que dans votre cas je ferais la même chose. Un médecin doit soigner quand c'est possible, sinon, il doit soulager. Et s'il n'en est pas capable, il ne lui reste plus qu'à accompagner, à soutenir son patient pour que tout se passe dans les meilleures conditions possibles. Je serai avec vous, comme je l'ai été jusqu'à présent, mais seulement si vous le souhaitez, Andrea, seulement si vous me le permettez parce que ça vous paraît utile ou indispensable.

Andrea n'a pas pleuré longtemps : c'étaient les larmes maîtrisées de quelqu'un qui a beaucoup souffert. Elle a passé doucement une main sur ses yeux, puis elle a pris un mouchoir en papier sur sa table de nuit et s'est essuyé le bout du nez, comme par coquetterie, comme pour supprimer une brillance sur sa peau.

– Et maintenant ?

– Il faut remplir quelques papiers, a répondu Benavides. Dès demain, vous pourrez sortir de la clinique et rentrer chez vous.

– Chez moi, a-t-elle répété en souriant.

– On rentre chez nous, a dit son père.

– Oui, oui. Et après ? Qu'allez-vous faire, docteur ?

– Vous donner des soins palliatifs.

– Et après ?

– Après, rien.

– Vous n'allez rien faire, dit son père.

Sa phrase avait l'air d'une question mais n'en était pas une.

– Parfois, ne rien faire, c'est ce qu'il faut faire, a décrété Benavides.

– Merci, a dit Andrea.

– Vous sortez demain.

– Oui. Oh, oui, je sors demain. Je pars d'ici, je rentre chez moi, je vais retrouver mon lit.

– Ton lit, a répété son père.

– Je vais avoir besoin de vous pour signer des papiers, monsieur Giraldo. Nous n'en aurons pas pour longtemps, a-t-il ajouté à l'intention d'Andrea.

Ils sont sortis, nous laissant seuls dans la chambre, Andrea et moi. Elle regardait le plafond et je la regardais, elle, douloureusement conscient que toute l'empathie du monde ne me permettrait pas de deviner ce qui se passait dans sa tête. Elle venait de prendre la décision de mourir. À qui pense-t-on dans ces cas-là ? Où était son compagnon, si elle en avait un ? Et ses enfants ? Elle regrettait peut-être d'avoir commis certaines erreurs qu'elle n'avait pu réparer, ou alors elle se remémorait un moment de bonheur passé. Mais il se pouvait aussi qu'elle ait peur de ce qui l'attendait. Je l'ai vue cligner des yeux une, deux fois, comme si des larmes brouillaient sa vue, puis elle s'est tournée vers moi.

– Et vous, docteur ? Qu'est-ce que vous en dites ?

– Pardon ?

– Vous connaissez mon dossier, alors pensez-vous que je me trompe ?

– Ça, vous seule êtes en mesure de le savoir.

À peine avais-je prononcé ces mots que je me suis senti lâche, d'une lâcheté qui contrastait avec le courage dont elle avait fait preuve, non seulement en prenant cette décision, mais aussi en interrogeant un autre médecin. Quelqu'un de plus faible qu'elle n'aurait pas souhaité avoir un autre avis qui risquait de la faire douter d'une résolution qu'elle avait eu tant de difficulté à prendre.

– Non, ai-je finalement répondu. Je ne crois pas que vous vous trompiez.

Elle avait toujours les yeux rivés sur moi.

– J'ai peur. Le problème, c'est que je suis fatiguée. La fatigue est plus forte que la peur.

– Écoutez, Andrea. Je ne peux pas savoir ce que vous ressentez. La plupart des médecins font semblant de connaître les émotions de leurs patients, mais c'est faux. Ils l'ignorent, lisent leur dossier médical et essaient de deviner. Je peux juste vous dire que le docteur Benavides, lui, il sait. Et s'il vous propose de vous accompagner et de vous soutenir, vous ne devriez pas avoir peur : vous ne pouvez pas être entre de meilleures mains.

Je le pensais vraiment et j'étais sûr qu'Andrea serait d'accord avec ce diagnostic banal, mais si j'avais pu prévoir qu'elle me poserait cette question inattendue, je lui aurais répondu autre chose : que je l'admirais, que j'enviais son courage, sa persévérance et son incroyable maturité, que je la remerciais de tout mon cœur (sans trop savoir pourquoi) de m'avoir donné le privilège d'assister à ce moment. Mais tout bien réfléchi, « maturité » n'était pas le mot que je cherchais ni ce qui émanait du corps et des yeux de cette femme. Il eût été plus juste de dire que son corps et ses yeux exprimaient une puissance souveraine. Dans quelques mois, la mort emporterait cette Andrea aux grands yeux, mais lorsqu'elle pousserait son dernier soupir, elle aurait encore une parfaite maîtrise de son corps, et la mort n'aurait pas le droit de s'enorgueillir de quoi que ce soit. *Death, be not proud*, ai-je songé. J'ai traduit le vers mentalement et j'ai failli le réciter à Andrea, puis je me suis ravisé : elle me prendrait pour un fou ou un insensible, car qui peut bien avoir l'idée de déclamer de vieux poèmes anglais dans de telles circonstances (la poésie n'est pas pour tout le monde une consolation ou une bouée de sauvetage, même si j'ai mis des années à m'en rendre compte). Mais je n'ai pu éviter de traduire dans ma tête un autre de ces vers, où le poète accuse la mort d'être *l'esclave du destin, du sort, des rois et des désespérés* ou de *demeurer avec le poison, la guerre et la maladie*. Ces vers disaient que la mort dépend de la maladie, de la guerre, du poison, des désespérés, des rois, du sort et du destin. *Pourquoi te gonfles-tu d'orgueil ?* disait le poème, et je me suis répété en écho : Oui, pourquoi ? Andrea avait en revanche toutes les raisons du monde d'être fière d'elle, de son courage, de sa force de caractère, de toutes ces qualités qu'on pouvait lire également sur le visage altéré de son père. Mais je ne pouvais pas le lui dire. Non, je ne pouvais pas aborder ce sujet avec elle ni lui avouer que même si je la connaissais à peine, j'étais fier d'elle et que la mort, elle, n'avait pas de quoi être fière. Elle a pris la commande électrique du lit afin de relever le dossier pour se mettre en position assise, s'est redressée sur ses bras au prix d'un gros effort, et quand elle a changé de posture, son corps a cessé d'être celui d'une moribonde.

Elle a enfoui son visage dans ses mains, non pour pleurer, mais pour respirer profondément ; ses épaules se sont levées et ses seins, sous la chemise de l'hôpital, ont pris un volume que je n'avais pas remarqué jusqu'alors. Quand elle a retiré ses mains, son expression avait changé, à croire que sa décision l'avait délivrée d'un poids et que le désir exprimé d'abandonner le combat et de mourir en paix avait apporté une sérénité nouvelle dans cette chambre, au quatrième étage de la clinique Santa Fe, sur le lit qu'elle occupait au milieu de la pièce. C'était un moment à la fois beau et terrible, mais j'ignorais en quoi consistait sa beauté. J'avais peut-être mal interprété toute la situation, ce qui n'aurait été ni étrange ni inhabituel, car dans ce genre de cas on se trompe sur les autres, on utilise des codes erronés pour lire en eux, on essaie de faire un pas vers eux et on finit par tomber dans le vide. Il n'y a pas moyen de savoir réellement ce qu'ils pensent, même si l'illusion est séduisante : des vides insondables se creusent constamment entre nous et les autres, et le mirage de la compréhension et de l'empathie n'en reste pas moins un mirage. Nous sommes tous prisonniers de notre expérience impossible à communiquer, à commencer par celle de la mort et du désir de mourir. C'est ce qui survenait dans cette chambre : Andrea et moi étions séparés par un immense abîme, nous n'avions rien en commun, elle voulait en finir et, en quelque sorte, ne faisait plus partie du monde des vivants, alors que j'y étais fermement ancré et que je pouvais faire des projets pour moi et ma famille. Un autre vers du même poème m'est venu à l'esprit : *Et les meilleurs d'entre nous sont les premiers à te rejoindre*. Ce n'était pas vrai, bien évidemment (la poésie peut elle aussi nous mentir et être coupable de démagogie occasionnelle), sauf peut-être dans le cas présent.

– Quel livre avez-vous apporté ? m'a demandé Andrea.

Elle parlait du cadeau de Benavides, que j'avais presque oublié après l'avoir posé sur le lavabo, sous le distributeur de désinfectant à base d'alcool. En posant de nouveau mes yeux dessus, j'étais surpris comme si j'avais aperçu cet objet par hasard, la nuit, sur un trottoir.

– Ah, ce livre, ai-je murmuré. Le docteur Benavides vient de me le donner. Il contient un article de lui.

– Le docteur écrit des articles ?

– Oui.

– Eh bien… a-t-elle soupiré. Alors, comme ça, mon médecin est également écrivain ! s'est-elle exclamée en abaissant le dossier et en s'adossant plus confortablement contre son oreiller. Un article sur quoi ?

– Sur la mort, ai-je répondu en pensant qu'il était inutile de feindre.

– Oh, non ! Je n'aime pas les coïncidences idiotes, a-t-elle ajouté en souriant pour la troisième fois. Mais ce n'est peut-être pas une coïncidence.

– Qu'est-ce que vous voulez dire ?

– Rien, docteur, ne faites pas attention. Quel est le titre de l'article ?

– Celui du docteur ?

– Oui, bien sûr, je me moque des autres.

J'ai cherché dans la table le nom du docteur Benavides. Son article se trouvait entre « Explorations de la mort, de Tolstoï à Juan Rulfo », et « Les vertus de la souffrance : la mort, une chance pour la charité chrétienne ». Le titre ne se composait que d'un seul mot : « Orthothanasie », dont les formes rondes flottaient au-dessus du nom de l'auteur, semblables à une corniche incongrue.

– Laissez-moi regarder.

Quand je lui ai tendu le livre, elle a plissé les yeux. L'idée m'a traversé qu'elle était hypermétrope et portait des lunettes de lecture auxquelles elle avait renoncé ou qu'elle avait oubliées quelque part, peu soucieuse de les récupérer parce qu'elle ne lisait guère ou qu'elle avait passé ces derniers jours très déprimée, car on ne lit pas le journal quand on n'a pas le moral, ou, plus simplement, parce qu'elle se disait : À quoi bon ? Sa vie se réduit à un *À quoi bon ?* ai-je songé.

– Orthothanasie, a-t-elle dit et répété, comme pour évaluer le mot avant de se décider à l'acheter. Orthothanasie.

– Une mort correcte.

– Et qu'en avez-vous pensé ?

– Je ne l'ai pas lu.

– Ah non ? L'article est pourtant souligné. Pas par vous ?

– Je n'ai pas encore ouvert le livre. Le docteur vient juste de me l'offrir.

– Qui a pu le souligner ? On ne souligne pas les phrases qu'on a écrites, pas vrai ?

– Je n'écris pas, alors je ne saurais pas vous répondre.

J'ai un instant été tenté d'ajouter : *C'est de famille. Le père de Benavides soulignait lui aussi ce qu'il lisait : un article sur l'assassinat du président Kennedy, par exemple*. Mais j'ai gardé le silence.

– Ici, il est écrit que le docteur est médecin et chirurgien, spécialiste en bioéthique, professeur titulaire et un tas d'autres choses. Il a plus de titres que cette table n'en contient, notre cher docteur.

– Comme je vous l'ai dit tout à l'heure, vous ne pouvez pas être entre de meilleures mains.

– Oh, arrêtez vos bêtises, docteur. Je sais bien, mais ce n'est pas grâce aux diplômes.

Son visage s'est alors empreint d'une expression de honte, comme si elle regrettait de s'être montrée impolie en critiquant mon commentaire frivole et stupide.

– Écoutez, écoutez ça, a-t-elle dit en approchant le livre de son visage avant de lire : *Le sentiment de culpabilité des médecins face à la mort de leurs patients est lié à la profonde négation de la mort naturelle par la science médicale contemporaine*. C'est souligné, comme le passage suivant : *On peut évoquer le cas d'Alexandre le Grand, à qui on attribue la phrase : "Je meurs à cause de l'aide de trop nombreux médecins."* Et là encore, tout un paragraphe est souligné : *J'ai reçu l'appel d'un très vieil ami…*

Elle s'est interrompue et a poursuivi sa lecture en silence, et dans la chambre où ne s'élevait aucun bruit, je voyais ses yeux bouger, mais ses lèvres étaient immobiles.

– Ah… a-t-elle alors murmuré.

– Quoi ?

– Rien, a-t-elle dit en refermant le livre. Vous pensez qu'ils en ont encore pour longtemps ?

– Vous ne voulez pas me lire les autres passages ?

– Ils en mettent, du temps, a-t-elle déclaré, mais j'avais l'impression qu'elle ne s'adressait pas à moi. La paperasse, encore la paperasse. Même pour mourir, il faut remplir des formulaires, dans ce pays.

La légèreté miraculeuse que j'avais remarquée quelques instants plus tôt avait déserté son visage et ses gestes.

– Même pour mourir, a-t-elle répété avant de fondre en larmes.

Quelque chose dans l'article de Benavides avait produit cette métamorphose. Paniqué, je me suis aperçu que je ne savais pas comment réagir.

– Andrea, ai-je bredouillé.

Dans les situations délicates, on prononce le nom des personnes concernées comme des formules magiques. Mais elle ne m'entendait pas : les yeux grands ouverts, elle pleurait, d'abord sans bruit, puis elle s'est mise à sangloter comme une petite fille. Je me suis assis sur le lit, à côté d'elle, en me demandant si les médecins agissaient ainsi ou si je violais une règle d'éthique ou de comportement, qu'elle soit écrite ou non. Andrea m'a enlacé, et non seulement je me suis laissé faire, mais je l'ai étreinte à mon tour. J'ai senti la dureté de ses vertèbres sur la paume de ma main.

– Moi, je n'ai pas d'histoires à raconter, a-t-elle murmuré.

– Je ne comprends pas ce que vous voulez dire, Andrea.

Mais elle n'a rien voulu m'expliquer et s'est écartée de moi. Des bruits de pas ont résonné dans le couloir et la porte s'est ouverte. Je me suis levé d'un bond, comme si je ne voulais pas être pris en faute et qu'Andrea et moi nous étions livrés à un acte interdit : un flirt, un contact inapproprié qui cache ou révèle une attirance illégitime. Le drap portait encore la marque de ma présence quand Benavides et le père d'Andrea sont entrés. J'ai songé que cet homme venait de signer l'arrêt de mort de sa fille. Benavides s'apprêtait à parler, je l'ai devancé.

– Je vous attends dehors, docteur, prenez votre temps.

J'ai quitté la chambre et me suis dirigé vers la sortie. Carmencita m'a ouvert la porte en verre.

– Bonne soirée, docteur, m'a-t-elle dit.

Mais je ne me suis pas éloigné : il n'y avait personne dans la salle d'attente, je me suis installé devant le téléviseur sans son. Sur le petit écran, trois hommes en costume-cravate et une femme en tailleur discutaient de choses importantes, à en croire les gestes simultanés de leurs mains. J'ai ouvert le livre, cherché l'article du docteur, trouvé la phrase qu'Andrea avait lue à voix haute et j'ai parcouru les phrases soulignées par Benavides, dont les intentions étaient sans doute moins transparentes que je ne l'aurais cru. Il s'agissait d'un court récit d'un paragraphe, où le docteur évoquait le cas d'un ami atteint d'une maladie du sang incurable. *Il était clair pour lui que poursuivre les transfusions pendant un temps indéfini n'avait plus aucun sens*, avait écrit Benavides. Le patient avait décidé de renoncer au traitement et de mourir de mort naturelle. *Partager ses derniers jours avec lui et sa famille dans le calme et la sérénité, avec l'aide de soins infirmiers agréables, écouter les histoires qu'il me racontait, qui remontaient à une époque bien antérieure à celle que j'avais vécue, a été riche d'enseignement pour moi. J'ai pris conscience que c'était une bonne façon de mourir.* J'ai levé les yeux : sur l'écran, la femme en tailleur continuait d'agiter les mains et parlait en grimaçant. Un rictus haineux, ai-je pensé. Je me suis de nouveau concentré sur le livre : *Son univers s'est bientôt cantonné à sa chambre, à ses proches et à ses souvenirs. Une après-midi, il a fermé les yeux comme s'il s'endormait après une dure journée de travail, satisfait d'avoir accompli son devoir.* La femme sur l'écran montrait les dents, avançait la mâchoire, passait sa langue sombre sur ses lèvres pour faire comprendre à ses interlocuteurs ou à ses adversaires qu'elle les détestait, mais j'avais l'esprit ailleurs, et je revoyais Andrea au moment où elle m'avait dit entre deux sanglots : « Moi, je n'ai pas d'histoires à raconter. »

Il m'a alors semblé que je comprenais. Je comprenais ou croyais comprendre que cette femme pleine de courage avait été bouleversée par le récit de Benavides et les mots affectueux avec lesquels il décrivait son ami condamné, cet homme qui lui racontait des histoires d'un autre temps et pouvait s'enfermer dans sa chambre pour mourir, entouré des membres de sa famille, protégé par ses souvenirs. À trente ans et des poussières, Andrea était trop jeune pour avoir des histoires à raconter ou être protégée par ses souvenirs. « Moi, je n'ai pas d'histoires à raconter », m'avait-elle dit, et plus j'y pensais, plus il était évident qu'une des phrases soulignées par Benavides avait été la cause de son accès de tristesse profonde. Une phrase à propos d'un homme qui, comme elle, avait cessé d'appartenir à ce monde et pris la décision libre et souveraine de se laisser mourir de mort naturelle. Comme elle, il avait vaincu la mort, lui avait dit de ne pas se gonfler d'orgueil et avait réclamé cet orgueil pour lui-même. Ils étaient tous deux pareils : l'ami agonisant et anonyme, et Andrea, la patiente. La patiente Andrea. Ils ne se distinguaient que sur un point : les histoires à raconter à qui voudrait les entendre, les souvenirs dont s'entourer afin de mourir en paix. J'ai compris ou cru comprendre que cette différence minime avait déclenché chez Andrea une sorte d'épiphanie dont j'étais bien incapable de situer ou d'expliquer l'origine, mais qui m'a plongé dans un état de distraction tel que je n'ai pas entendu la porte en verre s'ouvrir ni Benavides venir me rejoindre.

– Dans quelle direction allez-vous ? Je peux vous demander de me raccompagner ? On finira peut-être notre discussion.

J'allais vers le nord, lui vers le sud, et il était presque 23 heures.

– Pas de problème, lui ai-je dit. Il faut toujours terminer les conversations en cours.

Nous roulions vers le nord dans l'avenue bien éclairée. Effectuant ensemble le trajet que j'avais fait en solitaire neuf ans plus tôt, nous gardions le silence à la demande ou sur l'injonction de Benavides. Quand nous étions sortis du parking de la clinique, j'avais ressenti le besoin urgent d'avoir des explications sur l'étrange mise en scène qu'il avait montée de bout en bout et lui avais demandé en choisissant mes termes pourquoi il m'avait mêlé à cette histoire, pourquoi il m'avait prêté la blouse blanche et obligé à participer à cette imposture, pourquoi il avait trouvé indispensable, profitable ou même amusant de faire de moi le témoin de sa conversation avec une patiente au moment où elle choisit le chemin de la mort.

– Je n'ai pas envie de parler de ça, s'était-il contenté de me répondre sans détacher les yeux du pare-brise et de la Carrera Novena qui s'étendait devant nous.

– Mais, Francisco, vous m'impliquez là-dedans, vous me faites passer pour quelqu'un d'autre et vous me forcez à assister à une scène qui ne me concerne pas, et vous me dites ensuite que vous n'avez pas envie d'en parler ?

– Exactement. Je n'ai pas envie d'en parler.

– Les choses ne sont pas si simples, avais-je riposté. Il me faut…

– Hors de l'hôpital, je ne parle pas de mes patients en phase terminale, avait-il tranché, légèrement agacé. J'ai pris cette décision il y a des années et elle me paraît encore aujourd'hui la meilleure qui soit. Je dois séparer mes deux vies, Vásquez, sans quoi je risque de devenir fou. Ce travail est épuisant, il vous bouffe toute votre énergie. Or, je suis comme tout le monde, je finis par m'épuiser, mon énergie a ses limites.

J'ai pensé que tout cela n'était qu'une excuse, mais ses propos se tenaient, et son visage était empreint d'une telle fatigue que je ne lui avais rien objecté. Moi aussi j'étais sorti de la chambre d'Andrea Giraldo en ayant l'impression d'y avoir laissé toutes mes forces, oubliées dans les draps sur lesquels je m'étais assis ou absorbées par le corps de cette femme résolue à mourir, dont j'avais étreint un court moment le squelette fragile dans la tentative maladroite d'apporter un peu de réconfort. Après avoir parcouru une vingtaine de rues dans un parfait silence, je me suis aperçu que le docteur avait fermé les yeux. Il paraissait dormir, mais son cou était raide, ne penchait pas d'un côté ou de l'autre, et sa tête ne s'affaissait pas. Je n'ai pas osé le sortir du refuge qu'il s'était improvisé, car à mon sens il s'agissait bien de cela, un refuge qui lui était nécessaire à cet instant. Les mêmes questions se bousculaient dans mon esprit. Pour quelles raisons Benavides m'avait-il piégé en me faisant vivre une scène à laquelle je n'étais pas préparé ? Que voulait-il que je voie ou que j'entende, si tant est qu'il ait eu cette intention ? Avait-il prévu qu'Andrea lui parlerait de son choix à ce moment précis ? Et le livre ? Se doutait-il que, d'une manière ou d'une autre, Andrea et moi finirions par parcourir son article et lire les phrases qu'il avait soulignées ? Me l'avait-il donné dans ce but ? Lorsqu'il avait quitté la chambre et nous avait laissés seuls, savait-il que cela arriverait ? Le soir lointain où j'avais rencontré Carballo, j'avais également songé que Benavides savait et contrôlait beaucoup plus de choses qu'il n'en donnait l'impression.

Il n'est revenu à la vie qu'une fois devant la porte du lotissement où il vivait. Le portier s'est approché de la voiture afin de vérifier mon identité. Lorsque j'ai baissé la vitre, un courant d'air froid s'est engouffré dans l'habitacle comme une nuée de moustiques.

– Je suis avec le docteur Benavides, lotissement 23, ai-je indiqué en désignant mon passager.

Quand je me suis tourné vers lui, il a ouvert les yeux, à croire qu'il ne les avait pas fermés pour dormir, mais s'accorder quelques secondes de réflexion.

– Ah, on est arrivés. Merci.

La maison était plongée dans la pénombre. Même la lumière de l'entrée, qu'on laisse en général allumée pour simuler une présence et décourager d'éventuels voleurs, était éteinte. Devant la porte, il a posé une main sur un petit carré de verre.

– C'est ce carreau-là qu'ils ont cassé, a-t-il déclaré.

Je l'ai imité en posant à mon tour une main sur le verre neuf, qui avait remplacé l'autre.

– Ils n'ont pas cassé celui d'en haut, mais celui d'en bas, parce qu'il est exactement au même niveau que la serrure, m'a fait remarquer Benavides.

– Toutes les portes du monde ont la serrure à la même hauteur.

Il ne m'a pas écouté.

– Ils sont entrés par là, a-t-il enchaîné. Bien tranquillement.

Il s'est dirigé vers la droite, du côté du salon.

– Moi, je pensais qu'ils avaient fouiné dans mon placard en premier pour prendre le kaléidoscope, etc. Et qu'ils n'étaient montés qu'après. Maintenant, non.

– Maintenant vous croyez que ça s'est passé différemment.

– Oui.

– D'après vous, c'est Carballo qui a fait le coup.

– Venez, suivez-moi.

Il a gravi les marches, et moi derrière lui, en ayant l'impression d'inspecter une scène de crime. Non pas une maison cambriolée, mais l'endroit où quelqu'un a été tué. Il faisait froid, comme si la maison était inhabitée, et tout était noir, de sorte que Benavides devait allumer des lumières – le monde semblait prendre naissance sous nos yeux – à mesure que nous avancions.

– Je crois qu'ils sont d'abord venus ici, dans mon bureau, parce qu'ils savaient. Ils avaient une idée très claire de ce qu'ils voulaient et ils savaient où le trouver. Après quoi ils ont fait un tour dans la maison et ont mis la pagaille, pris des bijoux, un peu d'argent, un ou deux appareils pouvant être revendus, quelques objets qui ressemblaient à des antiquités. Mais ça, c'était après, quand les objets qu'ils convoitaient étaient au fond de leur sac, pour ainsi dire, et il est fort possible qu'ils n'aient volé le reste que pour masquer leurs véritables intentions. Le problème, c'est qu'il m'est difficile d'imaginer le cambriolage dans les détails. Se mettre à la place des autres n'est jamais simple, mais c'est encore plus difficile quand il s'agit d'un homme qu'on croyait connaître et qui, au final, se révèle être un étranger. Depuis qu'on est sortis de la cafétéria, j'essaie d'imaginer Carballo, mais je n'y arrive pas. Je me dis : Non, ça ne peut pas être lui. Carballo, le disciple de mon père. Carlos, mon ami. Carlos Carballo, l'ami avec qui j'ai toujours partagé mon intérêt pour les choses du passé… Ensuite, je nuance. Le *seul* ami à partager cet intérêt avec moi. Le *seul* à être fasciné par l'héritage de mon père, les os d'un leader politique assassiné il y a soixante-six ans. Et, grâce à vous, le *seul* en dehors de ma famille à être informé de l'existence de ces os, le *seul* qui pouvait imaginer où ils étaient rangés. Vous voyez, Vásquez, il est le seul. Le seul.

– Mais pourquoi ? Pour quelle raison aurait-il volé ces objets aujourd'hui ?

– Aujourd'hui non. Il y a deux ans.

– C'est pareil. Je lui ai dit que vous étiez en possession de ces reliques il y a neuf ans. S'il les a vraiment volées, pourquoi avoir attendu sept ans ?

– Je l'ignore, a dit Benavides en s'asseyant sur sa chaise noire. Mais je n'ai pas à chercher les raisons du voleur. Je dois juste considérer les faits et procéder à une déduction logique. Qui voulez-vous que ce soit d'autre, Vásquez ? Qui aurait pu vouloir emporter ces objets ?

– Quelqu'un qui ne savait pas ce que c'était.

– Je ne pense pas.

– Quelqu'un qui a vu un tiroir fermé à clé et qui a pris tout ce qu'il contenait, en se disant probablement, là aussi de manière tout à fait logique, que quand on ferme un tiroir c'est qu'on y conserve des objets de valeur. *Ça*, c'est logique, Francisco, bien plus que soupçonner un ami de toujours d'avoir cassé des carreaux et de s'être introduit chez soi du jour au lendemain. Vous savez, je n'ai jamais apprécié Carballo, et il est vrai que c'est un mythomane, un imposteur et même un faussaire. Mais de là à l'accuser d'un vol…

– Vous ne le connaissez pas comme je le connais. Vous ne savez pas de quoi il est capable. Moi si, parce que j'ai vécu des années avec lui. Avec lui et avec ses obsessions. Nous avons tous des obsessions, qu'elles soient grandes ou petites. Pourtant je n'ai jamais croisé quelqu'un comme Carballo, qui organise sa vie entière autour d'une seule idée. Carlos est divorcé, vous étiez au courant ?

– Non, il ne me l'a jamais dit. Mais il n'avait aucune raison de me parler de sa vie privée.

– Ah, eh bien, oui, il s'est séparé. À la fin des années 70, il a épousé une femme originaire de Cali. Très sympathique, elle avait un sourire qui aurait égayé la vie de n'importe qui. Et les pieds sur terre, en plus de ça. Il a fini par la quitter. Vous savez pourquoi ? Parce qu'elle ne comprenait pas le 9 avril.

– Qu'est-ce qu'elle ne comprenait pas ?

– Que Gaitán ait pu être tué par plus d'une personne. Que quelqu'un d'autre que Roa Sierra ait pu l'assassiner. Elle se moquait de ça et disait à Carballo : "Mais, mon amour, combien de doigts peuvent presser la détente d'un pistolet ?" Carballo ne le supportait plus. Un jour, il a pris toutes ses affaires et il est parti. Il a dormi deux semaines sur le canapé de mon père.

– Mais ça ne veut rien dire, Francisco.

– Vous trouvez ?

– Oui.

Je me suis accroupi devant le tiroir forcé et j'ai examiné la serrure cassée, le bois éclaté au bord en songeant au marteau et au tournevis qui avaient dû causer ces dégâts. De la poussière s'était accumulée au fond, comme si on l'avait laissé ouvert trop longtemps, et dans un coin j'ai remarqué une paire de ciseaux.

– Qu'est-ce qu'un fanatique, Vásquez ? m'a demandé Benavides. Quelqu'un qui ne sert qu'à une chose dans la vie, découvre quelle est cette chose et lui consacre tout son temps, jusqu'à la dernière seconde. Il s'y intéresse pour une raison bien particulière, parce qu'elle lui est utile, qu'elle constituera un moyen pour obtenir quelque chose, lui permettra de gagner de l'argent, d'avoir un certain pouvoir, une femme ou plusieurs femmes, ou encore pour se sentir mieux, flatter son ego, avoir une place au paradis, changer le monde. Bien sûr, changer le monde flatte l'ego, permet d'avoir de l'argent et des femmes. C'est la raison pour laquelle chacun fait ce qu'il fait, y compris le fanatique. Parfois, ses motifs sont plus mystérieux et n'entrent dans aucune des catégories qu'on a inventées. Au fil du temps, les raisons se mélangent, se confondent et deviennent une obsession qui frise l'irrationnel, une mission personnelle qu'on se doit d'accomplir, et le fanatique a l'impression d'être né pour réaliser cet objectif. Le fanatique présente de nombreuses différences par rapport aux autres, mais l'une d'entre elles est très claire : il fait ce qu'il a à faire et élimine de sa vie tout ce qui dessert cette obsession. Si quelque chose lui est utile, il le fait ou se le procure. Peu importe de quoi il s'agit.

– Et, d'après vous, Carballo est un fanatique.

– En tout cas, il se comporte comme tel. Il y a des fanatiques de toutes sortes, Vásquez. Certains tuent, d'autres non. Il y a mille façons d'être fanatique, toutes différentes, classées par degrés, en partant de ceux qui font la grève de la faim pour sauver des arbres jusqu'aux gens qui posent des bombes parce que le Coran le leur demande. Je me trompe peut-être, mais je suppose que dans cette gradation, on doit trouver le cas d'une personne qui s'introduit chez un ami et lui vole des objets qui lui seront utiles. Ou qui a l'impression, par je ne sais quel instinct retors, qu'il serait plus juste que ces objets lui appartiennent, à lui et non à son ami. Est-ce que ça vous paraît vraiment impossible ? Carballo apprend incidemment que la vertèbre de Gaitán est chez moi, celle-là même que mon père avait récupérée après l'autopsie de 1960. Il écume de rage : ces reliques étaient celles de son maître, son mentor, et seraient mieux entre les mains de son disciple adoré qu'en possession de son fils prodigue. Le maître a commis une erreur très grave en léguant ces choses à son fils, qui ne les comprend pas, ne les apprécie pas comme lui, le disciple. Pour le fils, ce sont de simples curiosités historiques, un plaisir de collectionneur, un passe-temps ou, dans le meilleur des cas, des fétiches. Pour le disciple, ils sont en revanche une mission ou font partie d'une mission. Ils servent donc à des fins plus élevées, et les autres ne s'en rendent pas compte parce que ce sont des profanes.

– Dieu donne du pain à qui n'a pas de dents.

– Exactement.

– Et la mission, c'est ce livre ?

– Je n'en vois pas d'autre. Oui, Vásquez, ce livre qu'il voulait que vous écriviez, ou plutôt l'information, l'histoire que ce livre allait rendre publique. Les hypothèses de Carballo sur le complot qui aurait tué Gaitán, l'obsession qui le travaille depuis toujours, comme elle a travaillé mon père avant lui. Sauf que pour mon père, c'était un jeu. Un jeu sérieux, mais ni plus ni moins un jeu.

Neuf ans plus tôt, il avait utilisé les mêmes mots. Je n'ai pas la mémoire des noms ou des visages, et quand on me charge de transmettre un message, je l'oublie. Mais les mots, leur ordre, leur rythme et leur musique secrète restent gravés dans ma tête. Et tels étaient les mots que Benavides avait prononcés le soir où il m'avait montré la vertèbre de Gaitán.

– Je n'arrive pas à savoir ce qui s'est passé pendant toutes ces années. Carballo n'a pas confiance en moi, mais il faut dire qu'il n'a confiance en personne. Cela ne l'empêche pas d'être un de nos grands amis et de venir très souvent à la maison. Mais toute une partie de sa vie est pour moi une zone obscure, un secret. Il a dû se passer quelque chose pendant toutes ces années : il a fait une découverte ou il a eu une idée. Je ne sais pas, je n'arrive pas à établir une chronologie, à imaginer une séquence logique, mais je trouve bizarre que, comme par hasard, on ait été cambriolés juste après que j'ai décidé de restituer les reliques que m'a léguées mon père, ou plus exactement juste après que j'ai parlé de cette histoire à ma famille. Quand nous sommes allés nous coucher, ce fameux soir, la décision était irréversible : nous comptions exploiter nos contacts pour révéler l'existence de ces objets et essayer de les faire exposer à la place qui leur revenait, c'est-à-dire dans un musée. Et étrangement, la maison est cambriolée. N'est-ce pas une drôle de coïncidence ? Je ne pense pas : je suis sûr que Carballo a eu vent de mes intentions et s'est débrouillé pour me barrer la route. Je ne sais pas comment il s'y est pris, je n'ai pas assez d'imagination pour ça, mais c'est l'explication la plus simple. Or, mon expérience et ma femme m'ont appris que lorsqu'il y a une explication simple, il ne vaut mieux pas en chercher une plus compliquée.

– Mais la vôtre est on ne peut plus compliquée, ai-je objecté. L'explication simple, c'est l'autre, Francisco, l'hypothèse de cambrioleurs qui n'étaient au courant de rien.

Il ne m'a pas écouté ou a fait semblant de ne pas m'avoir entendu.

– La question qui se pose maintenant est : que fait-on ? Comment récupérer ces objets ? Admettons après en avoir discuté qu'il n'est pas certain que Carballo les ait en sa possession. Comment nous en assurer ? Il continue de venir à la maison, Vásquez. Sa relation avec nous n'a pas changé depuis le cambriolage. Je ne lui ai rien dit parce que je ne voulais pas lui parler de l'héritage de mon père, je ne voulais pas lui révéler que j'avais caché ces reliques pendant des années. Mais maintenant que je le soupçonne, je commence à me rappeler son comportement quand il venait déjeuner ou dîner, pendant ces deux ans. Il était parfaitement impassible, Vásquez, un grand acteur ! Rien ne pouvait le trahir, c'est impressionnant. Il s'est assis je ne sais combien de fois à la table de la salle à manger pour me parler de Gaitán, de Kennedy, des points communs qu'il avait remarqués entre ces deux meurtres, *exactement* comme il le faisait avant que le cambriolage ait lieu. Et moi, je me sentais mal, parce que je savais qu'il ne tiendrait jamais la vertèbre entre ses mains. Je n'avais jamais voulu la lui montrer, bien sûr, mais après le vol je ne *pouvais* plus la lui montrer, et j'étais mal à l'aise à cause de ça, comme si je l'avais privé de quelque chose. Moi ! Le priver de ça. Le destin est ironique, pas vrai ? J'étais là, à l'écouter parler de Gaitán, gêné de l'avoir privé d'une grande satisfaction, alors que lui savait qu'en rentrant chez lui, il pourrait voir la vertèbre de ses propres yeux, s'en servir pour accomplir un objectif que je n'arrive pas à concevoir, la verser au dossier de sa paranoïa pour enrichir et prouver sa thèse de la conspiration.

– Si elle est en sa possession.

– Oui. Si elle est en sa possession, a-t-il répété avant d'observer un court silence.

Il s'est levé et a tourné la chaise, puis s'est agrippé à deux mains au dossier, comme un naufragé à un tronc.

– Vásquez, écoutez-moi bien. Ce que je vais vous dire va vous paraître une futilité, mais ce n'en est pas une. J'y ai réfléchi à la clinique en vous racontant d'autres choses, j'ai continué à y penser dans la voiture, quand vous conduisiez, et encore ici, pendant qu'on discutait. Ce qui me tracasse, c'est que les reliques de mon père sont à moi et à personne d'autre. Elles font aussi partie du patrimoine du pays et j'aimerais qu'elles reviennent à l'État après toutes ces années. En revanche, je m'oppose catégoriquement à ce qu'elles servent à un fanatique pour qu'il spécule sur un passé douloureux. Maintenant, vous êtes le seul à pouvoir me confirmer si Carballo a pris ou non ces objets. Le destin vous a placé dans une drôle de situation et il n'y a rien à faire pour y remédier. Carballo souhaitait que vous écriviez un livre. Je vous suggère donc d'aller le trouver et de lui dire que vous êtes d'accord. Cherchez-le, proposez-lui d'écrire ce fichu bouquin, introduisez-vous chez lui et regardez s'il a les reliques. Personne ne peut le faire à part vous. Si votre ami Moreno-Durán était encore en vie, on lui aurait demandé de s'en charger, mais ce n'est pas le cas. Vous, vous êtes bien vivant, et Carballo vous ouvrira sa porte, il vous montrera ses documents, ses preuves, tout le matériel qu'il a collecté pour révéler au monde la vérité sur le meurtre de Gaitán. Mettez-vous de son côté, dites-lui ce qu'il a envie d'entendre, mentez et jouez la comédie. Et menez l'enquête. Je sais que cette idée peut sembler saugrenue, mais elle ne l'est pas. Elle est au contraire tout à fait raisonnable. Alors rendez-moi ce service, Vásquez, et allez chez Carballo. Donnez-vous la nuit pour réfléchir, vous m'appellerez demain. N'oubliez jamais que je sollicite votre aide. J'ai besoin de votre soutien, je vous le demande. Je suis entre vos mains, Vásquez. Entre vos mains.

V

La grande blessure

J'ai écrit à Carlos Carballo un dimanche soir – à l'adresse que m'avait donnée Benavides, car celle qui figurait dans mon ordinateur avait changé depuis longtemps – en lui disant que j'avais à lui parler. Il m'a répondu immédiatement, avec son habituel mépris pour ce qui caractérise les esprits conventionnels, à savoir la ponctuation et l'orthographe. *Salut cordial Juan Gabriel*, ai-je lu. *Et a quoi dois je cette surprise ?* Je lui ai écrit que de l'eau avait coulé sous les ponts depuis notre dernière rencontre, que les circonstances avaient changé, tout comme moi, qu'une certaine curiosité à l'égard de choses qui me laissaient froid quelques années plus tôt s'était manifestée (oui, j'ai employé ces termes), et que, peu à peu, j'en étais arrivé à la conclusion que le livre qu'il m'avait un jour proposé d'écrire faisait partie de mon destin (là encore, je n'ai pas lésiné sur les mots). Je pensais que ces formules satisferaient les attentes de Carballo. Je me sentais un parfait imposteur, mais l'imposture étant indissociable de la mission que m'avait confiée Benavides, la fin justifiait les moyens. En constatant que Carballo ne me répondait pas, je me suis dit que je n'y étais pas allé avec le dos de la cuiller et que ce tricheur invétéré avait percé ou entrevu mes véritables intentions. Je me suis couché, persuadé d'avoir raté mon coup, en réfléchissant à un plan B pour réaliser l'objectif que m'avait fixé Benavides sans trahir mes intentions, mais, à 6 h 30, le téléphone a sonné. C'était lui.

– Comment avez-vous eu mon numéro ? ai-je demandé.

Il a ignoré ma question.

– Je suis ravi de vous entendre. Vous êtes libre vendredi soir ?

– Oui.

C'était vrai, mais si j'avais été pris, je me serais de toute manière arrangé pour me libérer.

– On peut dîner ensemble, si vous voulez, ai-je suggéré.

– Non, pas dîner. Je vous invite à participer à mon émission.

J'ai alors découvert la nouvelle incarnation de cet homme imprévisible. Carballo avait sa propre émission de radio, qui durait quatre heures et était diffusée en direct, chaque soir à partir de minuit. Il y interviewait (même si le mot est un peu trop *professionnel* pour s'appliquer aux causeries qu'il animait) un, parfois deux invités. Ces cinq dernières années, *Oiseaux de nuit* avait reçu des politiciens, des footballeurs, des artistes conceptuels, des militaires réservistes, des chanteurs de variétés, des acteurs de *telenovelas*, des romanciers, des poètes, des hommes politiques qui se croyaient poètes et des chanteurs qui se croyaient acteurs. Il m'a suffi de surfer un peu sur Internet pour découvrir que cette émission dont je n'avais jamais entendu parler était une véritable institution pour tout un public de fidèles, d'autant plus appréciée qu'elle s'adressait à une minorité et restait donc presque confidentielle. Les invités devaient satisfaire à deux exigences : apporter leur musique – une dizaine de chansons pour personnaliser l'émission – et de quoi boire – un thermos de café, un demi-litre d'eau-de-vie ou de rhum, une gourde d'eau. Il fallait avoir l'esprit ouvert et l'envie de discuter, car leurs conversations étaient diffusées pendant les deux premières heures d'*Oiseaux de nuit*, au cours desquelles Carballo parlait avec son invité et recevait les appels de ses auditeurs. Les deux heures suivantes, seul dans le studio, il continuait de répondre à ses auditeurs et commentait la participation de son invité après son départ, monologuait, mettait de la musique. Il était ainsi devenu le compagnon des insomniaques et des solitaires, des noctambules par vocation ou par obligation professionnelle, des gens qui se levaient très tôt. Et voilà qu'il m'invitait à y participer. Le prix ne me semblait pas trop élevé pour m'immiscer de nouveau dans sa vie.

Si bien que le vendredi suivant, à 23 h 30, par une nuit froide, j'ai coupé le moteur de ma voiture devant les studios de Todelar, dans l'artère parallèle à la rue 84, et demandé à un portier qui s'ennuyait dans sa loge baignée de lumière jaune où je pouvais trouver Carlos Carballo. L'homme a hésité, puis, ne faisant à l'évidence pas partie des fans d'*Oiseaux de nuit*, il a consulté un cahier à spirale. Sur ses indications imprécises, je suis monté au deuxième étage par un escalier obscur, puis je me suis engagé dans un couloir désert garni de moquette, peu éclairé par des néons et la lumière qui provenait des studios occupés. J'avais une bouteille de whisky à la main et, dans la poche de ma veste, sur une clé USB, mes dix chansons préférées ou celles que j'avais estimées être mes préférées lorsque je les avais choisies à la hâte, dans l'après-midi. En remettant le petit cylindre en plastique à Carballo, je me suis rendu compte que d'« Eleanor Rigby », à « Las ciudades », de Paul Simon à Joan Manuel Serrat, toutes parlaient de solitude.

– Voici notre invité ! s'est exclamé Carballo sans s'adresser à personne en particulier, car il était seul. Approchez, approchez, vous êtes ici chez vous.

Il portait un jean clair, une chemise qui refusait de tenir dans sa ceinture et, autour du cou, une écharpe à carreaux noir et blanc, même s'il ne faisait pas froid dans les locaux. Je l'ai trouvé plus pâle que jamais et j'ai immédiatement associé son teint livide au travail qu'il exerçait : il était devenu un homme qui, à force de vivre la nuit et de dormir pendant la journée, ne voyait pas souvent la lumière du soleil. De là sans doute ses cernes olivâtres et les veines bleutées sur ses joues mal rasées. Il ne m'a pas posé les questions habituelles – Quoi de neuf ? Comment ça va ? Alors, la forme ? –, mais m'a demandé de le suivre dans le studio et de m'installer devant un micro orné d'un petit drapeau de la Colombie tandis qu'il refermait la porte capitonnée et se tournait vers le technicien du son pour lui donner une série d'indications inaudibles. Quand il est venu s'asseoir et mettre son casque en me signifiant de l'imiter d'un geste de ses longs doigts, je me suis dit qu'il faisait exprès de m'éviter : il souhaitait que notre conversation démarre en direct pour ne pas avoir à se répandre en futilités ou en fausses politesses. J'ai pensé que les formules mondaines devaient l'agacer, que son métier l'avait rendu timide ou farouche, mais j'étais loin d'imaginer qu'il s'apprêtait à me tendre un piège.

– Nous avons aujourd'hui un invité très spécial, a-t-il commencé.

Je le retrouvais tel qu'il était resté dans mon souvenir : ses lieux communs se mêlaient à ses excentricités et fleurissaient à foison dans son langage. Il m'a présenté d'un ton détaché avant d'annoncer à ses auditeurs que ce n'était pas la première fois que nous discutions ensemble.

– Savez-vous, mes chers oiseaux de nuit, comment nous nous sommes rencontrés ? a-t-il lâché en baissant la voix, créant sans difficulté un climat d'intimité, assurément un de ses trucs d'animateur de radio.

– Il m'a cassé le nez avec un verre. Voilà. Pour la première fois et j'espère bien la dernière, j'invite dans cette émission quelqu'un qui m'a envoyé à l'hôpital.

Il est parti d'un petit rire complice qui ne m'était pas destiné : sous mes yeux, il établissait des liens très intimes avec les milliers d'anonymes qui nous écoutaient à cet instant. C'était fascinant.

– Ça s'est passé il y a neuf ans, enfin… ça fera neuf ans dans quelques mois. Et nous voici, chers auditeurs, chers oiseaux de nuit, nous voici dans ce studio, comme si de rien n'était. Vous savez pourquoi ? Parce que les choses surviennent toujours pour une bonne raison. Comment allez-vous, Juan Gabriel ?

– Très bien, Carlos, je voudrais…

– Vous êtes l'auteur de plusieurs livres, mais vous écrivez aussi une chronique hebdomadaire dans *El Espectador*. En tant que journaliste, vous nous avez étonnés en début d'année en vous intéressant à un sujet dont nous ne vous savions pas coutumier puisqu'il s'agit de l'assassinat de Rafael Uribe Uribe.

Carballo m'a pris par surprise. Cet article improvisé m'était presque sorti de la tête, mais le commentaire du lecteur mécontent m'est revenu en un éclair. J'avais alors soupçonné Carlos Carballo de se cacher derrière un pseudonyme, et je ne m'étais apparemment pas trompé.

– En réalité, l'article n'était pas uniquement sur Uribe Uribe, l'ai-je corrigé. Il traitait surtout d'un livre que j'ai apprécié. Il s'intitule

Fantômes de Sarajevo et je le recommande à tout le monde. En second lieu, je parlais de la commémoration de deux crimes différents, perpétrés…

– Comment en êtes-vous arrivé à vous intéresser à Uribe Uribe ? m'a coupé Carballo.

– Je l'ignore. C'est très récent…

– Ah oui ? Pourtant vous le mentionnez au début d'un de vos romans, *Histoire secrète du Costaguana*. Vous parlez d'Uribe Uribe et de Galarza et Carvajal, ses assassins. C'était il y a sept ans déjà, alors on ne peut pas dire que ce soit vraiment récent, comme intérêt.

– Vous avez raison. Je ne m'en souvenais plus, mais c'est vrai. Je ne sais pas, Carlos, ce crime m'intéresse comme il peut intéresser tous les Colombiens. Je…

– Vous pensez ? Moi, je n'en suis pas si sûr. Je me demande combien de mes auditeurs, de mes oiseaux de nuit, connaissent Uribe Uribe ou savent comment il est mort. Vous le savez, vous ? Vous savez comment ça s'est passé ?

Je le savais plus ou moins. C'est ce que j'aurais voulu lui dire : que j'en connaissais les grandes lignes, mais pas beaucoup plus. Les généralités, une scène figée qui s'était gravée dans ma mémoire sans que je sache trop pourquoi. C'est ainsi que le passé s'inscrit en nous. Je savais bien évidemment ce que j'avais écrit dans l'article : le 15 octobre 1914, quatre-vingt-dix-neuf ans et quatre mois avant cette conversation radiodiffusée, le général Rafael Uribe Uribe marchait sur le trottoir, du côté ouest de la Carrera Séptima, quand il fut blessé à mort à coups de hachette par deux menuisiers. Voilà ce que je savais depuis mon enfance. Je devais avoir neuf ou dix ans lorsque mon père m'avait emmené à l'endroit où le meurtre avait été commis. Il m'avait montré la triste plaque de marbre qui rappelle les faits et m'avait parlé des assassins. Galarza et Carvajal : la musique de ces deux noms m'avait toujours accompagné depuis lors comme le refrain d'une chanson de variétés, et de nombreuses années avaient certainement dû s'écouler pour que je les accole chacun à un prénom, que ma conscience enfantine les sépare enfin et commence à imaginer les hommes qui les portaient comme deux individus différents et non une mystérieuse et indissociable unité, un monstre bicéphale. J'ignore comment je les percevais étant enfant, quand je marchais aux côtés de mon père, sur la place Bolívar, et j'ai oublié sous quelle forme je me représentais la scène cruelle et brutale à laquelle avaient assisté les habitants de Bogotá en 1914. En dehors de ces généralités, je me suis rendu compte que mon ignorance avait brodé des erreurs et des inexactitudes sur la réalité.

J'aurais pu expliquer tout cela à Carballo, mais je n'en ai rien fait. Je me suis contenté de parler de Galarza et Carvajal, et du trottoir qui s'étendait vers l'est en partant du Capitole. Mon intervieweur a eu une moue contrariée (heureusement invisible pour ses auditeurs) et il a repris la parole :

– Ça, c'est ce que dit l'Histoire, m'a-t-il lancé d'un ton moqueur. Mais mes auditeurs savent bien que l'Histoire est comme qui dirait un tantinet mensongère. Vous n'êtes pas de mon avis, cher Juan Gabriel ? a-t-il ajouté d'une voix mielleuse, condescendante ou les deux à la fois. La vérité peut être différente, n'est-ce pas ? Comme en ce qui concerne l'assassinat de Gaitán, pour ne citer qu'un exemple parmi d'autres, la vérité n'est pas celle qu'on lit dans les manuels scolaires.

– Ah, je me demandais quand vous alliez parler de Gaitán ! me suis-je exclamé, tâchant de reprendre un peu le contrôle de la conversation en y mettant une pointe d'humour. (*Gaitán, dont vous avez volé la vertèbre*, ai-je pensé.) Mon cher Carlos, vous n'ignorez pas que je ne suis pas un adepte des théories du complot. Je sais qu'elles sont populaires et que les gens…

– Un instant, m'a-t-il coupé. Nous avons un appel. Oui, bonsoir, à qui ai-je l'honneur ? a-t-il demandé, les yeux dans le vague, et quand il s'est détourné de moi, je me suis senti libéré d'un poids.

– Bonsoir, Carlitos, a dit une voix masculine. Je m'appelle Ismael.

– De quoi désirez-vous nous parler, ce soir, cher Ismael ?

– Eh bien, j'ai lu moi aussi l'article du jeune Velásquez, a commencé l'auditeur.

Sa voix était déformée par les interférences. Carballo n'a pas corrigé mon nom et je n'ai pas voulu interrompre l'auditeur pour le faire.

– Voilà. Je voulais dire une chose : si la Première Guerre mondiale vous intéresse tant que ça, vous ne devriez pas écarter ce que vous qualifiez avec mépris de “théories du complot”.

– Ce n’est pas du mépris, mais je… ai-je bredouillé, essayant en vain d’intervenir.

– Dans votre chronique, vous parliez de François-Ferdinand, a poursuivi Ismael. Et aussi de Gavrilo Princip. D’après vous, la Première Guerre mondiale a commencé comme ça. Je peux vous poser une question ?

– Bien sûr, Ismael, ai-je répondu, soucieux d’être aimable.

– Vous savez comment les États-Unis sont entrés en guerre ?

C’était invraisemblable. J’ai consulté ma montre : une demi-heure ne s’était pas encore écoulée que j’étais déjà soumis à une sorte d’examen téléphonique sur l’histoire du monde occidental. Les yeux grands ouverts, Carballo affichait une expression de sérieux absolu, comme suspendu à la réponse que j’allais donner à propos de l’entrée des États-Unis dans la Première Guerre mondiale, qui ne s’appelait pas ainsi à l’époque, car nul ne savait qu’il y en aurait une seconde. On disait alors la Grande Guerre ou, avec un optimisme populiste, la Guerre qui Mettra Fin à Toutes les Guerres. Le nom du conflit avait changé au fil des années, de même que sa nature ou l’explication que nous avons inventée pour en parler. Notre capacité à nommer les choses est limitée, et ces limites sont d’autant plus sensibles ou cruelles si ce qu’on tente de nommer a disparu à jamais. Le passé est un récit construit sur un autre récit, un artifice de verbes et de substantifs pour tenter de capturer la douleur des hommes, leur peur de la mort et leur désir de vivre, la nostalgie de son foyer pendant qu’on combat dans les tranchées, l’inquiétude du soldat qui est parti dans la plaine des Flandres et sera peut-être mort au moment où on l’évoquera.

– Eh bien, si ma mémoire est bonne, le président Wilson a déclaré la guerre à l’Allemagne après le torpillage du *Lusitania*, un paquebot transatlantique, par un sous-marin allemand. Plus de mille passagers ont trouvé la mort dans cette attaque. Wilson n’a pas déclaré la guerre immédiatement, mais peu après.

– C’est ça, mais dites-moi : quand le *Lusitania* a-t-il été torpillé ? a demandé Ismael.

– J'ai oublié la date exacte, me suis-je défendu. C'était probablement en…

– Le 7 mai 1915, m'a coupé Ismael. Et quand les Anglais ont-ils déchiffré le code allemand ?

– Quand quoi ?

– Le code allemand. Leur code de guerre. Quand les Anglais l'ont-ils déchiffré ?

– Je n'en sais rien.

– En décembre 1914, a-t-il poursuivi de sa voix d'ordinateur. Soit environ cinq mois *avant* le torpillage du *Lusitania*. Dites-moi : si monsieur Winston Churchill, qui était à l'époque premier lord de l'Amirauté, pouvait connaître la position de chaque sous-marin allemand, par quel miracle un de ces sous-marins a-t-il pu s'approcher d'un vapeur transportant des passagers et le torpiller ? Le *Lusitania* était ancré dans le canal, près du port, quand le sous-marin est arrivé à son niveau. Et vous savez pourquoi le *Lusitania* était là ? Ce qu'il attendait ? Le *Juno*, un croiseur qui devait l'escorter jusqu'au port anglais. Mais le *Juno* n'a jamais rejoint le *Lusitania* parce que Winston Churchill lui a donné l'ordre de regagner le port. La question que j'aimerais poser à notre invité est donc la suivante : pourquoi ? Pourquoi Churchill a-t-il ordonné au *Juno* de revenir avant d'avoir atteint le *Lusitania* ? Pourquoi Churchill, qui était informé de la présence de trois sous-marins allemands dans ces eaux, a-t-il volontairement laissé le *Lusitania* sans protection ? J'aimerais bien connaître votre réponse. Pourquoi ?

Je me suis senti tout à coup fatigué, très fatigué, et ce n'était pas du fait de l'heure avancée. Comme si une porte s'était entrouverte, j'ai vu au bout de la nuit une longue série de monologues me reprochant depuis des lieux anonymes mon incrédulité ou ma naïveté. J'ai regardé Carballo, persuadé que j'allais voir le genre de grimace moqueuse qu'on esquisse lorsqu'on a tendu un piège et qu'on revient pour s'assurer que sa proie est bien tombée dedans. Mais je me trompais : son visage exprimait au contraire un intérêt sincère pour l'intervention d'Ismael et la réponse que je m'apprêtais à lui fournir. Le public de Carlos Carballo, sa nuée d'oiseaux de nuit, se composait très certainement de personnes comme Ismael, et j'imaginais très bien ces individus solitaires occupés à des tâches peu satisfaisantes dans la journée, qui reviennent réellement à la vie quand, le soir, seuls dans leur petit appartement, entourés de livres non pas rangés dans des bibliothèques, mais empilés, ils allument leur ordinateur ou leur poste de radio et attendent minuit. À l'inverse de Cendrillon, la magie commence à cet instant. En compagnie de Carballo et de sa voix, ces hommes et ces femmes passent alors quelques heures à examiner l'envers du monde, la vérité passée sous silence par l'histoire officielle, et trouvent dans la camaraderie paranoïaque et le plaisir d'indignations partagées ce qui unit véritablement deux personnes, même si elles ne se connaissent pas et ne se sont jamais vues : l'impression d'avoir le même persécuteur. Ces pensées m'ont traversé l'esprit une fraction de seconde et ce n'est que maintenant, en couchant ces lignes sur le papier, que la suite de cette histoire prend tout son sens. J'ai compris quelque chose : j'ai compris pourquoi Ismael avait appelé si vite, comme s'il connaissait déjà mon avis sur les théories conspirationnistes, et pourquoi Carballo m'avait invité à participer à son émission. Ce n'était bien entendu pas parce qu'il s'intéressait à mes opinions et encore moins à mes romans. Il m'avait invité pour me mettre à l'épreuve. Autrement dit, il ne m'avait pas fait venir pour parler de mes livres déjà publiés, mais pour savoir si je méritais sans l'ombre d'un doute d'écrire un certain livre en devenir. Cette révélation était si claire qu'elle m'a ébloui. Je me suis empressé de répondre.

– Parce que Churchill espérait que les Allemands torpilleraient le *Lusitania*.

– Pardon ? a dit Carballo.

– Évidemment. Les Anglais souhaitaient que les États-Unis entrent en guerre, n'est-ce pas ? ai-je repris. Mais les États-Unis n'avaient pas pour habitude de s'immiscer dans des conflits étrangers, c'était une sorte de tradition établie par les Pères fondateurs. Je crois que même Washington en avait fait un précepte qui s'inscrivait dans la philosophie nationale.

J'avais convoqué de vagues souvenirs de lectures anciennes, et ce que je venais de dire était très probablement inexact. Mais je pensais que personne n'irait me contredire et j'avais raison.

– Pourtant, ça arrangeait beaucoup de gens que les États-Unis entrent en guerre, parce que la guerre engendre des profits. Tout le monde sait que les riches Américains le voulaient, c'était une aubaine pour eux. Mais le président Wilson refusait obstinément d'impliquer son pays dans ce conflit. Il fallait qu'un acte violent soit commis contre des citoyens américains, un acte qui embrase l'opinion publique et l'oblige à exiger réparation et réclamer vengeance auprès de son président.

Carballo s'était affaissé sur sa chaise. Les bras croisés à l'arrière de la nuque, il m'observait.

– Vous avez entendu parler des papiers du colonel House ? a demandé Ismael.

Je ne pouvais pas lui dire la vérité et avouer que je n'en avais pas la moindre idée. Mais j'estimais que ce n'était pas nécessaire, car Ismael avait envie, très envie de parler. Je l'ai donc laissé faire.

– Qui ne connaît pas les papiers du colonel House ? me suis-je exclamé.

– Exact ! Qui ne les connaît pas ? a répété Ismael. Comme vous le savez, il y a dans ces documents une conversation très éloquente.

– Expliquons peut-être à nos auditeurs, à nos oiseaux de nuit, qui était le colonel House, ai-je suggéré.

– Oui, vous avez raison. Le colonel House était le principal conseiller du président Wilson, son homme de confiance. Dans ses papiers, il a consigné une conversation qu'il avait eue avec Edward Grey, le ministre des Affaires étrangères de Grande-Bretagne. Leur discussion avait eu lieu peu avant le torpillage du *Lusitania*. Grey demande à House comment réagiraient les États-Unis si l'Allemagne coulait un transatlantique avec des passagers gringos à son bord.

– Ici, nous disons “nord-américains”, est intervenu Carballo.

– Pardon. Des passagers nord-américains. Grey demande à House comment réagiraient les États-Unis si les Allemands coulaient un bateau transportant des passagers nord-américains. Le colonel House lui répond : “Je crois que, dans mon pays, il y aurait une telle indignation que cela suffirait à nous conduire à la guerre.” Voilà à peu près la teneur de sa réponse.

– Et c’est ce qui est arrivé, ai-je dit. Et là, nous ne sommes plus dans “l’à-peu-près”.

– Beaucoup d’individus se sont enrichis après l’entrée en guerre des États-Unis. Les Rockefeller ont gagné plus de deux cents millions de dollars. J.P. Morgan a reçu plus de cent millions de dollars prêtés par les Rothschild. Bien entendu, vous êtes au courant de ce que transportait le *Lusitania*.

– Évidemment, mais dites-le quand même à nos oiseaux de nuit, Ismael.

– Des munitions. Six millions de balles qui appartenaient à J.P. Morgan. Si on inventait cette histoire, personne n’y croirait.

– Pas besoin d’inventer, ai-je précisé.

– Non. Parce que tous les faits sont là.

– Dans l’histoire que personne ne raconte.

– Exactement.

– Il faut être capable de voir ces choses.

– Oui, il faut en être capable, a répété Ismael.

– Il faut savoir lire la vérité des choses, ai-je ajouté.

Carballo me regardait avec approbation, comme un père, un professeur ou le gourou d’une secte.

Pendant le reste de ma participation à *Oiseaux de nuit*, j’ai eu le temps de débattre de la Révolution française, issue d’un complot de la bourgeoisie, de parler aussi des Illuminati, qui avaient déclaré la guerre à la religion dans le monde, et de la véritable origine de la *philosophie nazie* – quelqu’un a employé ces termes – qui remontait à 1919, quand Hitler avait adhéré à une société secrète appelée Thulé. À la fin de l’émission, j’ai entendu un auditeur affirmer que la théorie de l’évolution était un des instruments du socialisme pour pénétrer nos civilisations, et les Nations unies une façade utilisée par ceux qui voulaient implanter un nouvel ordre mondial. J’ai aussi appris que la guerre contre les drogues proclamée par le président Richard Nixon au début des années 1970 était la stratégie impérialiste la plus aboutie de toute l'histoire des États-Unis, qui avaient pu ainsi imposer leurs lois en Amérique latine, et que l'argent sale des drogues finançait leur économie. Sur le coup de 2 heures, quand Carballo a fait une pause en mettant deux chansons, une de Van Morrison et une de Jacques Brel, je l'ai remercié et lui ai tendu la main pour prendre congé. Ma main est restée dans le vide. Cela n'a duré qu'un court instant, le temps suffisant pour que je perçoive un changement dans le regard de Carballo, comme si l'approbation que j'avais sentie auparavant s'était évanouie. Mais je me trompais : son regard était juste devenu songeur, léger comme la flamme d'une bougie.

– Bon, j'y vais, lui ai-je annoncé. Mais je suis prêt à écrire le livre, alors appelez-moi quand vous voudrez.

J'ai voulu m'éloigner, mais il m'a retenu.

– Non, non. Attendez un peu. Je termine l'émission et vous me raccompagnerez chez moi.

– Carlos, je ne suis pas un oiseau de nuit, ai-je répliqué en essayant de ne pas le vexer. Il est très tard pour moi. Voyons-nous plutôt un autre jour.

– Pas question. Vous avez déjà entendu l'expression *l'attente est toujours récompensée* ? Eh bien, je peux vous garantir que la vôtre le sera. Patience, mon cher, patience. Croyez-moi quand je vous dis que vous ne le regretterez pas.

Ses mots contenaient-ils la promesse d'une vertèbre volée ? J'avoue que cette idée m'a traversé l'esprit. Et après tout, cette vertèbre constituait le but de ma mission. Carballo m'invitait chez lui. Il serait alors plus de 4 heures, mais comment refuser ?

– Bon, d'accord. Je vous attends où ?

– Venez, je vais bien vous installer et vous pourrez écouter la suite de l'émission.

Je l'ai suivi de l'autre côté du couloir, dans un studio dont les lumières étaient éteintes, avec ma demi-bouteille de whisky déjà vide et un gobelet rempli à ras bord d'un café qui avait un goût de cuir brûlé. Il n'avait pas menti : le son de l'émission, la musique d'*Oiseaux de nuit*, me parvenait. Quand il a cherché l'interrupteur sur le mur pour allumer les néons, je lui ai dit que ce n'était pas la peine, que je préférais rester dans la pénombre. À 2 heures, l'obscurité et le silence de cet immeuble à moitié vide ou occupé par les fantômes de la nuit m'apaisaient et me convenaient parfaitement. Assis dans cette pièce, toute la tension que j'avais accumulée depuis mon arrivée m'est tombée dessus : beaucoup de bêtises avaient été dites, mais aussi quelques propos pertinents ou surprenants. Certains échanges me dérangeaient encore sans que je puisse déterminer pourquoi, comme lorsque nous avons l'intuition embarrassante, après une conversation, qu'on a cherché à nous dire quelque chose et qu'on s'est ravisé – par crainte, timidité, en raison d'une prudence excessive ou pour nous éviter une déconvenue ou un chagrin. L'intérêt de Carballo pour l'assassinat d'Uribe Uribe était par exemple nouveau à mes yeux. Dans mon article raté, je m'en étais servi comme d'un prétexte afin de compléter une idée plus ou moins séduisante un jour où ma créativité de chroniqueur était en panne. Pendant une pause – avec en fond sonore la voix de Maxime Le Forestier –, mon hôte m'avait adressé un court reproche :

– Vous êtes ici grâce à cette chronique, alors ne crachez pas dessus.

Un auditeur parlait à présent d'Uribe Uribe. Plongé dans mes pensées, je n'avais pas prêté attention à lui lorsqu'il s'était présenté, et la conversation était déjà bien avancée. Mais il ne s'agissait peut-être pas d'Uribe Uribe, qu'ils s'étaient contentés de mentionner ; les voix me parvenaient, distinctes mais lointaines, sans doute à cause de l'illusion de la radio : j'entendais *Oiseaux de nuit* comme si j'avais été à Barranquilla, Barcelone ou Wellington, même si le studio ne se trouvait qu'à une dizaine de mètres de la chaise où je m'étais installé. L'auditeur qui intervenait avait une voix rauque de fumeur, faible et éraillée, qui se mêlait aux interférences (la mauvaise qualité de la ligne téléphonique n'arrangeait rien), de sorte que seule son impeccable diction me permettait de comprendre ce qu'il disait. Il me semble que c'est lui qui a cité une première fois mon nom – enfin, je crois. Nous sommes programmés pour dresser l'oreille quand nous entendons ces syllabes que nous sommes capables de distinguer au milieu de la foule ou d'un vacarme assourdissant. Mais ensuite, l'homme n'a plus fait allusion à moi. Lui et Carballo parlaient d'un certain Anzola lorsque je me suis concentré sur la discussion en cours.

– Lui, il savait, avait dit Carballo. Et vous aussi, mes oiseaux de nuit, vous savez comme moi qu'Anzola était un des nôtres : un courageux, un messager de la vérité, un homme en mesure de voir l'autre côté des choses. Vous n'êtes pas d'accord, Armando ?

L'homme à la voix cassée s'appelait donc Armando.

– Bien sûr que si, avait-il répondu. D'ailleurs, Carlos, il faut se demander ce qui se serait passé si les découvertes d'Anzola étaient parvenues jusqu'à nous. Elles ont sombré dans l'oubli parce que ce pays n'a pas de mémoire ou ne se souvient que de ce qui l'intéresse.

– D'après moi, ce n'est pas une question d'amnésie, avait objecté Carballo. L'oubli d'Anzola et de ses découvertes est un oubli intéressé. Par conséquent, ce n'est pas un oubli, mais la suppression d'une vérité gênante, l'exemple parfait d'une conspiration réussie.

– Ça, Vásquez l'ignore, a alors dit Armando.

– C'est vrai, il l'ignore.

Peu avant 4 heures, Carballo a passé la dernière des chansons de ma liste (la plus longue ; il gardait toujours la plus longue pour la fin) et il a pris congé du technicien du son dans une étreinte digne d'un moribond qui dit adieu à un autre. Sur un signe qu'il m'a fait de loin, je me suis levé et l'ai suivi dans les couloirs obscurs. Il avançait d'un pas souple tandis que je tâtonnais les murs. Quelques minutes plus tard, nous avons démarré en direction du nord, pour prendre ensuite la rue 85 et la Carrera Séptima vers le sud.

– Qui est Anzola ? ai-je osé demander alors que nous atteignions l'avenue Chile.

Carballo ne m'a pas adressé un regard. Nous roulions dans une ville déserte et menaçante, car à Bogotá, l'aube est toujours menaçante : même s'il y a moins de violence que lorsque je l'ai quittée, elle reste un endroit où personne ne s'arrête aux feux rouges sans une pointe d'appréhension. Carballo se concentrait sur la route, le jaune de l'éclairage public et les lumières rouges des rares véhicules se projetant par intermittence sur son visage.

– Plus tard, a-t-il répondu.

– Plus tard quand ? Je vous ai entendus parler de moi et aussi d'un certain Anzola, qui a découvert je ne sais quoi. Qui est-ce ?

– Qui était-ce, a-t-il corrigé.

– Qui était-ce ?

– Plus tard, plus tard, a répété Carballo.

Il m'indiquait la route. Il était de ces gens qui sont incapables de donner une adresse quand ils montent dans une voiture, mais fournissent à chaque coin de rue des renseignements au conducteur, comme si mentionner sa destination dès le début équivalait à révéler un secret, à divulguer trop d'informations à l'ennemi. Nous sommes passés derrière l'hôtel Tequendama, avons remonté la Carrera Quinta vers le sud et sommes arrivés rue 18. À un angle, devant un parking fermé et à quelques mètres d'une cahute où dormaient deux corps sous des couvertures sales, sa main s'est agitée dans l'obscurité.

– Nous y sommes. Cette fenêtre, là-bas, c'est chez moi. Laissez la voiture ici.

– Ici ?

– Il ne lui arrivera rien, ne vous inquiétez pas. Dans cette rue, on s'entraide.

– Mais je bloque le passage.

– Il n'y a personne. Vous la déplacerez plus tard. Le parking n'ouvre pas avant 6 heures, 6 h 30, quand les étudiants arrivent.

Carballo occupait au premier étage un appartement composé de deux pièces exiguës, avec des grilles aux fenêtres, comme pour empêcher un prisonnier de s'évader. Le sol étant presque entièrement couvert de petites tours de livres, il semblait difficile de marcher sans trébucher. C'est pourtant ce que j'ai fait : j'ai suivi Carballo dans le sentier que la vie quotidienne avait ménagé entre les tours. Le réfrigérateur était disposé contre un mur, dans le salon, et d'autres livres trônaient dessus.

– Vous voulez boire quelque chose ?

Avant que je lui aie répondu, il m'a servi un verre de brandy Domecq. Pendant ce temps, je me suis concentré sur la seule étagère de la pièce, une structure branlante où les tasses, les coupes et les verres se disputaient l'espace avec les livres. Sur la tablette la plus haute, les livres luttaient contre des bouteilles vides d'eau-de-vie de marque Néctar, alignées comme des objets de collection. Parmi les bouteilles, j'ai remarqué un portrait de Borges, qui avait l'air de nous regarder distraitement. Je l'ai désigné avec curiosité.

– Ah, oui. Je l'ai interviewé, a-t-il lâché d'un ton qui se voulait désinvolte. C'était en 1960 et des poussières. Un ami journaliste m'avait dit qu'à la radio de l'université ils cherchaient quelqu'un pour interviewer Borges, parce que la personne qui devait le faire, un professeur, je crois, avait annulé. J'ai accepté, naturellement, même si j'ignorais en quoi consistait une interview. Mais c'était Borges, vous comprenez. "On vous attend demain, à 11 heures", m'a-t-on dit, et là, j'ai réagi. Je me suis rendu compte dans quoi je m'étais fourré, et quand je suis rentré chez moi, j'avais l'estomac en vrac. J'ai vomi, eu la diarrhée, tout mon système endocrinien est parti en vrille. Je me suis demandé si je devais préparer un questionnaire. J'en ai fait un, je l'ai déchiré, j'en ai fait un autre. Cet Argentin célèbre était capable de vous flanquer une sacrée trouille, vous imaginez un peu ? Quand je suis arrivé, Borges était là, seul, parce qu'il ne vivait pas encore avec María Kodama à l'époque. L'entretien a duré deux heures et demie, il est passé à la radio et le lendemain, lorsque j'ai voulu récupérer la bande pour m'en faire une copie, ils avaient tout effacé. Ils avaient enregistré un match de foot par-dessus. Attendez-moi une seconde, j'ai quelque chose à vous montrer, a-t-il ajouté en me tendant le verre.

Carballo était imprévisible et regorgeait de surprises, comme un haut-de-forme de magicien : quand je croyais l'avoir compris, que je pensais enfin savoir *de quoi il parlait*, il me révélait de nouvelles facettes de sa personnalité et tournait ma satisfaction en ridicule. Je l'ai imaginé sortant d'un des cours du docteur Benavides pour aller lire *Fictions* ou *L'Aleph*, ou peut-être les essais de Borges, qui lui auraient inspiré pour son interview improvisée davantage de questions que les nouvelles, ou tout au moins des questions qui ne risquaient pas de paraître idiotes ou banales. Carballo, le chasseur de complots, lisant les réflexions de Borges sur Whitman ou Kafka. Sans que je sache pourquoi, la scène me paraissait irrésistible. Je me suis alors rappelé « La pudeur de l'histoire », un essai de Borges que j'ai toujours aimé et qui, dans l'appartement de Carballo, me semblait mystérieusement pertinent, car le grand écrivain y affirme que les dates les plus importantes de l'histoire ne sont peut-être pas celles mentionnées dans les livres, mais d'autres, cachées ou intimes. Qu'en aurait pensé Carballo ? Quelles dates secrètes étaient plus importantes à ses yeux que le 9 avril 1948, la journée sur laquelle s'était fixée son obsession malsaine ? Mais il se pouvait que ma mémoire ait déformé l'essai en question. Un autre récit m'est revenu à l'esprit : « Thème du traître et du héros », une nouvelle sur les conspirations, où Borges parle de Jules César, puis un poème dont le titre, « Les conjurés », porte à croire à des conversations clandestines, des actes d'espionnage et des assassinats, alors qu'il s'agit de Suisses qui se réunissent pour créer leur pays. Quoi qu'il en soit, Borges a cessé de me paraître exotique dans l'appartement de Carballo : je me suis demandé s'il lui avait fait part de ses découvertes et proposé d'écrire ce livre avant de se tourner vers RH Moreno-Durán. Je n'ai pas trouvé l'idée saugrenue.

J'étais plongé dans ces élucubrations quand Carballo a ressurgi, un dossier dans les mains.

– Bon. Moi, à cette heure-là, j'ai mes petites habitudes. J'arrive, je me prépare une soupe chaude et je vais me coucher, parce que sinon, le lendemain, je suis à ramasser à la petite cuiller. Mais aujourd'hui est un jour spécial, et avant d'aller dormir, je dois bien vous installer. J'espère que plus tard on trinquera à notre projet. Jusque-là, nous sommes d'accord, n'est-ce pas ?

– Tout à fait.

– Je crois savoir que si vous êtes ici, c'est pour notre projet. Pour écrire ce livre qui a tant besoin d'être écrit. J'ai bien compris, je ne me suis pas trompé…

– Non, absolument pas.

– Si je me trompe, il faut me le dire tout de suite. Ça nous évitera de perdre notre temps.

– Vous ne vous trompez pas.

– Bien. Dans ce cas, il faut nous y mettre le plus vite possible, a-t-il dit en me tendant le dossier. Commençons par ça.

C'était le genre de chemise que j'avais vue des années plus tôt chez Francisco Benavides. Trois séries de chiffres y étaient inscrites : *15.10.1914*. Il n'y avait rien d'autre, aucun mot, aucun nom ni étiquette, mais j'ai reconnu la date.

– Le crime d'Uribe Uribe. Pourquoi, Carlos ? Quel rapport avec le reste ?

– Lisez. Maintenant, car vous n'aurez pas accès aux autres documents avant d'être informé de certaines choses. Moi, avec votre permission, je vais me coucher. Si je ne récupère pas quelques heures, comment préparerai-je l'émission de ce soir ? Si je manque de sommeil, je serai incapable de prêter attention à mes oiseaux de nuit et de leur apporter toute l'écoute qui leur est nécessaire. Ils dépendent de moi, Vásquez, je ne peux pas les décevoir. Je leur suis entièrement dévoué, vous comprenez ?

– Je comprends, Carlos.

– Je n'en suis pas si sûr, mais peu importe. Comme je vous l'ai déjà dit, vous êtes ici chez vous. Il y a une carafe d'eau dans le réfrigérateur, et si vous voulez, vous pouvez vous préparer du café, parce que celui qui est dans la cafetière n'est plus bon. Je vous demanderai juste de ne pas faire de bruit. Ne me réveillez pas, je peux être très désagréable si on me dérange dans mon sommeil.

– Ne vous inquiétez pas.

– Quand vous partirez, laissez le dossier ici, sur la table. Veillez à ce que les portes soient bien fermées. La mienne, mais surtout celle de l'immeuble. Je n'aimerais pas que des voleurs viennent nous rendre visite.

Il a fermé la porte – à droite, au fond du salon – et je ne l'ai plus entendu. Seul chez Carballo, seul sur le lieu de la mission que m'avait confiée un ami, je n'ai pas lu le dossier dont la date résonnait encore dans ma tête, mais je me suis mis en quête d'une vertèbre dans du formol. J'ai cherché dans le réfrigérateur, parmi les livres rangés sur l'étagère, derrière les bouteilles d'eau-de-vie, dans les tiroirs d'une espèce de commode apparemment récupérée dans la rue, puis j'ai fouillé dans les colonnes de livres qui poussaient comme du chiendent le long des murs. Mais je ne l'ai trouvée nulle part. Je n'ai pas vu non plus de tiroirs fermés à clé ni de placards susceptibles de cacher quelque chose. Dans cet appartement, tout s'offrait à la vue. J'ai songé que Carballo ne m'aurait jamais laissé seul, bien tranquille, à l'endroit où il conservait un objet volé, puis je me suis dit qu'il n'avait peut-être rien volé du tout et que Francisco Benavides s'était lourdement trompé sur son compte, que cette entreprise ressemblait à un sketch grotesque en plus d'être injuste. Carballo était un excentrique, un paranoïaque, pas un voleur. Des centaines de personnes l'adoraient et l'écoutaient chaque nuit avec une dévotion comparable à celle de fidèles paroissiens. Son émission n'était-elle pas une sorte d'église ouverte aux noctambules, une œuvre clandestine de charité et d'empathie ? Je songeais à cela tandis que mes mains tiraient les livres afin d'inspecter le fond des étagères, là où tous les lecteurs dissimulent des choses, et aussitôt je regrettais d'avoir eu ces pensées. *Charité et empathie* : j'étais assez arrogant pour me croire supérieur à ces insomniaques, à ces solitaires, et j'avais le tort de m'abriter derrière un paternalisme insupportable pour me persuader qu'ils menaient une vie erronée, ou que leur existence tournait autour de rêves et de spéculations, alors que la mienne…

Au bout de quelques minutes, je me suis avoué vaincu. Cette brève violation de domicile n'avait rien donné : je n'avais découvert ni objets volés ni indices menant à aucune piste pour les retrouver. Je me suis donc intéressé au dossier et l'ai ouvert sans grand enthousiasme ; à présent, il me semble que j'avais l'intention d'en parcourir le contenu en diagonale et de mentir à Carballo pour ne pas perdre le droit d'être ici, dans cet appartement qui ressemblait à un fortin. Dans la chemise, j'ai découvert une chronologie minutieuse : ce qui était survenu le jour de la mort de Rafael Uribe Uribe y était consigné heure par heure. J'ai enlevé mes chaussures pour m'étendre sur le canapé, de manière à être placé juste sous la lampe. J'ai constaté que les rideaux étaient tirés : je ne verrais donc pas le jour se lever, mais la lumière filtrerait peut-être timidement par les côtés. Il devait être plus de 5 heures quand, muni d'une nouvelle cruche de café (et d'une tasse sur laquelle Mafalda avait placardé sur un globe terrestre une note qui disait : « Attention, irresponsables au travail ! »), j'ai commencé la lecture du dossier. Sur le coup de 6 heures ou un peu avant, j'ai compris ce que j'avais entre les mains : son contenu se révélait à moi comme un secret pour me dévoiler l'étendue de mon ignorance à propos de ce jour malheureux, le premier de nombreux autres qui ont marqué mon pays au siècle passé. J'ai pris des notes, elles sont à présent devant moi, me servent de guide et de mémorandum pour donner à ces documents la forme d'un récit et créer une illusion – juste une illusion – d'ordre et de sens.

* * *

Le 15 octobre 1914, vers 13 h 30, le général Rafael Uribe Uribe, leader indiscutable du parti libéral, sénateur de la République et vétéran de quatre guerres civiles, quitta son domicile, au 111 de la rue 9, et commença à marcher au milieu du trottoir, en direction du Capitole. Il portait un costume noir et un chapeau melon, sa tenue habituelle pour aller au Sénat, et serrait sous son bras des feuilles sur lesquelles il avait, d'après ses proches, consigné un projet de loi sur les accidents du travail. Il savait qu'à cette heure les bureaux seraient fermés, mais il aimait arriver en avance et profitait de ces temps morts pour préparer ses redoutables interventions. Il gagna l'angle de la Carrera Séptima, traversa la rue et parcourut quelques mètres sur le trottoir qui longeait le Capitole, vers le nord, sans remarquer que deux hommes vêtus de ponchos et coiffés de panamas lui emboîtaient le pas. On apprit par la suite que l'individu en poncho noir s'appelait Leovigildo Galarza. Des deux meurtriers il était le plus grand, avait le teint plus clair que son complice et une moustache cuivrée. L'autre, Jesús Carvajal, portait un poncho marron. De petite stature, il avait une moustache plus foncée, des yeux bridés, une peau mate aux taches olivâtres, signe de maladie. On apprit aussi qu'ils étaient artisans, menuisiers plus exactement, et qu'ils avaient passé la matinée à préparer les hachettes que chacun d'eux dissimulerait sous leur poncho : ils avaient affûté la lame et creusé un trou dans le manche à l'aide d'un foret pour y passer une ficelle qu'ils attacheraient à leur poignet afin que l'arme ne glisse pas à l'instant décisif. Ils se doutaient peut-être qu'ils auraient les mains moites. Devant eux, le général Uribe Uribe marchait dans sa rue, comme tant d'autres fois, sourd aux prédictions d'un attentat contre sa personne qu'on lui serinait depuis des mois.

Ces dernières années, il recevait sans cesse des menaces et il s'y était habitué. Depuis la guerre de 1899, après avoir été obligé de signer une paix humiliante pour éviter un bain de sang au pays, il avait le sentiment d'être haï par ses ennemis et même par certains de ses amis. La presse conservatrice le rendait responsable des cent mille personnes mortes pendant ce conflit, ignorant probablement qu'il était le premier à se jeter la pierre. Mais on lui avait fait endosser tous les maux, et la culpabilité ou ce qui en tenait lieu avait transformé cet homme : ces dix dernières années, le général Uribe Uribe, emblème du libéralisme le plus récalcitrant, avait subi une métamorphose que ses partisans jugeaient scandaleuse. Il avait non seulement renoncé aux armes et juré de ne plus jamais se prononcer pour ou contre un groupe politique en particulier, mais prenait en outre la défense de ses anciens ennemis, effectuait des missions diplomatiques en faveur de présidents conservateurs et faisait de longs discours au cours desquels il ne cessait de répéter qu'il aspirait désormais à vivre dans des régions plus sereines, et que la paix en Colombie était son seul objectif.

Sa cohorte d'ennemis, bien visible pendant la guerre, devint en temps de paix aussi floue qu'un fantôme. Impossible de savoir quels individus la constituaient et quelles intentions les motivaient, mais des rumeurs hostiles remontèrent aux oreilles d'Uribe Uribe, des menaces voilées et des messages cordiaux de mise en garde qui, pour certaines raisons, lui paraissaient différents de ceux qu'il avait reçus jusqu'alors. Ses amis lui conseillaient de faire attention car ils avaient surpris des propos étranges ; les membres de sa famille lui demandaient de ne pas sortir seul. Pour ses partisans les plus fidèles, il était toujours le symbole du progrès, le défenseur des travailleurs et le dernier bastion du vrai libéralisme ; les autres le considéraient comme l'incarnation parfaite de la déchéance morale, l'ennemi de la tradition et de la foi. Pour reprendre les termes des conservateurs,

Uribe Uribe était un *propagateur de doctrines corrompues, condamné au Feu éternel en tant que libéral* ; dans l'autre camp, la moitié des libéraux voyaient en lui un *conservateur, un traître à sa patrie et à sa cause*. Cette dernière accusation, qui aurait dû lui sembler la plus surprenante de toutes, connut un fort regain pendant l'élection présidentielle de 1914. Le sénateur Uribe – le diplomate, le conciliateur, l'homme de paix dont l'unique obsession était d'obtenir la réconciliation nationale – soutint le candidat conservateur, José Vicente Concha qui, comme il fallait s'y attendre après un tel appui, fut élu. Le général Uribe l'ignorait, mais ce fut la dernière élection de sa vie.

Les libéraux l'accusèrent de trahison. Des affiches le diffamant furent placardées sur les murs du centre de Bogotá. Un certain Bernardino Tovar, artisan de son état, déclara que les conservateurs avaient triomphé grâce à Uribe Uribe. « Les jours du général sont comptés », affirma-t-il. Un certain Julio Machado affirma que le général Uribe avait retourné sa veste. « Les artisans vont le tuer », ajouta-t-il. Après l'entrée en fonction du nouveau président, deux messages anonymes furent envoyés au domicile du général Uribe. L'un d'eux mentionnait l'élection de Concha et la « juste indignation qu'elle a provoquée chez les travailleurs de la ville ». Son auteur lui donnait le conseil suivant : « Nous pensons qu'il est prudent de vous faire savoir que notre poing s'abattra sur quelqu'un pour soulager notre cœur. » La seconde lettre anonyme était moins poétique, plus péremptoire :

> *Rafael Uribe Uribe,*
> *Nous vous prévenons que si vous ne justifiez pas de manière satisfaisante votre participation dans la nomination du cabinet Concha, en d'autres termes, si vous ne nous dissuadez pas de croire que vous avez misérablement sacrifié le parti libéral, votre vie ne tiendra plus qu'à un fil.*

D'énormes majuscules inclinées vers la droite s'étendaient au bas du texte : *LES ARTISANS*. On raconte que ce jeudi matin, peu avant de se rendre à pied à la séance du Congrès, le général avait discuté avec sa famille de la nécessité de se déplacer avec un garde du corps. Mais il n'en fit rien : il quitta son domicile seul, les yeux rivés au sol, sans remarquer que deux hommes – deux artisans – le suivaient, armés de hachettes et fermement résolus à en finir avec lui.

Comme l'avoua par la suite Jesús Carvajal, ils avaient pris leur décision la veille. Les deux assassins s'étaient rencontrés par hasard au Puerto Colombia, où ils avaient bu de la *chicha*. De là, ils se rendirent ensemble au Puente Arrubla, un autre établissement qu'ils fréquentaient. Ils jouèrent la tournée d'alcool et les cigarettes aux cartes, puis dansèrent sur la musique d'un petit orchestre de tiples et de guitares qui venait d'arriver, « entre hommes, sans femmes », précisa Carvajal. Ils envisagèrent de tuer Uribe Uribe après avoir dansé, quand ils furent seuls. Ils marchèrent dans la Carrera 13 pour gagner la *chichería* La Alhambra et s'entretinrent de la difficulté à trouver du travail, car le ministère des Travaux publics n'embauchait que les membres du Bloc, la faction libérale partisane du général Uribe Uribe. Ils incriminèrent ce dernier, selon eux responsable direct du chômage, et l'accusèrent d'affamer les travailleurs non affiliés à sa faction ou qui n'avaient pas voté selon ses directives aux dernières élections. Ils ajoutèrent qu'il ne s'occupait des ouvriers qu'en temps de guerre et les oubliait en période de paix : il les traitait comme de la chair à canon. « Au lieu de mourir de faim dans ce pays, dit Carvajal ou peut-être Galarza, il faut punir celui qui est la cause de nos malheurs. » Dans ce but – pour définir la punition et la stratégie à mettre en œuvre afin de la mener à bien –, ils se donnèrent rendez-vous le lendemain, à 8 heures, dans la menuiserie de Galarza.

C'était un local exigu, mais bien situé au cœur de Bogotá, cent cinquante mètres après l'église Santa Clara. Il ne comptait que deux pièces : l'atelier proprement dit et une chambre. Un menuisier, un coupeur et deux apprentis, dont un garçon de neuf ans, travaillaient sous les ordres de Galarza. Plus tard, on retrouva sur les lieux une carabine à la culasse endommagée, deux bérets de militaire, onze capsules de revolver et un couteau glissé dans son étui, sans que personne puisse expliquer de manière satisfaisante pourquoi cinq artisans avaient besoin de ce petit arsenal. Galarza avait appris le métier de son père,

Pío Galarza, un homme violent qui avait des problèmes d'alcool. En 1881, il avait été condamné à dix mois de prison pour avoir tué d'une balle, avec préméditation, Marcelino Leiva, lui aussi menuisier. Alors qu'il n'avait pas encore un an, Leovigildo était déjà l'enfant naturel d'un meurtrier. À dix-neuf, il fut enrôlé dans les troupes gouvernementales pour intégrer le bataillon Villamizar et combattre dans la guerre des Mille Jours. Outre la victoire, il en tira des avantages, car à la fin du conflit il devint menuisier dans l'armée. C'est à cette époque qu'il rencontra Carvajal et le fit embaucher dans son atelier. Dix ans plus tard, quand il décida de se mettre à son compte, il lui proposa de louer avec lui le local de la rue 9. Leur association ne dura guère (ils se séparèrent pour « désaccord de comptabilité »). Ils se perdirent de vue, puis se croisèrent par hasard, dans la soirée du mercredi 14, au Puerto Colombia.

La matinée du jeudi était fraîche et nuageuse. Carvajal arriva à l'atelier à 8 heures précises, mais Galarza n'y était pas. Il alla le chercher chez sa concubine, María Arrubla, une petite femme fatiguée qui lui lavait son linge et le nourrissait depuis plus de deux ans. Galarza trouva Carvajal devant un bol de bouillon, pour faire passer sa gueule de bois. Il le salua d'une insulte affectueuse – « Comment ça va, ballot ? » –, et comme María rentrait, il lui proposa d'aller boire une eau-de-vie à l'épicerie voisine. Auparavant, ils se rendirent à l'atelier, où ils réaffirmèrent leur projet de punir le responsable de leur misère et décidèrent d'utiliser des hachettes, car chacun en possédait une. En arrivant, Galarza décrocha la sienne, qui était suspendue, s'aperçut que le manche était cassé et s'employa à le recoller pendant que Carvajal retournait chercher sa hachette chez lui. Ils les affûtèrent, firent un trou dans le manche, y passèrent une ficelle, et un des deux, Galarza ou Carvajal, déclara : « C'est un bon outil pour couper les eucalyptus. »

En constatant qu'ils n'avaient pas assez d'argent pour se payer à boire, ils allèrent à La Comercial, une maison de prêt sur gage, avec un vilebrequin au cliquet nickelé, dont ils espéraient tirer une belle somme. Ils en demandèrent cent pesos, on leur en donna cinquante. Carvajal signa le reçu du nom de Galarza. De là, ils allèrent boire un verre d'eau-de-vie, puis un autre dans un établissement différent, et quand ils regagnèrent l'atelier, ils découvrirent que María Arrubla avait fait porter à Galarza un plateau avec son repas qu'ils mangèrent tous les deux, se partageant les couverts, le riz et les pommes de terre à l'eau, le bouillon qui sentait la coriandre. À 11 h 30, ils partirent chercher le général.

Que faisait Uribe Uribe pendant que ses assassins surveillaient la porte de sa maison ? On apprit par la suite qu'il était resté un moment dans son bureau pour relire les documents qu'il devait présenter à la séance du Sénat. S'était-il penché à sa fenêtre, avait-il promené ses yeux au-dessus des deux silhouettes en poncho qui le guettaient, tels des chasseurs à la lisière d'une forêt ? Et Galarza et Carvajal, qu'avaient-ils vu alors ? Qui avait aperçu en premier le général Uribe ? Qui avait prévenu l'autre ? Ils étaient entrés dans une boutique à l'angle de la rue et, supposant que le général déjeunerait chez lui, avaient décidé de commander des bières. À 13 heures passées, ils firent quelques mètres vers la Carrera Séptima et s'arrêtèrent à hauteur de la porte du Noviciat, d'où ils distinguaient mieux la maison d'Uribe. Mais ils ne le virent pas sortir et ne virent pas la porte s'ouvrir. Lorsqu'ils l'aperçurent, le général était déjà dans la rue et passait devant eux. « Voilà notre homme », dit Galarza, à moins que ce ne fût Carvajal.

Ils le suivirent. Carvajal marchait juste derrière lui, à une distance de quatre ou cinq mètres, sur le trottoir, et Galarza se trouvait au milieu de la rue. Il regardait droit devant lui pour ne pas éveiller les soupçons. Lorsque le général tourna en direction de la Carrera Séptima et la traversa afin de se rendre au Capitole, les assassins veillèrent à garder leurs positions. On pourrait se demander ce qui se serait passé si Uribe Uribe s'était retourné – croyant par exemple entendre un bruit –, s'il avait surpris l'homme qui le suivait de près et qui aurait peut-être été incapable de continuer à marcher sans trahir ses intentions. Mais rien de cela n'arriva : Uribe Uribe ne se retourna pas et poursuivit son chemin vers le parvis du Capitole. Par la suite, Carvajal déclara qu'à cet instant, il avait voulu adresser un signe à Galarza pour qu'ils renoncent à leur projet. « Je me disais que s'il se retournait et m'apercevait, nous ferions alors marche arrière », expliqua-t-il. Mais Galarza ne sentit pas son regard sur lui et ne regarda pas son complice. Dans le cas contraire, le général Uribe Uribe serait-il resté en vie ? Un des fixe-chaussettes de Carvajal se détendit. Il dut se baisser un court instant pour le resserrer (un observateur décrivit plus tard sa peau mate et imberbe). L'agression eut lieu aussitôt après.

Carvajal descendit sur la chaussée, pressa le pas et, parvenu à hauteur d'Uribe Uribe, il chercha à attirer son attention. D'aucuns racontent qu'il siffla, d'autres qu'il l'appela « général ». D'après la version qui prévalut dans un premier temps, il se serait adressé à lui pour lui dire : « C'est à cause de vous que nous sommes foutus. » À cet instant, alors qu'Uribe Uribe s'arrêtait pour répondre à l'interpellation, s'intéresser à l'accusation qu'on lui lançait ou plus simplement pour marquer sa surprise, Galarza s'approcha de lui par-derrière et abattit une première fois sa hachette sur sa tête, assez violemment pour que le général tombe à genoux. Des cris s'élevèrent (d'horreur ou pour appeler la police), une charrette s'arrêta sur les rails du tramway et les témoins, déjà conscients qu'il se passait quelque chose, déjà conscients d'être des *témoins*, virent Carvajal rejoindre l'homme tombé au sol – « comme pour observer son visage », dit l'un d'eux –, lever sa petite main et frapper à plusieurs reprises avec une telle force qu'on entendit parfaitement la hachette résonner contre le crâne, le craquement délicat des os qui se brisaient. « Maintenant, ils peuvent me tuer. Moi, j'ai accompli mon devoir en ce qui concerne ce salaud », aurait déclaré Carvajal.

« Assassins ! Assassins ! On a tué le général Uribe ! » Les cris se propagèrent à chaque coin de rue, s'éloignant de la scène de crime, semblables aux cercles concentriques d'une pierre jetée dans une eau calme. Désespérés, ceux qui avaient vu ce qui s'était passé essayaient de trouver de l'aide. « Police ! Police ! » hurlait quelqu'un, et quelqu'un d'autre entendit une voix féminine : « Monsieur l'agent ! Monsieur l'agent ! » C'était María del Carmen Rey, une passante qui affirma ensuite avoir éprouvé une réelle sensation de vertige. « Mais personne n'est venu », conclut-elle.

Uribe Uribe avait les cheveux et le visage couverts de sang. On l'avait allongé sur le parvis du Capitole. Beaucoup se vantèrent ensuite d'avoir imbibé leurs mouchoirs de son sang ou de posséder le mouchoir avec lequel le blessé avait épongé le sien. Carvajal regardait Uribe pendant que les témoins l'observaient et voyaient dans ses yeux du mépris, mais un mépris serein. Il semblait pourtant désorienté. Après avoir assené un dernier coup au général, il commença par s'éloigner vers la place Bolívar, puis rebroussa chemin et revint vers sa victime, comme s'il voulait encore la frapper. Une des personnes présentes lui lança : « Mais qu'est-ce que vous faites ? » Carvajal hésita et s'éloigna de nouveau, une expression de « défi » sur le visage, comme s'il avait enfin « déchargé sa colère », rapporta un témoin. Il n'opposa aucune résistance à Habacuc Osorio Arias, l'agent de police qui l'appréhenda et lui tordit le bras pour lui confisquer la hachette ensanglantée, et les gens qui assistèrent à la scène rapportèrent qu'il ne semblait pas se préoccuper de son sort. De son côté, Galarza s'était enfui vers le sud et avait remonté la rue 9 par la gauche, comme pour faire le tour du Capitole par l'arrière du bâtiment. Plusieurs témoins et des officiers de l'armée le suivaient à distance et le virent s'arrêter et parler brièvement à un ouvrier qui s'appelait Andrés Santos (il lui demanda s'il avait du travail ; Santos lui répondit par la négative et lui retourna sa question, Galarza lui dit qu'il était également sans emploi). Il marcha ensuite jusqu'à l'église Santa Clara et s'immobilisa devant le mur pour lire ou feindre de lire les annonces qui y étaient épinglées. Alerté par les témoins, l'agent José Antonio Pinilla le rejoignit et, face au mur couvert de papiers, il l'interpella et commença à le fouiller. Pinilla déclara qu'il tenait dans la main gauche une hachette dont « le manche et la partie qui sert de marteau » étaient ensanglantés. Dans ses poches, il trouva un petit couteau et un portefeuille avec des documents. Pendant la fouille, un homme s'approcha de Galarza et lui flanqua une gifle retentissante qui lui meurtrit le nez. Plus tard, l'assassin essaya de justifier la présence de sang sur le manche de la hachette en évoquant cette agression inattendue. « Si vous aviez cet outil dans la main, pourquoi ne vous en êtes-vous pas servi pour vous défendre ? » lui demanda le procureur au moment du procès. Galarza eut alors une phrase étrange dont la singularité passa inaperçue : « Parce que je n'utilise jamais cette hachette et que je n'ai tué personne. »

Entre-temps, on avait envoyé Carvajal au commissariat de permanence, et l'agent Osorio, qui l'avait capturé, aidait Uribe Uribe à se mettre debout. Le général soutenait sa tête d'une main dans laquelle il serrait un mouchoir trempé de sang, comme s'il craignait qu'elle ne tombe par terre. Le regard perdu entre les filets rouge sombre qui dégoulinaient sur son visage, il s'efforçait de marcher, mais ses jambes ne répondaient pas. L'agent Osorio et quelques témoins le firent monter dans une voiture pour le ramener chez lui. Ils couraient à côté du véhicule, sans doute pour éviter que le blessé n'arrive seul à destination et que son état s'aggrave en leur absence.

À cet instant précis, à l'autre bout de la place Bolívar, le docteur Luis Zea – un des chirurgiens les plus réputés du pays, amateur de vins français et grand lecteur de poésie, capable de réciter des vers de Victor Hugo et de Walt Whitman – se dirigeait vers la Carrera Octava et son cabinet quand il vit une foule de gens attroupés sur le côté du Capitole. Il raconta maintes fois ensuite qu'après avoir entendu un inconnu dire qu'on venait d'assassiner le général Uribe Uribe à coups de hache, il s'était empressé d'atteindre le domicile de ce dernier, priant en silence pour que cette rumeur soit fausse : il se fraya un passage au milieu des curieux, traversa l'entrée, monta l'escalier – il trébucha contre la dernière marche – et découvrit le blessé dans la pièce qui donnait sur le vestibule, couché sur un lit d'appoint, entouré de proches et d'étrangers, à peine conscient de ce qui lui arrivait.

On avait enlevé ses vêtements en déchirant le tissu qui n'était plus qu'une longue croûte, de manière à dégager son torse. Sa tête reposait sur un fatras d'oreillers ; ses traits étaient défigurés par les contusions ; son visage exsangue, pâle et dur, présentait un contraste saisissant avec le rouge sombre du sang qui le baignait et lui donnait l'aspect effrayant d'une statue de cire. Le docteur Zea s'assura de la présence de collègues qu'il respectait et en fut rassuré ; il demanda ensuite de la gaze, de l'eau bouillie et du coton, et s'apprêta à laver les blessures pour évaluer l'ampleur des dégâts, comme un explorateur qui pénètre dans une jungle dont il ignore les dangers. Il passa les mains dans les cheveux crépus aux boucles dégoulinantes de sang, y appliqua une première bande de coton et sentit sous ses doigts une plaie circulaire qui remontait jusqu'au crâne : la lame avait fait une entaille très nette dans les tissus mous, semblables à la chair d'un fruit qu'on vient de couper. Il continua de palper la tête en s'arrangeant pour que ses doigts nerveux ne se prennent pas dans les mèches de cheveux rigidifiées par le sang coagulé, et c'est alors que, parvenu au sommet du crâne, il trouva au niveau du pariétal droit la blessure, la grande blessure d'où s'écoulait le plus de sang.

Le docteur Zea se lava les mains dans de l'eau bouillie, posa sur la lésion une couche de coton aseptisé et coupa les cheveux du général. Uribe s'agitait, tentait de se redresser en murmurant des propos incohérents : « Mais enfin ? Qu'est-ce que vous faites ? Laissez-moi, laissez-moi ! » Après s'être débattu contre un ennemi invisible, il perdit connaissance et s'affaissa sur les oreillers. Quelqu'un posté dans un coin le crut mort, et ses pleurs tout en retenue envahirent la pièce. Le docteur José María Lombana Barreneche prit le pouls du général. « Il est toujours parmi nous », annonça-t-il tout bas, comme s'il ne voulait pas couvrir de sa voix brisée les murmures qui sortaient des lèvres sèches et entrouvertes du blessé. Uribe Uribe revint alors à lui, s'agita et se remit à crier. « Laissez-moi ! Qu'est-ce que vous faites ? Qu'est-ce que vous faites ? Laissez-moi ! » Le docteur Zea examina la grande blessure. Il découvrit que la hachette avait fracturé le crâne à l'horizontale et en déduisit que l'agresseur, au lieu de frapper de face, avait pris le temps de se placer sur le côté pour mieux réussir son coup. Il fallait trépaner. Mais chez le général, Zea ne disposait pas des instruments indispensables à cette opération. Ils durent les demander à la Maison de la Santé.

L'attente fut insoutenable. Le docteur José Tomás Henao prenait si souvent le pouls du général que ce dernier finit par se rebiffer, mais ses vives protestations semblaient porter sur le contenu de documents officiels : « Monsieur le président, disait-il, je ne partage pas votre avis. » Carlos Adolfo Urueta, le gendre d'Uribe Uribe, s'était retiré dans une des pièces voisines pour laisser travailler les médecins et consoler sa femme, mais il devait sentir le poids de l'attente silencieuse dans la maison. Dehors, on acclamait le général, et des inconnus arpentaient nerveusement le patio, alors qu'à l'étage, tout était calme. En se dirigeant vers la pièce où était étendu son beau-père, Urueta croisa le général Salomón Correal, le chef de la police, qui était là, avec sa moustache bien fournie et ses airs de patriarche, à s'entretenir avec les gens, essayant peut-être d'anticiper les réactions d'une foule furieuse ou frustrée. Cette présence contraria Urueta, entre autres choses parce qu'il savait qu'elle aurait déplu à Uribe, mais sur le moment il préféra ne rien dire : après tout, Correal représentait l'autorité. Il dénoua sa cravate et poussa la porte derrière laquelle se trouvait le blessé. D'une voix chancelante, il proposa qu'on donne au général des morceaux de glace imbibés de brandy. Son beau-père réagit comme s'il venait de recouvrer toute sa lucidité : « Non. Pas de brandy. De l'eau, de l'eau pure pour étancher ma soif. » On lui en versa dans un gobelet en terre et on lui injecta du sérum afin de le préparer pour l'opération.

Les employés de la Maison de la Santé arrivèrent à 15 h 10. Ils installèrent une table d'opération de fortune dont la forme rappelait celle d'un âne harnaché, pendant que le docteur Zea se lavait de nouveau les mains. Helí Bahamón, le chloroformiste, se chargea d'endormir le général ; le docteur Rafael Ucrós rasa les cheveux autour de la blessure à l'aide d'un rasoir de barbier. « Vive Rafael Uribe Uribe ! » criait la foule massée dans la rue 11 au moment où le docteur Zea séparait les tissus mous et laissait la lésion du crâne à l'air. Les curieux groupés place Bolívar répondaient : « Qu'il vive ! » tandis que le docteur extrayait un débris d'os et séparait à mains nues la matière cérébrale tiède et visqueuse, constatant que le tranchant de la hachette avait pénétré d'un ou deux centimètres dans les méninges. La blessure était constamment inondée, ce qui rendait l'opération difficile. « Mais d'où vient tout ce sang ? » s'étonna quelqu'un. « Que vive le général Uribe Uribe ! » criait-on Carrera Sexta. « La voilà, la voilà », dit le docteur Zea en découvrant la coupure dans le sinus longitudinal supérieur. « Mettez plus de gaze, il me faut plus de gaze », réclama le docteur Henao. « Qu'il vive ! » hurlait-on dehors tandis que les internes injectaient de la strychnine et du camphre au corps fatigué du général, qui se plaignait en des termes que nul ne comprenait, lâchait des syllabes en donnant l'impression de fredonner ou appelait sa femme, qui à un moment s'approcha, le visage et le cou baignés de larmes, et lui demanda ce qu'il désirait, ce à quoi son mari répondit avec une franchise de moribond : « Qu'est-ce que j'en sais ? » Quelques minutes plus tard, le docteur Putnam voulut savoir s'il avait mal, et le leader eut la force de lui rétorquer d'un ton railleur : « Le contraire serait étonnant. »

Le docteur Zea et les autres médecins étaient si occupés à appliquer des bandes et des gazes et à faire des piqûres qu'ils ne virent pas la nuit tomber. Ils ne consultèrent l'horloge murale que lorsque Julián Uribe, le frère du général, entrebâilla la porte pour annoncer que les prêtres venaient d'arriver. C'étaient deux jésuites aux gestes doux, qui passèrent une longue heure auprès du général, bien que le journaliste Joaquín Achury eût tenté d'objecter qu'Uribe Uribe n'aurait pas été d'accord : après tout, il avait dénoncé sans relâche les abus de l'Église et rejeté ses indulgences. « Moi, je ne suis que médecin, ces problèmes ne me concernent pas. En plus, le général est inconscient », déclara Zea. Dès qu'il eut prononcé ces mots, Uribe Uribe protesta en hurlant : « Non ! Non ! Vous ! Vous ! » Des rejets sanguinolents mirent fin à ses exclamations. Des sueurs froides perlaient sur son front et son cou. « C'est la fin », estima quelqu'un. Le docteur Zea repoussa les bouteilles d'eau chaude pour prendre la température et le pouls du blessé, mais les battements étant imperceptibles à l'intérieur des poignets, il posa deux doigts au niveau de la carotide. Dans la rue, la foule s'était tue. Zea vit alors le blessé ouvrir les yeux, enfoncer la tête dans les oreillers et répéter les mêmes propos d'une voix d'outre-tombe : « Une dernière chose ! Une dernière chose ! Une dernière chose ! »

Le général Uribe Uribe, âgé de cinquante-cinq ans, sénateur de la République, chef du parti libéral et vétéran de quatre guerres civiles, mourut à 2 heures le vendredi 16 octobre. Les fenêtres étaient grandes ouvertes en dépit du froid nocturne, et des sœurs de la Charité chrétienne s'étaient agenouillées pour prier dans un coin, à côté de quatre conques que le défunt avait rapportées de ses voyages. Deux femmes indigènes, plus diligentes que les religieuses, commencèrent la toilette du mort. L'eau qu'elles lui versaient sur la tête se répandait sur son cou comme un suaire rosé, ses yeux ressemblaient à deux puits fragiles qu'une des femmes séchait en les tamponnant avec un linge. Elle pleurait, passait sa manche sur ses yeux vivants, échos macabres de ceux du défunt, morts mais encore humides. Propre, la tête enveloppée de bandes, le général fut étendu dans un cercueil qu'on transporta au centre du grand salon. Pendant les heures qui suivirent, sa famille vint le voir une dernière fois et le pleura de cette manière singulière dont on pleure les victimes d'un meurtre : pleurs de stupéfaction et aussi de rage, d'impuissance et de surprise douloureuse. Larmes versées contre tous ceux qui auraient pu éviter le crime et n'ont pas réagi, qui savaient que le défunt était en danger, mais n'ont voulu alerter personne, croyant sans doute que lorsqu'on parle de faits malheureux on les invoque, on leur ouvre une porte de notre vie en les invitant peut-être à y entrer.

Les médecins légistes arrivèrent en milieu de matinée, le 16 octobre, au moment où un jeune artiste réalisait un masque en plâtre moulé sur le visage du général Uribe. Les docteurs Ricardo Fajardo Vega et Julio Manrique se chargèrent de l'autopsie avec trois internes de l'Institut médico-légal. Ils prirent des notes en utilisant des termes tels que *zone pariétale postérieure* et *blessure du cuir chevelu*, se munirent d'un mètre ruban et indiquèrent dans leur rapport *Entaille transversale : douze centimètres*. Ils découpèrent ensuite le cuir chevelu d'une oreille à l'autre, séparèrent la calotte et trouvèrent le segment où la hachette avait fracassé l'os. Le docteur Fajardo ordonna qu'on mesure la lésion (huit centimètres et demi de long par quatre et demi de large), puis Julio Manrique réclama des ciseaux afin d'extraire les méninges, sectionna le bulbe rachidien avec un bistouri et extirpa le cerveau du général Uribe à deux mains, comme s'il soulevait de terre un pigeon agonisant qu'il posa sur la bascule. « Mille cinq cents grammes », dit-il. Ensuite les légistes reconstituèrent le crâne et examinèrent le corps. L'abdomen et les intestins étaient parfaitement sains et les poumons ne présentaient pas le moindre tubercule : à en juger par la couleur des tissus, on aurait pu croire que le général n'avait pas fumé la moindre cigarette de sa vie. Tout le monde s'accorda à dire qu'il aurait encore vécu une bonne trentaine d'années.

À l'aube du 17 octobre, on amena les assassins devant le corps pour qu'ils procèdent à sa reconnaissance. La veillée avait lieu dans la Salle des Actes, un monument colonial en pierre sur la Carrera Sexta, qui avait été autrefois un cloître de religieux et une ébauche d'université. Francisco de Paula Santander y avait passé des mois enfermé pendant qu'on évaluait sa responsabilité dans la conspiration visant à attenter à la vie de Simon Bolivar, en 1828. Dans la chapelle ardente, la police avait aménagé deux allées, une pour ceux qui entraient, une autre pour ceux qui sortaient, de sorte que la foule puisse circuler sans danger ni désordre, et des membres de l'armée en uniforme de parade surveillaient, voire protégeaient le cercueil. Des gens de toutes races, issus de toutes catégories sociales et exerçant toutes sortes de métiers défilèrent dans le catafalque. Ils affichaient une affliction inconsolable ou souhaitaient juste jeter un coup d'œil à un mort illustre, par curiosité, voyeurisme malsain, ou simplement pour donner à qui voulait l'entendre leur version des faits et exposer leurs hypothèses sur les mobiles du crime. C'est alors qu'encadrés par un agent de police et le directeur de l'enquête judiciaire, Leovigildo Galarza et Jesús Carvajal arrivèrent devant le cercueil.

À cette heure, il ne restait que peu de monde dans la salle, mais les personnes présentes auraient suffi à déclencher une véritable catastrophe : à tout instant, les partisans du général, des hommes meurtris assoiffés de vengeance, auraient pu se jeter sur les assassins et les lyncher à la vue de tous. Mais ce jour-là, rien ne survint dans la Salle des Actes ; les meurtriers ne furent victimes d'aucune agression. Nul n'essaya de les pendre, de déchirer leurs vêtements, de les traîner dans les rues du centre ou de les humilier. Ils se rendirent devant le corps de leur victime, posèrent leurs regards fuyants sur le visage du mort comme n'importe quel autre visiteur. Leur culpabilité ne faisait alors aucun doute, les agents qui les avaient arrêtés les avaient aussitôt identifiés parmi les autres prisonniers qu'on leur avait montrés – grâce aux ponchos et aux panamas – et avaient apporté une preuve incontestable : les hachettes aux manches troués au travers desquels on avait passé une ficelle, le sang séché du général sur les lames. Pourtant, là, dans la Salle des Actes, face au corps sans vie d'Uribe Uribe, les deux assassins répondirent aux questions du directeur d'enquête en niant leur participation au crime.

Oui, ils avaient déjà vu le général.

Non, ils ignoraient la cause de sa mort.

Non, ils ne l'avaient pas agressé.

Non, ils ne savaient pas qui avait pu l'agresser.

Après la reconnaissance du corps, le directeur d'enquête et l'agent de police les raccompagnèrent à la sortie. L'agent était placé sur leur gauche et tenait l'un des assassins par le bras ; le directeur d'enquête, sur la droite, faisait de même avec son complice. Un témoin raconta qu'ils étaient si distraits que Carvajal et Galarza auraient pu prendre la fuite, à croire que personne ne les surveillait et que les autorités leur faisaient confiance.

Ce furent les funérailles les plus fastueuses qu'on avait vues depuis longtemps dans le pays. Quelqu'un écrivit, avec la grandiloquence qui caractérise les habitants de cette ville, que Bogotá s'était parée comme Rome lorsqu'elle avait pris congé de Jules César. (La comparaison n'était pas très heureuse, car, ainsi que le fit remarquer quelques jours plus tard un journaliste dans la presse, Jules César avait été assassiné parce qu'il était un tyran.) Dans les journaux, on parlait d'une cérémonie avec banderoles et drapeaux, d'un discours de l'archevêque suivi d'une marche funèbre jusqu'au cimetière, d'attelages couverts de fleurs et de couronnes qui avaient défilé selon un ordre strictement hiérarchisé : d'abord celui du président, puis la voiture du délégué apostolique et celles des chambres législatives et de la Cour suprême de justice et, enfin, celle du parti libéral. Il y avait tant de couronnes que l'odeur des fleurs avait envahi la place et accompagnait le cortège le long des rues Real et Florián. Des voies adjacentes arrivaient toujours plus de gens venus se joindre à la procession ; quelqu'un affirma qu'Uribe était en ces instants plus important que Bolivar. Postés sur les balcons, des femmes et des enfants vêtus de noir regardaient le cortège, des enfants tristes qui obéissaient docilement à l'ordre d'être triste. Au cimetière, neuf orateurs – des sénateurs, des députés, des journalistes et des militaires – s'adressèrent à la foule en criant, annonçant aux habitants de la ville que le pays avait *renoncé aux haines partisanes et que tous versaient ensemble des larmes à la mémoire du grand homme sacrifié*, et que *les passions humaines s'étaient tues devant son cercueil*. La vérité était pourtant bien différente : sous le calme apparent, les passions réduites au silence et les pleurs unanimes, les proches de la famille Uribe ne tardèrent pas à découvrir que d'étranges événements survenaient autour d'eux.

Il y eut d'abord le problème fâcheux de l'instruction. Le lendemain du crime, elle avait été ouverte en bonne et due forme, et avait, selon la procédure légale, été confiée au premier inspecteur municipal, un avocat qui avait déjà exercé les fonctions de procureur et dont la désignation était parfaitement justifiée. Mais à peine avait-il commencé à enquêter qu'on le mit à l'écart : le président de la République avait personnellement demandé à Salomón Correal, le chef de la police, de s'occuper de l'enquête. Depuis quand un président était-il habilité à confier à une personne de son choix l'instruction d'une affaire criminelle ? En outre, comment se pouvait-il qu'on attribue cette tâche à un homme qui n'avait pas suivi les études appropriées et ne possédait ni les connaissances ni l'expérience requises pour la mener à bien ? Le plus inquiétant, c'est que la décision présidentielle ne figurait nulle part. Elle n'était écrite dans aucun document, n'apparaissait dans aucun communiqué administratif. On n'avait donc d'elle aucune preuve tangible. Elle n'existait pas.

D'un tempérament autoritaire, Salomón Correal, le chef de la police, ne cachait pas ses sympathies conservatrices. Sa mauvaise réputation le précédait depuis le début du siècle, époque à laquelle il avait pris part aux intrigues d'un groupe de conservateurs pour destituer le président élu en toute légitimité, l'octogénaire Manuel Sanclemente, et le remplacer par un autre, plus complaisant à leur égard. Dans la mémoire collective, la légende se confondit avec la vérité, mais une histoire terrifiante circulait à propos de Correal :

lorsqu'il était préfet de la municipalité de Guaduas, il avait arrêté Sanclemente, l'avait attaché à une chaise pour l'insulter et le frapper comme un vulgaire voleur des rues et non un président âgé de plus de quatre-vingts ans. Il l'avait ensuite enfermé dans une cage de verre et exposé au soleil de midi afin de l'obliger à renoncer au pouvoir. Quand on l'avait sorti de cette prison aux parois embuées à cause de la chaleur torride, le vieux Sanclemente s'était évanoui, épuisé et déshydraté, mais il avait privé ses tortionnaires du plaisir de sa démission. Les sévices du préfet de Guaduas s'étaient répandus comme une méchante rumeur dans tout le pays, et quand Sanclemente décéda, deux ans après ces faits morbides, les gens s'accordèrent à dire qu'il n'était pas mort de mort naturelle, mais que les vexations et les souffrances que lui avaient infligées ses ennemis, à commencer par Correal, l'avaient achevé.

Sa présence au procès n'inspirait donc aucune confiance aux partisans du général Uribe. Tout ce que faisait Correal était entouré d'ombre : dès qu'il reçut l'ordre du président de se charger de l'instruction, il demanda au directeur d'enquête de réunir toutes les dépositions des témoins du meurtre, mais, trois jours plus tard, il le dessaisit de l'affaire avec une efficacité inquiétante, sans lui laisser la possibilité de contester sa décision. Or, Lubín Bonilla était un fonctionnaire connu pour sa probité et aussi pour son obstination, si bien que sa destitution semblait difficile à justifier. Mais avant de lui retirer l'enquête, Salomón Correal l'accusa d'avoir diffusé en cachette « des propos insidieux contre le gouvernement et d'être allé jusqu'à les reproduire dans un télégramme ».

Le câble auquel Correal faisait allusion était sur toutes les lèvres des habitants de Bogotá. Peu après sa destitution, Bonilla l'avait envoyé à une connaissance qui, sans le prévenir ni lui demander l'autorisation, l'avait fait publier dans un journal. Il contenait une accusation qu'il ne fallait pas prendre à la légère – *ALORS QUE LA LUMIÈRE ALLAIT ÊTRE FAITE, ON M'A RETIRÉ L'AFFAIRE* – et, dans la ville, on se demanda si ce Bonilla n'attendait pas une révélation importante. Çà et là, au cours de conversations fortuites répétées de manière plus ou moins déformée, Bonilla regrettait qu'on l'ait dessaisi à l'instant où il s'apprêtait à ordonner une confrontation entre les deux assassins. D'aucuns l'entendirent affirmer que Correal était intervenu dans l'enquête sans prendre de gants, imposant sa présence pendant les interrogatoires alors que c'était interdit par la loi. À certains moments, tandis qu'on interrogeait Galarza, il avait même mis un doigt sur sa bouche, comme pour lui intimer le silence. Mais ce n'étaient pas là les bruits les plus graves qui couraient au sujet du chef de la police. Lorsqu'elle apprit la destitution de Bonilla, la famille Uribe avait été informée d'un fait autrement plus alarmant par un témoin mystérieux.

L'homme en question s'appelait Alfredo García. Âgé d'une trentaine d'années, il avait une allure débraillée, les cheveux raides, une bouche édentée dans laquelle brillait une prothèse en or. Comme d'autres sympathisants du général, Alfredo García s'était déplacé jusqu'à son domicile la nuit de son agonie. Dès le début, il s'était installé sur le palier pour parler à voix basse et discuter avec les personnes présentes de ce qui venait de survenir. Tous avaient échafaudé des hypothèses à propos du crime et de ses auteurs ; ils les exposaient à voix haute, au point que la maison en paraissait remplie. Tomás Silva, un ami de la famille Uribe, propriétaire d'une cordonnerie qui avait souvent vendu des bottes au général, passait à côté de l'escalier quand il entendit García prononcer ces mots sans s'adresser à quelqu'un en particulier :

« Si on savait qui sont les complices de Galarza et Carvajal, les choses seraient différentes.

– Que voulez-vous dire ? lui demanda aussitôt Tomás Silva. Que savez-vous ?

– Vous devez faire une déclaration à la police », lui conseilla-t-on.

Silva et García allèrent voir le fonctionnaire affecté à l'instruction. Il les écouta avec attention, mais ajouta qu'à cette heure tardive, il ne pouvait pas prendre de déposition et qu'ils devaient revenir un autre jour. Très tôt le lendemain, García et Silva retournèrent dans les locaux de la police et furent accueillis par Salomón Correal, qui les attendait dans l'entrée.

« Je sais de quoi vous venez m'entretenir, leur dit-il. Nous allons en parler, ajouta-t-il en assenant une tape sur l'épaule de Silva. Attendez-moi ici. »

Sur ce, il disparut à l'intérieur du bâtiment, les laissant seuls. Silva et García crurent qu'il était allé chercher des papiers ou un secrétaire pour rédiger la déposition. Dix, vingt minutes s'écoulèrent, puis une heure, deux heures. Mais le général Correal ne revint pas. À 23 heures, García et Silva comprirent que, pour des raisons qui leur échappaient, cet homme avait préféré ne pas les recevoir.

Les jours suivants, ils se demandèrent quoi faire. Un avocat finit par suggérer à Tomás Silva de trouver deux témoins et de mettre la déclaration de García par écrit. Silva convoqua à la cordonnerie García et deux autres individus, Vásquez et Espinosa. Il posa un porte-documents, des feuilles et une plume sur le comptoir.

« Maintenant, écrivez ce que vous avez vu », dit-il, ou plutôt ordonna-t-il, à García.

Le récit était le suivant : la veille du crime, García était passé devant la menuiserie de Galarza après avoir voulu prendre un rafraîchissement dans un local voisin, quand il avait vu les deux meurtriers, Galarza et Carvajal, discuter avec un groupe d'hommes en costumes élégants et coiffés de chapeaux melons. Il faisait nuit, si bien que García ne s'était pas vraiment concentré sur les visages de ces individus, mais il trouva qu'ils étaient trop bien habillés pour bavarder avec deux ouvriers à une heure aussi tardive. Parvenu à hauteur du groupe, García avait entendu ce que disait Galarza : « Si vous nous donnez ce qu'on veut, on le fait, et sinon tant pis. » « Parlez moins fort, exigea un des hommes, il y a quelqu'un qui ne nous quitte pas des yeux, là-bas. » Ils étaient entrés dans l'atelier de Galarza et avaient fermé la porte. La curiosité de García étant plus forte que sa fatigue, il avait attendu près d'une heure, adossé au mur de la maison de Francisco Borda, avant d'arpenter la rue sans relâche, mort de froid. Quand ils étaient enfin sortis, il s'était caché au coin de la Carrera Décima, et la voix distinguée d'un des hommes lui était parvenue : « Dans ce cas, tout est réglé. » « Ne vous inquiétez pas, avait répondu Galarza, ou peut-être Carvajal. Ce sera du travail bien fait. » Et Carvajal, à moins que ce ne soit Galarza, avait ajouté : « Vous verrez, on fera du bon boulot. »

Le témoin lut à voix haute ce que García venait d'écrire, puis il apposa au bas du document une griffe pleine d'arabesques. Mais ce témoignage n'intéressa pas Correal, et on ne sut jamais qui étaient les hommes qui s'étaient entretenus avec les assassins cette fameuse nuit ; personne ne se soucia de vérifier la véracité des affirmations de García.

Ces négligences ne tardèrent pas à remonter aux oreilles de Julián Uribe, le frère aîné du général, un homme au long cou et à la moustache bien droite, qui avait toujours traité Rafael davantage comme un second père que comme un complice de vadrouille. Contrairement au général, il ne fronçait jamais les sourcils et affichait un calme parfait, à croire que deux vies et non deux ans les séparaient. Il s'était tout de suite impliqué dans la procédure pénale, qu'il avait suivie de près, s'intéressant aux moindres détails. Lui aussi avait des doutes et des objections à formuler quant au déroulement de l'instruction. Au début du mois de novembre, il se rendit dans le bureau de Salomón Correal avec un document écrit de sa main : une note où étaient consignés certains renseignements qu'il avait obtenus après avoir mené sa propre enquête pendant des jours. De même qu'il avait collecté seul ces informations, il s'était chargé lui-même de les coucher sur le papier et d'aller les porter au chef de la police, estimant qu'elles étaient de la première importance et sachant qu'il ne pouvait pas faire confiance à des messagers.

Il s'agissait des déclarations de douze témoins qui avaient rapporté, avec plus ou moins de précision, différentes anecdotes à propos d'une sorte d'excursion que les assassins du général auraient entreprise aux chutes du Tequendama. À cet endroit où la rivière Bogotá se jette dans le vide, la montagne se sépare brutalement en deux. C'était une des principales destinations touristiques des habitants de la capitale, et il n'y avait rien d'extraordinaire à ce qu'un groupe composé de nombreux ouvriers décide d'y passer une journée de congé. Les associations d'artisans programmaient souvent des sorties de loisir et choisissaient en premier lieu les chutes, car leur spectacle, dans une atmosphère constamment embrumée de contes de fées qui enveloppait les grands arbres de la montagne, surprenait toujours ceux qui y étaient pourtant habitués. Mais d'après les témoins, cette escapade qui avait eu lieu en juin, à l'époque de la Saint-Jean, n'avait pas été une randonnée purement récréative, car les assassins n'étaient pas seuls. Un homme d'une catégorie sociale élevée les accompagnait, vêtu d'un poncho sombre et coiffé d'un panama : il avait payé de sa poche la location de deux automobiles à suspension et avait même déboursé mille pesos dans cette promenade et un pique-nique pour dix personnes. Il s'appelait Pedro León Acosta.

Cela changeait tout.

Pedro León Acosta était un sinistre individu, un des plus sinistres à une époque où le pays ne manquait pas de sinistres personnages. La paupière de son œil gauche tombait légèrement et rendait son regard méfiant et inquiétant ; ses oreilles pointues lui donnaient l'air d'un lutin pervers, un lutin qui montait très bien à cheval et savait manier un fusil. Sa famille, de longue tradition conservatrice et catholique, possédait de vastes domaines agricoles dans le village de Sopó et les montagnes autour d'Ubaté. Mais au lieu d'inspirer le respect, Pedro León Acosta suscitait plutôt des craintes, comme toute brebis galeuse au sein d'une famille, ces enfants qui, non contents de semer le mal partout où ils vont, brisent le cœur de leurs parents. Quand une famille comme les Acosta engendre un fils comme Pedro León, l'anomalie semble encore plus terrible, car il y a une sorte de malédiction gratuite dans ce mauvais coup du sort : à croire que Dieu leur prouve qu'il les a oubliés. Les habitants de Bogotá n'avaient pas oublié, eux, que cet homme en poncho coiffé d'un chapeau élégant qui effectuait la tournée de ses propriétés à cheval, cet homme toujours armé alors qu'il ne croisait que des chiens errants sur sa route, n'était pas pareil aux brebis galeuses des autres familles fortunées ignorées de Dieu. Non, il était résolument différent : huit ans plus tôt, il avait essayé de tuer le président de la République.

Au début de l'année 1905, Pedro León Acosta et son frère Miguel s'étaient alliés aux trois frères Ortega, les fils d'une autre grande famille conservatrice, pour conspirer contre le président Rafael Reyes, qu'ils trouvaient trop faible pour s'opposer aux prétentions libérales. Ce projet était le fruit de ressentiments de longue date. Ils se méfiaient de Reyes, qui avait déclaré un jour que son devoir était de gouverner pour le bien de tout le pays et pas seulement celui de son parti. Le bruit courait qu'il allait nommer ministre de la Guerre le général libéral Benjamín Herrera, or les conspirateurs n'avaient pas l'intention de le laisser faire cette concession à l'ennemi. Mais ils acceptaient surtout très mal le fait qu'il se soit rapproché du général Rafael Uribe Uribe, un athée qui avait pris les armes contre la patrie et demandé la révocation du Concordat conclu avec l'Église catholique. Pendant la guerre civile de 1895, le président Reyes l'avait battu, et voilà qu'à présent on disait qu'il allait le nommer au gouvernement. À quoi servaient donc les guerres au nom de Dieu et de la Colombie si on confiait ensuite le pays aux vaincus ?

Une après-midi qu'on retraça ensuite comme on raconte une légende, vingt cavaliers conservateurs se réunirent devant la vallée de Sopó et là, face à l'immense montagne assoupie comme une grosse bête, ils firent le signe de croix de la main droite, avec l'index et le pouce, en tenant une coupe de champagne dans la gauche, et ils jurèrent de renverser Reyes. Ils trinquèrent ensuite à la réussite de l'entreprise. Ils n'imaginaient pas que leur plan serait découvert, mais c'est pourtant ce qui arriva, même si les conséquences ne furent pas celles qu'ils auraient pu craindre, car don Anatolio Costa et don Senén Ortega, les patriarches des deux familles, étaient des amis du président Reyes. Les conjurés en retirèrent quelques privilèges : après avoir eu vent de la conspiration, le président les convoqua tous – les pères, les fils et le curé de leur paroisse – au palais et, s'adressant à eux comme à des enfants turbulents, il leur demanda de renoncer à leur projet. Il leur affirma qu'il ne comptait nommer aucun libéral au ministère de la Guerre. Pour apaiser les conspirateurs, il proposa à Acosta la direction de la Police nationale et à son frère un poste de représentant du gouvernement au Chili, dans une école militaire. Malgré leurs réactions cordiales quand on leur annonça la nouvelle, malgré les sourires et les accolades qu'ils échangèrent en prenant congé, le président apprit au mois de décembre qu'ils conspiraient toujours contre lui. Le général Luis Suárez Castillo, commandant de l'armée, ordonna une série d'arrestations. Mais ni les Acosta, ni les Ortega – fils d'amis – ne finirent derrière les barreaux.

En 1906, au début de février, les services de renseignement confirmèrent au président Reyes que les rumeurs qui couraient étaient fondées : l'attentat devait avoir lieu le 10 ou le 12 du mois. Reyes refusa de limiter ses déplacements et de prévoir plus de gardes du corps. Le 10, sur le coup de 11 heures, il passa chercher sa fille Sofía au palais San Carlos et fit avec elle son trajet quotidien vers le nord de la ville. Le landau était presque fermé : même si Sofía avait mal au cœur, elle avait tenu à ce qu'on n'ouvre que la partie avant pour que son père ne prenne pas froid. Ils gagnèrent la place Bolívar et prirent ensuite les rues Florián et Real. Près de l'église Notre-Dame-des-Neiges, le président leva la tête vers le ciel, retira son chapeau et pria. À l'angle du parc San Diego, il remarqua trois cavaliers à l'arrêt qui semblaient attendre quelqu'un, mais il se rendit compte qu'ils le fixaient du regard. Ce sont des assassins, pensa-t-il, conscient que s'il descendait les affronter, il ne ferait que leur faciliter la tâche. Il poursuivit donc sa route. Parvenu à hauteur de la villa La Magdalena, dans le quartier de Barro Colorado, il s'aperçut qu'il était déjà 11 h 30 et qu'il devait rentrer au palais. Il donna l'ordre au cocher de rebrousser chemin, mais alors que celui-ci faisait demi-tour, il vit que les trois cavaliers l'avaient suivi. L'un d'eux se planta devant le landau, les deux autres relevèrent leurs ponchos, dégainèrent leurs pistolets et tirèrent.

« Ripostez ! » intima Reyes à son seul garde du corps, le capitaine Faustino Pomar. « En avant, Vargas ! Passez-lui sur le corps ! » ordonna-t-il au cocher. Bernardino Vargas fouetta ses chevaux et la voiture s'élança ; en voyant le landau fondre sur lui, l'homme qui leur avait barré la route se poussa sur le côté, contourna la voiture et tira. Le président compta cinq coups de feu et s'étonna qu'aucun ne l'ait atteint. « Bande de lâches ! leur lança Sofía. Assassins ! » Le capitaine Pomar continua de tirer jusqu'à épuisement de ses balles, puis les passagers du véhicule constatèrent que leurs agresseurs s'échappaient en chevauchant vers le nord. Le président s'assura que sa fille était indemne, conscient que leur vie n'avait tenu qu'à un fil : le landau comportait de nombreux orifices et une balle avait transpercé le chapeau de Sofía. « Dieu nous a sauvés », dit le président. Quelques minutes auparavant, il avait fait une courte prière au saint patron de Notre-Dame-des-Neiges, et le ciel avait accompli un miracle. Il se rendit ensuite au bureau du télégraphe et câbla des ordres. Il demanda qu'on télégraphie à La Calera, à Puente del Común et à Cajicá, les villages qui se trouvaient sur le chemin des agresseurs en fuite.

La traque venait de commencer.

Le 28 février, l'arrêté suivant fut publié :

> Le directeur général de la Police nationale cite Roberto González, Marco A. Salgar, Fernando Aguilar et Pedro León Acosta à comparaître au bureau de la direction de la police ou chez son directeur, dans le délai imparti par la distance, afin de répondre des charges les impliquant dans l'attentat du 10 de ce mois, contre monsieur le président et sa fille, madame Sofía R. de Valencia.
>
> S'ils obtempèrent, leur bonne volonté sera prise en compte, mais dans le cas contraire, la loi s'appliquera dans toute sa rigueur.
>
> Tout individu qui aurait caché, entretenu une correspondance, informé les susmentionnés ou leur aurait procuré des effets et de la nourriture, sera envoyé devant la cour martiale et accusé d'avoir été le complice des conspirateurs et de les avoir soutenus. En revanche, les personnes qui fourniront à la justice des renseignements sur le lieu où les cités à comparaître se trouvent, ou qui remettront les suspects aux autorités, recevront une récompense de 100 000 pesos pour chacun des trois premiers noms figurant ci-dessus, et de 200 000 pesos pour Pedro León Acosta. Elles auront également la garantie que leur identité restera secrète.

Les agresseurs ayant été identifiés, leur capture n'était plus qu'une question de temps, d'autant qu'une récompense avait été offerte. Un certain Emeterio Pedraza, à l'en croire un ami intime des conspirateurs, les dénonça au début du mois de mars et empocha une jolie somme pour leur capture. González, Salgar et Aguilar comparurent devant un conseil de guerre, avec pour circonstance aggravante d'avoir agi « en bande organisée de malfaiteurs ». On les condamna à être passés par les armes à l'endroit même où ils avaient commis leur forfait. Aucune exécution n'avait été à ce point couverte par la presse. Sur une photo célèbre, on voit les corps des trois hommes et celui de leur instigateur, Juan Ortiz, que des témoins avaient croisé à la Bodega de San Diego, alors qu'il levait son verre d'eau-de-vie en compagnie des agresseurs, le samedi avant l'attentat. Oui, ils figurent tous sur le cliché, assis sur des tabourets en bois, sans vie, les mains ligotées dans le dos, le corps affaissé. L'un d'eux a au moins les yeux couverts d'un bandeau blanc. Sur une des images, on voit leurs comparses, qui avaient été condamnés à assister à l'exécution. Combien avaient détourné le regard ? Combien avaient souhaité à cet instant avoir les yeux couverts d'un bandeau blanc ? L'un d'eux avait-il vu ses compagnons mourir ? Avait-il pensé pendant une fraction de seconde : *J'aurais pu être ce mort* ou *Maintenant, un homme qui n'est pas moi est en train de mourir* ? Nous ne le saurons jamais avec certitude, mais eux aussi figurent sur les photos, assis sur des tabourets en bois, encerclés de policiers, dans une scène qui aurait pu être prise lors d'une fête populaire, une représentation de théâtre en pleine rue. Tous ceux qui ont voulu attenter à la vie du président Reyes ont été immortalisés sur le papier, sauf un. Pedro León Acosta n'était pas présent. Il avait réussi à échapper aux policiers déployés dans la région.

Comment cela avait-il été possible ? Parce qu'il avait de nombreux amis parmi les gens influents de Bogotá, et beaucoup partageaient son antipathie pour les conservateurs mous ou lâches qui confiaient le pays aux libéraux athées. Le jour même de l'attentat, le colonel Abelardo Mesa lui avait téléphoné pour lui annoncer qu'il était recherché. Quelques heures plus tard, Acosta descendit la Carrera 13 à cheval et quitta la ville par l'ouest, à travers champs. Il lui fut impossible de se cacher dans l'Hacienda El Salitre, car il trouva la porte fermée par un solide cadenas, mais il parvint à gagner les collines du domaine San Bernardo et disparut dans la forêt, où nul ne penserait à le chercher. C'était une des zones les plus froides, les plus humides de ces montagnes. Il resta là le temps que les esprits se calment à Bogotá. Dans les hauteurs, il découvrit une grotte : il fallait y entrer en rampant comme un animal, et le fond de la cavité était l'un des endroits les plus sombres qu'il lui avait été donné de connaître, mais elle se trouvait à l'écart des chemins et des lieux habités, il y serait donc à l'abri.

Il lui sembla miraculeux de n'être pas tombé malade pendant ces journées. Par la suite, il s'installa dans une cabane qu'on avait construite pour lui, lut avec attention toutes les informations qu'on lui faisait parvenir, apprit que la police avait déployé de nombreux effectifs afin de le capturer et sut le montant de sa mise à prix. Il s'aperçut qu'il se méfiait de tout le monde. Seul, de nuit, il parvint à regagner son domicile afin de voir sa femme une dernière fois, de manger un repas chaud et de se reposer un peu sous une bonne couverture en laine avant de reprendre sa longue fuite. Mais sa visite lui donna une idée. Il fouilla dans l'armoire de sa femme et y trouva une robe ample qui ne lui comprimait pas trop le diaphragme. Ainsi travesti, ne se déplaçant que de nuit, il arriva jusqu'au fleuve Magdalena et embarqua sur un cargo de l'United Fruit Company à destination de Panamá et, au terme de plusieurs jours de traversée, il atteignit l'endroit qui serait son refuge jusqu'à la fin du gouvernement de Reyes – sa « terre d'exil », disait-il –, San José du Costa Rica.

On n'entendit plus parler de lui.

Des années plus tard, quand le président Rafael Reyes renonça au pouvoir, le pardon et l'oubli (ou un mélange des deux) s'installèrent, au bénéfice des anciens ennemis du leader conservateur. Lorsque Pedro León Acosta revint clandestinement en Colombie, en 1909, il découvrit que ses anciennes fautes étaient devenues légendaires : il pouvait désormais s'en vanter en public et ne s'en privait pas, que ce soit en personne ou par voie de presse. Il affirmait qu'il n'avait jamais regretté d'avoir conspiré contre le général Reyes, et que s'il avait quitté le pays, c'était à cause de la lâcheté des hommes qui ne l'avaient pas suivi dans ses actions et de la déloyauté de ceux qui n'auraient sans doute pas hésité à le dénoncer pour de l'argent. En 1914, non seulement il n'était plus un fugitif, mais beaucoup de

Colombiens issus de toutes les classes sociales, et pas nécessairement des conservateurs, le considéraient avec le respect qu'on réserve depuis la nuit des temps aux conspirateurs qui s'en tirent avec brio.

À la fin de novembre, Julián Uribe eut un entretien avec Carlos Adolfo Urueta, le gendre du général Uribe, pour prendre une décision quant à la situation préoccupante qu'ils vivaient. Correal orientait la procédure d'instruction sans que personne semble s'en inquiéter : Pedro León Acosta avait été vu en compagnie de Galarza et de Carvajal, mais on n'avait pas exploité cette piste et aucune enquête n'avait été menée. Sur les douze témoins qui avaient dit avoir vu Pedro León Acosta en compagnie des assassins, deux seulement avaient été appelés à faire une déposition. Le premier, qui avait auparavant reconnu Galarza grâce aux photos publiées dans les journaux, se rétracta ensuite pour des raisons incompréhensibles. Il se souvenait juste d'avoir mentionné un groupe d'artisans qu'il n'avait pas identifiés avec exactitude. L'autre, qui habitait près de la gare de Tequendama et gagnait sa vie en louant des voitures, confirma qu'Acosta avait été un de ses clients et qu'il avait pris un véhicule pour aller jusqu'aux chutes, mais il se garda de décrire ses accompagnateurs. Julián Uribe avait tiré de ces témoignages une conclusion évidente : même si les deux témoins ne pouvaient pas ou ne voulaient pas identifier Galarza et Carvajal, la présence de Pedro León Acosta dans cet endroit avec des artisans était incontestable, et les deux assassins se trouvaient certainement parmi eux. Il aurait été logique d'enquêter, de vérifier l'identité de tous les membres du groupe et de s'appuyer sur les dix témoignages restants pour s'assurer que les deux meurtriers avaient participé à l'excursion. Rien n'avait été fait dans ce sens, à croire que le procureur chargé de l'instruction, le célèbre Alejandro Rodríguez Forero, refusait que ces déclarations soient versées au dossier et préférait les ignorer comme si elles n'avaient jamais existé. Voilà pourquoi, en cette après-midi de novembre, Julián Uribe et Carlos Adolfo Urueta décidèrent que, compte tenu des circonstances, ils allaient devoir mener leur propre enquête.

Mais à qui la confieraient-ils ? Qui prendrait le risque d'affronter Salomón Correal et le procureur Rodríguez Forero pour ensuite révéler que les représentants du pouvoir judiciaire du pays étaient des irresponsables et avaient commis des négligences dans l'affaire criminelle la plus célèbre de l'histoire de la Colombie ? Qui serait non seulement assez téméraire, mais aussi d'une fidélité sans faille à la mémoire du général Uribe, pour démêler ce sac de nœuds ? Il leur fallait un libéral convaincu et, de surcroît, avocat, quelqu'un qui connaisse la procédure pénale et les aspects techniques d'une enquête judiciaire ; un sympathisant, voire un adorateur du général, si possible un ami. Carlos Adolfo Urueta fut le premier à suggérer un nom qui, dès qu'il fut prononcé, leur sembla à tous deux avoir toujours été présent dans la pièce : Marco Tulio Anzola.

Anzola avait alors vingt-trois ans. C'était un jeune avocat dont la réputation était assise depuis qu'il avait été fonctionnaire au ministère des Travaux publics. C'était surtout un individu contestataire et audacieux, ami du général Uribe pendant ses dernières années de vie. En vérité, le général avait été son mentor, son protecteur, son maître. Il l'avait pris sous son aile et lui avait permis de décrocher ses premiers postes. Il avait les cheveux noirs, un crâne très dégarni pour son âge, une moustache sans distinction et des yeux qui, *a priori*, ne semblaient guère vifs, mais Julián Uribe était persuadé que c'était l'homme qu'il leur fallait pour accomplir cette mission.

De sorte qu'au début du mois de décembre, par une nuit froide comme elles peuvent l'être lorsque le temps est clair à Bogotá, Julián Uribe et Carlos Adolfo Urueta frappèrent à la porte de Marco Tulio Anzola avec une mallette remplie de papiers. Pendant une heure, ils lui parlèrent d'Alfredo García, des hommes élégants qui avaient rendu visite aux assassins la veille du meurtre, des témoins qui avaient décrit leur excursion aux chutes du Tequendama, de Pedro León Acosta et de la note rédigée par Julián Uribe pour exposer ses doutes au général Salomón Correal, le chef de la police. Ils lui expliquèrent que certains faits les avaient convaincus que l'instruction sur le meurtre du général Uribe avait été manipulée pour qu'aucun élément ne vienne ébranler la version du procureur Rodríguez Forero, selon laquelle Galarza et Carvajal avaient agi seuls. Eux pensaient que c'était faux et estimaient avoir collecté assez d'indices pour infirmer la version officielle.

« Nous voudrions vous demander, cher Anzola, de mener une enquête parallèle, lui annonça Julián Uribe à la fin de l'entretien. De suivre la piste d'Alfredo García et celles des chutes du Tequendama et d'Ana Rosa Díez.

– Qui est Ana Rosa Díez ? demanda Anzola.

– Nous ne vous l'avons pas dit ? s'étonna Carlos Adolfo Urueta.

– Je ne crois pas. »

Julián Uribe et Carlos Adolfo Urueta lui parlèrent donc d'Ana Rosa Díez, une jeune femme très pauvre qui lavait le linge d'Alfredo García depuis quelques mois. Mais cela importait peu. Ce qui comptait, c'était qu'elle vivait chez Eloísa Barragán, la mère de Galarza. Quelque temps après avoir fait la déclaration contenue dans le porte-documents de Tomás Silva, García avait amené mademoiselle Díez à la cordonnerie en lui demandant de répéter ce qu'elle venait de lui raconter. Ana Rosa avait obéi. Elle avait expliqué à Tomás Silva que, plusieurs jours auparavant, un jésuite était venu voir la mère de Leovigildo Galarza. Ana Rosa Díez lui ayant dit qu'elle n'était pas là, il lui avait remis une carte sur laquelle il avait griffonné quelques mots et l'avait priée de la lui donner. Et quel en était le contenu ? s'était enquis Tomás Silva. Il devait en prendre connaissance par lui-même, lui avait répondu la jeune femme. Et où était cette carte ? avait voulu savoir Silva. Ana Rosa lui avait dit qu'elle pouvait la lui apporter : elle tâcherait de la subtiliser sans que madame Barragán s'en aperçoive. Quatre jours après, lorsque Ana Rosa Díez était repassée à la cordonnerie pour lui montrer le mot, Tomás Silva était sorti. Ses employés avaient aperçu la carte, mais Ana Rosa avait refusé de la leur laisser. Elle l'avait emportée avec elle en promettant de revenir. On ne l'avait plus revue depuis.

« Eh bien, il faut la chercher, dit Anzola.

– C'est justement là tout le problème, souffla Julián Uribe. Elle a disparu.

– Comment ça ?

– Elle n'est plus chez la mère de Galarza. Elle n'est nulle part, elle s'est volatilisée.

– Et qu'en pense la police ?

– La police ne l'a pas retrouvée, répondit Carlos Adolfo Urueta.

– Vous ne pensez tout de même pas…

– Oh, nous, nous ne savons plus quoi penser », le coupa Julián Uribe.

À cet instant, Anzola devina que le frère du général Uribe, son maître et mentor, allait répéter sa demande. Mais le jeune homme ne pouvait tolérer qu'on dise de lui qu'il s'était fait prier pour découvrir la vérité sur le meurtre du leader politique.

« Ce sera un honneur, dit-il en regardant Julián Uribe droit dans les yeux.

– Cela signifie que vous allez nous aider ?

– Absolument. Et ce sera un honneur pour moi. »

Le lendemain, très tôt dans la matinée, à l'heure où l'air froid de la ville brûle encore les narines, Anzola sortit de chez lui et parcourut la dizaine de pâtés de maisons qui le séparait du lieu du crime. La place Bolívar était calme. Il s'approcha du Capitole par le nord, passant d'abord devant la cathédrale, puis devant le collège des jésuites, et remarqua la présence de plusieurs agents de police. Il parvint à l'endroit exact où, deux mois auparavant, Rafael Uribe Uribe s'était effondré contre le muret en pierre, la tête en sang, pendant que non loin de là on arrêtait ses assassins, chacun de son côté. Il avait trouvé le lieu exact où s'était produit le crime, car en levant la tête vers le fronton est du Capitole, éclairé par un soleil timide, il avait vu une plaque de marbre de la taille d'une fenêtre de cabinet de toilette. Elle lui avait semblé trop discrète, peu visible, et il avait eu honte de ce qu'elle disait ou plutôt – pensa-t-il – de ce qu'elle ne disait pas.

À Rafael Uribe Uribe.
Le Congrès de Colombie.
15 octobre 1914

Anzola songea que ce Congrès ne méritait pas d'avoir eu le général Uribe parmi ses représentants. Quant à la Colombie, ce pays où les menaces de mort faisaient presque partie de la routine et étaient très souvent mises à exécution, elle ne méritait pas non plus les combats que Rafael Uribe avait menés dans l'intention d'assurer son avenir. Anzola s'accroupit près du mur de pierre, dans la position où on lui avait dit que le général était tombé et, de là, il observa les alentours : la rue 9, le collège des jésuites, la cathédrale qui se découpaient contre le fond bleuté du ciel matinal. Sur le muret, il chercha sans la trouver la marque laissée par une des hachettes meurtrières dont on lui avait parlé, et aussi des traces de sang, une tache ou les contours d'une tache. Non seulement il ne vit rien, mais en outre il se sentit stupide d'avoir cru possible de déceler quoi que ce soit. Au fond, il s'en fichait. Il se réjouissait, heureux de la mission qu'on lui avait confiée, persuadé que l'enquête qu'il allait mener sans tarder serait la tâche la plus importante de sa vie. Il était loin d'imaginer qu'en prenant cette décision honorable, il venait de jeter par-dessus bord les souhaits qu'il se formulait jusqu'alors à lui-même quand il pensait à son avenir.

* * *

– C'est là que tout commence, Vásquez, a décrété Carballo.

Sur le coup de midi, après avoir entendu de l'eau couler derrière les cloisons, il était sorti de sa grotte de monstre, vêtu d'une chemise propre, ses cheveux clairsemés plaqués sur les tempes. En chaussettes blanches, il arpentait l'appartement et s'était mis à parler comme s'il reprenait une conversation interrompue pendant des siècles.

– Oui, c'est là que tout commence, a-t-il répété. Ce casse-tête monumental que personne ne connaît dans ce pays de gens crédules et sans mémoire, ce chaos auquel j'ai consacré plus de temps qu'à moi-même commence là, fin 1914, avec ce petit jeune homme qui s'appelle Anzola, un mystère de l'histoire, un fantôme que ce crime a sorti de l'ombre et qui y est retourné cinq ans plus tard, un homme qui menait une vie ordinaire et était peut-être heureux, et qui s'est tout à coup trouvé obligé de mettre au jour une conspiration. C'est le travail le plus noble qu'on puisse accomplir, Vásquez : faire s'écrouler un mensonge gros comme une maison, affronter des gens qui n'hésiteront pas à vous faire du mal et prendre des risques, toujours plus de risques. Chercher la vérité n'est pas un passe-temps, vous savez. Ce n'est pas quelque chose qui vous occupe parce que vous êtes désœuvré. Ce n'en était un ni pour Anzola ni pour moi. Je parle sérieusement, Vásquez, alors préparez-vous à ce que vous allez voir ici les jours prochains, entre ces quatre murs. Quand vous connaîtrez cette histoire, vous ne penserez plus de la même façon. Ce qui est arrivé à Anzola les années suivantes a bouleversé sa vie. Ne vous attendez donc pas à sortir d'ici comme si de rien n'était. Personne ne sort indemne de ce genre d'histoire. Ni vous ni qui que ce soit d'autre.

VI

L’enquête

Les derniers jours de 1914 et les premiers de l'année suivante, pendant que Bogotá essayait de fêter la naissance de l'Enfant Jésus tout en surmontant la mort du général Uribe, Marco Tulio Anzola consacra son temps et son énergie à vérifier tout ce qu'il était possible de vérifier sur les témoins des faits : ceux qui avaient assisté au crime, ceux qui ne l'avaient pas vu mais se trouvaient dans le secteur, ceux qui avaient tenu des propos intéressants dont le procureur avait décidé de ne pas tenir compte. Il commença par remarquer ce qui sautait aux yeux : ni le procureur Rodríguez Forero ni Salomón Correal, le chef de la police, ne semblaient se réjouir qu'un jeune homme imberbe vienne fourrer son nez dans une affaire aussi délicate. Mais Anzola posa des questions et constata qu'on lui répondait. Il intensifia ses recherches dans la ville et aux alentours, écrivit des lettres et reçut des réponses et, de fil en aiguille, il finit par apprendre des détails inquiétants, comme par exemple le surnom que les gens du peuple donnaient à Salomón Correal : Général Hachette. On l'appelait ainsi partout, veillant toujours à ne pas être entendu par des agents ou des amis de Correal. Un sobriquet vulgaire ne pesait sans doute guère dans l'enquête d'Anzola, mais les gens savent ce qu'ils disent et pourquoi ils le disent, et pour reprendre les termes de Julián Uribe, « la voix du peuple est la voix de Dieu ».

« Général Hachette, répéta Anzola. Je ne sais pas si la voix du peuple est celle de Dieu, en tout cas ces gens-là appellent un chat un chat. »

L'instruction suivait son cours et il se passait des choses très étranges. Le procureur savait ce que le témoin Alfredo García avait vu la veille du crime dans la menuiserie de Galarza, il connaissait l'existence du document que celui-ci avait rédigé et signé sur le comptoir de la cordonnerie de Tomás Silva, pourtant il n'avait toujours pas convoqué García pour prendre sa déclaration officielle et lui octroyer valeur de preuve légale. Pourquoi ? Julián Uribe disait vrai : le procureur donnait parfois l'impression de vouloir interdire ou cacher toute interprétation du meurtre différente de celle des deux assassins, selon laquelle ils avaient agi seuls, et il refusait de verser au dossier toute pièce susceptible de compliquer cette version. Tomás Silva le poursuivait sans cesse, et quand il le croisait dans la rue, c'est tout juste s'il ne le harcelait pas, le suppliant en vain d'accepter de recevoir le témoin. Le procureur lui faisait des réponses évasives : il n'avait pas reçu le document de García alors qu'il l'avait demandé. Les journées s'écoulaient sans qu'on cherche à identifier les six hommes élégants qui avaient discuté avec les meurtriers dans la nuit du 14 octobre.

Entre-temps, une question taraudait Anzola : où se trouvait Ana Rosa Díez ? Qu'était-il advenu de la fameuse carte qu'un supposé jésuite était censé avoir laissée à l'attention de la mère de Galarza ? Quel intérêt pouvait présenter ce bout de bristol pour qu'Ana Rosa Díez ait tenu à le remettre à Tomás Silva ? Quel rapport entre cet intérêt et la disparition de cette femme ? Anzola la chercha partout. Il se rendit sans succès chez Eloísa Barragán, la mère de Galarza, s'entretint avec elle, qui lui parut plus rusée qu'elle n'en avait l'air, et apprit qu'Ana Rosa Díez était partie sans prévenir, comme une voleuse, en lui devant deux semaines de loyer. Évidemment, elle avait loué sa chambre aussitôt après son départ, mais sa nouvelle locataire étant absente, Anzola ne put jeter un coup d'œil dans la pièce. Il décida de poursuivre ses recherches chez Galarza, qui vivait au 205 A de la rue 16, mais quand il arriva à cette adresse, trois jours avant Noël, il découvrit qu'un inspecteur municipal était en train de débarrasser les lieux. Les affaires du meurtrier et de sa concubine, María Arrubla, avaient été entreposées dans la rue. Anzola vit qu'il restait encore des meubles, des tiroirs, de tristes tas de vêtements qui attendaient qu'on les prenne sur le trottoir. Un peu plus tard, Anzola apprit que pendant qu'on vidait le domicile de Galarza, on avait fait une découverte importante. Derrière des caisses en bois, bien cachée, l'inspecteur avait trouvé la lame très affûtée d'une hachette et, quelques mètres plus loin, un manche en bois dans lequel était passée une ficelle d'agave. Il s'agissait d'un outil identique à ceux qu'avaient utilisés les assassins pour agresser le général Uribe. Anzola s'étonna que les agents de police qui avaient fouillé la chambre le jour du crime ne l'aient pas mentionnée dans l'inventaire exhaustif qu'ils avaient dressé.

« Elle est toute neuve, dit l'inspecteur municipal à Anzola. Elle n'a jamais servi.

– Et elle est bien aiguisée, précisa Anzola.

– Très bien aiguisée, renchérit l'inspecteur. C'est bizarre qu'elle ait été là. En principe, les menuisiers n'utilisent pas ce genre d'outil.

– Une erminette.

– Pardon ?

– Ça s'appelle comme ça. Qu'elle ait été là n'a rien d'étrange. Ce qui est bizarre, c'est qu'elle n'ait jamais servi. »

À compter de ce jour, Anzola eut deux obsessions : primo, il estimait que le crime avait été planifié bien plus tôt que ne l'avaient affirmé les assassins, qui s'obstinaient à déclarer qu'ils avaient pris leur décision la veille, après s'être rencontrés dans une *chichería* ; secundo, il pensait que la troisième hachette appartenait à un troisième agresseur, quelqu'un qui, pour des raisons inconnues, n'avait pas eu l'occasion de s'en servir. Y avait-il eu ce jour-là un troisième homme prêt à en finir avec le général Uribe ? Dès qu'il interrogeait quelqu'un, Anzola lui parlait du troisième homme. Il essayait de reconstituer le moment du meurtre grâce à de nouveaux témoins ou en relisant des témoignages existants. Il constata que la scène du crime changeait comme changent nos souvenirs : au fil des jours, des conversations et de ses infimes découvertes, les images qu'il formait dans sa tête devenaient vaporeuses, et des hommes apparaissaient dans des endroits de la Carrera Séptima où il n'y avait rien auparavant ; au contraire, une silhouette qu'il avait toujours crue figée disparaissait dans la rue 9. Il remarqua qu'on le regardait de travers : les gens avaient eu vent de la mission que la famille du général assassiné lui avait confiée.

« C'est lui », entendit-il un soir dans son dos, au café Windsor.

« Il est si jeune. On se demande pourquoi on confie à un gamin des affaires qui ne concernent que les grandes personnes », dit une autre voix.

« Moi, je crois qu'il ne tiendra pas jusqu'au Nouvel An », dit un troisième larron.

Quand Anzola se retourna, il ne vit que des gens plongés dans la lecture de leur journal, à croire que personne n'avait parlé.

Mais au Nouvel An, il tenait toujours bon. Il passa les congés (le pont qui relie une année à l'autre) à relire les déclarations des témoins, essayant d'y déceler une référence, ne serait-ce qu'indirecte, à un autre agresseur que Galarza et Carvajal. Les témoins décrivaient l'attentat, les assassins et la victime, ceux qui avaient demandé de l'aide et ceux qui avaient aidé, mais Anzola ne tirait rien au clair. Au début du mois de janvier, ses recherches le menèrent cependant à deux hommes qui n'avaient jamais fait de déposition en dépit de l'importance de ce qu'ils avaient à dire.

Ce furent eux qui l'abordèrent et non l'inverse. Anzola remontait la Carrera Octava quand un homme avec un nœud papillon se mit à marcher à sa hauteur. Il dit s'appeler José Antonio Lema, ajouta qu'il avait voulu se faire entendre des procureurs chargés de l'affaire Uribe, mais que ces derniers avaient refusé de le recevoir.

« Je n'ai pas assisté à la scène que je vais vous décrire, commença Lema. C'est quelqu'un d'autre qui l'a vue. J'espère que vous me croirez. »

L'autre personne était un dénommé Tomás Cárdenas, employé au Sénat, qui avait quitté le Capitole peu avant le meurtre et avait tout vu.

« Tout ? dit Anzola.

– Oui, tout », lui confirma Lema.

Cárdenas s'était confié à lui et à des amis dans un café, avec une précision telle qu'on ne pouvait douter de sa parole.

« Qu'a-t-il vu ?

– Qu'il y avait un troisième homme avec les deux assassins.

– Ah oui ? Qui était-ce ?

– Cárdenas ne l'a pas reconnu. C'est lui qui a frappé le général en premier. Cárdenas a vu son arme, même s'il était loin. Apparemment, il s'agissait d'un poing américain. Il est tout allé raconter à la police, qui n'a pas voulu prendre sa déclaration.

– Qu'est-ce qu'on lui a dit ?

– Que ces renseignements ne leur étaient d'aucune utilité, qu'il interprétait les faits. »

À la mi-février, Tomás Cárdenas confirma tout ce qu'avait dit Lema. Il raconta que le jour du meurtre, vers 13 heures, il regardait les affiches placardées sur le mur, à côté du café El Oso Blanco, quand il avait vu le général Uribe (même s'il ignorait encore qu'il s'agissait de lui) marcher sur le trottoir, à gauche du Capitole. Il s'aperçut alors qu'il n'était pas seul : un homme moustachu en costume noir coiffé d'un chapeau melon le suivait de très près. L'homme au chapeau avait pressé le pas, s'était approché de lui par-derrière, avait levé la main pour lui donner un coup violent au visage. Cárdenas avait eu le temps de voir quelque chose briller sur la main de l'homme. Il lui avait semblé que c'était un poing américain.

« Et vous êtes allé faire une déclaration à la police ? lui demanda Anzola.

– Oui, mais ils n'ont pas voulu la prendre et m'ont dit que ça n'amènerait que des complications. »

L'image de l'homme au poing américain hanta Anzola. Les premiers rapports de police ne mentionnaient pas sa présence : c'était un fantôme. La troisième hachette, découverte chez Galarza, lui était-elle destinée ? Dans ce cas, pourquoi avait-il décidé de changer d'arme au dernier moment ? Quoi qu'il en soit, Anzola avait une certitude : même s'il n'était pas possible de connaître son identité, on savait qu'il ne s'agissait ni de Galarza ni de Carvajal, ce qui allait dans le sens de l'hypothèse selon laquelle il y avait bien eu un troisième homme.

De retour chez lui, Anzola s'enferma dans la salle à manger et relut le rapport d'autopsie. Un poing américain ne laisse pas les mêmes traces qu'une hachette, et cette différence avait certainement été soulignée par les médecins légistes, à moins que Cárdenas n'ait menti, cru voir quelque chose d'inexistant ou projeté ses propres angoisses sur les images qu'il avait gardées de la scène. Il n'en était rien : le rapport d'autopsie faisait état noir sur blanc des effets du poing américain sur la peau et les os du général. *Sur le visage*, lut Anzola, *au niveau du sillon orbitaire inférieur gauche, on remarque une blessure transversale de 4 cm de long qui a endommagé la peau et une partie des tissus mous. Elle présente les caractéristiques d'une blessure causée par un instrument tranchant. Dans la région frontale gauche, on constate une érosion de la peau avec des ecchymoses de forme circulaire et d'un diamètre de 3 cm ; cette lésion a été causée par un instrument contondant. Dans la zone malaire droite, on remarque une blessure de la peau de 1,5 cm de diamètre causée par un instrument contondant, et une lésion similaire sur la joue droite. Sur l'arête du nez, on constate une érosion de la peau de 1 cm de long causée par un objet contondant.* Dès qu'apparaissait l'adjectif *contondant*, Anzola pensait au poing américain, à la main qui s'abattait sur le visage du général Uribe, le préparant pour que les autres fauves viennent ensuite finir le travail et mettre leur victime en pièces à coups de hachette. Tout dans ce rapport prouvait qu'un troisième homme avait agressé le général, l'instrument contondant ne laissant pas les mêmes traces que les erminettes de Galarza et de Carvajal. Anzola aurait pu crier victoire, au lieu de quoi il éprouva de la tristesse et se sentit seul au monde.

Pour ne pas courir le risque de se tromper dans ses appréciations, il alla voir le docteur Luis Zea, un des médecins qui avaient tenté de sauver la vie du général Uribe. En patientant dans la salle d'attente, Anzola observa le squelette, les diagrammes épinglés aux murs, l'armoire aux portes vitrées et les carreaux biseautés des portes au travers desquels la lumière blanche se transformait en prisme coloré. Anzola ne connaissait pas Luis Zea, mais Julián Uribe lui avait parlé du chirurgien en termes si élogieux qu'il eut l'impression d'être en compagnie d'un ami, ou plutôt d'un complice. Le monde commençait à se diviser entre ceux qui étaient avec lui et ceux qui étaient contre lui. D'un côté, on cherchait la vérité ; de l'autre, on essayait de la cacher, de l'ensevelir sous des poignées de terre. Anzola avait aussi le sentiment qu'autour de lui, le monde se comportait de manière incompréhensible. Ces jours derniers, un journal avait publié une petite annonce des frères Di Domenico, des Italiens qui projetaient des films étrangers dans la salle Olympia. Cette petite entreprise proposait d'acheter pour cent francs un récit sur la vie du général Uribe. Anzola n'osait pas imaginer ce qui était ressorti de cette proposition, mais il y voyait une affaire peu reluisante. Il faisait son possible pour élucider un meurtre suivi d'un deuil national et, dans les journaux, on était prêt à payer quiconque inventerait une bonne histoire à ce propos.

« Tout est à vendre dans ce pays, même la mort de nos grands hommes », dit-il au docteur Zea en pénétrant dans son cabinet.

Il s'étonna de constater que le docteur était parfaitement au courant de la petite annonce. Il lui fit en outre une révélation surprenante sur les frères Di Domenico : ils étaient là le jour de l'attentat. Pas dans la rue, mais au domicile du général Uribe, lorsqu'il se débattait entre la vie et la mort (Zea employa ces termes), sous les instruments chirurgicaux des médecins qui essayaient de le sauver.

« Ils étaient là ? » s'exclama Anzola.

Le docteur lui répondit par l'affirmative et ajouta qu'ils s'étaient mêlés aux curieux avec leur boîte noire qui prenait des images au destin mystérieux. Anzola aimait-il le cinématographe ? lui demanda Zea. Le jeune homme dut avouer qu'il n'avait assisté qu'à une seule projection. Il orienta de nouveau la conversation sur cette révélation qui lui déplaisait, la présence des Italiens chez Uribe. Les Di Domenico avaient-ils vraiment été dans la maison du général alors qu'il agonisait ? redemanda-t-il. « Oui », lui confirma Zea pour la deuxième fois.

« Que faisaient-ils ?

– Allez donc savoir », souffla Zea en haussant les épaules.

Anzola expliqua ensuite les raisons de sa visite. Il prononça les mots *ecchymoses*, *contondant* et *poing américain*. Le docteur Zea l'écouta poliment, mais apparemment sans lui prêter trop d'attention. *Il ne me prend pas au sérieux*, songea Anzola. *Il me considère comme un enfant, un enfant qui fait un travail de grandes personnes*. C'est alors que, sans le regarder, Zea murmura qu'Anzola avait raison.

« Expliquez-moi, docteur.

– En réalité, c'est très simple. Aucune de ces blessures au visage n'a pu être causée par les hachettes.

– Même si les assassins se sont servis de la partie aplatie, celle qui est de l'autre côté de la lame ? Je ne sais pas comment on l'appelle exactement.

– C'est improbable. Les hachettes des meurtriers pèsent dans les huit cents grammes. Elles ne peuvent pas provoquer ce genre de blessures, affirma Zea en promenant un doigt sur le rapport d'autopsie. Regardez. Ici, on parle de quatre lésions au visage dans une zone minuscule. Chacune d'elles a un tout petit diamètre. Non, mon cher ami. Cela porte un nom. Ce serait un coup de poing si l'homme était très fort, un monstre ou un géant. Mais ce jour-là, il n'y avait que je sache ni monstre ni géant sur la place Bolívar, n'est-ce pas ?

– Tout à fait.

– Alors il ne reste qu'une conclusion. C'est un coup assené avec un poing américain. »

Anzola le regarda sans doute avec perplexité, car Zea ajouta :

« Si vous n'êtes pas convaincu, allez voir les légistes. Ils pourront peut-être vous montrer les os du général. Si vous êtes du genre à tout vouloir toucher pour y croire…

– Les os du général.

– Oui, les légistes ont dû garder la calotte, la partie supérieure du crâne, qu'on soulève pour observer le cerveau et, dans le cas du général, pour examiner la blessure aux méninges. La calotte était brisée, comme vous pouvez l'imaginer, fendue par la hachette meurtrière. L'os est en partie fracturé. La vie d'un être humain ne tient qu'à cela, souffla-t-il avant d'observer un moment de silence. J'étais là quand ils l'ont soulevée, je les ai aidés. L'un d'eux l'a probablement conservée.

– C'est autorisé ?

– C'est même presque un devoir, mon cher ami. Lisez le rapport d'autopsie : vous verrez que la blessure mortelle est celle-ci. D'après mes souvenirs, il n'y en a eu qu'une seule. Elle a brisé l'os et fendu les méninges. Aucun des autres coups ne l'aurait tué, vous n'êtes pas d'accord ? Seul celui-ci a pénétré dans la matière cérébrale et a entraîné la mort du général. Par conséquent, cette partie du corps a dû être conservée pour servir de modèle dans d'autres affaires similaires. C'est une sorte de témoin, vous comprenez ? Cette partie, la calotte et le segment fracturé par le coup, est un témoin. Voilà pourquoi il est utile de la garder. Je crois que le docteur Manrique s'en est chargé.

– Mais que reste-t-il dans le crâne du mort ? demanda Anzola. Avec quoi le remplit-on ?

– Mon cher Anzola, arrêtez donc de dire des âneries. Laissez-moi plutôt écrire quelques lettres de recommandation. Je vais vous aider, mais tenez-moi informé. Comme vous, j'aimerais savoir ce qui s'est passé ce fameux jour. »

Muni d'une lettre du docteur Zea à l'attention de Julio Manrique, professeur de pathologie à la faculté de médecine et légiste du département de Cundinamarca, Anzola se présenta à son cabinet par une matinée pluvieuse. Le médecin avait une barbe très courte taillée en pointe et des yeux clairs d'enfant timide qui inspiraient aussitôt confiance. À un peu plus de quarante ans, Manrique était déjà une éminence à Bogotá : il avait étudié la chirurgie à Paris et les organes des sens à New York, fait des recherches sur la lèpre en Grande-Bretagne et en Norvège et soigné des patients atteints de maladies des yeux au lazaret San Juan de Dios. Sa réussite ne surprenait cependant personne, car il était le quatrième d'une dynastie d'illustres médecins : son grand-père et son père avaient exercé ce métier, son frère aussi, une sorte de légende de la chirurgie dans le pays, un homme aux mains d'or qui avait fondé des cliniques, enseigné et même trouvé le temps d'être parlementaire à Bogotá et ministre plénipotentiaire auprès de la France et de l'Espagne.

« Vous savez ce qui m'est arrivé ce jour-là ? demanda-t-il à Anzola. À Bogotá, tout le monde le sait, et vous ? »

Anzola répondit que non, il n'en avait aucune idée.

« Vous ne savez pas ?

– Non. »

Le jour de l'autopsie, lui raconta le docteur Julio Manrique, il s'était rendu au domicile du général Uribe en compagnie de son collègue, Ricardo Fajardo Vega, et de trois internes. L'un d'eux, un petit jeune homme qui faisait ses premières armes dans ce genre de combat, avait été incapable de cacher son émotion et s'était mis à pleurer. Au fond, Manrique le comprenait, car scier la tête d'un homme comme le général Rafael Uribe Uribe n'est pas le genre de chose qu'on fait tous les jours, mais il ne pouvait pas autoriser ce type de comportement parmi ses élèves et avait fini par expulser le jeune homme. « Revenez quand vous serez calmé », lui dit-il avant de commencer le travail.

Il coupa la peau, scia les os du crâne, sépara la calotte, examina les dommages dans la matière cérébrale et, avec l'aide du docteur Fajardo, il souleva le cerveau, le pesa et nota son poids, après quoi il s'accorda un peu de temps pour penser comme l'aurait fait tout un chacun aux idées qui avaient traversé ce cerveau pendant ses dernières années de vie. Les internes lui prêtèrent main-forte pour ouvrir le ventre du général et en extraire les viscères afin de les examiner, puis pour casser le sternum afin de voir le cœur et les poumons.

À la fin de l'autopsie, alors qu'ils refermaient le corps et qu'il s'apprêtait à reconstituer la tête, le petit jeune homme pénétra de nouveau dans la pièce et demanda au docteur Manrique de l'excuser, mais quelqu'un l'attendait dehors. « Eh bien, dites-lui que je suis occupé », répondit Manrique sans lever les yeux vers lui, une pointe de mépris involontaire dans la voix. « Vous ne vous êtes toujours pas rendu compte de ce que nous faisons ici ? » ajouta-t-il, et à son ton on devinait que cette question était une admonition ou un ordre. « C'est urgent, docteur », insista le jeune interne. « Ça aussi, rétorqua le docteur. Et en plus, c'est important. » « Mais cette personne a une nouvelle à vous annoncer. »

Et c'est ainsi que le docteur Manrique apprit la mort de son frère. Après avoir été diplomate, Juan Evangelista Manrique avait continué d'exercer la médecine à Paris. Pendant deux ans, il avait été une sorte d'oncle bienveillant pour les Colombiens qui vivaient en France : il les soignait, les consolait, les voyait tomber malades et, dans de rares cas, mourir. Puis la guerre avait éclaté. Quand l'Allemagne avait envahi le territoire neutre de la Belgique et que son armée s'était dirigée sur Paris, Juan Evangelista Manrique et sa femme avaient préféré boucler leurs valises et, comme tous ceux qui en avaient les moyens, ils s'étaient réfugiés sur le territoire espagnol. Ils avaient traversé la frontière et s'étaient installés à Saint-Sébastien. Telles étaient les dernières nouvelles que Julio Manrique avait reçues de son frère : une lettre où ce dernier racontait la prise de Longwy, qu'il appelait la « porte de Paris », puis celle des forteresses de Liège. « Ce sont des barbares », écrivait Juan Evangelista à propos de l'armée allemande. Et voilà que Julio apprenait que son frère avait contracté une broncho-pneumonie, très probablement pendant qu'il traversait la frontière. Son cœur malade n'avait fait qu'aggraver son état et ses poumons avaient cessé de fonctionner dans la nuit du 13 octobre. Juan Evangelista ne sut jamais qu'au moment de sa mort, dans sa ville lointaine, des hommes projetaient d'assassiner le général Uribe, qu'il admirait tant. Il n'aurait jamais pu imaginer non plus que son frère Julio apprendrait son décès pendant qu'il recousait la tête du leader politique avec un soin digne des meilleurs artisans.

« À Bogotá, les journaux ont annoncé la triste nouvelle, poursuivit Julio Manrique, mais qui allait pleurer un médecin mort sur un autre continent alors qu'ici, on venait de tuer à coups de hache un des hommes les plus importants des dernières décennies ?

– Et vous étiez en train de pratiquer l'autopsie.

– Exactement, répondit Manrique, qui observa un moment de silence, plongé dans de tristes recoins de sa mémoire. Alors, comme ça, vous êtes venu voir les restes du général Uribe, reprit-il.

– Oui, à cause du rapport d'autopsie.

– Et qu'avez-vous découvert dans ce rapport ?

– Vous mentionnez des coups portés avec un objet contondant et non coupant comme l'étaient les hachettes.

– Ah, je comprends. Je vois où vous voulez en venir. Mais ce que je vais vous montrer, mon cher Anzola, ne vous servira à rien. Je vais quand même vous le faire voir pour que vous n'alliez pas dire ensuite que vous vous êtes déplacé pour rien. »

Le docteur Manrique se leva et ouvrit un placard, en sortit la calotte et la posa sur son bureau en bois. L'os était plus petit que ne l'aurait pensé Anzola, et très propre, à croire qu'il n'avait jamais été recouvert de peau et de chair. Anzola avait davantage l'impression d'avoir devant lui un bol pour boire de la *chicha* à la campagne que le crâne d'un leader politique qui avait changé le destin du pays. Il eut ensuite honte de cette pensée.

Trois initiales avaient été pyrogravées sur la partie frontale de la calotte : *R.U.U.*

« C'est l'usage ? demanda Anzola.

– Oui, on le fait toujours, répondit le docteur Manrique. Pour éviter de perdre une pièce ou de la confondre avec une autre. Touchez-la, ne soyez pas timide. »

Anzola obéit. Il passa un doigt sur les contours de la blessure, là où l'os brisé par la hachette cessait d'être lisse et devenait rugueux, puis il palpa l'intérieur, comme s'il visitait des ruines, et constata que la bordure du crâne était tranchante.

« Cette blessure a été causée par les hachettes, dit Manrique. Celles produites par l'instrument contondant ont endommagé la joue droite et une partie de l'orbite, si je me souviens bien. Autrement dit, tout ce qu'il y a sous cette ligne. »

En prononçant ces mots, il leva la calotte et dessina en l'air une frontière imaginaire, comme si le reste du visage du général Uribe se trouvait là, dans le vide.

« Ce genre de lésions ne laisse pas de traces sur l'os, et quand bien même elles en auraient laissé, on ne pourrait pas les voir, parce que cette partie du corps a été enterrée. En même temps que le reste de la dépouille du général.

– Elle n'est donc pas ici, conclut Anzola.

– Je crains que non, mais si ça peut vous consoler, je l'ai vue.

– Ça ne m'est pas vraiment utile.

– Non, bien sûr. Je peux vous poser une question ? demanda-t-il après avoir marqué une pause.

– Je vous en prie, docteur.

– Pourquoi faites-vous cela ?

– Parce que je veux savoir, dit Anzola, toujours concentré sur le crâne. Et parce que quelqu'un que je respecte me l'a demandé. En fait, je redoute ce qui pourrait arriver si personne ne faisait ces choses-là. C'est difficile à comprendre, j'en suis conscient.

– Moi, ça me semble très simple, au contraire. Et admirable, si ça ne vous dérange pas que je vous le dise. »

En quittant les lieux, Anzola n'éprouvait aucune déception. Il repartait les mains vides, certes, mais avec l'impression d'avoir effleuré une partie du mystère. Bien entendu, c'était une fausse impression : à cause du contact avec les os d'un mort, de l'étrange solennité du moment et du rapprochement soudain et éphémère de cette violence avec une autre, lointaine et déchaînée, celle d'une guerre qui se déroulait à l'instant même, à des milliers de kilomètres de là, et qui était venue jusqu'à nous. Cela le bouleversait de manière idiote. Il regarda ses mains, frotta ses doigts qui avaient palpé la calotte, sa douce apparence de terracotta. Il songea ensuite qu'elle n'était pas si douce dans la mesure où elle l'avait fortement ébranlé. La calotte trépanée, le fragment d'os détaché par lequel une vie s'était échappée, comme l'avait souligné le docteur. Peu de gens avaient vu ce qu'il venait de voir. C'était comparable à une expérience mystique – se trouver à côté d'une relique, par exemple – et, comme toute expérience mystique, c'était rigoureusement impossible à raconter : un vide s'ouvrait à présent entre lui et les autres par le simple fait qu'il avait vu ce qu'il avait vu et touché ce qu'il avait touché.

Il s'arrêta au Windsor, commanda un café arrosé et se rendit compte qu'on l'observait et qu'on parlait peut-être de lui. Il en eut la confirmation plus tard, mais il s'en moquait et s'étonna de n'y accorder aucune importance.

L'autre personne qui vint le trouver – maintenant les gens l'abordaient, lui racontaient des histoires – s'appelait Mercedes Grau. Le jour du meurtre, mademoiselle Grau avait attendu le tramway au coin du café La Torre de Londres, rue 9. Elle patientait quand un homme élégant, debout à quelques mètres d'elle, attira son attention. Il semblait attendre lui aussi, et elle eut l'impression qu'elle le connaissait, mais elle ne savait pas d'où. Il portait de belles bottines vernies, un pantalon noir avec des rayures blanches et un poncho gris clair. Aucun doute là-dessus, elle avait déjà vu cette moustache et ces petits yeux. À son teint clair, elle déduisit qu'il était rasé de frais. Alors elle se rappela : elle l'avait déjà croisé plusieurs fois dans la cathédrale, où il assistait à la messe, et aussi dans la salle Olympia, à une séance de cinématographe (on projetait peut-être *Le Comte de Montecristo*, *Les Trois Mousquetaires* ou un court-métrage que les frères Di Domenico avaient filmé dans d'autres villes, elle ne se souvenait plus trop). Elle se demandait si elle devait lui adresser un signe de la tête pour ne pas se montrer impolie ou grossière lorsque l'homme élégant s'approcha d'un autre individu, à l'évidence un artisan ou un ouvrier, et lui dit :

« Voilà le général Uribe. »

Mercedes Grau se tourna dans la direction indiquée par l'homme élégant et vit qu'en effet, le général Uribe Uribe descendait la rue 9. Posté au coin du collège de San Bartolomé, l'artisan le regarda jusqu'à ce qu'il se dirige vers la Carrera Séptima, si près de lui qu'il faillit lui céder le passage, puis il le suivit. Ses mains s'agitaient sous son vieux poncho et il marchait à petits pas. L'homme élégant ne bougea pas, comme ancré dans le sol. L'artisan était toujours derrière le général, qui venait de traverser la Carrera Séptima et se trouvait sur le trottoir, du côté du Capitole, près du muret en pierre. C'est alors qu'elle vit apparaître un troisième individu à l'angle du muret. Il portait lui aussi un poncho défraîchi et avait l'allure d'un artisan. Il sortit une main de sous son poncho et se précipita sur le général pour lui assener deux coups sur la tête. Rafael Uribe Uribe s'effondra contre le muret.

« Oh ! Il s'est brisé la nuque ! » s'exclama quelqu'un.

L'homme qui était à ses trousses depuis le début s'approcha et le frappa lui aussi.

« Police ! » hurla quelqu'un d'autre.

À cet instant, le premier agresseur, qui s'était éloigné vers le sud sans se hâter, croisa Mercedes Grau, terrifiée.

« C'est incroyable comme on tue les gens à Bogotá ! s'écria-t-elle, incapable de dire autre chose.

– Oui, c'est comme ça », répondit l'agresseur.

Elle n'osa pas le regarder dans les yeux, mais distingua son arme – une sorte de couteau ou plutôt une petite machette – qui brillait sous le poncho noir. L'agresseur s'approcha ou fit mine de s'approcher de l'homme élégant aux bottines vernies qui, lorsqu'il fut à proximité, s'adressa à lui d'une horrible voix qu'elle n'oublia jamais tout en se demandant ce qui l'avait impressionnée à ce point. C'était une voix calme qui paraissait sortir de la bouche de cet individu sans qu'il remue les lèvres, une voix qui donnait encore des frissons à Mercedes Grau quand elle y songeait.

« Alors ? lança l'homme élégant à l'artisan. Tu l'as tué ?

– Oui, je l'ai tué », répondit l'agresseur sans un regard pour lui ou en l'observant du coin de l'œil.

Et aussitôt il bifurqua, comme pour faire le tour du Capitole par l'arrière du bâtiment. De son côté, l'homme aux bottines vernies remonta la rue 9, en direction des collines. Mercedes Grau fit quelques pas sur la chaussée pour ne pas le perdre de vue. Une cinquantaine de mètres plus loin, il retrouva un autre homme, plus trapu que lui mais tout aussi bien vêtu, la tête couverte d'un feutre. L'homme aux bottines vernies ne le salua pas comme s'il l'avait croisé par hasard, mais au contraire comme si l'autre l'avait attendu. Ils continuèrent à monter la rue ensemble, passèrent devant la maison de la famille Uribe et sous le balcon du noviciat tandis que le général, étendu sur le trottoir, se vidait de son sang et que les gens criaient, appelaient à l'aide et couraient dans l'avenue.

Anzola s'interrogeait. Qui pouvait être l'homme aux bottines vernies qui avait demandé à Galarza s'il avait bien tué le général et avait pris le large quand l'agresseur lui avait répondu par l'affirmative ? Ni la police ni le procureur ne semblaient s'être souciés de vérifier son identité ; depuis le jour du crime, Mercedes Grau crut le voir à plusieurs reprises sans parvenir à connaître son nom. Elle le vit ou crut le voir de loin, dans la foule qui accompagnait le corps du général Uribe au cimetière ; elle le vit ou crut le voir dans la délégation qui posa la plaque de commémoration sur le mur gauche du Capitole. Mais à ces deux reprises elle était seule, sans personne à qui poser des questions, et l'homme s'était évanoui aussi vite qu'il était apparu. L'avait-elle inventé ? L'imagination peut donner des visions, Anzola ne le savait que trop, et celle des habitants de Bogotá était débridée ces jours derniers, semblable à un animal frénétique, féroce, incontrôlable. Mais Mercedes Grau n'avait pas inventé l'homme aux bottines vernies, et si Anzola avait au moins une certitude, c'était bien celle-là. L'homme existait réellement, sa voix et ses bottines aussi, et sa présence constituait la preuve que Galarza et Carvajal n'avaient pas agi seuls et que cette affaire était bien plus grave que ne voulaient le supposer Salomón Correal et le procureur Rodríguez Forero. Non, songea Anzola, Leovigildo Galarza et Jesús Carvajal n'avaient pas agi seuls. Le meurtre du général Rafael Uribe Uribe, dont il avait tenu entre les mains et caressé le crâne brisé, n'était pas un projet improvisé par deux artisans amers d'être sans travail. C'était autre chose. Un troisième agresseur était intervenu, armé non pas d'une hachette, mais d'un poing américain, et un observateur, posté plus loin, mieux vêtu que les assassins et rasé de frais, assistait à la scène. Il avait prévenu Carvajal de l'arrivée de sa victime et demandé à Galarza s'il avait accompli sa mission. *Conjuration*, songea Anzola pour penser ensuite au mot *conspiration*. Ces termes résonnèrent désagréablement dans sa tête, comme les insultes d'un être qui vous aime, et l'obligèrent à fermer les yeux.

Vers le mois de mars, Anzola commença à prendre conscience qu'un étrange phénomène s'était produit dans tout le pays : partout des prophètes, des visionnaires, des devins ou des sorciers avaient annoncé le meurtre du général des jours avant qu'il ne soit perpétré. À Simijaca, à cent trente-cinq kilomètres de Bogotá, cinq témoins affirmèrent que, quarante jours avant les faits, un dénommé Julio Machado avait déclaré que Rafael Uribe Uribe allait être assassiné. Quand ses prévisions se réalisèrent, Machado le voyant croisa un dénommé Delfín Delgado.

« Tu te souviens de ce que je t'avais dit, hein, tu t'en souviens ? » lui demanda-t-il.

Dans la localité de Tena, à soixante-six kilomètres de Bogotá, un certain Eugenio Galarza, qui se disait cousin germain du meurtrier, racontait avoir été averti depuis des mois par Leovigildo de son intention de tuer le général.

« Je n'ai pas voulu participer à l'agression parce que je suis de bonne famille », expliqua-t-il.

Par la suite, quand on le pria de répéter ses propos, il déclara avoir menti quant à ses liens de parenté avec l'assassin, qu'il ne connaissait que de nom, et nia tout le reste. Non, il n'avait confié à personne qu'il avait été informé des projets de Leovigildo Galarza, les témoins l'avaient sans doute mal compris parce qu'il était ivre ce jour-là.

De tous ces devins, celui qui fit le plus parler de lui s'appelait Aurelio Cancino. Au début du mois d'août 1914, ce mécanicien avait été embauché par la Société industrielle franco-belge et, quelques semaines avant le meurtre du général Uribe, on l'engagea dans l'équipe de techniciens affectée à l'installation d'une centrale électrique à La Cómoda, près de Suaita, dans le département de Santander, à environ deux cent soixante-dix kilomètres de Bogotá. Dix-sept jours avant le crime, ses collègues l'entendirent affirmer qu'il ne restait tout au plus au général Rafael Uribe Uribe que vingt jours à vivre.

« Je le sais et je vous garantis que c'est vrai », dit-il.

Après l'assassinat, il parla avec dureté du général :

« Si c'est moi qui avais dû le tuer, je n'aurais pas hésité et j'aurais même bu son sang. »

Il ajouta qu'il connaissait Galarza et Carvajal, savait très bien de quelle société ils étaient membres, et conclut que sans l'ombre d'un doute ils garderaient le silence.

« Ils ont pour consigne de ne rien dire », aurait révélé Cancino.

Les collègues à qui il avait confié que le général serait tué vinrent le trouver après avoir lu la triste nouvelle dans la presse. Cancino les reçut avec le sourire.

– Je vous l'avais bien dit ! » s'exclama-t-il.

Quelques jours plus tard, le maire de Suaita convoqua les collègues de Cancino pour prendre leurs déclarations. Leurs témoignages ne laissaient pas place au doute. Comme la mémoire des hommes, leurs détails variaient, plus ou moins riches et précis, mais leur contenu était identique : tous s'accordaient sur les dons prophétiques de Cancino et son incroyable clairvoyance, sa connaissance de certains détails concernant Galarza et Carvajal, qu'il avait certainement côtoyés. Les témoins firent leur déposition dans l'ordre suivant :

Miguel Nieto

Oui, il se souvenait parfaitement. Ils buvaient des bières à La Cómoda, lui et huit ou neuf collègues qui travaillaient tous à la Franco-Belge. Ils parlèrent du meurtre du général Uribe, qui était sur toutes les lèvres, à croire qu'il n'était jamais rien arrivé d'autre dans le pays. Aurelio Cancino les avait rejoints. Beaucoup d'entre eux se rappelaient ses prédictions. Après quelques bières, sa langue se délia.

« Moi aussi je l'aurais tué volontiers, dit-il. Si on m'avait choisi, je l'aurais fait avec plaisir et en prime, j'aurais bu son sang. »

Quelqu'un lui demanda de qui il parlait et qui aurait pu le choisir. Cancino mentionna alors une société dont Galarza et Carvajal étaient membres et précisa qu'elle se composait d'au moins quatre cents personnes.

« Elle est dirigée par des gens riches et influents, ajouta-t-il. Ils soutiennent leurs membres et feront leur possible pour qu'ils n'aient pas de problèmes. Je connais les meurtriers comme si je les avais faits. Ils ne diront rien parce qu'on leur a demandé de se taire. »

Rafael Cortés

Un jour d'octobre, peu après le meurtre, ses collègues, lui et Aurelio Cancino se retrouvèrent comme ils le faisaient parfois pour boire des bières et discuter de choses et d'autres. À cette occasion, Cancino leur rappela sa prédiction.

« Vous voyez ? Tout s'est passé comme je vous l'avais dit ! »

Les autres lui demandèrent comment il l'avait su et Cancino leur parla librement de la société dont les assassins faisaient partie.

« Moi aussi, j'en suis membre et fier de l'être. Et j'aurais pu être choisi. C'est pour ça que je suis venu ici. Pour ne pas être tiré au sort.

– Un tirage au sort ? Pourquoi ? » s'étonna quelqu'un.

Cancino lui expliqua que la société comptait environ quatre cents membres et était dirigée par des gens du gratin qui avaient organisé un tirage au sort pour désigner les assassins. Le destin avait choisi Galarza et Carvajal.

« Mais ils ne risquent pas de parler ? » demanda quelqu'un d'autre.

Cancino l'assura que les meurtriers ne diraient rien, il les connaissait comme sa poche. De plus, ils n'avaient pas intérêt à parler : là où ils étaient, il ne pouvait rien leur arriver et leurs familles seraient protégées.

« Des gens très puissants vont les aider », ajouta-t-il.

Ciro Cabanza

Quand la Société industrielle franco-belge reçut par câble la nouvelle de la mort du général Uribe, Aurelio Cancino rejoignit ses collègues en bombant le torse.

« Ils ont agi avec un peu d'avance sur mes prévisions, déclara-t-il, mais ce qui devait arriver est arrivé. »

Ses collègues se rappelèrent qu'en effet Cancino avait prédit la mort du général dans les « vingt prochains jours ». Ciro Cabanza lui demanda qui d'autre avait pris part au meurtre.

« Le peuple », répondit Cancino.

Il observa ensuite un silence mystérieux ou qui se voulait mystérieux : un silence théâtral.

« On les soutient, déclara-t-il quand on lui demanda si les meurtriers comptaient sur l'appui de personnes influentes.

– Vous aussi, vous les soutenez ? voulut savoir Ciro Cabanza.

– Uribe était un traître. S'il ressuscitait, je le renverrais dans sa tombe et je boirais son sang. »

Quelques jours plus tard, pendant qu'ils travaillaient, Ciro Cabanza s'approcha de Cancino et voulut savoir comment il réagirait si la justice le convoquait pour qu'il répète les propos qu'il avait tenus.

« Je dirais que j'étais ivre et que je ne me souviens de rien », dit-il en agitant une main.

Nepomuceno Velásquez

Oui, bien sûr qu'Aurelio Cancino leur avait parlé du crime. Il l'avait prédit dix-sept jours avant qu'il survienne. Quand tout le monde apprit le meurtre du général, il déclara qu'il avait eu lieu avec quelques jours d'avance sur la date supposée, mais que tout s'était déroulé comme il l'avait imaginé. Il leur avait aussi touché mot de la société dont Galarza et Carvajal étaient membres.

« J'ai moi aussi l'honneur d'en faire partie », dit-il, très fier de lui.

Quant à l'assassinat de Rafael Uribe Uribe, c'était selon lui un grand service rendu au pays.

« Cet homme devait mourir ainsi, victime d'une agression, parce que c'était un être infâme et un traître. »

Enrique Sarmiento

Les ouvriers se trouvaient dans les locaux de l'entreprise peu après que la direction avait reçu un câble annonçant l'assassinat d'Uribe Uribe. Aurelio Cancino, qui était venu de Bogotá pour riveter les canalisations, déclara :

« Je vous l'avais bien dit, n'est-ce pas ? »

Quelques jours plus tard, quand arrivèrent les journaux qui décrivaient le meurtre dans ses moindres détails, les collègues d'Aurelio Cancino s'aperçurent qu'il avait réellement tout prédit. Pendant une pause, Sarmiento raconta le crime à un autre homme, mais il ne se rappelait plus le nom d'un des assassins. Aurelio Cancino assistait à leur discussion et leur dit qu'il s'agissait de Leovigildo Galarza, qui vivait rue 9 et était membre de la Société Récréative. Sarmiento lui demanda alors en quoi consistait cette société. Cancino lui répondit que les membres se réunissaient pour parler de sujets intéressants et qu'ils organisaient des excursions dans les environs de Bogotá. C'était un honneur pour lui de faire partie de cette société, qui comptait plus de quatre cents adhérents et était dirigée par des personnes fortunées, des gens influents qui avaient l'intention de venir en aide à la famille des assassins.

En mars, Cancino se rendit à Bogotá pour donner au 2e juge de Circuit sa version à propos de ces déclarations. Il brilla par sa simplicité et son économie de mots : il nia tout. Il ne se rappelait pas avoir tenu de tels propos, se souvenait de sa réunion avec ses collègues, mais pas de ce dont ils avaient parlé. Il justifia sa mémoire défaillante en disant qu'il était ivre. Plusieurs témoins affirmèrent l'avoir entendu faire ses prédictions et manifester de la satisfaction quand elles s'étaient accomplies, pourtant il continua de nier, et sa seule voix eut autant de poids que celles qui l'accusaient en chœur de mentir. Il expliqua que ses collègues avaient dû mal comprendre, qu'il s'était exprimé maladroitement, qu'en aucun cas il n'avait prédit le meurtre du général Uribe et qu'il ne risquait donc pas de s'en être vanté. Quand on lui demanda s'il avait bien dit que si le général Uribe ressuscitait, il le renverrait dans sa tombe, Cancino répondit qu'il ne voyait pas de quoi il s'agissait. Quand on lui demanda qui avait dit être capable de tuer le général et de boire son sang, il répondit : « Je ne sais pas. » Il nia aussi avoir connu Galarza tant qu'on ne le confronta pas à ce dernier et, plus tard, assis face à lui, il se rappela qu'en effet, il avait été son voisin deux mois avant le crime et qu'il l'avait déjà croisé avec son ami Carvajal dans la *chichería* Puerto Colombia. Il les avait souvent entendus parler de leurs activités au sein de la société dont ils étaient membres. On lui demanda quelle était cette société et Cancino répondit qu'on l'appelait « Société Récréative », qu'elle comptait de nombreux membres et se chargeait depuis de nombreuses années d'organiser des pique-niques et des excursions pour les artisans. Quand on lui demanda si cette Société Récréative menait aussi des actions politiques, Cancino lâcha un « non » plein d'emphase et jugea sans doute pertinent d'ajouter :

« Moi, la politique, je n'y comprends rien. »

Sans que personne lui ait posé la question, il précisa qu'à sa connaissance, la société ne se consacrait pas davantage aux questions religieuses. Il étonna ensuite tout le monde en refusant d'admettre qu'il en était membre.

« J'ai juste dit que Galarza et Carvajal avaient un atelier de menuiserie à Bogotá et que des gens qui faisaient partie de cette Société Récréative s'y réunissaient, mais je n'ai jamais su pourquoi.

– Il y avait des réunions dans l'atelier des assassins ? l'interrogea le juge.

– D'après ce que je sais, oui », fit Cancino en hochant la tête.

Le juge appela les témoins à la barre. Devant eux, Aurelio Cancino maintint sa version des faits : il était ivre, ils avaient mal interprété ses propos, il n'avait jamais dit de telles choses. De leur côté, les témoins – Nieto, Cabanza, Cortés, Sarmiento et Velásquez – refusèrent eux aussi de revenir sur leurs déclarations.

L'affaire allait selon toute vraisemblance en rester là, mais un juge supérieur convoqua de nouveau Cancino afin de le faire comparaître en présence du procureur Alejandro Rodríguez Forero. Il lui posa pendant de longues heures les mêmes questions qu'auparavant, Cancino se défendit en fournissant les mêmes réponses. Mais à un moment donné, il perdit contenance, déclara qu'on conspirait contre lui, que les témoins s'étaient mis d'accord pour l'envoyer en prison. Le juge le harcelait, l'interrogeait sans relâche en s'appuyant sur les dépositions des témoins, signalait ses contradictions, voulait savoir comment cinq personnes différentes pouvaient chacune donner la même version des propos qu'il avait tenus. Il se produisit alors un retournement de situation et Cancino reconnut avoir parlé à ses collègues après le crime.

« Que leur avez-vous dit ? le pressa le juge.

– J'ai parié que je pouvais leur révéler le nom de celui qui avait tué Uribe Uribe.

– Et qui était-ce, selon vous ?

– Le général Pedro León Acosta. C'est lui qui a envoyé Galarza et Carvajal assassiner le général.

– Sur quoi vous fondez-vous pour faire cette affirmation ?

– C'était écrit dans *Gil Blas*. »

Gil Blas. Il s'agissait d'un journal à scandale qui répandait des rumeurs insensées et publiait des articles satiriques ne respectant ni les valeurs sacrées de la religion, ni la dignité des membres éminents de la société. On y voyait des images d'enfants écrasés par des tramways et de cadavres démembrés lors de bagarres politiques. Cancino lançait ses accusations téméraires en s'abritant derrière un organe de presse à sensation qui ne connaissait ni la honte ni la dignité, si bien que ni le juge ni le procureur ne crurent un mot de ce qu'il disait.

Dans les journaux, les câbles en provenance d'Europe donnaient matière à une foule d'articles sur la guerre. À Bogotá, nombreux étaient ceux qui, à la messe, priaient pour que la France triomphe ; des gens qui n'avaient jamais entendu parler de Reims se tordaient les mains à cause de la destruction de sa cathédrale, et ceux qui ignoraient où se trouvaient les Ardennes estimaient que les Boches s'étaient comportés comme des sauvages. D'aucuns suivaient avec admiration l'avancée de l'armée allemande, d'autres encore louaient la civilisation germanique et disaient qu'il serait bon que les Colombiens héritent de certains traits du comportement allemand pour sauver le pays de l'influence nocive de tant de Noirs et d'Indiens. À la mi-mai, une vague rumeur accéda vite au rang d'information, puis de légende : un Colombien était mort en combattant dans la Légion étrangère. Cette triste nouvelle n'aurait pas captivé tout le pays ni suscité d'autre intérêt que la curiosité des lecteurs de la presse si le défunt n'avait été un des enfants chéris de la bourgeoisie de la capitale. Mais c'était le cas, et pendant quelques mois, tandis qu'Anzola avançait dans ses recherches, sa mort lors de la bataille de l'Artois, où le 2e Régiment de marche du 1er étranger avait pour objectif de s'emparer des Ouvrages Blancs, d'atteindre la cote 140 et de la conserver, fut le sujet de prédilection dans les cafés, les clubs et à toutes les tables de tous les foyers de la bonne société.

Était-ce ce dont les habitants de la ville avaient besoin pour oublier un temps – quelques jours ou quelques semaines – l'ambiance claustrophobe et paranoïaque qui s'était installée après le meurtre de Rafael Uribe Uribe ? Quoi qu'il en soit, la mort d'Hernando de Bengoechea (de même que la courte vie qui l'avait précédée) concentra l'attention de tous, fut rapportée en détail dans les rubriques nécrologiques, chantée dans de longs vers publiés dans des revues, narrée dans les souvenirs épars de ses amis. Dans *La Patria*, Joaquín Achury évoqua la douleur que la disparition d'Hernando avait provoquée chez sa sœur Elvira qui, dans l'article, louait ceux qui donnent leur vie « non à une patrie, mais à la civilisation tout entière ». À Londres, la revue *Hispania*, dirigée par le diplomate écrivain Santiago Pérez Triana, se fit l'écho de cette mort. À Paris, Léon-Paul Fargue, grand ami du jeune homme, lui consacra des lignes poignantes et publia ses poèmes à titre d'hommage posthume. À Bogotá, on apprit qu'Hernando de Bengoechea était un grand poète. Parfaitement : à vingt-six ans, il avait déjà accédé au rang de grand poète et il aurait hérité du sceptre de José Asunción Silva si une mort héroïque ne l'avait pas fauché dans la fleur de l'âge.

Marco Tulio Anzola s'intéressa à l'histoire du poète soldat et songea fréquemment à lui dans le milieu de l'année 1915. Il se mit à suivre tout ce qu'on publiait sur lui comme on guette le prochain épisode d'un roman-feuilleton. Il ne savait guère d'où lui venait cet intérêt exotique, semblable à celui d'un collectionneur : peut-être était-il surpris de voir étalée dans tous les journaux la mort d'un compatriote survenue si loin de chez lui, alors que, dans le pays, tant de gens passaient de vie à trépas sans que personne en soit informé ; peut-être était-ce parce que le jeune mort faisait partie de sa génération (Hernando de Bengoechea avait en effet deux ans de plus que lui) et qu'Anzola ne pouvait s'empêcher de penser : *Ça aurait pu m'arriver à moi*. Dans une autre vie ou dans une vie parallèle, Anzola aurait pu être Bengoechea. Il aurait suffi d'un basculement de la roue de la fortune, d'un déplacement millimétrique des causes et des hasards pour que le jeune soldat tombé sur un champ de bataille en France soit Anzola et non Hernando de Bengoechea. Si son père avait été l'heureux négociant d'une famille fortunée, s'il avait étudié à Yale et eu l'occasion de faire des affaires à Paris, s'il s'était installé dans cette ville à la fin du siècle dernier, comme tant d'autres Latino-Américains, Anzola serait peut-être né dans la capitale de la France, comme Bengoechea, et aurait parlé aussi bien français qu'espagnol, lu Flaubert et Baudelaire, écrit des articles pour les revues parisiennes en langue espagnole, *La Revue de l'Amérique latine*, par exemple, où paraissaient tous les papiers que Bengoechea envoyait sur l'impressionnisme, les ballets russes, la poésie nicaraguayenne composée sur les boulevards parisiens, les opéras allemands avec des orchestres fantaisistes dans lesquels Firmin Touche jouait du saxophone. Anzola continuait par ailleurs de s'entretenir avec des témoins qui le renvoyaient à d'autres témoins ; il prenait toujours leurs déclarations brouillonnes qu'il tentait de rendre plus intelligibles, discutait avec des gens dont il ignorait la fiabilité, qui disaient avoir vu tel ou tel ennemi du général Uribe dans telle ou telle circonstance embarrassante et, pendant tout ce temps, il pensait à Bengoechea, s'informait sur lui, plaignait ses parents, qui regrettaient sans doute de s'être un jour établis à Paris, se demandait où pouvait vivre la famille du jeune homme restée à Bogotá et s'affligeait de son sort.

La fois où il parla avec deux nonnes qui lui jurèrent avoir vu Galarza et Carvajal surveiller la maison du général Uribe, postés en bas du noviciat, quelques jours avant le crime (elles lui apportèrent une preuve supplémentaire que le meurtre n'avait pas été décidé la veille), Anzola apprit également que Bengoechea avait opté pour la nationalité colombienne : à vingt et un ans, obligé de choisir entre ses deux patries, il avait tranché pour celle de ses parents et de sa langue maternelle. Les journaux le citaient comme un exemple insurpassable de patriotisme, et quand ils surent qu'en outre, c'était un fervent catholique, leur admiration fut sans bornes. Dans *La Unidad*, un chroniqueur qui signait Miguel de Maistre faisait les éloges les plus vifs du soldat défunt : il avait dû être difficile pour lui de garder la foi dans ce pays d'incroyants, cette république de l'athéisme qui avait déclaré la guerre aux catholiques. Il se référait longuement à la loi française de 1905, celle de la séparation de l'Église et de l'État, et disait que c'est par cette voie que les peuples vont en enfer. Il mentionnait aussi l'encyclique *Vehementer nos*, où le pape Pie X condamnait cette loi subversive et l'accusait de refuser l'ordre naturel des choses. Il finissait en disant que *chez nous aussi, certains ont voulu nier le rôle sempiternel de notre Sainte Mère l'Église, bafouer les valeurs traditionnelles de notre peuple et abroger de manière unilatérale le Concordat, source de notre persévérance et gardien de nos consciences*, et que c'était pour cette raison que *Dieu, qui ne porte ni verges ni bâton, avait fait d'eux un exemple déplorable*.

Anzola lut l'article, pris d'une fascination atterrée. En quelques lignes, ce Miguel de Maistre s'était arrangé pour passer de l'éloge du soldat mort en France à une diatribe tacite contre le général assassiné à Bogotá. Car le papier publié dans *La Unidad* traitait bel et bien de Rafael Uribe Uribe, et Anzola dut le relire pour s'assurer qu'il n'y avait pas d'autres allusions, comme si, tout à coup, la mort du jeune Bengoechea n'était pour le journaliste qu'un prétexte pour avancer d'autres arguments. D'ailleurs, qui était ce Miguel de Maistre ? Il n'était pas le premier et ne serait pas le dernier à justifier ainsi l'assassinat du général : des opinions similaires avaient été publiées dans d'autres journaux – *El Republicano*, par exemple –, et les caricatures parues dans *Sansón Carrasco*, qui s'étaient acharnées sur le général les mois précédant sa mort, s'autorisaient à présent des commentaires ambigus sur la façon dont Dieu sait écrire droit sur des lignes tordues. Anzola trouvait à toute cette rhétorique un air tristement familier. Quelques semaines avant la disparition du soldat Bengoechea, il avait écouté le récit d'un adolescent dénommé Cortés, cireur de souliers sur la place Bolívar, qui avait souhaité révéler ce qu'il avait vu et entendu le 15 octobre. Lorsque les meurtriers avaient agressé le général Uribe, le garçon astiquait les chaussures d'un client à l'angle du parvis du Capitole, devant le café Enrique Leytón. Le client, un petit gros au nez proéminent et rougeaud avec des cheveux noirs et crépus, s'était levé avec enthousiasme :

« Ah, voilà comment on tue cette canaille ! s'était-il exclamé en passant une main gantée sur sa redingote. Ni avec des verges ni avec un bâton, mais à la hache, c'est plus efficace. »

Sous les yeux de Cortés, il avait couru vers le Capitole, oubliant dans sa hâte soudaine qu'une de ses chaussures n'était pas cirée.

On ne connut jamais l'identité de cet homme qui s'était montré si satisfait qu'on assassine le général Uribe. Au bout du compte, cela n'importait guère, car il y avait beaucoup d'individus de cet acabit à Bogotá, songeait Anzola : beaucoup s'étaient réjouis et avaient considéré que le crime d'Uribe n'était pas un crime, mais un châtiment. De même que Miguel de Maistre, ils étaient nombreux à pardonner l'assassinat ou à le tolérer de manière plus ou moins dissimulée. Le général avait été bien seul pendant ses derniers jours de vie ! Cette ville chicanière lui avait purement et simplement tourné le dos ! Il ne fallait donc pas s'étonner que la mort de Bengoechea ait détourné l'attention des habitants de Bogotá du meurtre d'Uribe Uribe, ne serait-ce que pendant quelques jours ou de façon intermittente. Comme l'agression contre Uribe avait éclipsé la mort du docteur Manrique d'une broncho-pneumonie, à Saint-Sébastien, la balle qui avait traversé la nuque d'un fils de Colombiens dans l'Artois éclipsait cet assassinat qui touchait tout le monde de près et dans lequel tout le monde semblait avoir été impliqué d'une manière ou d'une autre. Anzola se rappelait la procession qui avait suivi le cercueil du général Uribe au cimetière : c'étaient tous des menteurs, des hypocrites. Il avait ensuite l'impression d'être injuste, car parmi cette foule de gens il y avait aussi les autres, ceux qui avaient défendu Uribe ou l'avaient entouré sans le lui dire et, ce qui était plus triste, sans qu'il le sache. Ceux qui s'étaient occupés de lui le 15 octobre, avaient soutenu sa tête blessée, imbibé leurs mouchoirs de son sang pour les garder ensuite comme on conserve une relique ; qui avaient prié pour lui dans l'entrée de sa maison ; qui, ces derniers mois, avaient cherché Anzola pour lui fournir un renseignement ou lui faire part de leurs doutes afin de lui permettre de progresser vers la lumière au milieu de la boue des mensonges et de la distorsion. Oui, eux aussi étaient là, et Anzola leur devait le peu qu'il avait tiré au clair jusqu'alors. Il était redevable à tous les témoins : à Mercedes Grau, Lema et Cárdenas, au petit cireur, aux docteurs Zea et Manrique. Mais il y en avait eu d'autres avant eux, dont il commençait à oublier les noms, et il y en aurait d'autres dont il oublierait aussi les noms, à l'époque encore lointaine où toute cette affaire serait remisée. C'étaient des voix qui lui avaient parlé ou lui parleraient du meurtre du général Uribe, des voix aimables ou intéressées, rudes ou frustes, des voix précises ou à la mémoire défectueuse, semblables à une armée marchant sur Bogotá pour affronter le camp adverse du mensonge, de la déformation, de la dissimulation.

Une de ces voix les plus importantes était celle d'Alfredo García, l'homme qui avait vu six inconnus discuter avec Galarza et Carvajal la veille du crime, et avait entendu les assassins promettre que ce serait du *travail bien fait* et qu'ils verraient, ils feraient du *bon boulot*. Tomás Silva, qui avait demandé à García d'écrire son témoignage dans une minute qu'aucune autorité judiciaire n'avait voulu recevoir, arriva un jour dans le bureau d'Anzola. C'était en octobre ; au même moment se livrait la troisième bataille de l'Artois et les armées allemande, austro-hongroise et bulgare unissaient leurs forces pour envahir la Serbie. Le cordonnier s'inquiétait, mais pas de ce qui se passait en Europe.

« Il veut se vendre, annonça Silva.

– Qui ? demanda Anzola. Qui veut se vendre ?

– García, le témoin. C'est un type honnête, mais pauvre. Et maintenant, il me dit qu'il ne peut plus attendre, que si le procureur ne s'intéresse pas à son histoire, Pedro León Acosta l'écoutera peut-être volontiers.

– Je ne comprends pas.

– Ce type est fauché, expliqua Tomás Silva. Il n'a même pas de quoi manger. Je lui ai donné des billets de cinq et de dix pesos pour qu'il survive, monsieur Anzola, et mes employés ont réparé ses chaussures sans rien lui faire payer. À présent, il croit que Pedro León Acosta peut payer son témoignage. “J'ai plus de chances avec monsieur Acosta qu'avec les magistrats qui s'occupent de l'instruction”, m'a-t-il dit. Ce sont les mots qu'il a utilisés. Il est désespéré, et les hommes désespérés font ce genre de choses.

– Mais… pourquoi Acosta ? Pourquoi Pedro León Acosta le payerait-il pour qu'il lui dise ce qu'il sait ?

– C'est moi aussi la question que je me pose. Cela fait un an qu'on supplie le procureur de prendre la déclaration de García, un an qu'on demande que le document que García a écrit en ma présence soit versé au dossier, sans succès. Je ne sais même pas où est ce papier aujourd'hui.

– Je comprends, mais pourquoi Acosta ? »

Le nom du général Pedro León Acosta revenait un peu trop souvent dans cette enquête. Pour Anzola, il était chaque jour plus évident que, d'une manière ou d'une autre, il était mêlé au crime. Il avait du reste de bonnes raisons d'y croire : Acosta n'était-il pas un des conspirateurs qui avaient survécu à l'attentat contre le président Rafael Reyes ? Il avait un passé violent, or on ne se débarrasse pas de son passé aussi facilement, pensait Anzola. Votre passé vous poursuit toujours, et qui a tenté de tuer une fois tentera de tuer de nouveau. Certes, il ne disposait d'aucune preuve, mais il avait de puissants indices. Acosta avait été vu avec les meurtriers aux chutes du Tequendama, même si le procureur n'avait pas jugé utile de mener l'enquête pour s'en assurer. Et voilà qu'Alfredo García était persuadé que cet homme serait prêt à le rétribuer contre son témoignage. Anzola réfléchit et se corrigea : il payerait non pas pour son témoignage, mais pour son silence. Comme dans un rêve, il vit ensuite Pedro León Acosta debout devant un atelier de menuiserie, dans la soirée du 14 octobre, entouré d'autres individus tels que lui, complices ou conjurés, et l'entendit dire : *Dans ce cas, tout est réglé*, ce à quoi les assassins répondirent : *Ce sera du travail bien fait* et *Vous verrez, on fera du bon boulot*.

« Acosta était là ce fameux soir, conclut Anzola. Il est dans le coup.

– C'est ce que je crois.

– Et Alfredo García semble le croire lui aussi.

– Il veut qu'Acosta achète son silence.

– Non, rectifia Anzola. Il *sait* qu'Acosta va payer pour qu'il ne dise rien. Et j'ai l'impression que ce ne sera pas la première fois.

– Vous pensez qu'ils lui ont déjà proposé de l'argent ?

– Je pense qu'il faut prendre des mesures au plus vite. On va le chercher, on l'amène devant le procureur Rodríguez et on ne bouge pas de sa porte tant qu'il n'a pas pris sa déposition.

– Et s'il refuse ?

– Il ne peut pas.

– Et s'il refuse quand même ?

– Il faudrait déjà mettre la main sur García. Ensuite, nous verrons. »

Le lendemain, ils allèrent chez Alfredo García, rue 16, où le témoin louait une grande chambre. Ils ne le trouvèrent pas. Ils revinrent au bout de deux jours, mais n'eurent pas davantage de chance. Ils firent une troisième tentative moins d'une semaine plus tard, le matin où les télégrammes annonçaient que le Royaume-Uni avait déclaré la guerre à la Bulgarie. Ils frappèrent à coups redoublés à la porte et crièrent le nom d'Alfredo García. Un agent qui venait de tourner à l'angle de la rue les aborda pour leur demander s'il y avait un problème. Ils répondirent par la négative et lui dirent qu'ils cherchaient un dénommé Alfredo García. À cet instant, une voisine sortit (elle passa d'abord sa tête, puis son corps volumineux par la porte entrebâillée) et déclara connaître monsieur García, qui s'était absenté, elle était sûre de ce qu'elle avançait.

« Qu'entendez-vous par "il s'est absenté" ? s'enquit Anzola.

– Je veux dire qu'il n'est pas ici. Nous ne l'avons pas vu dans la maison depuis plusieurs jours. »

Anzola donna un violent coup de pied dans la porte et la femme se couvrit la bouche à deux mains.

Un an s'était écoulé depuis l'assassinat du général Uribe. Dans les salons, on faisait des discours à sa mémoire et dans les rues, les gens défilaient ; ils agitaient des mouchoirs blancs en priant à voix basse ou criaient pour que justice soit faite ou réclamer vengeance. Partout dans la ville, on déplorait la disparition de Rafael Uribe Uribe. On regrettait ses capacités de leader politique et ses qualités morales, on comprenait les vérités profondes cachées derrière ses prises de position controversées et on se plaignait que d'autres, ses détracteurs, n'aient pas su les voir. Les balcons vert sombre des maisons coloniales étaient toujours garnis de nouveaux pots de géraniums, et sur les heurtoirs ou les verrous des portes, on accrochait des rubans noirs.

Anzola assista à une de ces manifestations de douleur collective, plus par sens du devoir que par réel plaisir : il marcha avec une centaine de personnes vêtues de couleurs sombres de la basilique au Cementario Central, refit le trajet qu'il avait effectué un an auparavant, le jour de l'enterrement. Un an, songea-t-il, sans qu'aucune réponse ait été apportée aux questions que tout le monde se posait, qu'il se posait lui-même et qu'il avait posées à d'autres. On l'avait pourtant chargé d'élucider l'affaire, or il avait échoué. Même si personne n'était informé de sa défaite, elle n'en était que plus humiliante et plus douloureuse. Un deuxième témoin s'était volatilisé. Après Ana Rosa Díez, c'était au tour d'Alfredo García de s'être évaporé de la surface de la terre. Les témoins disparaissaient à son nez et à sa barbe, ou quelqu'un les faisait disparaître sous ses yeux impuissants. Il avait l'impression d'être un incompétent, un imposteur ; la charge qu'on lui avait confiée était trop grande pour lui, il s'était introduit dans le jeu des grandes personnes sans y être préparé, affrontait des éléments qu'il ne maîtrisait pas et qu'il était loin de soupçonner. Il songea aussi qu'il ne luttait pas contre eux à forces égales. Tout en marchant, il regarda ses gants noirs. C'est ainsi, les mains vides, qu'il rendrait plus tard visite à la famille Uribe, serrerait la veuve dans ses bras et saluerait le frère du défunt.

« Alors, toujours rien ? lui demanderait Julián Uribe.

– Non, toujours rien », répondrait-il.

Honteux, il gagna l'ouest de la ville par la large avenue. Là, tandis qu'il marchait avec difficulté et en silence dans la foule semblable à un cortège funèbre sans défunt, qu'il frôlait les corps vivants de parents en deuil et de sympathisants de la victime, Anzola eut le sentiment d'avoir manqué au frère du général Uribe, de se montrer indigne de sa confiance, et cela lui était douloureux. Il se rendait compte qu'à ses yeux, l'opinion que Julián Uribe avait de lui comptait, de même qu'on se soucie du regard que nos aînés portent sur nous quand, du haut de leur noble expérience, ils ont quelque chose à nous enseigner. Il eut envie de s'éloigner de la cohue pour se cacher chez lui, sans faire de bruit, afin de vivre seul sa frustration et sa fatigue. Les talons des gens résonnaient sur le sol, passaient des rues pavées à des voies de terre battue, marchaient parfois dans des flaques d'eau sale et essayaient d'éviter les crottes de chien. De son côté, Anzola se concentrait pour ne pas se heurter à ses voisins. Il y avait tant de monde autour de lui (des manches effleuraient d'autres manches) qu'il ne savait plus où il mettait les pieds. Il leva la tête, vit le ciel gris devant la procession et, derrière, au-dessus des collines qui s'élevaient à l'est, un nuage de la forme d'un rat mort. Il songea que plus tard il allait pleuvoir.

Le cortège s'arrêta devant le mausolée où était enterré le général (sauf, bien entendu, la partie de son crâne appelée calotte, qu'Anzola avait tenue dans ses mains, touchée et caressée). La foule s'était resserrée pour franchir le portail du cimetière. Elle occupait à présent l'espace disponible face au monument, envahissant l'air froid de ses mouvements et ses chuchotements. Certains firent des discours qu'Anzola entendit mal et oublia aussitôt. Les orateurs prirent tour à tour place devant le mausolée. Ils se redressaient pour mettre plus d'emphase dans leurs paroles, agitaient une main ouverte et serraient des pages froissées dans l'autre. Les gens les écoutaient avec respect, réagissaient parfois discrètement, et commencèrent à quitter les lieux en silence. Anzola les regarda partir, puis il se concentra sur la pierre qui avait la blancheur immaculée des constructions neuves, mais ne tarderait pas à se salir, comme tous les tombeaux de tous les morts de ce pays. C'est alors qu'un murmure soutenu parcourut la foule. Anzola leva les yeux et vit une femme en tunique blanche monter sur le piédestal du mausolée en brandissant le drapeau de la Colombie. Avant d'avoir eu le temps de se demander si cette présence était ridicule ou banale, il aperçut les frères Di Domenico, debout au premier rang, qui braquaient leur boîte noire sur la femme. L'un d'eux (Francisco ou peut-être Vincenzo ; Anzola ne les connaissait pas et ne pouvait donc pas les distinguer l'un de l'autre) plaquait un œil contre le viseur en faisant tourner une manivelle de la main droite ; l'autre essayait de se frayer un passage et écartait les gens comme une nuée d'insectes qui l'auraient dérangé dans ses activités, à croire que les intrus, c'étaient eux, qui étaient venus pleurer le général, et non lui, qui cherchait à capturer leurs lamentations dans son fâcheux et incompréhensible appareil.

Oui, songea Anzola, telles étaient les intentions des Di Domenico : capturer des images ; ils avaient sans doute immortalisé celles de la procession et bien d'autres encore. Cela était-il lié à la petite annonce qu'il avait lue dans le journal ? Avaient-ils trouvé un écrivain disposé à relater la vie du général Uribe ? Anzola l'ignorait et n'osait pas s'approcher pour poser la question : la présence des Italiens au milieu des gens éplorés lui paraissait impertinente et grossière, vénale et opportuniste. La femme en tunique se promenait d'un côté à l'autre du mausolée sans cesser d'agiter son drapeau, mais son visage était dépourvu d'émotion et pas un mot ne sortait de sa bouche. Quel rôle jouait-elle ? Pourquoi était-elle là, sur le mausolée, vêtue comme une actrice de théâtre ? Anzola ne pouvait pas le savoir à cet instant, mais il l'apprit plus tard, à la fin de novembre, quand les frères Di Domenico annoncèrent en grande pompe la projection dans la salle Olympia de leur dernière œuvre cinématographique, *Le Drame du 15 octobre*.

Sur les murs de la ville, de grandes affiches annonçaient la première de l'événement. Les habitants de Bogotá avaient l'habitude de voir sur ce genre de réclames des toreros, des saltimbanques ou des clowns, mais découvrir ainsi placardée l'effigie du général Uribe Uribe, que beaucoup ne connaissaient que par des photos solennelles publiées dans les journaux, leur sembla un sacrilège. La veuve du général refusa d'assister à la projection ; Julián Uribe, en revanche, n'hésita pas à se servir de son patronyme pour obtenir les meilleurs fauteuils. Urueta et Anzola s'installèrent à ses côtés. Personne n'avait jamais assisté à un tel battage médiatique. Les affiches parlaient d'un *Grand événement*, de la *Première projection d'instants insoupçonnés sur un écran* ; les crieurs promettaient un *hommage au grand chef politique supprimé par des mains criminelles,* et la *reconstitution des derniers instants d'un leader*. Certains firent cependant remarquer que les frères Di Domenico avaient déjà organisé une projection sur la mort du héros de l'Indépendance, Antonio Ricaurte, à San Mateo, mais son décès remontait à plus d'un siècle, contrairement au meurtre du général Uribe, toujours d'actualité et cause de tensions, d'affrontements et de graves disputes entre amis. Seule la moitié des spectateurs qui faisaient la queue à l'extérieur put entrer dans la salle Olympia. Il fallut appeler trois agents de police pour maîtriser ceux qui ne trouvaient pas de sièges. Les gens restés à l'extérieur se sentaient frustrés, ceux qui avaient des places n'en revenaient pas d'avoir eu tant de chance, mais ni les uns ni les autres ne savaient réellement à quoi s'attendre. Même les frères Di Domenico, qui regardaient d'un air satisfait le merveilleux spectacle d'un théâtre bondé, auraient été incapables de prévoir ce qui allait survenir.

Le film débutait sur l'image de Rafael Uribe Uribe (son front haut, ses moustaches en pointe, son impeccable nœud de cravate) couronné de deux branches, vraisemblablement de laurier. Les gens applaudirent ; des huées s'élevèrent timidement au fond de la salle, car même les ennemis du général ne s'étaient pas privés d'assister à cette incroyable séance. Mais sans laisser le temps au public de s'habituer à ce portrait glorieux, le corps d'Uribe Uribe, entouré de médecins qui tentaient une dernière opération chirurgicale, apparut sur l'écran. Anzola n'en croyait pas ses yeux. Quelque chose dans ces photogrammes lui paraissait hors de propos, comme un meuble qu'on a déplacé sans demander la permission, mais il ne parvenait pas à définir pourquoi : les médecins s'activaient autour du corps de Rafael Uribe, brandissaient des instruments qui, sur l'écran, étaient blancs et non brillants, le corps du général à l'agonie s'offrait à la vue de tous, ignorant que les efforts qu'on déployait pour lui sauver la vie seraient inutiles et infructueux. Anzola comprit alors que ces images ne correspondaient pas à la réalité, qu'elles avaient été créées de toutes pièces. C'était une mise en scène, comme pour une représentation théâtrale.

Cette représentation faisait l'effet d'une gifle. Comment les médecins avaient-ils pu se prêter à cette farce ? Les hommes sur l'écran étaient-ils de vrais médecins ? Des voix s'élevèrent contre ce spectacle grotesque et résonnaient contre les murs lambrissés de la salle Olympia. Les gens s'indignaient de ces images indiscrètes, mais personne ne partait. Dans une sorte d'hypnose collective, le public buvait ces scènes outrancières : l'opération ratée et le cercueil quittant la basilique, la foule entourant le corps le jour des funérailles, les voitures aux chevaux efflanqués chargées de couronnes de fleurs grises. Sur l'écran, des sympathisants d'Uribe prononçaient des discours muets, et son frère Julián sursauta sur son siège en se voyant parler à l'enterrement. Les images avaient immortalisé les proches qui s'avançaient vers le cercueil pour prendre congé du mort, les hommes aux chapeaux noirs et aux moustaches tristes, les bouches ouvertes n'émettant aucun son, les salves tirées par l'armée, qui ne retentissaient pas dans la salle Olympia et apparaissaient comme d'éphémères taches blanches sur l'écran gris. Les spectateurs qui s'étaient indignés de voir le général moribond semblèrent se calmer. Anzola était au contraire plus inquiet qu'auparavant. Dans une de ces scènes parsemées d'une pluie de stries, une présence le dérangeait : parmi les notables assis au premier rang, Pedro León Acosta affichait le même air affligé que les membres de la famille du général.

C'était bien lui : la tête découverte, en costume trois-pièces noir, les yeux levés vers le ciel. Il était assis à côté d'un prêtre qui n'avait jamais caché son antipathie pour Rafael Uribe Uribe. Anzola se rappela qu'il était espagnol, mais son nom ne lui revenait pas. La caméra s'était focalisée sur le visage impassible d'Acosta pendant deux ou trois secondes à peine, un temps suffisant pour qu'Anzola le voie et le reconnaisse. Julián Uribe l'avait remarqué lui aussi. Il adressa à Anzola un regard à la fois complice et mélancolique, un regard déçu exprimant moins la camaraderie qu'un sombre ressentiment. Là, dans le théâtre, entourés d'oreilles indiscrètes et d'yeux attentifs qui les épiaient, ils ne pouvaient pas se parler comme ils l'auraient voulu : beaucoup d'eau avait coulé sous les ponts depuis le 15 octobre 1914, et le général Acosta, qui avait suivi le cercueil comme un proche le jour des obsèques, était devenu un an plus tard un des principaux suspects du crime. Anzola vit Julián Uribe s'approcher d'Urueta et lui murmurer quelque chose à l'oreille. Sans en avoir la preuve, il sut que c'était au sujet d'Acosta, de sa présence parmi ceux qui étaient venus dire adieu à Rafael Uribe et de la manière dont, un an plus tard, cette image banale revêtait un sens nouveau. Ces scènes cédèrent le pas au lieu du crime : le mur à gauche du Capitole, le trottoir où le général Uribe était tombé, le muret contre lequel il s'était effondré. La caméra avait ensuite capturé des images de la place Bolívar : son parc, ses grilles et ses passants qui regardaient (qui nous regardaient, songea Anzola) avec curiosité. Puis ce fut au tour des assassins d'apparaître sur l'écran.

« Ce n'est pas possible ! » s'exclama Julián Uribe pour lui-même.

Mais c'était au contraire tout à fait possible, et le Panóptico, la prison où Leovigildo Galarza et Jesús Carvajal attendaient le verdict du procès qu'ils risquaient de perdre, venait de se matérialiser sous les yeux du public. La caméra les montrait en train de discuter entre eux et on les voyait, même si on n'entendait aucun son, rire aux éclats ou bavarder avec d'autres détenus comme de bons camarades dans une *chichería*. Les sifflements résonnèrent douloureusement aux oreilles d'Anzola, qui était si estomaqué, si perplexe qu'il se garda d'imiter les autres spectateurs. Les assassins donnaient l'impression de poser devant la caméra, d'abord dans leurs cellules contiguës, puis dans la cour de la prison. Leur allure ne manquait pas d'attirer l'attention : tous deux étaient impeccablement vêtus, comme s'ils s'étaient attendus à la visite des hommes du cinématographe. Anzola savait qu'ils avaient jusqu'alors refusé de recevoir des journalistes ou des photographes. Comment les Di Domenico avaient-ils réussi à les convaincre de se prêter à ce jeu ? Certaines images semblaient avoir été prises sans que les meurtriers le remarquent, mais sur d'autres, ils regardaient la caméra (leurs yeux somnolents faisaient figure d'affront) ou levaient une main, comme pour frapper une victime imaginaire avec une hachette imaginaire, comme si les hommes placés derrière la caméra leur avaient demandé de mimer le déroulement du crime.

« C'est une offense… » grinça entre ses dents Julián Uribe.

« Crapules ! » s'écria Urueta, perdant un instant son sang-froid.

Anzola ne comprit pas s'il se référait aux assassins ou aux propriétaires de la caméra. Une chose était sûre, c'est que les Italiens avaient raté leur coup. Ils avaient voulu s'attirer les bonnes grâces du public de Bogotá en recréant un événement traumatisant, mais n'étaient parvenus qu'à faire de cet hommage un camouflet, et ce qui aurait pu être un mémorial en l'honneur d'un grand homme était devenu une insulte à sa mémoire.

« Cyniques ! hurlait Urueta. Crapules ! »

Du fond de la salle leur parvenaient des voix en colère qui proféraient des insultes encore plus violentes. Anzola se retourna pour chercher les Italiens du regard, mais il ne les vit pas au-dessus des têtes furieuses, des poings courroucés qui s'agitaient en l'air. Sur l'écran, sans détourner les yeux de l'objectif, les assassins s'agenouillèrent et joignirent les mains pour implorer silencieusement le pardon, mais au lieu d'avoir l'air repentis, ils affichaient plutôt une expression moqueuse et réjouie. De nouveaux sifflements s'élevèrent dans le théâtre. Quelqu'un lança contre l'écran une chaussure qui retomba sur la scène comme un oiseau mort. Anzola craignit que la situation ne s'envenime et chercha une sortie facile d'accès, peut-être sur la gauche, près des loges les plus basses, ou par une porte donnant sur les jardins. Sur l'écran, il y eut un brusque fondu au noir et Anzola reconnut aussitôt les images suivantes, celles du défilé auquel il avait pris part. Un peu plus d'un mois s'était écoulé depuis la commémoration de l'assassinat du général, perpétré un an auparavant, et voilà qu'à présent, comme par magie, les personnes qui avaient participé à ce défilé se déplaçaient maladroitement sur la toile. Anzola se demanda s'il figurait dans le film. Il ne se vit pas, mais lorsque le mausolée d'Uribe Uribe apparut, il s'étonna que les choses soient à ce point transformées quand elles étaient restituées par le cinématographe. Sur le mausolée, la femme en tunique blanche, celle-là même qu'il avait vue de ses propres yeux, fit ondoyer pendant de longues et ennuyeuses secondes un drapeau de la Colombie privé de ses couleurs. Il comprit que c'était une allégorie : la liberté ou la patrie se manifestant sur la tombe de son défenseur. Il trouva l'idée puérile et son exécution médiocre, mais se garda de le dire. L'écran s'obscurcit de nouveau, et au milieu d'un désordre de bulles folles et de rayures hasardeuses, la projection s'acheva, la salle Olympia s'emplit du vacarme des spectateurs qui se levaient de leurs sièges.

Dans la rue, Anzola entendait encore les huées. Le public entoura Julián Uribe et Carlos Adolfo Urueta pour manifester son indignation. Anzola en profita pour s'éloigner sans avoir à formuler son avis. Il longea les jardins, traversa la rue et prit le chemin de son domicile en faisant un détour pour bénéficier d'un peu de solitude. Pendant quelques instants, il sentit bouillonner dans son dos la rumeur de la foule, puis il s'aperçut qu'il avait devant lui les mêmes individus qui le précédaient lorsqu'il avait quitté la salle : les quatre hommes vêtus de ponchos élégants et coiffés de hauts-de-forme avaient une discussion animée à propos de la projection qu'ils venaient tous de voir. N'étant pas d'humeur à écouter les conversations d'autrui, Anzola essaya de les dépasser et, malgré lui, s'assura d'un coup d'œil de ne pas commettre l'impolitesse de passer à côté d'une connaissance sans l'avoir saluée. Il fut pris de panique en découvrant Pedro León Acosta, qui sembla l'identifier et porta deux doigts sur le bord de son chapeau, accompagnant son geste d'une petite inclinaison de la tête. Il s'arrangea néanmoins pour mettre dans son salut courtois toute la haine dont il était capable, une haine qu'Anzola n'avait jamais ressentie chez personne, terrible et effrayante parce qu'elle s'exprimait dans le calme, qu'Acosta la contrôlait et la maniait à sa guise. Il sait qui je suis, songea Anzola. Il sait qui je suis et ce que je fais. Persuadé que les dés étaient lancés, il pensa que cet homme était parfaitement capable de lui faire du mal, que sa main ne tremblerait pas et qu'il ne s'embarrasserait pas de scrupules. Il disposait en outre des moyens nécessaires. En une fraction de seconde, Anzola imagina les corps morts d'Ana Rosa Díez et d'Alfredo García jetés dans le lit boueux de la rivière Bogotá ou précipités sans pitié du haut des chutes du Tequendama, et il se demanda si c'était le sort qui l'attendait.

Il s'arrêta. Pedro León Acosta ne prêtait plus attention à lui et s'adressait à ses compagnons. Ils s'étaient éloignés de quelques mètres quand s'élevèrent dans une sorte de chœur infernal des éclats de rire sonores. À cet instant, Anzola se rendit compte qu'Acosta portait des bottines vernies.

Debout au milieu de la rue comme un chien égaré, il le regarda poursuivre son chemin.

Lorsqu'il rentra chez lui en début de soirée, il ouvrit ses tiroirs pour y prendre les journaux publiés le jour du crime. Il les conservait avec soin pour se livrer à une sorte de commémoration ou de rituel superstitieux, mais aussi parce qu'il s'agissait de documents ou de mémorandums à exploiter afin d'accomplir la tâche qu'on lui avait confiée. Avec le temps, il avait pris l'habitude de les feuilleter. Le premier qui lui tomba sous la main était l'édition spéciale de quatre pages que *La Republicana* avait distribuée dans l'après-midi du 15 octobre. Les titres ronflants occupaient trois lignes, soit la moitié de la une. Première ligne : *Le général Uribe Uribe*. Deuxième ligne : *Agressé lâchement alors qu'il se rendait au Sénat*. Troisième ligne : *Les agresseurs ont été arrêtés – La société est indignée et meurtrie*. L'éditorial commençait en dessous et s'intitulait *Nous protestons*. Au milieu du texte ressortait un encadré qui ébranlait toujours Anzola : *Tentative d'assassinat du Gal Uribe Uribe*. Comme le monde était simple sur cette page : Uribe n'était pas encore mort, l'agression n'était qu'une tentative de meurtre et non un homicide, les agresseurs avaient été arrêtés et la société s'indignait… Il était bien différent du monde de maintenant : le général était mort et enterré, les rumeurs et les ténèbres avaient occulté les coupables, les assassins se faisaient payer en dollars pour figurer dans le film des Di Domenico.

Anzola ouvrit le bloc-notes dont il se servait pour écrire dans le cadre de son enquête. Il arracha une page blanche et se mit à écrire un article d'opinion – ou qui en avait le ton – à propos de la négligence du procureur Alejandro Rodríguez Forero et de Salomón Correal, le chef de la police. Mais chacune de ses phrases était une accusation, et avant même de rédiger la suivante, il se rendait compte qu'il ne disposait d'aucune preuve. Le papier à demi achevé, il avait perdu son enthousiasme et décida de s'amuser un peu. Il reprit les formules des interrogatoires du tribunal pour divaguer. « Il est vrai et j'apporte la preuve que le procureur dissimule de l'information, qu'il a fermé les yeux sur des renseignements importants et que, par pure négligence, il a laissé disparaître un témoin à charge. Il est vrai et j'apporte la preuve que nous autres, amis du général Uribe, avons poursuivi les autorités inlassablement pour qu'elles enquêtent sur les pistes susceptibles de mener aux vrais coupables, mais nous nous sommes heurtés à un mur infranchissable d'obstruction et de corruption. » Mais en réalité, Anzola n'avait pas la moindre preuve.

C'était vrai, tout à fait vrai, mais rien ne le prouvait. Il coucha donc ces mots sur le papier : « Tout ceci est vrai, mais je ne peux le prouver. Tout est vrai, mais je ne peux l'attester. »

Il s'affaissa sur sa chaise, secoua son stylo-plume – un Waterman qu'il avait acheté à la papeterie Camacho Roldán – et continua :

« Il est vrai, mais je ne saurais en apporter la preuve, que les assassins Galarza et Carvajal n'ont pas agi seuls, et que l'hypothèse selon laquelle ils n'étaient que deux est un bobard inventé par les conspirateurs. Il est vrai, mais je ne saurais en apporter la preuve, que Pedro León Acosta, l'homme qui a tenté d'assassiner le président Reyes et a été pardonné, dirige et finance une société d'artisans avec d'autres personnalités fortunées du monde conservateur, tous des ennemis jurés du libéralisme. Il est vrai, mais je ne saurais en apporter la preuve, qu'au sein de cette société, on a procédé à un tirage au sort pour désigner ceux qui devaient réaliser le vieux rêve des conservateurs : faire disparaître Rafael Uribe Uribe. Il est vrai, mais je ne saurais en apporter la preuve, que dans la soirée du 14 octobre Alfredo García a vu un groupe d'hommes influents du parti conservateur discuter avec les assassins dans l'atelier de menuiserie appartenant à l'un deux. Il est vrai, mais je ne saurais en apporter la preuve, qu'un de ces hommes était Pedro León Acosta, qui a alors décidé avec les deux assassins de sceller le triste destin du général Uribe. Il est vrai, mais je ne saurais en apporter la preuve – j'aimerais tant pouvoir le faire ! – que Pedro León Acosta était présent sur la scène du crime le 15 octobre, revêtu d'un poncho neuf, rasé de frais et chaussé de bottines vernies que mademoiselle Grau a remarquées. Il est vrai, mais je ne saurais en apporter la preuve, qu'après l'agression il s'est approché d'un des meurtriers et lui a demandé : "Alors ? Tu l'as tué ?" Il est vrai, mais je ne saurais en apporter la preuve, que l'assassin lui a répondu par l'affirmative. Il est vrai, mais je ne saurais en apporter la preuve, que dans la poussière soulevée par ce crime se cachent des gens très puissants, peut-être même le président de la République, qui est resté jusque-là muet comme une carpe. Il est vrai, et c'est une vérité grande comme une cathédrale, que Pedro León Acosta n'est pas seul, que le Général Hachette n'est pas seul, que le procureur corrompu n'est pas seul. Mais qui tire les ficelles ? Je ne saurais encore une fois en apporter la preuve ! Mais ce que je sais, ce qui est vrai et que je sais, c'est que les conspirateurs ont toutes les chances de s'en tirer à bon compte. Ce qui est vrai et que je sais, que je vérifie chaque jour quand je me lève et que je me couche, c'est que Dieu nous a oubliés. »

Anzola roula ensuite le papier en boule, le posa sur les bûches entassées dans la cheminée et alla chercher de quoi allumer le feu avant l'heure de la neuvaine.

Les Français faisaient état de plus de huit mille morts du camp adverse à Ypres et à Armentières. Le cabinet anglais était en crise à cause des désastres de la guerre. Les Allemands avaient atteint le cœur de la Russie, s'étaient emparés de la Pologne et, dans les Balkans, ils avaient gommé la Serbie de la carte et ouvert une voie de communication avec la Turquie.

Anzola lisait ces informations et sentait que lui aussi était en train de perdre la guerre qu'il menait, puis cette pensée lui parut indigne et frivole (bien que chacun souffre en fonction de sa propre expérience). Au fond, il n'avait pas tort. L'enquête ne conduisait nulle part : Anzola avait l'inébranlable certitude que l'assassinat de Rafael Uribe Uribe était le fruit d'une conspiration de grande envergure, mais ses efforts pour le démontrer avaient été réduits à néant par la complicité désormais évidente du procureur Rodríguez Forero, de sorte qu'il ne pouvait plus avancer. La situation l'avait affecté. Il voyait des ennemis partout. La salle Olympia avait annulé sur ordre des comités de censure les projections du *Drame du 15 octobre* ; le film avait officiellement été interdit, et certains disaient que les autorités avaient même brûlé la pellicule. Anzola pensait y voir clairement la main des conspirateurs, qui avaient fait disparaître une preuve criante de la culpabilité des véritables auteurs du meurtre. Mais quand il prononçait ces mots, qu'il affichait sa paranoïa en public – même s'il s'agissait du cercle privé et intime de ses connaissances et des membres de sa famille –, on lui répondait invariablement : « Tu es fou. »

Ou : « Quelle imagination ! »

Ou encore : « Tu vois des ennemis là où il n'y en a pas. »

Tous s'accordaient à dire qu'il avait changé ; ils le trouvaient plus austère, plus silencieux, plus renfermé. Il passait ses journées plongé dans le dossier Uribe, l'étudiait jusqu'à ce qu'il ait mal aux yeux ou sente un poids sur la nuque, comme s'il portait un enfant endormi. Il était capable de réciter par cœur les déclarations des témoins et avait l'impression désagréable de les connaître et d'avoir vécu avec eux. Depuis les fêtes de fin d'année, il rendait souvent visite à Julián Uribe pour lui parler de sa frustration et de son impuissance. Le frère du général était devenu son protecteur et son conseiller, quelqu'un qui l'épaulait, dissipait son découragement, lui redonnait confiance en lui. Un jour, il l'accueillit avec une expression indéchiffrable.

« Vous vous souvenez de Lubín Bonilla ? » lui demanda-t-il.

Lubín Bonilla. L'ancien directeur de la division nationale des enquêtes criminelles, l'homme qui avait été en charge de l'instruction le jour même de l'assassinat du général et qu'on avait destitué brusquement sur ordre de Salomón Correal, qui l'accusait d'avoir propagé des rumeurs contre le gouvernement. Bonilla avait toujours affirmé qu'on l'avait dessaisi de l'enquête parce qu'il était efficace : en quelques jours, il s'était un peu trop approché de certaines vérités gênantes. « Comme les papillons de nuit, je me suis brûlé les ailes pour avoir volé trop près de la lumière », avait-il déclaré à Julián Uribe.

« Je me souviens très bien, dit Anzola.

– Bon, eh bien, le général Bonilla est venu me trouver, ce matin, à la sortie de la messe, lui apprit Julián Uribe. Je crois qu'il serait intéressant que vous ayez une conversation avec lui.

– Le général est à Bogotá ? Je pensais qu'on l'avait muté à Aurauca pour se débarrasser de lui.

– Eh non, il est ici. Je ne sais pas s'il est rentré récemment, mais il a envie de parler, alors je lui ai conseillé de vous voir.

– Et comment le verrai-je ?

– Il est toujours à la Gata Golosa à l'heure du thé. Si vous y passez, vous le trouverez, c'est sûr. »

Il était plus de 17 heures quand Anzola arriva dans ce café situé avenue de la République. Le général Bonilla était encore là, assis à une table en retrait, éloignée des fenêtres et du grand miroir. Il paraissait plus jeune qu'il ne l'était en réalité, avait de petites oreilles et des cheveux noirs si raides qu'on les aurait crus peints sur son crâne ; ses sourcils bas imprimaient à sa physionomie un aspect discipliné et anguleux qui plut à Anzola. Il avait rangé ses couverts dans une parfaite symétrie. Anzola songea que lorsqu'on s'adressait à Bonilla, on sentait immédiatement l'esprit ordonné qui gouvernait sa personne et qu'il faisait aussi régner sur sa table et dans l'établissement tout entier.

« Comment allez-vous, général ? demanda Anzola.

– Comme vous voyez, lui dit Bonilla en levant son visage fatigué pour observer Anzola. Bon sang ! On m'avait pourtant dit que vous étiez jeune, mais je n'imaginais pas à quel point ! Vous justifiez l'expression selon laquelle la jeunesse ignore le danger.

– Je ne savais pas que vous étiez dans les parages. On ne vous avait pas envoyé loin d'ici ?

– Je suis parti quelque temps, en effet, mais pas parce qu'on m'a envoyé ailleurs. Je me suis éloigné parce que je craignais pour ma vie. »

Au cours des mois qui venaient de s'écouler, Lubín Bonilla avait enduré un véritable calvaire. Quelques jours après avoir fui Bogotá sans cesser de regarder par-dessus son épaule et de surveiller chaque coin de rue, il avait atteint San Luis, dans le département du Cauca, mais le procureur l'avait poursuivi jusque-là. Un télégramme était arrivé à la mairie, lui donnant l'ordre de se présenter à Bogotá dans le délai imparti par la distance. « Ce document est illégal, avait déclaré Bonilla au maire. Je ne suis pas un délinquant. Si le procureur souhaite entendre mon témoignage, il n'a qu'à vous demander de le prendre. » Trois jours plus tard, il apprenait qu'un mandat d'arrêt contre lui avait été envoyé.

« On voulait vous mettre en prison ? demanda Anzola.

– Sur ordre du gouverneur. Et sans délai.

– Qu'avez-vous fait ? »

Il s'était caché, que pouvait-il faire d'autre ? Il avait quitté le village au milieu de la nuit en oubliant ses médicaments ; un collègue l'avait aidé à en récupérer une petite partie en déployant mille ruses. Bonilla n'avait jamais vécu comme un fugitif, mais il y fut forcé dans cette contrée montagneuse. Pendant que ses amis tentaient de vérifier de quel délit on l'accusait et quelles charges pèseraient sur lui si jamais il se rendait, il dormit plusieurs nuits en plein air, se protégeant de la pluie sous les arbres, plaqué contre des rochers, mangeant et buvant grâce à ceux qui se risquaient à l'aider. De temps en temps, quand c'était possible, il louait un lit où passer quelques heures sans redouter les bêtes nuisibles. Une nuit, il faillit être surpris par un des nombreux pelotons de Puno Buenaventura, chef de la police locale rendu tristement célèbre par ses méthodes impitoyables ; il avait été sauvé par l'aboiement des chiens, mais avait dû déguerpir sans prendre la seule couverture qu'il possédait. Privé de chaussures, à demi-nu, ne comptant pour se nourrir que sur la charité des paysans, il avait fini par atteindre Ibagué par les montagnes. Là, il avait appris que le Général Hachette offrait une récompense de trois cent mille pesos à qui le capturerait et le remettrait aux autorités. Il fut alors frappé d'une certitude : si on voulait l'emprisonner, ce n'était pas pour l'accuser d'un quelconque délit, mais pour qu'un matin on le retrouve assassiné par un tueur qui avait besoin de manger.

Voilà pourquoi il était revenu à Bogotá. Il avait appris que la famille du général Uribe avait chargé Anzola de mener une enquête. Était-ce vrai ?

« Oui. À la demande de Julián Uribe, précisa Anzola.

– Bien. Dites-moi… vous avez déjà parlé à Eduardo de Toro ?

– Eduardo de Toro ?

– À l'époque, il dirigeait l'école d'inspecteurs et était avec Salomón Correal quand on a appris l'agression du général.

– Vous n'étiez pas là, vous ? s'étonna Anzola.

– Je suis arrivé plus tard. Mais par la suite, j'ai découvert certaines choses, ou plutôt c'est lui qui me les a racontées.

– Quoi, par exemple ?

– L'histoire des cellules. Galarza et Carvajal avaient été séparés l'un de l'autre, avec impossibilité de communiquer entre eux, ce qui semblait logique. Figurez-vous que Salomón Correal les a changés de cellule à la première occasion. Il les a mis dans des cachots voisins, séparés par une mince cloison. Cela équivalait à leur donner une autorisation écrite de se parler et donc de s'accorder sur leurs mensonges. Les assassins en ont profité, monsieur Anzola, ils n'étaient pas idiots. Dès que l'un d'eux se faisait interroger, on avait l'impression qu'il avait appris sa leçon. On le rappelait, on lui posait de nouveau des questions, souvent les mêmes. Le premier jour a été épuisant. Nous étions tous très fatigués, il y avait beaucoup de tension dans l'air, c'était franchement insupportable. Galarza et Carvajal étaient nerveux, même s'ils avaient le droit de faire ce qu'ils voulaient. Toutes les heures, ils demandaient à aller aux toilettes et les gardiens les laissaient entrer ensemble dans les cabinets ! Ils urinaient ensemble, vous imaginez un peu ! Les portes des cellules étaient ouvertes, celle qui donnait sur la cour aussi. Ils auraient pu s'échapper à leur guise. Et pourtant ils étaient sur les nerfs, à croire qu'ils ne supportaient plus qu'on les assaille de questions. À la fin du premier jour, après un interrogatoire particulièrement dur, Carvajal est entré dans une colère noire, et quand on l'a ramené dans sa cellule, il s'est exclamé : "S'ils continuent à m'asticoter, je les dénonce !" Il avait prononcé ces mots à voix haute, pour être sûr qu'on l'entende. »

Le lendemain de ces interrogatoires, Lubín Bonilla avait eu vent que des personnes vêtues et chaussées avec élégance avaient été vues dans la menuiserie de Galarza quelques jours avant le crime. On disait qu'elles y organisaient des réunions, on parlait d'une société d'artisans et d'un agent de police posté à l'entrée, qui autorisait l'accès de l'atelier à certains et non à d'autres. Bonilla s'était alors appliqué à s'assurer de la véracité de la rumeur, car si cet agent existait réellement, il pourrait sans doute lui fournir un témoignage utile. Il s'était tourné vers Salomón Correal, dans la mesure où seul le chef de la police pouvait demander à ce qu'on fournisse à Bonilla l'information dont il avait besoin, à savoir le nom et le matricule de tous les policiers qui avaient patrouillé dans le quartier les journées précédant le 15 octobre.

« On m'a envoyé balader, dit Bonilla. On voulait savoir en quoi ces renseignements pouvaient m'être utiles et on a fini par me dire que j'allais dans la mauvaise direction. »

Mais il avait insisté.

« Ça, c'était le vendredi après-midi, je crois. Le samedi matin, à la première heure, on m'a annoncé qu'on me dessaisissait de l'affaire.

– Vous avez dû mettre le doigt là où il ne fallait pas avec vos histoires de réunions, dit Anzola.

– Oui. Sans doute. Des personnes influentes qui retrouvent des artisans en pleine nuit… en principe, ce genre de chose n'arrive jamais à Bogotá, à moins d'avoir une bonne raison de le faire.

– Et vous n'avez jamais vérifié qui assistait à ces réunions ?

– Non. Mais j'ai appris que le général Pedro León Acosta voyait parfois les assassins hors de Bogotá.

– Aux chutes du Tequendama. C'était en juin 1914. J'en ai également été informé.

– Ah, mais moi, je vous parle d'une autre excursion qui a eu lieu quatre ou cinq jours avant le meurtre.

– Et là encore, il a été vu avec les assassins ?

– À l'hôtel Bogotacito. Je m'y suis déplacé pour en avoir la confirmation et je l'ai eue. Après, les témoins ont fait marche arrière. »

Le général Lubín Bonilla avait donc poursuivi son enquête de son côté, même si on l'avait écarté de l'instruction. Correal avait donc des raisons de s'inquiéter, songea Anzola, car Bonilla était un inspecteur dans l'âme plus encore que de métier, de la race de ceux qu'on appelle les *fins limiers*. À l'extérieur, la nuit tombait ; Anzola leva les yeux et découvrit un papillon noir qui venait de se poser dans un coin du plafond, juste au-dessus de leurs têtes, mais peut-être était-il là depuis le début de leur entretien.

« Et que vient faire Eduardo de Toro dans cette histoire ? demanda Anzola.

– Ah, oui, monsieur Toro… »

Peu de temps après le crime, une quinzaine de jours environ, Bonilla avait croisé Eduardo de Toro qui sortait des locaux de la police. « Ne vous avisez pas d'entrer, lui avait dit ce dernier. Vous êtes *persona non grata* dans cet immeuble. » Il commençait à pleuvoir légèrement, si bien que Bonilla l'avait invité à prendre un café arrosé afin de lui poser quelques questions. Il voulait juste qu'il lui confirme des faits survenus le jour du meurtre. Ils étaient allés à l'Oso Blanco.

« Nous étions à une table, comme vous et moi ici. J'ai sorti mon carnet et mon crayon pour l'interroger en me servant des notes que j'avais prises, mais je n'ai pas eu le temps de formuler la moindre question. »

Eduardo de Toro lui avait conseillé d'arrêter d'attirer l'attention de Correal : il ne devait pas le contrarier et cesser son enquête illégale. « Elle n'a rien d'illégal », avait protesté Bonilla. « Peu importe ce que vous pensez. Il vous a à l'œil », avait rétorqué Toro qui, sans transition, avait alors évoqué les visites durant ces derniers mois du père Berestain à Correal. Rufino Berestain, un des jésuites les plus influents de la ville, était le chapelain du corps de police. Ces visites occasionnelles n'avaient donc rien de surprenant, avait estimé Bonilla. « Elles ne le sont pas, avait convenu Toro. Le père Berestain semble passer plus de temps dans les locaux de la police que dans sa paroisse. Il vient et discute avec Correal. Ils s'enferment parfois plus d'une heure dans son bureau. Je suis un bon catholique, mais ce prêtre ne m'a jamais été sympathique, d'autant moins ces derniers temps. » Le 15 octobre, Eduardo de Toro avait vu le jésuite arriver très tôt dans la matinée. Il allait et venait, arpentait les couloirs des étages supérieurs et posait des questions dont personne ne comprenait très bien le sens, mais dont l'objectif manifeste était d'obtenir des informations sur ce qui se passait dans la rue.

« Ou sur ce qui ne s'était pas encore passé », précisa Bonilla à Anzola.

Après le meurtre, la conduite du père Berestain avait contrarié beaucoup de gens. Le pays était en deuil, la ville pleurait Rafael Uribe Uribe et Eduardo de Toro ne faisait pas exception, comme tous ceux qui le suivaient, l'admiraient ou se contentaient simplement de condamner cet acte barbare. Le père Berestain s'était pourtant imposé et avait joué de son autorité pour que les exercices spirituels prévus quelques jours plus tôt soient accomplis. « J'étais là, avait affirmé Eduardo de Toro, et tout le corps de police et moi avons dû assister aux exercices spirituels du père Rufino. »

Pendant plusieurs jours, des agents, des inspecteurs de police et des jésuites s'étaient réunis dans la Casa de Cajigas, l'ancienne tannerie de la rue 19 qui, administrée par la Compagnie de Jésus, servait de lieu de retraite et de recueillement. Cette fin de semaine, la maison qui accueillait en général de nombreux hôtes était pleine à craquer. Dans son sermon final, devant des fonctionnaires haut placés de la police et à deux pas de Salomón Correal, Rufino Berestain avait demandé aux agents d'avoir une pensée pour le frère Ezequiel Moreno Díaz, évêque de Pasto, que Dieu avait rappelé à ses côtés plus de huit ans auparavant. Il avait mentionné comme s'il s'agissait d'un sujet anecdotique le général Uribe, assassiné depuis peu, en expliquant qu'il lui paraissait plus estimable de se concentrer sur la mémoire sacrée d'un serviteur de Dieu décédé il y a des années que sur celle, profane, d'un ennemi de l'Église, même si son corps venait tout juste d'être enseveli. Qu'était-il resté d'Ezequiel Moreno, qui craignait Dieu et s'était établi en Colombie depuis la mère patrie pour diffuser un message de résistance contre les assauts du libéralisme athée ? « Son message demeure, mes enfants, avait-il ajouté, vous en avez tous hérité, vous devez le protéger et le défendre. » Maintenant que la foi de la patrie faiblissait sous les attaques des amis de Satan, il fallait se rappeler les saints tels que le frère Ezequiel, qui avaient quitté ce bas monde comme ils y avaient vécu, avec la courageuse intransigeance des véritables gardiens des âmes. Huit ans, huit ans s'étaient écoulés depuis sa mort et les mots qu'il avait prononcés dans ses *Dernières dispositions* étaient encore très présents et le seraient toujours. Les illustres membres du corps de police en avaient-ils eu connaissance ? Ils se résumaient en termes très simples, malheureusement oubliés : le libéralisme est le péché, l'ennemi de Jésus-Christ et la déchéance des peuples. Savaient-ils ce qu'avait demandé ce saint homme ? Qu'on affiche cette phrase dans la salle où reposerait son corps sans vie et dans l'église pendant ses obsèques. Tels étaient les propos qu'il avait laissés en guise de testament : un papier sur lequel s'étalait cette vérité éternelle. *Le libéralisme est un péché*.

À la fin des exercices spirituels, alors que le public n'avait pas encore commencé à quitter les lieux, Habacuc Arias, un des agents qui étaient venus en aide au général le jour du crime, avait osé proposer qu'on prie aussi pour l'âme de Rafael Uribe Uribe. Peut-être n'avait-il pas assisté au début du sermon, peut-être ne mesurait-il pas la gravité de sa demande car il l'avait formulée. Rufino Berestain s'était levé et son visage austère s'était assombri. Il avait posé sur Arias les yeux les plus froids et les plus clairs qu'on ait jamais vus et qu'Eduardo de Toro n'oublierait pas de son vivant.

« Que cette bête pourrisse en enfer », avait alors craché le père Rufino.

VII

Qui sont-ils ?

Le lendemain de son entrevue avec Lubín Bonilla, Anzola marchait dans la rue en serrant contre sa poitrine un carnet relié en cuir que le général avait posé sur la table après avoir terminé son récit.

« Il contient des noms et des adresses, certaines notes sont plus ou moins lisibles, lui avait-il dit. Ce serait un honneur pour moi qu'il puisse vous servir. »

Il lui avait indiqué deux ou trois noms de personnes à rechercher immédiatement pour essayer d'obtenir leurs déclarations. L'une d'elles était Francisco Soto, dont Bonilla avait souligné le nom de deux traits appuyés.

Francisco Soto vivait dans une grande maison de deux étages dont le balcon fleuri de géraniums occupait tout un angle. C'était la demeure d'un homme fortuné. Une domestique ouvrit la porte à Anzola et le pria de la suivre dans le salon, à gauche d'un patio entouré de pots en terre cuite. Au fond, Anzola aperçut un garçon pieds nus qui s'amusait à lancer des pièces de monnaie devant le mur de la galerie. Francisco Soto le salua, à l'évidence surpris : c'était un homme jeune qui avait l'habitude que ses visiteurs le préviennent avant de passer le voir. Il rentrait d'un long et exténuant voyage d'affaires, lui expliqua-t-il, qui l'avait conduit de Caracas à La Havane et de La Havane à New York et, de retour à Bogotá, il s'était arrangé pour que les journaux n'annoncent pas son arrivée. La plupart de ses amis ignoraient sa présence en ville. Comment monsieur Anzola l'avait-il apprise ?

« Par le général Lubín Bonilla. C'est lui qui m'a parlé de vous.

– Ah, le général Bonilla. Un homme malin comme un singe.

– Il m'a dit que vous vous êtes rencontrés il y a plus d'un an, après l'assassinat du général Uribe.

– Deux semaines après, plus ou moins. J'étais au cabinet d'Alberto Sicard, l'avocat. Nous avons parlé de l'école de détectives qu'il voulait fonder à l'époque, puis je me suis présenté et il a reconnu mon nom. Il a sorti un carnet et m'a dit que cela faisait longtemps qu'il voulait me parler.

– Du meurtre du général ?

– Il avait entendu que je détenais certaines informations. J'ignore comment il l'a su et je ne le sais toujours pas. Un fin limier, ce général. Il a fini par la créer, son école de détectives ?

– Oui, répondit Anzola. Quelles étaient ces informations ? Avaient-elles trait aux jésuites ? »

Soto ferma à demi les yeux.

« Comment le savez-vous ? demanda-t-il à Anzola sans lui laisser le temps d'ouvrir la bouche. Vous avez raison, cela concerne les jésuites. Je lui ai dit que quelqu'un d'autre que moi avait assisté à la scène, ou que je connaissais une personne qui avait vu ce que j'allais lui révéler. Je me suis gardé de lui avouer que cette personne, c'était moi. Je ne voulais pas d'ennuis. Il a proposé qu'on se retrouve un autre jour, ailleurs, dans un endroit où la police ne risquait pas de nous surprendre. Mais cet entretien n'a jamais eu lieu, reprit-il après avoir marqué une pause. Quelques jours plus tard, quand je suis parti en voyage, il n'était toujours pas passé.

– Et jusqu'au jour d'aujourd'hui, vous ne l'avez pas revu.

– Non. Et je n'ai parlé de ça à personne, ou presque. Je me demande comment vous en êtes informé.

– Qu'avez-vous vu au juste ? »

Dans la nuit du 13 octobre, à l'avant-veille du meurtre du général Uribe, Francisco Soto descendait la rue 9 avec son ami Carlos Enrique Duarte. À une heure aussi avancée, la rue était déserte. Ils étaient passés sous le balcon du noviciat, également appelé « balcon des nonnes », et Francisco Soto avait montré la maison qui occupait l'angle opposé. « C'est là que vit le général », avait-il dit à Duarte, qui n'avait rien répondu. Ils avaient poursuivi leur marche vers le

Capitole, mais avant d'être parvenus au coin de la Carrera Séptima, ils virent deux hommes, un qui portait un feutre, l'autre un panama, sortir par une petite porte.

« Le bâtiment qui abrite le collège San Bartolomé a une petite porte à l'arrière, qui donne sur la rue 9, expliqua Soto. Ils sont sortis par là. J'ai tout de suite identifié l'homme au feutre. Il s'agissait de Leovigildo Galarza. L'autre, je ne l'ai pas très bien vu, mais il était plus grand et avait l'air mieux habillé. »

Soto avait rencontré Galarza à El Meeting, vers 1909 ; Carlos Enrique Duarte le connaissait lui aussi, car le menuisier avait effectué des travaux chez sa mère quelques mois plus tôt. Ils avaient tous deux été très étonnés de le voir à cette heure, en compagnie d'un homme qui n'était pas de sa condition sociale, sortir du collège de jésuites par la porte arrière. Ils n'en avaient cependant pas reparlé jusqu'à ce que la photo de Galarza soit publiée dans les journaux. « Galarza a tué le général Uribe ! » avait dit Duarte à son ami le vendredi. « C'est lui ! C'est lui ! » avait-il répété.

Ils n'étaient pas allés à la police tout de suite. Le jour des obsèques, Soto et Duarte étaient dans la foule qui avait suivi le corps du général de la basilique au Cementario Central. Ils avaient alors pris conscience de la gravité des faits, et quand ils avaient distingué au loin les prêtres qui marchaient aux côtés des membres de la famille de la victime, ils s'étaient demandé si les jésuites n'avaient pas été informés au préalable de l'attentat contre Rafael Uribe Uribe. L'antipathie qu'ils manifestaient publiquement contre le leader était connue de tous. De même que tous les habitants de la ville, Francisco Soto avait lu la violente campagne de diffamation organisée ces dernières années par les journaux *La Unidad* et *Sansón Carrasco*, leurs deux porte-voix préférés (Soto les avait en réalité qualifiés de « mercenaires ») ; avoir vu un des assassins sortir du collège San Bartolomé leur semblait une étrange coïncidence. Lui et Duarte s'étaient rappelé que le père Rufino Berestain, le jésuite le plus influent et le plus implacable de Bogotá, était un des chapelains de la police (le « Raspoutine de la police », avait dit Soto, mais Duarte n'avait pas ri de son bon mot). En marchant dans la procession de gens vêtus de noir, ils avaient décidé que le mieux était de garder le silence, jugeant préférable de rester à l'écart d'un crime qui mêlait les forces de police aux jésuites. Par la suite, ils s'en étaient réjouis, car dès la fin de la semaine le bruit courut que les agents emprisonnaient tous ceux qui venaient faire une déposition. Ils l'avaient constaté par eux-mêmes : des personnes qu'ils connaissaient et dont la réputation n'était plus à faire avaient dû passer des heures, voire une nuit entière derrière les barreaux, comme des délinquants, parce qu'elles avaient commis l'erreur de vouloir témoigner.

« Les pauvres… ils ignoraient qu'il y a des choses qui se voient, mais ne se racontent pas, dit Soto. Surtout à l'époque.

– Mais maintenant, c'est possible. Il faut à présent qu'elles éclatent au grand jour. Si les gens comme vous gardent le silence, les coupables resteront impunis.

– Vous leur avez rendu visite ?

– À qui ?

– Aux assassins. Vous êtes allé au Panóptico ? »

Francisco Soto, lui, y était allé. Au mois de décembre, peu après être rentré de son long voyage d'affaires, il avait pensé qu'il n'avait pas pénétré dans le centre de détention depuis que son père y avait été retenu prisonnier.

« Votre père a été détenu au Panóptico ? » s'étonna Anzola.

Soto répondit par l'affirmative et lui expliqua que cela s'était passé à la fin de la guerre des Mille Jours. Son père, Teófilo Soto, était un libéral pur et dur, un des vaincus de ce conflit infâme parmi les milliers de vaincus qui avaient rempli les prisons colombiennes. Don Teófilo avait nourri son fils d'histoires de guerre : des récits héroïques quand Francisco était petit, des récits de souffrance, d'échecs, d'illusions brisées à mesure qu'il grandissait.

« Voilà. Je me suis aperçu que je n'avais jamais été dans cette prison à l'âge adulte, reprit Francisco Soto. Et il m'a semblé qu'il fallait que j'y aille. »

Soto s'était rendu au Panóptico par une matinée ensoleillée. Les prisonniers profitaient de la lumière dans la cour. Soto s'était promené en regardant de tous côtés et avait interrogé les gardiens en supportant l'odeur d'urine et de nourriture rance. Il s'était aperçu que tout avait bien changé depuis la guerre, sans pouvoir déterminer en quoi exactement. C'était peut-être lui qui n'était plus le même. Il était encore un enfant quand il rendait visite à son père. À l'âge adulte, les espaces de la prison, ses couloirs et ses murs, ses cellules vues de l'extérieur lui paraissaient plus petits. Ces lieux l'impressionnaient moins qu'autrefois, sans doute parce que dans son enfance ils symbolisaient la peur et l'angoisse, et que nul ne lui avait expliqué que son père ne mourrait pas dans sa cellule, qu'il aurait encore d'heureux jours devant lui. Francisco Soto avait marché dans cet endroit triste comme un touriste dans un musée, puis il avait reconnu, assis dans leurs cellules, les meurtriers du général Uribe.

« Galarza et Carvajal étaient là », dit-il à Anzola.

Galarza, qui l'avait vu, lui tendit une main sans prendre la peine de se lever. « Comment allez-vous, monsieur Soto ? » lui avait-il demandé en regardant non pas ses yeux, mais sa cravate ou les boutons de son gilet. Soto s'était approché des assassins et, sans se baisser, leur avait demandé s'ils étaient en forme, si on les traitait bien, s'ils ne s'ennuyaient pas. « Comme vous voyez. On nous a mis dans cette galère et ensuite, plus personne ne se soucie de nous », avait répondu Galarza.

Avant la fin de l'année, le mystérieux Alfredo García, le témoin disparu, écrivit une lettre depuis Barranquilla, sur la côte Caraïbe, pour annoncer qu'il partait définitivement au Costa Rica. Anzola et ses amis furent surpris de constater que l'initiale de son second patronyme soit un « A », car il n'avait jamais signé ainsi auparavant, mais ils ne se préoccupèrent pas trop de ce détail dans la mesure où le fugitif ne leur était désormais guère utile. En février, *Etcétera*, un journal de Medellín, publia une lettre étrange, signée du même Alfredo García, mais l'initiale de son second nom avait changé. « García B. », lut Anzola en fronçant les sourcils, comme si le texte contenait une impolitesse ou une insulte. Outre la date, il était indiqué que la lettre avait été écrite à Bogotá, ce qui signifiait qu'en fin de compte, Alfredo García ne s'était pas installé au Costa Rica. Se pouvait-il qu'il soit resté clandestinement dans la capitale ? L'annonce de son départ avait-elle été une diversion pour désorienter les enquêteurs, et donc la preuve qu'on avait non seulement payé García pour qu'il disparaisse, mais aussi qu'il déconcerte la justice ? Le papier était explosif : son auteur dénonçait les comportements singuliers de certains individus mêlés au crime d'Uribe en des termes qui ne laissaient pas l'ombre d'un doute. Si Anzola avait été juge, il n'aurait pas rédigé un texte différent. Comme le déclara Julián Uribe, c'était un « rêve devenu réalité ».

L'auteur de la lettre commençait par reprocher ses actes au général Pedro León Acosta : « J'ai vu cet homme le 11 octobre 1914, à l'hôtel Bogotacito, dont le propriétaire était Benjamín Velandia, sur le coup de 11 h 30, en compagnie de Galarza et de Carvajal. Après avoir échangé deux ou trois mots que je n'ai pas compris, tous trois sont allés aux chutes du Tequendama. » Il accusait ensuite les jésuites : « Le 13 du mois, j'ai vu de mes propres yeux, vers 22 heures, Pedro León Acosta et ses compagnons Galarza et Carvajal pénétrer dans le collège San Bartolomé par une petite porte qui donne sur la rue 9. » Il mentionnait même la fameuse carte qu'Ana Rosa Díez avait voulu remettre à Tomás Silva avant de disparaître de la surface de la terre : « J'ai appris par une certaine madame Rosa, amie intime de la mère de Galarza, qu'elle avait reçu et possédait toujours une carte d'un prêtre dont je ne peux pas encore révéler le nom. » Alfredo García se faisait un plaisir de paraphraser le contenu de la carte comme s'il l'avait lue : « La carte disait plus ou moins ceci : “Notre révérend père recommande tout particulièrement à cette dame de ne pas sortir de chez elle le temps que nous puissions régler certaines affaires.” » García concluait en se référant au Général Hachette : « Je sais aussi de source sûre que la mère de Galarza est allée trouver le général Salomón Correal en lui disant qu'il devait lui garantir une certaine aisance matérielle et veiller sur sa sécurité, car son fils, le seul à prendre soin d'elle, était prisonnier, et elle trouvait injuste de devoir travailler. Monsieur Correal lui a répondu de ne pas s'inquiéter et lui a promis de contacter les personnes concernées pour qu'elles lui versent une somme mensuelle par l'intermédiaire d'un tiers, afin de subvenir à ses besoins. »

Ces révélations eurent beaucoup d'effet sur la procédure d'instruction à Bogotá. Le procureur déploya une énergie dont il n'avait pas fait montre depuis un an et demi. Pedro León Acosta écrivit au tribunal et demanda qu'on vérifie l'identité de l'auteur de la lettre ; le procureur les convoqua, lui, Galarza et Carvajal, pour qu'ils fassent une déposition. On rechercha enfin activement Alfredo García et, dans ce but, on envoya des communiqués dans plusieurs villes du pays. Un soir de la fin février, le journal circula de main en main au domicile de Julián Uribe pendant que les *almojábanas*[1] refroidissaient et qu'une fine peau se formait dans les tasses de chocolat chaud. Tomás Silva et Carlos Adolfo Urueta étaient présents. On les avait appelés pour fêter l'événement comme si les véritables assassins avaient été condamnés.

« Tout est dit dans ce papier », affirma Tomás Silva.

Julián Uribe tournait autour de la table de la salle à manger, très excité, en répétant qu'en effet, tout était dit. La page publiée dans *Etcétera* avait été accueillie chez les Uribe comme l'annonce de la fin de la guerre dans un foyer français, songea Anzola.

Dans un premier temps, Anzola avait partagé l'enthousiasme des autres, mais, au fil des heures, il fut gagné par un abattement dont la cause lui échappait, même s'il essayait de la comprendre. Quelque chose clochait dans cette lettre : elle était trop parfaite, trop pertinente, trop utile, trop opportune.

« Justement, tout est dit, c'est bien là le problème, fit-il observer. Tout ce dont nous avions besoin, tout ce que nous avons cherché à prouver : Acosta et les meurtriers aux chutes du Tequendama ou sortant du collège San Bartolomé, la carte du jésuite que personne n'a été capable de trouver pendant un an et demi, la preuve que Correal aidait les assassins en cachette. Oui, tout est dit.

– En quoi cela pose-t-il un problème ? demanda Silva.

– Je ne sais pas, mais les choses ne sont pas aussi simples.

1. Petits pains à base de farine de maïs et de fromage frais.

– Il faut croire que si, riposta Silva.

– Rien n'est aussi simple.

– Vous commencez à m'inquiéter, mon cher Anzola, décréta Silva. Vous êtes tellement occupé à chercher des ennemis partout que quand un trésor tombe du ciel, vous ne vous en rendez même pas compte.

– Cette lettre n'est pas un trésor.

– Moi, je vous conseille de faire attention, parce que si vous continuez, vous ne croirez même plus Notre Seigneur Jésus-Christ quand il viendra sauver votre âme le jour du Jugement dernier. »

Anzola essaya d'expliquer son scepticisme. Après le meurtre, Alfredo García était resté plus d'un an à Bogotá, attendant en vain que le procureur le convoque pour prendre sa déposition ; pendant tout ce temps, il n'avait jamais parlé de ce qu'il avait vu dans la soirée du 13 octobre, malgré l'importance des faits. Il n'avait pas davantage accusé Salomón Correal d'avoir aidé les assassins, même s'il était informé des soupçons qui pesaient sur le chef de la police depuis qu'il avait refusé de le recevoir. Il n'avait pas non plus paraphrasé le contenu de la carte du jésuite, bien que, de même qu'Anzola et Silva, il se soit inquiété de la disparition d'Ana Rosa Díez.

« Pourquoi ne nous a-t-il rien dit ? demanda Anzola. Pourquoi ne pas nous avoir fait ces révélations ? Pendant un an et demi, il nous aurait confié ce qu'il savait en passant sous silence ces informations-là ? Pourquoi divulgue-t-il cela dans les journaux alors que nous venons comme par hasard d'apprendre par plusieurs témoins que Galarza est sorti du collège des jésuites en compagnie d'un homme mystérieux ? Pourquoi publier cette lettre maintenant que la complicité entre les jésuites et le Général Hachette devient un peu trop évidente ? Pourquoi prend-il aujourd'hui le risque de reconnaître ces faits, de dire que oui, il en a été le témoin et qu'il savait ? Et pourquoi recevons-nous comme un don du ciel tout ce dont nous avions besoin dans un seul document pour que le procureur élucide enfin cette affaire ? Pourquoi García affirme-t-il dans sa lettre exactement la même chose que ce que nous avons découvert dernièrement grâce à d'autres sources ? Et pourquoi change-t-il d'initiale ? Maintenant, son deuxième nom commence par un “B” alors que dans sa déclaration il commençait par un “C” et que dans la lettre écrite de Barranquilla, c’était un “A” qui apparaissait ? Pourquoi ? Dites-le-moi.

– C’est peut-être quelqu’un d’autre, suggéra timidement Urueta.

– Non, ce n’est pas quelqu’un d’autre, rétorqua Anzola, brusquement agacé au point qu’il faillit se montrer insolent, voire grossier vis-à-vis de ses aînés. C’est la même personne, ça coule de source. À moins que, par une étrange coïncidence, il n’y ait trois homonymes avec une initiale différente. À moins que tous trois ne soient en possession des mêmes informations à propos du crime du général Uribe. Non, vraiment, je crois qu’il s’agit d’un seul et même homme, et je crois aussi que cet homme se prête volontiers à ce petit jeu. Je crois qu’on a fait sortir Alfredo García de Bogotá contre une somme rondelette. On l’a acheté, comme on le craignait, et maintenant, ceux qui ont payé s’arrangent pour rentrer dans leurs frais. Ils lui demandent d’écrire des lettres déstabilisantes. Ils le font signer en modifiant ses initiales. Ils l’obligent à révéler dans une lettre des éléments compromettants pour les conservateurs et les jésuites.

– Mais c’est absurde, Anzola. Vous avez conscience de ce que vous dites ? lui demanda Silva. Pourquoi agiraient-ils ainsi ? Pourquoi les conspirateurs s’accuseraient-ils eux-mêmes ?

– Qui les accuse ? lui lança Anzola.

– Un témoin.

– Un témoin qui a disparu ou qui s’est enfui, précisa Anzola. Un homme qui envoie une lettre à un journal et signe avec une initiale qui n’est pas la sienne. Ce document n’a aucune valeur devant un juge, parce que personne n’en revendique la paternité. Qui est le dénonciateur ? Personne ne le sait. Est-il à Barranquilla. À Bogotá ? À Medellín ? Il n’a pas de visage, or un témoin qui ne se montre pas à visage découvert n’existe pas. Non, croyez-moi, cette lettre a été écrite pour mieux nous enfoncer. »

Julián Uribe haussa un sourcil.

« D’un coup de plume, les conspirateurs viennent de retirer toute crédibilité à nos dénonciations, reprit Anzola. La participation des jésuites, de Salomón Correal, de Pedro León Acosta à cette affaire, tout cela est rabaissé au rang de rumeur de bas étage. Une lettre brouillonne envoyée par un témoin en fuite, dont on ignore où il se trouve et qui change d'initiale à chaque fois qu'il signe. Non, cela n'est pas une pièce à conviction, et aucun juge sain d'esprit ne la fera figurer dans son dossier. C'est bien ce qu'ils veulent : ôter toute crédibilité à nos accusations, faire croire que ce sont de simples rumeurs divulguées par un fou. Et ils sont parvenus à leurs fins. Pour moi, c'est très clair. Ils remportent la partie avant même que le combat ait commencé. Vous voulez que je vous prédise ce qui va se passer ? Le procureur va remuer ciel et terre pour rechercher le témoin. Ce sera un grand spectacle de quête de la vérité cachée. Dans quelques semaines ou dans quelques mois, il va annoncer qu'il ne l'a pas trouvé, que malgré tous ses efforts, il n'a pas mis la main sur l'accusateur, dont les allégations auront l'air d'avoir été proférées par un fou. La Compagnie de Jésus mêlée à ce crime ? Grotesque. Le général Acosta et le chef de la police qui auraient eux aussi trempé dans cette affaire ? Ridicule. Bien sûr, dira-t-on, que peut-on attendre d'un témoin anonyme qui signe sous un faux nom et n'ose pas sortir de son repaire de lâche ? Ces accusations ne sont que les élucubrations infâmes d'un esprit dérangé qu'on peut difficilement prendre au sérieux. C'est un coup de maître, conclut Anzola après avoir observé un moment de silence. Si ce n'était pas l'œuvre de nos ennemis, je leur tirerais mon chapeau. »

Plus tard, en prenant congé, il constata que Julián Uribe, Urueta et Silva le regardaient d'un autre œil. Le considérait-on avec pitié ou était-ce plutôt de la méfiance ou de l'inquiétude ? La bouche crispée, on l'observait d'un air affligé, comme un parent qui déraisonne. En sortant de chez Julián Uribe, Anzola eut l'impression d'avoir été ce soir-là dépossédé de quelque chose. Il parcourut deux ou trois cents mètres en observant les jeux d'ombre et de lumière jaune sur les pavés. Il pensait à Alfredo García A., Alfredo García B. et Alfredo García C. en convoquant dans sa mémoire l'image de l'homme qu'il avait rencontré à Bogotá et dont la conscience avait été saccagée par les conspirateurs. Il pensa qu'il se trouvait face à une machine puissante et un frisson lui parcourut le dos. Était-il capable d'affronter ces monstres ? Il se demanda ensuite s'il ressentait de la peur. Un petit groupe d'individus le regardèrent traverser la place Bolívar. Il eut la conviction qu'ils parlaient de lui. Ils se dirigèrent vers un des angles en partant d'un rire qui résonna de manière sourde et profonde sur la place déserte, comme une pierre qui tombe dans un étang. Anzola eut alors une idée. Quelques minutes plus tard, il était de retour chez Julián Uribe, où les trois hommes, toujours assis à la même place, lui lancèrent le même regard compatissant qu'auparavant.

« Monsieur Uribe, monsieur Urueta, j'ai un service à vous demander. J'aimerais que vous me mettiez en prison », déclara Anzola sans leur laisser le temps d'ouvrir la bouche.

C'est ainsi qu'il commença à travailler au Panóptico. Son ancien poste de fonctionnaire au ministère des Travaux publics lui fut utile ; Uribe et Urueta s'en servirent comme prétexte pour demander à leurs connaissances de trouver à Anzola un emploi administratif dans le plus grand pénitencier de Bogotá. Nul ne sut jamais quelles tâches il accomplissait hormis tournicoter comme un désœuvré autour des travaux qu'on réalisait au sein de la prison. Nul ne posa de questions, et, pendant plusieurs mois, Anzola put pénétrer dans l'austère bâtiment en pierre où Galarza et Carvajal côtoyaient des criminels et des délinquants de tout le pays. Il découvrit une haine blasée sur le visage des prisonniers, le sentiment de défaite qui creuse les joues et dessine des cernes sous les yeux. Au Panóptico, son salaire était considérablement inférieur à celui qu'il touchait en qualité d'inspecteur au ministère des Travaux publics, mais il se moquait de devoir se serrer la ceinture pendant un moment. Seule son enquête comptait. À l'époque, plus encore qu'une mission ou un métier, elle était devenue une réelle vocation qui structurait ses journées et leur donnait un but. Il cherchait Galarza et Carvajal, les observait de loin en faisant attention de ne pas se faire remarquer d'eux, et le soir, de retour chez lui, il prenait des notes. Il avait conscience que son comportement était semblable à celui qu'avaient eu les meurtriers avant le crime : surveiller une proie et se réjouir ensuite qu'elle ne se soit rendu compte de rien. Il comprit ou crut comprendre que le pouvoir grise celui qui observe l'autre et songe déjà à lui faire du mal. Plus tard, il découvrit un sentiment nouveau, qui pouvait aussi bien être de la simple curiosité qu'une émotion plus perturbante. À quoi pensaient les assassins toute la journée ? s'interrogeait-il en les voyant. Se remémoraient-ils leur victime ? Rêvaient-ils d'elle ? Comment se sentait-on après avoir tué un homme ? Une après-midi, il pria un gardien de lui montrer un condamné pour meurtre, puis il aborda le détenu prudemment, comme s'il s'approchait d'un fauve dans un cirque.

« Vous rêvez de vos victimes ? lui demanda-t-il.

– Oui, lui répondit l'assassin. Mais seulement quand je suis réveillé. »

Anzola n'avait jamais entendu de définition aussi juste de la culpabilité et ne lui posa pas d'autres questions, mais au fil des jours ce prisonnier le mena à d'autres détenus et il finit par avoir des conversations sincères avec un dénommé Zalamea, qui l'avait vu rôder près des cellules de Galarza et de Carvajal.

« Vous êtes détective, monsieur ? » s'enquit le prisonnier.

Anzola lui répondit par la négative en lui expliquant qu'il était là afin d'effectuer quelques travaux pour le ministère des Travaux publics, mais qu'il ne pouvait s'empêcher d'éprouver un intérêt équivoque – voire morbide – pour les meurtriers du général Uribe.

« Leur situation dans cette prison est pour le moins intéressante, lui avoua Zalamea.

– Que voulez-vous dire ?

– Qu'ils font ce qu'ils veulent. Comme s'ils étaient en liberté. »

Zalamea avait de l'éducation, c'était évident, voilà pourquoi il osait s'ériger face aux gardiens contre les injustices qui avaient cours. Il raconta à Anzola qu'il avait été incarcéré parce qu'il avait contracté des dettes, mais il ne s'étendit pas sur le sujet. Il déclara en revanche être très surpris de constater que Galarza et Carvajal avaient des traitements de faveur qui frisaient l'illégalité. Il lui parla des lettres des assassins que Pedraza, un des matons, sortait en cachette de la prison, et aussi d'un incident au cours duquel un prêtre jésuite était intervenu pour recevoir de leur main des enveloppes que les assassins envoyaient à l'extérieur.

« Vous êtes sûr qu'il s'agissait d'un jésuite ?

– Oui. Le père Tenorio.

– Rafael Tenorio ?

– Lui-même. Vous le connaissez ? »

Anzola ne l'avait jamais vu, mais Julián Uribe lui avait demandé d'enquêter sur la conduite suspecte de ce prêtre. À l'en croire, le père Tenorio avait été chapelain dans l'armée conservatrice pendant la dernière guerre, et il avait rencontré un soldat dénommé Carvajal, qui lui avait proposé de tuer le général Uribe Uribe pour en finir de manière plus expéditive avec ce conflit. Après le crime, quand la photo de Carvajal avait paru dans les journaux, le père Tenorio avait raconté cette anecdote à Eduardo Esguerra, un membre du parti conservateur et un fidèle de sa paroisse. « C'est lui », avait affirmé Tenorio. Mais quelques mois plus tard, quand le procureur l'avait interrogé, il s'était rétracté. « Si je compare son portrait avec l'image que je garde de cet homme, ce ne sont pas les mêmes individus », avait-il décrété.

« C'est bien ce prêtre qui rend visite aux meurtriers et s'occupe en secret de leur courrier ? demanda Anzola.

– Galarza et Carvajal le reçoivent dans la chapelle et ils discutent comme de bons amis, dit Zalamea. Je les ai vus de mes propres yeux. Ça ne date pas d'hier, ajouta-t-il après avoir marqué une pause. Le père Tenorio passe souvent, il leur apporte même des cadeaux, il les gâte.

– Quel genre de cadeaux ?

– J'ai aperçu des paquets. Des livres, des journaux. Pour le reste, je ne sais pas. »

Zalamea lui rapporta une conversation qu'il avait eue un jour avec les assassins à l'heure de la promenade. Quand il leur avait demandé pourquoi ils s'étaient fourrés dans cette galère, l'un des deux, Carvajal ou Galarza, lui avait répondu avec désinvolture : « Si on ne l'avait pas tué, quelqu'un d'autre l'aurait fait. » Ils étaient persuadés qu'ils ne croupiraient pas plus de quatre ans en prison, même si le crime qu'ils avaient commis était passible d'une peine de vingt-cinq ans. Zalamea pensait qu'ils tiraient leur arrogance de leur impunité. Une fois, on avait découvert dans une de leurs cellules les marteaux, les ciseaux et les limes qu'un autre détenu avait utilisés pour tenter de s'évader, et ce qui aurait dû leur valoir de lourdes sanctions n'avait eu pour eux aucune conséquence.

« On ne leur a rien fait ?

– Ils n'ont même pas eu de remontrances. Voilà pourquoi je vous dis qu'on ne touche pas à Galarza et à Carvajal. Ils sont sacrés. Ils gagnent même leur vie en tournant dans des films. »

Il voulait parler de l'œuvre des frères Di Domenico, pour qui les assassins avaient posé dans ces couloirs, devant leurs cellules. Dès le départ, le bruit avait couru que leur apparition dans *Le Drame du 15 octobre* avait été rémunérée, ce que Zalamea venait de lui confirmer de vive voix.

« Ils ont donc été payés ? demanda Anzola.

– Oui. Cinquante pesos chacun. Regardez comme ils sont bien habillés, regardez ce qu'ils se procurent, sans parler de ce qu'ils ont déjà dans leurs cellules. »

Pendant plusieurs jours, au fil de longues heures que son imposture faisait paraître plus courtes, Anzola attendit l'occasion propice pour s'introduire dans les cellules des assassins et voir ce qu'il y découvrirait. Ce ne fut pas simple, car Galarza et Carvajal n'avaient pas les mêmes routines que les autres détenus : ils n'étaient pas obligés d'assister aux cours ni de se lever horriblement tôt. Parfois, ils déjeunaient avec le reste de la « communauté », comme le disaient les prisonniers, et partageaient les mêmes repas à la même heure, mais il leur arrivait aussi de recevoir de bons petits plats préparés par leurs épouses. Un jour, ils s'étaient vantés publiquement de déguster des mets dignes d'un restaurant, et c'était vrai, car d'aucuns avaient vu les gardiens leur porter à manger dans leurs cellules. Ces privilèges, remarqua Anzola, leur avaient attiré l'antipathie ou le franc ressentiment de la communauté. Les autres détenus les regardaient de loin, comme on observe des intrus, et changeaient de conversation ou de posture dès que l'un d'eux s'approchait. Il avait entendu dire que Galarza et Carvajal prêtaient de l'argent aux prisonniers à des taux excessivement hauts ; que les détenus dans le besoin leur cédaient des chaînes, des bagues ou des bouteilles d'eau-de-vie qu'ils payaient généreusement ; que parfois ils se faisaient apporter de la nourriture fraîche de l'extérieur, qu'ils revendaient ensuite aux détenus qui ne bénéficiaient pas des mêmes largesses. Il se rendit compte que les meurtriers du général n'allaient pas à la messe en même temps que les autres : ils occupaient une place de choix dans la chapelle du Panóptico, suivaient l'office à des heures différentes, s'enfermaient seuls avec le prêtre. Cela donna une idée à Anzola qui, le dimanche suivant, arriva à la prison tôt dans la matinée. À midi, un curé chauve se dirigea vers les cellules des assassins et les emmena dans la chapelle. Anzola ne laissa pas passer sa chance.

Les cellules de Galarza et de Carvajal étaient plus spacieuses, plus douillettes que les autres, et séparées par une cloison si fine qu'il n'aurait servi à rien de leur interdire de converser la nuit. Anzola choisit d'inspecter celle de gauche, sans savoir qui l'occupait, et n'en crut pas ses yeux. Un tapis et un cuir de vache couvraient le sol, apportant une touche chaleureuse à la pièce. Une ampoule nue allumée flottait et dessinait des ombres sur un tableau du Sacré-Cœur de Jésus. Au fond, un robinet gouttait. Une cellule avec l'eau courante et l'électricité, songea Anzola. Quels étaient donc ceux qui veillaient sur le bien-être de ces criminels ? Les deux lits symétriques étaient faits, chacun garni de deux bonnes couvertures en laine, quatre oreillers glissés dans leurs taies et un coussin à la housse brodée. Les angles de la cellule étaient propres. Sur une table en bois, dans le plus grand désordre, il vit plus de livres et de papiers qu'il n'en fallait, à croire que ceux qui habitaient là étaient non pas des menuisiers qui avaient assassiné le général Uribe, mais des étudiants pauvres. Non, se corrigea Anzola, pas des étudiants, plutôt des séminaristes, car à côté du mur, sous une reproduction de la Vierge du Carmen, il découvrit un prie-Dieu rembourré.

Il vit aussi des missels et des neuvaines à réciter à Noël, une bible reliée en cuir, des brochures parmi lesquelles il releva un titre : *Le Oui et le Non*. C'était la première fois qu'il l'avait sous les yeux, mais il avait entendu parler à de multiples reprises de ce fascicule, toujours avec la même indignation. En 1911, des années après que le frère Ezequiel Moreno avait affirmé que le libéralisme était un péché, le général Uribe lui avait opposé un pamphlet brillant contenant ses meilleures armes rhétoriques et les idées qui le caractérisaient. Il s'intitulait *Pourquoi le libéralisme colombien n'est pas un péché*. L'opuscule avait fait scandale : Uribe y déclarait que le parti libéral était aussi catholique que le parti conservateur, aussi respectueux des institutions familiales et sociales qui constituaient la société colombienne, et il encourageait les libéraux du pays à s'ériger contre les abus du clergé, qu'il fallait dénoncer et condamner. Mais ce n'était pas là le pire : Uribe avait commis son offense la plus grave après que l'Église colombienne avait interdit la lecture du livre. Il en avait appelé au Saint-Siège, ce que les prêtres avaient considéré comme une gifle définitive. *Le Oui et le Non*, qui occupait une place de choix dans les affaires des assassins, était la réponse du clergé colombien à Uribe. L'auteur se cachait derrière un pseudonyme impénétrable, Ariston Men Hydor. Anzola prit le carnet de Lubín Bonilla et nota sur la dernière page le titre, l'auteur et le nom de l'imprimeur, la Croisade catholique, chargé aussi de la publication du journal *La Sociedad*, qui avait taxé le général Uribe de « force immorale » et décrété sans laisser place au doute que la guerre de 1899 avait été un « châtiment de Dieu contre les acolytes de Satan ». Anzola ouvrit le petit livre au hasard et lut qu'Uribe Uribe était un ennemi de la religion, de la plupart des conservateurs et de la patrie. Un détenu qui passa en hurlant devant la porte ouverte de la cellule le fit sursauter et il quitta les lieux sans regarder autour de lui pour ne pas avoir à croiser les yeux des assassins dans le couloir.

Le lendemain matin, avant de se rendre à son pseudo-travail, Anzola alla dans les locaux de la Croisade catholique. Il voulait acheter un exemplaire du *Oui et le Non* et prendre des informations sur son auteur. Mais il n'eut guère de chance : dans l'imprimerie, personne ne savait qui se dissimulait derrière ce pseudonyme aux consonances étrangères. Un certain Marco A. Restrepo, prêtre jésuite, avait apporté le manuscrit à l'imprimerie, mais le seul moyen de retrouver la trace de l'auteur consistait à consulter les registres comptables. Anzola demanda à les voir, mais on lui expliqua qu'ils étaient entre les mains de l'administration religieuse, et, en termes plus élégants, on ajouta que les membres du clergé préféreraient se couper une main plutôt que de remettre leurs livres comptables à un homme ayant aussi mauvaise réputation que lui. Anzola eut cependant l'impression de vivre une petite victoire en sortant avec un exemplaire du pamphlet sous le bras.

Il le lut dans la journée, pendant ses pauses et ses repas en solitaire, et arriva consciencieusement jusqu'au bout, même si chaque phrase était un mensonge grotesque, une distorsion de l'évidence et une calomnie, un crachat sorti de la plume d'Ariston Men Hydor, qui souillait la mémoire du général Uribe comme il avait souillé son image de son vivant. Un paragraphe en particulier attira son attention. L'auteur, indigné, y énumérait les péchés impardonnables que Rafael Uribe Uribe avait commis quand il était sénateur de la République. Quels étaient-ils ? Il n'avait pas assisté à la séance dans laquelle on devait débattre de la dévotion de la Colombie au Sacré-Cœur de Jésus ; il avait quitté le Sénat pendant la discussion à propos de la participation du pays aux festivités du monde catholique, qui célébrait alors le cinquantième anniversaire du dogme de l'Immaculée Conception. Telles étaient les raisons pour lesquelles ce pays peuplé de fanatiques avait haï à mort le général : il avait refusé de modeler les lois colombiennes avec l'argile de ses superstitions et de confier la patrie à la magie surannée d'une théologie en pleine décomposition. En voyant Uribe quitter l'hémicycle au moment du vote sur les festivités, un député conservateur avait, paraît-il, lâché un bon mot que plusieurs personnes avaient applaudi :

« Le général est comme le diable. Quand il entend le nom de la Vierge, il prend ses jambes à son cou. »

Ennemi de la religion catholique. Coupable des guerres civiles. Assassin de Colombiens. Anzola connaissait ces accusations. Il les avait entendues mille fois et lues mille fois dans la presse, mais à travers cette brochure, il venait d'avoir une révélation. L'opuscule lui disait quelque chose et résonnait comme un écho, un écrit auquel il avait déjà goûté : la voix d'Ariston Men Hydor ressemblait singulièrement à celle de l'auteur qui, sous le pseudonyme « le Paysan », avait attaqué sans pitié le général Uribe dans les pages d'*El Republicano*. Anzola avait lu et déploré ces articles d'opinion pendant des années ;

il avait suivi les polémiques qu'ils suscitaient et discuté de leurs implications avec d'autres libéraux. Le Paysan accusait lui aussi Uribe d'avoir envoyé à la mort des milliers de jeunes gens pendant la guerre de 1899 ; il l'incriminait de vouloir la disparition de l'Église, la destruction de la famille et l'élimination de la propriété privée, et de livrer le pays au socialisme athée. Le Paysan accusait les écrits d'Uribe de jeter le discrédit sur la morale et sur la foi, garantie de mener une vie décente. Qui était cet homme ? Si l'instinct d'Anzola ne le trompait pas, le Paysan et Ariston Men Hydor étaient une seule et même personne : deux pseudonymes différents pour un calomniateur unique. Mais comment le vérifier ?

Il tenta sa chance en se rendant à l'imprimerie d'*El Republicano*, parla avec des rédacteurs et un opérateur. Un jeune journaliste avec un bandeau sur l'œil vint à sa rencontre.

« Pas ici », exigea-t-il en le prenant par le bras pour qu'ils sortent.

Pendant qu'ils faisaient le tour du pâté de maisons, le jeune homme lui apprit qu'il s'appelait Luis Zamudio et expliqua qu'à l'époque où le journal publiait les articles du Paysan, il y travaillait comme journaliste. Il fit part à Anzola de toute son admiration et de son respect, lui souhaita de pouvoir faire bientôt toute la lumière sur le meurtre de Rafael Uribe Uribe, puis il lui avoua ne pas savoir qui était l'auteur des articles contre le général.

« Les articles étaient tapés à la machine et arrivaient comme ça au journal. Ils n'étaient pas rédigés dans nos locaux.

– Ce n'était pas votre directeur ?

– Non, je suis sûr que non, affirma Zamudio. Entre nous, on disait que c'étaient les jésuites, mais il n'y avait pas besoin d'être un génie pour s'en rendre compte.

– Et qui les apportait ?

– Parfois le père Velasco, le supérieur des franciscains. Il s'enfermait avec notre directeur pour discuter. Parfois, c'était le père Tenorio qui venait. Un jésuite que vous connaissez peut-être.

– Oui, je le connais. Et vous ne croyez pas que ça pourrait être eux ?

– Qui signaient le Paysan ?

– Oui.

– Ah, je l'ignore. Comme je viens de vous le dire, les articles étaient tapés à la machine et non manuscrits, ce qui nous aurait permis de reconnaître une écriture. Ce que je sais, c'est qu'ils ne sortaient pas de la salle de rédaction. J'ai honte, monsieur Anzola, ajouta-t-il après un silence.

– De quoi ?

– Que ce journal soit devenu ce qu'il est et de ce qu'on a fait au général, de cette campagne grossière qu'on a organisée. Je peux vous poser une question ? lui demanda-t-il alors qu'ils étaient revenus devant le quotidien.

– Bien sûr, répondit Anzola.

– Pourquoi le Paysan vous intéresse-t-il autant ? Ils étaient nombreux à faire campagne contre Uribe, alors pourquoi le Paysan en particulier ? »

Anzola se sentit gagné par un esprit de camaraderie : il se rappela le bonheur de pouvoir se fier à quelqu'un et de savoir que c'est réciproque. Cette impression lui était agréable (sans doute à cause de sa vulnérabilité et de la nostalgie qu'il éprouvait), et il faillit expliquer la situation à ce journaliste inconnu et borgne. Il était sur le point de lui parler d'Ariston Men Hydor, du *Oui et le Non*, de lui dire qu'à son avis, l'auteur des articles et de la brochure étaient la même personne, qu'il avait découvert le petit livre dans la cellule des assassins, au milieu de leurs affaires, qu'il pensait que ceux qui avaient ordonné le meurtre avaient remis l'ouvrage à Galarza et Carvajal pour fortifier leur âme, attiser leur haine contre Uribe, laver leurs fautes et éviter qu'ils se repentent. Anzola était persuadé que connaître l'identité cachée de cet auteur jetterait une lumière nouvelle sur les véritables coupables. Voilà pourquoi, sur ce trottoir étroit, il eut envie de confier ses doutes au journaliste. Mais il se ressaisit à temps. Après tout, ce Zamudio travaillait pour *El Republicano*. Quelles intentions secrètes se cachaient derrière sa loquacité ? Quels fils invisibles l'avaient guidé lorsqu'il l'avait accompagné autour du pâté de maisons ? Comment s'assurer qu'il n'était pas au service de Salomón Correal ou du procureur Rodríguez Forero ?

Anzola jeta un coup d'œil de chaque côté de la rue pour vérifier que personne ne les surveillait, puis il prit congé du jeune homme et poursuivit son chemin.

À la fin du mois de mai, les prédictions formulées par Anzola quant à la mystérieuse lettre parue dans le journal *Etcétera* se réalisèrent. En le criant haut et fort, le procureur Alejandro Rodríguez Forero remua ciel et terre pour retrouver le témoin Alfredo García, qui avait osé coucher sur le papier ces accusations téméraires. Il écrivit en termes péremptoires au maire de Barranquilla, la ville où était arrivée la première lettre, mais sans se soucier de lui fournir une description de García, si bien que les recherches se révélèrent infructueuses. Le maire lui demanda plus de renseignements sur les particularités physiques du témoin, qui figuraient pourtant dans le dossier, mais il ne reçut aucune réponse. Le Bureau du procureur envoya un télégramme à tous les maires de la République : *Nous vous prions de vérifier immédiatement si Alfredo García A. réside dans votre commune et vous demandons de nous prévenir par voie télégraphique*. Il ne reçut aucune réponse positive. Lorsque Anzola prit connaissance du texte du câble, il se dirigea sans perdre de temps chez Julián Uribe.

« Pourquoi García A. ? lui dit-il. Pourquoi pas García B. ou García C., puisque le procureur est informé de la confusion qui s'est faite dans les initiales ? Nous savons à présent pourquoi les criminels ont exigé que le témoin signe de trois noms différents : pour qu'ensuite on puisse le rechercher sans jamais le trouver, pour donner l'impression qu'on fait des efforts sans courir le risque qu'ils portent leurs fruits. J'avais raison. J'avais raison et vous ne m'avez pas cru. »

Julián Uribe dut convenir qu'il disait vrai.

Le 28 mai au matin, Anzola venait de finir sa journée de travail au Panóptico lorsqu'un des gardiens – un dénommé Pedraza, qui était apparemment un des hommes de Salomón Correal et favorisait les échanges des meurtriers avec le monde extérieur – vint le chercher pour lui annoncer qu'on l'attendait dehors. Dans la rue encore humide d'une pluie récente, Anzola découvrit Tomás Silva, qui avait dans les mains une édition d'*El Tiempo* où avait été publié un mandat de comparution du procureur. Il déplia le journal qu'il défroissa d'un geste vif du poignet et lut : « Alejandro Rodríguez Forero, procureur en charge de l'instruction concernant les responsables de la mort du général Uribe Uribe, cite l'auteur de la lettre à comparaître… » Anzola n'eut pas besoin d'en entendre davantage pour comprendre de quoi il retournait : le procureur demandait publiquement au témoin de comparaître pour déclarer ce qu'il savait du crime ; il l'assurait qu'il serait entouré de toutes les protections nécessaires, mais s'il ne se présentait pas, on l'accuserait de rétention de preuves.

Anzola marcha un peu et s'assit sur un des bancs qui donnaient sur l'avenue, à l'ombre d'un arbre aux feuilles poussiéreuses. Il regarda passer les automobiles bruyantes, vit des dames chapeautées assises sur les banquettes arrière et un cheval qui crottait en avançant vers Barro Colorado, au nord de la ville.

« Ça y est, ils sont arrivés à leurs fins, affirma-t-il. Ce sont des magiciens, mon cher Silva. On ne peut rien contre eux. García ne se présentera pas : ils l'ont déjà payé pour son absence, qui leur est assurée. Dites-moi, Tomás, combien ça coûte, de faire disparaître un homme sans le tuer ? Faut-il payer cher quand on veut que quelqu'un écrive des lettres absurdes et s'évanouisse ensuite comme un fantôme, qu'il s'évapore dans la nature comme une fiction pour devenir ensuite un instrument capable de faire s'écrouler toute une enquête ? Parce que, aux yeux de tous, Alfredo García est désormais une de nos inventions destinée à entacher la réputation des gens distingués de ce pays. Toutes ses accusations, tout ce qu'il a écrit dans sa lettre est désormais et à jamais le fait d'un homme qui refuse de présenter ses preuves. Grâce à cette manœuvre, la présence de Pedro León Acosta aux chutes du Tequendama est sans valeur, de même que la sortie des assassins par la porte du collège des jésuites. Moi, je ne peux rien contre cela. Ni moi ni personne. J'en ai la nausée, mais comment lutter ? Comment lutter contre une force si puissante, capable de faire en sorte qu'Ana Rosa Díez se volatilise, qu'Alfredo García écrive ce qu'il ne sait pas et transforme la vérité en mensonge, et que ce qui est survenu ne soit jamais arrivé ? Je pensais que Dieu seul pouvait accomplir ce genre de miracles, mais je me trompais. D'autres ont aussi ce pouvoir. Oui, c'est effrayant, ça donne la nausée, en tout cas, moi, c'est ce que je ressens. Et que faire ? Vomir, Silva. Cracher tout ce que nous avons en nous en essayant de n'éclabousser personne. »

Nul ne reparla plus du témoin Alfredo García : il disparut ainsi de l'instruction et aussi de la surface de la planète. Parfois, Anzola pensait à lui et se demandait où il pouvait bien être, à Barranquilla, au Costa Rica, dans la ville de Mexico ou peut-être encore enterré six pieds sous terre, la nuque tranchée d'un coup de machette ou avec deux balles dans le dos tirées à bout portant. À la fin de septembre, le bruit circula que le procureur Alejandro Rodríguez Forero prenait les dernières dépositions et clôturait l'instruction. Certaines personnes qui n'avaient aucune raison de mentir affirmaient qu'il avait commencé la rédaction de son rapport. Anzola eut vent de la rumeur et songea que le témoignage d'Alfredo García ne figurerait pas dans ces conclusions d'enquête, qu'ils s'étaient débrouillés pour qu'il en soit ainsi, qu'ils étaient parvenus à leurs fins. Cela faisait maintenant deux ans que le crime avait été commis, et il se rendit compte qu'il était resté longtemps sans se rendre sur les lieux. (Il avait pris l'habitude de dire « les lieux » dans ses monologues, ses rêves, ses délires.) Il le fit un matin. Il allait dans une autre direction, mais après avoir dépassé l'église Santa Clara, il s'autorisa un petit détour. En gagnant la place Bolívar par l'arrière du Capitole, il passa à l'endroit où un agent et un autre homme avaient arrêté Leovigildo Galarza et lui avaient confisqué sa hachette ensanglantée. « Je ne me sers pas de cet outil, avait répondu Galarza par la suite dans une de ses premières déclarations, parce que je ne suis pas un assassin. » Anzola eut un frisson, comme saisi par une de ces rafales d'air froid qui surprennent les étrangers quand ils se promènent à Bogotá, car, en l'espace d'une seconde, la ville entière était devenue *le lieu du drame*, et chaque rue, chaque mur était les témoins du meurtre d'Uribe ou la scène de son crime.

Anzola tourna au coin de la rue. Vingt mètres le séparaient du trottoir où le grand homme était tombé quand il remarqua la présence d'un objet nouveau ; en s'approchant sans en détacher le regard, il constata qu'il s'agissait d'une plaque de marbre que quelqu'un venait de placer là pour que les habitants de Bogotá n'oublient jamais cette tragédie. Il en lut le texte :

> *Ici même, en ce triste lieu, le 15 octobre 1914, a été sacrifié par deux sombres malfaiteurs, par traîtrise, à coups de hache, l'homme illustre qu'était le docteur et général Rafael Uribe Uribe, le fils aimé de la Colombie et l'honneur de l'Amérique latine.*

Qui avait installé cette plaque ? Pour qui ? Certainement pas pour les passants indolents qui se promenaient devant sans y jeter le moindre coup d'œil. *Deux sombres malfaiteurs*, relut Anzola en se sentant tout à coup floué. Non, ils n'étaient pas deux, mais beaucoup plus : en cela, la plaque était complice de la conspiration. Quant au reste du texte, le mot *triste* était mensonger, le mot *sacrifié* de mauvais goût, le mot *hache* imprécis et le mot *aimé* hypocrite. Oui, songea Anzola, cette plaque était une imposture colossale. Elle avait probablement été posée à cet endroit sur les ordres des ennemis du général, maîtres dans l'art de la distorsion, des fausses pistes et de la dissimulation en plein jour. *Gravé dans le marbre* : n'était-ce pas le terme qu'on employait pour désigner une vérité éternelle qui le resterait jusqu'à la fin des temps ? Sous son apparence de mémorial inoffensif, cette plaque était en réalité la consécration des conspirateurs, un pas supplémentaire pour imposer l'hypothèse selon laquelle deux menuisiers à moitié ivres avaient tué le général parce que le gouvernement ne leur avait pas donné de travail. Cette plaque signifiait l'absolution définitive des grands loups de la horde ; Anzola s'imagina une scène absurde : on soulevait la plaque et au revers apparaissaient les noms de Salomón Correal, Pedro León Acosta et Rufino Berestain. Il eut alors une révélation : cette plaque de marbre annonçait en quarante-sept mots ce que le rapport du procureur dirait en en utilisant bien davantage. Elle était une sorte de labour qui permettrait ensuite de semer la graine du mensonge. Il relut le texte une fois de plus, prit le carnet de Lubín Bonilla et y recopia les quarante-sept mots. À chaque lettre qu'il écrivait, il se disait qu'il n'aurait même pas besoin de lire le rapport car il connaissait d'avance son contenu. Il parlerait d'*honneur de l'Amérique latine* et, surtout, d'un *homme illustre sacrifié par deux sombres malfaiteurs*.

Deux loups solitaires. Deux assassins sans complices.

Le rapport du procureur, document qui désignait devant la loi les accusés dans l'affaire Uribe, fut publié au mois de novembre par l'Imprimerie nationale. C'était un livre relié en cuir qui comprenait trois cent trente pages couvertes de petits caractères et bourrées de termes juridiques complexes, mais les gens le dévorèrent comme un roman à la mode. « Il est paru ! Il est paru ! » entendait-on dans les rues, et les crieurs de journaux en annonçaient la publication avant même qu'il soit mis en vente. Dans l'après-midi, Julián Uribe convoqua une réunion d'urgence, non pas chez lui mais au 111 de la rue 9, dans la maison où le général avait trépassé et où vivait encore sa femme. Son bureau et sa bibliothèque avaient été laissés tels quels, son fantôme planait partout : dans l'escalier où on avait descendu son cercueil, dans le vaste salon où on avait veillé son corps, sur les fenêtres par où étaient entrés la nuit de sa mort les pleurs inconsolables de ses partisans. Julián Uribe et Carlos Adolfo Urueta étaient debout devant sa table de travail, accablés de chagrin et indignés.

« Vous êtes au courant ? » demanda Urueta à Anzola dès que celui-ci entra dans la pièce.

Anzola s'était procuré un exemplaire du rapport dans les locaux d'*El Liberal* et avait directement consulté la table des matières, en fin du volume. Il s'était concentré sur les *Conclusions* et l'*Arrêt d'accusation* et avait lu le cœur serré la concrétisation de ses pires craintes. Après avoir déclaré ouvertes les poursuites pénales contre Jesús Carvajal et Leovigildo Galarza, le procureur affirmait qu'il n'y avait aucune preuve de la responsabilité des autres personnes accusées dans cette affaire. Anzola avait parcouru la liste des innocents, tous ceux contre lesquels la loi n'engagerait aucune poursuite. Elle débutait par le nom d'Aurelio Cancino, l'employé de la Société franco-belge qui avait prédit l'assassinat du général des semaines à l'avance, mais dont le talent prophétique n'avait pourtant jamais intéressé les enquêteurs. Il repassa avec attention, un par un, la cinquantaine de noms qui figuraient dans cette liste, et finit par découvrir le seul qu'il cherchait réellement : Pedro León Acosta occupait la dernière ligne de cet inventaire infamant. Comme si on avait voulu lui faire une blague, songea Anzola, car le nom d'Acosta servait de pont obscène au paragraphe suivant, où on déclarait que sans l'ombre d'un doute, Salomón Correal était innocent. Anzola se trouvait à présent chez le général, et Julián, son frère, le regardait, les yeux empreints de tristesse, tandis que Carlos Adolfo Urueta lui demandait s'il avait bien lu le rapport.

« Oui, je l'ai lu, répondit Anzola.

– Acosta, innocent ! fit Urueta en agitant le livre comme un prédicateur. Correal, innocent !

– Et pas un mot des jésuites, précisa Julián Uribe.

– Pas un mot, répéta Urueta. À croire qu'ils n'existent pas et que vous n'avez rien vérifié du tout. À moins que vous n'ayez tout inventé, évidemment.

– Je n'ai rien inventé, protesta Anzola. Je sais que les jésuites voyaient les assassins. Je sais que les assassins ont été au collège San Bartolomé. Je sais que les jésuites se réunissaient avec Correal. Je sais qu'il existe un pamphlet écrit par un certain Ariston Men Hydor et que son auteur est le même que celui qui signe des articles horribles contre le général Uribe sous le pseudonyme le Paysan.

– Et qui est cet homme ?

– Je l'ignore.

– Ah, vous l'ignorez, dit Julián Uribe. Vous avez des indices, Anzola, rien de plus. Acosta par-ci, Correal par-là, le père Berestain un peu plus loin… J'aimerais vous croire, mais vous ne nous avez toujours pas expliqué ce qui relie vos découvertes entre elles. Indépendamment de votre imagination, ou plutôt de votre théorie. Et si vous ne me l'avez pas expliqué à moi, comment comptez-vous vous y prendre pour exposer votre enquête au juge, le jour du procès ? J'aimerais vraiment vous croire, Anzola, mais le juge ne vous croira pas, lui, parce que ce que vous affirmez ne plaira à personne. Ce rapport nous oblige à nous dépêcher. La loi est la loi : seules les personnes désignées dans les conclusions iront au procès. Celles qui n'y figurent pas n'existent pas, vous le savez autant que moi, n'ai-je pas raison ?

– Si, vous avez raison.

– Le procès commencera à peu près dans un an. Nous avons donc un an pour dire au juge que le rapport du procureur est un mensonge. Un an pour le convaincre que tout cela est faux. Ou plutôt, c'est vous qui avez un an devant vous, mon cher Anzola. Un an pour ne pas nous décevoir et être digne de la mémoire de mon frère. Un an pour nous prouver que nous n'avons pas commis d'erreur en vous confiant une affaire aussi délicate. Il y a beaucoup de choses en jeu, Anzola, qui vont bien au-delà de la justice et du meurtre de mon frère. Si ce que vous dites est vrai, s'il y a eu conspiration, l'avenir de ce pays dépendra de la condamnation des conjurés. Celui qui tue sans être puni récidive dans le crime. Et ceux qui ont organisé ce complot continueront. Comment allez-vous faire pour éviter cela ? »

Anzola garda le silence.

« Je vous écoute, enchaîna Julián Uribe. Comment allez-vous convaincre le juge que ce livre est une distorsion de la réalité, ou plutôt que la vérité est ailleurs et que nous l'avons découverte ?

– Je vais écrire moi aussi », déclara Anzola.

Il prononça ces mots avec une telle assurance qu'il eut l'impression d'avoir pris cette décision depuis longtemps.

« Je dirai tout. Et ensuite, tout pourra s'écrouler. »

Le premier de ses articles parut cinq jours plus tard :

> Le vil assassinat commis sur la personne de Rafael Uribe Uribe, illustre leader libéral et guide moral de la République, demeure impuni alors que le procès contre les accusés n'a pas encore commencé. Le déplorable rapport du procureur Alejandro Rodríguez Forero nous conduit à formuler ce constat. Nous pensions que cet homme était plus droit, plus

consciencieux ou tout au moins plus diligent et plus rigoureux, mais le document qui vient d'être publié est la triste preuve du pouvoir que ceux qui ont fomenté ce crime et restent encore dans l'ombre exercent sur l'ensemble des habitants de la ville ; s'ils peuvent vouloir et obtenir la mort d'une personnalité aussi importante que le général Uribe, s'ils sont capables d'organiser et de perpétrer en plein jour une agression lâche et fourbe, comme celle à laquelle le grand homme a succombé le 15 octobre 1914, il faut admettre qu'aucun de nous n'est en sécurité ; que les puissants décident à couvert du droit de vie et de mort de certains dans ce pays abandonné de Dieu.

Le rapport du procureur est consigné dans un document incroyable, non pour sa probité et sa justice, mais pour son talent à dissimuler la vérité et à cacher les responsables de ce crime bien connu. Dès l'ouverture de l'instruction, la volonté de ce procureur retors était si évidente que le frère de la victime, Julián Uribe Uribe, pris de soupçons, qui sont souvent de bons conseillers, s'est trouvé dans l'obligation de nous confier une enquête parallèle. Nous avons mené cette mission en nous sentant honorés, parce que nous avons connu et admiré l'œuvre du général Uribe et que sa mort nous a affectés ; nous étions loin d'imaginer que nous nous heurterions à un tissu de conspirations, de falsifications, d'immoralités et de mensonges. Pendant des mois, nous avons consacré notre temps et déployé tous les moyens possibles afin de révéler publiquement la vérité, contre les obscurs intérêts qui ont maquillé les faits et nui au déroulement de l'instruction ; aujourd'hui, dans les pages de ce quotidien courageux, nous osons lever un doigt accusateur – imitant en cela le geste de l'illustre Émile Zola à une époque récente et tout aussi difficile que celle-ci – et dire : Nous accusons.

Nous accusons le général Salomón Correal, chef de la police, de s'être approprié l'affaire Uribe sans être investi de l'autorité nécessaire, et même d'avoir menti au sujet d'une supposée demande que lui aurait adressée le président de la République.

Nous accusons le général Correal d'avoir poursuivi et harcelé des enquêteurs tels que le général Lubín Bonilla, qui pensaient à tort qu'il était de leur devoir de retrouver les assassins de Rafael Uribe Uribe et ne pas les cacher derrière des rideaux de fumée. Nous accusons le général Correal d'avoir refusé de verser au dossier des preuves qui auraient mis en cause des individus différents des assassins matériels, comme lorsqu'il s'est débrouillé, avec la complicité du procureur, pour empêcher un témoin à charge de déclarer. Nous accusons le général Correal d'avoir dissimulé des preuves, quand il a par exemple reçu une pile de documents découverts chez les meurtriers et que, sous les yeux de ses subordonnés, il en a trié quelques-uns qu'il a glissés dans sa poche avant de rendre les autres, laissant à la postérité le soin de s'interroger sur le contenu de ces documents désormais disparus. Nous l'accusons d'avoir autorisé la libre communication entre les assassins après leur arrestation ; d'avoir posé un doigt sur sa bouche au moment où ils faisaient leur déposition, afin de leur intimer de se taire pendant les interrogatoires ; nous l'accusons d'avoir séparé les assassins par une simple cloison entre leurs deux cellules du Panóptico, de sorte qu'ils puissent s'accorder sur leurs mensonges et sur la stratégie à suivre ; nous l'accusons d'avoir assigné à chacun des prisonniers une ordonnance qui leur préparait les repas de leur choix, faisait leurs lits le matin et vidait leurs pots de chambre la nuit, et d'avoir permis à chacun de recevoir des quantités inusitées de nourriture qui, d'après un témoin, avoisinaient parfois six kilogrammes de viande et de graisse de bœuf. Nous l'accusons enfin d'avoir abusé de son pouvoir, qui est considérable, pour octroyer aux prisonniers des privilèges qu'aucun détenu en Colombie n'est en droit d'espérer. Pourquoi ? Parce que les assassins risquent de révéler les noms des véritables coupables du crime de Rafael Uribe Uribe et parce qu'ils sont les maîtres d'un silence qui vaut de l'or.

Le comportement du général Correal paraîtrait suspicieux à tout individu qui poserait un regard détaché sur cette affaire, tout esprit libre qui aurait pour seule intention de mettre au jour la vérité. Ce n'est pas le cas du procureur Rodríguez Forero depuis l'ouverture de l'instruction. Il s'est conduit non comme un fonctionnaire intègre, mais un esclave qui obéit à ses maîtres. Voilà pourquoi il a refusé d'enquêter sur de possibles vérités en ne prenant pas en compte les déclarations de nombreux témoins qui ont vu le général Pedro León Acosta en compagnie des assassins, aux chutes du Tequendama ; il a refusé ne serait-ce que d'envisager l'éventualité que le général Pedro León Acosta ait pu être l'homme qui a été vu la veille du crime, en train de discuter avec les meurtriers, devant la porte de la menuiserie. Enfin, il a refusé d'impliquer le général Pedro León Acosta dans cette affaire, bien que mille indices le désignent comme ayant pris part à ce crime. Aux témoignages concordants de dizaines d'individus, monsieur le procureur a préféré la parole du suspect, qui a nié jusqu'à sa présence à Bogotá dans les jours qui ont précédé le crime tragique. Les lecteurs de *La Patria* se souviennent probablement d'une affaire que toute l'opinion publique connaît : le général Pedro León Acosta a tenté d'assassiner le général Rafael Reyes, alors président de la République. Et c'est sa parole que le procureur fait prévaloir sur celle des autres témoins ? Que nous dit un fonctionnaire tel que Rodríguez Forero, censé représenter les intérêts de la communauté, quand il prête foi aux déclarations du fomentateur d'un coup d'État alors qu'il bafoue celles de citoyens au passé sans tache ?

Au jour d'aujourd'hui, seuls des gens délibérément myopes ou de mauvaise foi peuvent refuser de croire que le général Pedro León Acosta a eu dans l'assassinat de Rafael Uribe Uribe une responsabilité bien plus grande que celle que lui attribue le procureur dans son rapport. Seules des personnes corrompues ou indolentes peuvent affirmer sans rougir que le chef de la police est dégagé de toute faute et non coupable de négligence. Et seules l'ignorance ou la mémoire défaillante d'un individu peuvent l'inciter à ne pas voir le point commun qui existe entre ces deux hommes : ils ont un jour essayé d'attenter à la vie d'un président de la République. Salomón Correal a torturé Manuel María Sanclemente, alors très âgé ; Pedro León Acosta a tenté de tuer lâchement le général Rafael Reyes. Quelles autres preuves faut-il de leur complicité et de leur communauté de vues ?

Mais un troisième côté de ce triangle du mal qui a gommé de la carte un leader du peuple libéral s'est également tiré d'affaire. Ce troisième côté, chers lecteurs de *La Patria* et honnêtes Colombiens, il faut le chercher dans la Compagnie de Jésus. Un scandale, crierez-vous ? Un blasphème ? Non : il s'agit simplement d'avoir l'audace de mettre noir sur blanc certaines vérités qui nous sont à tous douloureuses, mais que nous sommes peu nombreux à accepter.

Nous nous en remettons aux preuves. Qui étaient les hommes qui tenaient conciliabule avec le chef de la police derrière des portes closes ? Les jésuites, représentés par le père Rufino Berestain. Qui, depuis le pupitre où il prêchait, a insulté et souillé la mémoire du général assassiné, une semaine à peine après le jour funeste de son assassinat ? Qui a souhaité que son âme pourrisse en enfer ? Encore les jésuites, toujours représentés par le Basque Berestain, connu pour ses opinions carlistes, Raspoutine machiavélique de la police. D'où sortaient les meurtriers, dans la nuit du 13 octobre 1914, d'après les témoignages que nous avons pu recueillir ? Du collège des jésuites, par une petite porte qui donne sur la rue 9. Qui rend visite et tient compagnie aux assassins dans la prison du Panóptico ? Qui leur apporte des livres qui calomnient sans pitié le général Uribe, sans doute pour fortifier leur âme et les convaincre que la foi catholique leur pardonne leur crime abominable et va même jusqu'à les en féliciter ? Les jésuites, encore les jésuites, toujours les jésuites.

En lançant ces accusations délicates depuis la tribune de la presse libre, nous ne prétendons pas établir des responsabilités pénales car c'est à la justice de ce pays de s'en occuper.

En revanche, nous nous chargeons de dénoncer les insuffisances et les erreurs de conclusions judiciaires qui donnent davantage l'impression de dissimuler que d'élucider. Monsieur Rodríguez Forero conclut qu'il n'y a pas d'autres responsables dans l'affaire du général Uribe Uribe que les deux assassins qui sont passés aux aveux et attendent en prison le début du procès ; mais le bon sens et une enquête menée avec diligence suggèrent un éventail plus large de complicités et d'irrégularités comprenant des membres haut placés de notre société. Dans les jours qui suivront, si Dieu nous prête vie et si les pages de ce journal héroïque nous offrent l'espace nécessaire, nous révélerons ce que nous avons pu vérifier au cours de notre propre enquête, vierge de tout intérêt malhonnête et de tout esprit de vengeance. Nous n'aspirons qu'à trouver la réponse aux questions légitimes que nous nous posons : le peuple colombien n'a-t-il pas le droit de refuser la tromperie, la conspiration et le mensonge ? N'a-t-il pas le droit de connaître la vérité sur ceux qui régissent son destin ? Qui sont les véritables auteurs du crime du général Uribe Uribe ?

Qui sont-ils ?

Lorsque Marco Tulio Anzola lut son article dans les pages de *La Patria*, il songea qu'à présent, il ne pouvait plus faire marche arrière. Au cours des mois qui suivirent, il continua d'envoyer avec une fréquence soutenue au journal les résultats de ses recherches, mettant par écrit le désordre qui l'obsédait, l'univers insondable de ses notes et des documents qu'il possédait. Il avait conscience de ne pas se contenter de publier des colonnes chargées d'indignation, mais de préparer ce qui était appelé à devenir un livre : sa réponse courageuse au rapport du procureur, la preuve que Julián Uribe ne s'était pas trompé en lui confiant cette tâche. Ce livre serait son *J'accuse*. Il ne se cachait pas derrière un pseudonyme, contrairement au Paysan et à Ariston Men Hydor lorsqu'ils publiaient leurs diatribes et leurs mensonges sur le général. Non, Anzola signait de son nom, qu'il écrivait en majuscules pleines de fierté, et il était flatté que certains lecteurs l'arrêtent dans la rue (ou encore au parc des Martyrs ou à la Gata Golosa) et louent sa hardiesse. Le bruit courait que ses articles scandaleux allaient bientôt faire l'objet d'un livre, et Anzola sentait du respect et de l'admiration dans la voix et les yeux de ses rares lecteurs. Il n'avait jusqu'alors jamais éprouvé de vanité, la terrible vanité qui découle du courage.

C'est alors qu'il commença à constater la présence de gens suspects au coin des rues. Tout débuta un matin qu'il s'était penché à sa fenêtre pour voir s'il pleuvait. Il constata que non, mais remarqua en revanche deux hommes qui semblaient regarder du côté de chez lui. Il les vit de nouveau – crut les reconnaître, mais admit par la suite qu'il n'aurait pu l'affirmer, quand bien même sa vie en aurait dépendu – en sortant de son bureau, un vendredi soir. Il n'en toucha mot à personne, d'autant moins à Julián Uribe, car il ne voulait pas être de ceux qui se tournent pour scruter par-dessus leur épaule. Le général Uribe, pensait-il, n'avait pas fait ce geste le jour de son assassinat, ce n'était pas son genre. Pourquoi Anzola aurait-il eu des craintes que le grand général avait balayées ?

Il écrivit cependant au ministre de l'Intérieur, lui rappelant qu'il était responsable de la sauvegarde des droits des citoyens et des garanties individuelles ; il lui parla de l'intérêt qu'il avait eu à enquêter sur le crime du général Uribe, ajouta que dans le cadre de cette mission « parfaitement légitime », il avait commencé à publier dans le quotidien *La Patria* une série d'articles qui démontraient les erreurs commises par les personnes chargées de l'instruction. Depuis, expliquait-il dans son courrier, il avait été « suivi par des inconnus, de manière discrète mais somme toute dangereuse », et il sollicitait de sa part le soutien d'agents ou d'inspecteurs de police afin d'arrêter ces individus. « Ce qui ne signifie pas que l'auteur de cette lettre requière une protection de sa personne, précisa-t-il. Il espère juste compter sur un appui efficace et opportun des autorités, si jamais ce cas de figure venait à se représenter. »

La réponse lui parvint un mois plus tard. Plus qu'un refus, c'était une humiliation : « Dès que le cas de figure décrit par l'auteur de ce courrier se présentera, la Police nationale lui apportera l'aide nécessaire. » Anzola perçut le ton sarcastique et dédaigneux de Salomón Correal. Il se réjouit de ne pas être davantage entré dans les détails et d'avoir ainsi évité de se couvrir de ridicule. Entre-temps, *Sansón Carrasco* avait publié une caricature baroque qui représentait les deux camps de cette guerre : d'un côté Anzola animé d'une expression féroce, le nez aquilin et les dents proéminentes, debout sous les silhouettes floues d'Uribe Uribe et de la Mort armée d'une faux ; de l'autre, Salomón Correal, serein, qui portait une croix. La légende disait : « Les lâches attaquent en bande. » La caricature était parue un lundi ; le lendemain, Anzola se rendit à une conférence donnée par les partisans de Marco Fidel Suárez, un grammairien à longue barbe blanche, ancien correspondant de l'Académie royale espagnole et membre du parti conservateur, dont on évoquait la possible candidature aux prochaines élections présidentielles, prévues l'année suivante. L'événement se déroulait dans le parc de l'Indépendance, au milieu d'arbres fatigués et de maisons basses qui ne protégeaient personne du vent en provenance des collines à l'est de la ville. Debout parmi une foule anonyme, Anzola attendait que le premier orateur monte sur l'estrade lorsque quelqu'un le reconnut.

« Ah, c'est vous, l'athée ! » dit près de lui un homme en poncho sombre.

Avant qu'Anzola ait eu le temps de réagir, il s'aperçut qu'on le huait. « Athée ! » criaient des bouches qu'il ne voyait pas.

« Mais je suis catholique ! s'exclamait-il de manière absurde. Je vais à l'église ! »

Au-delà des bouches menaçantes et injurieuses dans lesquelles brillaient des dents en or, la cime des arbres commença à s'agiter. Anzola se rappela ce qui était arrivé au général Uribe peu avant sa mort : dans un parc comme celui-là ou peut-être à cet endroit précisément, pendant une conférence de Ricardo Tirado ou de Fabio Lozano, une foule en colère avait crié sur le grand homme avant de l'encercler. On l'aurait roué de coups si ses accompagnateurs n'avaient pas ouvert un parapluie noir en guise de bouclier et ne l'avaient pas éloigné de toute urgence. Anzola songea à Uribe, à la haine qui se manifeste si facilement, et en conclut que tout homme est susceptible de trouver à tout moment de bonnes raisons de tuer. Il se mit alors à pleuvoir, et comme des enfants ou des bêtes sauvages, les hommes menaçants se détournèrent de lui pour s'inquiéter de la pluie. En trois grandes enjambées, Anzola sortit du parc et gagna le trottoir qui le longeait. Il avait cessé de les intéresser : l'étincelle prompte à enflammer les esprits s'était éteinte aussi vite qu'elle s'était allumée. Quelques minutes plus tard, il était de retour chez lui, fatigué et tendu, les yeux écarquillés, les mains parcourues d'un léger tremblement.

Il écrivit à Ignacio Piñeres, directeur général des prisons, pour lui demander d'ordonner qu'on procède à une perquisition des cellules des assassins. Pourrait-on y découvrir des preuves, des pistes intéressantes, des documents compromettants qui permettraient de soutenir les accusations de l'auteur de cette lettre ? Anzola le pensait, du moins à en juger par ce qu'il y avait vu pendant sa mission secrète au Panóptico ; mais pour cela, encore fallait-il que la perquisition se fasse dans le respect des formalités juridiques et, en outre, sans que les meurtriers le sachent. Il ne lui fut pas difficile de convaincre le fonctionnaire, et le 14 mars, vers 9 h 30, Anzola et Piñeres arrivèrent au Panóptico. Le directeur des prisons de la ville, un certain Rueda, les accompagnait. Ce jeune homme s'exprimait et bougeait comme s'il avait eu un balai dans le derrière, et Anzola mit du temps à s'habituer à sa voix haut perchée. En revanche, il trouva Piñeres sympathique, diligent, visiblement prêt à satisfaire sa requête. Devant les cellules de Galarza et Carvajal, il les précéda pour faire valoir son autorité au lieu de laisser Anzola se débrouiller seul. Il informa les assassins, qui lui lancèrent des regards peu amènes sans se lever de leurs lits, et leur demanda d'un ton ferme mais poli d'attendre dans le couloir. Galarza quitta la cellule le premier, déchaussé, ce qui permit à Anzola de voir ses pieds glabres et ses ongles sales, sauf celui du gros orteil, qui était violacé comme s'il avait reçu un coup. Carvajal tarda davantage, et lorsqu'il finit par sortir, il jeta un coup d'œil circulaire autour de lui, comme pour s'assurer qu'il n'avait rien laissé de compromettant dans la pièce. Ils patientèrent, adossés au mur du couloir, sans se regarder. Leurs bouches, leurs lèvres pâles et fines que des moustaches peu fournies peinaient à dissimuler exprimaient l'hostilité, même s'ils paraissaient calmes, à croire que toute cette histoire ne les concernait pas. Galarza posa ses yeux bridés sur la cravate d'Anzola et lui dit :

« Mais… ce n'était pas vous qui travailliez ici ?

– En effet, répondit Anzola.

– Et… on ne vous avait pas renvoyé ?

– Non, on ne m'a pas renvoyé. On m'a muté, j'ai eu une promotion, mais on ne m'a pas renvoyé.

– C'est pourtant ce qu'on nous a dit.

– Qui ça ?

– Des gens.

– Eh bien, c'est faux. On ne m'a pas renvoyé, j'ai au contraire eu une promotion et j'ai été muté.

– Ah. »

Ils procédèrent ensuite à la perquisition. Pendant trois heures et demie, les deux fonctionnaires passèrent les cellules au peigne fin, regardèrent, prirent des objets qu'ils mirent de côté et décrivirent. Ils dressèrent la liste de ce qu'ils avaient découvert sur une page arrachée d'un bloc-notes semblable à celui qu'avait utilisé Alfredo García il y avait désormais bien longtemps pour rédiger son témoignage inutile. Ils commencèrent par la cellule de Carvajal, où ils trouvèrent un complet de drap en bon état, une veste et un pantalon neufs impeccablement repassés, trois chemises de fabrication étrangère et une caisse remplie de caleçons et de chemises de corps en flanelle d'excellente confection. Ils remarquèrent aussi un lasso d'une quinzaine de mètres, un fil de fer enroulé, une scie et trois aiguilles, une boîte de chocolats, des petits pains de manioc au fromage, un portefeuille contenant de l'argent, un porte-clefs sans clefs et de nombreuses lettres, des livres et des cahiers qu'Anzola parcourut pendant que Piñeres et Rueda inspectaient les cellules spacieuses, quittant l'une pour regagner l'autre sous le regard impassible des meurtriers. Chez Galarza, ils trouvèrent des couvertures de laine, trois paires de bottines presque neuves, un costume de drap vert en parfait état, quatre pantalons coupés dans le même tissu, deux chapeaux tyroliens, cinq ou six cols neufs, une boîte de cravates et une autre contenant de beaux caleçons. Après avoir relu l'inventaire, Piñeres résuma la situation en six mots :

« Ces misérables s'habillent mieux que moi. »

Pendant ce temps, Anzola feuilletait les livres et les cahiers des assassins comme si ces textes étaient susceptibles de lui révéler la vérité, et recopiait certaines phrases dans le carnet de Lubín Bonilla. Quand il eut terminé, peu avant 13 heures, il alla dans le couloir, mais au lieu de s'adresser aux meurtriers, il traversa la cour et se planta devant le gardien pour lui poser ce qui aurait pu être une question s'il ne l'avait formulée sur le ton de l'accusation :

« Vous les avez prévenus de notre arrivée.

– Non, monsieur, répondit l'homme d'une voix rauque. Hier soir, mon général est venu. Moi, je n'ai rien fait. »

Le maton s'appelait Carlos Riaño. Il leur apprit que la veille, peu avant minuit, Salomón Correal était arrivé au Panóptico avec un de ses hommes de confiance, l'officier Guillermo Gamba. Le directeur de la prison les avait accompagnés dans les cellules des assassins avant de les laisser seuls avec eux. La réunion avait duré une demi-heure, mais ni les autres détenus, ni Riaño, ni le directeur ne savaient de quoi ils avaient parlé.

« Qui a prévenu Correal ? demanda Anzola. Nous étions les seuls à être informés et nous ne risquions pas d'en toucher mot à qui que ce soit.

– Mon général a des oreilles partout, monsieur. Surtout pour ce qui touche à Carvajal et Galarza. Il sait tout ce qui se passe dans leurs cellules. Quand ces deux-là se battent, il arrive en personne ou c'est le père Tenorio qui vient. Je vous assure qu'ici, rien ne peut rester secret à ses yeux. »

Riaño leur raconta que depuis quelques mois Galarza et Carvajal se comportaient comme un couple qui bat de l'aile. Seuls Correal ou le prêtre pouvaient les réconcilier. Le dernier incident était survenu plusieurs jours auparavant : Riaño était dans sa chambre, contiguë à celle des assassins, en train de jouer aux échecs avec des collègues ou plutôt de les regarder jouer lorsque des cris avaient retenti. Carvajal rendait Galarza responsable de leur captivité et avait décrété qu'il n'aurait pas dû s'engager auprès de ces gens, qu'il se demandait pourquoi il l'avait écouté alors qu'ils étaient si bien avant. Galarza l'avait injurié. « Tais-toi, espèce de salaud ! Et tiens ta langue, autrement je te tords le cou. » Carvajal avait hurlé comme une femme qu'on vient de froisser et lui avait rétorqué qu'il n'avait pas peur, même si tout prouvait le contraire. Galarza s'était alors emparé d'un couteau qu'il avait glissé dans sa poche sous les yeux des autres détenus et des gardiens. Carvajal s'était caché aux toilettes.

« Correal le sait ? demanda Anzola.

– Je l'ignore, mais le lendemain, nous avons reçu la visite du père Tenorio, qui les a emmenés dans la chapelle et a fermé la porte. C'est toujours comme ça. Ensuite, ils sortent comme si de rien n'était. Il faut croire que la confession soulage l'âme.

– Il faut croire, en effet. Et Correal et son homme de confiance ont-ils emporté quelque chose ? Ont-ils pris des objets dans les cellules ?

– Je n'ai rien vu. »

Anzola fit une série de recommandations au directeur général des prisons : il lui demanda de confisquer aux meurtriers la corde et les outils qu'ils avaient découverts pour éviter qu'ils se blessent, agressent d'autres personnes ou tentent de s'évader, ainsi que les chapeaux tyroliens, des accessoires qui pouvaient leur permettre de se travestir en cas d'autorisation de sortie. Piñeres s'exécuta. De retour chez lui, Anzola était à la fois satisfait et inquiet, car il venait de constater de manière évidente ce que d'autres témoignages lui avaient déjà révélé, à savoir que le Général Hachette et les jésuites étaient devenus les parrains ou les protecteurs des assassins et réglaient les questions pratiques de leur détention. Pourquoi redoutaient-ils tant qu'ils parlent ? *La confession soulage les âmes*, avait dit Riaño, or Anzola pensait le contraire : plus que la confession, c'étaient plutôt les promesses de leurs supérieurs qui les délivraient d'un poids. Salomón Correal leur avait rendu une visite nocturne pour les mêmes raisons qu'il leur avait fait parvenir le livre calomnieux contre Uribe Uribe et les pamphlets qui le taxaient d'ennemi de Dieu et de l'Église. *Fortifier l'âme des assassins*, écrivit-il. *Calmer leurs consciences. Leur garantir qu'ils n'iront pas en enfer.*

Quelques jours après la perquisition, un paquet fut remis aux assassins de la part du chapelain du Panóptico. En l'ouvrant, ils découvrirent deux paires de bottines neuves et un jeu de linge de corps. Carvajal choisit les bottines en cuir jaune, Galarza celles en toile blanche et ils se distribuèrent les tricots de peau et les caleçons en serge. Riaño rapporta tout cela à Anzola et ajouta qu'un jour, à la tombée du soir, il avait vu les assassins regagner leurs cellules avec deux paquets de vêtements de drap. Il ignorait leur provenance et n'avait vu personne, mais selon lui, Galarza avait rangé son paquet dans son coffre sans le regarder, à croire que ce n'était pas nécessaire, mais que Carvajal avait en revanche passé quelques secondes à déplier ses habits neufs pour les admirer. Il s'était ensuite rendu compte que Riaño l'observait et avait tout fourré dans le coffre, qu'il avait refermé d'un geste violent, voire insolent. Anzola écouta son témoignage et sentit dans les propos de cet homme tant de jalousie et de ressentiment, tant de mépris pour ces détenus qui vivaient mieux que leurs gardiens, qu'il eut une révélation troublante. Il songea qu'il suffirait de lui donner des pièces de monnaie pour que Galarza et Carvajal soient une nuit égorgés dans leur sommeil et se vident de leur sang sur les taies de leurs luxueux oreillers.

> Il y a quelques jours, accompagnés du directeur général des prisons, nous sommes allés au Panóptico afin de procéder à une perquisition des cellules de Jesús Carvajal et de Leovigildo Galarza. Quelle n'a pas été notre surprise en apprenant que Salomón Correal, chef de la police, avait mystérieusement eu vent de notre visite, et s'était rendu auprès des assassins la veille de notre arrivée, sur le coup de minuit ! Les lecteurs de *La Patria* se demanderont, comme nous l'avons fait également, les raisons de la présence du chef de la police, à une heure aussi tardive, dans la cellule des meurtriers du général Uribe Uribe, qui ont avoué leur crime. Il n'est pas indispensable d'être Sherlock Holmes pour en déduire que les intentions d'une personne qui est informée par ses espions

et agit de nuit, dans le plus grand secret, ne sont sans doute guère honorables.

Mais laissons de côté les accusations, nombreuses et sinistres, contre celui que, dans sa sagesse, le peuple a surnommé le Général Hachette. Nous aimerions présenter à nos lecteurs certains éléments que la fortune a bien voulu nous permettre de mettre au jour lors de la visite susmentionnée. Ils sauront leur attribuer la valeur que leur conscience leur dictera. Le premier est un carnet de notes qui appartient à Jesús Carvajal, dont sept pages ont été arrachées avant notre passage, si bien que nous ignorons leur contenu. Mais les mains complices ne pouvaient arracher toutes les pages, et sur d'autres, nous avons décelé des détails dignes d'intérêt, comme par exemple cette note, datée du 1er juillet 1916 : « J'ai acheté à José García Lozano un matelas en laine pour quatre cent cinquante pesos (450 $) en billets. » Devant ce type de preuve, l'esprit le plus obtus serait amené à s'interroger : Comment un détenu peut-il obtenir une somme de cette importance ? Comme le précise le tristement célèbre rapport du procureur, Galarza et Carvajal étaient si pauvres au moment du crime qu'ils ont été obligés d'engager un vilebrequin contre cinquante pesos. D'après nos recherches, ils dépensent à présent des centaines de pesos en vêtements et autres objets destinés à assurer leur confort, et ils ont même assez d'économies pour jouer les prêteurs auprès des autres détenus. Quel étrange changement de situation ! Mais rien de tout cela n'a été jugé digne d'intérêt par le procureur Rodríguez.

Examinons à présent ce qu'est devenu l'entourage des meurtriers pendant ces dernières années. La mère de Galarza a eu plusieurs entretiens avec le chef de la police ; d'après des témoignages dont le procureur a préféré ne pas tenir compte, elle lui aurait un jour confié son inquiétude car son fils, qui subvenait jusqu'alors à ses besoins et veillait sur elle, était en prison ; le général Correal lui a dit de ne pas se tracasser et lui a garanti qu'il se débrouillerait pour lui faire envoyer de l'argent par un tiers. María Arrubla, la concubine de Galarza, qui était dans le besoin avant l'arrestation de l'assassin, engage à présent des domestiques et organise des pique-niques avec ses voisins. Elle a été détenue à la prison pour femmes du Buen Pastor, le temps que sa situation juridique soit éclaircie, et des témoins ont raconté qu'elle y jouissait de privilèges inhabituels : elle était chargée de surveiller les autres prisonnières, recevait un litre de lait par jour et une gamelle spéciale dont elle seule bénéficiait. Un témoin a déclaré : « J'affirme qu'avant l'assassinat du général Uribe Uribe, María Arrubla s'habillait pauvrement, portait du coton et des espadrilles. Je l'ai vue par la suite chaussée de bottines et arborer de grands foulards en soie et des jupes de drap. Je sais aussi qu'elle utilisait deux noms de famille. » Ces changements ne méritaient-ils pas une petite enquête de la part du procureur ? Nous ne surprendrons personne en écrivant ici qu'aucune investigation n'a été menée.

Les membres de la famille de Carvajal ont eux aussi été favorisés. Dans le carnet susmentionné, une phrase a retenu notre attention : « Le 19 mai, Alejandro a quitté Bogotá pour se rendre dans le département de Tolima. » Il s'agit d'Alejandro Carvajal, frère de Jesús, le meurtrier, qui était présent sur la scène du crime – coïncidence mystérieuse sur laquelle le procureur n'a pas jugé bon d'enquêter –, pour le protéger de la colère éventuelle de la foule. Après avoir procédé à des vérifications dont le procureur n'a pas pu ou pas voulu avoir connaissance, nous avons découvert que le frère de l'assassin, qui vivait avant le crime dans une extrême pauvreté, tient désormais un commerce prospère à Ibagué et exerce son activité sous le nom d'Alejandro Barbosa. Les lecteurs se demanderont par eux-mêmes si ce revirement du sort n'est pas profondément suspect, et si le but d'un homme qui change de patronyme n'est pas précisément de se cacher et de dissimuler.

Toutefois, concernant ces personnes et le meurtre du général Uribe Uribe, le procureur écarte dans son rapport tout mobile qui serait lié à la volonté de s'enrichir. Depuis le début de l'instruction, les indices et les témoignages allant dans ce sens se sont multipliés, mais avec une obstination rare, il s'est efforcé de les ignorer. Pour quelle raison ? Parce que s'il admettait que l'argent est l'un des mobiles du crime, il devrait *ipso facto* en chercher l'origine et se demander qui paye. Afin de maintenir sa version mensongère, son rapport devait passer sous silence toute piste susceptible de le conduire vers d'autres vérités : nous savons à présent qu'il n'a pas agi par simple négligence, mais à l'évidence dans le souci de cacher les véritables responsables, les mains sales qui, avec des billets tachés de sang, ont commandité et financé l'assassinat d'un homme tout en divisant l'histoire d'un peuple en deux. La question reste posée. À qui sont ces mains sales ?

Qui sont-ils ?

À la mi-juillet, Julián Uribe envoya chercher Anzola.

« J'ai un nouveau témoignage, bien différent des autres, lui annonça-t-il. Si cela ne suffit pas à convaincre le juge, c'est que c'est peine perdue. »

Anzola était là, dans le salon de Julián Uribe, comme bien souvent ces dernières années, se sentant tantôt dans un havre de paix tandis qu'un pays en guerre s'effondrait à l'extérieur, tantôt un conspirateur qui, depuis cet endroit secret, affrontait le camp adverse, la conspiration meurtrière des puissants. Dans la rue tombait une pluie fine que le vent poussait contre les vitres biseautées. Julián Uribe s'était installé sur la chaise la plus proche de la fenêtre qui donnait sur la Carrera et fumait un gros cigare dont le bout incandescent dessinait des figures dans la pénombre ; face à Anzola, Adela Garavito et son père étaient bien droits dans deux fauteuils en osier garnis d'un coussin de velours. Le général Elías Garavito avait une barbe blanche et fournie, mais le menton bien rasé selon les canons d'une époque plus ancienne. Ancien membre de la Garde colombienne, il avait connu et admiré le général Uribe. C'est lui qui prit la parole en premier :

« Raconte-lui, ma fille. Raconte-lui ce que nous savons. »

Adela Garavito était une quadragénaire timide et très croyante qui portait une longue jupe noire et avait des gestes empreints de pudeur. Elle allait à la messe plus souvent que ne l'aurait désiré son père, libéral convaincu. Elle mit du temps avant d'oser regarder Anzola dans les yeux, et alors qu'elle tournait la tête et paraissait s'adresser au tapis, elle lui rapporta des faits qu'une personne plus sociable, plus déterminée ou plus courageuse qu'elle aurait eu peur de révéler.

La scène à laquelle elle avait assisté datait du 15 octobre 1914.

« Le jour du crime, dit Anzola.

– Pour moi, c'était le jour de sainte Thérèse de Jésus », précisa Adela Garavito.

Après avoir assisté à la messe de 9 heures à la chapelle du Tabernacle, Adela Garavito s'était dirigée vers la résidence de sa famille et remontait la rue 9 quand il lui avait semblé reconnaître le général Salomón Correal, qui faisait entrer un autre officier de police sous le porche d'une maison visiblement déserte. Elle avait pressé le pas pour s'assurer qu'il s'agissait bien du chef de la police, qu'elle avait souvent vu ; l'autre individu portait une épée et une veste, mais elle ne put l'identifier. Elle ne l'avait jamais croisé.

« Ils étaient dans la maison contiguë ? lui demanda Anzola. Je veux dire, contiguë à celle du général Uribe ?

– Oui. Et de là, ils ont fait signe à d'autres personnes.

– Qui ? »

Du porche de la maison voisine, après avoir fait entrer le policier qui l'accompagnait, Correal avait regardé vers la Carrera Quinta en agitant le bras. Au coin, à quelques mètres du domicile du général Uribe, deux hommes humblement vêtus de ponchos et coiffés de chapeaux à larges bords attendaient. Même de loin, Adela Garavito s'était rendu compte que la situation était anormale : les hommes postés au coin de la rue paraissaient inquiets et se consultaient du regard, comme s'ils se demandaient quoi faire. Soucieuse de comprendre ces circonstances suspectes sans avoir l'air impertinente ou indiscrète, Adela Garavito avait poursuivi son chemin jusqu'à ce qu'elle ait dépassé les deux hommes. C'est à ce moment-là qu'elle s'était aperçue qu'ils dissimulaient quelque chose sous leurs ponchos.

« Les deux ? Vous êtes sûre ? demanda Anzola.

– Ma fille ne saurait ni mentir ni exagérer, intervint le général Garavito.

– Aussi sûre que Dieu existe, dit Adela Garavito. Ils avaient tous les deux les mains sous leurs ponchos et agitaient quelque chose qu'ils dissimulaient.

– Les hachettes, murmura Anzola.

– Ça, je l'ignore, fit la jeune femme. Mais ils étaient nerveux, ça se voyait à des lieues à la ronde. »

C'est à cet instant qu'elle avait croisé Etelvina Posse, qui marchait si vite qu'elle ne s'était même pas arrêtée pour la saluer alors qu'elles se connaissaient bien.

« Elle ne s'est pas aperçue que c'était moi », dit Adela Garavito.

Doña Etelvina ne lui avait jamais été sympathique : on disait qu'elle était un peu trop liée au général Correal, contrairement à son mari qui, lui, le détestait ; d'après la rumeur, le général l'avait recrutée dans sa police secrète, une cohorte de citoyens qui fournissaient des renseignements sur d'autres citoyens. Adela Garavito s'était retournée à la dérobée et avait vu doña Etelvina s'arrêter pour discuter avec Correal. Elle n'avait pas entendu leur conversation car elle avait tourné au coin de la rue, mais en arrivant chez elle, une cinquantaine de mètres vers la droite, elle s'était empressée de tout raconter à son père.

Ils avaient appris la nouvelle dans l'après-midi : le général Uribe Uribe avait été agressé à coups de hachette par deux artisans. Affolé, Elías Garavito était sorti de chez lui afin d'obtenir plus de renseignements. Il s'était rendu chez les Uribe, mais n'avait pas pu voir la famille, car le plus grand chaos régnait dans l'entrée. Il avait discuté avec deux ou trois libéraux qu'il avait reconnus, mais tout le monde étant désorienté, il avait écouté son instinct et était rentré chez lui pour partager avec les siens ces moments de fin du monde. Il était entré sans frapper dans la chambre de sa fille, sans se soucier de lui montrer ses yeux baignés de larmes. En s'asseyant sur son lit après avoir poussé les coussins, il n'avait pas eu besoin de lui expliquer quoi que ce soit et s'était exprimé à voix basse, comme si des oreilles indiscrètes les écoutaient :

« Ne répète à personne ce que tu m'as raconté ce matin. Tu sais qu'à cause de ça, on pourrait aller jusqu'à nous empoisonner. »

Elle avait obéi. Quelques jours plus tard, elle avait de nouveau croisé Etelvina Posse, mais cette fois, la dame s'était arrêtée pour parler de tout et de rien et avait fini par lui montrer le journal qu'elle tenait à la main, ouvert à la page où s'étalait la photographie des assassins, Galarza et Carvajal. « Je les reconnais, lui avait dit Adela Garavito. Ils étaient debout là-bas, au coin de la rue, le jour où le général a été tué. »

Ses paroles avaient pris doña Etelvina au dépourvu.

« J'ai eu l'impression qu'elle venait tout à coup de comprendre qu'elle s'était trompée sur mon compte, expliqua Adela Garavito. Elle devait penser que j'étais dans son camp, celui des gens qui se réjouissaient de la mort du général. L'idée que je puisse ne pas être d'accord avec elle ne l'avait pas effleurée. »

Quand doña Etelvina s'était rendu compte de son erreur, son expression avait changé.

« Debout où ? lui avait-elle demandé.

– À l'angle de la maison du général Uribe. Et le général Correal leur faisait signe depuis l'entrée d'une maison voisine. J'ai trouvé cela bizarre.

– Salomón n'était pas dans le quartier ce jour-là, avait affirmé doña Etelvina.

– Bien sûr que si, je l'ai vu de mes propres yeux, avait riposté Adela Garavito.

– Eh bien, moi, je n'ai rien vu du tout.

– Il n'était pas seul, mais avec un autre homme, et ils faisaient tous les deux signe aux assassins », avait ajouté Adela Garavito.

Doña Etelvina lui avait tendu le journal sans la regarder. « Prenez-le, ma fille, je l'ai déjà lu. Et excusez-moi », avait-elle dit avant de s'éloigner.

« À qui d'autre avez-vous raconté cela ? demanda Julián Uribe.

– À personne, répondit le général Garavito. À l'époque, on disait que la police maltraitait les témoins, qu'elle les harcelait et les intimidait. J'ai entendu parler de nombreuses personnes qui voulaient faire état de ce qu'elles avaient vu et finissaient par passer deux ou trois nuits en prison. J'ai donc ordonné à Adelita de se taire, elle m'a obéi. »

Julián Uribe se leva et marcha jusqu'au milieu du salon. Dans la pénombre de 18 heures, sa silhouette paraissait plus longue.

« Vous seriez prêts à témoigner ? »

Adela Garavito se tourna vers son père et lut sur son visage quelque chose qu'Anzola ne pouvait voir.

« Si c'est utile.

– Ça l'est énormément, dit Anzola. Je vais tout organiser, mon général, reprit-il en s'adressant au père et non plus à la fille, même s'il se référait à ce qu'elle venait de lui répondre. Après-demain, le juge viendra et prendra la déposition de mademoiselle et la vôtre, avec votre permission.

– Je vous la donne, mais j'ai déjà dit tout ce que j'avais à dire, lui rappela le général.

– Pas devant un juge, précisa Anzola.

– Mes propos seront identiques. Qu'il y ait ou non des témoins, la parole d'un gentleman ne saurait varier.

– Si seulement cela pouvait être aussi simple », conclut Anzola.

Il quitta les lieux dans un état d'exaltation qu'il n'avait pas éprouvé depuis des jours. Il savait que son optimisme ne durerait peut-être que quelques heures, mais il y donna libre cours pendant ces brefs instants, qui étaient une sorte d'antidote au découragement. La nuit tombait mais les lampadaires de la rue n'étaient pas encore tous allumés. La lumière qui brillait dans les foyers se reflétait dans les flaques et sur les pavés encore mouillés de la pluie récente. Le vent avait forci. Anzola sentait ses cheveux s'ébouriffer sur sa tête et dut croiser les bras pour que les rafales n'écartent pas les pans de son manteau. Pas question d'attraper une pneumonie en ces moments critiques. Les gens devaient redouter les mêmes désagréments, car ils s'étaient cloîtrés chez eux plus tôt que d'habitude, si bien que ses pas résonnaient sur les pavés comme ceux d'un intrus dans les couloirs d'une maison déserte. Il était plongé dans ces pensées quand il prit conscience d'une autre présence dans la rue.

Il regarda par-dessus son épaule et vit deux hommes en poncho. Son imagination lui jouait-elle des tours ou les ponchos ondoyaient, comme si ces individus dissimulaient quelque chose ? Il accéléra et le bruit des talons s'amplifia entre les murs chaulés. Il tourna au coin de la rue et se surprit à faire de plus grands pas, comme s'il bondissait, pour s'éloigner des hommes en poncho sans se faire remarquer. Les hommes bifurquèrent eux aussi. Anzola les observa de nouveau à la dérobée et constata une fois de plus qu'une forme bougeait sous leurs ponchos. Par la suite, il se demanda si ce qu'il avait cru voir était vrai : un des ponchos s'était soulevé dans un mouvement de chauve-souris et il crut distinguer un court instant l'éclat argenté d'une lame métallique dans l'éclairage de la rue. Persuadé à présent qu'il était en danger, il pressa davantage le pas, le bruit de ses souliers calé sur les battements rapides de son cœur. Il sentit son torse dégouliner de sueur et vit au loin, dans la pénombre, une lumière se répandre sur les pavés. Il s'avança dans cette direction, découvrit une *chichería* ouverte et bondée. En entrant, il jeta un bref coup d'œil du côté de la rue sans remarquer aucune présence : elle était déserte, les hommes en poncho avaient disparu. Dans l'air confiné de ce local rempli de clients, il eut un coup de chaud. Ses oreilles bourdonnaient. Sans doute est-ce pour cette raison qu'il tarda à répondre à la question qu'on lui posait :

« Qu'est-ce que vous désirez, monsieur ? »

Un matin, avant de sortir, Anzola découvrit qu'on avait déposé une enveloppe à son attention. Il y trouva une coupure du journal *Gil Blas* datée de la veille, qu'il n'avait pas lu, non parce qu'il était constamment plongé dans les trois mille pages difficiles du dossier, mais parce que *Gil Blas* lui semblait aussi irresponsable et téméraire que ses ennemis idéologiques. L'article avait été déchiré et non découpé, de sorte que, dans un coin, il manquait quelques lettres, ce qui n'empêchait pas la lecture du papier. C'était une missive qu'un détenu du Panóptico avait adressée au directeur du journal, dans laquelle il déclarait publiquement avoir été victime de tortures infligées par des agents de Salomón Correal. Le prisonnier s'appelait Valentín González. Anzola n'avait jamais entendu parler de lui et apprit en parcourant l'article qu'il avait été accusé du vol de l'ostensoir de Notre-Dame-des-Neiges. Il se rappelait cette affaire. L'ostensoir avait été subtilisé un jour du mois de juillet de l'année précédente ; une semaine plus tard, après avoir arrêté, puis libéré un ressortissant espagnol, un prêtre et une chanteuse d'opéra, la police avait découvert dans un recoin sombre de l'église, sous la statue de saint Louis, quelques pièces du butin : le socle de l'ostensoir, des restes de l'hostie, un mouchoir, des mégots de cigarette. Il y avait aussi des empreintes de pas, à l'évidence ceux du voleur. La police avait procédé à six arrestations, déclaré que l'affaire était résolue et que la société pouvait dormir tranquille. Comme de nombreux autres citoyens, Anzola s'était demandé sur le moment comment il se pouvait qu'on ait trouvé autant d'indices dans l'église huit jours après le vol, à croire qu'entre-temps personne n'était venu balayer le sol. Et voilà qu'à présent, cette affaire ressurgissait brièvement entre ses mains.

« Pendant neuf jours, écrivait l'accusé Valentín González, on m'a enfermé dans une cellule minuscule sans rien me donner à manger, pas même un quignon de pain, sans rien pour me protéger du froid non plus. On ne me sortait de ce réduit immonde que tard dans la nuit, de une heure à trois heures du matin, pour me conduire dans un bureau situé dans la première cour, transi et affamé, et là on m'infligeait la torture dite du "carcan de campagne", qui consistait à me lier les gros orteils et à me coincer entre deux fusils de sorte qu'ils me traverseraient le corps si jamais je bougeais. » Après ces tourments, le commissaire chargé de l'affaire, Manuel Basto, le ramenait dans sa cellule, où les soldats avaient déversé de l'urine et des matières fécales. Perclus de douleur, sous-alimenté, grelottant et affaibli par ces humiliations, Valentín González avait demandé à ses geôliers de le tuer.

« Ce ne serait pas drôle, lui avaient-ils répondu. Nous le ferons, mais petit à petit. »

Les gardiens s'étaient apparemment acharnés tous les jours sur cet homme qui disait avoir subi des agressions de la part d'agents de la police secrète. Ils venaient souvent le chercher dans sa cellule, lui ligotaient les mains, lui jetaient de la sciure dans les yeux et le giflaient jusqu'à ce qu'il manque de s'écrouler pendant que les rires de leurs collègues résonnaient dans la pièce. Après plusieurs jours de ce régime, on l'avait sorti de son cagibi pour l'amener dans une cellule digne de ce nom, où il avait passé deux jours en total isolement. Selon ses propres termes, il avait à présent les orteils abîmés à cause des tortures, et l'humidité lui avait provoqué des rhumatismes qui ne lui laissaient pas de répit. « J'ai insisté pour voir un médecin, en vain, car monsieur Basto pensait qu'il était préférable que personne ne soit informé de ma situation », écrivait-il dans sa lettre, qu'il terminait en précisant qu'il suffisait d'interroger d'autres détenus du Panóptico, qui confirmeraient ses dires. En outre, ses cicatrices étaient là pour prouver qu'il ne mentait pas. Anzola remarqua qu'il se gardait de clamer son innocence à propos du vol de l'ostensoir : il voulait avant tout que la société soit informée des souffrances qu'il avait endurées.

Anzola relut plusieurs fois le texte de la coupure. La première idée qui lui vint à l'esprit était que si ce genre de choses survenaient, si des citoyens anonymes, d'honnêtes gens, prenaient le temps de rassembler des preuves et de les lui envoyer afin de dévoiler le vrai visage de la police et de faire tomber le masque de Salomón Correal, c'est qu'il y avait encore de l'espoir. Si seulement tous ceux qui étaient de son côté et cherchaient comme lui à découvrir la vérité sur ce crime pouvaient faire de même ! Si seulement les comploteurs sentaient la pression de l'indignation populaire ! Il était vraiment reconnaissant à l'ombre anonyme qui lui avait laissé cette enveloppe en courant peut-être de grands risques, en se cachant des membres de la police secrète… Animé de telles pensées, Anzola reprit l'enveloppe pour voir s'il y trouvait une piste susceptible de l'informer sur l'identité de son bienfaiteur, et c'est alors qu'il découvrit un papier jauni qu'il n'avait pas remarqué auparavant. Il lut les quelques mots qui y étaient écrits avec la sensation d'être la cible de la plaisanterie d'un enfant, mais pas n'importe lequel : un enfant armé d'une machette, une flamme sombre au fond des yeux.

Maître Anzola : pour que vous voyiez ce qui risque de vous arriver si vous ne cessez pas de chercher ce que vous n'avez pas perdu.

Par la suite, il prit conscience qu'à cet instant précis, il s'était passé bien plus de choses qu'il n'y paraissait. Tout d'abord, il eut peur, puis peur de sa propre peur, ce qu'il n'avait pas prévu. Et s'il faisait marche arrière ? S'il se laissait intimider par la menace, la perspective de la douleur physique et d'une mort violente ? Que resterait-il alors de toutes ces années d'efforts, au cours desquelles il avait mis d'autres personnes en danger et s'était exposé lui-même en cherchant une confuse idée de vérité et de justice dans la boue des conspirations ? Tout avait changé brutalement le soir de 1914 où Julián Uribe et Carlos Adolfo Urueta s'étaient rendus à son domicile pour lui demander un service. Le monde était plus simple à l'époque, en tout cas pour lui, car pour le général Uribe les menaces écrites s'étaient changées en une agression réelle qui lui avait coûté la vie. Deux angles de réflexion s'offraient à lui : d'un côté, quand on connaissait de source sûre les éventuelles conséquences de ses actes, il fallait être insensé pour continuer d'agir ; de l'autre, fléchir sous les menaces équivalait à déshonorer la mémoire du général assassiné. Anzola ne conserva pas le message d'intimidation dans ses documents, mais le jeta au feu. Il posa en revanche la coupure de *Gil Blas* sur son bureau afin de la recopier plus tard. Il l'ignorait encore, mais ce simple geste contenait déjà la décision tapie en lui d'aller de l'avant. Quelques semaines plus tard, une rencontre fortuite le fortifia dans cette résolution.

C'était à une conférence sur la guerre en Europe, organisée par un groupe qui s'appelait les Amis de l'*Entente**. Plus de trois cents personnes étaient venues salle Olympia. Pendant deux longues heures, on parla de ce qui se passait en Europe après trois ans de guerre : cet enfer avait englouti de grandes puissances et s'était soldé par cinq millions de morts, soit la disparition de toute une génération. On parla des ambassadeurs français aux États-Unis, des nouvelles batailles d'Ypres, des kilomètres de tranchées que les Allemands avaient investies à la frontière belge. Anzola entendit un ressortissant espagnol affirmer que les libéraux multipliaient les efforts pour que l'Espagne entre elle aussi en guerre afin de ne pas être honteuse, plus tard, de ne pas avoir participé à la lutte contre la barbarie. Il ignorait qui lui avait révélé que les membres de la famille du soldat Hernando de Bengoechea étaient assis aux premiers rangs, mais il n'était peut-être pas nécessaire qu'on le lui dise, car le conférencier sur l'estrade avait les yeux rivés sur eux et faisait de vifs éloges du courage du jeune soldat et de la qualité de ses poèmes. Il se permit de rappeler un vers qu'Anzola ne comprit pas très bien et qui parlait de Paris. Il releva les mots « feux » et « astral ». Le public applaudit à tout rompre ; au premier rang, deux silhouettes se levèrent, suivies par l'ensemble des spectateurs, et Anzola s'aperçut qu'il était ému.

À la fin de la conférence, il s'avança vers l'estrade, à contre-courant du public qui gagnait la sortie. Il avait envie de connaître les membres de la famille de Bengoechea, de leur serrer la main et d'entendre le son de leurs voix, et il ne fut pas déçu quand il découvrit que le seul proche du jeune soldat présent sur les lieux était sa sœur Elvira, qui avait assisté à la conférence avec Diego Suárez Costa et une chaperonne. Suárez avait apparemment été le grand ami colombien du soldat ; Anzola ne comprit pas trop s'il était de passage à Bogotá ou s'il y vivait, mais cela ne l'intéressait guère, car il concentrait toute son attention sur Elvira, une jeune fille aux grands yeux et aux cheveux relevés en un lourd chignon. Elle portait à son cou une broche avec le drapeau français.

« J'aurais voulu connaître votre frère », lui dit Anzola quand on les présenta l'un à l'autre.

Il lui prit la main comme on soulève un mouchoir tombé à terre, approcha ses lèvres fermées des doigts sans les toucher.

« Marco Tulio Anzola, ajouta-t-il.

– Ah oui. Vous êtes l'homme qui écrit ces choses qui nous préoccupent tant.

– Pardonnez-moi, balbutia-t-il. Je ne…
– Mon frère aurait lui aussi aimé vous connaître, le coupa-t-elle. C'est en tout cas ce qu'on dit dans ma famille. »

Ils parlent de moi, songea Anzola. *Il aurait aimé me connaître*. De manière absurde, il se rappela ce bref dialogue au cours des mois qui suivirent, alors qu'il consacrait son temps et son énergie à la rédaction finale de son livre. Tantôt il se disait que l'esprit de vengeance transparaissait dans les mots de la jeune Elvira, tantôt il préférait y voir une exigence. Parfois, en écrivant un paragraphe qui dénonçait Salomón Correal ou Pedro León Acosta, il pensait qu'à l'âge qu'il avait, Hernando de Bengoechea était déjà mort, et qu'à vingt-six ans, il avait laissé des pages applaudies aujourd'hui en public et connu une mort héroïque pour la défense de valeurs éternelles. Et lui, quel but avaient servi les vingt-six ans qu'il allait bientôt fêter ? Le livre qu'il écrivait n'était pas un recueil de poèmes, mais un vulgaire ouvrage de prose ne visant qu'à dénoncer un complot meurtrier, sans autres fioritures que la précision de la loi et la rhétorique grossière du bon sens. Ce livre risquait-il de causer sa mort ? Était-il en train de creuser sa propre tombe à chaque paragraphe, chaque article, chaque témoignage ?

Sur chaque page manuscrite, chaque brouillon qu'Anzola couvrait de son écriture penchée éclatait une révélation subversive ou une dénonciation qui faisait l'effet d'une bombe ou d'une torpille. Oui, songea-t-il. C'était bien cela : son manuscrit était un sous-marin de guerre et certains passages, des torpilles pointées sur le transatlantique du pouvoir colombien, prêtes à ouvrir une brèche sous la ligne de flottaison et à tout faire sombrer de sorte que plus rien ne remonte jamais à la surface.

Afin de vérifier la force de ce qu'il écrivait, il continua de publier dans *La Patria*. Désormais, ses articles n'étaient pas constitués d'éléments destinés ensuite à faire l'objet d'un livre, mais d'extraits entiers du manuscrit définitif. Il en tirait certaines pages pour les montrer aux gens qui étaient de son côté, tantôt pour demander à un témoin de confirmer sa version des faits, tantôt pour qu'un juriste plus expérimenté que lui – un pénaliste ou un expert en droit procédural, par exemple – puisse corriger une mauvaise interprétation de la loi ou une analyse contestable. Un jour, dans la seule intention de voir ce qui se passait, il présenta à l'assemblée du département du Cundinamarca un chapitre entier consacré à la corruption du procureur Alejandro Rodríguez Forero. L'assemblée était chargée de proposer les trois noms parmi lesquels serait choisi celui du futur procureur. Après avoir lu les pages d'Anzola, elle retira son appui à Rodríguez et Anzola regretta qu'il n'en aille pas de même dans le monde de tous les jours, avec les gens ordinaires. Dans un article, Rodríguez Forero déclara que le travail d'Anzola indignait la famille Uribe, qui voyait en lui un incurable mythomane et n'approuvait pas le tour que prenait son enquête. Lorsque Anzola alla trouver Julián Uribe à ce sujet, il découvrit un homme honteux incapable de le regarder droit dans les yeux.

« La famille vient de désigner un avocat pour le procès, lui annonça-t-il. Sachez que je n'y suis pour rien.

– Qui est-ce ?

– Pedro Alejo Rodríguez. Moi non plus, je ne comprends pas. »

C'était en effet inexplicable. Le jeune avocat Pedro Alejo Rodríguez était le fils du procureur Alejandro Rodríguez Forero. Le choisir comme représentant légal de la famille Uribe dans le procès contre les assassins du général était non pas une maladresse, mais un suicide pur et simple. Le frère du général avait été chargé de lui annoncer la nouvelle et aurait à l'évidence préféré ne pas être le messager. Le fils d'un des conjurés ou d'un homme qui avait utilisé tous les moyens à sa disposition pour protéger ces derniers était officiellement le défenseur de la famille de la victime. Non, Julián Uribe n'avait pas pu tomber dans un piège aussi grossier. Anzola se prit la tête à deux mains, mais sa dignité l'empêcha de dire tout ce qu'il avait sur le cœur.

« C'est donc vrai, murmura-t-il. Vous n'avez plus confiance en moi.

– J'ignore comment on en est arrivé là, mon cher Anzola, répondit Uribe. Je sais en revanche que c'est doña Tulia qui a pris cette décision. Qu'a-t-on pu dire à cette pauvre femme, je l'ignore.

– Les veuves ne devraient jamais prendre aucune décision.

– Doucement, mon cher. Cette veuve est aussi ma belle-sœur et elle mérite le respect.

– Eh bien, malgré le respect que je lui dois, elle vient de tout envoyer promener. Et les enfants du général, qu'en pensent-ils ?

– Je ne sais pas.

– Et Carlos Adolfo Urueta ? Avec vous, c'est lui qui m'a confié ce travail. Il a le droit de…

– Il est à Washington.

– Ah bon ? Et que fait-il là-bas ?

– Il a été nommé à l'ambassade et il est parti. Que pouvait-il faire d'autre ?

– Peu importe. Un ministre peut lui aussi désapprouver cette histoire.

– Comme je vous l'ai dit, je suis aussi surpris que vous, s'impatienta Julián Uribe. Mais il faut par ailleurs admettre que nous ne connaissons pas le jeune Rodríguez. Nous n'avons aucune raison de nous attendre au pire.

– Oh que si, monsieur Uribe. Il faut nous attendre au pire, si ce n'est plus. »

Bouleversé par cette nouvelle, Anzola s'enferma chez lui pendant plusieurs semaines pour terminer son livre, refusant que la déception ou la désillusion l'obligent à en abandonner l'écriture. Il faillit le faire : pourquoi risquer sa réputation et même sa vie dans une entreprise privée de l'admiration et de la simple solidarité de la famille Uribe ? Et pourtant il continua.

Peu soucieux des horaires, il dormait tard le matin et travaillait de nuit, sous une lumière trop faible, les yeux brûlants. Le dossier avec ses trois mille pages de faits irréfutables l'accompagnait, les trois cent trente pages du rapport du procureur aussi, avec leurs mensonges et leurs distorsions de la réalité. Quand un matin de septembre, à l'aube, il apposa le mot « Conclusions » sur la dernière page, il n'éprouvait plus aucune indignation et avait oublié jusqu'aux raisons pour lesquelles il avait accepté cette mission un soir lointain. Couché sur le papier, ce mot lui parut plus long que la normale.

En dessous, il écrivit :

Il ressort de cette affaire que :
1 – dans l'assassinat du leader libéral Rafael Uribe Uribe, Leovigildo Galarza et Jesús Carvajal ne sont que les instruments matériels du crime.
2 – l'assassinat de ce grand patriote a été planifié par le groupe de conservateurs carlistes dont une des victimes a été le président de la République Manuel María Sanclemente ; il ressort aussi que ce groupe a attenté à la vie du président de la République Rafael Reyes, et qu'il poursuivra sa série de crimes contre tout individu de condition supérieure qui sera en mesure de faire progresser la démocratie dans le pays.
3 – l'âme de ce groupe retors et obscur est connue sous le nom de Compagnie de Jésus.

Il écrivit ensuite le mot « FIN » en lettres majuscules bien séparées, si imposantes que la pointe délicate de son Waterman déchira le papier. Il pensa qu'il était inutile de proposer l'ouvrage à l'Imprimerie nationale, qui refuserait de le publier, quand bien même le pape en personne en ferait la demande. Il décida de l'apporter au plus vite à l'atelier de typographie Gómez et de financer l'impression de sa poche. Après avoir pris cette résolution, il alla se coucher, trop excité pour trouver le sommeil. Le lendemain, aux premières lueurs de l'aube, il prit une feuille de papier et écrivit le titre :

Qui sont-ils ?

Il fourra le tout dans une mallette en cuir et sortit dans la ville qui s'éveillait à peine. Il faisait froid, un vent mordant lui piqua le visage. Il inspira longuement l'air qui lui brûla les narines et fit naître une larme au coin d'un œil. Tout semblait normal, pourtant rien ne l'était. Il venait d'accomplir la mission que lui avait confiée trois ans plus tôt la famille Uribe, qui ne le soutenait plus ; il levait un doigt accusateur sur tous les puissants de ce pays sans que personne puisse lui garantir qu'ils ne lui feraient pas de mal. Il était encore temps de changer d'avis, d'influer sur le cours des événements en rebroussant chemin au prochain coin de rue pour aller boire un chocolat chaud et tout oublier, reprendre son ancienne et paisible vie. Mais il continua, songeant à ce que voyaient les gens qui le regardaient en passant : un homme seul mais pas entièrement vaincu, jeune mais privé de ses illusions, qui traînait les pieds. Ce qu'il venait de décider en son for intérieur se remarquait-il de l'extérieur ? Si quelqu'un était capable de le déceler, chercherait-il à le dissuader ? Il n'y arriverait pas, non. Il devait résister, aller de l'avant et dire un jour qu'il avait au moins tenu sa promesse à Julián Uribe : il avait écrit son livre, il avait tout raconté et maintenant, il n'avait plus qu'à s'asseoir et attendre que le ciel lui tombe sur la tête.

Il s'arrêta à un carrefour pour laisser passer une Ford. Une jeune fille chapeautée leva timidement la tête et son regard le traversa comme s'il était invisible.

VIII

Le procès

Marco Tulio Anzola avait publié son livre subversif sans savoir que quatre-vingt-dix-sept ans plus tard, dans un petit appartement sombre de cette ville qui l'avait oublié, deux lecteurs, livre en main, se réuniraient pour parler de l'auteur comme s'il était vivant et des faits rapportés dans *Qui sont-ils ?* comme s'ils venaient de survenir. Je n'ai jamais su si Carballo avait eu dès le départ l'intention de me montrer l'ouvrage, car ils entretenaient tous deux – l'objet et son lecteur – une relation intime que je n'avais jamais vue et que je n'ai sans doute jamais vécue. Je n'ai pas davantage pu découvrir s'il avait eu des craintes ou des incertitudes en me mettant ce livre entre les mains, ou s'il me jugeait au contraire digne de sa confiance. Nous avions parlé d'Anzola et du travail que lui avaient confié Julián Uribe et Carlos Adolfo Urueta ; j'avais demandé à Carballo comment il avait vérifié tout ce qu'il venait de me raconter, où il avait trouvé ces informations. En guise de réponse, il s'était levé et dirigé vers sa chambre au lieu de consulter sa bibliothèque, ayant à l'évidence ouvert le livre récemment. Il me l'avait tendu à deux mains :

– Le problème, c'est qu'il faut le lire une vingtaine de fois, sinon il est impossible d'en percer tous les secrets.

– Une vingtaine de fois ?

– Si ce n'est trente ou quarante, avait-il rétorqué. Ce livre, ce n'est pas n'importe quoi. Il faut le mériter.

C'était un volume relié en cuir, avec des lettres gravées, qui sentait le vieux. *Assassinat du général Rafael Uribe Uribe*, lisait-on en première page ; en dessous, la signature de Carballo et, sous cette signature, le titre qui, plus qu'un titre, était une véritable déclaration paranoïaque : *Qui sont-ils ?* Il y manquait le point d'interrogation à l'envers imposé dans la langue espagnole depuis le jour lointain du dix-huitième siècle où l'Académie royale l'avait rendu obligatoire ; à côté de ce signe final était dessinée une main remplie d'encre – une *main noire*, ai-je songé – à l'index *indicateur*.

– Et ce livre est la dénonciation d'une conspiration ? ai-je demandé. Le moins qu'on puisse dire, c'est que cet Anzola n'était pas d'une grande subtilité.

Mais Carballo n'a pas trouvé mon commentaire amusant.

– Cet ouvrage était dans toutes les bibliothèques de Bogotá, a-t-il répondu d'un ton sec. Tout le monde l'achetait : certains pour lui ériger un autel, d'autres pour le brûler. Mais en 1917, tout le monde l'avait eu dans les mains à un moment ou à un autre. Le jour où vous serez capable d'en faire autant…

– C'est donc un livre scandaleux ?

– C'est un livre précieux. Un livre dont le but est noble, bien que ce mot soit vide de sens pour les gens de votre génération, a-t-il ajouté.

J'ai préféré ne pas relever cette pique.

– Et on peut savoir quel est ce but ?

– Je crains que non. Du moins tant que vous n'aurez pas certaines informations en tête. Vous devez d'abord lire ce livre et bien le comprendre. Vous y sentir comme un poisson dans l'eau. Je ne m'attends pas à ce que vous le lisiez vingt fois, comme moi, mais quatre ou cinq au minimum. Autrement dit jusqu'à ce vous ayez tout saisi.

J'ai ouvert *Qui sont-ils ?* et l'ai feuilleté sans cacher mon ennui devant ces quelque trois cents pages à la typographie serrée. *Pour ceux qui, comme moi, ont eu l'honneur d'être les amis du général Uribe Uribe et d'avoir témoigné à cet illustre grand homme la tendresse la plus sincère, nous avons l'immense satisfaction de saluer sincèrement sa mémoire*. Il y avait là tout ce que j'ai en horreur : la pompe, la grandiloquence, le pluriel affecté que les Colombiens adorent et que je déteste encore plus que les pires vices de l'espèce humaine. Selon une vieille habitude, j'ai regardé la dernière page, où certains lecteurs notent des informations ou leurs impressions, et je n'ai trouvé qu'une date, 1945, la preuve qu'un livre peut être utile pendant près d'un siècle.

– Et vous voulez que je lise ça quatre ou cinq fois ? ai-je demandé.

– Pour tout comprendre, sans quoi il n'y aura pas moyen d'avancer.

– Eh bien, dans ce cas, je crois que je n'ai pas envie de continuer. Je n'ai pas de temps à perdre avec de genre de choses, Carlos. Cette histoire est votre obsession, pas la mienne.

Carballo était assis, les jambes écartées, les coudes sur les genoux et les mains croisées. Il a baissé la tête et j'aurais pu jurer qu'il venait de laisser échapper un soupir.

– C'est aussi la vôtre, a-t-il affirmé.

– Non. Ce n'est pas la mienne.

– Bien sûr que si, Vásquez. Croyez-moi, vous êtes aussi concerné que moi, a-t-il insisté.

Je me rappelle que son regard s'est alors posé sur le mur du fond, sur la photographie de Borges ou au-delà, du côté de la fenêtre sombre garnie d'un rideau de dentelle blanche.

– Attendez-moi une seconde, je n'en ai pas pour longtemps, m'a-t-il dit.

Il a disparu derrière l'autre porte, pas celle de sa chambre, et a passé plus de temps qu'il n'en faut pour chercher et trouver un objet qui nous est cher et dont on n'oublie en principe pas l'endroit où on le range. Je me suis demandé ensuite s'il ne regrettait pas de m'avoir invité chez lui, de m'avoir laissé de nouveau entrer dans sa vie pour travailler à ce livre que, même s'il l'ignorait, je n'avais pas l'intention d'écrire. Je l'imaginais en train de passer en revue une série de prétextes crédibles afin de ne pas me montrer ce qu'il avait promis de me faire voir. Mais quand il est ressorti, il tenait entre les mains un chiffon orange que j'ai associé de manière arbitraire à ses foulards criards. Le tissu servait à envelopper un objet aux contours ambigus ou irréguliers (mais peut-être que ses replis m'empêchaient de distinguer la forme originale de l'objet). Carballo s'est installé sur le canapé vert et a déplié le chiffon en le serrant aux deux extrémités. Quand j'ai découvert son contenu, il m'a fallu un court instant pour comprendre que dans la lumière crue, ce qui s'offrait à ma vue était un os, un os humain, la partie supérieure d'un crâne.

– Le voilà, m'a-t-il annoncé.

Propre et luisant dans la lumière blanche qui se répandait du plafond, le crâne était cassé et un morceau s'en détachait. Mais mon attention s'est plutôt concentrée sur les lettres qui semblaient pyrogravées sur la partie frontale : *R.U.U.*

Je ne me rappelle plus si j'ai opposé une résistance à la vue de ce crâne ou si mon esprit a requis un effort supplémentaire pour se rendre compte de ce qui s'étalait sous mes yeux. J'ai oublié ce que j'ai dit – si tant est que j'aie dit quoi que ce soit – pendant que Carballo l'exhibait avec fierté et désinvolture, mais également attentif, le manipulant et me laissant le manipuler comme si cet objet n'était pas unique et exceptionnel, comme si l'endommager (au cas où je l'aurais fait tomber ou cogné contre quelque chose) n'aurait pas

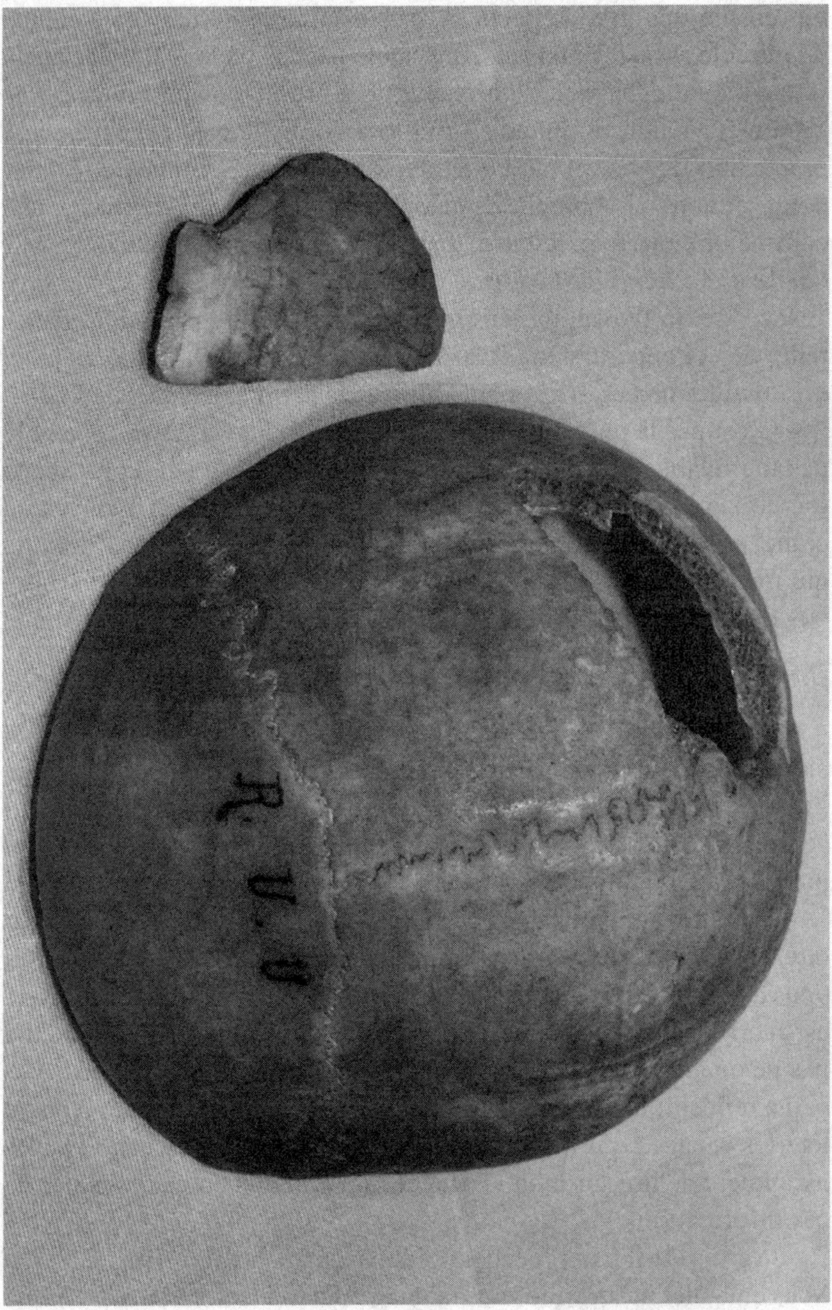

représenté une grande perte. À mesure que je prenais conscience du miracle auquel j'assistais, une seule pensée occupait mon esprit : la vie s'était échappée de cette partie autrefois vivante d'un corps autrefois vivant, et quand Carballo a soulevé avec précaution le morceau d'os brisé et me l'a tendu pour que je le prenne entre deux doigts craintifs, l'approche de la lumière et l'examine des deux côtés, comme une pierre précieuse, une seule phrase m'obnubilait : *C'est par là que Rafael Uribe Uribe est mort.*

À croire qu'il avait lu dans mes pensées – dans l'ambiance différente de cet appartement et la lumière fantomatique du néon, cette éventualité me paraissait plausible –, Carballo a déclaré :

– C'est par là qu'est partie la vie, par ce trou. Ça ne vous semble pas incroyable ? Vous devriez être fier, Vásquez, a-t-il repris sur le ton de la plaisanterie. Peu de gens peuvent se vanter d'avoir vu ce crâne, et la plupart sont morts aujourd'hui. C'est le cas de l'homme qui me l'a donné.

– Le docteur Luis Ángel Benavides.

– Paix à son âme.

– Il vous l'a confié ?

– Il s'en servait pendant ses cours. Je n'étais pas seulement son élève, j'ai été son confident pendant ses dernières années de vie, je l'ai accompagné. J'ai été son soutien et je suis aussi quelqu'un qui comprend ces choses-là. Je sais comment les utiliser et je saurai en tirer profit. Il me l'a donné pour toutes ces raisons. Ne soyez pas surpris.

– Qu'entendez-vous par *ces choses-là* ? Et qu'est-ce que ça veut dire, *les utiliser*, Carlos ? Il y a d'autres reliques ? Le docteur Benavides vous a laissé d'autres objets de ce genre ? Et puis, comment ce crâne est-il arrivé entre les mains du docteur ? ai-je ajouté. Il n'était même pas né quand Uribe a été assassiné.

Il a réfléchi. C'est tout juste si je n'entendais pas s'activer dans sa tête les rouages qui mesuraient les risques, évaluaient ma loyauté, essayaient de lire sur mon visage ce que je ferais ou ne ferais pas de ces informations.

– Je crois qu'il faut procéder point par point, a-t-il fini par déclarer. Vous emballer ne fera que vous fatiguer. Qui trop embrasse mal étreint.

– Mais je ne comprends pas. C'est merveilleux, Carlos, voilà ce que je veux dire. Merveilleux de tenir cet objet, de pouvoir le toucher… Je ne vous remercierai jamais assez de m'avoir donné l'occasion de le faire. Mais j'aimerais savoir en quoi il intervient dans notre projet.

– Vraiment ? Vous me remerciez ?

– Infiniment.

C'était sans doute le mot le plus sincère que j'avais prononcé jusqu'alors. Avoir cette relique entre les mains, laisser mes doigts bien vivants se promener sur cet os faisait naître en moi des émotions que je n'avais pas éprouvées depuis cette fameuse nuit, en 2005, au cours de laquelle j'avais vu chez Benavides la vertèbre de Gaitán. Mais cette fois, le contact avec l'objet s'enrichissait de ma propre expérience, des neuf années qui s'étaient écoulées entre-temps. De sorte que là où j'étais, dans ce salon, devant cette fenêtre d'où je voyais le jour se lever, tenant le crâne d'Uribe Uribe, j'ai senti que la vie m'avait poussé sur des chemins impénétrables, et je savais en même temps que quelque chose m'échappait, comme quand on est trop près d'un tableau pour apprécier correctement la scène qu'il représente.

– Eh bien, ça change tout, ai-je décrété. Je prends le livre, je le lis aussi vite que possible et je reviens pour que nous en discutions.

– Impossible, a dit Carballo. Ce livre ne sort pas de chez moi.

– Mais comment allons-nous faire ? Je viens le lire ici, comme dans une bibliothèque publique ?

– Ça vous semble si absurde que ça ? Je rentre tous les jours à 5 heures du matin. Nous nous retrouvons ici, vous lisez pendant que je dors, et *ensuite*, nous parlons. Je suis désolé, mais c'est le seul moyen, parce que, comme je viens de vous le dire, ce livre ne sortira pas de mon appartement.

J'allais protester mais le bon sens m'en a dissuadé : en pensant m'y contraindre, persuadé que j'accepterais à contrecœur, Carballo me proposait de passer des heures chez lui, seul, sans surveillance, pendant qu'il dormait. Il me servait sur un plateau la possibilité de fouiller impunément chaque recoin de son appartement, à la recherche de la vertèbre perdue. J'aurais été idiot de refuser.

– On commence demain ? ai-je suggéré.

– Si vous le sentez…

– Je le sens, mais j'ai un autre doute.

– Lequel ?

– Qu'y a-t-il dans le crâne d'Uribe ? Pourquoi dit-on qu'on l'a reconstruit dans le rapport d'autopsie ?

– Reconstruire ne signifie pas remettre la calotte en place. J'ai tellement fréquenté le docteur Benavides que pour moi, c'est clair. Imaginons par exemple une banque d'os. Quand on retire les os d'un cadavre pour les donner à une banque d'os, on reconstitue le corps avec de l'étoupe et des baguettes. Quand j'ai commencé à passer du temps avec le docteur, il y a des années, beaucoup de choses m'échappaient. J'ai par exemple découvert que dans les blocs opératoires, il y avait un réfrigérateur contenant des calottes crâniennes comme celle-ci. Quand un patient a subi un traumatisme cranio-encéphalique, on lui enlève une partie du crâne pour réduire la pression que subit le cerceau et éviter la mort du malade, et on range ce morceau d'os. Parfois, pour une raison ou une autre, il est impossible de le conserver au réfrigérateur. On le pose alors sous la graisse abdominale pour protéger les tissus et éviter une infection. On peut retirer une partie du crâne au patient sans que cela change la forme de sa tête, parce qu'il reste une couche. Personne n'ira toucher le crâne de cet individu pour voir s'il est dur ou non. On peut retirer une partie du crâne et ne laisser que la peau. Je suppose que c'est comme ça qu'est resté Uribe, dans sa tombe du Cementario Central.

De retour chez moi, j'ai baissé les stores de ma chambre (ma femme et mes filles n'étaient pas là ; tant mieux, car je n'avais ni la force ni la lucidité pour expliquer à qui que ce soit ce qui venait de m'arriver), et tout le sommeil en retard m'est brusquement tombé dessus. J'ai mis les bouchons d'oreilles bleus que j'utilise pour écrire et me suis glissé dans le lit, craignant d'être trop excité pour arriver à dormir malgré la fatigue. Mais au bout de quelques secondes, j'avais sombré dans l'inconscience et je me suis abandonné comme dans les siestes de mon adolescence, plongé dans une torpeur semblable à celle de l'anesthésie, dans un lieu où on perd la notion du temps et de l'espace, un *non-lieu* où nous ne sommes plus des individus qui savent qu'ils dorment, et ce n'est qu'au réveil qu'on comprend combien le corps avait besoin de ce repos. Un sommeil sans rêves dont il est difficile de sortir dans un premier temps : on est désorienté, on a l'impression d'être seul et mélancolique ; on aimerait en ouvrant les yeux que quelqu'un nous étreigne et nous rappelle avec un baiser où nous sommes, quelle vie nous menons et la chance que nous avons que le destin nous permette de vivre cette existence-là et non une autre.

Dans la soirée, j'ai téléphoné au docteur Benavides. Quand je lui ai dit ce que j'avais vu chez Carballo, un silence de mort s'est installé au bout du fil.

– La calotte, a-t-il enfin murmuré. C'est lui qui l'a.

– Vous connaissiez l'existence de cette relique ?

Nouveau silence. Par-dessus la friture de la ligne, j'entendais des bruits de couverts sur des assiettes. J'ai pensé que Benavides déjeunait en famille et que je l'avais interrompu. Mais cela ne semblait pas le déranger.

– Mon père l'avait apportée plusieurs fois à la maison. J'étais un enfant à l'époque, je devais avoir sept ou huit ans. Il me la montrait et me donnait des explications. Il me laissait la prendre, la tourner, la regarder sous tous les angles, la mettre à l'envers. Et c'est Carballo qui l'a ?

– Oui. Je suis désolé, ai-je répondu sans trop savoir pourquoi.

– Les lettres y figurent, n'est-ce pas ? Les initiales sur l'os frontal.

– Les initiales, oui. *R.U.U.* Elles y sont.

– Je me souviens parfaitement.

Il n'y avait plus de bruit. Il s'était certainement enfermé dans une chambre, loin de l'agitation de la salle à manger.

– Ces lettres me fascinaient. Je trouvais fantastique qu'elles soient gravées sur le front d'un homme. Ça a beaucoup amusé mon père. Il me disait : “Nous les avons tous. Nous avons tous nos initiales gravées sur le front.” Alors je passais des heures devant le miroir de la salle de bains, debout sur un petit tabouret en bois pour me rapprocher de la lumière. Je soulevais mes cheveux d'une main et de l'autre je touchais mon front pour voir si je sentais mes initiales. *F.B.* Je les cherchais du bout des doigts. Le *F* et le *B*, le *F* et le *B*. Quand je sortais, je me plaignais : “Papa, je ne les trouve pas”, lui disais-je. Il me touchait ou plutôt me caressait le front. “Pourtant elles sont là, je les sens, moi.” Il passait ensuite ses doigts sur son front en feignant d’être profondément concentré. “Et chez moi aussi, elles sont là : *L.A.B.* Recommence pour voir si tu les sens.” Je réessayais, une fois de plus sans succès, c’était très frustrant. Je le revois faire semblant d’être également très concentré quand je le touchais et qu’il m’autorisait, moi, son petit garçon, à explorer son front. Moi aussi j’ai laissé mes enfants me toucher, Vásquez. Je suppose que vous comprenez ce que je veux dire.

Je n’avais jamais perçu autant de nostalgie dans sa voix. Il paraissait triste, car dans son timbre clair je sentais comme de l’humidité, mais j’ai pensé qu’il serait impertinent et surtout inutile de lui poser la question : si c’était vrai, Benavides ne me l’aurait jamais avoué. Pourtant ma révélation sur la calotte d’Uribe Uribe avait réveillé des souvenirs enfouis dans sa mémoire engourdie et, avec eux, des émotions. Les souvenirs d’enfance sont les plus puissants, sans doute parce qu’à ce moment de la vie, tout est une déchirure ou une secousse : chaque découverte nous oblige à nous replacer dans le monde tel que nous le connaissons, chaque marque de tendresse envahit notre corps. L’enfant vit dans sa chair, sans filtres, sans boucliers ni mécanismes de défense, il lutte comme il le peut contre ce qui s’empare de lui. Oui, j’aurais voulu dire à Benavides que je comprenais, et j’ai moi aussi laissé mes filles, leurs mains, leurs longs doigts hérités de leur père toucher mon front. Mais elles n’ont jamais tenu entre leurs mains les restes d’hommes assassinés dans ce pays dont elles vont également hériter. Ils sont nombreux, c’est vrai, et ils se multiplieront au cours de leur vie. On peut donc penser qu’un jour le hasard les placera dans la situation que je vivais : avoir l’étrange privilège de tenir entre les mains les ruines d’un être humain.

– Oui, je comprends ce que vous voulez dire, ai-je répondu.

– Ah, vraiment ?

– Oui.

Un autre silence s'est installé au bout du fil, que Benavides a brisé :
– Apportez-la-moi, s'il vous plaît.
– Très bien.
– Elle m'appartient aussi, cette calotte, comme la vertèbre et la radiographie.
– Pourtant vous affirmiez le contraire, Francisco. Vous disiez que ces reliques n'étaient pas à vous, mais à tout le monde, et que vous vouliez les donner à un musée. J'espère que vous n'avez pas changé d'avis.
– Apportez-moi tout, s'il vous plaît. Vous me le promettez ?
– Ce n'est pas si simple. Mais je vous promets d'essayer.
– C'est promis, Vásquez ?
– Oui, Francisco, c'est promis.
– Eh bien, pourvu que vous teniez parole. Vous savez, les restes d'un corps mort n'ont aucune raison d'être bringuebalés, a-t-il repris avec beaucoup de sérieux. Les restes d'un corps mort sont des armes puissantes, n'importe qui peut s'en servir à des fins que ni vous ni moi ne pouvons imaginer. On ne peut pas les laisser entre de mauvaises mains.

Je lui ai dit que, bien entendu, je comprenais, puis je me suis tu.

Trois jours ont passé, trois jours compliqués, rythmés par la même routine invraisemblable. Je me réveillais à 4 heures, sortais de chez moi à 4 h 30 et arrivais rue 18 à 5 heures ou quelques minutes avant 5 heures – à un moment où cette ville inhospitalière semble plus aimable, car les rares voitures qui circulent donnent l'illusion que des êtres humains la dirigent –, et Carballo était là, il prenait un café léger malgré son intention de s'assoupir ensuite. Il me laissait seul avec le livre de Marco Tulio Anzola, que je lisais comme je le fais lorsque je travaille à un de mes romans, mon carnet noir ouvert à côté, un porte-mine posé dessus. Je prenais des notes et dressais des chronologies, me débattais dans le chaos du livre, tempérais la fruste indignation de l'auteur, et peu à peu, entre les dates et les notes s'est érigé le profil d'Anzola en colère, ce petit jeune homme audacieux qui avait défié les individus les plus puissants du pays. J'éprouvais à son égard autant de fascination que de méfiance ; son courage était incontestable, pourtant il me semblait évident que les accusations qu'il lançait dans ses écrits n'étaient pas toutes fondées, car aucun lecteur doté d'un peu de jugeote n'aurait pu reprocher aux jésuites de *Qui sont-ils ?* les actes dont il les accusait (le dénommé Berestain, par exemple, était intolérant et antipathique, mais rien ne prouvait qu'il était un assassin). Sur le coup de midi, j'entendais l'eau couler dans les tuyaux et, un moment plus tard, Carballo sortait de sa chambre, prêt à entamer sa journée, toujours en chaussettes blanches, parfois un foulard noué autour du cou. Il me racontait des faits qui n'étaient pas relatés dans le livre d'Anzola, me montrait d'autres documents. Ainsi, petit à petit, j'ai appris ce qui était arrivé à la suite ou plutôt à cause de la publication de *Qui sont-ils ?*.

Le livre avait été publié en novembre 1917. La riposte des ennemis d'Anzola ne se fit pas attendre, bien souvent plus dure qu'il n'aurait pu le prévoir dans ses moments de grande consternation. Par ailleurs, il se rendit compte que parmi ceux qui attaquaient le livre, beaucoup ne l'avaient pas lu. C'étaient des tueurs armés de mots envoyés par les notables pour nuire à ses écrits et à sa personne. Mais parfois, ils agissaient en leur nom, tristes figures motivées par l'envie et le ressentiment. Dans *El Nuevo Tiempo*, un journaliste qui signait Aramis affirmait sans vergogne : « Nous n'avons pas besoin de salir notre regard avec le contenu de cette œuvre pour savoir qu'elle est le fruit d'une imagination débridée et d'une éducation désorientée. » En général, la presse conservatrice taxait Anzola d'anarchiste, d'assassin moral et de calomniateur mercenaire ; dans de longs articles bien visibles et sous d'invraisemblables pseudonymes, on le traita d'ennemi de l'Église catholique, de paladin de l'immoralité et même de messager du diable. Anzola était rassuré de savoir que la presse avait formulé les mêmes charges contre le général Uribe, et souvent, en pleine nuit, encore réveillé, il se demandait comment le leader aurait réagi à certaines critiques particulièrement injustes ou blessantes. « D'aucuns se disent chrétiens, écrivit dans *La Sociedad* un homme dont le nom de plume était Miguel de Maistre. Ils se sont donné pour mission sur cette terre de souiller le nom de notre Sainte Mère l'Église ; dans des libelles immoraux, ils attaquent les représentants de Dieu parmi nous, et par voie de conséquence les hommes de bien, nos femmes chastes et nos enfants innocents. Dans des écrits qui ont été des facteurs de discorde et ont provoqué des guerres intestines, ces messagers du mal cherchent à convertir la patrie au socialisme athée. Mais ils apprendront vite que nous autres, les guerriers de Dieu, sommes plus nombreux qu'ils ne le pensent et que, s'il le faut, nous serons prêts à défendre notre foi par la force bénie des armes. »

Les semaines suivantes, Anzola dut supporter qu'un écrivain de Bogotá qualifie son livre de « pur roman criminel », et lui de « détective détraqué » ; il affronta aussi les chuchotements qui s'élevaient dès qu'il entrait dans un café. Un jour, malgré son intérêt, il préféra ne pas assister à la conférence que donnait Luis López de Mesa dans le cadre du cycle « Cultures », pour ne pas se retrouver seul au milieu d'un public imprévisible. Au début du mois de décembre, alors qu'il rentrait chez lui, il contourna une manifestation ouvrière place Bolívar, encore ébranlé par ce qui avait failli survenir sur une autre place, pendant une autre manifestation. Il ne s'était jamais senti aussi isolé. Il savait que son nom était sur toutes les lèvres alors qu'on détournait le regard sur son passage. À Noël, il reçut un paquet de la part de Julián Uribe. Il l'ouvrit et découvrit qu'il contenait une boîte de chocolats Equitativa et une carte qui lui souhaitait de *Joyeuses fêtes*. Ce fut là le premier indice lui indiquant que les Uribe ne l'avaient pas chassé de leur vie. Les jours s'écoulaient ainsi : il allait de son domicile au bureau, du bureau à son domicile, supervisait les travaux en cours dans la ville qui s'étendait. Entre Noël et le jour de l'An, il dut contrôler les réparations d'un pont sur la rivière San Francisco. On lui expliqua que, quelques jours plus tôt, une femme était tombée et s'était fracassé le crâne sur les pierres lisses. Anzola écouta l'histoire sans trop y prêter attention ni trop compatir, obnubilé par le dernier mensonge que la presse avait inventé sur son compte, le dernier crachat d'encre à l'avoir touché. Il passa les premières semaines de 1918 à analyser ce qui lui arrivait : une véritable campagne de diffamation avait été orchestrée contre lui, avec pour seul objectif de faire en sorte qu'il n'arrive pas entier à la date du procès.

C'est du moins ce que je supposais. Lorsque j'en ai parlé à Carballo, il était d'accord avec moi : oui, j'avais sans doute raison.

– Il est vrai qu'une partie de la ville – la plus puissante –, lui avait déclaré la guerre. Ni vous ni moi ne sommes en mesure d'imaginer ce qu'a pu endurer le pauvre garçon.

Carballo l'appelait ainsi, comme si Anzola avait été son fils ou le fils d'un ami, et chaque fois qu'il disait « le garçon », je me souvenais de l'âge d'Anzola, qui avait ou allait avoir vingt-six ans lorsque son livre avait été publié. Au mois de novembre de l'année de mes vingt-six ans, je m'étais installé à Barcelone après avoir publié deux romans qui m'avaient tout d'abord laissé une impression d'égarement, puis d'échec, et je m'apprêtais à entamer une nouvelle vie dans un nouveau pays et à reprendre à zéro ma carrière d'écrivain. De son côté, Anzola avait publié un livre qui avait non seulement fait de lui l'homme le plus dérangeant d'un pays où les hommes dérangeants peuvent craindre toutes sortes de représailles, mais il se préparait en outre à assister en tant que témoin au procès du crime le plus retentissant de l'histoire récente de la Colombie. « Le crime du siècle », disait-on souvent, même si le siècle ne faisait que commencer et si par la suite les candidatures à ce titre douteux ne manqueraient pas. On dirait la même chose du meurtre de Gaitán, et aussi, des années plus tard, de l'assassinat de Lara Bonilla et de celui de Luis Carlos Galán. Dans mon pays, on ne lésine pas sur les termes.

– Le crime du siècle ! s'est esclaffé Carballo. Ils ne se doutaient pas de ce qui allait suivre.

Le procès de Leovigildo Galarza et de Jesús Carvajal, accusés du meurtre du général Uribe Uribe, commença au mois de mai 1918, précédé des dénonciations d'Anzola, qui ne s'était pas contenté de publier *Qui sont-ils ?*, mais avait fait connaître son intention de produire trente-six nouveaux témoins et de révéler des détails inédits sur le meurtre du général, déclara-t-il dans la presse. Pedro Alejo Rodríguez, l'avocat de l'accusation, exigea que ces témoignages soient déclarés irrecevables et qu'on interdise à Anzola de participer au procès d'une manière ou d'une autre.

– Pedro Alejo Rodríguez, ai-je dit. Ah oui, le fils du procureur chargé de l'instruction, ou plutôt le fils de l'ennemi.

– Exact, a confirmé Carballo. Il refusait qu'Anzola participe au procès. Même comme témoin. Et le juge lui a donné raison.

Mais cela n'avait pas découragé Anzola. Le jour du procès, il sortit de chez lui à midi et se dirigea vers la Salle des Actes, un endroit si vénérable, si ancien que personne ne trouvait étrange qu'on y juge les assassins du général après y avoir veillé son corps quatre ans plus tôt. Une liasse de papiers sous le bras, Anzola regretta pendant tout le trajet de ne pas avoir prévu de mallette pour transporter ses documents. Il marcha longtemps sous une pluie fine, conscient qu'à chaque pas ses foulées sur les pavés devenaient de moins en moins assurées, mais que ne pas se rendre au procès serait perçu comme un abandon ou un renoncement. Avant de s'engager dans la Carrera Sexta, il entendit le brouhaha de la foule dans l'artère, comparable au bourdonnement des abeilles dans les régions chaudes. Il descendit la rue 10, passa devant la fenêtre où Simón Bolívar avait échappé à ses conspirateurs – des hommes qui avaient assassiné un de ses gardes du corps avant de découvrir sa chambre vide et son lit encore tiède –, et poursuivit son chemin le regard rivé au sol, pour ne pas trébucher, jusqu'à ce qu'il ait fini de longer le mur. Parmi les documents qu'il avait sous son bras, il avait pris un exemplaire de *Qui sont-ils ?* Il ne sut jamais si c'était une erreur. Il s'arrêta, inspira longuement, fit le signe de la croix et baisa l'ongle de son pouce droit. Quand il tourna au coin de la rue, il eut l'impression de descendre dans l'arène pour affronter les fauves et d'entendre la grande porte se refermer derrière lui.

« Il est là ! L'auteur du livre est venu ! » s'écria quelqu'un.

Anzola sentit les regards de la foule comme s'ils ne faisaient qu'un, un seul monstre, un cyclope qui l'avait détecté. « Qu'il s'en aille ! » hurlait un chœur furieux. « Qu'il s'en aille ! Qu'il s'en aille ! » D'autres voix s'élevèrent ailleurs, du côté de la rue 9, qui donnaient l'impression de provenir du balcon des nonnes. « Qu'il entre ! Qu'il entre ! » Anzola se fraya un passage dans la foule en soutenant le regard de certains badauds pour ne pas laisser transparaître son anxiété. Il atteignit la lourde porte en bois, ses heurtoirs en fer massif et son aspect sacré. Sous l'écusson taillé dans la pierre, un des deux policiers qui montaient la garde l'empêcha d'avancer.

« Interdit.

– Pourquoi ? demanda Anzola.

– Ordre du juge. »

Anzola s'éclaircit la gorge et riposta à voix haute, pour bien se faire entendre :

« Ceux qui devraient être dans cette salle n'y sont pas ! »

« Calomniateur ! Athée ! » hurlèrent les curieux.

Au pied du balcon des nonnes, d'autres continuaient d'exiger qu'il entre, d'un ton si péremptoire qu'Anzola crut un moment qu'il allait être la cause d'un affrontement entre les deux camps. Les réclamations de ces voix sans visage furent inutiles, car le policier avait reçu des ordres très stricts, de sorte qu'Anzola ne put pénétrer dans la Salle des Actes.

– Mais le lendemain, il a eu plus de chance, a précisé Carballo.

– Pourquoi ? Qu'est-ce qui avait changé ? ai-je demandé.

– Tout et rien, a répondu Carballo, songeur. Vous y êtes déjà allé, Vásquez ? Vous êtes déjà allé à l'endroit où se trouvait la Salle des Actes ?

– Non, jamais.

– Ah, eh bien, je vous propose d'y faire une petite excursion. Après tout, nous ne sommes pas obligés de rester confinés toute la journée ici.

Nous sommes sortis et avons marché dans la Carrera Quinta vers le sud. J'ai de nouveau interrogé Carballo sur ce qui avait changé entre le jour où on avait refusé l'entrée de la Salle des Actes à Anzola et le lendemain.

– La presse, a-t-il dit. Tous les journaux se sont érigés contre son expulsion. *El Tiempo*, mais aussi *El Liberal*, *El Espectador* et *El Republicano* ont protesté. Tous les éditoriaux du jour ont pris la défense de l'auteur de *Qui sont-ils ?* et de son droit à produire ses trente-six témoins. Les gens se sont unis aux journalistes. Le scandale a été si grand que, contre toute attente, le juge Garzón a été obligé de se rétracter. Il pensait peut-être que la situation risquait de dégénérer s'il s'obstinait dans son refus.

Nous avons traversé l'avenue Jiménez et sommes passés devant la salle de billard Aventino, que j'avais si souvent fréquentée pendant de longues heures, et nous nous sommes retrouvés devant le mur de la rue 14, à l'endroit où Ricardo Laverde avait été assassiné, une après-midi de 1996. Nous avons ensuite tourné à droite et poursuivi vers le sud par la Carrera Sexta.

– Le lendemain, Anzola est revenu dans la Salle des Actes. Les journaux ont couvert la totalité du procès, transcrit et commenté les interrogatoires, ce qui fait qu'on sait ce qui s'est passé dans les moindres détails. Un quotidien a consacré un article à Anzola. Il le décrit dès son arrivée, une liasse de documents sous le bras : des livres, des carnets, des feuilles éparses. Je n'ai rien de tout cela maintenant, mais il m'est arrivé de venir avec ma paperasse pour étudier la scène et essayer de comprendre ce qu'a pu voir mon garçon à l'époque.

Mon garçon, a dit Carballo. Nous étions à l'angle de la rue 10, là où s'élève le bâtiment en pierre qui abritait la Salle des Actes un siècle auparavant, et ce n'est qu'alors que j'ai eu une révélation qui aurait dû m'apparaître bien plus tôt : la relation intense qui existait entre Carballo et Anzola, ou plus exactement le lien profond que Carballo pensait avoir avec cet autre chasseur de conjurés. *Mon garçon.* Je l'ai regardé à la dérobée pendant que nous marchions l'un derrière l'autre sur les trottoirs étroits. Il croit sans doute à la réincarnation, ai-je pensé, moqueur, mais par la suite j'ai regretté que cette idée m'ait traversé l'esprit. Nous sommes arrivés devant l'imposant arc de pierre sculptée et le portail en bois, avons traversé le porche sombre pour gagner la cour lumineuse plantée de beaux rosiers, avec une fontaine en son centre. J'ai songé qu'en marchant le long des couloirs bordés de colonnes solennelles – en pénétrant par exemple dans la vaste allée très haute de plafond où se tenaient les audiences, ou en entendant le bruit que faisaient les personnes appelées à la barre, une rumeur semblable à celle des objets secoués pendant un séisme –, Carballo avait éprouvé ou dû éprouver les mêmes sensations qu'Anzola.

– C'était ici ? ai-je demandé.

– Ici même.

La Salle des Actes était un espace dont les bancs en bois pouvaient accueillir des centaines de personnes. En d'autres temps, ce lieu avait été le plus important d'une université en activité. Carballo m'a parlé des photos qui étaient sorties dans la presse ce jour-là. Depuis la porte de cette salle austère, il m'a montré où Anzola était assis, m'a expliqué qu'au fond, sur une chaire imposante dont le dais noir assombrissait les lieux, s'était installé Julio C. Garzón, 2e juge supérieur de Bogotá. Les jurés l'accompagnaient, et au-dessus de leurs quatre têtes était accroché un crucifix en bois dont le christ avait la taille d'un enfant de cinq ans. Devant eux, à une autre table, retranché derrière une pile de dossiers haute d'une quarantaine de centimètres, se tenait le secrétaire du tribunal. Le jour où Anzola pénétra pour la première fois dans ce lieu afin de témoigner, il apprit que Pedro León Acosta s'était battu à poings nus et à coups de gourdin avec un homme qui l'avait accusé dans la rue d'avoir participé au crime. La bagarre avait été si violente qu'un policier avait dû les séparer de force et les aurait bouclés pour la nuit s'il ne s'était pas rendu compte à temps qu'il avait affaire à quelqu'un d'important.

– J'imagine Anzola en train de se dire : “C'est mon livre qui a fait ça.” Je l'imagine lever la tête et être insulté ou acclamé du haut des gradins, et songer que tout cela, c'était grâce à son livre. En bonne logique, le procureur Rodríguez Forero devait être installé sur les bancs, car il ne participait pas au procès. Il avait rédigé son rapport et l'avait publié, mais avait ensuite été remplacé par un autre procureur. En plus, son fils défendait la famille Uribe, ce qui lui interdisait désormais toute intervention au procès, pas vrai ? Il aurait été récusé.

– Et les assassins, où étaient-ils ?

– Là-bas, regardez.

Je me suis tourné dans la direction qu'il m'indiquait. Galarza et Carvajal se trouvaient contre un mur latéral, assis sur un banc sans dossier, entourés d'agents de police. Ils assistaient à ce qui se déroulait sous leurs yeux sans manifester le moindre intérêt, comme si ce qui allait leur arriver ne comptait pas. Leur manque d'intelligence se lisait sur leurs traits. Ils avaient tous deux un foulard noué autour du cou, si large qu'il dissimulait leur visage dès qu'ils se penchaient. Galarza était chauve, à croire qu'on lui avait rasé le crâne depuis peu, et Carvajal avait le regard vide d'un homme fatigué. Il se tournait par instants pour consulter l'heure à la pendule vissée sur le mur nu. Quant à son allure générale, un journaliste écrivit qu'il donnait plus l'impression de s'ennuyer que d'être fatigué.

Dès que le juge eut déclaré l'audience ouverte, l'avocat de la famille Uribe demanda la parole. Bien qu'âgé d'à peine trente ans, Pedro Alejo Rodríguez avait le front très haut et dégarni, et ses lourdes paupières renvoyaient l'image d'un homme apathique. Sa voix aiguë résonnait comme une plainte d'enfant capricieux. Il pointa un doigt vers Carvajal et Galarza et dit :

« Ces hommes sont les assassins. Ici, nous ne parlerons de personne d'autre et personne d'autre ne sera incriminé. »

Le public se mit à siffler, des mains frappèrent les gradins.

« Silence dans la salle ! s'écria le juge.

– Les jurés sont ici pour se prononcer sur la responsabilité de Galarza et de Carvajal, poursuivit Rodríguez. Aucun autre individu ne saurait être mis en cause par la justice. Nous étions parfaitement préparés à ce procès quand cet homme s'est présenté au tribunal. »

Il désigna Anzola. Des murmures parcoururent les gradins supérieurs.

« Qu'il s'en aille ! cria-t-on.

– Silence ! ordonna le juge.

– Cet homme s'est présenté au tribunal et a demandé qu'on l'appelle à témoigner, poursuivit Rodríguez. Et non seulement lui, mais trente-six autres témoins. Pourtant monsieur Anzola n'est pas un témoin comme les autres : il est l'auteur d'un pamphlet dans lequel il accuse d'autres individus que Galarza et Carvajal. Et il est fort possible, monsieur le juge, qu'il vienne répéter ici les mêmes accusations. Très bien, nous entendrons les témoins puisque la loi l'exige. Et leurs témoignages nous amèneront à une de ces deux conclusions : soit les nouvelles preuves seront valides aux yeux de la loi, soit il ne s'agira que de simples soupçons qui ne devront pas être pris en compte dans notre jugement. De notre côté, nous respecterons les souhaits de la famille du général. »

Il prit un de ses dossiers et en tira une feuille.

« Ceci est une lettre que monsieur Carlos Adolfo Urueta, le gendre du général, nous a envoyée de Washington. Elle dit ceci : *Vous savez ce que nous attendons de cette enquête. Nous désirons que la lumière soit faite dans la mesure du possible, mais sans scandales inutiles et, surtout, sans que le nom du général serve d'instrument de diffamation contre qui que ce soit.* En tant qu'avocat de l'accusation, nous y veillerons.

– Très bien, dit le juge, qui agita une petite cloche qu'Anzola n'avait pas remarquée jusqu'alors. J'appelle le témoin à la barre. »

– Anzola s'est levé et a marché jusque là-bas, a expliqué Carballo en me montrant l'endroit. Les journaux ont parlé de la quantité de documents qu'il transportait. Pendant son trajet des bancs à la barre, certains sont tombés, qu'il a dû ramasser. Il était nerveux, ça se comprend. Ses ennemis, Alejandro Rodríguez Forero et Pedro León Acosta, étaient présents.

– Acosta était là ?

– Au premier rang. Seul Salomón Correal n'était pas venu.

– Et pourquoi ?

– Il n'en avait pas besoin. Il avait envoyé ses espions. D'ailleurs, tous les agents de police étaient des espions de Correal.

« Monsieur Anzola, dit le juge. Jurez-vous devant Dieu de dire toute la vérité à propos de tout ce qui vous sera demandé, en fonction de ce que vous savez, conscient que de fausses déclarations peuvent être passibles d'un emprisonnement de plusieurs années ?

– Oui, je le jure, répondit le témoin. Mais j'aimerais vous prévenir que je ne suis pas un grand orateur, et je prie le public d'être patient si mes propos sont pesants ou maladroits. Je viens à la barre en tant que témoin oculaire de certains faits, et témoin indirect pour le reste.

– Je demande que ces paroles soient consignées, exigea Rodríguez.

– Que tout soit consigné, rétorqua Anzola. Car je ne retirerai pas un mot des déclarations que je m'apprête à faire.

– Venez-en aux faits, le pressa le procureur. Ce sont les faits qui nous intéressent.

– J'y viens. Je vais démontrer que l'ancien procureur, monsieur Alejandro Rodríguez Forero, a falsifié le dossier afin de favoriser l'hypothèse selon laquelle Galarza et Carvajal ont agi seuls. Je demande à l'avocat de l'accusation, maître Pedro Alejo Rodríguez, de se munir du rapport de l'ancien procureur. Et je suggère à celui-ci, qui n'a plus voix au chapitre, de faire de même afin de suivre, comme ça il ne s'ennuiera pas. »

Des éclats de rire fusèrent dans la salle.

« Les faits, monsieur Anzola. Tenez-vous-en aux faits.

– Je vais démontrer que le procureur Rodríguez Forero a maquillé le dossier, c'est un fait.

– L'accusation exige que vous en fournissiez la preuve, monsieur Anzola, reprit le fils de Rodríguez Forero. Présentez-la immédiatement.

– Avec plaisir, dit Anzola. Monsieur le secrétaire, ouvrez le dossier à la page 1214. Monsieur l'avocat de l'accusation, munissez-vous du rapport de votre père et consultez la page 270. Il s'agit d'une réunion qui a eu lieu dans l'atelier de menuiserie de l'assassin Galarza quinze jours avant le crime. Un policier de monsieur Salomón Correal montait la garde devant la porte. Cette réunion est extrêmement importante, car il s'agissait d'en identifier les participants. Dans le dossier, on lit : “Quinze jours avant le crime…” Voyons à présent ce qu'écrit monsieur Rodríguez Forero dans son rapport : “Quelques jours avant le crime…” Il ne fait pas référence à quinze jours, mais à une date vague. Ce qui m'amène à poser la question suivante : Quand un procureur préfère-t-il le flou à l'imprécision ? Ce à quoi je réponds, monsieur le juge : Quand la précision risquerait de mettre certaines personnes dans l'embarras, ce qu'il a voulu éviter à tout prix. Ceci est une falsification du dossier ! »

Anzola attendit des applaudissements qui crépitèrent aussitôt.

« Pas du tout ! s'écria Rodríguez. Falsifier le dossier aurait équivalu à retirer une pièce de l'instruction ou à la changer dans de mauvaises intentions. Ici ne figure qu'un résumé de la situation. Le procureur peut condenser les faits du dossier en choisissant des termes différents.

– Ah, il peut faire cela ? lança Anzola d'un ton sarcastique.

– Bien sûr. Le procureur n'a rien falsifié car sa phrase n'est pas entre guillemets.

– Mais ce n'est pas tout, poursuivit Anzola. Il y a d'autres mutilations.

– Citez-les toutes, exigea Rodríguez.

– Un dénommé Alejandrino Robayo était présent, le soir de la réunion, dans la menuiserie de l'assassin. Dans le dossier d'instruction, Robayo donne le nom des personnes qui l'accompagnaient, parmi lesquelles un certain Celestino Castillo. Mais dans le rapport du procureur, monsieur le secrétaire, le nom de cet homme a disparu et à la place, on lit : "Un collègue qu'il fréquentait à l'époque…" Vous voyez ? Le nom de Castillo a été éliminé. Pour quelle raison ? Parce que c'était un des hommes de Salomón Correal !

– Monsieur le secrétaire ! protesta Rodríguez en frappant du poing. Dites-nous si ce passage est entre guillemets.

– Je n'en vois pas, répondit le secrétaire.

– Par conséquent, il n'y a aucune altération.

– Je parle à l'avocat de la victime de la vérité, et lui me répond guillemets ! » fit Anzola en se tournant vers la salle.

Le public se leva dans un vacarme assourdissant, mais par-dessus les cris de ses accusateurs, par-dessus la gueule ouverte de ses ennemis, Anzola entendit la voix d'un homme l'appeler par son nom :

« Ne vous inquiétez pas ! Le peuple est ici pour vous défendre ! »

Anzola accueillit ces paroles comme un signe d'encouragement et haussa le ton.

« Je déclare que le procureur Rodríguez Forero a dissimulé des faits ! »

Le public était toujours debout et levait le poing en vociférant. Anzola sentit qu'il avait entre les mains des éléments à même de déclencher une révolte dans la salle d'audience ; à cet instant et pour la première fois, il comprit ce qu'éprouvait le général Uribe lorsqu'il prononçait un discours : le pouvoir qu'il exerçait sur la foule et la terrible possibilité d'en user. Les agents de police avaient pris position afin de faire respecter l'ordre, ce que les partisans d'Anzola interprétèrent comme une menace.

« Qu'ils viennent ! criaient-ils. Qu'ils essaient de tirer et ils verront que le peuple sait se défendre ! »

Le juge tentait d'élever la voix malgré l'agitation ambiante, le martèlement des mains qui frappaient sur les bancs en bois.

« Un peu d'ordre ! hurlait-il.

– À mort les assassins ! À mort le conservateur Acosta ! » gronda quelqu'un de l'autre côté.

Le juge continuait d'agiter sa cloche métallique.

« La séance est suspendue ! La séance est suspendue ! » annonça-t-il.

– Et la séance a été suspendue, a dit Carballo. Ça vous donne une idée de l'ambiance qui régnait dans la salle. Et ce tohu-bohu du premier jour s'est poursuivi toute la semaine. Le raffut, les protestations, les applaudissements, le public divisé entre l'hostilité et le soutien, un climat de soulèvement, une salle prête à exploser… Anzola était là, il témoignait. Ensuite, il a appelé ses témoins et la situation ne s'est pas améliorée.

– Il appelait lui-même ses témoins à la barre ? Mais ce n'est pas possible dans un procès, Carlos.

– Je sais. J'avais presque oublié que, comme moi, vous êtes avocat. Eh bien, c'était possible si le juge le permettait. J'ai peut-être même ici le numéro de la loi et la clause qui autorisaient le juge à diriger l'audience selon son bon vouloir. J'ignore si on peut encore le faire aujourd'hui, mais à l'époque c'était le cas. Et puis Anzola n'était pas n'importe quel témoin : il avait écrit ce livre, avait annoncé qu'il produirait trente-six nouveaux témoins et avait selon toute vraisemblance la presse de son côté. On l'a donc autorisé à appeler ses témoins à la barre et à leur parler, à les interroger même s'il ne représentait aucune des deux parties. C'était exceptionnel, comme tout le reste dans ce procès, et il fallait s'assurer de ne pas déclencher d'émeute. Anzola avait convoqué deux gardiens du Panóptico pour qu'ils décrivent les conditions de détention privilégiées de Galarza et Carvajal et les rapports que Salomón Correal entretenait avec eux. L'un d'eux a raconté qu'un jour, alors qu'il était de surveillance pendant les visites, il avait vu la femme de Galarza remettre un papier à son mari en pensant qu'il regardait ailleurs. L'assassin l'avait caché dans une de ses bottines. Après le départ de l'épouse, il avait ordonné à Galarza de le lui montrer.

« Et que disait ce papier ? demanda le juge au témoin.

– Il contenait les propos suivants : *J'ai parlé avec l'homme en question, qui m'a dit qu'à l'extérieur, tout se passait bien. Mais rappelez-vous que vous n'êtes pas les seuls responsables. Ne soyez pas idiots au point de continuer à payer alors que d'autres individus sont en cause.* »

– Les personnes qui assistaient à l'audience criaient en entendant ces nombreuses révélations. Il y en avait plusieurs par jour, a poursuivi Carballo. Anzola continuait d'interroger ses témoins. Il s'était arrangé pour qu'ils répètent au procès tout ce qu'ils avaient déjà dit dans le livre. Très vite, il s'est pourtant rendu compte que pour convaincre les jurés, il lui faudrait beaucoup plus d'arguments que ceux consignés dans *Qui sont-ils ?*.

Quand Adela Garavito déclara avoir vu Salomón Correal à proximité de la maison du général Uribe le matin du crime, Adolfo Cuéllar, le secrétaire du chef de la police, intervint pour certifier que le général était resté toute la matinée au bureau, et le public, ému, applaudit. Ana Beltrán, qui affirmait avoir eu une fille avec Carvajal, évoqua une réunion dans l'atelier de menuiserie de Galarza, au cours de laquelle les participants avaient projeté de tuer Uribe Uribe, mais le juge lui fit aussitôt avouer qu'elle avait également eu une fille d'un autre homme, déclenchant les rires de l'assistance, si bien que ses propos perdirent toute leur valeur. Un dénommé Villar, ancien détenu du Panóptico, déclara qu'Anzola avait proposé de le récompenser s'il témoignait en sa faveur, et ajouta qu'il avait sans doute fait cette offre à toutes les personnes qu'il avait convoquées dans cette salle. Ses témoins avaient donc été achetés.

« J'en suis pratiquement sûr, même si je n'en ai pas la preuve », précisa-t-il.

Ce n'était pas nécessaire : dans la salle, on cria que ce procès n'était qu'une farce. Villar calomniait Anzola et le public suivait l'ancien détenu.

– Et le pire, c'est que ça ne servait à rien, a expliqué Carballo. Les trois jurés avaient pour seule obligation de juger Galarza et Carvajal. La loi était très claire sur ce point : on ne jugeait que les individus incriminés dans le rapport du procureur et personne d'autre. De sorte que les jurés ne pouvaient pas se prononcer sur les suspects désignés dans le livre d'Anzola. Pour cela, il aurait fallu organiser un autre procès. Celui qui se déroulait dans la Salle des Actes était public, Anzola le savait pertinemment et l'avait accepté en se fixant pour objectif de prouver que Correal, Acosta et les jésuites avaient une responsabilité dans ce crime, puis de laisser le public se charger du reste. Il n'avait pas davantage de marge de manœuvre. Il a continué et il a commencé à en payer le prix.

– Que voulez-vous dire ?

– Venez avec moi, Vásquez, a dit Carballo en me faisant signe de le suivre dans le couloir qui longeait l'ancien cloître.

Du milieu de la cour nous parvenait le murmure constant de la fontaine, et entre nous et la source d'eau s'élevaient les rosiers. Nous étions dans un endroit paradisiaque où, comme dans les contes, des faits atroces étaient survenus. Carballo m'a conduit devant une porte.

– Voici la pièce où se tenaient les témoins pendant l'audience, m'a-t-il expliqué. On les réunissait ici avant qu'ils soient appelés à la barre pour que personne ne puisse leur parler. Vous savez ce qui s'est passé ici ? a-t-il demandé pour la forme, car de toute évidence je n'étais au courant de rien et il comptait m'en informer. Au début, on a juste considéré que c'était scandaleux, mais pour Anzola, ça a eu de terribles conséquences. Il y avait eu sept ou huit audiences, je ne me rappelle plus trop. Un jour, Anzola est arrivé dans la Salle des Actes plus tôt que d'habitude car il voulait discuter avec des gens qui assistaient au procès : des journalistes, des personnes qui partageaient sa cause, un capitaine qui n'était pas témoin mais aurait pu l'être. Le chef des policiers ne l'y a pas autorisé.

« Ce sont les ordres du juge, lui dit-il.

– Mais c'est insensé ! Je ne peux pas parler aux gens ? protesta Anzola.

– Le juge exige que vous alliez dans la pièce réservée aux témoins, reprit le policier. Venez, monsieur Anzola, je vous y conduis.

– Il n'en est pas question. Il faudra m'y emmener de force. »

Sous les yeux stupéfiés des personnes présentes, le policier le saisit par le bras et voulut l'entraîner, mais Anzola ancra ses pieds contre un muret, obligeant l'agent à appeler deux de ses hommes. Dans la lutte qui suivit, Anzola tomba par terre, les agents le soulevèrent sans ménagement tandis qu'il demandait en criant s'il n'y avait pas sur place un libéral pour le défendre.

« On me boucle parce que j'ai voulu prouver la culpabilité de Correal ! » disait-il.

Les policiers le plaquèrent au mur et trouvèrent un revolver en le fouillant. On l'enferma dans la pièce des témoins, près de l'entrée, pendant que les agents emportaient l'arme pour la montrer au juge. Plus tard, Anzola apprit qu'ils l'accusaient d'avoir voulu leur tirer dessus. Quand il sortit enfin pour comparaître devant le juge, il déclara que les policiers l'avaient insulté et frappé. Il ajouta que les agents de police qui s'étaient risqués à faire une déposition contre Correal subissaient des représailles au sein même de leur administration.

« Plus que des représailles, on leur inflige une véritable répression ! » s'exclama-t-il.

– Anzola avait apporté une lettre d'un de ces agents harcelés, a enchaîné Carballo. Il a voulu la lire, mais le juge le lui a interdit, arguant qu'il n'était qu'un simple témoin et non le procureur. Avant qu'on puisse l'en empêcher, Anzola s'est approché des journalistes et leur a remis le document en les priant de le publier. Rodríguez Forero, l'ancien procureur, s'est levé pour protester, soutenu par le public. "On veut nous censurer !" a crié Anzola. Mais lui-même ne s'entendait plus parler. Le juge a ordonné aux agents d'évacuer la salle. On avait tout à coup l'impression qu'ils s'étaient multipliés, mais les personnes présentes résistaient avec une telle obstination que les policiers ont dégainé leurs armes et leur ont asséné des coups de crosse. Les journaux rapportent qu'au milieu du tumulte, quelqu'un s'est alors écrié : "On nous chasse parce que tout commence à s'éclairer !" Anzola devait sûrement se dire la même chose, car dans l'après-midi il avait prévu de produire un témoin capital. "Mes ennemis l'ont appris, voilà pourquoi ils m'agressent et viennent de suspendre l'audience", pensait-il. Mais l'audience n'a été suspendue qu'un quart d'heure, qui a à peine suffi à calmer les esprits et à éviter la catastrophe : il y aurait pu avoir des os fracturés et des crosses ensanglantées. Rien de tout cela n'a eu lieu. Les quinze minutes écoulées, les déclarations ont repris et Anzola, le témoin, a appelé un autre témoin à la barre, un jeune ouvrier en veste marron, un foulard noir noué autour du cou. Il s'appelait Francisco Sánchez, mais peu importe son nom. Ce qui compte, c'est la question qu'on lui a posée : Emilio Beltrán lui avait-il vraiment proposé de tuer le général Uribe ?

– Emilio Beltrán. Ça me dit quelque chose, mais je ne me souviens plus de qui c'était, ai-je dit.

– Oui. Il est cité deux fois dans *Qui sont-ils ?* Mais quand son livre a été publié, Anzola n'avait pas encore vérifié certains faits dont il a été informé par la suite.

Emilio Beltrán était un copain de bordée de Carvajal. On les voyait souvent dans des *chicherías*, ivres la plupart du temps, ou aux tables de poker du Molino Rojo. Pendant quelques mois, les affaires de Beltrán allaient si mal qu'il avait été le locataire de Carvajal. Mais dans sa déclaration, il nia tout : il ne connaissait pas Carvajal, n'avait jamais habité chez lui, ne le retrouvait pas pour jouer et n'était pas dans l'atelier de Galarza le matin du crime.

« C'est vrai que j'ai été l'ami d'Emilio Beltrán, affirma Francisco Sánchez. J'ai cessé de l'être quand il m'a proposé de l'accompagner pour tuer le général Uribe.

– C'était quand ? l'interrogea le juge.

– Je ne me rappelle plus la date, mais je me souviens qu'il m'a dit que si on acceptait ce contrat, notre vie changerait.

– Pourquoi n'avez-vous pas prévenu les autorités ?

– Pour ne pas trahir un ami. Je lui ai quand même conseillé de refuser. Je n'étais pas un partisan d'Uribe, mais je lui ai fait savoir que je n'avais pas l'intention de me mêler de ces histoires et je lui ai dit de rester lui aussi en dehors de tout ça. Comment pouvait-il faire ça à sa mère ?

– À votre avis, pourquoi vous a-t-il proposé cela ?

– Parce qu'il savait que je n'étais pas dans le camp d'Uribe, je suppose. Un jour, il m'a invité dans son atelier et il m'a dit : "Ça ne va pas du tout. On est foutus à cause du général Uribe. Aidez-moi à nous débarrasser de lui et vous verrez." Ce sont ses propres mots.

– A-t-il mentionné une autre personne impliquée dans ce complot ?

– J'ai cru comprendre qu'il avait des appuis, parce qu'il avait l'air sûr de son coup. Mais il ne m'a pas donné de noms.

– Il vous a proposé de l'argent ?

– Non, même s'il était clair que nous serions payés. J'ai remarqué que son train de vie avait changé après l'assassinat. Sa situation s'était vraiment améliorée. Avant il était menuisier, maintenant c'est un homme d'argent. »

Anzola était alors intervenu dans l'interrogatoire :

« C'est vrai, affirma-t-il. Aujourd'hui Beltrán est propriétaire d'une maison et il possède son atelier de menuiserie. Comment expliquer cette évolution ? C'est ce que monsieur le procureur, le père de l'avocat ici présent, n'a pas cherché à vérifier.

– Ce n'est pas le moment… dit Pedro Alejo Rodríguez en haussant les épaules.

– Monsieur le juge, reprit Anzola. Je vous demande de bien vouloir appeler Emilio Beltrán à la barre. »

– Beltrán avait fière allure, a poursuivi Carballo. Dans *El Tiempo*, un journaliste s'est même étonné qu'un artisan puisse porter un costume neuf et un chapeau aussi élégant.

Le témoin avait l'air nerveux. Le juge s'est adressé à Sánchez pour savoir s'il maintenait ses déclarations à propos de son ami Beltrán.

« Oui, je maintiens, répondit Sánchez.

– Tout cela est faux, affirma Beltrán.

– Rappelez-vous, lui dit Sánchez, c'était le jour où je suis allé chez vous pour prendre quelques pièces de bois.

– Je ne me souviens pas.

– Comment ça ? Allez, essaie de te rappeler, le pressa Sánchez en passant mystérieusement au tutoiement. Le jour où je suis allé chez toi, devant le pont de San Juanito.

– Le témoin s'est-il rendu chez vous ? demanda le juge.

– Deux ou trois fois, répondit Beltrán.

– Alors dis-le, tu n'as aucune raison de le cacher. Fais un effort : tu m'as proposé de tuer le général Uribe.

– Je n'en ai aucun souvenir, s'obstina Beltrán. C'est de la diffamation, ça fait des jours que cet homme cherche à me nuire.

– Monsieur Beltrán, est-il vrai que vous travailliez pour Galarza ? s'enquit Anzola.

– Oui, c'est vrai.

– Vous aviez des soucis financiers à ce moment-là ?

– Oui, monsieur. De gros soucis.

– Et maintenant ?

– Maintenant c'est encore pire.

– Mais il est quand même curieux de constater qu'à l'époque vous manquiez d'argent, alors qu'à présent vous êtes propriétaire. »

Beltrán garda le silence. Anzola lui posa ensuite des questions sur les faits du 15 octobre. L'interrogatoire dura une heure et fut un supplice. Beltrán s'obstinait à répondre par des monosyllabes qui, pour la plupart, signifiaient qu'il ne se rappelait rien. Aucun élément ne fut tiré au clair : il y eut de longs échanges concernant l'heure d'arrivée et de départ des assassins, la manière dont ils avaient réparé le manche cassé des hachettes qu'ils avaient affûtées, les commentaires échangés en effectuant cette tâche, les lieux où ils avaient dîné et le vilebrequin qu'ils avaient mis au clou.

– C'était pourtant évident, a dit Carballo.

– Quoi ?

– Vous ne comprenez pas ? C'est pourtant très clair : le troisième agresseur était là, assis dans la salle.

– Celui au poing américain ?

– Exactement. L'homme qui devait se servir de la troisième hachette, celle qu'on a retrouvée par hasard. Il ne l'a pas utilisée et a pris le poing américain. Il était là.

– Anzola a réussi à le prouver ?

– Non, mais il a presque fait mieux.

À la fin de sa déclaration, Anzola a jugé qu'il détenait assez d'indices pour affirmer publiquement que la complicité d'Emilio Beltrán était démontrée.

« C'était un intime de Galarza et Carvajal, déclara-t-il. Il vivait avec eux, il a proféré des menaces contre le général Uribe et, pour finir, il a proposé à un autre homme de l'aider à assassiner le général. Cet homme devrait être emprisonné. Pour condamner un individu, la présence du corps du délit et d'indices graves suffit. Dans notre cas, nous avons le corps du délit, et les plus sérieux indices incriminent Beltrán. Vous ne pensez pas qu'il devrait aller en prison ? enchaîna-t-il en se tournant vers l'avocat qui assurait la défense des meurtriers. En d'autres termes, pourquoi vos clients devraient-ils être détenus alors que cet homme est libre ? »

L'avocat n'estimait-il pas que la place de Beltrán était aux côtés de Galarza et Carvajal ?

L'assistance applaudit quand Murillo répondit par l'affirmative. Anzola leva alors la tête, comme s'il s'adressait au plafond et aux poutres, et s'écria d'une voix triomphale : « Il ressort donc des déclarations que nous venons d'entendre qu'il y a un troisième accusé, ce qui réduit le rapport à néant. »

– Le public s'est manifesté comme dans une fête de village, a dit Carballo. Vásquez, imaginez un peu la scène : Anzola venait de prouver qu'il y avait des failles dans le rapport du procureur. C'était une demi-victoire. Jusqu'alors, les vrais coupables s'en étaient tirés parce que le rapport les déclarait innocents et les laissait en dehors du procès. Mais si les conclusions du procureur n'étaient pas fiables, pourquoi préserver cette immunité ? En d'autres termes, Acosta et Correal s'étaient cachés derrière le bouclier du rapport qu'Anzola venait de leur retirer. Tout pouvait arriver, et Anzola s'est démené pour qu'il en soit ainsi. Mon garçon était ému, très ému. Vous savez quoi ? Je crois que c'est pour ça qu'il a fini par tout faire foirer. Il sentait que l'affaire était entre ses mains, mais quelque chose a mal tourné et il a perdu le contrôle. Je dois dire qu'à sa place, j'aurais réagi de la même manière.

C'est ainsi qu'Anzola s'effondra.

Après sa victoire contre le rapport du procureur, il dut penser que la voie était libre pour faire tomber ceux qu'il accusait dans son livre :

Pedro León Acosta, Salomón Correal et les jésuites. Il décida de s'intéresser d'abord à Acosta, encouragé par une rencontre intéressante qu'avait entraînée la publication de *Qui sont-ils ?*. D'après les vérifications de Carballo, au mois de février, un Italien du nom de Veronesi, le patron de la *chichería* Puerto Colombia, s'était présenté à Anzola pour lui faire trois révélations. Il commença par lui annoncer qu'il avait lu son livre, ajouta qu'il n'était pour sa part qu'un hôte de la grande nation colombienne et qu'il ne voulait pas avoir d'ennuis, mais que cela ne l'avait pas empêché d'entendre certains bruits concernant le meurtre d'Uribe Uribe. Une des personnes qui avait parlé était Dolores Vásquez. Elle travaillait pour lui et avait assisté à une scène importante qu'Anzola jugerait peut-être utile de connaître.

Dolores Vásquez était une petite vieille en châle sombre et aux gestes mesurés, une de ces femmes qui semblent garder leurs distances par rapport au monde et observer les maux des hommes en restant assises sur leur chaise. Elle était entrée au service de Veronesi quelques années plus tôt, travaillait occasionnellement pour lui et vivait près du Puerto Colombia, où on avait vu les assassins la veille du crime. On peut supposer que la découverte de la vieille dame avait dû satisfaire Anzola qui, bien avant la publication de son livre, se doutait que les meurtriers s'étaient donné rendez-vous à plusieurs reprises au Puerto Colombia, qu'ils y avaient retrouvé d'autres personnes afin de parler du meurtre du général Uribe. Mais jusqu'alors, il n'avait jamais obtenu de témoignages allant dans ce sens. Dolores Vásquez mentionna la présence d'hommes élégants aux côtés des assassins, et précisa que l'un d'entre eux avait un haut-de-forme et un pardessus. Il s'était présenté dans l'établissement peu avant le crime et avait annoncé qu'il cherchait Galarza. Quand Anzola lui demanda s'il s'agissait du général Pedro León Acosta, elle répondit qu'elle ne connaissait pas le général en question. Anzola se procura une vieille image qui datait de la conspiration ourdie contre le président Rafael Reyes et l'apporta au Puerto Colombia. Elle examina la coupure jaunie et avoua qu'elle ne pouvait en être sûre, mais qu'elle reconnaîtrait probablement cet homme si elle le voyait de ses propres yeux. Anzola décida de favoriser cette rencontre, qui aurait lieu dans la Salle des Actes.

Mais, le jour venu, un problème contraria ce projet. À en croire un article publié dans un journal de Bogotá, Anzola attendait qu'on lui permette d'entrer dans la Salle des Actes lorsqu'un individu avec des gants et une canne l'aborda.

« Je vous félicite, vous commencez à récolter les fruits de votre travail », lâcha-t-il d'un ton méprisant.

Anzola apprit que la mère de Pedro León Acosta venait de mourir et qu'on le rendait responsable de ce décès. Mais le plus grave, c'est que le secrétaire débuta l'audience par une lecture du télégramme qu'Acosta avait envoyé à ses amis intimes :

> *Seule ma mère adorée et mourante, qui nous a dit adieu aujourd'hui à 10 heures, en nous plongeant dans une grande douleur, pouvait me détourner de mon devoir public. Je vous prie d'expliquer mon absence en ces termes au juge, sans que cela me dispense de mes obligations envers lui.*

Acosta n'était donc pas dans la salle lorsque Dolores Vásquez fut appelée à la barre. Anzola en conçut certainement une insupportable déception. Ses émotions ne sont consignées nulle part, mais je l'imagine arriver très en avance, sans doute persuadé que, pour les coupables, c'était le début de la fin, qu'on les démasquerait de manière définitive et incontournable, et que la justice colombienne devrait affronter les puissants comme lui-même l'avait fait. Pour lui, c'était le couronnement de quatre années d'efforts, de difficultés et de sacrifices. Le destin, qui ne reconnaît jamais ses dettes, allait le rétribuer après lui avoir volé un temps précieux et fait de lui le paria de sa ville. Ce ne fut pourtant pas le cas, et le destin – ou plutôt ses ennemis – refusa qu'il en soit ainsi.

(C'est du moins ce qu'estimait Carballo, qui croyait que l'information avait filtré et qu'on savait que Dolores Vásquez s'apprêtait à témoigner, qu'on connaissait cette vieille dame et qu'on était informé de ce qu'elle dirait. Les marionnettistes avaient alors tiré les ficelles pour que Pedro León Acosta ne soit pas présent ce jour-là. Un peu honteux, car c'était lui qui avait mené l'enquête et qui possédait les documents, je lui ai rétorqué que personne ne met en scène la mort de sa mère dans le seul but de ne pas assister à une des audiences d'un procès aussi retentissant. « Ces gens-là sont capables du pire », m'a-t-il répondu.)

À la frustration d'Anzola s'ajouta le fait que Dolores Vásquez se révéla un témoin formidable, de ceux qui séduisent le public et désarment leurs adversaires. Elle raconta que durant les mois qui avaient précédé le crime elle avait travaillé tous les soirs dans l'établissement de Veronesi, rue 9, au niveau du pont Núñez. Elle habitait à l'époque dans un passage contigu au Puerto Colombia, à trois portes de la chambre occupée par Jesús Carvajal. Dans la nuit du 1er octobre, sur le coup de 23 heures, après avoir fait le ménage dans la *chichería*, elle avait tourné la clé dans la serrure et était rentrée chez elle. Près de son domicile, elle avait croisé un voisin qui vivait dans la même maison. Tous deux attendaient que quelqu'un vienne leur ouvrir lorsque Dolores Vásquez avait vu un homme en pardessus élégant et chapeauté d'un haut-de-forme marcher à vive allure et frapper à la porte de Carvajal. Il était accompagné d'un garçon qui portait sous son bras un paquet informe. Carvajal leur ouvrit et les deux individus, l'homme en haut-de-forme et son accompagnateur ou son porteur, s'engouffrèrent à l'intérieur.

« Vous avez reconnu l'homme qui portait le haut-de-forme ?

– Non, monsieur.

– Vous seriez capable de l'identifier si vous le voyiez ?

– Je crois que oui, monsieur.

– Bon. Passons à autre chose. Vous connaissiez Carvajal ?

– Oui, monsieur. Je l'avais déjà croisé au Puerto Colombia.

– Qu'avez-vous fait, ce soir-là ?

– J'ai raconté ce que je venais de voir à mon voisin et il s'est approché de chez Carvajal. Il m'a dit ensuite qu'il avait entendu des voix.

– Ce qui signifie qu'il y avait plusieurs personnes.

– Oui, monsieur. D'après mon voisin, il y avait beaucoup de monde.

– Et de quoi traitait cette réunion ?

– Ça, mon voisin ne me l'a pas dit, il n'a pas entendu ce qu'ils disaient, mais c'étaient des gens importants. Moi, ça m'a paru bizarre que des hommes influents se rendent chez un artisan alors qu'il était presque minuit, comme s'ils ne voulaient pas qu'on les voie.

– Monsieur le juge, je vous prie de signaler au témoin qu'il doit s'abstenir de nous donner ses interprétations, protesta le procureur.

– Le témoin décrit une attitude qui lui a semblé suspecte, intervint Anzola. Il a parfaitement le droit de l'interpréter.

– Laissez le témoin poursuivre, a ordonné le juge.

– Où étiez-vous la veille de l'assassinat du général Uribe ? demanda Anzola.

– Vous voulez dire le 14 octobre ?

– Oui. Le 14 octobre, à une heure avancée de la nuit.

– Ah. Eh bien, je travaillais dans la *chichería* de monsieur Veronesi.

– Et qu'avez-vous vu ?

– Un groupe d'environ quinze artisans est venu demander à boire. Nous n'avions pas confiance. Quand l'homme dont je vous ai parlé s'est aperçu que nous ne voulions pas les servir, il a sorti tout cet argent de sa poche et nous a dit : "Comme vous pouvez le constater, j'ai de quoi payer, alors servez-nous, s'il vous plaît." Je l'ai bien regardé parce que je trouvais étrange qu'un artisan ait autant d'argent sur lui. Quand les hommes qui l'accompagnaient sont sortis, j'ai dit à l'agent qui patrouillait dans le quartier de veiller à ce qu'il ne se fasse pas voler après avoir montré tous ces billets. L'agent a quitté le Puerto Colombia avec lui et m'a appris qu'il l'avait laissé chez le menuisier. "Ne vous inquiétez pas, madame, il ne va rien lui arriver", a-t-il ajouté.

– Répétez, s'il vous plaît. Où l'agent de police a-t-il laissé cet homme ?

– Chez le menuisier.

– Et que s'est-il passé le lendemain ?

– Le lendemain, le général Uribe a été tué. Deux ou trois jours plus tard, j'ai vu la photo des assassins dans les journaux et j'ai été très surprise de constater que l'un d'eux était Carvajal. Son compagnon était l'homme que j'avais croisé, celui qui avait une liasse de billets. »

Le jour suivant, les journaux – en particulier *El Tiempo*, qui publiait les articles et les retranscriptions les plus détaillés – tombèrent d'accord pour dire qu'Anzola avait remporté de petites batailles. Avec un siècle de recul, je peux interpréter les faits en y voyant la preuve que ses ennemis pensaient de même. Car le lendemain (c'était un vendredi), Anzola arriva à l'audience et découvrit que le public avait changé. Les bancs de la Salle des Actes, qui avaient accueilli les jours précédents les amis et les adversaires d'Anzola, et où les applaudissements et les huées avaient retenti à parts égales, étaient désormais occupés par ceux que la presse commençait à désigner sous le nom d'*antianzolistes*. Il n'y avait que des hommes et tous étaient capables de siffler de manière assourdissante, prompts à lever le poing, à afficher de féroces rictus méprisants et à tendre le bras vers Anzola pour le montrer du doigt ; tous lui crachaient au visage des insultes incompréhensibles et laissaient éclater dans la salle une haine incroyable. C'étaient des agents en civil de la police secrète du général Correal, unis pour jouer le même rôle, qui consistait à remplir aux trois quarts les bancs réservés au public. Ils avaient pris la salle d'assaut, intimidaient, menaçaient, distrayaient.

Le témoin Luis Rendón fut alors appelé à la barre. Sa déclaration devait étayer celles faites par les autres prisonniers du Panóptico à propos des privilèges que le corps de police concédait à Galarza et Carvajal. Rendón était un individu aux yeux bridés qui, après avoir surpris sa maîtresse avec un autre, avait tué l'amant puis agressé la femme au cours d'une audience et d'une confrontation qui n'auraient pas pu se terminer plus mal. Il avait écopé d'une peine de dix-huit ans de prison, mais se comportait comme les condamnés à perpétuité : violent et ordurier, il avait fini plus d'une fois en cellule d'isolement pour ses attitudes immorales et outrageantes vis-à-vis des gardiens. Tel était le témoin qu'Anzola avait choisi afin de continuer de prouver aux jurés la corruption du général Correal.

Après une série d'échanges insipides, l'avocat de Carvajal interrogea Rendón sur le régime alimentaire des accusés. Le témoin parla de la viande et du saindoux qu'on leur apportait de l'extérieur, des bougies qu'on leur fournissait pour qu'ils puissent avoir de la lumière jusqu'à point d'heure, de l'argent qu'ils remettaient à d'autres détenus pour des raisons diverses et pas toujours transparentes. Il ajouta que

Galarza et Carvajal se comportaient correctement car ils ne sortaient jamais de leurs cellules, et que, de toute manière, la direction avait ordonné que les prisonniers qui leur causeraient du tort seraient lourdement punis.

« Ils sont protégés », conclut le témoin.

Afin de discréditer la déclaration de Rendón, le secrétaire lut ensuite sa condamnation pour meurtre.

« Anzola n'a qu'à le défendre ! » s'écria quelqu'un dans la salle.

C'était bien évidemment une plaisanterie, une allusion aux témoins qu'Anzola avait dénichés en prison quelques jours auparavant. Il argumenta tant bien que mal, en tâchant de ne pas céder à la provocation.

« Il ne s'agit pas de cela, messieurs, répondit-il. Il ne s'agit pas de défendre des témoins ayant eu des peines plus ou moins lourdes. En quoi est-ce grave ? Qu'importe qu'un témoin ait commis cent délits s'il dit la vérité ? Vous voudriez peut-être que pour un crime projeté dans la *chichería* Puerto Colombia j'appelle le corps diplomatique à déclarer ? Ou des ministres, pour les interroger sur ce qui se passe au Panóptico ? Non. Quand nous évoquerons le moment du meurtre, je ferai appeler les personnalités présentes sur les lieux. Pour l'heure, je dois donc produire des témoins issus de la pègre. Je suis prêt à appeler à la barre les spatules pour remuer la *chicha* si elles sont susceptibles de nous révéler la vérité. »

Les partisans d'Anzola applaudirent timidement.

« Faites-moi le plaisir d'arrêter de pérorer dans cette salle », lui intima le juge.

C'est à cet instant que Marco Tulio Anzola dérapa. Maintenant, en écrivant, je me demande ce qui lui est passé par la tête, quel mauvais tour lui ont joué ses émotions pour lui faire perdre le contrôle de son discours.

« Je dois revenir sur tous les incidents qui se sont déroulés pour que le public en comprenne les conséquences. Je dois démontrer que Pedro León Acosta s'est rendu quatre fois et non deux aux chutes du Tequendama, contrairement à ce qu'il a déclaré. Je dois enfin insister sur l'homme coiffé d'un haut-de-forme qui est allé chercher Galarza au Puerto Colombia. Car permettez-moi de vous dire, messieurs, que je détiens des informations très précises sur son identité. »

Il regretta ces phrases dès qu'il les eut prononcées. C'est du moins ce que je crois, car il est impossible qu'il n'ait pas su, qu'il ne se soit pas rendu compte qu'il venait de mentir. Il ne possédait aucun renseignement sur l'homme en haut-de-forme. Je pense qu'il s'est produit une confusion dans son esprit : il avait passé tant d'années à travailler sur les déclarations des témoins, à se compénétrer des faits liés au crime au point d'écrire un livre, qu'il pouvait se fier à son instinct. Depuis que Dolores Vásquez avait mentionné l'homme en haut-de-forme, son instinct lui avait dit qu'il s'agissait de Pedro León Acosta. Qui d'autre sinon lui ? Comme par magie et pour de mystérieuses raisons, il était donc certain que cet homme qui était venu chercher Galarza au Puerto Colombia et avait retrouvé Carvajal chez lui après 23 heures était celui qu'Alfredo García, le témoin disparu, avait aperçu devant la porte de l'atelier de menuiserie, celui que Mercedes Grau avait trouvé très élégant dans son pantalon à rayures et ses bottines vernies, et qui avait demandé à l'un des assassins : « Alors, tu l'as tué ? » Mais cette certitude sans preuve venait de lui nuire. Il était tombé dans un piège d'autant plus grave qu'il se l'était lui-même tendu.

« Un nom ! exigèrent des voix furieuses dans la salle. Un nom, Anzola ! »

D'autres voix se joignirent à ce chœur indigné.

« Donnez-nous un nom si vous en êtes capable !

– Monsieur Anzola, dites-nous immédiatement le nom de cet individu, sans quoi nous vous accuserons de rétention de preuves, lui ordonna le procureur.

– Monsieur Anzola a trois jours pour nous apporter des précisions sur les accusations qu'il a formulées, dit le juge.

– Je vous en prie, monsieur le juge, faites lever la séance, répondit Anzola.

– Je demande au public de se calmer, dit maître Murillo. Pour que le juge ne perde pas patience. »

À mon sens, Anzola savait à cet instant qu'il ne pouvait pas garder le silence, un silence interprété comme celui de la défaite. Il lui fallait un rideau de fumée, une distraction. Il réagit du mieux qu'il put, à savoir en protestant. Il déplora que tout dans ce procès vise à le gêner dans sa démarche, se plaignit que les témoignages qui lui étaient favorables n'aient pas été menés à terme. Selon lui, on ne lui permettait d'interroger les témoins que lorsque le juge le voulait bien. Et on le poussait à présent à abattre ses cartes, à révéler publiquement une identité qu'il était préférable de taire, à perdre les quelques avantages qu'il avait obtenus. Il ajouta que le juge avait refusé d'exiger la présence de Salomón Correal et préféré éviter une confrontation avec des témoins à charge.

« Pourquoi ? demanda-t-il en répondant aussitôt. Parce que le juge craint que cela porte atteinte au chef de la police. »

Mais sa stratégie se révéla infructueuse. Le fils de Rodríguez Forero, qui était jusqu'alors resté calme et silencieux sur sa chaise, se leva.

« Monsieur le juge, l'accusation exige maintenant que monsieur Anzola nous donne le nom de cet homme en haut-de-forme et vous prie de l'obliger à nous le révéler.

– Qu'on l'y oblige ! cria-t-on dans la salle.

– Vous ne pouvez pas m'y forcer, répliqua Anzola. Tant que je n'aurai pas terminé mes recherches, je ne dirai rien et vous ne pouvez m'obliger à rien. Pas question que vous récoltiez mes preuves et qu'ensuite vous appeliez à la barre des policiers corrompus pour qu'ils les réduisent à néant. Ce serait une bonne aubaine pour vous.

– Dehors ! rugit une voix dans le public.

– Monsieur Anzola, vous avez l'obligation de nous respecter, dit le procureur. Vous ne pouvez pas venir nous offenser en lançant des accusations de ce genre.

– Vous êtes un témoin, précisa l'avocat de Carvajal. En tant que tel, vous devez nous révéler ce nom si vous le connaissez, sans quoi nous vous accuserons de rétention de preuves.

– Je vous révélerai ce nom le jour où j'apporterai mes preuves au tribunal, promit Anzola.

– Si vous refusez de le dire publiquement, faites-en au moins part au juge, en privé.

– Je ne le dirai à personne et personne ne peut m'y contraindre. »

Dans la salle, le tumulte et l'hostilité étaient tels que le juge ordonna une pause de dix minutes. Anzola préféra ne pas sortir : l'allée qui menait à la fontaine et les couloirs en brique étaient envahis d'individus qui, si l'occasion se présentait, n'hésiteraient pas une seconde ni même une fraction de seconde à lever la main sur lui. Parmi les gens venus assister au procès se trouvaient peut-être les hommes en poncho qui, comme il l'a écrit dans *Qui sont-ils ?*, l'avaient suivi de manière menaçante dans les rues de la ville. À quoi pensait-il alors ? Il a sans doute vu défiler, comme dans un film, tout le chemin qui lui restait encore à parcourir avant que son travail obstiné soit mené à terme. Il lui fallait attendre le retour de Pedro León Acosta pour qu'on l'identifie, et aussi les témoins qui devaient parler des jésuites, leur accorder une place centrale dans le théâtre des événements. Il n'avait pas eu le temps d'exposer de nombreux passages de son livre et était loin d'avoir produit ses trente-six témoins.

Le juge réapparut. Sous les yeux étonnés de l'assistance, il évita de s'asseoir, agita sa cloche, attendit que le silence règne dans la salle, prit le temps de faire un signe de croix en regardant le crucifix.

« Tout ce qui s'est passé aujourd'hui est une farce, déclara-t-il. Et puisque je ne peux admettre que monsieur Anzola se moque de nous, j'ai décidé de lui fixer un délai. Il a quatre jours, jusqu'à mardi prochain, pour produire tous ses témoins et en finir avec ses déclarations. Passé ce délai, il n'aura plus droit à la parole.

– Mais c'est impossible ! protesta Anzola.

– Bien sûr que si, c'est possible, répondit le juge.

– Si je parle, c'est en vertu d'une de vos ordonnances, monsieur le juge. Je suis peut-être ignare comme avocat, mais je sais que dans un procès, les ordonnances ont force de loi. De sorte que vous ne pouvez pas m'annoncer maintenant que vous limitez mon droit de parole.

– Vous vous exprimez ici parce que j'ai un pouvoir discrétionnaire dans la conduite de ces débats, répliqua le juge. Selon mon bon vouloir, ce pouvoir me permet aussi de vous ordonner de vous taire.

– Qu'il se taise ! cria-t-on dans la salle.

– Je ne suis pas intimidé par ces cris, dit Anzola. Demain, je publierai dans mon journal la liste de ceux qui provoquent ce scandale. Ce sont des fonctionnaires, des agents de police qui ont quitté leur poste pour venir m'insulter à la demande de Correal.

– Soyez plus précis dans vos accusations, continua le juge. Et sachez que si vous me manquez de respect, vous écoperez d'une amende.

– Avant cela, expliquons-nous sur ce délai que vous m'imposez.

– Non, monsieur. Faites-nous connaître vos chefs d'accusation, après quoi je convoquerai les témoins qui les confirmeront.

– J'ai des preuves irréfutables contre des gens que personne ne soupçonnerait, mais pour le moment je ne vous donnerai pas leurs noms, de peur que vous ne produisiez de faux témoins qui les contesteraient. Je révélerai mes preuves devant un juge impartial. Celles que j'ai par exemple contre Emilio Beltrán, l'homme en haut-de-forme et tous les autres.

– Imposteur ! » cria-t-on dans l'assistance.

Le procureur exigea une nouvelle fois et au nom du peuple qu'Anzola révèle l'identité du fameux homme en haut-de-forme.

« Si vous vous obstinez à garder le silence sur ce point, je vais demander au juge qu'il vous donne une amende. »

Le juge n'attendit pas qu'il s'adresse à lui.

« Je vous condamne à payer dix pesos or si vous ne dites pas le nom de l'homme qui est selon vous impliqué dans l'assassinat du général Uribe.

– Si je me tais, c'est à cause de vous tous, ici présents », répondit Anzola.

Il s'aperçut qu'il devait forcer sa voix pour qu'on l'entende par-dessus le vacarme qui régnait dans la salle, les insultes, les mains qui frappaient les rampes. Par ailleurs, il s'était aperçu qu'il ne contrôlait plus le déroulement de l'audience.

« Je ne peux pas révéler ce nom parce que je crains qu'on ne suive pas les pistes qui prouveraient la culpabilité de cet homme. Quant à l'amende, je suis enchanté de la payer. Mais avant, j'aimerais démontrer au pays qui sont les protecteurs des vrais meurtriers du général Uribe. Monsieur le juge, délivrez-moi une ordonnance qui me permettra de déclarer devant un juge impartial et, à cette condition, j'apporterai mes preuves. »

C'était un geste désespéré. Avec le recul des années, je le sais, mais j'ignore si Anzola en avait conscience. Devant quel autre juge allait-il prouver ce qu'il avait été incapable de démontrer dans la Salle des Actes ?

Le procureur se leva et affirma que les accusations qu'Anzola avait formulées étaient d'une extrême gravité, qu'il s'était beaucoup plaint du harcèlement qu'il avait subi, mais que jusqu'à présent, personne ne lui avait interdit de s'exprimer comme il l'avait voulu. Il n'avait pas tort. Il ajouta que, sans faire de concessions, on devait exiger de lui qu'il présente toutes ses preuves, sans quoi il en déduirait qu'Anzola, au lieu de faciliter la bonne marche du procès, cherchait par tous les moyens à en retarder l'issue. Là encore, il disait vrai, tout comme lorsqu'il précisa que, jusqu'alors, Anzola n'avait encore apporté aucune preuve concrète. D'après lui, Anzola aspirait à être un héraut de la justice et s'était contenté de leur présenter une farce. Lorsqu'il lui jeta ce mot à la figure, le public sembla apprécier et se mit à insulter et à menacer Anzola. Le procureur avait raison. Anzola l'admettait-il ? A-t-il alors commencé à douter de ses certitudes ?

« Si monsieur Anzola ne présente pas les preuves de ce qu'il avance, monsieur le juge sera dans l'obligation de lui refuser toute participation aux audiences, reprit le procureur. S'il persiste dans son refus, il ne pourra pas dire qu'on l'a réduit au silence et devra se garder d'accuser les acteurs de ce procès de couvrir les coupables. »

Dans la presse, on raconta que le juge Garzón se pencha vers les trois jurés et s'adressa à eux, une main plaquée sur la bouche ; les jurés firent de même pour lui répondre.

« En accord avec les jurés, nous avons décidé de vous soumettre à un interrogatoire, monsieur Anzola, annonça-t-il après avoir regagné son siège. Nous vous prions d'énoncer concrètement tous vos chefs d'accusation contre les personnes que vous estimez être impliquées dans l'assassinat du général Uribe. Nous vous demandons également de préciser les noms de ces personnes.

– Je ne peux pas, s'obstina Anzola.

– Révélez-nous les noms des gens que vous jugez responsables, le pressa le juge.

– Je ne peux pas, répéta Anzola.

– Une dernière fois : leurs noms.

– Je ne peux pas vous les donner.

– Très bien. Dans ce cas, votre présence dans cette salle est inutile. Votre participation à cette affaire est terminée et vous n'êtes plus autorisé à prendre la parole. »

L'audience prit fin dans le même climat de violence contenue qu'une manifestation de rue, lorsqu'on a l'impression qu'une mèche a été allumée et qu'on va bientôt mettre le feu aux poudres. Quand il gagna le trottoir de la Carrera Sexta, Anzola fut plongé dans une atmosphère similaire, si agressive que le journaliste Joaquín Achury tenta de l'intercepter pour lui conseiller de ne pas s'aventurer plus avant.

« Attendez un moment. Attendez que les gens soient partis, s'il vous plaît », lui conseilla-t-il.

Mais Anzola fit la sourde oreille. Quand il eut franchi la porte en bois, il fut accueilli par de nombreuses menaces : on allait le tuer, c'était un sale type et on aurait sa peau.

« Fumier, salaud ! » criait-on à chaque coin de rue.

D'autres le traitaient de traître, d'autres encore l'accusaient d'avoir volé, tué et soudoyé des personnes. Il baissa la tête pour échapper aux crachats de la foule. Il ne s'en sortit sain et sauf que grâce aux policiers qui assuraient sa protection et évitèrent que les gens se précipitent sur lui pour le mettre en pièces. Une main se dressa cependant par-dessus les agents et lui assena un coup entre ses épaules, une autre fit tomber son chapeau d'une chiquenaude qui aurait pu le meurtrir si elle l'avait atteint au visage. Beaucoup de ceux qui l'avaient acclamé une semaine auparavant avaient rejoint ses agresseurs. Anzola les a-t-il reconnus ? Au milieu des policiers, plongé dans une violence ahurissante et sans avoir la maîtrise de ses gestes, il gagna la place Bolívar. De loin, Joaquín Achury vit une voiture surgir de nulle part et une portière s'ouvrir. Anzola s'engouffra dans le véhicule comme si on l'y poussait. Le journaliste entendit alors une voix donner des consignes :

« Déposez-le chez lui. Roulez, ne vous arrêtez sous aucun prétexte. »

Aucun témoin n'était présent pour rapporter la suite. Sachant qu'il a été arrêté et emprisonné, on ne peut que lancer des conjectures, mais on suppose que sa détention a été immédiate, car le lendemain il s'est réveillé dans une des cellules des services de police. Le chauffeur qui avait reçu l'ordre de le ramener chez lui l'a donc directement conduit au commissariat central. J'imagine Anzola quelques secondes avant qu'il soit écroué, je l'imagine penser qu'il va bientôt rentrer chez lui et se réfugier dans son lit, sous des couvertures en laine, mais il ne reconnaît pas sa porte et se rend compte qu'il se trouve devant le siège de la police. Deux agents l'encadrent dès qu'il descend de voiture, l'immobilisent et le traînent à l'intérieur du bâtiment. Un troisième dont Anzola ne distingue pas le visage lui annonce qu'il est en état d'arrestation.

« Pour quelle raison ? demande Anzola, qui essaie de résister. Quelles charges avez-vous contre moi ?

– Manque de respect aux autorités, répond une voix grossière. Et tentative d'utiliser une arme à feu contre un représentant de la police. »

La scène a pu se dérouler ainsi. On lui reprochait des faits qui remontaient à plus d'une semaine, après l'incident dans les couloirs de la Salle des Actes, lorsque le chef d'une brigade de police avait dû faire usage de la force pour emmener Anzola dans la pièce réservée aux témoins. Il avait été le seul à subir des dommages corporels, car il était tombé et qu'on l'avait malmené. Et voilà qu'on l'accusait de cela, et le plus absurde était qu'on lui reprochait de s'être servi de son arme que le policier lui avait confisquée après l'avoir fouillé. En l'arrêtant, le corps de police tout entier – chaque agent sali par les déclarations de ses témoins – exprimait sa vengeance. C'était signé Salomón Correal, qui lui signifiait que dans ce pays il ne fallait pas se mêler des affaires de la police.

J'ignore combien de jours Anzola a passés en prison, car ce n'est consigné nulle part, mais je sais que le procès qui se tenait dans la Salle des Actes s'est poursuivi en son absence. Il était devenu un indésirable en ces lieux, et le simple fait de prononcer son nom constituait une infamie. J'ignore si parmi les agents qui le surveillaient quelqu'un lui a fait la faveur de lui raconter comment se déroulaient les audiences et s'il a reçu des visites – celle de Julián Uribe, par exemple – susceptibles de lui laisser des journaux récents afin qu'il y glane des informations. Si oui, il devait être informé de ce qu'on pensait de lui à l'extérieur, dans ce monde où il avait tenté de rétablir un peu de justice (maladroitement, certes, mais persuadé de pouvoir prouver dans la pratique les convictions qu'il avait acquises au plus profond de son âme). Sous le titre *Impressions d'audience*, le journaliste d'*El Tiempo* avait écrit quelques paragraphes semblables à un miroir brisé dans lequel, pendant ses journées de réclusion, Anzola aurait pu se voir reflété de manière difforme ou incomplète tandis que d'obscures forces sans nom décidaient – lentement, sans se presser – de son sort.

> Monsieur Marco Tulio Anzola Samper a cessé d'assister aux audiences du procès contre les assassins du général Uribe Uribe. Treize jours durant, il a été une figure prépondérante de ce procès sensationnel ; treize audiences ont été consacrées à l'audition de ses témoins et aux confrontations qu'il exigeait, puis ce jeune homme remuant a lui-même mis un terme au rôle qu'il jouait quand il n'a pas voulu préciser les charges qu'il formulait ni exprimer de franches accusations. Lui qui s'était présenté devant les jurés comme un messager de la vérité et de la lumière s'est retiré entouré d'ombre, sans avoir voulu révéler les noms des responsables du crime, qu'il disait connaître, et il a refusé catégoriquement de faire les terribles accusations que nous espérions tous l'entendre prononcer. Après avoir eu une telle attitude, il n'avait plus aucune raison de s'exprimer devant le juge et sa présence n'était plus nécessaire.

Regardons-le, essayons de le voir. Le matin, très tôt, un agent irritable et fatigué qui a sans doute été de garde toute la nuit le réveille. Il le sort pour l'emmener aux toilettes – il l'autorise à y aller seul – et l'attend de l'autre côté de la porte entrebâillée, dont le verrou ne fonctionne pas. Anzola doit se contorsionner pour s'accroupir au-dessus d'un trou malodorant sans perdre l'équilibre. Heureusement, l'alimentation frugale et le dégoût ont déréglé son estomac, si bien qu'il peut s'écouler trois jours sans qu'il fasse ses besoins. Parfois, on le laisse se laver les mains, mais pas toujours. Ses vêtements sentent l'urine et la sueur rance, et il commence à s'habituer à sa propre puanteur lorsque le policier qui l'a arrêté surgit et lui remet un paquet au papier retenu par une ficelle.

« Réjouissez-vous d'avoir des amis », lui dit-il.

C'est du linge de rechange. Personne ne lui explique qui l'a apporté ; Anzola y enfouit son visage et le hume profondément : il n'a jamais éprouvé autant de plaisir à se frotter la peau contre des habits fraîchement repassés. Quand il les met, le col amidonné de la chemise lui gratte la nuque toute la journée. Il s'en fiche. Le soir venu, une irritation le gêne, mais il se rend compte que se concentrer sur ce désagrément banal lui permet de ne pas trop songer à son malheur.

> Après s'être exprimé intensément durant treize jours, monsieur Anzola n'est rien parvenu à démontrer ; ses témoins ont insinué certains faits dont ils ont magnifié certains détails, quand ils ne s'acharnaient pas à détruire des légendes aussi inébranlables que celle du général Pedro León Acosta, qui n'a probablement fait qu'expier sa participation à l'attentat du 10 février pendant toute la durée du procès, ce qui était probablement la seule raison pour laquelle on a tenté de le mettre dans l'embarras en l'accusant d'être un des complices de ce crime, sans pouvoir par la suite prouver ni de près ni de loin la moindre implication de sa part. Les grands témoins, ceux qui ont vu le général Correal accompagné d'un autre dignitaire converser avec les meurtriers trois heures avant le crime, en plein jour, devant la maison de l'illustre victime, et leur donner des instructions, n'ont rien à se reprocher, si ce n'est qu'ils affirment des choses purement et simplement invraisemblables, car leurs déclarations faisaient non seulement

> apparaître le général Correal comme un complice, mais aussi comme un homme d'une stupidité monumentale, un individu d'une légèreté et une imprévoyance indignes d'un directeur général de la police et même du plus inconscient des analphabètes. On pourrait poser comme axiome que si le général Correal avait participé à cet horrible crime, il ne se serait sous aucun prétexte exposé dans la rue, à bavarder en public avec les assassins, juste devant la maison de la victime. Ceci est élémentaire et évident.

Quelques jours plus tard – trois, quatre ? – on le transfère au Panóptico. Le moins qu'on puisse dire, c'est que ses gardiens ont le sens de l'humour : sa cellule est à deux ou trois portes de celles qui étaient occupées par Galarza et Carvajal, incarcérés ailleurs dans l'attente du verdict. On ne lui permet qu'une ou deux fois d'aller prier seul dans la chapelle. Anzola ferme à peine le battant de la porte en bois et s'agenouille sur la pierre froide, dans la semi-pénombre, et le Notre Père commence à peine à se former sur ses lèvres qu'il s'interrompt déjà. Il pense que les assassins ont fait de même avec les jésuites qui venaient leur rendre visite pour exiger qu'ils se calment et leur conseiller des lectures, dont il ne subsiste que des articles sous pseudonymes et des rumeurs, ce qu'a dit quelqu'un qu'a entendu quelqu'un d'autre que quelqu'un avait dit. Ces curés sont restés dans l'ombre, ils sont sortis victorieux du complot contre Uribe… Mais qui sont-ils ? Anzola n'a même pas vu leurs visages : il serait incapable de les identifier s'il les croisait dans la rue. La nuit, il fait froid ; Anzola s'enroule dans sa couverture et rapproche ses genoux de sa poitrine ; trouver le sommeil lui coûte beaucoup, probablement parce qu'il est demeuré inactif dans la journée, passée à lire la presse, à prendre des notes oiseuses selon sa vieille habitude, à commenter ce qu'on dit de lui dans la Salle des Actes. On le qualifie d'homme déloyal, menteur, calomnieux, et le public applaudit, heureux d'être débarrassé de lui, oui, heureux de l'avoir fait plonger. Pendant ce temps, Anzola sort dans la cour à la même heure que les autres détenus, reçoit la même nourriture et va en même temps qu'eux aux toilettes. Parfois il apprécie les travaux qu'il a supervisés lors de son emploi fictif ou discute avec les prisonniers. L'un d'eux, qui s'appelle Zalamea et n'a pas été avare de renseignements sur les meurtriers et leurs privilèges, s'approche de lui un matin. Il s'adresse à lui comme à un enfant :

« Oh, mon cher ami, il n'y a qu'à vous que ce genre de chose peut arriver. Qu'à vous. »

> Et les nouveaux responsables ? Ils ne sont jamais apparus clairement. Il est très facile de faire des suggestions dans quelque domaine que ce soit, d'insinuer de vagues et ténébreuses complicités ; l'esprit populaire est fécond quand il s'agit de faire prospérer ces graines ; le plus absurde des doutes y prend racine avec une rapidité surprenante ; mais ce n'était pas ce que nous espérions de la part de monsieur Anzola, qui devait apporter des preuves et formuler des accusations concrètes que le pays attend toujours. En l'entendant s'exprimer, nous avions l'impression qu'au fond de lui et de sa sincérité, il n'en savait pas davantage que le juge, le procureur et la plupart des gens présents dans la salle. Voilà pourquoi il n'a perduré que quelques heures dans la conscience des citoyens ; sa posture d'accusateur courageux, résolu et très audacieux en a séduit beaucoup et il a attiré l'attention de tous, mais sa chute était inévitable car il se dressait sur un piédestal formé d'imprécisions. À la lumière des débats, l'estrade s'est effondrée. L'intensité angoissante des premières audiences est devenue ensuite une farce amusante, et les personnes qui avaient senti au-dessus de leurs têtes le souffle glaçant de Némésis ont fini par sourire ou bayer aux corneilles.

Quand Anzola est libéré à la suite d'une série de manœuvres juridiques et de faveurs dont l'artisan n'est autre que Julián Uribe, la première chose qu'il fait est de se rendre chez lui et de prendre un bain chaud, si longuement que sa domestique doit déposer deux autres bassines d'eau devant la porte du cabinet de toilette. En sortant, il remarque avec étonnement qu'on lui a rendu sa mallette : elle est posée à côté de sa chaise de travail comme un chien fidèle. Elle y reste deux jours sans qu'il daigne la ranger ou en classer le contenu. Elle est le souvenir de son échec et abrite les archives des années perdues. Il passe plusieurs journées enfermé chez lui, prisonnier de la haine des habitants de Bogotá, sans même oser s'approcher des fenêtres pour observer la rue pavée, car il craint d'y découvrir un doigt pointé sur lui ou un regard méprisant. La première fois qu'il sort, désireux de continuer sa vie, il croise mademoiselle Adela Garavito tout près de la droguerie, où il veut acheter des pilules roses. Il la salue en portant une main à son chapeau et s'avance dans sa direction, mais elle l'en dissuade.

« Vous nous avez fait passer pour des menteurs, dit-elle d'un ton où ne transparaît plus aucune répugnance, car il s'est confortablement installé dans la rancœur et le ressentiment.

– Mademoiselle, je… commence Anzola, mais elle l'empêche de poursuivre.

– Ne vous avisez pas de venir chez moi. Mon père serait capable de vous tirer dessus. »

Elle presse le pas, comme si Anzola avait la lèpre, et disparaît au premier coin de rue. Marco Tulio Anzola n'a pas le courage d'aller jusqu'à la droguerie.

Pendant ce temps, les discours se succèdent dans la Salle des Actes, éternelles péroraisons qui occupent dans les journaux seize colonnes remplies de caractères serrés. Les orateurs semblent tous viser le même objectif secret, qui consiste à rouler Marco Tulio Anzola dans la boue de l'opprobre. Le procureur et les avocats des assassins décrivent Anzola comme un fanatique libéral aux désirs de vengeance démesurés, un avocaillon assoiffé d'une gloire éphémère, dans les deux cas un irresponsable qui cherche à entacher des réputations, un pyromane lâché sur les autels de la patrie, un homme qui bafoue les valeurs sacrées de la vérité, de la justice et de l'honneur. Une semaine durant, Bogotá est un bûcher prêt à consumer Anzola, l'ennemi de tous. Dans les plaidoiries qui marquent la fin du procès, les avocats de l'une et l'autre partie le traitent de lâche, de vulgaire laquais qui attaque dans le dos, d'opportuniste si petit que les honnêtes gens ne le voient pas. Une ou deux fois, pris d'insomnie (ou quand les aboiements d'un chien le tirent de son sommeil léger et perturbé), Anzola se demande, comme cela lui est arrivé dernièrement, si en définitive ils n'ont pas raison.

Tous les individus cités dans son livre s'écartent de lui, reviennent sur leurs versions des faits quand ils ne la contredisent pas. Le plus parfait exemple de cette verve révisionniste est cité lors de la dernière audience. D'après les journaux, le détective Eduardo de Toro, qui avait fait part à Anzola des visites de Rufino Berestain dans les bureaux de Salomón Correal et de ce qui était survenu au cours des exercices spirituels à Cajigas, a envoyé à l'avocat de Galarza un cahier où il a consigné ses impressions des journées de 1914 qui ont précédé le crime. L'avocat de la défense lit le contenu du document à voix haute, révélant au public le fond des pensées de Toro : « J'en suis arrivé à la conclusion que les meurtriers ont commis leur meurtre en se persuadant l'un l'autre, guidés par la haine que les ouvriers portaient au général Uribe, et que, dans cet horrible assassinat, il n'y a pas d'autres coupables qu'eux. »

À la fin du procès, le secrétaire du tribunal s'est adressé aux trois jurés, qui se sont redressés sur leurs sièges, et il a lu un questionnaire constitué de deux parties : « L'accusé Leovigildo Galarza a-t-il volontairement donné la mort avec préméditation au général Rafael Uribe Uribe, en lui causant des blessures à l'aide d'un instrument coupant et contondant, fait constaté à hauteur de la rue 10 et de la Carrera Séptima, à Bogotá, le 15 octobre 1914 ? L'accusé Leovigildo Galarza a-t-il commis les actes qu'on lui reproche ci-dessus dans les circonstances suivantes : 1.a, après avoir guetté sa victime ; 2.a, en la prenant en traître, certain de la surprendre à l'improviste à un moment où elle était sans défense ? » Il a ensuite lu le même texte en remplaçant le nom de Leovigildo Galarza par celui de Jesús Carvajal. À l'unanimité, les jurés ont répondu par l'affirmative. Ils ont dit oui à tout. Dans les deux cas.

Le 25 juin 1918, en fin d'après-midi, le juge Garzón a fait connaître la décision du tribunal contre Jesús Carvajal et Leovigildo Galarza. Pour l'assassinat du général Rafael Uribe Uribe, ils sont condamnés à vingt ans de prison, destitués de leurs droits civiques, et doivent verser une amende de quatre-vingt mille pesos or en sus du remboursement des frais liés au procès. Le public a applaudi à tout rompre, salué le procureur et hué Anzola et son livre. Dans un article, un journaliste a commenté la sentence en reprenant les mots du juge :

> Ce verdict ne satisfera pas ceux qui ont voulu se servir de ce crime pour lancer de lourdes accusations contre leurs adversaires politiques. Il ne satisfera pas davantage les personnes qui ont cherché à assouvir des passions partisanes en exploitant la douleur de tout un peuple. En revanche, ce verdict contente les véritables patriotes, car en essayant de tacher du sang d'un grand homme le drapeau des partis, d'aucuns espéraient couvrir la nation de déshonneur. Ce verdict, chers Colombiens, nous restitue notre honneur et nous rend justice. Il nous délivre d'un passé incertain pour nous offrir un avenir paisible.

IX

Le corps des ruines

J'ignore quand j'ai commencé à me rendre compte que le passé de mon pays me semblait nébuleux et obscur comme un terrain plongé dans les ténèbres, et je suis incapable de me rappeler le moment précis où tout ce que j'avais cru vraiment fiable et prévisible – l'endroit où j'ai grandi, la langue que je parle, ses coutumes, son passé qu'on m'a enseigné à l'école et à l'université, son présent que j'ai pris l'habitude d'interpréter ou de feindre de comprendre – s'est mis à devenir un territoire peuplé d'ombres d'où jaillissaient des créatures horribles au moindre instant d'inattention. Avec le temps, j'en ai conclu que telle est la raison pour laquelle les écrivains s'intéressent aux lieux de leur enfance, de leur adolescence et même de leur jeunesse : on n'écrit pas à propos de ce qu'on connaît et qu'on comprend, on écrit d'autant moins sur certaines réalités *parce qu'on* les connaît et qu'on les comprend, mais au contraire parce qu'on s'aperçoit que toutes nos connaissances et notre compréhension étaient fausses : un mirage, une illusion, de sorte que les livres ne sont et ne seront jamais que des preuves élaborées de désorientation : de longues déclarations revêtant de nombreuses formes de perplexité. *Tout ce que j'imaginais si clair*, songe-t-on alors, *m'apparaît désormais plein de duplicité et d'intentions cachées, comme un ami qui m'aurait trahi*. Confronté à cette révélation toujours dérangeante et bien souvent douloureuse, l'écrivain réagit de la seule manière qui soit à sa portée : en écrivant un livre. Il tente ainsi de pallier sa confusion, de réduire l'espace entre ce qu'il ignore et ce qu'il pourrait savoir et, surtout, il cherche à résoudre son profond désaccord avec cette réalité imprévisible.

« De nos querelles avec les autres, nous faisons de la rhétorique. De nos querelles avec nous-mêmes, de la poésie », disait Yeats. Mais que se passe-t-il quand les deux querelles ont lieu simultanément, quand se disputer avec les autres est un reflet ou une transfiguration de ce face-à-face avec nous-mêmes, enfoui mais constant ? Alors on écrit un livre comme celui auquel je travaille à présent, on s'en remet aveuglément au fait que cet ouvrage signifiera quelque chose pour autrui.

Il se peut que le jour des révélations, j'aie eu ces idées en tête. C'était le dernier jour de février, un vendredi. Je suis arrivé chez Carballo à l'heure du déjeuner, pensant que l'oiseau de nuit se serait déjà douché, prêt à attaquer sa routine alambiquée. J'avais vu juste : je l'ai trouvé habillé, mais pas avec autant de soin qu'il en mettait d'habitude à choisir ses vêtements et ses accessoires. Il portait un sweat-shirt gris décontracté qui avait connu des jours meilleurs et semblait sur le point d'aller faire un footing, comme les vieux alertés par les signes avant-coureurs d'un infarctus, qui font de l'exercice de manière obsessionnelle, sur le tard, et n'ont jamais l'air à l'aise dans leurs tenues de sport : on dirait des intrus, des imposteurs, des acteurs déguisés pour les besoins d'un rôle qu'ils détestent. C'est l'impression que donnait Carlos Carballo ce matin-là. Est-ce son allure qui m'a incité à percevoir dans l'air une pointe de mélancolie, ou la mélancolie qui lui avait en quelque sorte inspiré sa tenue et son aspect ? Pour la première fois, il m'a paru vraiment fatigué ; j'ai pensé que le travail sur la mémoire est éreintant, même quand on s'occupe du passé d'autrui (quand il s'agit du nôtre, en plus de nous épuiser, il nous érode comme de l'eau une pierre). En poussant sa porte, je me suis dit qu'il était las d'observer le passé caché de ce pays pour les besoins de mon livre. Lorsque j'ai posé mon sac noir et vide par terre, à côté d'une pile de romans policiers, et que je me suis assis en bon élève studieux, j'étais loin de me douter que nous allions plus que jamais nous plonger dans le passé, et que cette journée du 28 février serait fort éloignée de l'année 2014, car nous serions immergés dans un autre jour d'une autre année reculée, et que j'assisterais au spectacle saisissant d'un homme qui se rappelle ses douleurs et ses blessures, non pour son plaisir, mais parce qu'il n'a tout simplement pas le choix.

J'avais alors perdu le compte des heures que j'avais passées plongé dans *Qui sont-ils ?*, à en scruter les pages, à m'interroger sur les conclusions présentées dans l'ouvrage, à songer parfois que tout était faux, que de tels événements n'avaient pas pu survenir dans ma ville, et j'en voulais pour preuve que personne n'en savait rien ni n'en parlait : la dénonciation insensée d'Anzola n'avait pas survécu. Mais ensuite je me disais qu'elle était vraie, justement parce qu'elle n'avait pas perduré, que l'histoire colombienne a démontré mille et une fois son extraordinaire capacité à enfouir des versions gênantes ou à modifier le langage qui a servi à rapporter certains faits, de sorte que ce qui est terrible ou inhumain finit par devenir la chose la plus normale, la plus souhaitable et même la plus louable qui soit. Puis je changeais encore d'avis : nul ne se rappelle ces accusations, estimais-je, personne n'en parle, elles ont sombré dans l'oubli et sont par conséquent fausses, car l'Histoire a ses propres règles ; comme la nature, elle filtre et sélectionne les espèces, si bien que les versions qui tentent de contredire la vérité, de nous mentir ou nous tromper finissent par s'effacer pour que seul demeure ce qui résiste à nos interrogations, à notre scepticisme de citoyens. Par moments, je ne savais plus quoi penser, j'étais obnubilé par le fait qu'Anzola se soit évaporé dans le puits malodorant de l'histoire colombienne. L'homme qui, pendant plus d'un mois, avait été au cœur de l'actualité, faisait tous les jours la une des journaux et y publiait quotidiennement, l'homme qui avait quatre années durant divisé ses concitoyens avec la promesse (d'aucuns disaient la *menace*) d'une enquête et d'un livre, disparaît de la scène publique à compter du mois de juin 1918. Dès qu'il entre en prison, les médias ne savent pas ce qu'il devient, personne n'a de ses nouvelles, on ne mentionne son nom que pour le dénigrer, et après que le verdict a été rendu, on ne le prononce même plus. Tout ce que Carballo a pu dénicher en passant des années à suivre la trace du jeune homme, la seule et misérable information qu'il a trouvée sur son chemin, est une mystérieuse entrée bibliographique de la

Bibliothèque du Congrès, à Washington. Datée de 1947, la notice en est la suivante :

> SAMPER, MARCO TULIO ANZOLA, 1892 - © New York. *Secrets de la roulette et ses pièges techniques ; révélations d'un croupier*, 32 p., illust.

Tout dans ces lignes nous a paru étrange, d'abord à Carballo, puis à moi : la classification alphabétique de l'auteur (le deuxième patronyme figurait avant le premier), la taille de l'œuvre (un court livret illustré) et, enfin, son sujet imprévisible (j'avais du mal à imaginer l'auteur de *Qui sont-ils ?* rédiger un manuel pour ludopathes). Au cours de notre dernière conversation, nous avions longtemps spéculé sur sa découverte, qui remontait à loin. Je lui ai demandé s'il s'était intéressé sérieusement, vraiment *sérieusement*, avec la force de l'obsession, à ces *Secrets de la roulette* au point de mettre la main dessus ; j'ai voulu savoir s'il avait fait des recherches fouillées, même si les révélations d'un croupier n'avaient pas grand-chose à voir avec Rafael Uribe Uribe ou Jorge Eliécer Gaitán, ni avec la violence, la politique ou la politique violente de notre triste pays, et même si, pour le dire en quelques mots, elles ne lui étaient d'aucune utilité.

– Bien sûr que oui, m'a-t-il répondu. À l'époque, j'ai cherché ce fichu bouquin par monts et par vaux. J'ai appelé tous les bibliophiles que je connais, demandé de l'aide auprès de toutes les librairies de livres rares et anciens. Et, bien évidemment, je ne suis pas idiot, j'ai appelé la Bibliothèque du Congrès. Ça n'a rien donné. Ce livret n'existe pas. Il n'est pas dans cette bibliothèque qui possède pourtant tout ce qui contient des pages dans ce foutu monde. Ce qui ne signifie pas que ça ne m'a pas été utile.

– Qu'est-ce que vous voulez dire ?

– J'ai commencé à m'interroger sur le lieu de publication. New York. Pourquoi New York ? J'ai toujours trouvé que la disparition d'Anzola était trop totale, trop parfaite. Personne ne s'évapore comme ça ou, plutôt, il n'y a qu'un seul moyen de disparaître aussi brusquement des médias colombiens après avoir quotidiennement alimenté leurs colonnes.

– Quitter la Colombie.

– Oui. C'était logique, pas vrai ? Vous auriez fait quoi, vous ? Si vous aviez écrit un livre comme *Qui sont-ils ?*, si vous aviez participé au procès le plus retentissant de l'histoire du pays, si votre livre et votre participation avaient fait de vous, à vingt ans et quelques, l'homme le plus détesté de Colombie… Vous seriez parti vous aussi, Vásquez, et j'aurais fait pareil. J'ai réfléchi à tout ça et je me suis dit : où peut bien aller un jeune homme comme Anzola ? Dans un endroit où il connaît quelqu'un et où il a au moins des contacts. Je me suis rappelé ensuite que Carlos Adolfo Urueta avait été diplomate à Washington et j'ai songé aux États-Unis en me disant qu'Anzola était parti là-bas. Aujourd'hui encore je crois que c'est ce qui s'est passé.

– Parce que vous n'en êtes pas sûr ?

– Pas à cent pour cent. Mais ça paraît logique, n'est-ce pas ? Et puis, au final, je m'en fiche.

– Comment ça ?

J'avais suivi son raisonnement en imaginant qu'il me réserverait une révélation. *Maintenant, il va m'annoncer qu'il a suivi sa piste, qu'il a retrouvé sa trace à New York. Il va me faire une surprise.* Je ne lui ai pas caché ma contrariété.

– Comment ça, vous vous en fichez ? Il y a une histoire, vous ne pensez pas ? Et il y a un trou dans cette histoire. Vous n'avez pas envie de le remplir ? Vous n'aimeriez pas savoir ce qui est arrivé à Anzola ?

– J'aimerais, mais ça ne m'intéresse pas. Ce sont deux choses bien différentes.

– Ça ne vous intéresse pas ?

– Non. Je peux parfaitement me représenter la situation : Anzola quitte le pays comme beaucoup de Colombiens qui ont dit des vérités dérangeantes. Il est devenu gênant et, comme tant d'autres, il a dû partir. On n'aurait pas fini de dresser la liste de tous les gens qui se sont trouvés dans ce cas de figure. Anzola est un exemple qui remonte à loin, pas le plus ancien, mais un des plus anciens. Voilà, c'est tout, inutile de palabrer davantage. Je crois que c'est ce qui s'est passé et ça me suffit, car en réalité la vie d'Anzola ne m'intéresse pas. Ce qui compte pour moi, c'est son livre, vous comprenez ? C'est qu'il ait écrit son livre pour qu'un lecteur le découvre, n'est-ce pas ? C'est là que ça devient intéressant.

Je ne peux pas dire que, sur le moment, cette dernière phrase ait attiré mon attention. J'aurais été incapable d'en deviner la signification profonde ou de l'anticiper à l'instant où je l'ai entendue. Je l'ai peut-être considérée comme un lieu commun, estimant probablement que Carballo venait de se rendre compte que la rencontre entre un lecteur quelconque et n'importe quel livre peut être miraculeuse. Quand il a prononcé ces mots, il ne m'est pas venu à l'idée qu'il ait pu avoir en tête un lecteur particulier et un livre spécifique, ni que la rencontre imaginaire et encore abstraite soit susceptible de se dérouler dans un lieu et à une date parfaitement définis. Pourtant c'était le cas. Je lui ai posé une question innocente, plus par politesse que mû par une curiosité véritable :

– Carlos, vous ne croyez pas que le départ d'Anzola a une explication plus simple ?

Il a passé une main dans sa barbe, qu'il s'était laissé pousser.

– Laquelle, par exemple ? a-t-il demandé d'un ton sec.

– Anzola n'est peut-être pas parti parce qu'on le harcelait, mais simplement à cause de son échec.

Il a fermé à demi les yeux en esquissant une moue de dégoût. Je m'en moquais. Je lui avais dit ce qui me semblait être une vérité criante, à savoir qu'indépendamment de ce qui était survenu réellement et des accusations qu'il avait formulées dans son livre, Marco Tulio Anzola n'avait pas été en mesure d'apporter les preuves concrètes de ce qu'il avait avancé au cours du procès. En cela au moins, le journaliste d'*El Tiempo* avait raison. Carballo a explosé, je ne l'avais jamais vu ainsi.

– Ah bon, il avait raison ? s'est-il écrié en se levant. Comment ça, Anzola n'a pas apporté de preuves ? Et les témoins qu'il a produits ?

– Ne vous échauffez pas, Carlos. Les témoins étaient là, mais ils n'ont rien prouvé. Le livre est très convaincant, c'est certain, et j'adorerais croire à une théorie du complot de trois cents pages. Le problème n'est pas la théorie exposée dans cet ouvrage, mais ce qui s'est passé au procès, qui s'est conclu sur l'échec d'Anzola.

Un échec absolu : un échec retentissant et également humiliant. Une déception, pour employer d'autres termes, une trahison faite à tous les gens qu'Anzola avait soutenus. Le pauvre homme n'avait que des pistes contre les personnes qu'il accusait : on avait vu Correal par ici et Pedro León Acosta par là. Ces deux-là ne me sont pas particulièrement sympathiques, mais ça ne signifie pas qu'ils ont fait ce qu'Anzola écrit dans son livre. D'accord, Acosta avait tenté de tuer un président de la République quelques années plus tôt et Correal avait maltraité, voire torturé un autre chef d'État. Mais ça ne prouve rien, hormis des actes qui relevaient de leur passé. Et les jésuites ? Anzola les accusait dans son livre sans rien avoir contre eux, et au procès, il n'a produit aucune preuve de ses accusations. Le sujet n'a même pas été abordé.

– Parce qu'on ne lui en a pas laissé le temps ! s'est exclamé Carballo. On lui a interdit de parler avant qu'il ait abordé le problème des jésuites !

– Eh oui, mais les choses ne sont pas aussi simples. "Oui, ils sont coupables, mais je le démontrerai plus tard." Ce n'est pas sérieux.

– Je n'y crois pas… a murmuré Carballo.

– Apparemment, les jurés non plus n'y ont pas cru, ai-je lâché d'un ton ironique.

– Et les réunions entre le père Berestain et Correal, alors ? Et les témoignages des gens qui ont vu les assassins sortir du collège San Bartolomé ?

– Ils restent ce qu'ils sont, Carlos : des réunions et des témoignages, parce que Anzola n'a pas prouvé qu'ils conduisaient à leur implication.

– Et ce qu'a dit Berestain quand il a maudit Uribe et déclaré qu'il devait pourrir en enfer ? Qu'est-ce que vous faites de ça ?

– Oh, Carlos, je vous en prie. Dans ce pays, les gens vous envoient en enfer avec une facilité consternante. On n'arrête pas de le dire à tout le monde. Ça ne prouve rien de concret. Vous le savez bien, tout de même.

Il s'est rassis. Son visage et ses gestes (sa façon de croiser les mains et de plier ses genoux) exprimaient une immense déception.

Je lui ai dit que je regrettais infiniment de devoir lui parler ainsi, mais que les faits étaient très clairs : il y avait d'un côté le livre et de l'autre le procès. J'ai de nouveau évoqué les jésuites, qui n'avaient pas une seule fois été mentionnés au procès, en tout cas pas comme il me l'avait dit.

– Ou peut-être que si ? ai-je soufflé. Anzola a-t-il présenté une preuve contre les jésuites pendant le procès ?

– Non, a-t-il répondu d'une toute petite voix.

– Alors ?

– Alors ils ont gagné.

– Pardon ?

– Vous réagissez comme l'a fait tout le pays pendant un siècle, Vásquez. Puisque Anzola a perdu, puisqu'il n'y a pas eu de preuves contre les personnes qu'il accusait, c'est qu'il n'a proféré que des mensonges. Sa vérité est infime, mon ami, parce que la vérité des tribunaux est parfois différente de celle de la vie. Vous affirmez qu'Anzola n'a rien pu prouver pendant le procès et vous en déduisez que de ce fait, le livre est un tissu de mensonges. Mais vous êtes-vous interrogé sur le pourquoi de son incapacité à apporter des preuves ? N'est-il pas évident que le procès était truqué pour qu'Anzola ne parvienne pas à démontrer quoi que ce soit ? N'est-il pas évident qu'on l'a réduit au silence d'une manière très subtile qui avait toute l'apparence de la légalité ?

– Absolument pas, Carlos, on l'a au contraire laissé s'exprimer comme il l'entendait et convoquer tous les témoins qu'il avait envie de produire. Il n'a pas été réduit au silence.

– Je ne sais pas si vous vous en rendez compte, mais vous tenez les mêmes propos que l'article d'*El Tiempo*.

– Je le sais, et permettez-moi de vous dire que ce journaliste avait raison. J'ignore qui il était et je trouve dommage qu'il n'ait pas signé de son nom, parce qu'il avait raison de dire qu'Anzola n'a pas été fichu d'étayer ses accusations contre Acosta et Correal. Il avait également raison quand il a écrit qu'éveiller les soupçons, c'est très facile, encore faut-il les prouver. Pourquoi Anzola a-t-il refusé de révéler l'identité de l'homme en haut-de-forme ? Vous croyez vraiment qu'il la connaissait, Carlos ? Et si oui, pourquoi ne pas donner son nom devant tout le monde ? Vous ne pensez pas qu'il s'est tu parce qu'il ne savait rien ? Franchement, Carlos, vous ne pensez pas qu'Anzola bluffait ?

– Non, ce n'est pas ça. Il ne s'agissait pas d'une partie de poker.

– Il ne fournit aucune explication sur les publications des jésuites, ne s'attarde pas non plus sur les sociétés où on était censé tirer un assassin au sort. Qui peut y croire ? Honnêtement, Carlos, qui étaient le fameux Ariston Men Hydor et le Paysan qui écrivaient contre le général Uribe ? À l'époque, Bogotá n'était pas une ville de plusieurs millions d'habitants, mais un village. Je suppose que personne n'y gardait l'anonymat bien longtemps. Alors pourquoi Anzola ne peut-il rien prouver contre deux journalistes fanatiques qui s'abritaient derrière un pseudonyme, deux calomniateurs fous comme on en trouve aujourd'hui sur les réseaux sociaux ? Tout simplement parce qu'ils n'étaient que deux fanatiques, deux calomniateurs fous à lier. Quant aux sociétés, était-ce vrai ? Existait-il réellement des associations financées par des personnes influentes qui tiraient des meurtriers au sort et les chargeaient de tuer les gêneurs ? Anzola a-t-il là encore apporté la preuve de ce qu'il avançait ?

– Ils ont gagné, a murmuré Carlos.

C'est du moins ce qu'il m'a semblé entendre.

– Je ne sais pas qui ils sont. Le problème n'est pas qu'ils aient gagné, mais que c'est la vérité dont nous disposons aujourd'hui. Nous manquons de preuves pour la changer.

Carballo ne disait rien. Il a posé les pieds sur le canapé et s'est recroquevillé comme un chiot effarouché. Puis il a pris la parole d'une voix où vibraient les accents de la défaite et de l'obstination. Il évitait de me regarder et donnait l'impression de penser à voix haute, mais ce n'était qu'une impression, car il s'adressait bien à moi et à personne d'autre.

– Il y a d'autres vérités, Vásquez, qui ne sont pas publiées dans les journaux. Qu'on n'en soit pas informés ne les rend pas moins vraies. Elles sont peut-être survenues dans un endroit bizarre, inaccessible aux journalistes et aux historiens. Que fait-on de ces vérités-là ?

Où leur ménage-t-on un espace pour qu'elles puissent exister ? On les laisse pourrir dans les limbes, uniquement parce qu'elles n'ont pas été révélées correctement ou que des forces qui les dépassaient les ont enfouies. Certaines vérités sont infimes, Vásquez, fragiles comme un bébé prématuré. Elles ne sont pas vérifiables dans le monde des faits avérés, des journaux et des livres d'histoire. Et pourtant elles sont là, même si on les a laminées au cours d'un procès ou si elles ont disparu de la mémoire collective. Vous préférez croire que l'histoire officielle est la seule version possible ? Je vous en prie, ne soyez pas naïf. Ce que vous qualifiez d'Histoire est ni plus ni moins le récit qui l'a emporté. Quelqu'un s'est arrangé pour qu'il prime sur les autres, et c'est pour ça qu'on y croit. On y croit parce qu'il est écrit et ne s'est pas égaré dans le puits sans fond des mots qu'on se contente de prononcer ou, pire, qu'on pense sans jamais les dire. Arrivent le journaliste d'*El Tiempo*, l'historien du vingtième siècle qui couchent sur le papier des textes traitant du meurtre d'Uribe, du jour où l'homme a marché sur la Lune ou de quoi que ce soit d'autre : la bombe atomique, la guerre civile espagnole ou l'indépendance du Panamá. Ces faits n'ont valeur de vérité que *parce qu'ils sont survenus dans un endroit où le récit était possible et que quelqu'un l'a raconté avec des mots concrets*. Comme je l'ai déjà dit, certaines vérités ne se déroulent pas dans un endroit précis, personne ne les a écrites car elles étaient invisibles. Des millions de choses se passent dans des lieux particuliers. Au risque de me répéter, je vous dirais, Vásquez, que ces lieux ne sont pas à la portée de l'historien ou du journaliste. Personne ne les a inventés, ils n'ont rien à voir avec la fiction, mais sont au contraire bien réels, aussi réels que ceux retracés dans les journaux. Sauf qu'ils ne survivent pas. Ils flottent sans que personne les relate. Je trouve ça injuste. Injuste et triste.

Carballo a alors commencé à me parler de son père. Sans faire de simagrées ni commettre d'excès de sentimentalisme, avec peut-être une pointe de mélancolie, il m'a raconté sans marquer d'hésitations une histoire complexe qui m'a incité à penser que soit il était rompu à ce récit, soit il avait attendu toute sa vie pour le confier à quelqu'un. J'ai opté pour la seconde hypothèse, et il s'est avéré que j'avais raison.

J'ai corrigé les rares phrases où la mémoire prodigieuse de Carballo lui a fait défaut ou lorsqu'il a confondu certains faits. J'ai complété son récit avec les informations nécessaires, pour qu'on le comprenne mieux et qu'on l'apprécie davantage. En dehors de cela, j'ai essayé de garder à l'esprit que j'effectuais un travail de notaire, car il est peu probable qu'au cours de ma vie, on me révèle une histoire similaire. À la fois très ardue et très simple, ma tâche est de lui rendre justice ou en tout cas de ne pas déformer ses propos.

L'histoire est celle qui suit.

* * *

César Carballo naquit dans une maison du quartier de la Perseverancia, à l'est de Bogotá, à une douzaine de pâtés de maisons au nord de la rue où son fils aurait son appartement (et me raconterait sa vie) des années plus tard. En 1924, sa mère, Rosa María Peña, lavait le linge des familles fortunées chez qui elle se rendait en descendant la colline et en traversant la Carrera Séptima, puis la voie de chemin de fer vers le nord : un secteur de la ville que, par temps clair, le matin, elle voyait depuis les terrasses de sa rue, quand elle bavardait avec ses voisines ou qu'elle les aidait à étendre le linge humide sur des cordes qui imprimaient de légères bosselures dans les tissus les plus fins. Le père de César était le seul cordonnier de ce quartier peuplé essentiellement d'artisans : mécaniciens, maçons et menuisiers. Encore adolescent, Benjamín Carballo avait appris le métier à l'atelier de don Alcides Malagón, un vieil homme qui semblait avoir vu le jour en même temps que la ville et donnait l'impression qu'il allait mourir avec elle. Quand il trépassa, Benjamín avait vingt-deux ans, une femme enceinte et du bon sens à revendre, de sorte qu'il reprit la cordonnerie sans se poser trop de questions. Il s'en réjouit par la suite, car au fil des années, fabriquer des souliers lui apparut comme un art véritable, et il estimait que sculpter une statue n'était pas plus digne qu'élaborer des chaussures sur mesure. Il fallait explorer les irrégularités du pied, faire un moule en plâtre net et précis, concevoir une forme en y reproduisant les particularités du modèle vivant – parce qu'il n'y a pas deux pieds identiques –, sécher le cuir sur le moule afin d'exploiter au mieux le précieux rapport entre la forme moulée et l'anatomie du client. Il avait passé toute sa vie à apprendre son métier et espérait que son fils César lui succéderait.

Il avait de bonnes raisons de le souhaiter : César maniait l'équerre et la règle courbe en vrai professionnel, et dès l'âge de dix ans, il traçait des patrons parfaits. Le problème – pour son père, qui aurait aimé qu'il l'assiste huit heures par jour –, c'est qu'il était par ailleurs un élève brillant. Il fréquentait une école au toit défectueux, où les cours étaient annulés les jours de pluie. Les cahiers y manquaient et les livres y faisaient figure d'articles de luxe, mais l'institutrice qui régentait les lieux avait une vocation inébranlable et s'était vite rendu compte des aptitudes du garçon. Consciente de l'avenir réservé à César dans ce quartier, elle convainquit Rosa María de lui permettre de finir sa scolarité bien avant que cette dernière songe à lui faire arrêter l'école pour aider sa famille. À douze ans, le fils du cordonnier connaissait par cœur non pas un, mais tous les poèmes pour enfants de Rafael Pombo, qui l'ennuyaient déjà au point qu'il avait remplacé certains mots par des obscénités. Rosa María écouta la maîtresse. César évoquait toujours les privations endurées par ses parents pour que ni lui ni son frère cadet n'abandonnent les études. C'est là, dans cette salle de classe au sol de terre battue, qu'il vit pour la première fois Jorge Eliécer Gaitán.

À l'époque, Gaitán n'était maire de Bogotá que depuis quelques mois, mais il avait déjà fait le tour de la ville pour voir et se faire voir, entretenir son image d'homme du peuple. À trente-trois ans, il avait un extraordinaire appétit de pouvoir et un curriculum impressionnant : d'origine modeste, fils d'une institutrice et d'un vendeur de livres d'occasion, il avait passé quinze années de sa vie à agiter le monde politique avec ses discours. Depuis Rafael Uribe Uribe, jamais on n'avait entendu quelqu'un manier l'art oratoire de façon aussi virulente. À dix-huit ans, dans un discours embrasé, il avait soutenu un candidat libéral et un de ses ennemis perdu dans la foule lui avait tiré dessus ; il gesticulait et la balle était passée sous son bras. Il conserva la veste portant la trace de la balle et l'offrit à son champion. À Rome, pendant qu'il travaillait à sa thèse de doctorat sous la direction d'Enrico Ferri, il avait découvert, admiré et étudié la manière dont Mussolini s'y prenait pour hypnotiser des milliers de personnes. Doté d'un talent inné pour l'improvisation, il apprit à gérer magistralement les pauses et les silences et inventa une mystérieuse alchimie entre la langue de la rue et des phrases pleines d'exaltation, devenant un orateur capable d'en découdre publiquement avec tous ses opposants, car les politiciens colombiens, persuadés qu'il fallait intimider les auditeurs plutôt que les séduire, commençaient toujours leurs discours en mentionnant Pallas Athéna, Cicéron ou Démosthène. Puis Gaitán arrivait, prononçait des phrases incisives avec une précision d'archer et changeait radicalement la donne. Il était en transe, le public tout entier paraissait prêt à le suivre dans tout ce qu'il disait, peu importait quoi, l'essentiel était que ce soit lui qui le dise, il produisait cet effet sur ses auditeurs, des hommes aux chapeaux usés qui sentaient la sueur rance. Il était un des leurs, mais personne (et surtout pas leurs semblables) ne s'était jamais adressé à eux de la sorte. Fort de cette rhétorique puissante, il avait organisé au Congrès un des débats les plus durs qu'un président colombien ait entendus. En 1928, après une grève avortée, l'armée avait exécuté un nombre indéterminé ou secret d'ouvriers des plantations bananières de la côte Caraïbe. Gaitán dénonça ce massacre que tous connaissaient en le présentant comme s'il venait d'avoir lieu, si bien que le pays eut l'impression de le découvrir. Quelqu'un raconta par la suite que cet orateur aux traits indiens et aux cheveux gominés, dont les membres du Congrès issus de la bourgeoisie se moquaient, avait captivé l'assistance avec un discours émouvant conclu sur un coup de théâtre : il avait montré dans l'hémicycle le crâne nu d'une des victimes du massacre des bananeraies, celui d'un enfant.

Sept ans plus tard, l'agitateur devenu maire fit une visite dans une école publique. Le quartier de la Perseverancia avait été entièrement bloqué pour l'occasion. On le vit arriver à pied, vêtu d'un costume croisé et coiffé d'un feutre, et monter d'un bon pas les rues poussiéreuses depuis la Carrera Quinta, sans transpirer ni s'agiter, entouré d'une escorte qui se confondit bientôt avec les curieux et les nécessiteux. On l'entendit féliciter l'institutrice pour son travail, rappeler aux badauds attroupés que sa mère était maîtresse d'école, ajouter qu'il n'y avait pas au monde plus belle et plus noble profession. Il promit la création de cantines scolaires, car les enfants apprennent mieux le ventre plein, demanda à un élève pourquoi il était pieds nus, assura à la population que les chaussures pour les élèves de l'école publique seraient désormais gratuites et obligatoires. Benjamín Carballo assista à ce discours improvisé. C'était la première fois qu'un homme politique parlait de souliers devant lui. Il passa le reste du jour, de la semaine et du mois à rappeler comment son fils César avait interrompu le maire pour lui faire une proposition de sa voix d'adolescent en pleine mue : « Mon père pourra les fabriquer ! » Gaitán avait souri en silence. Après la visite, il croisa le gamin devant la porte de l'école. « Tiens, voilà le fiston du cordonnier ! » s'exclama-t-il sans le regarder, puis il reprit sa descente vers le centre de la ville.

César Carballo racontait qu'à compter de cet instant il était devenu partisan du leader libéral. Il se projetait en Gaitán comme dans un miroir ; au fil des ans, il en fit son modèle, le patron sur lequel tracer sa ligne de vie. Si un homme de Las Cruces, un quartier guère différent de la Perseverancia, avait pu être député et maire, pourquoi César n'emprunterait-il pas une voie similaire à force de discipline et d'études ? César Carballo voulait comme Gaitán s'inscrire en droit à l'Université nationale, mais à la fin du secondaire il dut affronter la triste réalité : sa famille n'avait pas assez d'argent. Il était âgé de seize ans. En janvier 1941, moins d'un an après que Gaitán avait été nommé ministre de l'Éducation, il s'éveilla aux aurores, passa une chemise propre et se rendit à pied au siège du ministère, à l'angle de la Carrera Sexta et de la rue 10. Il demanda à voir Gaitán, on lui répondit qu'il n'était pas là. Il revint une heure plus tard et reposa la question, mais on lui fit la même réponse. Il regarda autour de lui – trois enfants et leurs mères, un jeune homme avec des livres sous le bras, un homme mûr qui portait des lunettes et s'appuyait sur une canne – et s'aperçut qu'il n'était pas le seul à vouloir voir le ministre dans l'intention évidente d'obtenir une faveur de sa part. Il suivit alors son intuition, fit le tour du pâté de maisons et se posta devant la porte arrière du bâtiment, pensant que lorsqu'il sortirait, Gaitán le ferait par cette porte dérobée afin de ne pas être assailli par de nombreuses requêtes. Sur le coup de 13 heures, il le vit en effet quitter les lieux par l'arrière de l'immeuble et s'approcha de lui : « Je suis le fiston du cordonnier », annonça-t-il.

Il ajouta avec précipitation qu'il souhaitait entrer à l'université, avait besoin d'une bourse et avait entendu dire qu'en tant que ministre de l'Éducation, Gaitán pouvait la lui accorder.

Deux hommes élégamment vêtus accompagnaient le ministre ; César décela une expression moqueuse sur leurs visages et songea qu'il était en train de perdre son temps.

« Je suis libéral », affirma-t-il sans trop savoir si cela lui serait utile.

Gaitán observa les deux hommes, puis se tourna vers lui :

« Peu importe. La faim, de même que l'envie de réussir, n'est ni libérale ni conservatrice. Revenez demain et nous verrons ce que nous pouvons faire pour vous », lui conseilla-t-il après avoir consulté sa montre.

César obtempéra. Gaitán le reçut dans son bureau, lui servit un café et le traita comme un fils. C'est du moins ce que raconta César toute sa vie durant. Il disait aussi qu'il avait vu son diplôme d'avocat de l'Université nationale et qu'il avait été impressionné en pensant qu'un jour il le décrocherait lui aussi ; mais parmi tous les cadres qui ornaient les murs, c'est une photographie de Gaitán qui attira le plus son attention. Sur le cliché, le leader âgé de vingt-cinq ans posait à côté de son maître, le grand pénaliste Enrico Ferri. L'image était dédicacée de la main de Ferri à son disciple, qui avait écrit à Rome une thèse admirable qui lui valut les compliments du jury. César lui demanda quel en était le sujet, Gaitán le lui résuma en trois phrases dont la signification lui échappa. Évidemment, un petit artisan qui n'avait pas encore atteint sa majorité ne risquait pas de comprendre la notion de préméditation, et encore moins comment celle-ci peut être rattachée aux circonstances atténuantes d'une peine, mais les phrases de Gaitán agirent sur lui à la manière d'un sortilège, et le fait que le grand homme ait cherché à les lui expliquer l'aida à surmonter la déception qui l'attendait : il n'y avait plus de bourses. Gaitán ne ménagea cependant pas ses efforts : il appela son secrétaire, lui demanda si les délais étaient dépassés. L'assistant lui signifia que pour l'obtention des bourses, c'était en effet trop tard. César entendit ensuite le leader chercher à savoir si, par hasard, un des boursiers ne s'était pas désisté, auquel cas il pourrait accorder l'aide de l'État au garçon qui se tenait devant lui, mais on l'informa que cette année, toutes les bourses avaient été attribuées.

« Vous voyez, jeune homme, c'est peine perdue et je le regrette beaucoup. Si vous revenez dans un an dans les délais impartis, je me chargerai moi-même de vous donner cette bourse. »

C'était compter sans le destin, qui conspira contre l'adolescent. Quand Gaitán, cinq semaines après l'avoir reçu, quitta précipitamment le ministère de l'Éducation, César n'y vit qu'un obstacle à contourner et alla même jusqu'à se dire que sa vie n'avait jamais été simple, et qu'avec ou sans l'appui d'un politicien, il aurait cette bourse. Il lui suffirait d'envoyer son dossier au mois de novembre et l'année suivante, il commencerait une nouvelle existence. Mais il ne présenta jamais sa candidature, car peu avant de fêter ses dix-sept ans, il découvrit son père allongé sur le sol de son atelier, au milieu de feuilles de papier griffonnées, son mètre ruban autour du cou. Il venait de prendre les mesures d'un client et faisait des calculs pour le patron. Quand l'infarctus l'avait terrassé, le client était déjà parti, mais tout le monde tomba d'accord sur le fait qu'il n'aurait pas pu faire grand-chose. César Carballo hérita de la cordonnerie et dut bien entendu subvenir aux besoins de son frère cadet, une responsabilité qui lui prenait tout son temps et presque toute son attention. Le projet d'étudier à l'université était désormais inenvisageable. Il renonça donc à ses illusions, qu'il remisa au plus profond de sa conscience, et se consacra aux équerres, aux moules et à la découpe du cuir qu'il achetait à un bourrelier de la rue 8, en dessous de l'observatoire. Les années suivantes, il ne sortit guère de l'atelier de son père.

Son existence aurait pu être triste, mais César Carballo n'avait pas le temps de songer à ce genre de choses. Il s'arrangea en outre pour ne pas tomber dans la victimisation. Quand il avait l'occasion de fermer l'atelier à 17 heures et non à 18 heures, il se rendait dans les cafés de l'avenue Jiménez, lisait la presse et écoutait les étudiants en droit et en médecine parler politique comme s'il n'existait rien d'autre au monde. Dans ces moments-là, il se sentait vivant. Il passait le plus clair de son temps à l'atelier, mais un des rares avantages de son jeune âge, pas encore vingt ans, tenait à sa condition de célibataire et à la liberté qui en découlait. Personne ne l'attendait, aucune femme ne lui reprochait ses absences, son odeur de cigarette ou les trop nombreuses bières qu'il s'autorisait une ou deux fois par mois, quand les finances le permettaient. Dans les cafés, il mettait la main aux fesses des serveuses qui ripostaient en le giflant, s'arrêtait parfois des heures devant les joueurs de dominos et suivait leurs parties. Ils le toléraient tant qu'il ne menaçait pas de renverser les pièces. Au Molino, il observait de loin les plumes célèbres et découvrit que les figures peintes sur les murs étaient les personnages du *Quichotte*. Il écoutait les écrivains parler de ce roman à des étudiants aux yeux écarquillés, mais s'aperçut que tout cela ne l'intéressait pas. Le *Quichotte* n'y était pour rien : les histoires inventées le laissaient froid, de même que la poésie qu'on récitait fréquemment autour des tables bohèmes du café Automático, sous la caricature que quelqu'un avait faite du poète León de Greiff. Mais à force de les écouter, il parvenait à en identifier quelques bribes, et pour séduire une jeune fille et la mettre dans son lit, il lui arrivait de déclamer quelques vers qui ne le quittèrent plus :

Cette rose fut témoin
De ce qui ne pouvait qu'être amour,
Ou alors, c'est qu'aucun amour ne saurait exister.
Cette rose fut témoin
Du jour où tu t'es abandonnée à moi !

Seule la politique le captivait. Les mois passant, il proposa à quelques amis du quartier de l'accompagner dans ses bordées et, parfois, des hommes plus âgés que lui, des artisans d'une trentaine ou d'une quarantaine d'années (mécaniciens, ouvriers, menuisiers), se joignaient à eux. Ils fréquentaient les cafés les plus en vue pour, selon leurs propos, prendre la température du pays.

C'est ainsi qu'il apprit que le pays était en ébullition. La guerre en Europe touchait la Colombie. Ils ne s'inquiétaient pas tant du prix excessivement bas du café ou de la rareté des matériaux – qui nuisait au secteur du bâtiment et par conséquent à eux, les ouvriers – que de l'attitude des conservateurs, qui se réjouissaient du triomphe du fascisme et se plaignaient qu'en soutenant les États-Unis, le gouvernement libéral ait misé sur le mauvais cheval. Tous croyaient que l'Allemagne gagnerait la guerre, convaincus que cela bénéficierait au pays, car tous étaient franquistes, par conviction ou contagion, et la victoire de l'Axe serait celle de Franco, qui deviendrait à son tour celle de l'aile dure du parti conservateur. Pour César Carballo et ses collègues de la Perseverancia, ces gens-là constituaient l'ennemi. Il fallait lutter contre eux, car un triomphe des conservateurs en Colombie équivaudrait non seulement à un retour des moments sombres du passé, mais également à l'invasion des fascismes européens.

C'est alors que, comme une mauvaise rumeur, une série d'idées neuves circula dans les quartiers modestes de Bogotá. Jorge Eliécer Gaitán sillonnait le pays pour y faire des discours que la presse passait sous silence mais qui se transmettaient de bouche en bouche à la manière d'un évangile secret. Il tenait des propos étranges et disait par exemple que la faim n'est ni libérale ni conservatrice, de même que le paludisme ; qu'il y avait un pays national, celui du peuple, et un pays politique, celui de la classe dirigeante ; que l'ennemi commun de tous, l'artisan des injustices et des désastres qui oppressaient les travailleurs colombiens, était un serpent à deux têtes : le premier s'appelait Oligarchie, l'autre Impérialisme. En février 1944, quand Gaitán rassembla ses partisans les plus fervents au bar Cecilia et lança officiellement sa campagne pour les élections de 1946, César Carballo et ses camarades de la Perseverancia étaient au premier rang et buvaient les paroles du leader en se promettant qu'ils feraient n'importe quoi et qu'ils étaient prêts à donner leur vie pour que Gaitán occupe le fauteuil présidentiel.

César commença à organiser ses semaines pour se libérer et assister aux Vendredis Culturels, au Théâtre municipal, où Gaitán prononçait des discours debout, sans pouvoir poser ses mains nulle part, devant un microphone carré qui permettait de diffuser en direct ses paroles à la radio. Il levait le poing, emplissant l'air d'une électricité que personne n'avait encore sentie jusqu'alors. César ne vivait que pour entendre ces discours ; quand il n'était pas à l'atelier ou occupé à former le fils de ses voisins, qui travaillait à son service, il pensait à ce que Gaitán avait dit le vendredi passé et imaginait ce qu'il dirait la semaine suivante. Quand le grand jour arrivait, il s'acheminait dès 15 heures vers le centre de la ville afin de ne pas rester à l'extérieur du théâtre, et faisait la queue pendant quatre heures en attendant que les portes s'ouvrent. C'était du temps oisif volé à ses obligations à l'atelier, sa mère le lui reprochait.

« Je sais bien que tu vas écouter le Chef et je sais que c'est important, mais pourquoi y aller si tôt et tout laisser en plan ? Tu as quand même un commerce à gérer, et puis, à la maison, on a une radio, mon garçon. Que dirait ton père s'il était encore de ce monde ? »

Comment expliquer à sa mère ce qu'il éprouvait en présence de Gaitán ? Il ne pouvait pas le lui révéler, aussi se contentait-il de lui répondre :

« Si je ne descends pas maintenant, je n'aurai pas de place, maman. »

C'était vrai : le Théâtre municipal était comble, les partisans du leader libéral occupaient toutes les chaises de l'orchestre et du balcon, mais également le moindre espace libre entre les rangées de fauteuils. Pour rien au monde César n'aurait renoncé à profiter de la mystérieuse solidarité qui les unissait, sans compter que s'il restait devant la porte, il risquait de rater un événement exceptionnel, comme le jour où les haut-parleurs ne fonctionnaient pas et où Gaitán, d'un geste à la fois impatient et irrité, avait repoussé le micro et pris une longue inspiration avant de se lancer dans une harangue de quarante minutes, qu'il déclama à pleins poumons grâce à l'impressionnante puissance de sa gorge, dans une diction si nette que les malheureux assis au dernier rang n'en perdirent pas une miette.

Ce qui survenait après les discours avait aussi son importance. Le moment magique passé, quand ils se retrouvaient sur les trottoirs bondés de la Carrera Séptima, les camarades de la Perseverancia allaient dans les cafés du centre pour discuter de ce qu'ils venaient d'entendre. Ils ne pouvaient pas tous se le permettre, car beaucoup commençaient leur journée de travail dès les premières lueurs du jour, et d'autres ne poussaient pas leur désir de se politiser aussi loin. Mais Carballo était toujours de la partie ; il marchait dans les rues nocturnes et déjà froides, entouré d'hommes aussi jeunes que lui, en compagnie desquels il se sentait invulnérable. La police ne les importunait pas, car à l'époque la plupart des agents étaient libéraux, voire partisans secrets de Gaitán. Il arrivait que le ton monte avec un conservateur dédaigneux, ce qui donna à Carballo l'occasion de se rendre compte qu'il pouvait se montrer étonnamment courageux. Ils s'engouffraient ensuite dans les cafés ou les *chicherías* comme s'ils prenaient possession des lieux, même si tous savaient sans le dire qu'ils n'auraient jamais affiché ce genre d'attitude devant celui qu'ils surnommaient le Chef. Gaitán leur avait procuré une fierté nouvelle qui les autorisait à penser que cette ville au service de laquelle ils avaient travaillé pendant des générations était aussi la leur. Au cours de ces longues soirées à s'abreuver de bière et d'eau-de-vie à l'Inca, au Gato Negro, au bar Cecilia ou au Puerto Colombia, ils avaient pendant quelques heures le sentiment que c'était vrai, ou qu'ils vivaient dans une cité parallèle, imaginaire, qui appartenait à tous ses habitants. César Carballo reçut en ce temps-là une véritable éducation sentimentale. Maintenant, alors que j'essaie de recomposer ces journées, il me serait difficile de mépriser ces beuveries que je ne qualifie de « réunions » que parce que ceux qui y prenaient part les appelaient ainsi.

Ces discussions chaotiques dont les participants du début n'étaient jamais ceux de la fin pouvaient se poursuivre jusqu'à 2 ou 3 heures du matin et se conclure sur des cris, des tables renversées par des jeunes gens ivres et maladroits. À l'époque, les partisans de Gaitán s'organisaient de mieux en mieux : la ville fut divisée en quartiers, puis les quartiers en secteurs et les secteurs en comités. Aux réunions dans les cafés et les *chicherías* auxquelles assistaient les jeunes gens du comité de la Perseverancia se joignaient dans la nuit d'autres comités, essentiellement de quartiers voisins et parfois de lieux plus éloignés : il y avait là des hommes de tous âges qui, comme Carballo, considéraient que la soirée du Vendredi Culturel n'était pas finie lorsque le leader s'écartait du micro et quittait le Théâtre municipal dans sa voiture élégante. Certains soirs, des membres de la bohème venaient également s'y perdre : poètes, romanciers, caricaturistes, journalistes de *La Jornada*, reporters de faits divers flanqués de leurs photographes, qui achevaient de couvrir un crime sanglant et dont les yeux las avaient vu tout ce qu'il y avait à voir de méchanceté humaine. Il y avait surtout des étudiants de l'Université nationale ou de l'Université libre, ou encore des bourgeois rebelles du Rosario qui surgissaient sur le coup de minuit, après avoir potassé leur droit ou leur médecine dans d'autres cafés ou s'être rendus dans d'autres réunions où on parlait de Franco, Mussolini, Staline, Roosevelt, Churchill et Hitler, ou qui revenaient en groupe d'un bordel après avoir cherché à obtenir des rabais insultants dans un endroit où on crevait déjà de faim.

César Carballo éprouva une sympathie immédiate pour eux, même s'ils représentaient tout ce qui lui avait été refusé. Il les voyait arriver, vociférants et satisfaits, gonflés d'enthousiasme politique et pleins d'envies confuses de changer le monde depuis leurs tables de café (alors aussi grandes que l'univers), ils agitaient les mains comme des possédés et s'échangeaient des livres au milieu des bouteilles vides. Ils étaient pour la plupart libéraux, car les comités gaitanistes se gardaient bien de fréquenter les cafés où se rassemblaient les partisans de l'autre camp, mais on comptait aussi parmi eux des communistes de fraîche date qui apportaient toujours de petits carnets marxistes achetés à bas prix dans les librairies de Bogotá, et même un petit groupe de trois ou quatre anarchistes mélancoliques – tous vêtus de noir, ils ressemblaient à des chats errants – qui occupaient une table dans un angle du café La Gran Vía et restaient là des heures sans adresser la parole à quiconque. Carballo sortait de réunion la tête fourmillante d'idées, avec des documents qui lui brûlaient les mains. Il notait ensuite dans les livres de comptes de la cordonnerie des titres d'ouvrages qu'il avait pu retenir. Pendant ces années, il dévora de manière boulimique des livres prêtés, volés ou achetés d'occasion. Il les maniait avec une déférence superstitieuse : les livres avaient sauvé Gaitán et le sauveraient peut-être lui aussi. Comme Gaitán, il avait eu une existence faite de privations, sans trop de perspectives ni de chance. Les livres – ceux qu'il connaissait et finissait par lire dans les cafés et lors des réunions grâce à des étudiants plus fortunés que lui – avaient valeur d'échappatoire.

Les années suivantes, le gaitanisme s'organisa à la vitesse d'une conspiration. Même sans se l'avouer, le comité de la Perseverancia devait beaucoup à la fougue du fils du cordonnier, le plus actif de ses membres. Chez lui, quand sa mère dormait et qu'il avait terminé les ouvrages en retard, il collait des affiches dans son quartier et dans les environs. De temps en temps, des altercations plus ou moins violentes se produisaient entre les propriétaires des maisons qui ne voulaient pas d'affiches sur leurs murs ni sur les poteaux de leur rue. César prit l'habitude de se faire accompagner par les voyous les plus connus, des hommes de main ou d'anciens détenus, et les remontrances des habitants s'évanouirent comme par magie. Les rues de la Perseverancia se couvrirent de papiers jaunis qu'il rédigeait bien souvent lui-même et qui annonçaient le prochain discours de Gaitán au Théâtre municipal (« Venez en famille », disait le texte) ou la visite du Chef dans un quartier conservateur (ses partisans l'y suivaient, ne serait-ce que pour que les habitants sachent que le grand homme ne restait jamais sans protection). Le comité reçut ou s'attribua un surnom ronflant, les Poussiéreux, parce qu'ils étaient toujours sales après avoir descendu la montagne pour se rendre dans le centre, puis ils apprirent qu'en dehors de la Perseverancia, on les appelait les Rouges. Les réunions se tenaient à chaque fois dans une maison différente dont les occupants se disputaient l'honneur de recevoir les gaitanistes ; dans des cuisines miteuses et froides qui sentaient le Butane, on faisait passer un chapeau pour que le public laisse tomber une pièce de monnaie dans le fond taché de sueur. Les libéraux étaient alors divisés, avec d'un côté Gabriel Turbay, issu d'une famille de politiciens, et de l'autre le Chef. Un soir, au cours d'une réunion, César suggéra de parcourir la Carrera Séptima avec des escabeaux et des bombes fumigènes remplies d'oxyde de fer, et de s'arrêter à chaque poteau pour asperger les luxueuses bannières en tissu du candidat

Turbay. Le lendemain, tout Bogotá remarqua qu'elles étaient réduites en lambeaux. L'opération eut un succès retentissant. César Carballo n'avait pas vingt-deux ans mais il était déjà l'un des hommes les plus respectés du comité. Il renforçait sa position dans son quartier tandis que le gaitanisme asseyait la sienne dans le pays. À la même période, sous le mandat du président Ospina, qui venait d'être élu, la violence dans les campagnes s'intensifia.

Des rumeurs à peine croyables circulaient. À Bogotá, on commençait à parler des excès de la police conservatrice, qui harcelait et persécutait les libéraux et leurs familles comme on ne l'avait plus vu faire depuis la guerre de 1899. Un jour, on apprenait qu'un jeune libéral, place de Tunja, avait été dépecé à coups de machette pour ne pas avoir acclamé le président ; un autre jour, on racontait qu'un groupe de policiers de Guatavita s'était posté devant la maison d'un libéral au milieu de la nuit pour tuer par balle ses sept occupants et mettre le feu aux meubles. Un enfant de huit ans avait réussi à s'échapper par la porte de la cuisine, ils le retrouvèrent dans un fossé, au bord d'un camp, lui tranchèrent la main droite et le laissèrent se vider de son sang, mais le gamin survécut et dénonça les faits. Des victimes du même type d'atrocités rapportaient des histoires similaires dans toute la Colombie. Le gouvernement ne semblait cependant pas trop s'inquiéter : il s'agissait de cas isolés, disaient ses porte-parole, la police se contentait de répondre aux provocations. Mais les libéraux de Bogotá, eux, et en particulier les partisans de Gaitán, étaient préoccupés. S'il n'avait pas traversé une phase d'incertitude, Carballo l'aurait été également. Un vendredi de décembre, sur le coup de 15 heures, il s'apprêtait à fermer la cordonnerie pour se rendre au Théâtre municipal quand il s'aperçut que quelqu'un l'attendait. C'était Amalita Ricaurte, la fille de don Hernán, un mécanicien respecté et aimé de tout le monde au bras droit marqué d'une honorable cicatrice, la trace d'un coup de machette porté par un conservateur. Quatre réunions avaient déjà eu lieu dans son atelier, un garage à l'arrière du Panóptico, l'ancienne prison de la ville. Amalita salua Carballo en gardant ses distances, comme un animal craintif, puis se mit à marcher à ses côtés sans même lui demander où il allait. Elle l'accompagna en silence sur environ trois cents mètres, et ce n'est que lorsqu'il arriva à l'angle de la Carrera Séptima et de la rue 26 qu'elle lui avoua dans un filet de voix, les yeux rivés au sol, qu'elle était enceinte de lui.

C'était la conséquence d'une rencontre fortuite, un piège du sang qui, à compter de ce jour, devint une réalité permanente. Amalita, petite femme mince aux grands yeux et à la chevelure d'un noir de jais, avait trois ans de plus que César et commençait à se dire qu'elle finirait vieille fille. Elle assistait régulièrement aux discours des Vendredis Culturels, moins par ferveur à l'égard de Gaitán que pour obéir à son père. Au cours de ces soirées, elle s'était peu à peu rapprochée de Carballo, dans les coulisses de l'activisme politique où son père retrouvait ce petit jeune homme à la voix puissante qui avait déjà toute une famille à sa charge. Des années plus tard, elle raconta cet épisode à son fils unique, évoqua un coup de foudre et préféra enjoliver leur rencontre secrète et furtive en la parant de termes grandiloquents, comme *inévitable* et *destin*, de sorte qu'il est impossible de savoir comment se sont déroulés les faits. On ne connaît d'eux que le récit que se plaisait à en donner la seule femme à même de les relater. Quoi qu'il en soit, au début de l'année 1947, Amalita s'était installée dans la chambre de César, rendait chaque matin ce qu'elle avait dans le ventre et retrouvait dans la cuisine la mère du jeune cordonnier, qui lui préparait un bouillon infâme et lui lançait des regards peu amicaux, l'accusait de lui avoir volé son fils, de s'être introduite dans sa famille et de vouloir s'approprier le commerce de son défunt mari. Il y eut une cérémonie de mariage expresse mais heureuse dans une église du centre de Bogotá, suivie d'une fête où on servit de l'eau-de-vie et des *empanadas*. Ce soir-là, un verre vide à la main, don Hernán Ricaurte étreignit son tout nouveau gendre.

« Cet enfant va naître dans une Colombie meilleure, lui dit-il. Toi et moi nous y veillerons et mon petit-fils verra le jour dans un pays plus clément. »

En voyant son mari à moitié ivre acquiescer, Amalita prit conscience qu'elle aussi le pensait.

Ses mois de grossesse furent marqués par les réunions du comité de la Perseverancia, le plus fidèle du secteur, qui participa à l'organisation de manifestations et de discours à Bogotá et dans ses environs. Le père et le mari de la jeune femme s'y consacraient autant que les autres membres. Quand le Chef envisagea une grande marche avec des flambeaux, un spectacle qui couperait le souffle des plus sceptiques, personne ne s'étonna que le comité de la Perseverancia se voie confier la tâche de tout mettre sur pied. Amalita était alors enceinte de six ou sept mois. Elle endura sans aucune aide les difficultés qui consistent à porter un enfant dans un ventre fatigué, vit son mari récolter des fonds et aller de porte en porte pour quémander une pièce ou faire circuler un chapeau lors des réunions du comité, puis sillonner le quartier afin d'inciter les habitants à fabriquer les torches. César se rendit dans les ateliers du quartier, où il se procura de l'étoupe à bas prix, il inspectait les cours où on étendait le linge et en ressortait avec des manches à balai. Les menuisiers fournirent des pieds de chaises cassées, les mécaniciens du carburant qu'ils venaient d'acheter. Carballo obtint de l'huile de la compagnie des chemins de fer et donna les paquets de pointes de sa cordonnerie. Les gamins des rues lui apportèrent des couvercles de poubelles qui permettaient de maintenir l'étoupe sur le manche le temps que la colle sèche. En principe, chaque comité devait confectionner une quantité déterminée de torches destinées à être mises en vente au prix de deux pesos pour financer l'opération. La Perseverancia fabriqua à elle seule le plus grand nombre de torches, assez pour que chaque gaitaniste n'ait pas à se battre avec ses camarades pour se procurer sa flamme. Don Hernán Ricaurte leur causa une grande satisfaction lorsque, sous les yeux de tous, il serra son gendre dans ses bras et lâcha une banalité qui équivalait à une remise de médaille :

« Il est bien, ce garçon. »

Mais ni Amalita, ni son père ou son époux ne s'étaient vraiment posé la question de savoir pourquoi ils organisaient cette marche. Le Chef les avait sollicités, il n'en fallait pas davantage pour qu'ils s'exécutent.

On n'avait jamais rien vu de semblable dans la capitale colombienne.

Un soir de juillet, les habitants de la Perseverancia descendirent la colline jusqu'à la place San Agustín, où les rejoignirent d'autres torches venues d'autres quartiers : San Victorino, Las Cruces, la Concordia, San Diego. À 15 heures, la place était comble. Il faisait gris mais il ne pleuvait pas, et quelqu'un déclara qu'il en était ainsi parce que Dieu était gaitaniste. La marche débuta lentement, afin de renvoyer une image solennelle, mais aussi à cause de ses participants, qui ne pouvaient pas presser le pas sans se heurter les uns aux autres. À mesure que le soleil déclinait, les flambeaux s'allumaient çà et là, et César Carballo évoqua par la suite la chaleur soudaine qui s'était répandue dans le ventre de la bête. Quand la procession s'engagea dans la Carrera Séptima en direction du palais du gouvernement, le ciel était pourpre et l'obscurité avait englouti les collines orientales. Lorsqu'il fit totalement nuit, les lumières de la ville semblaient éteintes, à croire qu'elles étaient trop timides pour brûler. Comme l'avait demandé Gaitán, un fleuve de feu défilait dans Bogotá. Carballo marchait aux côtés de ses camarades, épaule contre épaule ; il transpirait et ses yeux étincelaient à la lueur des flammes, mais pour rien au monde il n'aurait quitté la place privilégiée qu'il occupait. Les visages de ses collèges étaient jaunes, lumineux, autour d'eux tout paraissait plongé dans la pénombre. La ligne d'horizon se confondait avec le ciel, des silhouettes se penchaient aux fenêtres, à la fois admiratives et effrayées, n'osant pas actionner les interrupteurs du salon ou des bureaux, comme si elles avaient honte d'exister à l'écart des manifestants, de ne pas participer à la marche ni de faire partie d'un peuple capable d'opérer un tel miracle. Quand ils furent parvenus à destination, César écouta le discours de Gaitán sans y comprendre grand-chose, car l'émotion qui l'avait submergé avait réduit son entendement à une aptitude superflue, inutile. Il rentra chez lui les vêtements imprégnés d'une odeur de fumée, le visage noir, mais heureux comme Amalita ne l'avait jamais vu et ne le reverrait sans doute jamais.

Le pays s'éveilla changé. Les libéraux issus de la haute société s'allièrent aux communistes pour dénoncer la marche de ce leader à la tête d'une armée fasciste, sans savoir que Gaitán leur aurait certainement donné raison en privé. Il avait assisté à l'entrée de Mussolini dans Rome et s'en était inspiré pour faire de cette marche un succès : à présent, on le craignait, tous avaient vu ce qu'il pouvait éveiller chez ses partisans et tous s'étaient demandé de quoi cet homme serait capable si jamais on lui ouvrait les portes du pouvoir. Une rumeur remonta aux oreilles de César, selon laquelle Gaitán, dans son bureau, avait félicité ses lieutenants :

« C'est très bien, mes petits fascistes. Qui faut-il remercier ? »

Quelqu'un avait alors mentionné Carballo. La rumeur s'arrêtait là : on avait juste prononcé son nom. Rien d'aussi important ne lui était jamais arrivé dans sa courte vie.

« On l'a fait, on l'a fait », disait-il à Amalita.

Il approcha son visage du ventre de sa femme et répéta ces mots au bébé qui grandissait près du nombril proéminent.

« On l'a fait pour le Chef et il l'a su. »

Le souvenir de son jeune mari s'adressant à son ventre, le visage radieux, comme éclairé par une torche, l'accompagnerait toute son existence, et vingt-cinq jours plus tard, quand l'enfant naquit, ils choisirent sans hésitation de le baptiser Carlos Eliécer : Carlos en hommage au grand-père paternel d'Amalita, mort pendant la bataille de Peralonso alors qu'il combattait sous les ordres du général Herrera, et Eliécer en l'honneur de l'homme qui avait donné à son père une mission à accomplir sur terre.

Un climat d'horreur s'était installé dans le pays. Les excès d'une police conservatrice qui dérapait étaient devenus un spectacle atroce et quotidien : gorges tranchées à coups de machette, femmes violées, fosses creusées au milieu des champs pour y accueillir des corps anonymes. À la radio, l'évêque de Santa Rosa de Osos exhortait les paysans à s'enrôler dans l'armée de Dieu pour combattre l'athéisme libéral, et ses collègues leur ordonnaient de défenestrer les apostats rouges. La violence avait gagné la ville ; timide et fuyante, elle pointait le nez au coin des rues, s'exhibant de temps en temps pour montrer son visage dangereux. Quand Gaitán fut nommé seul dirigeant à la tête du parti libéral, les libéraux furent gagnés par la peur au lieu de fêter l'événement. On coupa à l'aide de ciseaux la cravate rouge d'un vieux cireur de chaussures qui travaillait depuis son enfance devant la même porte de café, puis on plaqua les lames sous son cou en espérant qu'il se plaindrait. Une jeune fille vêtue de rouge fut poursuivie sur des centaines de mètres, insultée et molestée jusqu'à ce qu'un agent qui passait par là assiste à la scène ; il ne put disperser les agresseurs qu'en dégainant son pistolet et en tirant trois coups en l'air. Sur la route du Nord apparurent des corps criblés de balles : des libéraux qui fuyaient Boyacá et n'avaient pas eu le temps d'arriver à destination. L'inventaire des morts n'en finissait pas. Le conducteur de la ligne Bogotá-Tunja, parti travailler à midi un dimanche, fut assassiné, lardé de coups de couteau parce qu'il n'était pas allé à la messe, et dans les villages de Santander on apprit que des curés vêtus comme de simples citoyens avaient montré du doigt les ennemis de Dieu dont on avait retrouvé les cadavres (certains décapités) sous les arbres de la place. La terreur était présente dans les lettres que les libéraux adressaient à Gaitán, mais pas dans les journaux : pour le gouvernement du président Ospina, il s'agissait de morts invisibles. Les gaitanistes attendaient un signe de leur leader pour savoir quoi faire ; il le leur donna en 1948, en début d'année, et fit ce en quoi il excellait, à savoir rassembler une foule et s'exprimer devant elle. Mais cette fois fut différente de toutes les autres.

On se remémora par la suite ce 7 février sur le ton qu'on adopte pour raconter les légendes. Il faut imaginer la scène : sous le ciel gris de la ville, cent mille personnes se serraient sur la place Bolívar, mais on pouvait entendre de l'autre côté le bruit des pas de ceux qui arrivaient, la toux d'un vieil homme, les pleurs d'un enfant fatigué. Cent mille personnes : un cinquième des habitants de la ville se tenait là et avait répondu à l'appel du leader. Personne ne criait son soutien, pas un vivat, pas une insulte ne résonnaient, personne n'avait allumé de torches, nul ne levait le bras, car le Chef ne leur avait demandé qu'une seule chose : le silence. Les siens étaient achevés comme des bêtes à travers le pays tout entier, avait-il dit, mais ils ne répondraient pas à la violence par la violence. Ils leur donneraient une leçon, ça oui : ils marcheraient en silence, et ce silence pacifique serait plus fort et plus éloquent que la fureur d'un peuple qui se soulève. Ses amis lui avaient rétorqué que c'était impossible, que faire taire des milliers d'indignés désireux de hurler leur rage relevait de l'impensable, qu'on ne peut pas contrôler ainsi les foules. Mais Gaitán en donna pourtant l'ordre, et, quand le moment fut venu, cette multitude incontrôlable constituée de gens d'origine modeste, furieux et nerveux, lui obéit comme s'ils ne formaient qu'un seul et même corps envoûté. C'est ce qu'entendit César Carballo, qui s'était installé avec ses camarades de la Perseverancia sur les marches en pierre de la cathédrale. De là, dominant la foule d'une ou deux têtes, ils voyaient l'estrade sur laquelle le Chef s'apprêtait à déclamer le discours de sa vie. Une petite vieille en espadrilles qui se reposait d'avoir porté un fagot résuma les faits en quelques mots que d'autres n'auraient pas hésité à s'attribuer : « Monsieur Gaitán a signé un pacte avec le diable. »

Gaitán monta alors sur la tribune. Dans le silence surnaturel qui permettait à Carballo d'entendre le bruissement de ses vêtements contre ceux de ses camarades, Gaitán s'adressa au président de la République pour lui demander de faire cesser la violence, mais il n'eut pas recours à ses effets habituels et parla posément, avec solennité et simplicité, comme lors de la veillée funèbre d'un ami. Il déclara que les gens qui le soutenaient étaient venus des quatre coins du pays dans la seule intention de défendre leurs droits, et que leur présence en ces lieux était la preuve de leur grande discipline. De toutes les phrases qu'il prononça, on peut retenir celles-ci :

« Ils arrivent depuis deux heures de toutes parts sans qu'aucun cri se soit élevé, mais comme dans les violentes tempêtes, les forces souterraines sont toujours les plus puissantes. »

« Ici, pas d'applaudissements, mais des milliers de drapeaux noirs qui s'agitent. »

« Si cette manifestation a lieu, c'est que la situation est grave et ce n'est pas pour des broutilles. »

De sa voix calme et égale, il tint des propos que César Carballo tarda à comprendre et qui lui glacèrent ensuite le sang dans les veines :

« La foule est là, immense, et elle respecte une consigne, reprit le leader. Mais ces masses qu'on réprime obéiront tout aussi volontiers à la voix qui leur ordonnera d'exercer la légitime défense. »

César regarda autour de lui et constata que personne ne semblait étonné : ni ses camarades de la Perseverancia, ni le groupe d'hommes à la chemise boutonnée jusqu'au cou, même s'ils ne portaient pas de cravate, ni ceux qui se tenaient à côté, parmi lesquels il reconnut un photographe à la fine moustache qu'il avait déjà vu dans d'autres manifestations ou aux réunions du vendredi. *La légitime défense*. Avait-il bien entendu ? Gaitán menaçait-il ses ennemis ? Son discours était-il une démonstration de force adressée à la moitié du pays, afin qu'on sache de quoi il était capable ?

« Monsieur le président, enchaîna-t-il. Cette foule endeuillée, ces bannières noires, ce silence massif, ce cri muet qui monte du cœur ne vous demandent qu'une chose : que vous traitiez nos mères, nos épouses, nos enfants et nos biens comme vous voudriez qu'on traite votre mère, votre épouse, vos enfants et vos biens. »

Les gens qui agitaient leurs drapeaux noirs ou avaient les yeux rivés sur le sol pavé entendaient comme Carballo les paroles de Gaitán ; cependant ils ne fronçaient pas les sourcils et évitaient de se regarder pour vérifier si ce que disait le Chef était vrai, car, contrairement à Carballo, nul ne paraissait comprendre le sens de son discours, à savoir qu'après avoir prononcé ces quelques phrases de volcan endormi, Gaitán venait de devenir l'homme le plus dangereux de Colombie. Seule une personne se fit l'écho de sa préoccupation secrète et mit des mots sur ce qu'il pensait à la fin du discours du leader. Le peuple gardait toujours le silence, car telle était la consigne que le Chef avait donnée. Il déserta la place sans rien dire, mais en passant sous le balcon de la Casa del Florero, comme si un tabou s'était levé, un homme plus grand que Carballo, à la barbe noire et fournie, qui n'avait pas l'accent colombien, lâcha un commentaire en apparence banal :

« Cet homme vient de signer son arrêt de mort. »

Dès lors, Carballo fut obsédé par cette idée. Les comités de quartier avaient cessé de se réunir, mais il obtint que son beau-père confie à des militants de la Perseverancia la tâche absurde de demander à Gaitán de faire attention à lui. Ils ne le firent pas de vive voix, car en ce mois de mars, obtenir un rendez-vous avec le Chef était mission impossible. La IXe Conférence panaméricaine s'annonçait et devait rassembler à Bogotá tous les leaders politiques du continent. Gaitán était trop occupé pour se soucier des craintes illusoires de ses partisans. Il avait assez de pain sur la planche après l'affront du président, qui venait de l'exclure de la délégation colombienne, lui, l'unique dirigeant du parti libéral ! Les gaitanistes étaient scandalisés. Le gouvernement avait justifié son refus en avançant une raison invraisemblable : brillant pénaliste, Gaitán n'était pas un spécialiste du droit international. Le pays tout entier connaissait la vérité et savait qu'en réalité, le président s'était plié aux exigences de Laureano Gómez, à la tête du parti conservateur, qui avait menacé de se retirer de la conférence si l'Indien Gaitán y participait. Pendant les longues années où les libéraux avaient été au pouvoir, Laureano Gómez avait suggéré aux conservateurs de mettre en pratique *l'action intrépide et l'attentat personnel* afin de récupérer le pays perdu. Sympathisant de Franco, il avait souhaité publiquement et expressément la défaite des Alliés. Il représentait l'ennemi, or celui-ci venait de remporter cette bataille, cela ne faisait aucun doute pour Carballo et les Poussiéreux de la Perseverancia. Gaitán n'avait pourtant pas peur. Quand on eut enfin l'occasion de lui proposer des gardes du corps, le Chef répondit avec une logique implacable que personne ne se risquerait à le tuer, car son meurtrier serait aussitôt assassiné.

« C'est mon assurance-vie », disait-il.

Et si son assassin ne craignait pas la mort, comme celui de Gandhi ? lui avait-on rétorqué. Mais le Chef s'en moquait.

« Ce genre de chose ne risque pas de m'arriver », conclut-il.

Carballo ne l'avait pas entendu prononcer ces mots, que lui avait répétés son beau-père, mais la parole de ce dernier lui suffisait.

Malgré les conseils de ses militants, Gaitán continua de mener une vie normale. Le matin, il courait seul au Parque Nacional avant de se rendre au bureau. Il retirait sa veste, dénouait sa cravate et faisait une ou deux fois le tour du parc sans que personne parvienne à s'expliquer pourquoi il ne transpirait jamais. La nuit, il sortait en solitaire, sans prévenir, allait voir un ami ou se promenait dans sa Buick pour réfléchir à des problèmes qu'il ne révélait pas. En ces occasions, il rentrait tard à son domicile. Carballo savait qu'il s'adonnait seul à la course et s'absentait à des heures avancées. Bien souvent, à son insu, il le suivait de loin et l'observait comme l'aurait fait un assassin. Les Poussiéreux avaient décidé de se relayer pour jouer secrètement les gardes du corps. Un matin, Carballo le fila jusqu'au Parque Nacional, le vit garer la Buick devant l'horloge et se mettre à courir sur le chemin en contrebas. César resta dans les hauteurs en essayant de garder le rythme, même s'il lui était difficile de fixer à la fois son attention sur la silhouette élancée de Gaitán et sur les cailloux de la taille d'un poing et les aspérités du terrain, où il aurait pu se fracturer la cheville. Au pied de la colline, à la fin du trajet, Gaitán accéléra, obligeant Carballo à changer de direction et à buter contre une pierre qui roula devant le Chef. Posté derrière un eucalyptus, il vit le leader stopper net et regarder de tous côtés, et, pour la première fois, il découvrit sur le visage du leader ce qui s'apparentait à de la peur. César comprit que, dans ce laps de temps, le Chef s'était demandé si, après lui avoir lancé des pierres, on lui tendrait une embuscade ou on l'agresserait – une *action intrépide*, un *attentat personnel* –, et il dut sortir de sa cachette. Sur les traits de Gaitán, le soulagement succéda à l'irritation.

« Mais qu'est-ce que c'est que ce bazar ? Et vous, qu'est-ce que vous fichez ici ? lui demanda-t-il.

– Je suivais votre exemple, Chef.

– Arrêtez vos âneries, Carballo ! s'écria Gaitán, furieux. Le bel exemple que voilà ! Occupez-vous plutôt de récolter des voix au lieu de me faire vivre un enfer. »

Il s'engouffra dans sa Buick et s'éloigna vers le sud. Carballo était content parce que le grand homme s'était souvenu de son nom. Ce jour-là, il eut une révélation. Lui aussi pense qu'on en veut à sa vie et il se doute qu'on le suit, songea-t-il.

Évidemment, César n'avait pas de preuves, mais lorsqu'il confia ses inquiétudes aux militants de la Perseverancia, il découvrit que beaucoup avaient envisagé l'hypothèse d'un attentat. L'un d'entre eux avait du reste reçu un mot mal orthographié : *Ditent à Gaitán qu'il fasse attention à lui*. Ils n'étaient pas les seuls à nourrir des appréhensions : à Bogotá, on commençait à respirer un air chargé de paranoïa.

Certes, la Conférence panaméricaine rendait tout le monde nerveux : la police avait ratissé les quartiers de la ville, coffré les prostituées et les clochards, fait le ménage pour que les membres des délégations étrangères découvrent une cité propre et digne. Les habitants des secteurs concernés la trouvaient pour leur part spectrale et tendue, ils avaient l'impression qu'on venait d'y imposer un couvre-feu. Peu à peu, tout changeait. Le Panóptico, ancien couvent devenu une prison, avait été transformé en musée, comme pour signifier qu'à Bogotá, il n'y avait que des artistes et des philosophes et surtout pas de voyous. Pourtant, hors de la ville ainsi pacifiée, la guerre faisait rage.

Les informations arrivaient par des voies tortueuses. On racontait que dans le département de Boyacá, la police posait des bombes devant les portes des maisons libérales ; à Duitama, on avait jeté un libéral du haut d'une falaise. Des voix fantasques disaient que les péronistes d'Argentine étaient arrivés à Bogotá pour hâter la chute du gouvernement. D'autres racontaient que les Yankees pullulaient dans la ville, et que, déguisés en négociants ou en journalistes, ils étaient en réalité des agents des services de renseignement entraînés pour combattre la menace communiste. Dans les cafés, ces sujets alimentaient les conversations. César Carballo et don Hernán Ricaurte, qui plus qu'un gendre et son beau-père donnaient l'impression d'être un fils et un père, étaient de tous les débats et de toutes les conférences. On est en droit de penser que l'un trouvait en l'autre ce qui lui manquait, car au fil de ces journées, ils devinrent inséparables : ils étaient au café Asturias quand un groupe d'étudiants de gauche de l'Université libre dénonça la Conférence panaméricaine, dans laquelle ils voyaient un moyen détourné d'imposer un plan Marshall à la Colombie ; ils se trouvaient au San Moritz lorsque des étudiants de l'Université de La Salle affirmèrent que des *agents provocateurs** au service du socialisme international avaient été dispersés dans Bogotá. Une fois encore – mais c'était plus compréhensible –, ils étaient ensemble le soir du 8 avril, quand Jorge Eliécer Gaitán assura la défense du lieutenant Cortés, l'homme qui avait commis un meurtre pour préserver l'honneur de l'Armée. Vers une heure, lorsque le verdict tomba, innocentant l'accusé qu'une foule disparate composée de militaires et de révolutionnaires porta en triomphe, César Carballo et don Hernán Ricaurte crièrent des vivats et applaudirent tant qu'ils eurent mal aux mains, puis ils regagnèrent la Perseverancia à pied, prirent congé l'un de l'autre sans s'embarrasser de politesses. C'était une nuit victorieuse, certes, mais somme toute ordinaire. Ils étaient loin d'imaginer que le lendemain marquerait un tournant décisif dans leur vie.

Comme don Hernán Ricaurte – seul témoin des faits ou de la scène – devait le raconter par la suite, il avait travaillé toute la matinée sur une Studebaker bois de rose, et, peu avant midi, il gagna la Carrera Séptima en quête de camarades avec qui déjeuner. Il marcha vers le sud dans une avenue qui lui parut joyeuse, pour ne pas dire en liesse. Les drapeaux de la conférence flottaient sur les poteaux électriques, les trottoirs étaient d'une propreté exemplaire. Le ciel se couvrait, annonçant une après-midi pluvieuse. À hauteur de l'hôtel Granada, Hernán Ricaurte décida de traverser le parc Santander vers l'avenue Jiménez : il s'informa des dernières nouvelles sur le tableau noir d'*El Espectador*, s'indigna de ce qu'on n'y disait pas autant que de ce qu'on y disait, puis chercha une table de gaitanistes, déjeuna sans grand appétit (c'était un vendredi) et reprit le chemin de son atelier. Il n'eut pas à aller à la rencontre de ses camarades car ceux-ci vinrent à lui. Ils sortaient d'une quincaillerie de l'avenue Jiménez et riaient comme une bande d'adolescents ; ils se saluèrent sans cesser de marcher, et, selon leur habitude, leurs pas les menèrent au café El Inca, dont le balcon privilégié surplombait la Carrera Séptima.

Don Hernán Ricaurte ignorait qu'un poète avait dit que c'était le plus bel angle du monde, mais s'il l'avait su, il aurait été d'accord avec lui. Il en appréciait la vue, aimait regarder l'église San Francisco, ses pierres sombres et le palais du gouvernement dont la façade avait été ravalée pour les étrangers ; mais, par-dessus tout, il adorait regarder l'immeuble Agustín Nieto, où le Chef avait son cabinet et exerçait son métier d'avocat. Un soir que Gaitán était sorti tard, les camarades de la Perseverancia s'étaient installés là pour le suivre des yeux jusqu'au parc Santander, où il garait en général sa voiture. Don Hernán Ricaurte, qui connaissait les habitudes du leader comme les siennes, pensa qu'il s'apprêtait à aller déjeuner seul ou accompagné. Il se rappela ensuite avoir consulté l'heure, 12 h 55, et se souvint aussi des places qu'occupaient ses amis. À la table rectangulaire, Gonzalo Castro et Jorge Antonio Higuera étaient dos à la fenêtre, lui-même et César – le beau-père et le gendre pareils à un père et son fils – se tenaient devant eux, si près du balcon que les tramways donnaient l'impression de passer sous leurs pieds. Il oublia en revanche la teneur de leur conversation pendant les minutes distraites qui s'écoulèrent jusqu'à ce que Carballo, se tournant vers la rue, déclare posément :

« Tiens, voilà le Chef… »

Mais il n'eut pas le temps de finir sa phrase, car Ricaurte le vit écarquiller les yeux et se lever aussitôt. De la scène qui devait hanter ses rêves pour le restant de ses jours, il garda le souvenir de Carballo levant une main, comme pour saisir un objet, à l'instant où retentissait le premier coup de feu.

Il en entendit deux autres et put voir l'homme armé d'un pistolet tirer une quatrième balle. Il lui sembla que les détonations avaient été aussi foudroyantes que les pétards que les gamins posaient sur les rails du tramway, sauf que ce n'étaient pas des pétards, car le Chef s'était effondré sur le trottoir et les gens criaient.

« On a tué Gaitán ! » hurla quelqu'un.

Une serveuse du Gato Negro était sortie et s'époumonait. Elle portait tour à tour les mains à sa tête et les essuyait dans son tablier.

« On a tué Gaitancito ! On l'a tué ! » s'écriait-elle.

Les quatre camarades dévalèrent l'escalier et tentèrent désespérément de se frayer un passage dans la foule terrifiée. En bas, dans la Carrera Séptima, Ricaurte vit un policier intercepter l'homme qui avait tiré et cherchait à fuir du côté de l'avenue Jiménez en reculant maladroitement. Il l'observa de loin – mal attifé, mal rasé, un mélange de rage et de peur sur le visage –, et se rendit compte que la foule en colère faisait cercle autour de lui. Le Chef était en revanche entouré d'amis : Ricaurte reconnut Pedro Eliseo Cruz et Plinio Mendoza Neira, qui demandaient qu'on laisse respirer le blessé tandis que la serveuse du Gato Negro se penchait au-dessus du corps pour essayer de lui faire boire un verre d'eau. Obéissant à un élan incontrôlable, les gens s'approchaient de Gaitán et le touchaient. Carballo parvint tout près de lui : Ricaurte le vit se pencher au-dessus du corps étendu et poser une main sur son épaule. Ce fut un geste furtif, intime et timide, auquel le leader répondit par un gazouillement d'oiseau. « Il est vivant », songea Ricaurte, persuadé qu'il survivrait. Il contourna le groupe et rejoignit son beau-fils, dont le visage était déformé par la haine, mais qui semblait se dominer de manière effrayante. Il ouvrit la main et montra à Ricaurte ce qu'il venait de découvrir : une balle.

« Conserve-la bien. Mets-la dans ta poche, ne la perds pas, lui conseilla-il avant de l'entendre prononcer la première phrase étrange de la journée.

– Maintenant, il faut trouver l'autre, déclara Carballo.

– Quel autre ? s'étonna Ricaurte. Ils étaient deux ?

– L'autre n'a pas tiré, souffla Carballo sans lui prêter attention, les yeux perdus au loin. Il était plus grand, bien habillé et avait une gabardine sous le bras. C'est lui qui a donné le signal, don Hernán, je les ai vus d'en haut. Il faut le retrouver. »

À cet instant, une effroyable inertie avait paralysé les lieux. Les clients du Gato Negro, du Colombia, de l'Inca et de l'Asturias s'étaient précipités vers la Carrera Séptima, les tramways s'étaient immobilisés sur leurs rails et les curieux, attirés par les cris, gagnaient l'artère par les rues adjacentes, si nombreux que nul ne comprit comment les deux taxis qui apparurent avaient fait pour arriver jusque-là. On installa Gaitán dans l'un d'eux, d'un noir rutilant. En pleine confusion, alors que d'aucuns donnaient des ordres contradictoires, au milieu des talonnades et des gens plus ou moins hystériques, Ricaurte constata que Jorge Antonio Higuera aidait à soulever le corps, puis il ne vit plus rien.

« À la Clínica Central ! » criaient certains.

« Il faut appeler le docteur Trías », disaient d'autres.

Les taxis s'éloignèrent vers le sud ; dans l'excitation générale, plusieurs badauds se penchèrent pour imbiber leurs mouchoirs du sang du leader. Ricaurte les imita sans réfléchir : il s'approcha de l'endroit où le Chef s'était écroulé et s'étonna de l'ampleur de la flaque sur les pavés, un sang noir et luisant malgré l'absence de soleil. Un étudiant y trempa une page d'*El Tiempo*, la serveuse du Gato Negro la pointe de son impeccable tablier.

« On a tué notre Gaitán », répétait-elle pendant qu'une de ses collègues qui avait fondu en larmes lui disait que non, on ne l'avait pas tué, qu'il était fort.

« Calme-toi, pleurnichait-elle. Tu vas voir, il s'en sortira. »

Entre-temps, une certaine agitation s'était produite devant la droguerie Granada. L'assassin s'y était réfugié et, à présent, la foule en colère essayait de pénétrer dans le local afin de l'en faire sortir par la force. Des dizaines d'hommes s'escrimaient à briser le rideau de fer : les cireurs le frappaient de leurs caisses en bois, les livreurs y abattaient leurs diables en métal, qui faisaient office de béliers. Les autres s'y accrochaient pour l'arracher.

« Faites sortir ce misérable ! Il doit payer ! Payer pour son crime ! » hurla-t-on.

Les gens s'excitaient mutuellement. Ricaurte pensa que les minutes de l'homme qui avait tiré sur Gaitán étaient comptées s'il tombait entre les mains de cette foule en furie. Alors que les efforts de ces gens étaient sur le point d'aboutir, il constata que César Carballo se trouvait parmi eux, distrait, comme si autre chose avait retenu son attention.

« Ça y est ! Il sort ! Il sort ! cria-t-on à l'arrière.

– À mort ! »

Dans un vacarme de métal et de verre brisé, des cris d'épouvante s'élevèrent et l'agresseur du Chef apparut dans l'encadrement de la porte de la droguerie Granada, tiré de son refuge par plusieurs hommes.

« Ne me tuez pas ! » implorait-il.

Ricaurte eut l'impression qu'il pleurait. Quand il le vit de près, il lui parut plus jeune qu'il ne l'avait cru au départ : vingt-trois, vingt-quatre ans ? Son visage inspirait à la fois la haine et la pitié (sa veste marron était maculée de taches, probablement d'huile, ses cheveux sales étaient ébouriffés), mais il avait tenté de tuer Gaitán, songea-t-il ensuite, et méritait que le peuple se venge sur lui. Une violence monstrueuse le gagna ; il recula vers l'homme qu'on traînait, et c'est alors qu'il découvrit son gendre, qui essayait de couvrir les bruits de la foule.

« Ne le tuez pas ! Vivant, il peut nous servir ! » disait-il.

Mais il était trop tard : un diable venait de s'abattre sur la tête du tireur, les cireurs le frappèrent de leurs caisses, ses os craquèrent, quelqu'un s'arma d'un stylo et le planta à plusieurs reprises dans le cou et sur le visage de l'assassin, qui avait cessé de gémir : soit il était mort, soit il avait perdu connaissance à cause des coups ou de la peur. Quelqu'un proposa qu'on l'allonge sous le tramway, et Ricaurte crut un instant qu'on allait le faire.

« Au palais ! » ordonna-t-on.

La consigne se répandit parmi la foule en délire et on commença à traîner le corps vers le sud. Ricaurte pensa à Gaitán, sans doute entre la vie et la mort sur un brancard, et s'approcha de Carballo.

« Viens, mon garçon, ne te mêle pas de ça, lui dit-il en le prenant par le bras. Notre place est auprès du Chef. »

Mais Carballo refusa de le suivre. Il était ailleurs, comme ivre.

– Vous ne l'avez pas vu, don Hernán ? Il était là, vous ne l'avez pas vu ?

– Qui, mon garçon ?

– L'homme bien habillé. Le type élégant. »

La foule avait grossi derrière ceux qui traînaient le corps lynché du tireur, semblable à une vague grondante qui emportait les passants sur la Carrera Séptima. Ricaurte aurait pu s'esquiver par la Carrera Sexta et se diriger vers la Clínica Central, mais il décela dans le regard de son gendre une résolution nouvelle qui le poussa à l'accompagner jusqu'au palais du gouvernement, où on déposerait le corps de l'agresseur afin de montrer au président comment réagissaient les libéraux. Au loin, on entendait déjà les premiers coups de feu sans savoir qui tirait contre qui.

« On a tué le Chef », ne cessait de répéter Carballo.

C'était la première fois que Ricaurte l'entendait prononcer ces mots.

« Non, on ne l'a pas tué, il est fort », répondit-il, même s'il n'y croyait pas lui-même.

Il avait vu de près les blessures, le sang qui sortait de sa bouche et son regard vide et perdu, et il savait qu'on ne remonte pas de ces profondeurs-là.

« Il était bien habillé, fit Carballo. Tout ça, c'est déjà arrivé. »

Ricaurte ne comprenait pas ce qu'il voulait dire. César n'ajouta rien de plus, de sorte que son beau-père se garda d'insister, de le questionner, de lui demander de répéter sa dernière phrase. Ils avançaient vers la place Bolívar au milieu d'une multitude grandissante, à une trentaine de mètres du tireur. Ils voyaient les visages épouvantés des gens sur les trottoirs et, plus loin, des individus qui descendaient sur la chaussée pour donner des coups de pied au corps inerte, cracher dessus ou crier des obscénités. Rue 11, une avalanche de bruit et de fureur leur parvint, avec à sa tête un homme coiffé d'un panama qui brandissait une machette et annonçait la mort de Gaitán entre des hoquets hystériques et des promesses de vengeance.

« Au palais ! » criaient les hommes qui le suivaient et rejoignaient le groupe derrière le corps de l'assassin.

Don Hernán Ricaurte avait le sentiment d'être à bord d'un train devenu fou. Le train de l'horreur s'engageait à présent sur la place Bolívar, en direction du Capitole, où étaient réunis à cette heure tragique les dirigeants politiques qui assistaient à la Conférence panaméricaine. Mais tout à coup la foule revint sur ses pas et retourna vers la Carrera Séptima, oubliant que son objectif premier n'était pas de déposer le cadavre de l'assassin – car le tireur était désormais un tueur – sur les marches, mais de pénétrer dans le palais présidentiel pour assouvir sa vengeance, à en forcer les portes afin de faire subir au président Ospina le sort de l'assassin de Jorge Eliécer Gaitán. Ricaurte se rendit compte que lorsque la foule avait tourné, le meurtrier avait perdu sa chemise et sa veste comme un serpent qui mue. Ses lyncheurs les avaient récupérées : un homme avait roulé en boule la chemise et la veste ; rue 9, un autre lui avait retiré son pantalon, de sorte que, lorsqu'il atteignit la rue 8, le corps ne portait qu'un caleçon déchiré par le frottement sur les pavés. De loin, Ricaurte et Carballo regardaient la scène, effarés : devant eux, les badauds essayaient de soulever le corps de l'assassin et de le suspendre aux grilles du palais avec leurs propres vêtements, comme un crucifié. Ils n'eurent pas le temps de le prendre en pitié, car une rafale de balles en provenance de la porte les en empêcha, la foule en colère dut revenir sur ses pas, refaire le chemin à l'envers pour se réfugier place Bolívar. Une pluie timide commença à tomber tandis que la place se peuplait de gens armés. En quelques minutes, Bogotá était devenue une ville en guerre.

Vers le sud, les flammes montaient des commerces, on disait que le palais San Carlos brûlait. À la radio, on annonça qu'on avait incendié le siège du quotidien *El Siglo*. Des hommes prêts à se battre surgissaient de partout ; on sut par la suite qu'ils avaient pillé des quincailleries et des casernes, ce qui expliquait qu'ils se soient unis à la révolution avec des machettes et des tuyaux, mais aussi des fusils Mauser et des pistolets à gaz lacrymogène. On fit courir la rumeur selon laquelle le bataillon du palais présidentiel était sorti pour reprendre le contrôle de la Carrera Séptima. En un clin d'œil, on construisit une barricade entre les rues 9 et 10, au niveau des plaques commémoratives de l'assassinat du général Uribe Uribe. On avait pris des chaises, des bureaux et de petites armoires dans le Capitole, dont les hôtes s'étaient échappés par des portes dérobées avant de monter dans les voitures officielles. Derrière la barricade était postée une première ligne d'hommes armés d'un arsenal qui appartenait encore quelques instants auparavant aux services de police. À 14 heures passées, en voyant s'approcher la Garde présidentielle, les émeutiers commencèrent à tirer.

La Garde riposta. Ricaurte vit une file de soldats prendre position, genou au sol, et faire feu. Resté en arrière, protégé par les hommes bien vivants, il vit trois, puis quatre individus succomber au milieu de la chaussée, mais il ne les reconnut pas : ce n'étaient pas des gaitanistes de son quartier.

« Tenez bon ! Tenez bon ! » intima quelqu'un placé d'un côté de la barricade.

Mais les tirs de l'armée étaient plus précis ou l'inexpérience des rebelles trop évidente, car d'autres tombèrent tandis que de l'arrière-poste on passait à l'avant avec courage et obstination, au mépris de la mort. Ricaurte chercha Carballo des yeux et l'aperçut. Il levait la tête : quelque chose venait d'attirer son attention.

« Il y a des gens dans le clocher. »

Il disait vrai. Du haut du collège San Bartolomé, fief des jésuites, plusieurs silhouettes tiraient sur la foule, mais en regardant autour d'eux, Carballo et Ricaurte se rendirent compte qu'il y avait des francs-tireurs sur tous les toits, si bien que, en quelques secondes à peine, il fut impossible de savoir d'où partaient les balles et de les éviter. Ils étaient cernés, la Garde au sud et le clocher au nord. Depuis les toits des bâtiments de la rue 9, des francs-tireurs ouvraient le feu sans crainte ni méthode. Par la suite, Ricaurte raconta que le plus étrange était que personne ne songeait à s'enfuir : aveuglée par son désir de vengeance, la foule ne bougeait pas. Ricaurte prit également conscience qu'il n'y avait du reste pas moyen de s'échapper. À cette seconde précise, une balle arrivée de nulle part toucha son voisin à la poitrine. L'homme s'effondra dans un bruit sourd et resta allongé, une jambe repliée sous l'autre.

« Couche-toi, mon garçon ! » cria Ricaurte.

Mais Carballo ne l'écouta pas. Quand il rapporta les faits à sa fille et plus tard à son petit-fils, don Hernán Ricaurte évoqua l'expression de son gendre et essaya de décrire tant bien que mal, avec son vocabulaire d'artisan, le dur éclat qu'il avait vu dans ses yeux quand il l'avait entendu prononcer la dernière de ses phrases incompréhensibles :

« Merde. On dirait que l'histoire se répète. »

Une rafale de balles en provenance du nord obligea alors Ricaurte à se plaquer au sol, étendu sur un mort qu'il fut incapable d'identifier. Il enfouit son visage dans un espace qui lui permettait à la fois de se cacher et de respirer. Carballo s'écroula à ses côtés, il sentit sa présence (une pression sur les jambes) sans parvenir à imaginer sa posture. Il ferma les yeux. Là, dans ce recoin singulier, stagnait une odeur de sueur et de vêtements humides, et le monde était plus silencieux et plus effrayant qu'au-dessus, là où les balles sifflaient dans l'air. Il suffisait d'attendre, et c'est ce que fit Ricaurte. Il attendit. Il ne compta pas les minutes, mais il ne s'écoula guère de temps avant l'accomplissement du miracle : il avait commencé à pleuvoir.

C'était une averse digne du mois d'avril, avec de grosses gouttes que Ricaurte sentait tomber sur sa nuque et dans son dos comme des claquements de doigts. Il songea que Dieu, ce Dieu en qui il ne croyait guère, était de son côté, car seule une pluie de cette puissance était à même de disperser les deux camps de la bataille. Aussi incroyable que cela puisse paraître, il avait raison : les tirs s'espacèrent à mesure que la pluie redoublait, comme découragés par le martèlement des gouttes sur les toits, les fenêtres du clocher, les marches en pierre. Ricaurte releva très lentement la tête et fut pris de vertiges lorsqu'il se mit debout, mais il savait que c'était le bon moment. Il appela Carballo, dont il sentait encore le poids du corps sur ses jambes. Il ne reçut aucune réponse, il se trouvait seul au-dessus de trois cadavres dans lesquels il ne reconnut pas son gendre. Il le découvrit après avoir observé autour de lui, deux ou trois mètres sur sa droite, comme si César s'était avancé vers la barricade. Il n'était pas à plat ventre, mais regardait le ciel, les yeux grands ouverts, le visage ruisselant d'eau de pluie, une rosace de sang au milieu de la poitrine. Contrairement à celui de Gaitán, son sang n'était pas noir, mais rose, dilué par les gouttes, d'une couleur intense qui donnait l'impression de s'étaler sur sa chemise.

* * *

– Vous ne pouvez pas savoir combien de fois on m'a raconté cette histoire, m'a dit Carballo, fils de César et petit-fils de don Hernán Ricaurte. Je ne me souviens plus du premier jour où on m'a rapporté les faits, mais cela prouve qu'on a dû commencer à me la ressasser quand j'étais encore tout petit. Je ne me souviens même pas d'avoir demandé où était mon père ni rien de ce genre : je crois que ma mère m'a expliqué la situation bien avant que je me pose des questions. C'est ce que je pense aujourd'hui, bien sûr, parce que je ne me rappelle pas avoir vécu un seul jour sans songer au 9 avril, à ces images que je connais aussi bien que si je les avais vues, à ces fantômes, Vásquez, qui m'accompagnent, m'entourent, me parlent. Je ne sais pas si vous vous adressez aux morts, moi si. Avec le temps, je m'y suis habitué. Avant, je ne parlais qu'à mon père, et aussi à Gaitán, parfois. Je l'avoue. Je lui disais : "Papa savait qu'on allait vous tuer, Chef. Pourquoi ne l'avez-vous pas écouté ?" Dans ces conversations, je dis “Chef” à Gaitán. Je n’étais né que depuis quelques mois quand on l’a assassiné, je lui parle comme mon père devait certainement le faire. Bon. Il y a des fous bien pires que moi, pas vrai ? Plus dangereux.

Je crois que c’est à cet instant que j’ai commencé à comprendre des éléments importants (ou qui revêtiraient plus tard une importance nouvelle), mais j’avais l’esprit trop confus pour y mettre des mots. Il me semble que j’ai eu alors quelques intuitions : j’ai pensé par exemple que Carballo attendait que j’écrive un livre du même genre que *Qui sont-ils ?* à propos du meurtre de Gaitán. Nous avions discuté pendant des heures ; le temps s’était dilué ou avait ralenti, et le fait que les rideaux de l’appartement de Carballo soient tirés comme pour une réunion secrète ou clandestine – une réunion de conspirateurs – ne nous permettait pas de savoir s’il faisait jour ou nuit. La nuit était-elle déjà tombée ? S’était-elle déjà écoulée ? Avait-elle fait place à l’aube ? Combien d’heures avions-nous passé là, enfermés dans ce petit appartement sombre et étroit, en compagnie des fantômes du passé ?

– Où votre père est-il enterré ? ai-je demandé.

– Ah, bien sûr, ça fait partie de l’histoire, évidemment. Je suppose que vous avez vu les images de ce qui s’est passé le 9 avril, vers 4 heures de l’après-midi. Les incendies, les pillages, la ville en ruine, comme après un bombardement. La mort, Vásquez, la mort qui s’est abattue sur Bogotá. J’ai toujours cru que la foule qui avait traîné le corps mort, ou plutôt le corps de l’assassin qu’on avait lynché, était à l’origine de tout. J’ai grandi en sachant que papa y était. Qu’il était parmi ces dizaines de personnes qui sont ensuite devenues des centaines. Je n’y peux rien : ça change radicalement votre manière de voir. Je n’ai pas grandi en entendant parler du 9 avril comme ça peut arriver à quelqu’un d’autre. Non, j’ai grandi en entendant parler du jour où on a tué papa ou, pour le dire autrement, des raisons pour lesquelles j’ai été orphelin. Et puis ensuite, petit à petit, j’ai appris ce que représentait ce jour. C’est bizarre de passer son enfance et d’atteindre l’âge adulte en pensant que le 9 avril est la date de la mort de son père et non celle du meurtre d’un autre homme dont le nom ne m'évoquait rien, un politicien qu'on a tué comme tant d'autres. Pour moi, ce qui comptait dans cette date, c'est que c'était celle de la mort de papa. On lui tirait dessus et il mourait, là, au milieu d'autres morts, un mort de plus parmi de nombreux autres, les innombrables hommes qui, jusqu'à ce jour, avaient trépassé à Bogotá. Un enfant comprend ce genre de choses très lentement. J'ai compris que mon père n'était pas le seul : que ce jour-là et les trois suivants, trois mille personnes étaient mortes, et que papa était une de ces victimes.

– Une des premières, en tout cas.

– Oui, mais une parmi d'autres. Plus tard, à l'adolescence, j'ai mieux compris comment ça s'était passé. J'ai pris conscience que papa ne serait pas mort si ce monsieur qu'on appelait Gaitán n'avait pas été assassiné. J'ai commencé à comprendre que mon père était tombé dans une des failles d'un séisme dont l'épicentre se trouvait devant l'immeuble Agustín Nieto, sur la Carrera Séptima, juste avant l'avenue Jiménez, à Bogotá, en Colombie. J'y ai vu plus clair. Parfois, je crois qu'il aurait mieux valu ne rien comprendre, ne rien savoir : grandir avec un mensonge, me dire qu'un jour mon père nous avait abandonnés, qu'il était parti faire la guerre en Corée ou n'importe quoi d'autre, vous voyez ? Me dire que mon père était un héros de la guerre de Corée, qu'il avait quitté le pays avec le bataillon Colombie et qu'il était mort dans la bataille du mont Chauve, par exemple. Elle s'appelle bien comme ça, n'est-ce pas ?

– Oui, c'est ça.

– Il se trouve que les faits se sont déroulés différemment. Mon grand-père et maman m'ont tout raconté. Je sais tout sur cette fameuse journée, tout sur la vie de mon père. C'est le récit que je viens de vous faire. Je sais ce qui a causé sa mort le 9 avril. Et je sais aussi tout ce qui est arrivé après.

– Après le 9 avril ?

– Non. Ce jour-là. Quand mon grand-père m'en parlait, il avait toujours les larmes aux yeux. Jamais, pas même quand j'avais vingt ans et qu'il me semblait que le vieux avait la mémoire qui flanchait, jamais je ne l'ai vu aborder le sujet sans tristesse. Imaginez-le debout au milieu de tous ces morts devant la place Bolívar, à cet instant tragique, lorsque les tirs se sont un peu espacés et qu'il avait l'impression que c'était la fin du monde. En fait, c'était plus ou moins ça, parce que son gendre avait trouvé la mort. Mon grand-père aimait mon père, il l'aimait beaucoup. Gaitán faisait lui aussi partie de la famille, vous savez ? Les familles se réunissaient autour de lui, de ses promesses. Et mon grand-père était là et devait décider en quelques secondes de ce qu'il allait faire du corps de son gendre adoré. Bogotá était une ville en guerre, c'était évident. Il m'a toujours dit qu'il avait pensé un moment appeler un policier, ce qu'il aurait fait en temps normal, puis il s'est dit que non : que la vie normale avait suspendu son cours jusqu'à nouvel ordre. Il a pris le corps de mon père, l'a porté sur son dos comme un paquet et s'est dirigé vers le nord et le quartier de la Perseverancia. Il n'était ni grand ni robuste, pourtant il a réussi à soulever le corps, puis il a longé la cathédrale pour qu'on ne le voie pas. Il a marché, pris de peur, sur cent ou deux cents mètres. Les coups de feu résonnaient au loin, et parfois plus près de lui, mais ce sont les vitrines qui l'ont le plus impressionné, les vitrines détruites de la Carrera Séptima, les bijouteries, les commerces bourrés de gens qui volaient des objets : réfrigérateurs, radios, des tonnes de vêtements. Il a vu un type armé d'une machette arrêter un autre type, qui portait une radio. Il la lui a arrachée des mains et l'a jetée par terre en criant : "On n'est pas là pour voler ! On est là pour venger le Chef !" Mais dans leur grande majorité, les gens n'étaient pas d'accord, et mon grand-père trouvait ça déplorable : ce qui aurait pu être l'occasion de faire la révolution était devenu une fête de délinquants. Ils volaient parce que c'était possible, tuaient pour les mêmes raisons et se faisaient tuer de même. Un jour, il a résumé la situation en ces termes : "Ils tuaient pour voir des gens tomber."

« Pendant qu'il portait le corps de mon père, mon grand-père espérait qu'on ne se rendrait pas compte de sa présence, qu'il passerait inaperçu. Il a parcouru deux cents, trois cents mètres avec le poids de mon père sur les épaules, puis quatre cents mètres. Il contournait les cadavres, parfois si nombreux qu'ils l'obligeaient à faire un gros détour, parce que, avec papa sur son dos, il ne pouvait pas marcher sur eux : le corps de mon père était si lourd qu'il n'arrivait pas à lever les pieds assez haut au-dessus de certains morts, des femmes et des hommes, mais il a également vu quelques enfants. Il marquait des arrêts pour prendre du repos, posait la dépouille de mon père près du mur et tâchait de ne pas regarder ; il avait peur, s'il le faisait, de ne pas pouvoir poursuivre. Pendant ce temps, les policiers mutinés continuaient de tirer, la foule en colère incendiait et pillait les magasins qui portaient des noms juifs, des bijouteries de la Carrera Séptima. Quand ils passaient devant une quincaillerie, ils volaient des tuyaux, des scies à chantourner, des marteaux, des haches et tout ce qui pouvait servir à venger le Chef. Ils brisaient les vitrines des établissements où on vendait des spiritueux et en ressortaient avec des bouteilles, quand ils ne les buvaient pas sur place. Ceux qui allaient s'abriter des balles dans le supermarché Ley de la rue 11 se heurtaient aux personnes qui en ressortaient, des vêtements plein les bras. Mon grand-père est passé devant le café où il s'était attablé avec ses collègues lorsque Gaitán avait été assassiné, il a vu des tables et des chaises détruites et, entre les barreaux et les pieds en bois, des hommes armés. Mais lui, personne ne le voyait, à croire qu'il était invisible. Il a croisé des tanks de l'armée qui se dirigeaient vers le sud par la Carrera Séptima. La foule les laissait passer et marchait derrière eux en pensant que c'étaient des militaires rebelles qui se rendaient au palais pour renverser le président. On a su ensuite qu'en arrivant dans la rue 10, les chars s'étaient arrêtés, avaient tourné la mitrailleuse et ouvert le feu. Mon grand-père n'a pas assisté à cette scène, mais on la lui a décrite et il me l'a racontée comme s'il avait été sur les lieux. À la fin, il avait oublié ce dont il avait été témoin et ce qu'on lui avait rapporté. Je crois que ça arrive à tout le monde dans ce genre de situation.

« En atteignant l'avenue Jiménez, il était épuisé. Il avait porté le corps de mon père sur quatre ou cinq rues et il n'en pouvait plus. Il a allongé papa et s'est accordé une pause de quelques minutes, puis il a rassemblé ses dernières forces, l'a soulevé de nouveau et a essayé de traverser l'avenue. Une femme qui venait en courant du siège du gouvernement du Cundinamarca a attiré son attention, et, au même instant, il a entendu une rafale et vu la femme s'écrouler, morte, au milieu de la chaussée. Mon grand-père n'a pas raté une miette de ce drame : il a vu la femme courir, puis s'effondrer comme si on lui avait coupé les jambes, et aussi d'autres corps tomber tandis que des gens criaient et appelaient à l'aide. Il aurait pu succomber à leur place, car les balles provenaient d'armes de militaires postés dans le passage Santafé, qui tiraient sans distinction sur tout individu tentant de traverser. Il a attendu un long moment, plaqué contre un mur, au coin de l'avenue, mais les militaires continuaient de tirer. Il y avait aussi des francs-tireurs sur les toits. Il a pensé que s'il parvenait jusqu'à l'hôtel Granada, on le laisserait peut-être s'y réfugier ou appeler une ambulance pour ramener le corps de papa à la maison. Je ne sais pas où il a puisé son énergie pour soulever le corps une dernière fois et le porter en marchant aussi vite que possible. À cet instant, il a senti une brûlure à la cheville, suivie d'une douleur, et quand il s'est effondré avec le corps, il savait que tout était fichu.

« Plus tard, à mon adolescence, je devais avoir à peu près seize ans, il s'est comporté comme il ne l'avait jamais fait et a commencé à me demander pardon. Pardon de ne pas avoir pu transporter mon père jusque chez nous, pardon de l'avoir laissé avenue Jiménez. Imaginez un peu : il implorait mon pardon parce qu'il n'avait pas pu porter mon père alors qu'il s'était pris une balle dans la cheville, il voulait que je l'excuse de ne pas être allé le chercher le lendemain. Mais le lendemain, vous devez savoir que personne n'avait le droit de sortir. Celui qui ne respectait pas le couvre-feu risquait la mort. Mon grand-père m'a raconté qu'ils étaient restés à la maison, à écouter la radio, et qu'en entendant les retransmissions, il avait eu honte des agissements des siens, les libéraux qui exhortaient le peuple à tuer les conservateurs et étaient ravis d'annoncer qu'ils avaient brûlé des maisons de familles au pouvoir et ordonné au peuple de s'armer de machettes et de répandre du sang bleu, comme on avait répandu du sang rouge auparavant. Je ne sais pas si vous avez entendu ces enregistrements, mais ils sont effrayants.

– Je les connais, ai-je répondu.

C'était vrai. Je crois que tous ceux qui ont été obsédés par le 9 avril les connaissent. Les agitateurs s'étaient emparés des stations de radio peu après le crime et, de là, ils avaient adressé des harangues terrifiantes à un peuple désorienté et vulnérable fin prêt à se tourner vers la violence pour y trouver une consolation. « La guerre, c'est les menstrues de l'humanité, disait une de ces exhortations. Nous autres, Colombiens, nous avons eu cinquante ans de paix. Gardons-nous d'apparaître comme les seuls lâches au monde. » Ces discours incendiaires ordonnaient aux gens d'assassiner le président, de le réduire en cendres, fournissaient des instructions pour fabriquer des « cocktails Molotov expéditifs », exigeaient qu'on mette le gouvernement « à feu et à sang ». Je pense que Carballo parlait de ces retransmissions-là, mais il avait peut-être d'autres exemples en mémoire, car d'autres agissements honteux ont été relevés au fil de cette journée au cours de laquelle s'est révélée la pire nature des hommes.

– Plus tard, il est revenu le chercher, a poursuivi Carballo. Il m'a raconté comment, le 11 avril, la cheville fracturée, il était retourné dans l'enfer du centre-ville avec quelques camarades de la Perseverancia pour y chercher papa. Mais il ne l'a pas trouvé. On commençait à entreposer les corps dans les galeries, étendus côte à côte le long des deux murs. C'était comme de pénétrer dans un tunnel qui sentait la mort. L'odeur se répandait à l'extérieur et empuantissait les rues. Les gens marchaient jusqu'au milieu des galeries en essayant de ne pas se heurter aux défunts qu'ils ne connaissaient pas tout en cherchant leurs proches. Il les a toutes parcourues, toutes, pour retrouver le corps de papa. Sans succès. Il n'a pas eu plus de chance les jours suivants, dans les autres dépôts de cadavres improvisés, et s'est toujours senti responsable du fait que papa n'a pas eu de tombe sur laquelle on aurait pu se recueillir.

– Il a fini à la fosse commune, ai-je dit.

– C'est possible, mais on ne m'a jamais parlé de ça. Ni des camions chargés de morts qui quittaient le centre pour être déversés dans des fosses, ni de la probabilité qu'il ait été enterré là. C'est possible. Il n'y a d'ailleurs pas d'autre possibilité. Je me suis fait à cette idée depuis longtemps : papa dans une fosse commune. C'est bizarre qu'on ait besoin d'une tombe et à quel point ça peut être rassurant. Moi, je n'ai jamais éprouvé la nécessité de me rassurer en essayant de savoir où était son corps. Ignorer où sont nos morts est un tourment silencieux, une douleur qui vous taraude et vous pourrit la vie. En réalité, ce qui nous obsède, c'est que les corps de nos proches ne connaissent pas exactement le sort qu'on leur souhaite. Comme si la mort était le moment où on sent qu'on a perdu tout contrôle, parce que, évidemment, si on pouvait éviter la mort d'un être cher, on le ferait. La mort nous prive de notre maîtrise sur les choses, alors ensuite, on a envie de gérer dans les moindres détails ce qui se passe une fois qu'elle est survenue. L'enterrement, la crémation et toutes ces foutues fleurs et couronnes, pas vrai ? Maman n'a pas pu le faire et ça l'a toujours tourmentée. C'est pour cette raison que je comprends parfaitement ce qui s'est passé avec le corps de Gaitán. Je suppose que vous êtes au courant.

– La famille n'a pas voulu qu'il soit enterré dans un cimetière. On l'a ramené chez lui.

Le 10 avril, vers 4 heures, après que des groupes d'ivrognes avaient tenté par deux fois de pénétrer de force dans la Clínica Central pour emmener le corps de Gaitán, doña Amparo, la femme courageuse qui était devenue sa veuve, avait fait chercher un cercueil afin de le transporter à son domicile. Les versions varient, comme toutes celles à propos de ce qui est arrivé ce jour-là : certains racontent qu'elle voulait juste protéger la dépouille de son mari qui, quelques heures après le crime, était déjà une relique ; pour d'autres, la veuve de Gaitán refusait que ses ennemis au sein du gouvernement puissent laver leurs fautes en organisant des funérailles nationales. Quoi qu'il en soit, à l'aube, la maison de la famille s'est peuplée de gens, et parmi les gaitanistes de toute la ville se trouvaient les Poussiéreux de la Perseverancia, qui se relayèrent toutes les six heures afin de veiller leur Chef.

– Mon grand-père était là. Il a veillé Gaitán avant de continuer à chercher papa. Il a appris ensuite qu'on avait enterré le leader dans son jardin. Tous les ans, à la date du crime, les camarades de la Perseverancia s'habillaient élégamment et descendaient se recueillir sur la tombe du Chef. Je ne me souviens plus quel âge j'avais quand on m'y a emmené pour la première fois : neuf ou dix ans, pas plus.

En fait, je crois que j'avais plutôt neuf ans, oui, c'est ça. Bien sûr, on allait sur la tombe de Gaitán comme on serait allés sur celle de mon père. On priait dans le jardin, on y déposait des fleurs parce qu'on ne pouvait pas prier ni déposer de fleurs sur la tombe de papa. Figurez-vous que j'ai mis du temps à comprendre ça, et encore plus le naturel avec lequel on le faisait. Je ne trouvais pas étrange de me recueillir devant un autre mort et de prier pour le nôtre. Je savais que ce n'était pas la sépulture de mon père, mais on priait d'abord pour lui, ensuite pour Gaitán. Un enfant obéit sans se poser de questions et se plie à ce qu'on lui apprend, n'est-ce pas ? Eh bien, nous, en famille, on descendait la colline pour nous rendre chez Gaitán. Il fallait marcher longtemps, mais c'était comme un rituel, une partie de rituel. Mon grand-père, maman et moi, on marchait jusque-là. Au début, d'autres gaitanistes nous accompagnaient, et puis, au fil des années, il n'est plus resté que nous : la famille. Pendant ces excursions, mon grand-père et ma mère me racontaient tous les deux des histoires, et quand ils avaient de quoi, ils m'offraient une glace que je mangeais dans la rue en les écoutant. On finissait toujours par évoquer le 9 avril. À un moment ou à un autre, généralement au retour, mais parfois à l'aller, je leur demandais de me raconter comment papa était allé "au ciel". Ils s'exécutaient. J'imagine qu'ils me disaient ce qu'ils estimaient devoir révéler à un enfant de mon âge, mais j'ai grandi, évidemment, alors ils ont ajouté des détails, et le 9 avril n'était plus *le jour où papa est allé au ciel*, mais celui *où on l'a tué*. C'est un de ces 9 avril que mon grand-père m'a exposé pour la première fois sa théorie. Je parle de théorie aujourd'hui, mais chez nous, on ne disait pas ça. *Ce que pense ton grand-père*. C'est cette phrase qu'on employait. "Tu sais ce que pense ton grand-père…" ; "Eh bien, en parlant de ce que pense ton grand-père…" ; "Ce que pense ton grand-père est lié à tout ça…". Il n'y avait rien à ajouter parce que la référence était claire.

« C'était en 1964. J'allais avoir dix-sept ans et j'étais sur le point de terminer le secondaire. J'étais le meilleur de ma classe, Vásquez, et on venait de m'annoncer ce qu'espérait toute ma famille, c'est-à-dire l'obtention d'une bourse pour aller à l'Université nationale. Je comptais m'inscrire en droit, ce qu'aurait voulu mon père d'après ma mère et mon grand-père. Et pour être plus précis, ce qu'aurait voulu faire mon père *parce que c'était la voie qu'avait choisie Gaitán*. Je m'étais plongé dans la lecture des journaux comme si ma vie en dépendait. "Exactement comme ton père", disait mon grand-père en me regardant. Je m'intéressais réellement à la politique. Je pense qu'il s'en était rendu compte, sans quoi il ne m'aurait jamais exposé sa théorie. Ce jour-là, en 1964, on rentrait à la maison, et au niveau de l'avenue Caracas, il a lâché le morceau : "Moi, mon garçon, je crois que ton père savait. – Quoi ?" lui ai-je demandé. Il m'a lancé un de ces regards humiliants que peuvent avoir les adultes, comme si j'étais le dernier des imbéciles. "À ton avis ? Il savait qui a tué le Chef."

« Et il s'est mis à me raconter ce qu'il avait lu sur le visage de mon père en 48 et toutes les phrases bizarres qu'il lui avait entendu prononcer en quelques minutes, sa réaction après les tirs, qui lui avait paru celle d'un homme suicidaire ou d'un fou. Il m'a appris que papa avait vu un autre homme, un complice ou quelqu'un qui était avec l'assassin et qui portait une gabardine et, contrairement au tueur, était habillé avec élégance. Il a ajouté que depuis que mon père avait vu cet homme de loin, il avait commencé à avoir un comportement étrange dans la Carrera Séptima, pendant qu'il marchait derrière le corps de Roa Sierra et par la suite aussi, quand on a dressé la barricade. Il m'a répété plusieurs fois la phrase qu'avait dite mon père : "On dirait que l'histoire se répète." À partir de cet instant, mon grand-père n'avait plus rien compris. Ce sont les derniers mots de mon père avant qu'un des francs-tireurs l'atteigne, mais mon grand-père n'a rien compris, il n'aurait pas pu comprendre sur le moment. C'est d'ailleurs ce qu'il m'a dit. "Mais après, tout s'est éclairci, même si j'ai eu du mal à comprendre. Et je voudrais que tu le comprennes toi aussi, mon garçon."

« Quand nous sommes arrivés à la maison, j'ai eu le sentiment que c'était sérieux, parce qu'il m'a proposé de poursuivre la discussion dans sa chambre, qui m'avait jusqu'alors été interdite. Il m'a invité à m'asseoir sur son lit (ce qu'il n'avait jamais fait) et s'est agenouillé pour soulever la courtepointe et sortir un tiroir d'un meuble disparu, avec une serrure désormais inutilisable. L'objet était encombré de chaussures, de papiers, mais surtout de livres. "Regarde, mon garçon, regarde. Ce sont les livres de ton père." Il m'a montré une brochure : le discours que Gaitán avait prononcé sur la tombe de Rafael Uribe Uribe. Il avait seize ans, c'était une commande du Centre national de la Jeunesse. "Pour que tu voies de quoi le Chef était capable à ton âge." "Ça, c'est pour plus tard", a-t-il décrété en me montrant le texte du mémoire de Gaitán, *Les Idées socialistes en Colombie*. Ensuite, il a posé un livre sur mes genoux. Il s'agissait de *Qui sont-ils ?*, d'un certain Marco Tulio Anzola, avec la signature de mon père – *C. Carballo* – en première page, et sur la dernière la date à laquelle il l'avait lu : *30-X-1945*. "Ça, oui. Lis-le vite et tu me diras si tu comprends la même chose que moi."

« Voilà ce qu'il m'a dit. Inutile de préciser que, bien évidemment, j'y ai vu ce qu'il y voyait. Peut-être pas à la première lecture ni après la première conversation que j'ai eue avec lui. Ce soir-là, le 9 avril 1964, lorsqu'il m'a donné ce livre qui avait appartenu à mon père, je l'ai lu avec pour seule intention de découvrir sur ces trois cents pages tout ce que s'était rappelé papa le jour de l'assassinat de Gaitán. Bien sûr, à seize ans, je n'étais pas encore très informé, mais au fil des mois et des années, j'ai compris que la clé des dernières pensées de mon père, le 9 avril 1948, se trouvait dans le livre d'Anzola, un gros ouvrage laid publié en 1917. C'est difficile à concevoir, mais j'y ai longuement réfléchi. J'ai lu cet ouvrage à deux ou trois reprises, pour finir par le parcourir cinq fois, dix fois, et à chacune de mes lectures, des scènes et des phrases isolées ressortaient. J'ai lu ce livre maudit et j'ai compris. Compris ce que mon père avait voulu dire quelques minutes avant de mourir. J'avais l'impression de pénétrer son esprit, de voir le monde à travers ses yeux, de me glisser dans sa peau peu avant qu'on lui tire dessus. Je ne souhaite ce sentiment à personne, bien entendu. C'est une chance et un privilège, mais tout de même un poids lourd à porter. C'est mon destin et j'y ai consacré toute ma vie, j'ai porté ce que mon père a compris dans ses dernières minutes d'existence, que mon grand-père a cru comprendre par la suite et qu'il m'a donné en héritage.

J'ai alors prononcé les seuls mots possibles dans cette situation et cet endroit, une question que j'allais peut-être regretter, mais ne pas la poser aurait été une preuve de lâcheté ou d'indifférence :

– Quel est cet héritage, Carlos ? Qu'a donc compris votre père que vous avez compris, vous aussi ?

– Que l'homme élégant de la droguerie Granada est le même que celui de la rue 9. Cet individu en costume trois-pièces, "habillé comme pour un mariage", écrit Gabriel García Márquez, est celui décrit par Mercedes Grau, qui portait des bottines vernies et un pantalon rayé, celui qu'Alfredo García, le témoin disparu, a vu dans l'atelier de Galarza. Il s'agit aussi de l'homme au chapeau haut-de-forme dont Anzola n'a pas voulu révéler l'identité lors du procès. Cet homme élégant qui a excité la foule en colère pour l'inciter à lyncher Juan Roa Sierra est aussi celui qui a demandé à un des assassins d'Uribe : "Alors, tu l'as tué ?" Papa avait compris que le curé qui voulait qu'Uribe pourrisse en enfer en 1914 est celui, très connu, qui a exhorté le peuple à massacrer les Rouges. Il avait compris que les rumeurs et les lettres anonymes qui circulaient dans Bogotá le 9 avril 1948 ne sont guère différentes de celles du 15 octobre 1914, et que tous les gens persuadés que Gaitán serait assassiné sont les mêmes que ceux qui ont su quarante jours plus tôt qu'on préparait un complot visant à tuer Uribe. Il l'avait compris, Vásquez, et c'était terrifiant de se dire que Gaitán et Uribe avaient été assassinés par les mêmes personnes. Bien entendu, je ne dis pas que les meurtriers ont ressurgi physiquement des années plus tard. Je parle d'un monstre, ce monstre immortel à plusieurs têtes qui porte plusieurs noms. Il a tué et tuera de nouveau parce que ici, rien n'a changé depuis des siècles et rien ne changera jamais, car notre triste pays ressemble à une souris qui court dans une roue.

* * *

Il y a deux manières d'appréhender ce qu'on appelle l'Histoire : la vision accidentelle, selon laquelle l'Histoire est le produit hasardeux d'une chaîne infinie d'actes irrationnels, de contingences imprévisibles et de faits aléatoires (la vie comme un éternel chaos que les humains tentent désespérément d'ordonner) ; et la vision conspirative, une scène d'ombres et de mains invisibles, d'yeux aux aguets et de voix qui murmurent au coin des rues, un théâtre où les faits surviennent pour une raison précise, où les accidents et les coïncidences ne sauraient exister, où les causes des événements sont passées sous silence pour des motifs que nul ne connaît. « En politique, rien n'arrive par hasard. Chaque fois qu'un événement survient, on peut être certain qu'il était prévu pour se dérouler ainsi », disait Franklin Delano Roosevelt. Cette phrase que je n'ai trouvée citée dans aucune source fiable est souvent avancée par les adeptes des théories du complot, sans doute parce qu'elle est supposée avoir été prononcée par un homme qui a pris de nombreuses décisions pendant ses nombreux mandats (et donc laissé peu d'espace aux aléas et au hasard). Mais si on s'approche avec précaution du puits malodorant qu'elle représente, son contenu suffit à surprendre les plus réticents, dans la mesure où elle réduit à néant une des certitudes infimes sur lesquelles nous édifions nos vies, à savoir que les malheurs, les horreurs, la douleur et la souffrance sont imprévisibles et inévitables, mais que si on peut les anticiper ou les connaître, on fera tout pour les éviter. L'idée que d'autres sachent dès à présent qu'un triste événement se prépare sans qu'on puisse y échapper est effrayante, épouvantable, y compris pour ceux qui ont perdu leur naïveté et renoncé à leurs illusions sur la moralité humaine, nous qui considérons cette vision des faits comme un jeu, un passe-temps pour personnes oisives ou crédules, une stratégie immuable afin de mieux combattre le chaos de l'Histoire et la révélation mille fois démontrée que nous ne sommes que ses pions ou ses marionnettes. Aux théories conspirationnistes, nous opposons un scepticisme à toute épreuve et une pointe d'ironie en répétant qu'il n'y a aucune preuve du complot, ce à quoi on nous objectera que le but essentiel de toute conspiration est de cacher son existence et que ne pas la voir est l'évidence même de sa réalité.

Le vendredi 28 février 2014, presque cent ans après le premier meurtre et soixante-six après le second, je vivais dans un monde ironique et sceptique régi par le hasard, le chaos, les accidents et les coïncidences. Et Carlos Carballo me demandait d'en sortir un moment pour pénétrer dans un autre monde, puis de regagner le mien pour raconter ce que j'avais vu. Il espérait qu'ainsi, la vision de son père perdurerait. Je me suis rappelé ses propos sur les vérités qui ne surviennent pas dans les endroits visibles, des lieux qu'un journaliste ou un historien ne peut raconter, de petites vérités fragiles qui sombrent dans l'oubli parce que ceux qui sont chargés de retracer l'Histoire ne parviennent jamais à les voir ou à apprendre leur modeste existence. J'ai alors pensé que Carballo ne souhaitait pas seulement tirer de l'oubli une vérité qui n'appartenait pas au monde des historiens, mais aussi donner à son père une existence qu'il n'avait pas eue. Il resterait sans sépulture et ses ossements ne reposeraient peut-être pas sous une dalle gravée à son nom, mais son nom et sa mémoire seraient présents dans un espace donné, de même que sa vie, ses actes, ses passions, ses œuvres et son enthousiasme, sa filiation et sa descendance, ses projets et ses illusions, ses plans d'avenir. Carballo ne voulait pas que j'écrive un *Qui sont-ils ?* à propos du meurtre de Gaitán, mais que j'élève un mausolée de mots pour abriter son père. Il voulait aussi que les deux dernières heures de son père soient consignées comme il l'entendait. Son père aurait alors une place dans le monde et, de plus, il aurait joué un rôle dans l'Histoire.

Une idée m'est venue quand j'ai pris conscience de cela.

– Je vais écrire ce livre, Carlos.

Il a relevé la tête, s'est redressé imperceptiblement et j'ai constaté qu'il avait les larmes aux yeux, mais il était peut-être simplement fatigué, comme moi après avoir discuté sans relâche et évoqué des souvenirs pendant vingt-quatre heures ou même davantage (impossible de le savoir à ce stade). Le 28 février avait dû s'écouler quand j'ai prononcé ces mots et le premier jour de mars était probablement entamé.

– Vous allez l'écrire ?

– Oui, mais pour ça, il faut que j'aie confiance en vous. J'ai besoin que vous me répondiez en toute franchise. Je vais vous poser une question et je ne le ferai qu'une seule fois : Vous avez la vertèbre ? C'est vous qui l'avez prise dans le tiroir de Francisco Benavides ?

Carballo a gardé le silence.

– Je vais le formuler autrement, Carlos. Je dois prendre la vertèbre de Gaitán et la calotte crânienne d'Uribe Uribe pour les rendre à Francisco, qui en est l'héritier légitime. Si vous me les remettez, j'écris le livre, et sinon, je ne l'écris pas. C'est aussi simple que ça.

– Il n'en est pas l'héritier légitime, a protesté Carballo. La calotte, c'est mon maître qui me l'a donnée.

– La vertèbre aussi ?

– Francisco veut s'en défaire.

– Pas du tout, il veut en faire don à un musée pour que tout le monde puisse les voir. Vous savez bien que ces ossements ne lui appartiennent pas, pas plus qu'à vous. Ils représentent notre passé à tous. Je pourrai aller les voir quand j'en aurai envie, emmener mes filles dans un lieu public, m'approcher d'une vitrine et les leur montrer en leur expliquant leur histoire.

– Mais ce sont des preuves de ce qu'on ne voit pas et qui peut être là. Il reste peut-être la trace du poing américain sur la calotte, et sur la vertèbre…

– Tout ça, ce sont des conneries, alors arrêtez votre char, l'ai-je coupé. Qu'est-ce qu'il y a sur la vertèbre ? La balle d'un deuxième tireur ? Vous savez bien que non. Au cas où vous l'auriez oublié, je vous rappelle que votre maître l'a découvert en autopsiant le corps en 1960 : il n'y avait pas de deuxième tireur. Il n'y a donc rien sur la vertèbre. Quant au poing américain, rien n'est visible sur la calotte. Dans la théorie d'Anzola, il y a un poing américain, mais aucune trace sur le crâne. Ces reliques ne prouvent rien, on s'en est aperçu depuis des années. Elles ne constituent pas des preuves. Ce sont des restes, des ruines d'hommes. Oui, c'est ça, des ruines d'hommes nobles.

En sortant dans le petit matin de Bogotá – on était le samedi 1er mars –, j'avais les reliques de Francisco Benavides dans mon sac noir que j'ai posé à côté de moi, sur le siège passager, et pendant que je regagnais mon domicile et ma vie de tous les jours, je me suis rendu compte avec une sensation d'irréalité qu'en conduisant, je baissais parfois les yeux vers les reliques, comme pour m'assurer que ce qui s'était passé quelques heures plus tôt n'était pas le produit de mon imagination délirante. Des ruines d'hommes nobles : le vers de *Jules César* m'avait assailli (mais je devrais peut-être dire qu'il avait volé à mon secours) et Shakespeare était venu à la rescousse, comme bien souvent, lorsque les mots du vieux Will m'aident à mettre de l'ordre et à structurer mon expérience chaotique. Dans cette scène, Jules César vient de mourir au Capitole, lardé de vingt-trois coups de couteau par les conspirateurs. Il s'est vidé de son sang sous la statue de Pompée. Antoine, son ami et son protégé, reste seul à côté de sa dépouille. « Ô pardonne-moi, sanglant morceau de terre / Si je suis tendre et soumis avec ces bouchers. / Tu es la ruine de l'homme le plus noble / Qui ait jamais vécu dans le flux des temps », lui dit-il. J'ignore si Uribe Uribe et Gaitán étaient les hommes les plus nobles de leur temps, mais leurs ruines, qui m'accompagnaient sur le trajet du retour, avaient cette noblesse. Ces ruines d'hommes constituaient le mémorandum de nos erreurs passées ; à un moment donné, elles avaient également été des prophéties. Je me rappelais par exemple la déclaration d'un des avocats de l'accusation dans l'affaire Uribe. Après avoir écarté la participation de toute personne étrangère aux assassins et qualifié leurs actes de crime politico-anarchiste, il avait terminé en déclarant : « Heureusement, le meurtre du général Uribe Uribe a été et sera, *Deo volente*, un cas unique en Colombie. » Il se trompait, et j'avais près de moi les preuves matérielles de cette erreur, même si, à mon sens, l'important n'était pas la mémoire des os, mais les répercussions que leur contact avait eues sur l'existence d'autres hommes : Carlos Carballo, Francisco Benavides et feu son père. Sur la mienne aussi, évidemment. Sur la mienne aussi.

J'ai pensé qu'en cette journée de samedi, je pouvais me présenter sans prévenir chez Francisco Benavides. Il m'a ouvert, ses lunettes de lecture sur le nez et un livre à la main ; de l'intérieur de la maison me parvenait le son triste d'un violoncelle. Je n'ai pas eu à lui expliquer les raisons de ma visite. Il m'a fait monter dans la pièce aux trésors où cette histoire avait commencé, près de neuf ans plus tôt, et a pris ses reliques. Nous avons discuté : je lui ai parlé de ce qui s'était passé au cours des dernières heures, lui cachant certaines choses en résumant brièvement la situation, car tout lui raconter me semblait alors déloyal, j'aurais eu l'impression de violer un secret, ou peut-être ai-je réagi ainsi parce que j'étais le seul destinataire des révélations de Carballo, supposées perdurer dans le livre que j'allais écrire. Je l'ai informé de l'accord conclu avec Carballo à la dernière minute, lorsque nous prenions congé sur le pas de la porte et que Carlos m'avait demandé : « Comment savoir si vous remplirez votre part du contrat ? Vous emportez les reliques, Francisco va les rendre, comme vous dites, les léguer à un musée ou en faire je ne sais quoi. Comment être sûr qu'ensuite, vous écrirez le livre ? » Je lui ai proposé de convaincre Benavides de ne montrer publiquement la vertèbre d'Uribe et la calotte crânienne de Gaitán que lorsque mon livre – le livre de Carballo – serait publié et mènerait sa vie dans le monde réel qu'il nourrirait des histoires qu'il m'avait racontées, en particulier celle de son père. Je l'ai annoncé à Francisco Benavides, chez lui, et il l'a accepté, mais j'ai remarqué que quelque chose s'était à jamais altéré dans sa relation avec Carballo, l'ami de toujours, le disciple de son père, et j'ai eu l'impression que c'était moi qui venais de perdre un proche.

Quelques jours plus tard, je suis parti en Belgique pour un séjour planifié de longue date. Au début de l'année précédente, alors que je travaillais encore à un roman qui traitait de la guerre de Corée, une fondation belge m'avait proposé de passer quatre semaines dans une résidence pour écrivains ; à l'époque, il me semblait difficile de résister à l'idée de m'enfermer dans un appartement au cœur de Bruxelles pour y vivre jour et nuit avec mes personnages fictifs et leurs destins inventés, sans être obligé de voir des gens et de leur parler, de répondre au téléphone, même si j'ai dans ce pays des amis chers à qui je rends visite dès que possible, certains assez âgés pour qu'à chaque fois, je me demande si je les reverrai par la suite. J'ai donc accepté cette invitation, qui me permettrait de saluer mes amis et de me concentrer sur le roman que je commençais. Mais en quittant la Colombie, je me suis aperçu que les circonstances avaient changé : je ne comptais plus consacrer cette période de solitude à des êtres de fiction, mais à une histoire vraie qui, à chaque étape du récit, s'attacherait à me prouver que, jusqu'à une date récente, je ne connaissais guère le passé de mon pays, qui se moquait ouvertement de moi, comme pour me faire sentir l'insignifiance de mes recours de narrateur face au désordre survenu des années en arrière. Je n'allais donc plus me consacrer aux conflits de personnages dont l'existence dépendait entièrement de moi, mais tâcherais de comprendre réellement et de manière définitive ce que Carlos Carballo m'avait révélé au fil de nombreuses rencontres qui, à présent, se confondaient dans mon souvenir.

C'est ce que j'ai fait pendant trente jours et trente nuits. Situé sur la place du Vieux Marché aux Grains, le bureau de l'appartement donnait sur une rue pavée ; près du mur, entre les deux fenêtres par lesquelles pénétrait la froide lumière du nord, on avait installé une table de travail (avec un sous-main en cuir noir, des tiroirs remplis de crayons usés et des enveloppes ayant appartenu à d'autres résidents) que je n'ai jamais utilisée, car en pénétrant dans les lieux pour la première fois, j'ai découvert un salon entouré de placards blancs d'un mètre de haut, et, dès le lendemain, j'ai couvert leur surface des documents que j'avais emportés – photocopies d'anciennes coupures de journaux, photos, livres et carnets de notes –, si bien que la table de la salle de séjour est devenue mon espace de travail. Sur les étagères et le manteau en marbre de la cheminée inutilisée, mes archives se déplaçaient ; au début d'un printemps précoce, une version possible du récit de Carballo a peu à peu vu le jour ; pendant mes nuits d'insomnie, je lisais et relisais les notes que j'avais prises avec acharnement, jusqu'à ce que les faits qui y étaient décrits, joints à ma solitude et à mon épuisement, déclenchent en moi une sorte de paranoïa. Quand je sortais faire un tour, je découvrais une ville dont les musées, les librairies, les murs couverts de publicités étaient tournés vers le souvenir de la *Grande Guerre**, et je regardais ces images que j'avais vues mille fois : les barbelés, les soldats casqués dans les tranchées, leurs têtes couvertes de boue, les trous creusés dans la terre à coups d'obus. Je pensais qu'à deux heures de train de là, on avait assassiné Jean Jaurès – d'ailleurs, pourquoi ne pas prendre ce train –, et qu'à trois heures en voiture, le soldat Hernando de Bengoechea était tombé – pourquoi ne pas louer un véhicule.

Mais je ne me résolvais pas à faire ces voyages et m'empressais de regagner ma rue pavée et mon bureau, incapable de cesser de songer aux crimes colombiens, et je me rendais compte que rien dans cette ville orientée vers la mémoire, ni dans les possibles excursions à travers le passé que la région me proposait, ne m'intéressait autant que me rappeler par écrit mes conversations avec l'adepte des théories du complot. D'autres aventures me sont arrivées lors de ce séjour, j'ai eu d'autres sujets de réflexion et fait d'autres découvertes. J'ai par exemple rencontré un homme qui, à Sarajevo, avait été l'amant de Senka Marniković, mais ces anecdotes ne peuvent pas faire partie de ce livre.

En revanche, je dois mentionner ce qui m'est arrivé pendant le trajet de retour. J'ai fait escale à New York parce que c'était moins cher et pour d'autres raisons qui n'étaient pas d'ordre pratique, et j'ai fini par y rester deux jours au lieu des quelques heures prévues initialement. J'aurais pu flâner chez les bouquinistes ou dans les vieilles salles de cinéma, mais j'étais si obnubilé par les événements qui se déroulaient dans mon livre encore au stade d'embryon et par ses personnages que je n'ai pas eu un instant de liberté. J'ai consacré une matinée à nourrir mon obsession. J'ai cherché les endroits fréquentés par Rafael Uribe Uribe quand il était arrivé dans cette ville, en 1901, en pleine guerre des Mille Jours. Je n'ai pas eu de chance et mon enquête ne m'a mené nulle part. Puis je me suis rappelé la théorie de Carballo qui, en partant d'un petit livre intitulé *Secrets de la roulette et ses pièges techniques*, en était arrivé à la conclusion que Marco Tulio Anzola s'était enfui aux États-Unis après le procès, dans doute avec l'aide ou la complicité de Carlos Adolfo Urueta, le gendre d'Uribe alors diplomate à Washington. Si Anzola était arrivé à l'époque à New York, sa trace devait figurer dans les archives d'Ellis Island, accessibles au public. L'oisiveté est créative : par une matinée ensoleillée, avant de me rendre à l'aéroport pour regagner Bogotá, je suis monté dans le ferry qui emmène les touristes et autres visiteurs dans l'île où débarquaient tous les immigrants du pays et j'ai commencé mes recherches, qui ne m'ont pas pris plus d'une heure. Sur l'écran de l'ordinateur m'est apparue la fiche d'entrée d'Anzola. Son bateau,

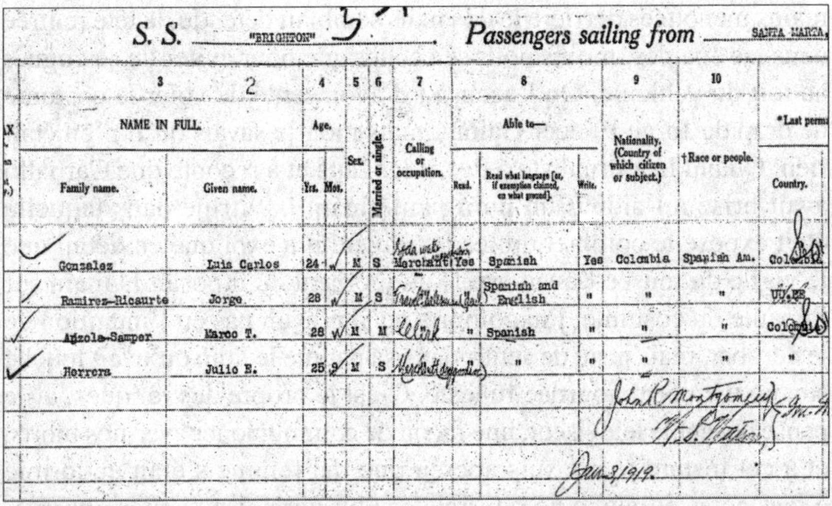

S. S. "BRIGHTON" — Passengers sailing from SANTA MARTA,

Family name	Given name	Age Yrs.	Age Mos.	Sex	Married or single	Calling or occupation	Able to — Read	Read what language	Write	Nationality (Country of which citizen or subject)	Race or people	Last permanent residence — Country
Gonzalez	Luis Carlos	24		M	S	Merchant	Yes	Spanish	Yes	Colombia	Spanish Am.	Colombia
Ramirez-Ricaurte	Jorge	28		M	S	[illegible]	"	Spanish and English	"	"	"	U.S.
Anzola-Samper	Marco T.	28		M	M	Clerk	"	Spanish	"	"	"	Colombia
Herrera	Julio E.	25		M	S	[illegible]	"	"	"	"	"	"

Jan. 3/1919.

le *Brighton*, avait levé l'ancre du port colombien de Santa Marta. Anzola est arrivé à New York le 3 janvier 1919 ; parmi ses accompagnateurs, j'ai relevé le nom de Carlos Adolfo Urueta. La fiche fait état d'un homme de vingt-huit ans, de la couleur de ses yeux – brun sombre –, de ses particularités physiques – un grain de beauté sur la joue gauche – et de son état civil – marié. Qu'a-t-il fait à New York ? Est-il resté longtemps aux États-Unis ? Pourquoi a-t-il été capable d'écrire un livre sur la roulette ? Peu après la publication de ce fascicule, Gaitán était assassiné à Bogotá. Anzola l'a-t-il appris ? Quelle théorie du complot a-t-il pu avancer ou échafauder ? J'ai pris nonchalamment quelques photos en ayant l'impression d'avoir vu un fantôme. J'ai également pensé qu'Anzola n'était pas près de sortir de ma vie. Les véritables obsessions ne vous quittent pas aussi facilement.

Je suis rentré à Bogotá au début du mois d'avril, et c'est pendant une des premières soirées que je passais à la maison que je suis tombé sur ce journal télévisé et que j'ai vu l'image de Carballo au moment de son arrestation, montant dans le fourgon de police, avec aux lèvres un sourire espiègle de gamin qu'on vient de surprendre. Il avait les mains menottées derrière le dos mais semblait détendu, la tête rentrée dans les épaules, moins pour se cacher que pour éviter de se cogner au toit du véhicule. On l'accusait d'avoir tenté de voler le costume de drap de Jorge Eliécer Gaitán, mais moi, je savais qu'il n'en était rien. Quand le journaliste a décrit les faits et a raconté que Carballo avait brisé à l'aide d'un poing américain la vitrine dans laquelle était exposé le complet du leader, quand il a expliqué en détail que le vigile du musée l'avait arrêté au moment où il posait la main sur l'épaule du costume, j'ai compris qu'il n'avait pas eu l'intention de le dérober, mais juste de sentir dans sa paume le drap qu'avait touché son père en cette journée funeste. C'est le propre des reliques, ai-je pensé devant le téléviseur, une façon de communiquer avec nos morts, et à cet instant je me suis aperçu que ma femme s'était endormie à mes côtés et que je ne pourrais pas lui faire part de mes observations. Je me suis levé du lit et suis allé dans la chambre de nos filles, elles aussi assoupies, j'ai fermé la porte, me suis assis sur la chaise verte ornée d'oiseaux et suis resté là, dans l'obscurité de cette pièce paisible, à regarder avec envie leurs longs corps au repos, surpris de constater combien elles avaient changé depuis leur naissance difficile, m'amusant à écouter leur respiration régulière au milieu des bruits de la ville, qui s'étend de l'autre côté de la fenêtre et peut parfois se montrer cruelle dans ce pays de haine, une ville et un pays dont mes filles hériteront du passé comme j'en ai hérité, un legs de sagesse et de démesure, de réussites et d'erreurs, d'innocence et de crimes.

Note de l'auteur

Le Corps des ruines est une œuvre de fiction. Les personnages, les incidents, les documents et les épisodes relevant de la réalité présente ou passée sont ici retracés sous forme romancée, avec toutes les libertés qu'autorise l'imagination littéraire. Le lecteur qui souhaiterait y voir des ressemblances avec la vie réelle le fera sous sa propre responsabilité.

Remerciements

Pendant les trois ans que j'ai passés à écrire ce roman, de nombreux parents, amis et connaissances m'ont offert de leur temps, accordé de l'espace, apporté leurs connaissances, donné des conseils et prêté main-forte pour résoudre certains problèmes, et je désire exprimer ici toute ma gratitude à Alfredo Vásquez, la Fondation Passa Porta de Bruxelles, l'agence Casanovas & Lynch (Mercedes Casanovas, Nuria Muñoz, Sandra Pareja, Ilse Font et Nathalie Eden), Inés García et Carlos Rovira, Rafael Dezcallar et Karmele Miranda, Javier Cercas, Tatiana de Germán Ribón, Catalina Gómez, Enrique de Hériz, Camilo Hoyos et l'Institut Caro y Cuervo, Gabriel Iriarte, Álvaro Jaramillo et Clarita Pérez de Jaramillo, Mario Jursich, Alberto Manguel, Patricia Martínez, Jorge Orlando Melo, Hernán Montoya et Socorro de Montoya, Carolina Reoyo, Elkin Rivera, Ana Roda, Mónica Sarmiento et Alejandro Moreno Sarmiento, Andrés Enrique Sarmiento et Fanny Velandia. Mais ma plus grande dette est envers Mariana, première destinataire de ces pages, dont la présence visible ou invisible confère à ce livre (et à l'existence de son auteur) quelque chose qui ressemble mystérieusement à l'harmonie.

J.G.V.

Bogotá, septembre 2015

Table

I. L'homme qui citait des dates funestes 11
II. Reliques de morts illustres 61
III. Un animal blessé 117
IV. Pourquoi te gonfles-tu d'orgueil ? 175
V. La grande blessure 221
VI. L'enquête 275
VII. Qui sont-ils ? 327
VIII. Le procès 385
IX. Le corps des ruines 437

Note de l'auteur 501
Remerciements 503

Sources des citations

RÉALISATION : PAO ÉDITIONS DU SEUIL
IMPRESSION : NORMANDIE ROTO IMPRESSION S.A.S À LONRAI
DÉPÔT LÉGAL : AOÛT 2017. N° 131116 (1704882)
Imprimé en France